Jonathan Coe
Allein mit Shirley

Zu diesem Buch

Die Winshaws sind die exemplarischen Sieger der Gesellschaft: Hilary, die erfolgssüchtige Klatschkolumnistin; Roddy, der gerissene Kunsthändler; Henry, der Labour-Politiker, der im rechten Moment das Lager wechselt; Dorothy, die unerbittliche Regentin über ein Fast-food-Imperium. Im heißen Sommer 1990 beginnt der junge Schriftsteller Michael Owen seine Auftragsarbeit an der offiziellen Biographie des Winshaw-Clans. Je näher er der wahren Geschichte seiner skrupellosen Hauptdarsteller kommt, desto mehr entdeckt er erstaunliche Parallelen zu seinem eigenen Leben. Jonathan Coe hat mit seinem perfekt komponierten Roman ein bissiges, rasantes, sehr englisches »Fegefeuer der Eitelkeiten« entfacht.

Jonathan Coe, geboren 1961 in Birmingham, ist Literaturkritiker des »Guardian«. Er veröffentlichte drei Romane und Biographien über Humphrey Bogart und James Stewart. »Allein mit Shirley« wurde von der englischen Presse als Meisterwerk gefeiert, mehrfach ausgezeichnet und in zahlreiche Sprachen übersetzt.

Jonathan Coe
Allein mit Shirley
Roman

Aus dem Englischen von
Dirk van Gunsteren

Piper München Zürich

Ungekürzte Taschenbuchausgabe
Mai 1997
© 1994 Jonathan Coe
Titel der englischen Originalausgabe:
»What a carve up!«, Viking, London 1994
© der deutschsprachigen Ausgabe:
1995 Piper Verlag GmbH, München
Umschlag: Büro Hamburg
Simone Leitenberger, Susanne Schmitt, Andrea Lühr
Umschlagabbildung: Gerry Gavigan / Transglobe
Satz: Uhl + Massopust GmbH, Aalen
Druck und Bindung: Clausen & Bosse, Leck
Printed in Germany   ISBN 3-492-22464-4

FÜR 1994, JANINE

Inhalt

Prolog: 1942–1961 11

Teil I
London

August 1990 59
Hilary 79
September 1990 103
Henry 137
Oktober 1990 165
Roddy 197
November 1990 245
Dorothy 273
Juni 1982 297
Thomas 347
Dezember 1990 371
Mark 419
Januar 1991 457

Teil II
Eine Organisation des Todes

1 Wo ein letzter Wille ist 481
2 Beinah ein böser Unfall 491
3 Kein Grund zur Panik! 497
4 Eine Partie Billard 508
5 Eine Dame irrt sich 512
6 Die Krönung 520
7 Fünf goldene Stunden 528

8 Ein Hinterzimmerspion 537
9 Mit Gagarin zu den Sternen 551

Vorwort 561

Orphée: Enfin, Madame… m'expliquerez-vous?
La Princesse: Rien. Si vous dormez, si vous rêvez, acceptez vos rêves. C'est le rôle du dormeur.

aus Cocteaus Filmfassung von *Orphée*

»Triff mich« rief er, doch das war bald vergessen
»Lieb mich«: Doch erfüllt uns Liebe mit Furchtsamkeit
Lieber fliehen wir und fliegen zum Mond
Als zu sagen das rechte Wort zur rechten Zeit.

Louis Philippe: *Juri Gagarin*

Prolog
1942–1961

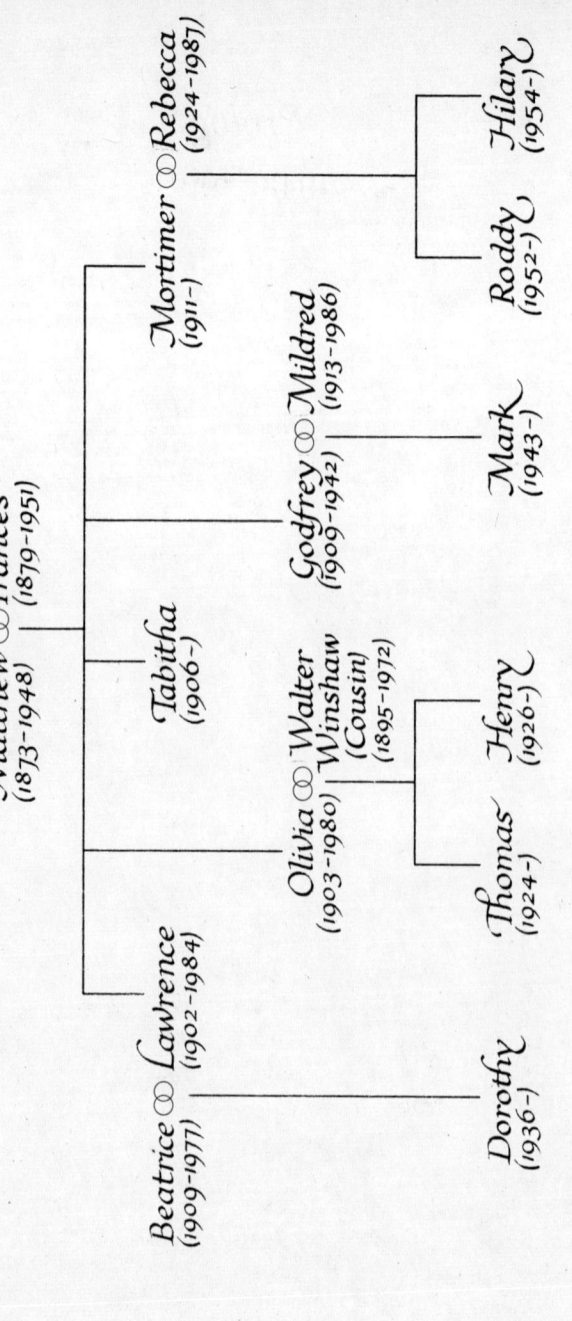

1

Schon zweimal hatte das Schicksal die Winshaws heimgesucht, doch noch nie hatte es so hart zugeschlagen.

Die erste dieser Tragödien ereignete sich in der Nacht des 30. November 1942, als der damals erst zweiunddreißigjährige Godfrey Winshaw bei einem Flug in geheimer Mission über Berlin abgeschossen wurde. Die Nachricht erreichte Winshaw Towers in den frühen Morgenstunden des folgenden Tages und hatte zur Folge, daß Godfreys ältere Schwester Tabitha den Verstand verlor, den sie bis heute nicht wiedergefunden hat. So groß war ihre geistige Verwirrung, daß man sie für außerstande hielt, dem Gottesdienst für ihren Bruder beizuwohnen.

Es ist eine Ironie des Schicksals, daß ebendiese Tabitha Winshaw – eine inzwischen einundachtzigjährige Frau, die heute ebensowenig bei klarem Verstand ist wie in den vergangenen fünfundvierzig Jahren – die Mentorin und Sponsorin des Buches ist, das Sie, geneigter Leser, in Ihren Händen halten. Tabitha Winshaws Zustand einigermaßen objektiv zu beschreiben ist nicht unproblematisch. Dennoch muß man Tatsachen Rechnung tragen, und Tatsache ist: Seit der Nachricht von Godfreys tragischem Tod ist Tabitha das Opfer einer grotesken Wahnvorstellung. Sie ist, kurz gesagt, davon überzeugt (sofern das Wort »Überzeugung« in diesem Fall angemessen ist), daß Godfrey nicht etwa deutschem Flakfeuer, sondern vielmehr den Ränken seines eigenen Bruders Lawrence zum Opfer gefallen ist.

Ich will nicht unnötig bei dem schweren Schicksal verweilen, welches einer bedauernswerten und seelisch labilen Frau vom Leben zugeteilt wurde, doch erfordert diese Angelegenheit insofern eine Erläuterung, als sie einen nicht unerheblichen Einfluß auf den weiteren Verlauf der Geschichte der

Winshaws hat und daher in eine Art Zusammenhang gestellt werden muß. Ich werde versuchen, mich kurz zu fassen. Der Leser sollte wissen, daß Tabitha beim Tode ihres Bruders sechsunddreißig Jahre alt und nicht nur noch immer unverheiratet war, sondern auch keinerlei Neigung zeigte, in den Stand der Ehe zu treten. Es war einigen Familienmitgliedern nicht entgangen, daß ihr Verhältnis zum anderen Geschlecht sich bestenfalls mit dem Wort »Gleichgültigkeit« und schlimmstenfalls mit dem Wort »Abscheu« umschreiben ließ. So groß das Desinteresse war, mit dem sie den Annäherungsversuchen gelegentlicher Verehrer begegnete, so leidenschaftlich war die Liebe und Hingabe, die sie Godfrey entgegenbrachte, der, wie die wenigen erhaltenen Dokumente und Fotografien belegen, der bei weitem lebenslustigste, stattlichste, dynamischste und ganz allgemein gewinnendste der fünf Geschwister war. Da man wußte, wie stark Tabithas Gefühle für ihn waren, glaubte die Familie Grund zu einer gewissen Besorgnis zu haben, als Godfrey im Sommer 1940 seine Verlobung bekanntgab, doch anstelle der von manchen befürchteten blindwütigen Eifersucht entwickelte sich zwischen ihr und ihrer zukünftigen Schwägerin eine herzliche, innige Freundschaft, und so wurde die Hochzeit mit Mildred Ashby im Dezember desselben Jahres zu einem in jeder Hinsicht geglückten Ereignis.

Für Lawrence hingegen, ihren ältesten Bruder, hegte Tabitha weiterhin entschieden feindschaftliche Gefühle. Die Ursachen für die Antipathie zwischen diesen beiden unglücklichen Geschwistern liegen im dunkeln. Höchstwahrscheinlich wurzelte sie in unterschiedlichen Temperamenten. Lawrence war, wie sein Vater Matthew, ein zurückhaltender und manchmal ungeduldiger Mann und verfolgte seine nationalen und internationalen Geschäftsinteressen mit einer zielstrebigen Entschlossenheit, die für viele an Rücksichtslosigkeit grenzte. Das Reich weiblicher Feinsinnigkeit und zarter Gefühle, das Tabitha bewohnte, war ihm vollkommen fremd; er hielt sie für flatterhaft, überspannt, neurotisch und »nicht ganz dicht« – ein Urteil, das, aus heutiger Sicht, traurig prophetisch anmutet. (Es sei jedoch gesagt, daß er damals mit seiner Meinung nicht allein stand.)

14

Kurz gesagt: Die beiden gingen sich nach Möglichkeit aus dem Weg, und wie gut sie daran taten, läßt sich an den unglücklichen Ereignissen ablesen, die auf Godfreys Tod folgten.

Unmittelbar vor seiner tödlichen Mission hatte Godfrey Winshaw einige Tage Urlaub in der friedlichen Atmosphäre von Winshaw Towers verbracht. Mildred hielt sich natürlich ebenfalls dort auf; sie war zu diesem Zeitpunkt seit mehreren Monaten mit ihrem ersten und einzigen Kind (einem Sohn, wie sich erweisen sollte) schwanger, und vermutlich war es die Aussicht, diese beiden Verwandten zu sehen, die Tabitha bewegte, ihr eigenes stattliches Anwesen zu verlassen und den Fuß über die Schwelle ihres verhaßten Bruders zu setzen. Obgleich Matthew Winshaw und seine Gemahlin noch lebten und sich bester Gesundheit erfreuten, beschränkte sich ihr Wirkungskreis mittlerweile hauptsächlich auf eine Reihe von Zimmern in einem abgeschlossenen Flügel von Winshaw Towers, und Lawrence hatte die Stelle des Hausherren eingenommen. Es wäre jedoch irreführend zu behaupten, er und seine Frau Beatrice seien gute Gastgeber gewesen. Lawrence wurde wie üblich stark von seinen Geschäften in Anspruch genommen, was bedeutete, daß er in seinem Arbeitszimmer stundenlange Telefongespräche führen und einmal sogar über Nacht nach London fahren mußte. (Dabei ließ er seine Gäste allein, ohne seine Abwesenheit zu erklären oder sich zu entschuldigen.) Beatrice machte keine Anstalten, die Verwandten ihres Bruders willkommen zu heißen, sondern zog sich unter dem Vorwand hartnäckiger Migräneanfälle regelmäßig in ihr Schlafgemach zurück und überließ die Gäste für den größten Teil ihres Aufenthaltes sich selbst. So waren Godfrey, Mildred und Tabitha auf sich allein gestellt – was ihren Wünschen vielleicht entgegenkam – und verlebten einige schöne Tage. Sie wandelten durch den Park und verbrachten angenehme Stunden in den weitläufigen Räumlichkeiten von Winshaw Towers.

Am Nachmittag des Tages, an dem Godfrey zum Luftwaffenstützpunkt Hucknall aufbrechen mußte – die erste Station bei einem Auftrag, von dem seine Frau und seine Schwester nur eine unbestimmte Vorstellung hatten –, führte er mit Lawrence im braunen Studierzimmer ein langes Gespräch. Worüber sie sprachen, wird für immer ein Geheimnis bleiben. Nach seiner Abreise beschlich beide Frauen ein Gefühl der Unruhe. Bei Mildred äußerte sich die natürliche Sorge einer Ehefrau und zukünftigen Mutter, deren Mann sich auf eine wichtige Mission mit ungewissem Ausgang begibt, bei Tabitha dagegen eine heftige, zügellose Erregung, die sich in einer gesteigerten Feindseligkeit gegenüber Lawrence manifestierte.

Wie irrational sie in dieser Hinsicht war, wird bereits an einem dummen Mißverständnis deutlich, zu dem es nur einige Tage zuvor gekommen war. Eines Abends zu später Stunde war sie, ohne anzuklopfen, in das Arbeitszimmer ihres Bruders getreten, wo er eines seiner geschäftlichen Telefonate führte, und hatte ihm einen Zettel entrissen, auf dem er – in ihrer Version dieses Zwischenfalls – geheime Anweisungen seines Gesprächspartners notiert hatte. Sie ging so weit zu behaupten, Lawrence habe, als sie ihn unterbrochen habe, »ein schuldbewußtes Gesicht« gemacht und versucht, den Zettel mit Gewalt wieder an sich zu bringen. Sie hatte das Stück Papier jedoch mit kindischem Trotz an sich gepreßt und es bei ihren persönlichen Papieren verwahrt. Später, als sie ihre wahnhafte Anschuldigung gegen Lawrence vorbrachte, drohte sie, das Schriftstück »als Beweis« vorzulegen. Glücklicherweise hatte der hervorragende Dr. Quince, seit Jahrzehnten bewährter Hausarzt der Winshaws, zu diesem Zeitpunkt bereits seine Diagnose gestellt, aus der hervorging, daß man gegenüber allen Behauptungen von seiten Tabithas in Zukunft größte Skepsis würde walten lassen müssen. Die Geschichte scheint das Urteil des Doktors übrigens zu bestätigen, denn als kürzlich einige Schriftstücke aus Tabithas Besitz in die Hände des Verfassers gelangten, war darunter auch die umstrittene Notiz. Sie ist inzwischen vergilbt und besteht aus einer von Lawrence eilig hingekritzelten Anweisung an den Butler, ihm in seinem Schlafzimmer einen abendlichen Imbiß zu servieren.

Tabithas Zustand verschlechterte sich nach Godfreys Abreise, und in der Nacht, in der er zu seinem letzten Flug aufbrach, ereignete sich ein sonderbarer Zwischenfall, ernster und grotesker als alle vorangegangenen. Ursache war eine weitere Wahnvorstellung Tabithas, nämlich daß ihr Bruder in seinem Schlafzimmer heimliche Unterredungen mit Spionen der Nazis führte. Wiederholt behauptete sie, vor der verschlossenen Schlafzimmertür gestanden und leises Stimmengemurmel in abgehacktem, befehlsgewohntem Deutsch gehört zu haben. Als schließlich selbst Mildred an der Wahrheit dieser Beobachtung zu zweifeln begann, unternahm Tabitha einen letzten Versuch, ihre Behauptung zu beweisen. Nachdem sie nachmittags den einzigen Schlüssel zum Schlafzimmer ihres Bruders an sich genommen hatte, wartete sie, bis sie überzeugt war, daß Lawrence wieder eines seiner niederträchtigen konspirativen Gespräche führte, schloß die Tür von außen ab und lief nach unten, wobei sie aus Leibeskräften schrie, sie habe ihren Bruder auf frischer Tat bei einem Verrat ertappt. Der Butler, die Dienstmädchen, das Küchenpersonal, der Chauffeur, der Kammerdiener, der Stiefeljunge und die anderen Bediensteten eilten sogleich herbei, dicht gefolgt von Mildred und Beatrice. Die ganze Gesellschaft, die sich in der großen Halle versammelt hatte, wollte sich gerade hinaufbegeben, um der Sache auf den Grund zu gehen, als Lawrence, ein Queue in der Hand, aus dem Billardsalon trat, wo er nach dem Essen einige Runden allein gespielt hatte. Selbstverständlich befand sich niemand in seinem Schlafzimmer, doch das zerstreute Tabithas Verdacht durchaus nicht; sie fuhr fort, ihren Bruder anzuschreien, und beschuldigte ihn aller möglichen Tricks und Schliche, bis man sie schließlich mit Gewalt in ihr Zimmer im Westflügel brachte, wo die für alle Eventualitäten gerüstete Schwester Gannet ihr ein Beruhigungsmittel verabreichte.

Dies war die Atmosphäre, die an jenem schrecklichen Abend in Winshaw Towers herrschte, als nächtliche Totenstille sich über das altehrwürdige Anwesen senkte, eine Stille, die um drei Uhr morgens durch das Schrillen des Telefons und die Nachricht von Godfreys furchtbarem Schicksal zerrissen wurde.

Die Leichen wurden nie geborgen – weder Godfrey noch seinem Kopiloten wurde ein christliches Begräbnis zuteil. Man hielt jedoch zwei Wochen später einen Gedenkgottesdienst in der privaten Kapelle der Winshaws ab. Seine Eltern saßen während der ganzen Zeremonie bleich und mit versteinerten Gesichtern da. Godfreys jüngerer Bruder Mortimer sowie seine Schwester Olivia und ihr Mann Walter waren aus Yorkshire angereist, um ihm die Ehre zu erweisen. Nur Tabitha fehlte. Sie war, kaum daß sie von Godfreys Tod erfahren hatte, in Raserei verfallen. Zu den Gegenständen, mit denen sie Lawrence angegriffen hatte, gehörten Kerzenleuchter, Golfschirme, Buttermesser, Rasiermesser, Reitgerten, ein Luffaschwamm, ein Golfschläger Nr. 4 und Nr. 7, eine afghanische Kriegstrompete von erheblichem historischen Wert, ein Nachttopf und eine Panzerabwehrkanone. Noch am folgenden Tag verfügte Dr. Quince ihre sofortige Einweisung in eine nahe gelegene Nervenheilanstalt.

Diese verließ sie in den folgenden neunzehn Jahren nicht ein einziges Mal. Auch trat sie nur selten mit den Mitgliedern ihrer Familie in Verbindung und zeigte keinerlei Interesse an ihren Besuchen. Ihr Geist (oder vielmehr seine kläglichen Überreste) beschäftigte sich ausschließlich mit den Umständen, die zum Tod ihres Bruders geführt hatten, und sie studierte mit zwanghaftem Eifer Bücher, wissenschaftliche Veröffentlichungen und Journale, die sich mit dem Kriegsverlauf, der Geschichte der Royal Air Force und allem, was auch nur entfernt mit der Fliegerei zu tun hatte, befaßten. (Ihr Name erscheint beispielsweise auf der Abonnentenliste von Zeitschriften wie *Professional Pilot, Flypast, Jane's Military Review* und *Cockpit Quarterly*.) Man hielt es für das klügste, sie in der Obhut geschulter, aufopferungsvoller Pfleger zu lassen – bis zum 16. September 1961, dem Tag, an dem man ihr auf Ersuchen ihres Bruders Mortimer die Erlaubnis gab, das Heim für einen Abend zu verlassen. Diese Entscheidung war zweifellos von Mitgefühl diktiert, sollte sich aber als verhängnisvoll erweisen.

In jener Nacht wurde Winshaw Towers ein zweites Mal vom Tod heimgesucht.

2

Rebecca saß am Erkerfenster des Schlafzimmers und sah hinaus auf die Ostterrasse und die öde Weite des Moors, das sich bis zum Horizont erstreckte. Mortimer legte seine Hand sanft auf ihre Schulter.

»Es wird schon gut werden«, sagte er.

»Ich weiß.«

Er tätschelte sie beruhigend und trat vor den Spiegel, um Fliege und Kummerbund zurechtzurücken.

»Das ist wirklich sehr nett von Lawrence. Eigentlich sind alle sehr nett. Ich hab noch nie erlebt, daß alle so nett zueinander sind.«

Es war Mortimers fünfzigster Geburtstag, und ihm zu Ehren veranstaltete Lawrence ein kleines, aber erlesenes Dinner, zu dem die ganze Familie – auch das schwarze Schaf Tabitha – eingeladen war. Rebecca, die dreizehn Jahre jünger war als ihr Mann und sich eine kindliche, zarte Schönheit bewahrt hatte, würde zum erstenmal alle auf einmal zu sehen bekommen.

»Sie sind ja keine Ungeheuer. Nicht wirklich jedenfalls.« Mortimer drehte seine linke Manschette um fünfzehn Grad und begutachtete kritisch das Ergebnis. »Ich meine, du magst doch Mildred, oder?«

»Aber sie gehört eigentlich nicht zur Familie.« Rebecca sah weiter aus dem Fenster. »Arme Milly. Zu schade, daß sie nie wieder geheiratet hat! Ich finde, Mark hat sich sehr zu seinem Nachteil entwickelt.«

»Ach, er ist nur in schlechte Gesellschaft geraten. Ist mir auch passiert, damals im Internat. In Oxford wird sich das schnell ändern.«

Rebecca wandte den Kopf – eine Geste der Ungeduld. »Immer nimmst du sie in Schutz. Ich weiß, daß sie alle mich nicht mögen. Sie haben uns nie verziehen, daß wir sie nicht zu unserer Hochzeit eingeladen haben.«

»Das war aber allein meine Entscheidung, nicht deine. Ich wollte nicht, daß sie alle kommen und dich anglotzen.«

»Na bitte. Du magst sie auch nicht. Es muß doch einen Grund dafür...«

Ein diskretes Klopfen war zu hören, und im nächsten Augenblick erschien der ernste, hagere Butler in der Tür und trat respektvoll ein. »Es werden jetzt die Cocktails serviert, Sir. Im Vorzimmer des Salons.«

»Danke, Pyles.« Der Butler hatte kehrtgemacht und war schon fast hinaus, als Mortimer ihm nachrief: »Ach, Pyles?«

»Sir?«

»Würden Sie mal nach den Kindern sehen? Wir haben sie im Kinderzimmer gelassen. Schwester Gannet ist bei ihnen, aber Sie wissen ja, daß sie manchmal... ein bißchen einnickt.«

»Sehr wohl, Sir.« Pyles hielt inne und sagte, bevor er hinausging: »Darf ich Ihnen im Namen des Personals unsere herzlichsten Glückwünsche aussprechen und der Hoffnung Ausdruck geben, daß sich dieser Tag noch oft wiederholen möge?«

»Danke, Pyles. Sehr freundlich.«

»Es ist mir ein Vergnügen, Sir.«

Er schloß schweigend die Tür. Mortimer ging zum Fenster und blieb hinter seiner Frau stehen, die noch immer auf die trostlose Landschaft starrte.

»Wir sollten lieber hinuntergehen.«

Rebecca rührte sich nicht.

»Den Kindern geht's bestimmt gut. Pyles wird ein Auge auf sie haben. Er ist ein feiner Kerl.«

»Ich hoffe nur, daß sie nichts kaputtmachen. Sie spielen immer so wild, und wenn sie irgend etwas zerbrechen, wird Lawrence wieder endlos darauf herumreiten.«

»Roddy ist ein kleiner Rabauke. Er steckt Hilary an. Sie ist eigentlich ein liebes Mädchen.«

»Sie sind beide gleich ungezogen.«

Mortimer streichelte ihren Nacken. Er konnte ihre Nervosität spüren.

»Liebling, du zitterst ja.«

»Ich weiß auch nicht, was mit mir los ist.« Er setzte sich neben sie. Unvermittelt barg sie ihr Gesicht an seiner Schulter, wie ein Vogel, der Zuflucht sucht. »Ich bin ganz nervös. Ich weiß gar nicht, wie ich ihnen gegenübertreten soll.«

»Wenn du dir Sorgen wegen Tabitha machst...«

»Nicht nur wegen Tabitha.«

»...brauchst du keine Angst zu haben. Sie hat sich in den letzten Jahren vollkommen verändert. Sie und Lawrence haben sich heute nachmittag sogar ein bißchen unterhalten. Ich glaube wirklich, daß sie die Sache mit Godfrey ganz und gar vergessen hat – sie weiß nicht mal mehr, wer er überhaupt war. Sie hat Lawrence diese freundlichen Briefe aus dem... aus dem Heim geschickt, und er sagt, was ihn betrifft, so ist die ganze Angelegenheit vergeben und vergessen, also glaube ich nicht, daß wir heute abend von dieser Seite etwas zu befürchten haben. Die Ärzte sagen, daß sie wieder mehr oder weniger normal ist.«

Mortimer merkte, wie hohl seine Worte klangen, und ärgerte sich über sich selbst. Noch am selben Nachmittag hatte er gesehen, wie exzentrisch seine Schwester noch immer war. Er hatte sie überrascht, als er einen Spaziergang durch den hintersten, verwildertsten Teil des Parks gemacht hatte. Er war vom Hundefriedhof gekommen und wollte gerade den Krocketrasen überqueren, als er im dichten Unterholz Tabitha zu sehen glaubte. Um sie nicht zu erschrecken, trat er lautlos näher und stellte zu seiner Bestürzung fest, daß sie vor sich hin murmelte. Das Herz sank ihm: Offenbar war seine Einschätzung ihres Zustands zu optimistisch gewesen, und er hatte vielleicht zu voreilig darauf gedrungen, man solle sie an dieser Familienfeier teilnehmen lassen. Er konnte nichts von ihrem Gemurmel und Geflüster verstehen und räusperte sich höflich, worauf sie erschrocken aufschrie. Im Gebüsch raschelte es heftig, und wenige Sekunden später kam sie herausgekrochen. Sie zupfte nervös Zweige und Dornen von ihrem Kleid und brachte vor Verwirrung fast kein Wort heraus.

»Oh, Morty, ich wußte gar nicht... Ich wollte nur...«

»Ich wollte dir nicht nachspionieren, Tabs. Es ist nur...«

»Nein, nein, schon gut. Ich hab einen kleinen Spaziergang gemacht, und da wollte ich... Ich wollte mal nachsehen... Du liebe Zeit, was mußt du von mir denken? Ich bin ganz durcheinander, und dabei bist du doch mein...«

Ihre Stimme erstarb, und sie hüstelte hoch und nervös. Um die angespannte Stille zu durchbrechen, sagte Mortimer: »Großartig, dieser Park, nicht? Ich weiß nicht, wie sie es schaffen, ihn so gut zu pflegen.« Er holte tief Luft. »Wie der Jasmin duftet! Riechst du das?«

Tabitha hatte nicht geantwortet. Ihr Bruder hatte sich bei ihr untergehakt und war mit ihr zur Terrasse gegangen.

Rebecca gegenüber hatte er diesen Zwischenfall nicht erwähnt.

»Es ist nicht nur Tabitha. Es ist dieses ganze Haus.« Rebecca sah ihn an und blickte ihm zum erstenmal an diesem Abend tief in die Augen. »Wenn wir je hier leben müßten, würde ich sterben. Ganz bestimmt.« Sie erschauerte. »Dieses Haus hat etwas Unheimliches.«

»Warum sollten wir hier leben müssen? Was für ein absurder Gedanke!«

»Wer soll es denn übernehmen, wenn Lawrence nicht mehr da ist? Er hat keine Söhne, und du bist inzwischen sein einziger Bruder.«

Mortimer lachte ärgerlich – offensichtlich behagte ihm das Thema nicht. »Ich bezweifle sehr, daß ich Lawrence überleben werde. Er hat noch ein paar Jährchen vor sich.«

»Wahrscheinlich hast du recht«, sagte Rebecca schließlich. Sie warf einen letzten langen Blick auf das Moor, nahm dann ihre Perlenkette vom Frisiertisch und legte sie sorgfältig an. Draußen heulten hungrig die Hunde.

In der Tür, die von der Großen Halle zum Vorzimmer des Salons führte, blieben sie stehen. Rebecca hatte ihre schmale Hand in die von Mortimer gelegt. Sie sah sich einem ganzen Raum voller Winshaws gegenüber. Es waren nicht mehr als ein Dutzend, doch ihr kamen sie vor wie eine riesige, unüberschaubare Menge, deren wiehernde, blökende Stimmen zu einem einzigen Brei verschmolzen. Innerhalb von Sekunden hatte man sich auf sie und ihren Mann gestürzt. Sie wurden getrennt und von diesem oder jenem Grüppchen vereinnahmt, man tätschelte ihnen die Hand, klopfte ihnen auf die Schulter und küßte sie, man hieß sie willkommen und gratulierte ihnen, drückte ihnen ein Glas in die Hand, erkundigte sich nach ihrer Gesundheit und fragte, was es bei ihnen Neues gebe. Die Hälfte der Gesichter kannte Rebecca nicht; manchmal wußte sie nicht einmal, mit wem sie sich gerade unterhielt, und auch später blieb ihre Erinnerung an die Gespräche blaß und schemenhaft.

Doch wir sollten inzwischen die Gelegenheit nutzen und uns mit vier Mitgliedern der Familie näher bekanntmachen.

Beginnen wir mit Thomas Winshaw. Er ist fünfunddreißig und Junggeselle, und er muß sich immer noch vor seiner Mutter Olivia rechtfertigen, für die all seine glänzenden Erfolge in der Finanzwelt angesichts seines fortgesetzten Unvermögens, eine eigene Familie zu gründen, nicht zählen. Jetzt hört sie ihm mit verkniffenem Mund zu, während er sich bemüht, eine neue Entwicklung in seiner Karriere in einem besonders guten Licht darzustellen – eine Entwicklung, die sie offenbar noch dubioser als sonst findet.

»Heutzutage kann man unglaubliche Erträge erzielen, wenn man in Filme investiert, Mutter. Man muß nur einen einzigen großen Hit landen, und schon sitzt man auf einem riesigen Vermögen – genug, um ein Dutzend Reinfälle auszugleichen.«

»Wenn es dir nur um das Geld ginge, hättest du meinen Segen, und das weißt du auch«, sagt Olivia. Ihr Yorkshire-Akzent ist stärker als der ihrer Geschwister, aber ihre Mundwinkel sind ebenso humorlos nach unten verzogen. »Wenn es um Geld geht, bist du weiß Gott schon immer clever genug gewesen. Aber ich weiß von Henry, daß du ganz andere Motive hast, also versuch gar nicht erst, das zu bestreiten. Du bist hinter Schauspielerinnen her. Du willst ihnen eine Rolle versprechen können.«

»Manchmal redest du wirklich Unsinn, Mutter. Du solltest dich mal hören!«

»Ich will nur verhindern, daß irgendein Mitglied dieser Familie sich lächerlich macht. Die meisten dieser Frauen sind nichts anderes als Huren, und das Ende vom Lied wird sein, daß du dich mit einer ekligen Krankheit ansteckst.«

Doch Thomas, der für seine Mutter nichts anderes empfindet als für die meisten Menschen – nämlich eine solche Verachtung, daß er es selten für der Mühe wert hält, mit ihnen zu diskutieren –, lächelt nur. Irgend etwas an ihrer letzten Bemerkung scheint ihn zu amüsieren, und während er sich privaten Erinnerungen hingibt, bekommen seine Augen einen kalten Glanz. Er denkt gerade daran, daß seine Mutter völlig falsch liegt: Sein Interesse an jungen Schauspielerinnen, so groß es auch ist, beinhaltet keinen körperlichen Kontakt. In Wirklichkeit will er sie nicht berühren, sondern betrachten, und darum liegt der Reiz seiner neuen Rolle als Filmproduzent für Thomas hauptsächlich darin, jederzeit Zutritt zu den Studios zu haben. Er kann bei Szenen anwesend sein, die auf der Leinwand nur einen harmlosen Kitzel bewirken, bei deren Entstehung sich dem ernsthaften Voyeur aber echte Gelegenheiten bieten: Schlafzimmerszenen, Badezimmerszenen, Sonnenbadszenen, Szenen, in denen fehlende Bikinioberteile, sich auflösender Seifenschaum und fallende Handtücher eine Rolle spielen. Er hat Freunde, Spione, Günstlinge unter Schauspielern und Technikern, die ihm Bescheid geben, wenn eine solche Szene auf dem Drehplan steht. Er hat sogar schon Cutterinnen überredet, ihm Material zu überlassen, das herausgeschnitten wurde, weil man diese Szenen zu gewagt fand. (Anfangs hat Thomas nämlich in Komödien investiert, die mit eher bescheidenen Mitteln produziert wurden, in Unterhaltungsfilme von berechenbarer Popularität, mit Hauptdarstellern wie Sid James, Kenneth Connor, Jimmy Edwards und Wilfrid Hyde-White.) Aus diesem Material hat er sich seine Lieblingsbilder ausgewählt und Dias daraus gemacht, die er spätnachts, wenn all seine Angestellten nach Hause gegangen sind, an die Wand seines Büros in Cheapside projiziert. Das ist so viel sauberer, so viel persönlicher, so viel sicherer als die Mühsal, der er sich sonst unterziehen müßte: Er müßte Schauspielerinnen in sein Haus einladen und ihnen absurde Versprechungen machen – all dieser sanfte Druck, all dies Gefummel. Thomas ärgert sich über Henry, nicht so sehr, weil er ihrer Mutter ein Geheimnis verraten hat, sondern weil er zu glauben scheint, Thomas' Motive könnten derart niedrig und gewöhnlich sein.

»Du solltest nicht auf das hören, was Henry dir erzählt«, sagt er mit einem kühlen Lächeln. »Schließlich ist er Politiker.«

Und da ist er auch schon: Henry, Thomas' jüngerer Bruder, der bereits jetzt in dem Ruf steht, einer der ehrgeizigsten Labour-Abgeordneten seiner Generation zu sein. Die Beziehung zwischen den beiden Brüdern geht über die üblichen Blutsbande hinaus und schließt gemeinsame geschäftliche Interessen ein, denn Henry sitzt im Aufsichtsrat einiger Unternehmen, die von Thomas' Bank großzügig unterstützt werden. Sollte jemand die Kühnheit besitzen zu behaupten, diese Tätigkeiten und die sozialistischen Ideale, für die Henry im Unterhaus so entschieden eintritt, ließen sich wohl kaum miteinander vereinbaren, so hat Henry eine ganze Reihe wohleinstudierter Entgegnungen parat. Er ist naive Fragen gewöhnt, und darum kann er auch so fröhlich lachen, als sein junger Cousin Mark ihm einen spöttischen Blick zuwirft und sagt: »Tja, du wirst dann wohl morgen in aller Frühe nach London fahren, damit du noch rechtzeitig zur Demonstration kommst, oder? Wir wissen doch alle, daß ihr Labour-Genossen mit diesen Abrüstungstypen unter einer Decke steckt.«

»Einige meiner Kollegen werden zweifellos da sein. Mich wirst du dort allerdings nicht finden. Abrüstung bringt einfach keine Stimmen. Die meisten Menschen hierzulande wissen genau, was diese Leute sind, die nach einseitiger Abrüstung schreien: ein Haufen Spinner.« Er hält inne und läßt von einem Diener ihre Champagnergläser nachfüllen. »Weißt du, was die beste Neuigkeit war, die ich diesen Monat gehört habe?«

»Daß Bertrand Russell eine Woche Knast gekriegt hat?«

»Ich gebe zu, daß ich mir ein Lächeln nicht verkneifen

konnte. Aber ich dachte mehr an Chruschtschow. Ich nehme an, du hast gehört, daß er wieder mit Wasserstoffbombentests angefangen hat, irgendwo in der Arktis oder so.«

»Tatsächlich?«

»Du kannst Thomas fragen, was ein paar Tage später mit den Munitionsfabrikaktien passiert ist. Die sind hochgeschossen wie Raketen. Wie Raketen. Wir haben über Nacht ein paar Hunderttausend verdient. Ich sage dir, vor ein paar Monaten, als Gagarin hier war und alle von Entspannung gefaselt haben, sah es nicht gut aus. Das hat mir ganz und gar nicht gefallen. Aber Gott sei Dank war das eine Eintagsfliege. Erst die Mauer, und dann fangen die Rußkis auch noch an, wieder mit Knallfröschen zu spielen. Es sieht so aus, als wären wir wieder im Geschäft.« Er trinkt sein Glas aus und klopft seinem Cousin liebevoll auf die Schulter. »Dir kann ich das natürlich sagen – du gehörst ja zur Familie.«

Mark Winshaw verarbeitet diese Information schweigend. Er hat, vielleicht weil er seinen Vater, Godfrey, nie kennengelernt hat, seine Cousins immer als Vaterfiguren und Vorbilder betrachtet. (Seine Mutter hat natürlich ebenfalls versucht, ihn zu führen und zu leiten und ihm ihre eigenen Werte und Wahrheiten zu vermitteln, doch hat er sie von klein auf bewußt ignoriert.) Thomas und Henry haben ihm schon eine Menge beigebracht: Wie man Geld macht und wie man die Streitigkeiten und Konflikte zwischen geringeren, schwächeren Menschen für seine eigenen Zwecke nützen kann. In ein paar Wochen wird er nach Oxford gehen, und in den Sommerferien hat er auf einem untergeordneten Posten in Thomas' Bank in Cheapside gearbeitet.

»Es war wirklich nett von dir, ihm den Job zu geben«, sagt Mildred gerade zu Thomas. »Ich hoffe, er hat dir keinen Ärger gemacht.«

In Marks Augen steht unverhüllter Haß, doch niemand sieht es, und er sagt nichts.

»Aber ganz und gar nicht«, sagt Thomas. »Er hat sich sehr nützlich gemacht. Und er hat bei meinen Kollegen einen tiefen Eindruck hinterlassen. Einen sehr tiefen Eindruck.«

»Tatsächlich? Inwiefern?«

Thomas erzählt ihr von einer Diskussion zwischen Gesellschaftern der Bank, die sich an einem Freitag nachmittag zum Essen in der City getroffen hätten – einem Essen, zu dem Mark ebenfalls eingeladen gewesen sei. Bei dem Gespräch sei es um einen ehemaligen Gesellschafter gegangen, der sich wegen der Rolle der Bank in der Kuwait-Krise zurückgezogen habe. Thomas fühlt sich verpflichtet, Mildred die Einzelheiten dieser Krise zu erklären, denn er nimmt an, daß sie, eine Frau, nichts davon weiß. Kuwait, sagt er, sei im Juni zum unabhängigen Scheichtum erklärt worden, worauf Brigadegeneral Kassem nur eine Woche später die Absicht kundgetan habe, dieses Scheichtum seinem Land einzuverleiben, und zwar mit der Begründung, es sei schon immer ein »integraler Bestandteil« des Irak gewesen. Kuwait habe sich sogleich an die britische Regierung gewandt, mit der Bitte um militärische Unterstützung, die dann sowohl von Außenminister Lord Home als auch von Lordsiegelbewahrer Edward Heath zugesagt worden sei. Und seit der ersten Juliwoche seien mehr als sechstausend britische Soldaten von Kenia, Aden, Zypern, Deutschland und Großbritannien nach Kuwait verlegt worden, wo sie nur fünf Meilen hinter der Grenze eine sechzig Meilen lange Verteidigungslinie errichtet und sich auf einen irakischen Angriff eingerichtet hätten.

»Der springende Punkt war«, sagt Thomas, »daß einer der Juniorpartner, Pemberton-Oakes, nicht damit zurechtkam, daß wir den Irakern immer noch enorme Summen leihen, damit sie ihre Armee unterhalten können. Er sagte, sie seien unsere Feinde und wir befänden uns mehr oder weniger im Krieg mit ihnen und sollten ihnen überhaupt nicht helfen. Wir sollten aus Prinzip – ich glaube, das war das Wort, das er gebrauchte – die Kuwaitis unterstützen, auch wenn ihre Sicherheiten nicht gerade großartig seien und die Bank auf lange Sicht nicht viel daran verdienen werde. Tja, und schon war eine muntere Diskussion im Gange – der eine hat dies zu sagen, der andere jenes, und plötzlich kommt jemand auf die großartige Idee, unseren jungen Freund Mark nach seiner Meinung zu fragen.«

»Und was war seine Meinung?« fragt Mildred, und in ihrer Stimme ist ein resignierter Unterton.

Thomas schmunzelt. »Er sagte, für ihn sei der richtige Kurs ganz klar. Er meinte, wir sollten selbstverständlich beiden Seiten Geld leihen, und wenn es zum Kriegsausbruch käme, sollten wir ihnen noch mehr leihen, damit sie den Krieg so lange wie möglich führen können und immer mehr Material und Menschen verlieren und immer tiefer in unsere Schuld geraten. Du hättest ihre Gesichter sehen sollen! Wahrscheinlich hatten das alle gedacht, aber er hatte als einziger den Mumm, es auch auszusprechen.« Er wendet sich zu Mark, dessen Gesicht die ganze Zeit vollkommen ausdruckslos geblieben ist. »Mein lieber Mark, du wirst es im Bankgeschäft noch weit bringen. Noch sehr weit.«

Mark lächelt. »Ach, ehrlich gesagt glaube ich nicht, daß das etwas für mich wäre. Ich will mich mehr ins Getümmel stürzen. Trotzdem danke, daß du mir diese Gelegenheit gegeben hast. Ich hab dabei das eine oder andere gelernt.«

Er dreht sich um und durchquert den Raum und weiß, daß die Augen seiner Mutter ihm folgen.

Mortimer geht auf Dorothy Winshaw zu, die Tochter von Lawrence und Beatrice. Sie hat ein kaltes, gerötetes Gesicht und steht allein in einer Ecke. Wie immer hat sie die Lippen zu einem verdrießlichen, bösen Schmollmund verzogen.

»Ah, sieh da«, sagt Mortimer und bemüht sich, freudige Überraschung in seine Stimme zu legen. »Na, wie geht's meiner Lieblingsnichte?« (Dorothy ist, nebenbei gesagt, seine einzige Nichte, und darum ist diese Anrede ein ganz klein wenig unaufrichtig.) »Der große Tag ist nicht mehr fern. Schon ein bißchen aufgeregt?«

»Ja, ja«, sagt Dorothy und klingt alles andere als aufgeregt. Mortimer spielt auf die Tatsache an, daß sie sich in Kürze, mit fünfundzwanzig Jahren, mit George Brunwin verheiraten wird, einem der erfolgreichsten und beliebtesten Grundbesitzer des Landes.

»Ach, nun komm schon«, sagt Mortimer. »Du fühlst dich doch sicher ... äh ...«

28

»Ich fühle mich genau so, wie sich jede Frau fühlen würde, die weiß, daß sie demnächst einen der größten Idioten der Welt heiraten wird«, erwidert Dorothy.

Mortimer sieht sich um, ob ihr Verlobter, der ebenfalls eingeladen ist, diese Bemerkung gehört haben könnte. Dorothy scheint das nicht zu kümmern.

»Was meinst du denn damit?«

»Ich meine damit, daß wir, wenn er nicht ganz schnell erwachsen wird und merkt, daß wir im zwanzigsten Jahrhundert leben, bettelarm sein werden.«

»Aber Brunwin leitet eine der besten Farmen weit und breit. Das weiß jeder.«

Dorothy schnaubt verächtlich. »Daß George vor zwanzig Jahren Landwirtschaft studiert hat, heißt nicht, daß er auch nur die leiseste Ahnung hat, was in der modernen Welt passiert. Du lieber Himmel, er weiß nicht mal, was ein Effizienzfaktor ist!«

»Ein Effizienzfaktor?«

»Das ist das Verhältnis«, erklärt Dorothy geduldig, als hätte sie es mit einem einfältigen Stallburschen zu tun, »zwischen dem, was man in ein Tier *hineinsteckt*, und dem, was man am Ende in Form von Fleisch wieder *herausbekommt*. Man braucht nur ein paar Nummern von *Farming Express* gelesen zu haben, um Bescheid zu wissen. Du hast doch bestimmt schon mal von Henry Saglio gehört, oder?«

»Äh... ein Politiker?«

»Henry Saglio ist ein amerikanischer Hühnerfarmer, bei dem sich die englische Hausfrau nur bedanken kann. Er hat eine neue Rasse von Masthähnchen gezüchtet, die in neun Wochen dreieinhalb Pfund schwer werden, bei einem Futtereffizienzfaktor von 2,3. Er geht nach modernsten Methoden der Intensivwirtschaft vor.« Dorothy erwärmt sich für das Thema, wie es Mortimer bei ihr noch nie erlebt hat. Ihre Augen glühen. »Und George, dieser Einfaltspinsel, läßt seine Hühner noch immer unter freiem Himmel herumscharren, als wären sie Haustiere. Ganz zu schweigen von seinen Mastkälbern, die auf Stroh schlafen dürfen und wahrscheinlich mehr Auslauf kriegen als seine blöden Hunde. Und dann wundert er sich, warum sie kein gutes weißes Fleisch geben!«

»Tja, ich weiß nicht...«, sagt Mortimer. »Vielleicht denkt er an andere Dinge. Vielleicht setzt er andere Prioritäten.«

»Andere Prioritäten?«

»Na ja, das... Wohlergehen der Tiere. Die Atmosphäre auf seiner Farm.«

»Die *Atmosphäre*?«

»Manchmal gibt es im Leben Wichtigeres als den Profit, Dorothy.«

Sie starrt ihn an. Ihre patzige Antwort entspringt vielleicht der Wut darüber, daß er in einem Ton mit ihr redet, den sie von früher kennt: Es ist der Ton, in dem ein Erwachsener mit einem vertrauensvollen Kind spricht.

»Daddy hat immer schon gesagt, du und Tante Tabitha, ihr seid die Verrückten in dieser Familie.«

Sie stellt ihr Glas ab, schiebt ihren Onkel beiseite und geht mit raschen Schritten zu einem Grüppchen am anderen Ende des Raums.

Im Kinderzimmer finden wir zwei weitere Winshaws, die eine Rolle in der Familiengeschichte spielen werden. Roddy und Hilary sind neun und sieben Jahre alt. Sie haben keine Lust mehr, mit Schaukelpferden, Modelleisenbahnen, Tischtennis-Sets und Puppen zu spielen. Sie haben auch keine Lust mehr zu versuchen, Schwester Gannet zu wecken, indem sie ihr die Nase mit einer Feder kitzeln. (Die Feder stammt übrigens von einem Spatzen, den Roddy am Nachmittag mit dem Luftgewehr erlegt hat.) Sie sind kurz davor, sich aus dem Kinderzimmer zu schleichen und nach unten zu gehen, um zu lauschen – auch wenn ihnen der Gedanke an die langen, schwach beleuchteten Flure und Treppen, ehrlich gesagt, ein bißchen angst macht –, als Roddy eine Idee hat.

»Ich weiß was!« sagt er, stürzt sich auf ein kleines Tretauto und zwängt sich mit Mühe auf den Fahrersitz. »Ich bin Juri Gagarin, und das hier ist meine Raumkapsel, und ich bin gerade auf dem Mars gelandet.«

Wie jeder Junge seines Alters bewundert Roddy den jungen Kosmonauten. Vor ein paar Monaten hat er Gagarin gesehen, als dieser die Ausstellung im Earl's Court besuchte, und Mortimer hat Roddy hochgehoben, so daß er dem Mann, der eine Reise zu den Sternen gemacht hat, sogar die Hand schütteln konnte. Jetzt sitzt er in dem viel zu kleinen Auto, beginnt mit aller Kraft zu treten und gibt gutturale Motorengeräusche von sich. »Gagarin an Bodenstation, Gagarin an Bodenstation. Können Sie mich empfangen?«

»Und wer soll ich sein?« fragt Hilary.

»Du kannst Laika sein, die russische Weltraumhündin.«

»Aber die ist doch tot. Sie ist in der Rakete gestorben. Onkel Henry hat es mir erzählt.«

»Du kannst ja einfach so tun als ob.«

Also krabbelt Hilary auf allen vieren herum, bellt ausgiebig, schnuppert an marsianischen Felsbrocken und scharrt im Staub. Nach etwa zwei Minuten hat sie genug davon. »Das ist langweilig.«

»Halt's Maul. Major Gagarin ruft Bodenstation. Ich bin auf dem Mars gelandet und suche jetzt nach Anzeichen für intelligentes Leben. Bis jetzt sehe ich nur... Heh, was ist das?« Auf dem Fußboden glitzert etwas. Er tritt in die Pedale, doch Hilary ist schneller als er.

»Eine halbe Krone!«

Sie hat ihre Hand auf die Münze gelegt, und ihre Augen funkeln triumphierend. Major Gagarin steigt aus seiner Raumkapsel und baut sich vor ihr auf.

»Ich hab's zuerst gesehen. Her damit!«

»Das könnte dir so passen.«

Langsam, aber mit Bedacht, stellt Roddy seinen Fuß auf Hilarys Hand und verlagert sein Gewicht darauf. »Gib das Geld her!«

»Nein!«

Als Roddy den Druck vergrößert, schreit Hilary immer lauter. Plötzlich hört man ein Knacken – das Brechen und Splittern von Knochen. Hilary brüllt, während ihr Bruder sich bückt und das Geldstück seelenruhig und zufrieden aufhebt. Blut ist auf dem Boden. Hilary sieht es, und ihre Schreie werden schriller und durchdringender, bis sie laut genug sind, um Schwester Gannet aus ihrem Kakaoschlaf zu wecken.

Die Dinnerparty geht ihren Gang. Die Gäste haben ihren Appetit mit einer leichten Suppe aus Kürbis und Rahmkäse angeregt und kurzen Prozeß mit der in trockenem Martini gedämpften und mit einer Nesselsauce angerichteten Forelle gemacht. Während sie auf den dritten Gang warten, entschuldigt sich Lawrence, der am Kopfende des Tisches sitzt, und verläßt den Raum. Bei seiner Rückkehr bleibt er an der Mitte des Tisches bei Mortimer, dem Ehrengast, stehen, um sich diskret nach dem Befinden ihrer Schwester zu erkundigen.

»Was meinst du: Steht unsere Familienidiotin das durch?« flüstert er.

Mortimer verzieht das Gesicht und antwortet in vorwurfsvollem Ton: »Falls du Tabitha meinst, kann ich nur sagen, daß sie sich tadellos benimmt. Nicht anders, als ich es erwartet habe.«

»Ich hab euch heute nachmittag gesehen, wie ihr auf dem Krocketrasen einen kleinen Plausch gehalten habt. Du hast ein ziemlich ernstes Gesicht gemacht. Ich hoffe, es gab keine Probleme.«

»Natürlich nicht. Wir haben bloß einen Spaziergang gemacht.« Mortimer sieht eine Möglichkeit, das Thema zu wechseln. »Der Park ist übrigens großartig in Schuß. Besonders der Jasmin. Der Duft ist wirklich atemberaubend. Du mußt mir irgendwann mal dein Geheimrezept verraten.«

Lawrence lacht böse. »Manchmal glaube ich wirklich, du bist genauso verrückt wie sie. Ich kann dir versichern, daß es im ganzen Park keinen Jasmin gibt. Nicht das kleinste Zweiglein.« Er hebt den Kopf und sieht, daß eine silberne Terrine hereingetragen wird. »Ah, da kommt der nächste Gang.«

Rebecca befaßt sich gerade mit ihrem Hasenrücken in Currysauce, als sie hinter sich ein diskretes Hüsteln hört.

»Was gibt es, Pyles?«

»Wenn ich Sie kurz sprechen dürfte, Mrs. Winshaw – es handelt sich um eine Angelegenheit von einiger Dringlichkeit.« Sie folgt ihm in den Verbindungskorridor, und als sie eine Minute später zurückkehrt, ist sie leichenblaß.

»Die Kinder«, berichtet sie ihrem Mann. »Es hat im Kinderzimmer einen dummen Unfall gegeben. Hilary hat sich an der Hand verletzt. Ich muß mit ihr ins Krankenhaus.«

Mortimer erschrickt und erhebt sich halb von seinem Stuhl. »Etwas Ernstes?«

»Ich glaube nicht. Aber sie ist ganz durcheinander.«

»Ich komme mit.«

»Nein, nein, du mußt hierbleiben. Es wird nicht länger als eine Stunde dauern. Bleib hier und genieß dein Fest.«

Aber Mortimer genießt sein Fest ganz und gar nicht. Das einzige Angenehme an diesem Fest war die Anwesenheit seiner Frau. In den letzten Jahren ist Rebecca für ihn immer mehr zu einem Schutz vor seiner verhaßten Familie geworden. Jetzt, da sie fort ist, muß er sich notgedrungen den größten Teil des Abends anhören, was seine Schwester Olivia zu sagen hat, die spröde, sauertöpfische Olivia, die gnadenlos auf ihn einredet. Es geht um die Verwaltung ihres Besitzes und die Erträge ihrer Aktienpakete, um die bevorstehende Erhebung ihres Mannes in den niederen Adelsstand für seine Verdienste um die Industrie und schließlich um die politische Zukunft ihres Sohnes Henry, der wenigstens clever genug gewesen ist zu erkennen, daß die Labour Party ihm die besten Chancen bietet, mit vierzig auf einem Ministersessel zu sitzen. Mortimer nickt ergeben zu diesem Monolog und mustert zwischendurch die anderen Gesichter am Tisch: Dorothy schaufelt das Essen in sich hinein, ihr einfältiger Verlobter sitzt verdrossen neben ihr, Marks berechnender, verschlagener Blick gleitet unablässig und wachsam von einem zum anderen, die unschuldige, verwirrte Mildred erzählt Thomas zaghaft eine Anekdote, und der hört mit dem kalten Desinteresse eines Handelsbankiers zu, der gleich einem kleinen Geschäftsmann den Kredit verweigern wird. Und schließlich ist da noch Tabitha, die sich kerzengerade hält und kein Wort sagt. Mortimer bemerkt, daß sie alle paar Minuten auf ihre Taschenuhr sieht und mehr als einmal einen der Diener bittet, auf der Standuhr im Korridor nachzusehen, wie spät es ist. Im übrigen sitzt sie reglos da und starrt Lawrence unverwandt an. Es scheint fast, als warte sie auf etwas.

Kurz bevor der Kaffee serviert wird, ist Rebecca aus dem Krankenhaus zurück. Unauffällig setzt sie sich auf ihren Platz und drückt ihrem Mann beruhigend die Hand.

»Alles in Ordnung«, sagt sie. »Schwester Gannet bringt sie gerade ins Bett.«

Lawrence erhebt sich, klopft mit dem Dessertlöffel auf den Tisch und bringt einen Toast aus.

»Auf Mortimer und seinen fünfzigsten Geburtstag!« sagt er. »Gesundheit, Glück und ein langes Leben!«

Es erklingt ein gemurmeltes Echo aus »Mortimer« und »Gesundheit, Glück und langes Leben«, und die Gäste leeren ihre Gläser. Man hört ein lautes, zufriedenes Seufzen, und jemand sagt: »Es war wirklich ein besonders schöner Abend.«

Alle wenden den Kopf. Tabitha hat gesprochen.

»Ihr könnt euch nicht vorstellen, wie schön es ist, mal rauszukommen. Wenn nur...« Sie runzelt die Stirn und macht ein gedankenverlorenes, trauriges Gesicht. »Ich muß immer daran denken, wie schön es wäre, wenn Godfrey heute abend unter uns sein könnte.«

Es entsteht eine peinliche Stille. Schließlich sagt Lawrence in einem Versuch jovialer Verbindlichkeit: »Ganz recht, ganz recht.«

»Er hatte Mortimer so gern. Morty war ganz eindeutig sein Lieblingsbruder. Das hat er mir oft gesagt. Mortimer war ihm viel lieber als Lawrence. Daran hat er nie einen Zweifel gelassen.« Sie runzelt abermals die Stirn und läßt ihren Blick über die Anwesenden gleiten. »Ich frage mich, wieso wohl.«

Niemand antwortet. Niemand sieht sie an.

»Ich glaube... Ich *glaube,* er wußte, daß Mortimer ihm nie nach dem Leben getrachtet hat.«

Sie sieht ihre Verwandten der Reihe nach an, als suche sie nach Bestätigung. Es herrscht entsetztes, absolutes Schweigen.

Tabitha legt ihre Serviette auf den Tisch, schiebt ihren

Stuhl zurück und steht mühsam auf. »Tja, für mich ist es Zeit, zu Bett zu gehen. Den Holzweg hinauf ins Federnland, wie Nanny immer sagte.«

Sie geht zur Tür, und es ist schwer zu sagen, ob sie noch zu den anderen oder nur mit sich selbst spricht. »Hinauf, hinauf, wo mein Bettchen steht, wo ich niederknie und sprech mein Gebet.« Sie bleibt stehen und dreht sich um. Ihre nächste Frage ist ohne jeden Zweifel an ihren Bruder gerichtet. »Sprichst du eigentlich noch dein Nachtgebet, Lawrence?«

Er gibt keine Antwort.

»Wenn ich du wäre, würde ich es heute abend tun.«

Rebecca fühlte nichts mehr. Sie ließ sich in die dicken Kissen zurücksinken, spreizte leicht die Beine und massierte die schmerzende Stelle an ihrem Oberschenkel. Neben ihr sank Mortimer, den Kopf schwer auf ihre Schulter gebettet, bereits in den Schlaf. Er hatte fast vierzig Minuten gebraucht. Es dauerte jedesmal länger, und obwohl er alles in allem sanft und rücksichtsvoll war, fand Rebecca diese Marathonveranstaltungen langsam etwas ermüdend. Ihr Rücken tat weh, und ihr Mund war wie ausgetrocknet, doch sie konnte sich nicht nach dem Wasserglas auf dem Nachttisch strecken, ohne ihren Mann zu stören.

Er begann schläfrig, zusammenhangslose Satzfetzen zu murmeln. Sie strich ihm über das schüttere Haar.

»... würde ich ohne dich ... so lieb ... machst alles erträglich ... alles gut ...«

»Ist ja gut«, flüsterte sie. »Morgen fahren wir nach Hause. Jetzt hast du es überstanden.«

»... hasse sie alle ... wenn du nicht da wärst ... sie manchmal am liebsten umbringen ... alle umbringen ...«

Sie hoffte, daß Hilary schlafen konnte. Drei Finger waren gebrochen. Die Geschichte von dem Unfall hatte Rebecca nicht geglaubt, nicht eine Sekunde lang. Roddy war in letzter Zeit alles zuzutrauen. Zum Beispiel diese Fotos, mit denen sie ihn erwischt hatte ... Wie sich herausgestellt hatte, waren sie ein Geschenk von Thomas gewesen, diesem Mistkerl ...

Eine halbe Stunde später, um Viertel vor zwei, schnarchte

Mortimer sanft und ruhig, doch Rebecca war noch immer hellwach. Mit einemmal hörte sie Schritte auf dem Korridor. Jemand schlich an ihrer Tür vorbei.

Dann begann der Lärm. Es rumpelte und krachte – unverkennbar war ein Kampf im Gange. Es schienen zwei Männer zu sein, die ihre ganze Kraft einsetzten und was immer in Griffweite war als Waffe gebrauchten. Sie ächzten vor Anstrengung, sie schrien und fluchten. Rebecca hatte gerade ihren Morgenrock angezogen und das Licht eingeschaltet, als sie einen langgezogenen, schrecklichen Schrei vernahm, viel lauter als die Geräusche zuvor. Überall in Winshaw Towers wurde Licht gemacht, und Rebecca hörte Schritte, die in die Richtung des Aufruhrs eilten. Sie selbst blieb, vor Angst wie versteinert, wo sie war. Obgleich sie etwas Derartiges noch nie gehört hatte, wußte sie, was das gewesen war: der Todesschrei eines Menschen.

Zwei Tage später erschien in der örtlichen Zeitung folgender Artikel:

Versuchter Einbruch in Winshaw Towers

Hausherr tötet Einbrecher

Dramatische Szenen haben in der vergangenen Samstagnacht in Winshaw Towers zu dem tragischen Ende einer Familienfeier geführt.

Vierzehn Gäste hatten sich anläßlich des fünfzigsten Geburtstags von Mortimer Winshaw in dem dreihundert Jahre alten Anwesen seines älteren Bruders Lawrence eingefunden. Kurz nachdem man zu Bett gegangen war, drang ein bisher nicht identifizierter Mann in das Anwesen ein, was ihn wenig später das Leben kosten sollte.

Der Einbrecher verschaffte sich offenbar durch das gewöhnlich fest verschlossene Fenster der Bibliothek Zugang zum Haus. Anschließend betrat er Lawrence Winshaws Schlafzimmer, wo es zu einem heftigen Kampf kam, in dessen Verlauf Mr. Winshaw dem Einbrecher in Selbstverteidigung einen tödlichen Schlag mit einem kupfernen Rückenkratzer versetzte, der immer auf seinem Nachttisch liegt. Der Einbrecher war auf der Stelle tot.

Die Polizei hat den Angreifer, der nicht aus dieser Gegend zu stammen scheint, bislang nicht identifizieren können, ist jedoch überzeugt, daß er es auf Wertgegenstände abgesehen hatte. Ein Polizeisprecher schloß eine Anklage gegen den Hausherrn aus und fügte hinzu, Mr. Winshaw habe infolge des Zwischenfalls einen schweren Schock erlitten.

Die Ermittlungen dauern an. Wir werden unsere Leser über die weiteren Ergebnisse auf dem laufenden halten.

Am Sonntag morgen, dem Tag nach seiner Geburtstagsfeier, war Mortimer innerlich zerrissen. Sein Familiensinn − oder vielmehr jener kleine, in den abgelegenen Winkeln seines Herzens noch verborgene Rest davon − sagte ihm, er müsse bei seinem Bruder bleiben und ihm nach diesem Schock beistehen, während sich zugleich nicht verbergen ließ, daß Rebecca Winshaw Towers so bald wie möglich verlassen und zu ihrer Wohnung in Mayfair zurückkehren wollte. Letztlich fiel Mortimer die Entscheidung nicht schwer. Er konnte seiner Frau ohnehin nichts abschlagen, und außerdem waren genug Winshaws da, die sich seines Bruders annehmen und ihm über diese schwere Zeit hinweghelfen würden. Um elf Uhr stand das Gepäck in der Halle bereit, um in den silbergrauen Bentley geladen zu werden, und Mortimer war auf dem Weg, sich von Tabitha zu verabschieden, die, seit ihr der schreckliche Vorfall zu Ohren gekommen war, ihr Zimmer nicht verlassen hatte.

Als er am Ende des Hauptkorridors Pyles sah, winkte er ihn zu sich.

»Hat Dr. Quince heute morgen nach Miss Tabitha gesehen?« fragte er.

»Ja, Sir. Er hat sie recht früh aufgesucht, etwa um neun Uhr.«

»Ich verstehe. Ich möchte nicht ... Ich hoffe, das Hausper-
sonal denkt nicht, daß sie mit ... diesen Ereignissen irgend
etwas zu tun hat.«

»Was die anderen Dienstboten denken, entzieht sich meiner Kenntnis, Sir.«

»Natürlich, natürlich. Wenn Sie bitte dafür sorgen würden, daß unser Gepäck eingeladen wird, Pyles. Ich werde
mich inzwischen von meiner Schwester verabschieden.«

»Sehr wohl, Sir. Erlauben Sie mir zu bemerken, Sir: Ich
glaube, Ihre Schwester hat im Augenblick Besuch.«

»Besuch?«

»Vor etwa zehn Minuten kam ein Gentleman und fragte
nach ihr, Sir. Burrows hat ihm geöffnet und ihn bedauerlicherweise zu Miss Tabithas Zimmer geführt.«

»Ich verstehe. Ich werde mal nachsehen.«

Eilig stieg Mortimer die Treppen zu dem Stockwerk hinauf, in dem sich das Zimmer seiner Schwester befand, und
blieb vor der Tür stehen. Drinnen war es still. Erst geraume
Zeit nachdem er geklopft hatte, hörte er Tabitha mit brüchi-
ger, ausdrucksloser Stimme »Herein!« rufen.

»Ich wollte nur auf Wiedersehen sagen«, erklärte er und
überzeugte sich mit einem Blick davon, daß sie allein war.

»Auf Wiedersehen«, sagte Tabitha. Sie strickte an etwas
Großem, Purpurrotem, Formlosem, und eine Ausgabe von
Spitfire! lag aufgeschlagen auf dem Tisch neben ihr.

»Wir sollten uns öfter sehen«, fuhr Mortimer nervös fort.
»Kommst du uns vielleicht mal in London besuchen?«

»Das bezweifle ich«, antwortete sie. »Dr. Quince war heute
morgen hier, und ich weiß, was das bedeutet. Sie werden
versuchen, mir das, was gestern nacht passiert ist, in die
Schuhe zu schieben, und mich wieder in die Anstalt stecken.«
Sie lachte und zuckte ihre knochigen Schultern. »Ach, was
soll's. Ich hab meine Chance verspielt.«

»Deine Chance ...?« Mortimer hielt inne. Er ging zum
Fenster und sagte, so beiläufig wie möglich: »Na ja, es gibt da
einige ... Umstände, die man sich bisher nicht erklären kann.
Zum Beispiel das Fenster in der Bibliothek: Pyles schwört,
daß es fest verschlossen war, und trotzdem scheint der Einbrecher, wer immer es war, nicht gewaltsam eingedrungen

zu sein. Du weißt wohl nicht zufällig ...« Er sprach den Satz nicht zu Ende.

»Nun sieh dir an, was du mit deinem Geplapper angerichtet hast«, sagte Tabitha. »Ich hab eine Masche fallen lassen.«

Mortimer erkannte, daß er seine Zeit verschwendete. »Tja, dann werde ich mal ...«

»Gute Reise«, sagte Tabitha, ohne aufzusehen.

In der Tür blieb Mortimer stehen. »Übrigens«, sagte er, »wer hat dich eigentlich eben besucht?«

Sie sah ihn ausdruckslos an. »Besucht?«

»Pyles sagt, vor ein paar Minuten hat dich ein Mann besucht.«

»Nein, da hat er sich geirrt.«

»Ich verstehe.« Mortimer holte tief Luft und wollte gerade gehen, als ihm etwas auffiel. Er runzelte die Stirn und drehte sich um. »Bilde ich mir das ein, oder ist hier wirklich ein eigenartiger Geruch im Raum?« fragte er.

»Das ist Jasmin«, sagte Tabitha und sah ihn zum erstenmal strahlend an. »Herrlich, nicht?«

3

Damals war Juri mein alles überragender Held. Meine Eltern schnitten alle Fotos von ihm aus, und ich befestigte sie mit Reißnägeln an einer Wand in meinem Zimmer. Inzwischen ist sie neu tapeziert worden, aber früher konnte man, noch viele Jahre nachdem die Bilder abgenommen worden waren, die Löcher sehen, welche die Reißnägel hinterlassen haben: winzige Punkte, die in einem willkürlichen, phantastischen Muster über die Wand verteilt waren wie Sterne. Ich wußte, daß Gagarin kürzlich in London gewesen war. Ich hatte im Fernsehen gesehen, wie er durch von winkenden Menschen gesäumte Straßen gefahren war. Ich hatte gehört, daß er die Ausstellung im Earl's Court besucht hatte, und das Wissen, daß er Hunderten von Kindern die Hand geschüttelt hatte, machte mich gelb vor Neid auf diese Glückspilze. Trotzdem war ich nicht auf den Gedanken gekommen, meine Eltern zu fragen, ob sie mit mir dorthin fahren würden. Eine Fahrt nach London wäre für meine Familie ein ebenso kühnes, ehrgeiziges Unterfangen gewesen wie eine Reise zum Mond.

Doch dann kam mein neunter Geburtstag, und mein Vater schlug zwar keine Reise zum Mond vor, aber immerhin einen kleinen Flug durch die Stratosphäre in Form eines Ausflugs nach Weston-super-Mare. Man versprach mir einen Besuch der kürzlich eröffneten Modelleisenbahn und des Aquariums und sagte, wenn das Wetter schön sei, würden wir ins Freibad gehen. Es war Mitte September, der 17. September 1961, um genau zu sein. Meine Großeltern waren ebenfalls eingeladen, und damit meine ich die Eltern meiner Mutter, denn mit denen meines Vaters hatten wir nichts zu tun. Ich wußte zwar, daß sie noch lebten, doch so weit ich zurückdenken konnte, hatten wir nie etwas von ihnen gehört. Möglicherweise hielt mein Vater Kontakt mit ihnen, ohne daß wir

40

es merkten, auch wenn ich das bezweifle. Er zeigte seine Gefühle nie offen, und selbst heute könnte ich nicht sagen, ob er seine Eltern sehr vermißte oder nicht. Jedenfalls kam er mit Grandma und Grandpa ganz gut zurecht und hatte sich im Lauf der Jahre ein dickes Fell gegen Grandpas gutmütige, aber unablässige Sticheleien zugelegt. Ich glaube, meine Mutter hatte ihre Eltern zu diesem Ausflug eingeladen, wahrscheinlich ohne meinen Vater zu fragen. Trotzdem gab es deswegen keine Unstimmigkeiten. Meine Eltern stritten sich nie. Mein Vater murmelte bloß, er hoffe, sie würden hinten sitzen.

Doch natürlich mußten die Frauen hinten sitzen, und ich zwischen ihnen. Grandpa saß auf dem Beifahrersitz, auf dem Schoß einen Straßenatlas und auf dem Gesicht ein versonnenes, heiteres Lächeln – ein sicheres Zeichen dafür, daß mein Vater sich auf einen harten Tag gefaßt machen mußte. Sie hatten sich bereits darüber gestritten, mit welchem Wagen wir fahren sollten. Der Volkswagen meiner Großeltern war alt und unzuverlässig, aber mein Großvater ließ keine Gelegenheit aus, sich über die britischen Wagen lustig zu machen, die mein Vater, der in einem kleinen Zulieferbetrieb arbeitete, aus Loyalität zu seinen Arbeitgebern und zu seinem Land kaufte.

»Daumen drücken«, rief Grandpa, als mein Vater den Zündschlüssel drehte, und als der Wagen beim ersten Versuch ansprang, sagte er: »Es geschehen noch Zeichen und Wunder.«

Ich hatte zum Geburtstag ein Reiseschachspiel bekommen, und Grandma und ich machten, um uns die Zeit zu vertreiben, ein paar Spiele. Keiner von uns beiden kannte die Regeln auch nur entfernt, aber das wollten wir nicht zugeben, und so behalfen wir uns mit einer Improvisation, die eine Mischung aus Dame und Tischfußball war. Meine Mutter war so nachdenklich und in sich gekehrt wie immer und sah nur aus dem Fenster; vielleicht hörte sie auch dem Gespräch der beiden Männer auf den Vordersitzen zu.

»Was ist los?« fragte Grandpa. »Versuchst du, Benzin zu sparen, oder was?«

Mein Vater reagierte nicht.

»Hier darfst du siebzig fahren«, fuhr Grandpa fort. »Ich hab vorhin das Schild gesehen.«

»Wir wollen nicht zu früh da sein. Schließlich sind wir nicht in Eile.«

»Tja, wahrscheinlich fängt diese Rostlaube an zu klappern, wenn du schneller als sechzig fährst. Außerdem wollen wir ja heil ankommen, nicht? Paß aber auf – ich glaube, der Radfahrer hinter uns will überholen.«

»Sieh mal, Michael: Kühe«, sagte meine Mutter, um mich abzulenken.

»Wo?«

»Auf der Wiese da.«

»Der Junge weiß, wie Kühe aussehen«, sagte Grandpa. »Laß ihn in Frieden. Hört ihr auch dieses Rasseln?«

Niemand hörte ein Rasseln.

»Ich höre es ganz genau. Wahrscheinlich geht gerade ein Lager oder so kaputt.« Er wandte sich an meinen Vater. »Welches Teil von diesem Wagen hast du noch mal entworfen, Ted? War es nicht der Aschenbecher?«

»Die Lenksäule«, sagte mein Vater.

»Sieh mal, Michael: Schafe.«

Wir parkten an der Promenade. Die Federwölkchen am Himmel erinnerten mich an Zuckerwatte, und die anschließende Assoziationskette führte mich zwangsläufig zu einem Verkaufsstand am Pier, wo meine Großeltern mir einen riesigen rosigen Ball dieser pappsüßen Ambrosia kauften sowie eine Zuckerstange, die ich für später aufhob. Normalerweise hätte mein Vater eine Bemerkung über die psychologisch wie zahnmedizinisch fatalen Folgen eines solchen Geschenkes gemacht, doch weil ich Geburtstag hatte, ließ er es durchgehen. Ich setzte mich auf eine niedrige Mauer mit Blick auf das Meer, machte mich über die Zuckerwatte her und genoß den köstlichen Widerspruch zwischen ihrer unvorstellbaren Süße und dem leichten Prickeln der einzelnen Fasern, bis ich drei Viertel des Balls vertilgt hatte und mir ein bißchen übel wurde. Es war nicht viel los auf der Promenade. Eingehüllt in mein Glück saß ich da und achtete nicht sonderlich auf die Passanten, doch ich erinnere mich dunkel an gutbürgerliche Ehepaare, die untergehakt vorbeispazierten, und einige ältere Leute, die zielstrebiger ausschritten und sich zum Kirchgang feingemacht hatten.

»Ich hoffe, es war kein Fehler, an einem Sonntag hierherzukommen«, flüsterte meine Mutter. »Es wäre doch schade, wenn alles geschlossen hätte.«

Grandpa bedachte meinen Vater mit einem vielsagenden Augenzwinkern; es brachte maliziöse Sympathie zum Ausdruck und gab gleichzeitig zu verstehen, daß er derlei Situationen kannte. »Da hat sie dir mal wieder schön was eingebrockt«, bemerkte er.

»So, du Geburtstagskind«, sagte meine Mutter und wischte mir den Mund mit einem Papiertaschentuch ab, »was willst du als erstes machen?«

Als erstes gingen wir ins Aquarium. Es war wahrscheinlich ein sehr schönes Aquarium, und doch kann ich mich nur ganz schwach daran erinnern. Seltsam, daß meine Familie sich so bemühte, mir dieses Amüsement zu bieten, während es doch ihre dahingesagten Worte, ihre unbedachten Gesten und Betonungen waren, die in meinem Gedächtnis haften blieben wie Fliegen auf einem Streifen Fliegenpapier. Immerhin weiß ich noch, daß der Himmel sich bereits bezog, als wir hinausfuhren, und daß der frische Meereswind es meiner Mutter schwermachte, das Picknick auf der Grünfläche am Strand zu genießen. Wir hatten die Liegestühle im Halbkreis aufgestellt, und in Gedanken sehe ich noch, wie meine Mutter aufspringt und davonfliegenden Papiertüten nachrennt oder belegte Brote austeilt und dabei mit dem wild flatternden Butterbrotpapier kämpft. Es blieb eine Menge Essen übrig, und sie bot die Reste schließlich dem Mann an, der das Geld für die Liegestühle kassieren wollte. (Wie alle Menschen ihrer Generation konnten meine Eltern sich scheinbar mühelos mit jedem beliebigen Fremden unterhalten. Ich dachte immer, daß mir diese Gabe einfach zufliegen würde – vielleicht, wenn ich meine kindliche oder jugendliche Schüchternheit abgeschüttelt hätte –, aber das geschah nie, und heute weiß ich, daß diese Leichtigkeit, die sie, wo sie auch waren, im Umgang mit anderen Menschen an den Tag legten, mehr mit jener Zeit als mit einer besonderen Reife zu tun hatte.)

»Lecker, der Schinken«, sagte der Mann. »Ich tu allerdings ganz gern ein bißchen Senf drauf.«

»Wir auch«, sagte Grandpa, »aber Seine Hochwohlgeboren mag das nicht.«

»Sie verwöhnt ihn«, sagte Grandma und lächelte in meine Richtung. »Sie verwöhnt ihn nach Strich und Faden.«

Ich tat, als hätte ich das nicht gehört, und starrte so angestrengt auf das letzte Stück selbstgebackenen Schokoladenkuchen, daß meine Mutter es mir wortlos zuschob und dabei gespielt verschwörerisch den Finger an die Lippen legte. Es war mein drittes Stück. Sie nahm beim Backen nie Blockschokolade, sondern immer nur echte Vollmilchschokolade.

Ich hatte das Gefühl, nicht mehr lange auf den versprochenen Sprung ins Wasser warten zu können, aber meine Mutter sagte, ich müsse das Essen erst verdauen. In der Hoffnung, mich meine Ungeduld vergessen zu machen, ging mein Vater mit mir zum Meer. Es war Ebbe, und die weite Schlickfläche erstreckte sich fast bis zum Horizont. Ein paar kleine Kinder watschelten entschlossen umher wie Nachwuchsentdecker, in der einen Hand ein Muschelnetz, an der anderen ein wenig begeistertes Elternteil. Wir spazierten etwa eine halbe Stunde lang ziellos umher und durften dann endlich ins Freibad gehen. Es waren nicht viele Leute da. Ein paar lagen in Liegestühlen am Beckenrand, und die wenigen, die schwammen, taten das unter ausgiebigem Prusten und Spritzen. Es herrschte ein Durcheinander aus verschiedenen Melodien: Aus den großen Lautsprechern sickerte seichte Orchestermusik und vermischte sich mit Transistorradioklängen von Cliff Richard bis zu Kenny Ball and his Jazzmen. Das Wasser glitzerte und schimmerte unwiderstehlich. Ich verstand nicht, warum die Leute flach auf dem Rücken lagen und Radio hörten, wenn direkt vor ihrer Nase eine solche Herrlichkeit, ein solches Glück lockte. Mein Vater und ich traten gleichzeitig aus den Umkleidekabinen. Damals fand ich, daß er der bei weitem stärkste und bestaussehende Mann im ganzen Freibad war, doch wenn ich heute daran zurückdenke, sehe ich, daß unsere mageren weißen Körper gleichermaßen zart und kindlich waren. Ich rannte voraus zum Beckenrand und genoß den kurzen, aber unendlich kostbaren Augenblick der Vorfreude. Ich sprang ins Wasser, und dann schrie ich.

Das Becken war nicht beheizt. Wie waren wir nur auf den Gedanken gekommen, es würde beheizt sein? Ein Speer aus Eis durchfuhr mich, und der Schock ließ mich erstarren, doch meine erste Reaktion – nicht nur auf das körperliche Gefühl, sondern auch auf die schlimmere Qual einer in Aussicht gestellten, aber dann doch verweigerten Freude – war, in Tränen auszubrechen. Wie lange ich weinte, weiß ich nicht. Mein Vater muß mich aus dem Becken gezogen haben, meine Mutter muß von der Zuschauergalerie, wo sie mit meinen Großeltern Platz genommen hatte, herbeigeeilt sein. Sie nahm mich in die Arme, und alle sahen mich an, und doch war ich untröstlich. Später sagten sie mir, es habe ausgesehen, als wollte ich nie mehr aufhören zu weinen. Irgendwie schafften sie es, mich wieder anzuziehen und nach draußen zu bugsieren, wo inzwischen drohend schwarze Regenwolken am Himmel hingen.

»So eine Unverschämtheit«, schimpfte Grandma. Sie hatte einem der Bademeister die Meinung gesagt, und das war etwas, das man niemandem wünschte. »Die müssen doch ein Schild aufhängen. Oder ein Thermometer, auf dem man die Wassertemperatur ablesen kann. Wir sollten einen Beschwerdebrief schreiben.«

»Mein armes Lämmchen«, sagte meine Mutter. Ich schluchzte noch ein bißchen. »Ted, lauf doch schnell zum Wagen und bring die Regenschirme, sonst holen wir uns noch den Tod. Wir warten hier auf dich.«

»Hier« war das Wartehäuschen einer Bushaltestelle an der Promenade. Wir vier saßen da und lauschten dem Regen, der auf das Glasdach trommelte. Grandpa murmelte: »Was für ein Schlamassel!«, ein sicheres Zeichen dafür, daß der Tag seines Erachtens dabei war, im Sturzflug in die Katastrophe abzuschmieren – was das Stichwort für mich war, mit verdoppelter Energie weiterzuheulen.

Als mein Vater mit zwei Regenschirmen und einer klein zusammengefalteten Plastikhaube zurückkehrte, sah meine Mutter ihn in stummer Panik an, doch er hatte inzwischen offenbar gründlich nachgedacht und einen klugen Einfall gehabt: »Sehen wir doch mal nach, ob etwas im Kino läuft.«

Das nächstgelegene und größte war das Odeon und zeigte *Die nackte Geisel* mit Maureen O'Hara und George Nader. Meine Eltern warfen einen Blick auf das Plakat und gingen eilig weiter. Ich folgte ihnen nur widerwillig. Der Titel verhieß exotische und verbotene Genüsse, und im Schaukasten stand unter dem Plakat ein auffälliges Schild, das mich neugierig machte: WÄHREND DER LETZTEN DREIZEHN MINUTEN DIESES FILMS WIRD NIEMAND EINGELASSEN. KEINE AUSNAHMEN! ACHTEN SIE AUF DAS ROTE BLINKLICHT! Grandpa packte mich an der Hand und zerrte mich weiter.

CENTRAL
WESTON'S ONLY INDEPENDENT CINEMA

SUNDAY, 17th SEPTEMBER AND WEEK
Children Under 16 Admitted on Sunday in Care of Guardian
Sunday Doors Open at 4.15 p.m.   Weekday Doors Open at 1.30 p.m.

Sidney JAMES Shirley EATON Kenneth CONNOR

in

WHAT A CARVE UP !

Showing Weekdays at : 3.00 - 5.53 - 8.45 (U)

— ALSO —

WITH GAGARIN TO THE STARS

The Official Russian Film in COLOUR,
with Commentary by BOB DANVERS-WALKER

Showing Weekdays at : 1.40 - 4.30 - 7.25 (U)

»Und was ist mit dem hier?« fragte mein Vater.

Wir standen vor einem kleinen, weniger imposanten Gebäude, in dem sich »Westons einziges unabhängiges Kino« befand. Meine Mutter und Grandma verbeugten sich vor dem Schaukasten und musterten die Standfotos. Grandma spitzte zweifelnd die Lippen, und meine Mutter hatte die Stirn in leichte Falten gelegt. »*Eine Leiche auf Urlaub*? Meinst du, das ist etwas Passendes?«

»Sid James und Kenneth Connor. Müßte komisch sein.«

Das kam von Grandpa. Seine Aufmerksamkeit galt jedoch, wie ich bemerkte, mehr dem Foto einer wunderschönen blonden Schauspielerin namens Shirley Eaton, die die weibliche Hauptrolle spielte.

»›Prädikat wertvoll‹«, steuerte mein Vater bei.

Und ich rief: »Mum! Mum!«

Ihr Blick folgte meinem Zeigefinger. Ich hatte einen Hinweis entdeckt, wonach ein Vorfilm über das russische Raumfahrtprogramm gezeigt wurde. Er hieß *Mit Gagarin zu den Sternen.* Das Schild verkündete prahlerisch, dieser Film sei IN FARBE!, doch einen solchen zusätzlichen Anreiz brauchte ich gar nicht. Ich begann sogleich, große Augen zu machen und zu bitten und zu betteln, merkte aber, daß das eigentlich gar nicht nötig war, denn meine Eltern hatten sich bereits entschieden. Wir reihten uns in die Schlange an der Kasse ein. Aufgeregt hielt ich mich an der Hand meines Vaters fest, und als die Kartenverkäuferin sich auf ihrem hohen Stuhl im Kassenhäuschen vorbeugte, mich zweifelnd musterte und fragte: »Sind Sie sicher, daß er alt genug ist?«, war mir, als stürzte ich in dasselbe Unglück, dasselbe Gefühl der Übelkeit, das ich nach meinem Sprung in das ungeheizte Schwimmbecken empfunden hatte. Doch Grandpa ließ sich nicht beeindrucken. »Geben Sie uns die Karten«, sagte er, »und kümmern Sie sich um Ihren eigenen Kram.« Hinter uns wurde gekichert. Wir traten in den dunklen, muffigen Saal, und ich sank selig in die Polster meines Sitzes. Links von mir saß Grandma, rechts mein Vater.

Sechs Jahre später war Juri tot. Aus ungeklärten Gründen war seine MiG-15 beim Landeanflug zu steil aus tiefhängenden Wolken gekommen und zerschellt. Zu diesem Zeitpunkt war ich alt genug, um einen Teil des weitverbreiteten Mißtrauens gegenüber allem, was aus Rußland kam, übernommen zu haben. Ich hatte dunkle Andeutungen über die Machenschaften des KGB gehört, und man sagte, mein Held sei in seinem Land in Ungnade gefallen, weil er die jubelnden Menschen im Westen so für sich eingenommen hatte. Vielleicht hatte er sein Todesurteil unterschrieben, als er all den Kindern im Earl's Court die Hände geschüttelt hatte, und dabei waren sie es gewesen, denen ich damals den Tod gewünscht hatte. Doch was auch dahintersteckte – ich habe die Unschuld, mit der ich an jenem Nachmittag diesen kunstlosen Film mit seiner pathetischen Verherrlichung Gagarins gesehen haben muß, längst verloren und kann sie mir nicht einmal mehr vorstellen. Ich wollte, es wäre nicht so. Ich wollte, Gagarin wäre ein Objekt meiner blinden Verehrung geblieben, anstatt zu einem der allgegenwärtigen, unlösbaren Geheimnisse der Erwachsenenwelt zu werden – zu einer jener Geschichten ohne richtiges Ende, mit denen ich bald nähere Bekanntschaft machen sollte.

Als das Licht zum zweitenmal erlosch und auf der Leinwand als Ankündigung des Hauptfilms die Freigabeerklärung der Filmzensur erschien, beugte sich meine Mutter zu meinem Vater und flüsterte ihm über meinen Kopf hinweg zu: »Ted, es ist beinah sechs.«

»Na und?«

»Wie lange dauert dieser Film eigentlich?«

»Weiß ich nicht. Wahrscheinlich neunzig Minuten.«

»Wir haben noch den ganzen Rückweg vor uns. Der Junge kommt viel zu spät ins Bett.«

»Das eine Mal macht das doch nichts. Schließlich hat er heute Geburtstag.«

Der Vorspann lief bereits, und ich starrte wie gebannt auf die Leinwand. Es war ein Schwarzweißfilm, und die Musik, obschon von einer gewissen munteren Heiterkeit, erfüllte mich mit dunklen Ahnungen.

»Und das Abendessen?« flüsterte meine Mutter. »Was ist mit dem Abendessen?«

»Ach, was weiß ich? Wir werden auf dem Rückweg irgendwo etwas essen.«

»Aber dann wird es ja noch später.«

»Lehn dich einfach zurück und genieß den Film.«

Ich bemerkte, daß meine Mutter sich während der nächsten Minuten mehrmals vorbeugte und auf ihre Uhr blickte. Was sie danach tat, sah ich nicht, denn ich konzentrierte mich ganz auf den Film.

Es war die Geschichte eines nervösen, schüchternen Mannes (gespielt von Kenneth Connor), der in seiner Wohnung eines späten Abends unvermutet Besuch von einem zwielichtigen Anwalt erhält. Dieser teilt Kenneth mit, sein reicher Onkel sei gestorben, und er müsse sich zur Testamentseröffnung sofort nach Blackshaw Towers, dem Stammsitz der Familie, begeben. Kenneth fährt mit der Eisenbahn nach Yorkshire, begleitet von seinem Freund, einem gewieften Buchmacher (Sidney James). Sie stellen fest, daß Blackshaw Towers weit entfernt vom nächsten Dorf in einem entlegenen Teil des Moors liegt, und da sie kein Taxi bekommen können, lassen sie sich von einem Leichenwagen mitnehmen und werden in dichtem Nebel irgendwo im Moor abgesetzt.

Als sie schließlich vor dem Haus stehen, hören sie entferntes Hundegeheul.

Sidney sagt: »Nicht gerade ein Ferienlager, was?«

Kenneth sagt: »Das Haus hat etwas Unheimliches.«

Das Publikum fand das offenbar erheiternd, doch ich gruselte mich inzwischen sehr. Ich hatte so etwas noch nie gesehen: Es war kein wirklicher Horrorfilm, aber die Details waren sehr überzeugend, und die düstere Atmosphäre, die dramatische Musik und das ständige Gefühl, daß gleich etwas Schreckliches passieren würde, quälten mich mit einer eigenartigen Mischung aus Angst und Erregung. Ein Teil von mir wollte hinausrennen in den letzten Rest des Tageslichts, doch ein anderer Teil war entschlossen zu bleiben, bis ich herausgefunden hatte, was dahintersteckte.

Kenneth und Sidney betreten vorsichtig die Eingangshalle von Blackshaw Towers und spüren, daß das Haus so unheimlich ist, wie es von draußen gewirkt hat. Sie werden von einem finsteren, hageren Butler namens Fisk begrüßt, der sie nach oben zu ihren Zimmern führt. Beklommen stellt Kenneth fest, daß er nicht nur weit entfernt von seinem Freund, im Ostflügel, untergebracht ist, sondern noch dazu in eben jenem Zimmer, in dem sein Onkel gestorben ist. Auf dem Flur hört man leise, unheimliche Orgelmusik. Sie gehen wieder hinunter und werden den anderen Mitgliedern von Kenneths Familie vorgestellt: seiner Cousine Janet, seinen Cousins Guy und Malcolm, seinem Onkel Edward und seiner verrückten Tante Emily, für die die Zeit nach dem Ersten Weltkrieg stehengeblieben ist. Gerade als der Anwalt mit der

Testamentseröffnung beginnen will, erscheint eine junge, blonde, wunderschöne Frau (gespielt von Shirley Eaton). Sie ist gekommen, weil sie Kenneths Onkel während seiner tödlichen Krankheit gepflegt hat. Da es nicht genug Stühle gibt, muß Kenneth auf Shirleys Knie sitzen. Er scheint nichts dagegen zu haben.

Das Testament wird verlesen: Keiner der Angehörigen erbt auch nur einen Penny – man hat sie zum Narren gehalten. Sie geraten in einen bitteren Streit, und als sie schließlich zu Bett gehen wollen, fällt plötzlich im ganzen Haus das Licht aus. Inzwischen tobt draußen ein furchtbares Unwetter. Fisk vermutet, daß der Generator ausgefallen ist. Kenneth und Sid bieten ihm ihre Hilfe an. In dem Schuppen, in dem der Generator steht, stellen sie fest, daß er absichtlich demoliert worden ist. Auf dem Rückweg zum Haus sehen sie zu ihrem Erstaunen Onkel Edward im strömenden Regen mitten auf dem Rasen in einem Klappsessel sitzen.

Sidney sagt: »Was macht er hier draußen?«

Kenneth lacht und sagt: »Unglaublich! Er wird sich noch den Tod...«

Er muß heftig niesen, und Onkel Edward kippt steif aus dem Stuhl. Er ist tot.

Kenneth sagt: »Sid..., ist er...?«

Sid sagt: »Tja, wenn er's nicht ist, hat er einen sehr guten Schlaf.«

Ein schreckliches Donnern. Meine Mutter beugte sich zu meinem Vater. »Komm, Ted, gehen wir«, flüsterte sie.

Mein Vater lachte. »Aber warum denn?«

»Das ist nichts für Kinder.«

Kenneth sagt: »Tja, wir können ihn jedenfalls nicht hier herumliegen lassen. Wir bringen ihn am besten in den Geräteschuppen – der muß irgendwo dort drüben sein.«

Wieder gab es Heiterkeit im Publikum. Kenneth, Sid und der Butler versuchen, den Leichnam des korpulenten Onkels hochzuheben. Sidney sagt: »Hört mal, wäre es nicht einfacher, den Geräteschuppen hierherzubringen?«

Darüber mußte sogar Grandma lachen. Doch meine Mutter sah wieder auf ihre Uhr, und mein Vater, der sich vielleicht einbildete, daß ich mich fürchtete, strich mir über das

Haar und legte den Arm auf die Lehne neben mir, so daß ich ihn drücken und mich daran schmiegen konnte.

Kenneth und Sid gehen ins Haus und sagen den anderen, Onkel Edward sei ermordet worden. Sid will die Polizei anrufen, merkt aber, daß die Leitung tot ist. Kenneth erklärt, er werde nach Hause fahren, doch der Anwalt weist ihn darauf hin, daß das Moor bei diesem Wetter unpassierbar ist und er, wenn er das Haus jetzt verläßt, in den Augen der Polizei der Hauptverdächtige sein wird. Er empfiehlt allen, zu Bett zu gehen und die Zimmertüren fest zu verschließen.

Fisk sagt: »Das ist erst der Anfang. Sie werden sehen: Das war nicht der letzte Tote.«

Sidney sagt: »Gute Nacht, Sie Witzbold.«

Kenneth und Sidney gehen hinauf, aber sobald sie sich verabschiedet haben und Kenneth allein ist, merkt er, wie leicht es ist, sich in dem riesigen alten Haus zu verlaufen. Er öffnet die Tür, die, wie er glaubt, zu seinem Zimmer führt, und entdeckt, daß es bereits besetzt ist, und zwar von Shirley, die nur ein Unterkleid trägt und dabei ist, ihr Nachthemd anzuziehen.

Kenneth sagt: »Was machen Sie denn in meinem Zimmer?«

Shirley sagt: »Das ist nicht Ihr Zimmer. Oder ist das etwa Ihr Gepäck?« Sie preßt das Nachthemd züchtig an ihren Busen.

Kenneth sagt: »Ach, du liebe Zeit – nein! Und das ist auch nicht mein Bett. Ich glaube, ich habe mich verlaufen. Bitte entschuldigen Sie. Ich ... ich werde ...«

Er wendet sich zum Gehen, bleibt aber nach wenigen Schritten stehen. Er dreht sich um und sieht, daß Shirley, die nicht weiß, was sie von ihm halten soll, noch immer das Nachthemd an den Busen preßt.

Meine Mutter rutschte unruhig hin und her.

Kenneth sagt: »Sie wissen nicht zufällig, wo mein Zimmer ist, Miss?«

Shirley schüttelt betrübt den Kopf und sagt: »Nein, leider nicht.«

Kenneth sagt: »Tja.« Er hält inne. »Entschuldigen Sie. Dann werde ich mal gehen.«

Shirley zögert kurz und ringt sich dann zu einem Entschluß durch. »Nein, warten Sie.« Sie macht eine rasche
Geste. »Drehen Sie sich mal kurz um.«

Kenneth dreht sich um und stellt fest, daß er vor einem
Spiegel steht, in dem er sich selbst und dahinter Shirley sehen
kann. Sie kehrt ihm den Rücken zu und zieht sich das Unterkleid über den Kopf.

Er sagt: »M-Moment mal, Miss.«

Meine Mutter versuchte, die Aufmerksamkeit meines
Vaters zu erlangen.

Eilig kippt Kenneth den drehbar aufgehängten Spiegel.

Shirley wendet sich zu ihm um und sagt: »Sie gefallen
mir.« Sie hat das Unterkleid ausgezogen und ist dabei, den
Verschluß ihres BHs zu öffnen.

Meine Mutter sagte: »Los. Wir gehen. Es ist schon viel zu
spät.«

Aber Grandpa und mein Vater starrten mit weit aufgeris-
senen Augen auf die Leinwand, wo Shirley Eaton, den Rükken zur Kamera, ihren BH auszog, während Kenneth heroisch versuchte, nicht in den Spiegel zu sehen, der ihm einen
kostbaren Blick auf ihren Körper gewährt hätte. Ich glaube,
ich starrte sie ebenfalls an, und ich dachte, daß ich noch nie
etwas so Schönes gesehen hatte, und von diesem Augenblick
an sprach sie nicht mehr zu Kenneth, sondern zu mir, zu
meinem neunjährigen Ich, denn ich war es jetzt, der sich
verlaufen hatte, und, ja, ich war es, den ich da auf der
Leinwand sah, allein mit der schönsten Frau der Welt, gefangen in diesem alten, finsteren Haus, in einer schrecklichen
Unwetternacht, in dem schmuddeligen kleinen Kino, in meinem Schlafzimmer in jener Nacht und seitdem in meinen
Träumen. Das war ich.

Shirley taucht hinter meinem Kopf auf. Sie trägt jetzt ein
knielanges Nachthemd und sagt: »Sie dürfen sich wieder
umdrehen.«

Meine Mutter stand auf, und die Frau hinter ihr sagte: »Du
liebe Zeit, setzen Sie sich doch hin!«

Auf der Leinwand drehe ich mich um und sehe Shirley an.
Ich sage: »Donnerwetter! Reizend!«

Shirley streicht sich verlegen das Haar aus der Stirn.

Meine Mutter packte mich an der Hand und zog mich hoch. Ich stieß ein Protestgeheul aus.

Die Frau hinter uns sagte: »Psst!«

Grandpa sagte: »Was hast du vor?«

Meine Mutter sagte: »Wir gehen, *das* hab ich vor. Und ihr ebenfalls, wenn ihr nicht nach Birmingham laufen wollt.«

»Aber der Film ist doch noch gar nicht zu Ende.«

Shirley und ich sitzen auf dem Doppelbett. Sie sagt: »Ich möchte Ihnen einen Vorschlag machen.«

Grandma sagte: »Also, dann los. Wir werden wohl auf dem Rückweg noch irgendwo was essen müssen.«

Auf der Leinwand sage ich: »Ach, ja?«

Im Zuschauerraum sagte ich: »Aber ich will hierbleiben und den Film sehen.«

»Das geht aber nicht.«

Mein Vater sagte: »Tja, sieht so aus, als hätten wir unseren Marschbefehl gekriegt.«

Grandpa sagte: »Ich bleibe hier. Mir gefällt der Film.«

Die Frau hinter uns sagte: »Ich gehe gleich zum Geschäftsführer.«

Shirley rückt näher an mich heran. Sie sagt: »Warum bleiben Sie nicht heute nacht hier? Ich möchte nicht gern allein sein. Wir könnten uns doch Gesellschaft leisten.«

Meine Mutter packte mich unter den Armen und hob mich von meinem Sitz, und zum zweitenmal an jenem Tag brach ich in Tränen aus, teils aus echtem Kummer, teils aber auch, weil das Ganze so demütigend war. Seit ich ganz klein war, hatte mich niemand mehr einfach hochgehoben. Meine Mutter schob sich an den anderen Leuten in unserer Reihe vorbei und trug mich die Treppe hinunter zum Ausgang.

Auf der Leinwand schien ich mir nicht sicher zu sein, was ich dazu sagen sollte. Ich murmelte etwas, doch in dem ganzen Durcheinander konnte ich kein Wort verstehen. Ich sah, daß Grandma und mein Vater uns durch den Seitengang folgten und daß Grandpa sich widerwillig erhob.

Als meine Mutter die Tür zu den kalten Betonstufen und der salzigen Luft aufstieß, sah ich noch einmal zurück und erhaschte einen letzten Blick auf die Leinwand. Ich gehe gerade hinaus, doch Shirley merkt das nicht, denn sie hat mir den Rücken zugekehrt und macht sich am Bett zu schaffen.

Sie sagt: »Ich werde es mir im...« Sie dreht sich um und sieht, daß ich nicht mehr da bin. »...Sessel bequem machen.«

Die Tür schwang zu, und wir stolperten die Treppe hinunter. »Laß mich los! Laß mich los!« schrie ich, und als meine Mutter mich absetzte, wollte ich sofort die Stufen hinaufrennen, zurück ins Kino, doch mein Vater hielt mich fest und sagte: »Moment mal«, und da wußte ich, daß es vorbei war. Ich schlug mit Fäusten nach ihm und versuchte sogar, ihm das Gesicht zu zerkratzen. Mein Vater fluchte und gab mir zum ersten und einzigen Mal in seinem Leben eine kräftige Ohrfeige. Danach waren wir alle sehr schweigsam.

Auf dem Heimweg, im Auto, tue ich, als würde ich schlafen, doch in Wirklichkeit sind meine Lider nicht ganz geschlossen, und ich kann sehen, wie das gelbliche Licht der Straßenlaternen über das Gesicht meiner Mutter gleitet. Licht, Schatten. Licht, Schatten.

Grandpa sagt: »Jetzt werden wir nie erfahren, wie es ausgegangen ist«, und Grandma sagt von hinten: »Ach, jetzt sei schon still«, und stößt ihn an die Schulter.

Ich weine nicht mehr. Ich schmolle nicht einmal mehr. Juri ist völlig vergessen, und an den Film, der mich vor wenigen Stunden noch so gefesselt hat, kann ich mich kaum noch erinnern. Das einzige, woran ich denken kann, ist die unheimliche Atmosphäre in Blackshaw Towers und die rätselhafte Schlafzimmerszene, in der diese schöne, diese wunderschöne Frau Kenneth fragt, ob er die Nacht mit ihr verbringen will, und er davonläuft, als sie ihm den Rücken kehrt.

Aber warum ist er davongelaufen? Aus Angst?

Ich sehe meine Mutter an und bin kurz davor, sie zu fragen, ob sie verstanden hat, warum Kenneth davongelaufen ist, anstatt die Nacht mit einer Frau zu verbringen, bei der er sich sicher und geborgen gefühlt hätte. Doch ich weiß, daß sie mir keine ehrliche Antwort geben würde. Sie würde sagen, daß es bloß ein dummer Film gewesen ist und daß es ein langer Tag war und daß ich schlafen und diesen dummen Film vergessen soll. Sie weiß nicht, daß ich ihn nie werde vergessen können. Und mit dieser insgeheimen Gewißheit lasse ich mich zurücksinken und stelle mich schlafend. Mein Kopf liegt auf ihrem Schoß, und meine Lider sind nur halb geschlossen, so daß ich sehen kann, wie das gelbliche Licht der Straßenlaternen über das Gesicht meiner Mutter gleitet. Licht, Schatten. Licht, Schatten. Licht, Schatten.

TEIL I
London

August 1990

Kenneth sagte: »Sie wissen nicht zufällig, wo mein Zimmer ist, Miss?«

Shirley schüttelte betrübt den Kopf und sagte: »Nein, leider nicht.«

Kenneth sagte: »Tja.« Er hielt inne. »Entschuldigen Sie. Dann werde ich mal gehen.«

Shirley zögerte kurz und rang sich dann zu einem Entschluß durch. »Nein, warten Sie.« Sie machte eine rasche Geste. »Drehen Sie sich mal kurz um.«

Kenneth drehte sich um und stellte fest, daß er vor einem Spiegel stand, in dem er sich selbst und dahinter Shirley sehen konnte. Sie kehrte ihm den Rücken zu und zog sich das Unterkleid über den Kopf.

Er sagte: »M-Moment mal, Miss.«

Die Hand zwischen meinen Schenkeln begann sich zu regen.

Eilig kippte Kenneth den drehbar aufgehängten Spiegel.

Shirley wandte sich zu ihm um und sagte: »Sie gefallen mir.« Sie hatte das Unterkleid ausgezogen und war dabei, den Verschluß ihres BHs zu öffnen.

Meine Hand strich sacht über den rauhen Stoff der Jeans.

Shirley verschwand hinter Kenneths Kopf.

Kenneth sagte: »Na ja, ein ... ein schönes Gesicht ist nicht alles.«

Er hielt den Spiegel gekippt und versuchte, nicht hineinzusehen, konnte aber nicht widerstehen, hin und wieder einen Blick darauf zu werfen, und jedesmal sah sein Gesicht aus, als litte er körperliche Schmerzen. Shirley zog ihr Nachthemd an.

Kenneth sagte: »Nicht alles, was glänzt, ist Gold.«

Shirley tauchte hinter seinem Kopf auf. Sie trug jetzt ein

knielanges Nachthemd und sagte: »Sie dürfen sich wieder umdrehen.«

Er tat es und sah sie an. Der Anblick schien ihm zu gefallen. »Donnerwetter! Reizend!«

Shirley strich sich verlegen das Haar aus der Stirn.

Meine Hand kam zur Ruhe. Ich wollte die Pausetaste drükken, überlegte es mir aber anders.

Kenneth begann auf und ab zu gehen und sagte mit gespieltem männlichen Mut: »Nach all dem, was heute abend hier passiert ist, fürchten Sie sich wohl ziemlich.

Shirley sagte: »Eigentlich nicht.« Sie setzte sich auf das schwere, eichene Doppelbett.

Kenneth machte ein paar eilige Schritte auf sie zu. »Ich schon«, sagte er.

Shirley sagte: »Mir kommt da ein Gedanke.« Sie beugte sich vor. Kenneth drehte sich um und ging wieder auf und ab. Er sagte, wie zu sich selbst: »Ja, mir kommt auch der eine oder andere Gedanke.«

Shirley sagte: »Setzen Sie sich.« Sie klopfte neben sich auf die Matratze. »Na los.« Ein Orchester begann zu spielen, aber das merkten die beiden nicht. Kenneth setzte sich neben sie. Sie sagte: »Ich möchte Ihnen einen Vorschlag machen.«

Kenneth sagte: »Ach, ja?«

Shirley rückte näher an ihn heran. Sie sagte: »Warum bleiben Sie nicht heute nacht hier? Ich möchte nicht gern allein sein. Wir könnten uns doch Gesellschaft leisten.«

Während sie das sagte, beugte Kenneth sich zu ihr. Einen Augenblick lang sah es so aus, als würden sie sich gleich küssen.

Ich sah wie gebannt zu.

Kenneth wandte sich ab. Er sagte: »Ja, das ist... eine sehr gute Idee, Miss, aber... Na ja...« Er stand auf und ging wieder auf und ab. »Ich... wir kennen uns doch gar nicht...« Er ging zur Tür. Shirleys Antwort war nicht zu verstehen. Sie nahm die Tagesdecke vom Bett und schüttelte die Kissen auf. Das sah man wieder nur indirekt, diesmal in einem mannshohen Spiegel gegenüber dem Bett. Sie merkte nicht, daß Kenneth an der Tür stand. Er warf einen letzten Blick zurück und schlich hinaus.

Sie war noch immer mit dem Bett beschäftigt und sagte: »Ich werde es mir im . . .« Sie drehte sich um und sah, daß er nicht mehr da war. ». . . Sessel bequem machen.«

Ich drückte auf die Rücklauftaste.

Einen Augenblick lang erstarrte Shirley: Ihr Mund stand offen, ihr Körper zitterte. Dann drehte sie sich um und strich die Decke glatt, Kenneth ging rückwärts ins Zimmer, Shirley schien etwas zu sagen und setzte sich auf das Bett, Kenneth schien etwas zu sagen und setzte sich neben sie, sie sprachen miteinander, er erhob sich, ging rückwärts auf und ab und machte ein paar rasche Schritte von ihr weg, sie strich sich das Haar in die Stirn, er wandte den Blick von ihr ab, sie verschwand hinter seinem Kopf und begann ihr Nachthemd auszuziehen, Kenneth verzog mehrmals das Gesicht und bewegte den Spiegel auf und ab, Shirley zog ihren BH an, tauchte hinter Kenneths Kopf auf, hob ihr Unterkleid über den Kopf und sagte etwas, Kenneth kippte hastig den Spiegel, sagte etwas und sah in den Spiegel, und Shirley zog sich mit windenden Bewegungen das Unterkleid an.

Ich drückte die Pausetaste.

Kenneths Gesicht und Shirleys Gestalt waren im Spiegel zu sehen. Sie zitterten. Ich drückte nochmals die Pausetaste. Die beiden bewegten sich. Ich drückte noch ein paar Male. Sie zuckten. Shirley bewegte die Arme. Ein bißchen. Noch ein bißchen. Sie wand sich. Sie zog das Unterkleid aus. Sie zog es über den Kopf. Kenneth sah zu. Er wußte, daß sich das nicht gehörte. Shirley hatte das Unterkleid fast ausgezogen. Sie hatte die Arme über den Kopf gehoben.

Die Hand zwischen meinen Schenkeln begann sich zu regen.

Kenneth bewegte ganz langsam die Lippen. Er kippte den Spiegel nach unten, so daß er Shirley nicht mehr sehen konnte, und hielt ihn in dieser Position.

Shirley drehte sich zu ihm um und bewegte die Lippen. Es waren nur zwei Worte, doch sie brauchte sehr lange dafür. Dann fuhr sie fort, ihr Unterkleid auszuziehen. Sie tat es mit sieben zuckenden Bewegungen. Sie legte die Hände auf den Rücken. Sie fingerte am Verschluß ihres BHs herum.

Meine Hand strich sacht über den rauhen Stoff der Jeans.

Shirley drehte sich um. Sie begann einen Schritt zu machen. Sie verschwand hinter Kenneths Kopf.

Es klopfte an der Tür.

»Scheiße!« sagte ich und sprang auf. Ich schaltete den Videorecorder aus. Das Schwarzweißbild verschwand, ein farbiges erschien, und der Ton war wieder da: eine sehr tiefe und laute Stimme. Auf dem Bildschirm war ein Mann zu sehen. Er hatte die Arme um ein Kind gelegt. Irgendeine Reportage. Ich stellte das Gerät leiser und vergewisserte mich, daß mein Hosenschlitz geschlossen war. Ich sah mich um. Das Zimmer war sehr unordentlich. Ich beschloß, daß es zu spät war, daran etwas zu ändern, und ging zur Tür. Es war Donnerstag abend, Viertel nach neun. Wer konnte das sein?

Ich öffnete die Tür einen Spaltbreit. Es war eine Frau.

Sie hatte durchdringende, sehr intelligente blaue Augen – Augen, die meinen Blick festgehalten hätten, wenn ich mich nicht auf die Betrachtung ihres blassen, leicht sommersprossigen Gesichts und des vollen kupferroten Haars konzentriert hätte. Sie lächelte mich an, nicht übertrieben, aber gerade genug, um schöne, regelmäßige Zähne sehen zu lassen und mir das Gefühl zu geben, daß ich ihr Lächeln erwidern mußte, ganz gleich, wie schwierig mir das auch erscheinen mochte. Es gelang mir, etwas auf mein Gesicht zu zaubern, das wohl wie ein nicht sehr vertrauenerweckendes halbes Grinsen aussah. Ich fand es ungewöhnlich und erregend, daß eine Frau vor meiner Tür stand, doch meine Freude wurde nicht nur durch den etwas ungünstigen Zeitpunkt ihres Besuches getrübt, sondern auch durch das unangenehme, hartnäckige Gefühl, daß ich sie schon einmal gesehen hatte und daher wissen mußte, wer sie war und wie sie hieß. In der linken Hand hielt sie einen in der Mitte gefalteten DIN-A4-Bogen, und mit der rechten machte sie fahrige Bewegungen, als suchte sie eine Tasche, in der sie sie verstekken konnte.

»Hallo«, sagte sie.

»Hallo.«

»Ich hoffe, ich störe Sie nicht.«

»Ganz und gar nicht. Ich sitze vor dem Fernseher.«

»Ich wollte Sie bloß ... Wir kennen uns nicht besonders gut, aber ich wollte Sie trotzdem fragen, ob Sie mir einen Gefallen tun könnten. Wenn es Ihnen recht ist.«

»Warum nicht? Kommen Sie doch herein.«

»Danke.«

Als sie eintrat, versuchte ich mich zu erinnern, wie lange es her war, daß mich irgend jemand besucht hatte. Mein letzter Gast war wahrscheinlich meine Mutter gewesen, vor zwei oder drei Jahren. Seitdem hatte ich weder Staub gewischt noch gesaugt. Und was meinte sie mit: »Wir kennen uns nicht besonders gut«? Eine sonderbare Bemerkung.

»Darf ich Ihnen den Mantel abnehmen?« fragte ich.

Sie sah mich irritiert an; erst jetzt bemerkte ich, daß sie gar keinen Mantel trug, sondern bloß Jeans und eine Baumwollbluse. Ich fand das etwas verwirrend, was ich jedoch zu verbergen suchte, indem ich in ihr nervöses Lachen einstimmte. Immerhin war es draußen warm und noch einigermaßen hell.

»Also«, sagte ich, als wir uns gesetzt hatten, »was kann ich für Sie tun?«

»Tja, das ist so«, sagte sie, doch kaum hatte sie mit ihrer Erklärung begonnen, wurde meine Aufmerksamkeit von den Leberflecken auf ihrem Handrücken gefesselt, und ich versuchte zu erraten, wie alt sie sein mochte, denn ihr Gesicht und besonders die Augen hatten noch jenen frischen, fragenden, jugendlichen Ausdruck, und wenn es allein danach gegangen wäre, hätte ich sie auf höchstens Anfang Dreißig geschätzt, doch jetzt fragte ich mich, ob sie nicht eher so alt wie ich oder sogar älter war – Anfang bis Mitte Vierzig etwa –, und ich wollte mich gerade entscheiden, als ich merkte, daß sie schwieg und auf meine Antwort wartete und daß ich überhaupt nicht zugehört hatte.

Es entstand eine lange, peinliche Pause. Ich stand auf, steckte die Hände in die Taschen und ging zum Fenster. Es blieb mir nichts anderes übrig, als mich nach ein paar Sekunden umzudrehen und so höflich wie möglich zu sagen: »Könnten Sie das noch mal wiederholen?«

Sie war aus der Fassung gebracht, bemühte sich aber, es

sich nicht anmerken zu lassen. »Na klar«, sagte sie und fing noch einmal von vorn an, nur daß ich diesmal, von meinem Platz am Fenster aus, den Fernseher im Blickfeld hatte und gar nicht anders konnte, als den gebräunten, dunkelhaarigen, lächelnden Mann zu sehen, der seinen Arm um einen kleinen Jungen gelegt hatte und dem sehr viel an der Zuneigung dieses kleinen Jungen zu liegen schien, welcher jedoch stocksteif dastand, starr vor sich hinsah und sich dem onkelhaften Mann mit dem Dauerlächeln und dem dicken schwarzen Schnurrbart zu entziehen schien, und diese Szene war so fesselnd und wirkte so unnatürlich, so aufgeladen mit unterschwelliger Spannung, daß ich ganz vergaß, der Frau zuzuhören, und mir erst, als sie fast fertig war, bewußt wurde, daß ich noch immer keine Ahnung hatte, was sie eigentlich von mir wollte.

Es entstand eine weitere Pause, länger und peinlicher als die erste. Ich durchdachte sorgfältig meinen nächsten Zug und schlenderte dann langsam und nonchalant zum anderen Ende des Raums, lehnte mich lässig an den Eßtisch und sah sie an. Und dann sagte ich: »Würde es Ihnen etwas ausmachen, mir das noch einmal zu erklären?«

Sie musterte mich einige Sekunden lang. »Ich hoffe, Sie nehmen mir meine Frage nicht übel, Michael«, sagte sie. »Geht es Ihnen nicht gut?«

Das war eine nach landläufigen Maßstäben berechtigte Frage, doch ich fühlte mich außerstande, eine ehrliche Antwort zu geben.»Mein Konzentrationsvermögen«, sagte ich. »Auch nicht mehr das, was es mal war. Wahrscheinlich zuviel Fernsehen. Wenn Sie bloß... nur noch einmal... Diesmal höre ich zu. Wirklich.«

Einen Augenblick lang stand es auf der Kippe. Ich wäre nicht überrascht gewesen, wenn sie einfach aufgestanden und hinausgegangen wäre. Sie sah auf das Blatt Papier in ihrer Hand und schien zu überlegen, ob sie die Sache nicht lieber vergessen sollte, anstatt sich der offensichtlich undankbaren Aufgabe zu widmen, mit ein paar klaren, simplen Sätzen zu mir durchzudringen. Doch dann holte sie tief Luft und begann noch einmal – langsam, laut und deutlich. Es war meine letzte Chance.

Und diesmal hätte ich ihr wirklich zugehört, denn sie hatte unter anderem meine Neugier erregt, aber meine Gedanken rasten im Kreis, weil sie mich mit meinem Namen, mit meinem Vornamen Michael angesprochen hatte, als sie gesagt hatte: »Ich hoffe, Sie nehmen mir meine Frage nicht übel, Michael«, und ich kann Ihnen nicht sagen, wann mich jemand das letztemal mit meinem Vornamen angesprochen hatte – jedenfalls nicht in der Zeit seit dem Besuch meiner Mutter, und der war zwei oder drei Jahre her –, und das Komische war, daß ich, wenn sie meinen Namen kannte, ihren Namen höchstwahrscheinlich auch kannte oder gekannt hatte oder kennen sollte, denn das bedeutete, daß wir einander irgendwann einmal vorgestellt worden waren, und ich war so damit beschäftigt, einen Namen zu diesem Gesicht zu finden und es in einen Kontext zu stellen, in dem es mir begegnet sein konnte, daß ich völlig vergaß, auf ihre langsamen, lauten und deutlichen Worte zu achten, und daher wußte ich, als sie geendet hatte, daß nun etwas Größeres, etwas viel Größeres und viel, viel Unangenehmeres auf uns zukam als eine weitere lange und peinliche Pause.

»Sie haben wieder nicht zugehört, stimmt's?«

Ich schüttelte den Kopf.

»Langsam habe ich das Gefühl«, sagte sie und stand auf, »daß ich hier meine Zeit verschwende.«

Sie starrte mich vorwurfsvoll an, und da ich ohnehin nicht mehr viel zu verlieren hatte, starrte ich zurück.

»Darf ich Sie mal was fragen?«

Sie zuckte die Schultern. »Nur zu.«

»Wer sind Sie?«

Ihre Augen weiteten sich, und ich hatte das Gefühl, als wäre sie einen Schritt zurückgetreten, obwohl sie sich, soweit ich sehen konnte, gar nicht bewegt hatte.

»Wie bitte?«

»Ich weiß nicht, wer Sie sind.«

Sie schenkte mir ein ungläubiges, trauriges Lächeln.

»Ich bin Fiona.«

»Fiona.« Der Name verschwand dumpf rumpelnd in meinen Gehirnwindungen, rief dort aber kein Echo hervor.

»Sollte ich Sie kennen?«

»Ich bin Ihre Nachbarin«, sagte Fiona. »Ich wohne gegenüber von Ihnen. Ich hab mich Ihnen vor ein paar Wochen vorgestellt. Wir begegnen uns drei-, viermal die Woche auf der Treppe und grüßen uns.«

Ich kniff die Augen zusammen, trat näher und musterte sie ziemlich unhöflich. Mit gewaltiger Anstrengung bemühte ich all mein Erinnerungsvermögen. Fiona ... Noch immer glaubte ich, den Namen nie gehört zu haben, jedenfalls nicht in letzter Zeit, und wenn mir irgend etwas an ihr entfernt bekannt vorkam, so lag der Ursprung dieses Gefühls im dunkeln und gemahnte weniger an alltägliche Begegnungen auf der Treppe als vielmehr an den Eindruck, den man hat, wenn man das Foto eines längst verstorbenen Vorfahren sieht, in dessen sepiabraunen Gesichtszügen man einen Hauch von Familienähnlichkeit zu entdecken meint. Fiona ...

»Als Sie sich mir vorgestellt haben«, fragte ich, »habe ich da etwas gesagt?«

»Nein, nicht viel. Ich fand Sie ziemlich unfreundlich. Aber ich gebe nicht so leicht auf – darum hab ich's noch mal versucht.«

»Danke«, sagte ich und ließ mich in einen Sessel sinken. »Danke.«

Fiona blieb an der Tür stehen. »Ich gehe dann wohl besser.«

»Nein ... Bitte bleiben Sie noch. Vielleicht kriegen wir das noch hin. Setzen Sie sich doch.«

Fiona zögerte. Bevor sie sich mir gegenüber auf das Sofa setzte, öffnete sie die Wohnungstür und ließ sie einen Spaltbreit offen. Ich tat, als hätte ich das nicht bemerkt. Sie hockte steif auf der Sofakante und faltete gefaßt die Hände.

»Was haben Sie mir gerade erklären wollen?« fragte ich.

»Soll ich das alles noch mal erzählen?«

»Ganz kurz. Mit ein paar Worten.«

»Ich wollte Sie fragen, ob Sie mich unterstützen wollen. Für einen guten Zweck; ich mache bei einer Fahrradtour mit, um Geld für das Krankenhaus zu sammeln.« Sie reichte mir den DIN-A4-Bogen, der halb voller Unterschriften war.

Ein paar Zeilen am oberen Blattrand erklärten, worum es

ging und wofür das gesammelte Geld bestimmt war. Ich las sie durch und sagte: »Vierzig Meilen klingt ziemlich weit. Sie müssen ganz schön fit sein.«

»Na ja, ich hab so was noch nie gemacht. Ich dachte, es würde mir guttun.«

Ich faltete das Blatt Papier zusammen, legte es beiseite und dachte einen Augenblick nach. Ich spürte eine ganz neue Energie in mir aufsteigen, und die Versuchung, in ein – völlig unpassendes – Lachen auszubrechen, war recht groß. »Wissen Sie, was das Komische daran ist?« fragte ich. »Soll ich es Ihnen sagen?«

»Bitte.«

»Das ist mein längstes Gespräch – mein längster Wortwechsel – seit ungefähr zwei Jahren. Seit mehr als zwei Jahren, glaube ich. Das längste.«

Fiona lachte ungläubig. »Aber wir haben doch kaum etwas gesagt.«

»Trotzdem.«

Wieder lachte sie. »Aber das ist doch absurd. Haben Sie auf einer einsamen Insel gelebt?«

»Nein. Ich hab hier gelebt.«

Verwirrtes Kopfschütteln. »Aber wie kommt das dann?«

»Ich weiß nicht. Ich wollte einfach nicht. Es war keine bewußte Entscheidung oder so – es hat sich eben nie ergeben. Sie würden staunen, wie leicht das ist. Früher mußte man mit den Leuten reden, beim Einkaufen und so. Heute kann man alle Einkäufe im Supermarkt erledigen, Geld holt man sich am Automaten, und das ist es dann auch schon.«

Mir kam ein Gedanke. Ich stand auf, ging zum Telefon und nahm den Hörer ab. Es funktionierte noch.

»Klingt meine Stimme irgendwie seltsam? Wie hört sie sich an?«

»Gut. Ganz normal.«

»Und was ist mit der Wohnung? Riecht es hier?«

»Es ist ein bißchen ... muffig, ja.«

Ich griff zur Fernbedienung und wollte den Fernseher ausschalten. Der Junge mit dem starren, ausdruckslosen Blick, der sich so stockstreif gehalten hatte wie Fiona auf ihrer Sofakante, war verschwunden, doch der onkelhafte Mann mit dem breiten Grinsen und dem dicken schwarzen Schnurrbart war immer noch zu sehen, diesmal in voller Uniform und umgeben von Männern gleichen Alters, gleicher Haltung und gleicher Nationalität. Ich sah ihm ein paar Sekunden lang zu und spürte, wie eine weitere Erinnerung Gestalt annahm.

»Ich weiß, wer das ist«, sagte ich und schnippte mit den Fingern. »Das ist... Wie heißt er noch mal... Der Präsident des Irak...«

»Michael, jeder weiß, wer das ist. Das ist Saddam Hussein.«

»Richtig, Saddam.« Bevor ich den Fernseher ausschaltete, fragte ich: »Und der Junge, den er die ganze Zeit an sich gedrückt hat?«

»Sehen Sie keine Nachrichten? Das war eine der Geiseln. Er führt sie im Fernsehen vor wie Zuchtvieh.«

Darauf konnte ich mir keinen Reim machen, aber ich merkte schon, daß dies nicht der rechte Zeitpunkt für lange Erklärungen war. Ich schaltete den Apparat aus und sagte: »Entschuldigen Sie – Sie müssen mich für sehr unhöflich halten.« Ich lauschte meiner Stimme mit Interesse. »Möchten Sie etwas trinken? Ich habe Wein und Orangensaft und Bier und Limonade und vielleicht auch noch einen Schluck Whisky.«

Fiona zögerte.

»Wir können die Tür offen lassen, wenn Sie wollen. Das stört mich ganz und gar nicht.«

Sie lächelte, lehnte sich zurück und schlug die Beine übereinander. »Hm, na gut. Also etwas zu trinken.«

»Wein?«

»Lieber einen Orangensaft. Ich werde diese Halsschmerzen einfach nicht los.«

Meine kleine Küche war schon immer der sauberste Raum in meiner Wohnung. Ich unternahm nichts gegen Staub, weil er bei oberflächlicher Betrachtung nicht weiter auffällt und man leicht darüber hinwegsehen kann, doch den Anblick von Schmierflecken und getrockneten Essensresten auf den strahlendweißen Oberflächen konnte ich nicht ertragen. Als ich in die Küche ging und die beiden 100-Watt-Strahler einschaltete, die mit ihrem reinweißen Licht auch den letzten blitzenden Winkel erkundeten, fand ich daher mein Selbstvertrauen wieder. Draußen wurde es langsam dunkel, und als ich vor der Spüle stand, sah ich die Reflexion meines Gesichtes, die wie ein Geist vor dem Fenster im vierten Stock hing. Das war also der Mensch, mit dem Fiona in den vergangenen Minuten gesprochen hatte. Ich betrachtete ihn eingehend und versuche mir vorzustellen, welchen Eindruck er wohl auf sie gemacht hatte. Die Augen waren blutunterlaufen und verquollen von zu viel Fernsehen und zu wenig Schlaf; an den Mundwinkeln begannen sich tiefe Falten einzugraben, die allerdings zum Teil von den Stoppeln eines Zweitagebartes verdeckt wurden; die Kinnpartie wirkte zwar noch einigermaßen fest, doch schon in drei oder vier Jahren würde sich dort wahrscheinlich der Ansatz eines Doppelkinns zeigen; das blonde Haar hatte graue Strähnen und mußte dringend geschnitten werden; die Reste eines zaghaft angedeuteten Scheitels waren so kläglich, daß es verzeihlich gewesen wäre, wenn der Betrachter sie gar nicht erst bemerkt hätte. Es war kein freundliches Gesicht. Die dunklen, samtig blauen Augen mochten einst optimistisch in die Welt geblickt haben, doch jetzt wirkten sie wachsam und auf der Hut. Trotzdem war es ein ehrliches Gesicht. Es war ein Gesicht, dem man trauen konnte.

Und dahinter? Ich spähte ins Zwielicht. Es war nicht viel zu sehen. Auf der anderen Seite des Innenhofs waren hier und da Lichter angegangen, und aus offenen Fenstern drangen leise Klänge von Fernsehern und Stereoanlagen. Es war ein schwüler Augustabend, typisch für einen Sommer, der sich einen bösartigen Spaß daraus zu machen schien, die Londoner bis an die Grenze der Belastbarkeit zu treiben und Tag und Nacht mit drückender Hitze zu quälen. Auf der Grünfläche im Hof bemerkte ich einen Schatten. Zwei Schatten, von denen der eine sehr klein war: Eine alte Frau, die ihren Hund ausführte und wahrscheinlich ihre Mühe hatte, Schritt zu halten, während er sie, angespannt und erregt über all die geheimen nächtlichen Freuden, im Zickzack von Busch zu Busch zerrte. Ich lauschte auf sein Scharren und Rascheln.

Abgesehen vom gelegentlichen Heulen der Sirenen waren das die einzigen Geräusche, die sich aus dem dumpfen, monotonen Summen der Großstadt heraushoben.

Ich trat vom Fenster zurück, nahm eine Packung Orangensaft aus dem Kühlschrank und drückte drei oder vier Eiswürfel in ein Glas. Ich goß den Orangensaft darüber und hörte mit Vergnügen, wie das Eis knisternd und klingelnd zum Rand des Glases stieg. Dann schenkte ich mir ein Glas Bier ein und trug die Drinks ins Wohnzimmer.

Auf der Schwelle blieb ich kurz stehen und versuchte, den Raum mit derselben Objektivität zu mustern wie zuvor mein Spiegelbild und mir vorzustellen, welchen Eindruck er auf Fiona gemacht haben mochte. Sie sah mich an, so daß ich nicht viel Zeit hatte, doch auch bei oberflächlicher Betrachtung stachen einige Einzelheiten ins Auge: Die Vorhänge, die ich schon bei meinem Einzug vorgefunden hatte, und die Bilder, die ich vor vielen Jahren gekauft hatte, entsprachen überhaupt nicht meinem gegenwärtigen Geschmack; auf dem Tisch, dem Fernseher, dem Kaminsims und den Fensterbrettern waren Zeitungen, Zeitschriften und Videokassetten gestapelt, so daß kein Platz war für einige ausgesuchte Objekte, die dem Zimmer Persönlichkeit und Stil gegeben hätten; meine ebenfalls vor vielen Jahren selbst zusammengezimmerten Bücherregale enthielten kaum noch Bücher (die waren in Kisten verpackt, die ich in einem zweiten, unbenutzten Zimmer aufgetürmt hatte), sondern waren kreuz und quer mit weiteren, teils gekauften, teils selbst aufgenommenen Videokassetten vollgestopft. Ich fand, daß der Raum dem Gesicht, das sich im Küchenfenster gespiegelt hatte, nicht unähnlich war: Er hätte freundlich sein können, schien sich jedoch zumindest vorerst durch eine Mischung aus Nachlässigkeit und Verwahrlosung in etwas Unansehnliches und fast unheimlich Neutrales verwandelt zu haben.

Das erste, was Fiona, nachdem wir uns ein bißchen unterhalten hatten, über meine Wohnung sagte, war, daß sie das Gefühl habe, hier fehlten ein paar Pflanzen. Sie sang ein Loblied auf Alpenveilchen und Hibiskus. Sie wurde lyrisch, als sie die Vorzüge von Zinerarien und Tüpfelfarnen pries. In letzter Zeit, sagte sie, sei sie ganz verrückt nach Zinerarien.

Ich wäre nie auf die Idee gekommen, mir eine Topfpflanze zu kaufen, und versuchte mir vorzustellen, wie es wohl wäre, dieses Zimmer nicht nur mit verstaubten Zeitschriften und Videokassetten, sondern auch mit einem lebendigen, sich entfaltenden Organismus zu teilen. Ich schenkte mir noch ein Bier ein und ihr noch einen Orangensaft, und diesmal bat sie mich, einen Schuß Wodka hineinzugeben. Ich merkte, daß sie eine freundliche, warmherzige Frau war, denn als ich mich neben sie auf das Sofa setzte, um das Sponsorenformular auszufüllen, hatte sie anscheinend nichts dagegen, daß unsere Beine sich gelegentlich berührten. Sie zuckte nicht zurück, und als ich den Betrag eintrug und unterschrieb, spürte ich, daß ihr Oberschenkel an meinem lag, und fragte mich, wie es dazu gekommen war und ob Fiona vielleicht näher an mich herangerückt war. Bald wurde deutlich, daß sie es nicht sehr eilig hatte und sich aus irgendeinem Grund ganz gern mit mir unterhielt – mit mir, der ich so wenig zu geben hatte –, und daraus konnte ich nur schließen, daß sie selbst sich auf eine stille, tapfere, verwegene Art nach Gesellschaft gesehnt haben mußte, denn obwohl ich an jenem Abend ein schlechter Gastgeber war und mein Benehmen sie zunächst verängstigt haben mußte, machte sie keine Anstalten zu gehen und wurde immer entspannter und gesprächiger. Ich weiß nicht mehr, wie lange sie blieb und worüber wir sprachen, aber ich weiß noch, daß ich sie anfangs genoß, diese ungewohnte Tätigkeit des Zuhörens und Sprechens, und erst eine ganze Weile und einige Drinks später begann ich mich wieder müde und unbehaglich zu fühlen. Ich weiß nicht einmal, warum das so war, denn eigentlich machte es mir immer noch Spaß, mich mit ihr zu unterhalten. Trotzdem verspürte ich einen plötzlichen starken Drang, allein zu sein. Fiona sprach weiter, und vielleicht antwortete ich sogar, aber meine Aufmerksamkeit war abgeschweift, und ich erlangte sie erst wieder, als sie etwas sagte, das mich sehr erstaunte.

»Sie können mich nicht abschalten«, sagte sie.

»Wie bitte?«

»Sie können mich nicht abschalten.«

Sie nickte in Richtung meiner Hände. Ich hatte mich wieder ihr gegenüber in den Sessel gesetzt und, ohne mir dessen bewußt zu sein, die Fernbedienung des Videorecorders in die Hand genommen. Sie war auf Fiona gerichtet, und mein Zeigefinger lag auf der Pausetaste.

»Ich glaube, ich sollte jetzt lieber gehen«, sagte sie und stand auf.

Als sie, ihr Formular in der Hand, zur Tür ging, machte ich einen Versuch, die Situation zu retten, indem ich hervorstieß: »Ich glaube, ich werde mir so eine Pflanze besorgen. Da sieht das Zimmer bestimmt gleich ganz anders aus.«

Sie drehte sich um. »Auf meinem Weg zur Arbeit ist eine kleine Gärtnerei«, sagte sie leise. »Wenn Sie wollen, bringe ich Ihnen morgen eine mit.«

»Danke. Das wäre sehr nett.«

Und dann war sie weg. Sie schloß die Tür hinter sich, und einige Sekunden lang hatte ich ein eigenartiges Gefühl: Ich fühlte mich einsam. Diese Einsamkeit war jedoch mit Erleichterung vermischt, und die hatte binnen kurzem die Oberhand gewonnen und füllte mich aus, beruhigte mich und führte mich sanft zu meinem Sessel und meinen beiden Freunden, meinen vertrauten Gefährten: den Fernbedienungen für den Fernseher und den Videorecorder, die auf den Armlehnen lagen. Ich schaltete die Apparate ein und drückte die Starttaste. Kenneth sagte: »Na ja, ein... ein schönes Gesicht ist nicht alles.«

Am nächsten Morgen erwachte ich mit dem Gefühl, daß etwas Kleines, aber Bedeutsames geschehen war. Für eine Analyse war es noch zu früh – im Augenblick brannte ich nur darauf, aus dem deutlichsten Symptom Nutzen zu ziehen: einer gewaltigen geistigen und körperlichen Energie, wie ich sie in letzter Zeit nicht erlebt hatte. Ein paar unangenehme Aufgaben waren vor einigen Monaten dräuend und drückend an meinem geistigen Horizont aufgezogen und harrten ihrer Erledigung, doch heute hatte ich den Eindruck, daß sie keine Bürde mehr waren, sondern harmlos, ja einladend vor mir lagen – Trittsteine auf dem Weg in eine bessere Zukunft. Ich verschwendete keine Zeit damit, im Bett liegen zu bleiben, sondern stand auf und duschte, frühstückte, wusch ab und saugte die ganze Wohnung. Anschließend machte ich mich mit einem Staubtuch an die Arbeit. Die Staubschichten waren so dick, daß ich das Tuch alle paar Sekunden vor dem Fenster ausschütteln mußte. Danach ließ mein Eifer nach, und ich begann etwas planlos, Verschiedenes aufzuräumen und zu ordnen. Ich wollte mich unter anderem davon überzeugen, daß bestimmte Unterlagen dort waren, wo ich sie vor Monaten abgelegt hatte, denn ich hatte vor, mich am Nachmittag mit ihnen zu beschäftigen. Nach etwa einer halben Stunde tauchten sie auf, und ich legte sie in einem Stapel auf meinen frisch aufgeräumten Schreibtisch.

Es war zweifellos ein außergewöhnlicher Tag, und um das zu unterstreichen, schritt ich zu einer weiteren außergewöhnlichen Tat: Ich machte einen Spaziergang.

Meine Wohnung lag auf der Rückseite eines großen Blocks am Battersea Park. Obwohl dies einer der Gründe gewesen war, warum ich sie vor sieben oder acht Jahren gekauft hatte, war ich nur selten auf den Gedanken gekommen, einen Spaziergang zu machen. Zwar war ich hin und wieder genötigt gewesen, den Park zu durchqueren, aber das hatte ich nicht zum Vergnügen und zur Entspannung getan, und auf meine Umgebung hatte ich bei diesen Gelegenheiten überhaupt nicht geachtet. Eigentlich hatte ich das auch an diesem Tag nicht vor. Hauptsächlich unternahm ich diesen Spaziergang in der Hoffnung, daß ich dabei zu einer bestimmten Entscheidung kommen würde, die ich, wie so vieles andere in meinem Leben, schon viel zu lange aufgeschoben hatte. Es schien jedoch, als wäre ich in diesem neuen, wacheren Zustand weniger als sonst in der Lage, meine Umwelt zu ignorieren, und ich stellte fest, daß dieser Park, den ich nie für einen der schönsten in London gehalten hatte, mir zu gefallen begann. Die Rasenflächen waren verdorrt, die Blumenbeete grau und ausgetrocknet, und dennoch erstaunte mich ihre Farbe. Es war, als sähe ich das alles zum erstenmal. Unter einem unglaublich hellblauen Himmel nutzten Horden von Menschen ihre Mittagspause, um sich in die pralle Sonne zu legen; hier und da schützten Kleidungsstücke in schreienden Primärfarben ihre sich rötenden Körper, während sengende

Sonnenstrahlen und das dumpfe Wummern der Ghetto-Blaster ihre Hirne betäubte. Die Abfallkörbe quollen über von Flaschen, Dosen und durchsichtigen Plastikbehältern, die Sandwiches enthalten hatten. Es schien eine fröhliche, ausgelassene Stimmung zu herrschen, in die sich nur ganz leise so etwas wie Spannung und Unmut mischte – vielleicht weil die Hitze wieder einmal fast unerträglich war, vielleicht aber auch, weil alle im Grunde wußten, daß dies nicht der glücklichste Ort für ein Sonnenbad war. Ich fragte mich, wie viele sich wie ich wünschten, sie könnten auf dem Land sein, in der freien Natur, von der dieser Park nicht viel mehr war als ein blasser Abklatsch. In der Nordwestecke, nicht weit vom Fluß, hatte man versucht, einen mit einer Steinmauer eingefaßten Ziergarten anzulegen, und als ich mich für einige Minuten dort niederließ, fühlte ich mich an den Garten hinter Mr. Nuttalls Farm erinnert, in dem ich immer mit Joan gespielt hatte. Doch anstatt der magischen Stille, die für uns damals so selbstverständlich gewesen war, hörte ich hier das Rumpeln von Lastwagen und das Donnern von Flugzeugen, und es gab keine Spatzen oder Stare, die in den Bäumen saßen und uns zusahen, sondern nur balzende Stadttauben und fette schwarze Krähen, so groß wie junge Hühner.

Was die Entscheidung betraf, so hatte ich sie sehr bald getroffen. Anfang der Woche hatte ich einen Kontoauszug bekommen, und heute morgen hatte ich den Umschlag geöffnet und festgestellt, daß mein Konto, wie nicht anders zu erwarten, weit überzogen war. Es mußte etwas mit dem Manuskript geschehen, das jetzt auf meinem Schreibtisch lag. Mit etwas Glück – und vielleicht mit Hilfe eines kleinen Wunders – ließ es sich zu Geld machen, doch zuvor mußte ich es so schnell wie möglich noch einmal durchlesen und mich entscheiden, wie ich an die in Frage kommenden Verlage herantreten sollte.

Sobald ich wieder zu Hause war, machte ich mich an die Arbeit. Ich hatte etwa siebzig Seiten gelesen, als Fiona am frühen Abend mit zwei großen Papiertüten vor meiner Tür stand. Aus einer der Tüten ragten grüne Blätter.

»Donnerlittchen«, sagte sie, »Sie sehen ja ganz verändert aus.«

(Ich erinnere mich, daß sie oft veraltete Ausdrücke gebrauchte. »Donnerlittchen« war einer davon, »Herrdumeinegüte« ein anderer.)

»Tatsächlich?« sagte ich.

»Ich hab Sie in einem schlechten Moment erwischt, stimmt's? Gestern abend, meine ich.«

»Kann sein. Heute abend fühle ich mich mehr … auf der Höhe.«

Sie stellte die Tüten ab und sagte: »Ich hab Ihnen die hier gleich mitgebracht. Sie müssen noch umgetopft werden. Ich laß das mal eben hier und mache mich ein bißchen frisch, und dann komme ich und helfe Ihnen.«

Als sie weg war, sah ich nach, was in den Tüten war. Die eine enthielt Pflanzen, die andere ein paar mittelgroße Blumentöpfe und Untersetzer, außerdem einige Lebensmittel und eine Zeitung. Ich hatte dieses Revolverblatt lange nicht mehr gelesen, aber mir fiel ein, daß Freitag war, und ich zog die Zeitung aus der Tüte und blätterte bis zu einer bestimmten Seite der Mitte. Als ich den gesuchten Beitrag gefunden hatte, lächelte ich in mich hinein und begann – anfangs noch ohne großes Interesse – zu lesen. Nach einigen Zeilen runzelte ich die Stirn. In meinem Gedächtnis regte sich etwas. Ich ging in das als Arbeitszimmer (also gar nicht) genutzte Zimmer und holte einen Karton mit Zeitungsausschnitten. Diese sah ich gerade durch, als Fiona zurückkehrte.

Sie trug die Tüten in die Küche und machte sich daran, die Pflanzen umzutopfen. Ich hörte sie Gegenstände hin und her schieben, und daß das Wasser lief. Irgendwann sagte sie: »Ich muß schon sagen – Ihre Küche ist wirklich *sehr* sauber.«

»Ich komme gleich und helfe Ihnen«, sagte ich. »Ich weiß das zu schätzen. Das Geld kriegen Sie natürlich zurück.«

»Seien Sie nicht albern.«

»Ha!« Mit diesem Triumphschrei zog ich einen Ausschnitt aus dem Karton. Damit waren wenigstens etwaige Zweifel an meinem Erinnerungsvermögen ausgeräumt. Ich legte die aktuelle Zeitung und den Ausschnitt auf den Eßtisch und las beide Artikel sorgfältig durch. Die Falten auf meiner Stirn wurden tiefer. Fiona trat mit einer der umgetopften Pflanzen ein und sagte: »Ich könnte einen Drink vertragen.«

»Entschuldigung. Natürlich. Ich hab nur gerade diese Kolumne gelesen. Was halten Sie davon?«

Als Fiona sah, daß ihre Zeitung aufgeschlagen auf dem Tisch lag, begann sie sich zu entschuldigen. »Die hab ich nicht gekauft. Jemand hat sie in der U-Bahn liegengelassen.« Sie warf einen Blick auf die Fotos von Hilary Winshaw über den Kolumnen und verzog das Gesicht. »Diese schreckliche Frau. Ich hoffe, Sie sagen jetzt nicht, daß Sie ein Fan von ihr sind.«

»Ganz und gar nicht. Aber ich habe ein professionelles Interesse an ihr. Lesen Sie. Ich hole uns was zu trinken, und dann sagen Sie mir, was Sie davon halten.«

Die Kolumne gab es jetzt seit sechs Jahren, und sie hatte noch immer den Titel Im Klartext. Auch das Foto darüber war noch dasselbe. Jeden Freitag hatte die bedeutende Fernsehmacherin und Medienpersönlichkeit Hilary Winshaw Gelegenheit, sich über alles zu verbreiten, was ihr gerade in den unermüdlichen Sinn kam, und voller Überzeugung kommentierte sie den Wohlfahrtsstaat ebenso wie die internationale Politik oder die Saumlänge der Röcke, die Mitglieder der königlichen Familie bei gesellschaftlichen Ereignissen getragen hatten. Im Lauf der Jahre schien sie sich mit der liebenswerten Angewohnheit, ihre fast vollständige Unwissenheit auf allen Gebieten zu bekennen, einen Platz in den Herzen von Tausenden von Lesern erobert zu haben – ihre Spezialität waren äußerst dezidierte Ansichten über umstrittene Bücher oder Filme, die sie, wie sie unbekümmert gestand, aus Zeitmangel nicht gelesen oder gesehen hatte. Was die Leser sicher ebenfalls sehr für sie einnahm, war die Tatsache, daß Hilary sie großzügig in den Kreis ihrer vertrauten Freunde aufnahm, indem sie ausführlich die Einzelheiten ihres häuslichen Lebens schilderte, und zwar in einem lockeren Plauderton, der jedoch in rechtschaffene Empörung umschlug, wenn sie die Unfähigkeit der diversen Maurer, Installateure und Innenausstatter beschrieb, für die es in ihrem riesigen Haus in Chelsea immer Arbeit zu geben schien. Es ist eine interessante, aber wenig bekannte Tatsache, daß Miss Winshaw für diesen Unsinn ein Jahresgehalt bezog, das dreimal so hoch wie das eines Lehrers und viermal so hoch wie das einer Krankenschwester im staatlichen Gesundheitsdienst war. Ich kann das beweisen.

Bei den beiden Kolumnen, die ich miteinander verglich, hatte Hilary sich ein politisches Thema gewählt. Obwohl zwischen ihnen etwa vier Jahre liegen, zeige ich sie Ihnen so, wie Fiona und ich sie an jenem Tag lasen: nebeneinander.

Heute ist auf meinem Schreibtisch ein Rundschreiben von einer Gruppe gelandet, die sich KDI – Komitee für Demokratie im Irak – nennt.

Das KDI behauptet, daß Saddam Hussein ein brutaler Diktator ist, der sich mit Hilfe von Einschüchterung und Folter an der Macht hält.

Mein Rat an diesen Haufen von Dummköpfen lautet: *Macht euch doch erst mal mit den Tatsachen vertraut!*

Wer hat das Wohlfahrtsprogramm ins Leben gerufen, das so entscheidende Verbesserungen im Wohnungsbau, im Erziehungswesen und in der Gesundheitsfürsorge gebracht hat?

Wer hat den Irakern vor kurzem Mindestlöhne und eine staatliche Rente garantiert?

Wer hat neue, bessere Bewässerungsanlagen und Kanalisationen bauen lassen, den Bauern zinsgün-

Es geschieht nicht alle Tage, daß einem beim Fernsehen übel wird, aber gestern abend war es mal wieder soweit.

Gibt es jemanden in diesem Land, dem es nicht den Magen umgedreht hat, als Saddam Hussein in den 9-Uhr-Nachrichten die Geiseln, die er als menschliche Schutzschilde mißbrauchen will, aufmarschieren ließ?

Es war ein Bild, das ich bis an mein Lebensende nicht vergessen werde: Ein wehrloses und offensichtlich verängstigtes Kind wird von einem der tückischsten und gemeinsten Diktatoren der Welt befingert und mißhandelt.

Wenn ein derartig widerwärtiger Anblick überhaupt eine positive Auswirkung haben kann, dann hoffentlich die, daß unsere Friedensapostel zur Besinnung kommen und sich eines vor Augen halten: Wir können uns nicht zu-

stige Kredite gegeben und bis zum Jahr 2000 »Gesundheit für alle« versprochen?

Wer ist von keinem geringeren als Präsident Reagan von der Liste der Politiker gestrichen worden, die beschuldigt werden, den internationalen Terrorismus zu unterstützen?

Und wer ist von allen politischen Führern im Nahen Osten der einzige, der nicht nur redet, sondern auch handelt, indem er *britische* Bauunternehmer und Industrielle ins Land holt, damit sie beim Aufbau des Irak helfen?

Richtig: Es ist der »brutale Folterknecht« Saddam Hussein.

Die Hysteriker vom KDI sollten sich lieber über die großmäuligen Ayatollas beklagen. Der Irak ist vielleicht kein Paradies auf Erden, aber das Leben dort ist mit Sicherheit angenehmer als es lange, lange war.

Also laßt Saddam in Ruhe! Er ist ein Mann, mit dem wir gute Geschäfte machen können.

rücklehnen und diesen tollwütigen Verbrecher einfach davonkommen lassen.

Ich meine damit nicht nur seinen Überfall auf Kuwait. Saddam Hussein ist seit elf Jahren Präsident des Irak, und in diesen elf Jahren gab es dort nichts als Folter, Mißhandlung, Einschüchterung und Mord. Und wer das nicht glaubt, sollte sich mal die Rundschreiben des KDI (Komitee für Demokratie im Irak) ansehen.

Nein, es kann keinen Zweifel geben: Die Zeit für kleinmütige Bedenken ist vorbei – jetzt muß gehandelt werden.

Wir wollen beten, daß Präsident Bush und Mrs. Thatcher das begreifen. Und wir wollen beten, daß der tapfere kleine Junge, den wir gestern abend in den Nachrichten gesehen haben, seine Begegnung mit dem Schlächter von Bagdad eines Tages wird vergessen können.

Fiona sah mich an. »Ich glaube, das verstehe ich nicht«, sagte sie.

Hilary

Im Sommer 1969, kurz bevor sie nach Oxford gehen wollten, lud Hugo Beamish seinen besten Freund Roddy Winshaw für ein paar Wochen in das riesige, vollgestopfte und ein bißchen schmutzige Haus seiner Familie im Nordwesten Londons ein. Hilary war ebenfalls eingeladen. Sie war fünfzehn.

Sie fand es dort schauderhaft langweilig. Es war vielleicht um eine Winzigkeit besser, als den Sommer (schon wieder!) mit ihren Eltern in der Toskana zu verbringen, aber Hugos Eltern – seine Mutter war Schriftstellerin, sein Vater arbeitete bei der BBC – entpuppten sich als fast genauso dämlich wie ihre eigenen, und seine Schwester Alicia war eine Trantüte mit Raffgebiß und entsetzlich vielen Sommersprossen.

Alan Beamish war ein warmherziger Mensch und merkte ziemlich bald, daß Hilary ihren Aufenthalt nicht sehr genoß. Eines Abends, als sie am Eßtisch saßen und Roddy und Hugo ihre Karrierevorstellungen erörterten, sah er, daß sie in ihren kalten Nudeln herumstocherte, und fragte sie unvermittelt: »Und was möchtest *du* in zehn Jahren sein?«

»Ach, ich weiß nicht.« Hilary hatte über diese Frage noch nicht sehr eingehend nachgedacht. Sie hatte (natürlich mit Recht) angenommen, daß ihr früher oder später irgendein lukrativer Traumjob in den Schoß fallen würde. Außerdem mißfiel ihr der Gedanke, ihre Pläne und Hoffnungen vor diesen Menschen auszubreiten. »Vielleicht gehe ich zum Fernsehen«, improvisierte sie lahm.

»Du weißt doch sicher, daß Alan Produzent ist«, sagte Mrs. Beamish. Das hatte Hilary nicht gewußt. Sie hatte gedacht, er sei Buchhalter oder bestenfalls irgendein Techniker. Trotzdem war sie völlig unbeeindruckt. Alan dagegen beschloß, Hilary von nun an unter seine Fittiche zu nehmen.

»Weißt du, was das Geheimnis des Fernsehgeschäfts ist?«
fragte er sie eines späten Nachmittags. »Ganz einfach: Man
muß fernsehen. Man muß die ganze Zeit fernsehen.«

Hilary nickte. Sie sah nie fern. Sie wußte, daß sie zu gut
dafür war.

»Und jetzt sage ich dir, was wir machen werden«, verkündete Alan.

Zu Hilarys Entsetzen hatte er vor, den ganzen Abend vor
dem Fernseher zu verbringen. Alan erklärte ihr jede Sendung: wie sie gemacht worden war, wieviel sie gekostet hatte,
warum sie zu einer bestimmten Zeit gesendet wurde und
welche Zielgruppe damit angesprochen werden sollte.

»Der Programmplatz ist das A und O«, sagte er. »Eine
Sendung steht und fällt mit der Sendezeit. Wenn du das
begriffen hast, bist du den anderen hoffnungsvollen Universitätsabsolventen, deinen Konkurrenten, um einiges voraus.«

Sie begannen um zehn vor sechs mit den Nachrichten auf
BBC 1, gefolgt von einer Magazin-Sendung mit dem Titel
Town and Around. Danach schalteten sie auf ITV um und
sahen sich *The Saint* mit Roger Moore an.

»Diese Art von Film kriegen die Privatsender am besten
hin«, sagte Alan. »Läßt sich gut ins Ausland verkaufen, sogar
nach Amerika. Hohe Produktionskosten, viele Originalschauplätze, schmissige Regie. Für meinen Geschmack ein
bißchen zu seicht, aber nicht zu verachten.«

Hilary gähnte. Um fünf vor halb acht sahen sie irgendeine
Serie über einen schottischen Arzt und seine Haushälterin.
Hilary fand den Film sehr lahm und provinziell. Alan erklärte ihr, diese Serie sei eine der beliebtesten überhaupt.
Hilary hatte noch nie davon gehört.

»Morgen werden die Leute in allen Kneipen, Büros und
Fabriken über diese Folge reden«, sagte er. »Das ist das
Großartige am Fernsehen: Es ist eines der Dinge, die das
Land zusammenhalten. Es beseitigt Klassenunterschiede
und hilft, ein Gefühl für nationale Identität zu schaffen.«

Ebenso lyrisch kommentierte er die nächsten beiden Sendungen: eine Dokumentation mit dem Titel *The Rise and Fall
of the Third Reich* und die Nachrichten um neun, die eine

Viertelstunde dauerten. »Die BBC wird auf der ganzen Welt wegen der Qualität und Objektivität ihrer Nachrichtensendungen geachtet. Dank dem BBC World Service kannst du fast überall auf der Welt ein Radio einschalten und dich nicht nur mit unvoreingenommenen, gesicherten Informationen versorgen lassen, sondern auch mit Unterhaltungsprogrammen, die in Musik und Wort höchsten Ansprüchen genügen. Das ist eine unserer größten Errungenschaften der Nachkriegszeit.«

Bis dahin hatte Hilary sich bloß gelangweilt, doch von nun an ging es rapide bergab. Sie mußte sich *Nearest and Dearest* ansehen, eine schreckliche Comedy Show voller plumper Witze, über die das Studiopublikum idiotisch lachte, und danach eine Sendung namens *It's a Knockout*, die aus einer Aneinanderreihung dümmlicher Spiele unter freiem Himmel bestand. Hilary war wütend und indigniert. Unbewußt reagierte sie ihre Erregung dadurch ab, daß sie aus einer Obstschale neben dem Sofa eine Weintraube nach der anderen nahm und sie mit spitzen Fingernägeln schälte, bevor sie sie aß. Bald lag auf ihrem Schoß ein Häufchen Weintraubenschalen.

»Das ist nicht gerade die Art von Sendung, die ich mag«, sagte Alan, »aber ich verachte sie nicht. Man muß für jeden etwas machen. Jeder hat ein Recht auf Unterhaltung.«

Schließlich schalteten sie auf BBC 2 um und sahen eine Serie namens *Ooh La La!*, eine Fernsehadaption der Farcen von Georges Feydeau. In dieser Folge spielten Donald Sinden und Barbara Windsor die Hauptrollen. Hilary schlief mitten in der Sendung ein, und als sie aufwachte, sah sie gerade noch das Ende eines Dokumentarfilms über Astronomie, der von einem eigenartigen Mann in einem schlecht sitzenden Anzug präsentiert wurde.

»So, nun hast du einen Eindruck bekommen«, sagte Alan stolz. »Nachrichten, Unterhaltung, Komödien, Dokumentarfilme und klassisches Drama – und alles zu gleichen Teilen. In keinem anderen Land der Welt findest du ein so vielfältiges Programmangebot.« Hilary fand, daß er mit seinen grauen Haarbüscheln und der sanften, melodischen Stimme wie ein Pfaffe der übelsten Sorte wirkte. »Und das alles liegt in den Händen von Leuten wie dir: talentierten Nachwuchskräften, deren Aufgabe es in den nächsten Jahren sein wird, diese Tradition fortzusetzen.«

Am Ende der Ferien fuhren Roddy und Hilary mit dem Zug zum Sommersitz ihrer Eltern in Sussex.

»Ich fand den alten Mr. Beamish eigentlich ganz in Ordnung«, sagte Roddy und nahm eine Zigarette aus der Schachtel. »Obwohl Henry mir erzählt hat, daß er ein echter Roter ist.« Er steckte sich die Zigarette an. »Hat Gott sei Dank nicht auf Henry abgefärbt. Trotzdem – hätte ich nicht von ihm gedacht. Du vielleicht?«

Hilary sah aus dem Fenster.

Aus »Die zehn vielversprechendsten neuen Namen« (Farbbericht in *Tatler*, Oktober 1976):

Die hübsche Hilary Winshaw, die kürzlich ihr Studium in Cambridge abgeschlossen hat, beabsichtigt, Furore zu machen, und zwar beim Fernsehen, wo sie eine Karriere als Produzentin anstrebt. Hilary hat bereits klar umrissene Vorstellungen von der Arbeit, die vor ihr liegt. »Das Fernsehen ist eines der Dinge, die das Land zusammenhalten«, sagt sie. »Es ist hervorragend geeignet, Klassenschranken abzubauen und ein Gefühl nationaler Identität zu vermitteln. Und das ist eine der Traditionen, die ich bewahren und fortsetzen will.«

Auf unserem Foto hält Hilary den Winter mit einem Nerzcape von *Furs Renée, 39 Dover Street, W1* (£ 3400) auf Distanz. Darunter trägt sie einen Rollkragenpullover aus Kamelhaar und Kaschmir von *Pringle, 28 Old Bond Street, W1* (£ 52.50), halblange Kamelhaarhandschuhe von *Herbert Johnson Ladies Shop, 80 Grosvenor Street, W1* (£ 14.95) und halbhohe beige Stiefel mit hohen Absätzen von *Midas, 36 Hans Crescent, SW1* (£ 129).

... Es wurde nochmals versichert, daß der Beitrag, den Miss Winshaw in den vergangenen sieben Jahren zum Erfolg der Gesellschaft geleistet habe, von niemandem unterschätzt werde. Dennoch betonte Mr. Fisher, ihre 1981 getroffene Entscheidung, die amerikanische Produktionsgesellschaft TMT zum Preis von 120 Millionen Pfund zu kaufen, sei dem Vorstand nie zur Überprüfung vorgelegt worden. Mr. Fisher bat um Stellungnahme zu folgenden vier Punkten:

1. Habe Miss Winshaw gewußt, daß TMT zum Zeitpunkt der Übernahme jährlich 32 Millionen Dollar Verlust gemacht hat?
2. Sei sie sich darüber im klaren, daß ihre wöchentlichen Flüge nach Hollywood, der Kauf einer Wohnung in Los Angeles sowie die laufenden Kosten ihrer drei Geschäftswagen laut der unabhängigen Unternehmensberatungsfirma Webster Hadfield maßgeblich dazu beitrügen, daß die Auslagen der Gesellschaft gegenwärtig um 40% zu hoch seien?
3. Sei sie sich bewußt, daß ihre Politik, billige Filme von TMT zu kaufen und herausgeschnittene Szenen wieder einfügen zu lassen (um so die Länge dieser Filme oft um bis zu dreißig Minuten zu strecken und dadurch die Kosteneffizienz dieser Einkäufe zu verbessern), wesentlich zu der kürzlich verlautbarten Einschätzung der Independent Broadcasting Authority beigetragen habe, nach der die Programmqualität der Gesellschaft nicht den von der IBA gesetzten Anforderungen entspricht?
4. Sei die in der Vorstandssitzung vom Februar 1982 beschlossene Verdoppelung von Miss Winshaws Gehalt auf jährlich 210.000 Pfund eine gerechtfertigte und adäquate Reaktion auf die von ihr nach dem Erwerb von TMT behauptete Vergrößerung ihres Arbeitspensums?

Hier bemerkte Mr. Gardner, er hätte es sich zweimal überlegt, den ihm angebotenen Posten zu übernehmen, wenn er gewußt hätte, daß er damit ein sinkendes Schiff betreten würde, und fragte, wessen Idee es überhaupt gewesen sei, dieses Weibsbild einzustellen.

Mr. Fisher antwortete, Miss Winshaw sei auf Empfehlung des hervorragenden ehemaligen BBC-Produzenten Alan Beamish eingestellt worden.

Mrs. Rawson bat in einem Antrag zur Tagesordnung, Miss Winshaw möge bitte aufhören, mit den Trauben zu spielen, da nicht ausgeschlossen sei, daß jemand sie noch essen wolle, und unter den gegebenen Umständen jedwede Verschwendung in irgendeinem Bereich des Unternehmens zu unterbleiben habe...

Um 16.37 Uhr wurde mit 11:1 Stimmen beschlossen, daß Miss Winshaws Vertrag mit sofortiger Wirkung aufgelöst werden und sie selbst eine Abfindung erhalten solle, deren Höhe einer realistischen Einschätzung der gegenwärtigen finanziellen Situation der Gesellschaft Rechnung zu tragen habe.

Die Sitzung wurde um 16.41 vertagt.

Aus dem »Diary« des *Guardian* vom 26. November 1983:

Stirnrunzeln allenthalben über Hilary Winshaws kürzlich bekannt gewordenen Abschied vom Fernsehen. Stirnrunzeln nicht so sehr über die Tatsache, daß sie gefeuert wurde (was Branchenkenner bereits seit einiger Zeit erwartet hatten), sondern vielmehr über die Höhe der Abfindung: Es heißt, sie habe die hübsche Summe von £ 320.000 erhalten. Ein wahrhaft goldener Händedruck angesichts der Tatsache, daß sie es geschafft hat, eine einst finanzstarke Fernsehgesellschaft innerhalb weniger Jahre beinahe in den Ruin zu wirtschaften.

Sollte diese ungewöhnliche Großzügigkeit etwas mit der Tatsache zu tun haben, daß ihr Cousin Thomas Winshaw Vorstandsvorsitzender von Stewards ist, jener Bank, die große Anteile dieser Gesellschaft hält? Und kann man glauben, daß Miss Winshaw in Kürze eine gut dotierte Stelle bei einer gewissen Tageszeitung antreten wird, deren Eigentümer rein zufällig einer der besten Großkunden von Stewards ist? Wir werden dranbleiben, wie man so sagt...

Hilarys Ruf war ihr vorausgeeilt: An ihrem ersten Tag in der Redaktion wurde sie von ihren neuen Kolleginnen und Kollegen nicht gerade begeistert willkommen geheißen. Ihr könnt mich mal!, dachte sie. Sie würde ohnehin bloß ein oder zwei Tage die Woche dasein. Wenn überhaupt.

In der hintersten Ecke des Großraumbüros hatte sie einen eigenen, mit einem Namensschild versehenen Schreibtisch, der bis auf eine Schreibmaschine und einen Stapel von Konkurrenzzeitungen leer war. Der Titel ihrer Kolumne sollte IM KLARTEXT lauten. Man hatte ihr fast eine ganze Seite gegeben, die sie mit einem längeren Kommentar und zwei oder drei im Plauderton gehaltenen Beiträgen füllen sollte.

Es war März 1984. Sie nahm die oberste Zeitung und überflog die Schlagzeilen. Nach einigen Minuten legte sie sie beiseite und tippte die Überschrift »POLITIK DER HABGIER«. Darunter schrieb sie:

Die meisten von uns, die wir im Zuge der Rezession dabei sind, unsere Gürtel enger zu schnallen, werden mir wohl zustimmen, wenn ich sage, daß dies kaum der richtige Augenblick ist, um an die Tür der Regierung zu klopfen und mehr Geld zu verlangen.

Und die meisten von uns, die wir uns noch gut an jenen gräßlichen Streikwinter erinnern, werden mir zustimmen, wenn ich sage, daß eine neue Streikwelle so ziemlich das letzte ist, was dieses Land braucht.

Aber da haben wir die Rechnung ohne den Neo-Marxisten Arthur Scargill und seine gierige Bergarbeitergewerkschaft gemacht!

Mr. Scargill droht bereits mit »flächendeckenden Aktivitäten« – die jeder normale Mensch als *Passivitäten* bezeichnen würde –, wenn er und seine Genossen nicht sofort höhere Löhne und Sondervergütungen bekommen.

Und dazu kann ich nur sagen: Schämen Sie sich, Mr. Scargill! Gerade jetzt, wo wir uns alle ins Zeug legen, um dieses Land wieder auf die Beine zu bringen, wollen Sie uns in die finsteren Zeiten von Unruhen und Streiks zurückwerfen?

Wie können Sie es wagen, Egoismus und Habgier über nationale Interessen zu stellen!

Hilary sah auf die Uhr. Für ihren ersten Artikel hatte sie etwas weniger als zwölf Minuten gebraucht – nicht schlecht für eine Anfängerin. Sie brachte die Kolumne zum stellvertretenden Chefredakteur, der erst einmal die Überschrift strich und ihr das Blatt nach kurzer, gelangweilter Lektüre zurückschob. »Die wollen nicht mehr Geld«, sagte er.

»Wie bitte?«

»Die Bergleute. Das ist nicht der Grund, warum sie streiken.«

Hilary runzelte die Stirn. »Sind Sie sicher?«

»Ganz sicher.«

»Aber ich dachte, bei allen Streiks geht es um Geld.«

»Bei diesem geht es um Zechenstillegungen. Das National Coal Board will noch dieses Jahr zwanzig Zechen schließen. Die Bergleute streiken, weil sie nicht arbeitslos werden wollen.«

Hilary nahm den Artikel. Sie machte noch immer ein zweifelndes Gesicht. »Wenn das so ist, sollte ich wohl hier und da etwas ändern.«

»Hier und da.«

An ihrem Schreibtisch nahm sie sich weitere Zeitungen vor und befaßte sich eingehender mit den entsprechenden Artikeln. Dafür brauchte sie eine knappe halbe Stunde. Nachdem sie sich auf diese Weise umfassend informiert hatte, schrieb sie ihre zweite Version, diesmal in siebeneinhalb Minuten.

Man sagt, wenn es etwas gibt, das die Schotten können, dann ist es mit Geld umgehen. Und Ian McGregor, der

Vorsitzende des National Coal Bord, ist ein gewiefter Schotte alten Schlages, der auf lebenslange Erfahrungen als Geschäftsmann zurückgreifen kann.

Mr. Arthur Scargill hingegen hat einen ganz anderen Hintergrund: Er ist schon immer ein Gewerkschaftsdemagoge gewesen, ein überzeugter Marxist, ein allgegenwärtiger Unruhestifter, dessen kleine, starre Augen streitlüstern funkeln.

Und jetzt frage ich Sie: Wem von diesen beiden würden Sie die Zukunft der britischen Bergbauindustrie anvertrauen?

Denn das ist doch die eigentliche Frage bei diesen Streiks. Trotz Mr. Scargills Brandreden über Arbeitsplätze, Familien und das, was er »die Allgemeinheit« nennt, geht es in Wirklichkeit um nichts von alledem. In Wirklichkeit geht es um Leistung. Wenn ein Betrieb seine Kosten nicht decken kann, muß er schließen. Das ist eine der ersten – und einfachsten – Lektionen, die jeder Geschäftsmann lernt.

Leider scheint der gute Mr. Scargill das noch nicht begriffen zu haben.

Und das ist dann auch der Grund, warum ich dafür bin, daß sich Mr. McGregor, der gewitzte Mann aus dem Norden, um die Finanzen dieser Industrie kümmern sollte – und zwar pronto!

Der stellvertretende Chefredakteur las den Artikel zweimal durch. Als er aufsah, spielte ein ganz zartes Lächeln um seine Lippen.

»Mir scheint, auf diesem Gebiet werden Sie es noch ziemlich weit bringen«, sagte er.

Hilary hatte den Posten gegen Anraten von Peter Eaves, dem Chefredakteur der Zeitung, bekommen, der sie mehrere Wochen lang vollkommen ignorierte. Eines Montagabends jedoch waren beide zufällig zur selben Zeit im Büro: Hilary tippte ein Interview, das sie mit einer alten Freundin aus Cambridger Tagen gemacht hatte, einer Schauspielerin, die kürzlich ein Buch über ihre Teddybärsammlung geschrieben hatte, während Eaves und sein Stellvertreter über die Aufmachung der nächsten Ausgabe sprachen. Als Hilary auf dem Weg zur Kaffeemaschine an ihrem Tisch vorbeikam, blieb sie stehen und warf einen kritischen Blick auf den Entwurf.

»So ein Aufmacher würde mich nicht reizen, die Zeitung zu kaufen«, sagte sie.

Sie nahmen keine Notiz von ihr.

»Ich meine, das ist doch stinklangweilig. Wer will denn noch eine Gewerkschaftsstory lesen?«

Soeben war eine Meldung über ein überraschendes Gerichtsurteil gekommen. Im März hatte Außenminister Geoffrey Howe alle Beschäftigten des Government Communications Headquarters in Cheltenham angewiesen, eine etwaige Mitgliedschaft in einer Gewerkschaft niederzulegen, da sich diese nicht mit den nationalen Interessen vereinbaren lasse. Die Gewerkschaften waren dagegen vor Gericht gegangen, und dieses hatte ihnen heute zur allgemeinen Verblüffung recht gegeben. Der Spruch des Gerichts lautete, die Maßnahme der Regierung laufe »dem natürlichen Recht zuwider«. Auf dem Entwurf für die Titelseite standen nebeneinander die Fotos von Mrs. Thatcher und dem Ehrenwerten Mr. Glidewell und darüber die Schlagzeile UNNATÜRLICH und, kleiner gesetzt, »Regierungsangestellte erringen Sieg«.

»Ich glaube, wir können uns darauf einigen«, sagte Eaves gemessen, »daß das die Nachricht des Tages ist. Also verschonen Sie uns mit Ihren Ansichten.«

»Nein, im Ernst«, sagte Hilary. »Wer will denn wissen, ob ein paar Angestellte im öffentlichen Dienst in der Gewerkschaft sein dürfen oder nicht? Ich meine – was soll's? Und außerdem: Warum sollten wir eine Story bringen, die der Regierung schadet?«

»Mir ist egal, wem wir schaden«, antwortete Eaves, »solange wir Zeitungen verkaufen.«

»Tja, so werden Sie jedenfalls nicht viele verkaufen.« Sie sah auf ihre Uhr. »In zwanzig Minuten mache ich Ihnen eine bessere Titelseite. Vielleicht sogar schneller.«

»Wie war das?«

»Ich schreibe Ihnen den Artikel und besorge ein Foto.«

Hilary ging zurück zu ihrem Tisch und wählte die Privatnummer ihrer Cambridger Freundin. Nach dem Interview hatten sie sich unter anderem über eine gemeinsame Bekannte – ebenfalls Schauspielerin – unterhalten, die gerade ihr drittes Kind bekommen hatte. Sie sah nicht mehr ganz taufrisch aus, aber das hatte sie offenbar nicht daran gehindert, in einem Fernsehfilm, der in ein paar Monaten gesendet werden sollte, nackt aufzutreten. Hilarys Freundin, deren Lebensgefährte zufällig der Cutter des Films war, hatte ganz nebenbei erwähnt, sie sei im Besitz einiger hochinteressanter Szenen.

»Sei ein Schatz und schick mir ein paar Standfotos, ja?« sagte Hilary. »Wir werden uns einen kleinen Spaß erlauben.«

Dann setzte sie sich an die Schreibmaschine und schrieb:

DRALLER DREIER IM SPÄTPROGRAMM

Die alte Tante BBC wird uns im kommenden Herbst mit einem heißen Leckerbissen überraschen: einem Lustspiel, das so gewagt ist, daß es erst ausgestrahlt wird, wenn unsere Kleinen längst unschuldige Träume träumen.

Die Hauptdarstellerin in diesem erregenden Film ist ––, deren drei kleine Kinder sicher überrascht sein werden, ihre Mama in einem spektakulären Dreier mit dem amerikanischen Herzensbrecher –– zu sehen.

Für den Rest brauchte sie nicht lange. Hilarys Story war der Aufmacher. Die Meldung über das Gerichtsurteil zugunsten der Gewerkschaften wurde in eine Ecke am Fuß der Seite verbannt.

Später am Abend führte Peter Eaves seine neue Mitarbeiterin zum Essen aus.

Traumhochzeit

Am Samstag nachmittag war ich in St. Paul's in Knights-bridge, und zwar auf der Hochzeit von Peter Eaves, dem bekannten Chefredakteur, und Hilary Winshaw, Tochter von Mr. und Mrs. Mortimer Winshaw. Die Braut sah zauberhaft aus in ihrem pergamentfarbenen Seidenkleid und dem Tüllschleier, der von einem mit Perlen und Brillanten besetzten Diadem gehalten wurde, und ihre Brautjungfern trugen hinreißende pfirsichfarbene Seidenkleider...

Der Empfang im Savoy endete mit einem überaus spektakulären Höhepunkt. Die Gäste wurden auf die Terrasse am Fluß gebeten, wo der Bräutigam die Braut mit einem entzückenden Hochzeitsgeschenk über-raschte: einem viersitzigen, mit einer riesigen rosafar-benen Schleife verziertem Wasserflugzeug. Das glückli-che Brautpaar stieg ein und entschwand auf der Themse – ein wahrlich stilvoller Start in die Flitterwochen.

Die Regierung hat ihr Weißbuch über die Zukunft des Fernsehens veröffentlicht, und schon sind die zarten Seelchen in den Chefetagen der Fernsehanstalten in hellem Aufruhr.

Sie wollen uns weismachen, daß uns eine Lockerung der Bestimmungen »amerikanische Zustände« besche-ren würde (wobei ich mich frage, was daran so schlimm wäre). Dahinter steckt nichts weiter als die schlichte Tatsache, daß es ein Wort gibt, bei dem dieser Bande von Linksliberalen in Hampstead das Herz in die Hose rutscht.

Es ist das Wort »Entscheidungsfreiheit«.

Und warum fürchten sie es so? Weil sie wissen, daß die meisten von uns, wenn wir die Wahl hätten, sich niemals für den öden Mischmasch aus überkandidelten

Fernsehspielen und linkem Agitprop »entscheiden« würden, den diese Fernsehmafia uns zumutet.

Wann werden diese selbsternannten Kulturhüter begreifen, daß wir am Ende eines anstrengenden Arbeitstages ein bißchen Unterhaltung und Entspannung wollen? Daß wir nicht von einem weltfremden, bärtigen Kritiker »gebildet« werden wollen, der uns einen dreistündigen Film über einen einbeinigen Possenreißer aus Bulgarien »näherbringen« will?

Ich kann nur sagen, es ist höchste Zeit für eine Lockerung der Bestimmungen, wenn das bedeutet, daß wir Zuschauer mehr Entscheidungsfreiheit bekommen und Publikumslieblinge wie Brucie, Noel und Tarby öfter zu sehen kriegen.

Aber bis es soweit ist, wollen wir eines nicht vergessen: Wenn in der Glotze wieder mal nichts anderes kommt als ein langweiliger Dokumentarfilm über peruanische Landarbeiter oder irgendein vollkommen unverständlicher »künstlerischer« Film (mit Untertiteln, versteht sich), dann gibt es eine Entscheidung, die uns niemand nehmen kann.

Die Entscheidung, mit einem kleinen Knopfdruck den Apparat abzustellen und zum nächsten Videoverleih zu gehen!

»Im Klartext«, November 1988

»Was für einen Mist siehst du dir da an?«

»Du kommst ein bißchen spät, findest du nicht?«

»Zufällig hatte ich noch zu arbeiten.«

»Ach Gott, nicht schon wieder.«

»Wie war das?«

»Deine Ausreden sind so verdammt durchsichtig, Schatz.«

»Was ist das für ein Mist in der Glotze?«

»Ich weiß nicht – irgendeine Gameshow. Eine von diesen herzigen, volksnahen Unterhaltungssendungen, die du letztens in deiner Kolumne gepriesen hast.«

»Ich verstehe nicht, wie man sich diese Scheiße ansehen kann. Kein Wunder, daß deine bescheuerten Leser so auf deine Zeitung stehen. Du bist nicht viel besser als sie.«

»Höre ich da eine Spur von postkoitaler Gereiztheit heraus?«

»Jetzt geht *das* schon wieder los!«

»Ich verstehe nicht, warum du dich von Nigel bespringen läßt, wenn du doch nur schlechte Laune davon kriegst.«

»Der Gedanke daran macht dich richtig an, hab ich recht?«

»Der Gedanke daran macht wahrscheinlich jeden in der Zeitung an – schließlich bist du ja nicht gerade diskret.«

»Und das sagst ausgerechnet du? Du findest es wohl diskret, dir in deinem Büro von einer Volontärin einen blasen zu lassen und *vorher noch nicht mal die Tür zuzumachen*!«

»Lieber süßer Schatz, tu mir einen Gefallen, ja? Verpiß dich und schieß dir eine Kugel durch den Kopf!«

Aus *Hello!*, Juni 1990:

Hilary Winshaw und Sir Peter Eaves
Die jungen Eltern sind überglücklich über die kleine Josephine: »Wir konnten uns gar nicht vorstellen, daß unsere Liebe noch größer werden könnte.«

Mutterliebe leuchtet in Hilary Winshaws Augen, als sie im Wintergarten ihres gemütlichen Hauses in South Kensington ihre strahlende, gerade einen Monat alte Tochter Josephine hoch in die Luft hebt. Die glücklichen Eltern mußten geraume Zeit auf ihr erstes Kind warten – Hilary und Sir Peter haben vor sechs Jahren geheiratet, nachdem sie sich in der Redaktion der Zeitung kennengelernt hatten, deren Chefredakteur er ist und für die sie eine beliebte wöchentliche Kolumne schreibt –; aber wie Hilary *Hello!* in diesem Exklusivinterview erklärt, hat sich das lange Warten auf Josephine gelohnt.

Wie haben Sie sich gefühlt, als Sie Ihre kleine Tochter zum erstenmal sahen?
Total erschöpft! Ich glaube, es war eine ziemlich leichte Geburt, und trotzdem, ich habe keine große Sehnsucht danach, das so bald noch mal durchzumachen. Aber ein

Blick auf Josephine, und ich wußte, es hat sich gelohnt. Es war ein überwältigendes Gefühl.

Hatten Sie die Hoffnung auf ein Kind schon aufgegeben?

Ich glaube, diese Hoffnung hat man immer. Wir sind nie zu einem Arzt gegangen – das war vielleicht dumm, aber wenn man einen Partner hat, bei dem man fühlt, daß er genau der richtige ist, und wenn man so glücklich ist wie Peter und ich, dann glaubt man eben einfach daran, daß der Traum eines Tages in Erfüllung geht. In dieser Hinsicht sind wir beide unverbesserliche Romantiker.

Und hat Josephine Ihre Liebe füreinander noch verstärkt?

Ja, natürlich. Ich zögere ein bißchen, das zu sagen, denn, ehrlich gesagt, fällt es mir immer noch schwer, das zu glauben. Wir konnten uns gar nicht vorstellen, daß unsere Liebe noch größer werden könnte.

Die Kleine hat Ihre Augen, und wie mir scheint hat sie auch schon die Winshaw-Nase. Finden Sie, daß sie auch Ähnlichkeit mit Sir Peter hat?

Nein, eigentlich noch nicht. Ich glaube, bei den meisten Babys kommt das erst später – bei unserem wird es wohl nicht anders sein.

Sie sind jetzt Mutter. Werden Sie in Ihrem Beruf eine Pause einlegen?

Ich glaube nicht. Selbstverständlich möchte ich so viel Zeit wie möglich mit meinem Baby verbringen – und mit meinem Mutterschaftsurlaub ist Peter natürlich sehr großzügig. Es ist schon eine große Hilfe, wenn man mit dem Chef verheiratet ist. Aber ich möchte meine Leser nicht enttäuschen. Sie sind so treu, so herzlich. Ich habe sehr viele Briefe und Glückwunschkarten bekommen – das bestärkt einen im Glauben an die Menschheit.

Als eifrige Leserin Ihrer Kolumne muß ich sagen, daß ich überrascht bin, keine Handwerker in Ihrem Haus zu sehen.

Ich weiß, ich schreibe ziemlich oft darüber, nicht? Dabei haben wir in letzter Zeit eine ganze Menge umbauen lassen. Dieser Wintergarten zum Beispiel ist neu, und der Anbau mit dem Schwimmbad ebenfalls. Das hat länger gedauert, als wir geplant hatten, weil die Nachbarn sich so angestellt haben. Sie sind sogar vor Gericht gegangen, wegen des Lärms – das muß man sich mal vorstellen. Aber inzwischen sind sie ausgezogen, so daß diese Sache nun ein gutes Ende gefunden hat.

Wie ich gehört habe, dürfen wir uns darauf freuen, demnächst ein weiteres Ihrer zahlreichen Talente kennenzulernen.

Ja, im Augenblick arbeite ich an meinem ersten Roman. Die Rechte sind versteigert worden, und ich kann zu meiner Freude sagen, daß das Buch im kommenden Frühjahr erscheinen wird.

Verraten Sie uns, worum es darin geht?

Also, ehrlich gesagt, habe ich noch nicht angefangen zu schreiben, aber es wird ein sehr spannendes Buch, mit viel Atmosphäre und Romantik. Das Schönste daran ist natürlich, daß ich zu Hause arbeiten kann – wir haben ein süßes kleines Arbeitszimmer mit Blick auf den Garten eingerichtet, so daß ich immer in Josephines Nähe sein kann. Und das ist auch gut so, denn im Augenblick könnte ich es nicht ertragen, auch nur eine Minute von ihr getrennt zu sein!

Hilary starrte böse ihre Tochter an, die das Gesicht verzog und für den nächsten Schrei Luft holte. »Was hat es denn jetzt schon wieder?« fragte sie.

»Wahrscheinlich nur Blähungen«, sagte das Kindermädchen.

Hilary fächelte sich mit der Speisekarte Luft zu. »Können Sie es nicht für eine Weile rausbringen? Es blamiert uns ja vor allen Leuten.«

Als das Kindermädchen mit dem Baby gegangen war, wandte Hilary sich wieder ihrem Begleiter zu. »Entschuldigen Sie, Simon. Wo waren wir stehengeblieben?«

»Wir müssen noch einen Titel finden. Am besten nur ein Wort. ›Lust‹ oder ›Rache‹ oder ›Verlangen‹ oder so.«

»Können wir das nicht den Marketingleuten überlassen? Ich finde es schon schwer genug, dieses verdammte Ding zu schreiben.«

Simon nickte. Er war ein großer, gutaussehender Mann, hinter dessen etwas ausdruckslosem Äußeren sich ein kühl rechnender Verstand verbarg. Er hatte erstklassige Referenzen vorgelegt; Hilary hatte ihn unter sieben oder acht Bewerbern als ihren Agenten ausgewählt.

»Es tut mir leid, daß die Auktion ein bißchen enttäuschend war«, sagte er, »aber die Verlage sind im Augenblick ziemlich vorsichtig. Noch vor ein paar Jahren wäre eine sechsstellige Summe überhaupt kein Problem gewesen. Jedenfalls haben Sie gar nicht mal schlecht abgeschnitten. Kürzlich habe ich gelesen, daß dieselben Leute einem jungen Schriftsteller 75.000 Pfund für seinen ersten Roman gezahlt haben.«

»Trotzdem – hätten Sie sie nicht noch ein *bißchen* höher treiben können?«

»Nein, das war aussichtslos. Bei 85.000 war Schluß, das hab ich deutlich gemerkt.«

»Schon gut. Ich bin sicher, Sie haben Ihr Bestes getan.«

Sie bestellten sich Austern als Vorspeise und danach frischen Hummer. Als die Bedienung gehen wollte, sagte Simon: »Sollten wir nicht auch etwas für... wie heißt sie noch mal... Maria bestellen?«

»Für wen?«

»Ihr Kindermädchen.«

»Ach, so. Ja. Wahrscheinlich haben Sie recht.«

Sie winkte die Bedienung noch einmal an ihren Tisch und bestellte einen Hamburger.

»Was bekommt Josephine eigentlich zu essen?« fragte Simon.

»Ach, irgendeinen ekligen Brei in kleinen Flaschen, die man im Supermarkt kaufen muß. Man stopft ihn oben rein, und zehn Minuten später kommt er unten wieder raus und sieht genauso aus wie vorher. Wirklich widerwärtig. Und es schreit *die ganze Zeit*. Also ehrlich – wenn ich dieses Buch jemals schreiben soll, werde ich wohl für ein paar Wochen wegfahren müssen, ganz egal, wohin. Vielleicht wieder nach Bali oder auf eine der Inseln am Barriere-Riff – in irgendeine öde Gegend eben. Solange dieses verdammte Baby um mich herum ist, komme ich zu nichts, zu rein gar nichts.«

Simon legte ihr mitfühlend seine Hand auf den Arm.

Beim Kaffee sagte er: »Wenn Sie diesen Roman hinter sich haben, sollten Sie vielleicht ein Buch über Mutterschaft machen. Das ist im Augenblick ein sehr beliebtes Thema.«

Gegen die meisten Frauen hatte Hilary eine Abneigung, denn in ihren Augen waren sie eher Konkurrentinnen als Verbündete. Deswegen fühlte sie sich immer so wohl im Heartland Club, jenem altmodischen, erzkonservativen, männerdominierten Etablissement, in dem ihr Cousin Henry gern Geschäfte einfädelte.

Henry hatte 1974, kurz vor der zweiten Parlamentswahl, mit der Labour Party gebrochen, und obgleich er offiziell nie der Conservative Party beigetreten war, hatte er in den achtziger Jahren zu ihren treuesten und entschiedensten Anhängern gehört. In dieser Zeit war er ins Licht der Öffentlichkeit gerückt: Sein buschiges weißes Haar und sein Bulldoggengesicht (dem er durch sein Markenzeichen, eine gepunktete Fliege, einen Hauch von Verwegenheit verlieh) tauchten ständig in Fernsehdiskussionsrunden auf, wo er, unter Betonung seiner parteilichen Ungebundenheit, blind ergeben jede zynische Kursänderung der gegenwärtigen Regierung verteidigte. Teils für diese Auftritte, teils für die – weit wichtigere – Wasserträgerarbeit, die er zehn Jahre lang in einer Reihe politisch bedeutsamer Komitees geleistet hatte, wurde er 1990 in den höheren Adelsstand erhoben. Auf dem Kopf des Briefes, mit dem Hilary zu dieser Audienz zitiert worden war, prangte bereits Henrys neuer Titel: Lord Winshaw of Micklethorpe. »Schon mal daran gedacht, wieder ins Fernsehgeschäft einzusteigen?« fragte er sie und schenkte aus einer Kristallkaraffe zwei Brandys ein.

»Natürlich. Ich hätte große Lust«, antwortete Hilary. »Abgesehen davon war ich verdammt gut.«

»Ich habe gehört, daß demnächst bei einer der ITV-Gesellschaften was frei wird. Wenn du willst, werde ich mal sehen, was ich tun kann.«

»Und als Gegenleistung…?« fragte Hilary schelmisch, als sie sich zu beiden Seiten des Kamins setzten, in dem, da es ein warmer Abend Ende Juli war, kein Feuer brannte.

»Ach, nur eine Kleinigkeit. Wir haben uns gedacht, du und deine Kollegen von der Journaille könntet der BBC ein bißchen Feuer unterm Hintern machen. Man hat allgemein das Gefühl, daß die Lage dort außer Kontrolle gerät.«

»Und was hattet ihr euch vorgestellt? Reportagen? Oder bloß die Kolumne?«

»Ein wenig von beidem wäre vielleicht am besten. Ich finde nur, daß bald etwas geschehen muß, denn die augenblickliche Situation ist wirklich völlig untragbar. Der Laden wimmelt nur so von Marxisten. Und die machen noch nicht mal ein Hehl daraus. Ich weiß nicht, ob du in letzter Zeit die *Nine O'Clock News* gesehen hast – diese Burschen wahren nicht einmal mehr den Schein der Objektivität. Besonders, was den National Health Service betrifft: Die Art der Berichterstattung über unsere Reformpläne ist beklagenswert. Wirklich beklagenswert. Abend für Abend werden unzählige Wohnungen in diesem Land überschwemmt, buchstäblich überschwemmt mit regierungsfeindlicher Demagogie und Propaganda. Das ist unerträglich.« Er hob sein Glas an den vor Abscheu verzerrten Mund und nahm einen langen Schluck, worauf seine Miene sich aufhellte. »Übrigens«, sagte er, »der Premierministerin hat dein Aufmacher vom Dienstag sehr gefallen.«

»›Verrückte Labour-Lesben verbieten Kinderklassiker‹?«

»Genau. Sie wollte sich ausschütten vor Lachen. Und im Augenblick können wir ein bißchen Aufheiterung weiß Gott gebrauchen.« Wieder fiel ein Schatten über sein Gesicht. »Man erzählt sich, daß es einen neuen Herausforderer geben wird. Heseltine will seinen Hut in den Ring werfen. Wahnsinn. Völliger Wahnsinn.«

»Diese Position, von der du gesprochen hast...«

»Ach so, ja.« Henry nannte den Namen einer der größeren unabhängigen Produktionsgesellschaften. »Es hat da eine Umbesetzung gegeben, und sie haben einen neuen leitenden Direktor. Zum Glück haben wir einen von unseren Leuten auf den Posten hieven können. Er kommt aus einer Bankiersfamilie, und das heißt, daß er nicht nur mit Zahlen umgehen kann, sondern auch keinen blassen Dunst von der Materie hat. Eine seiner ersten Amtshandlungen wird sein, diesen verkalkten Marxisten Beamish rauszuschmeißen.«

»Und dann werden sie sich auf die Suche nach einem neuen Leiter der Nachrichtenredaktion machen.«

»Genau.«

Hilary verdaute diese Neuigkeit.

»Er hat mir damals meinen ersten Job gegeben. Mitte der siebziger Jahre.«

»Kann schon sein.« Henry trank sein Glas aus und griff nach der Karaffe. »Aber nicht mal deine schlimmsten Feinde können dir nachsagen, daß du sentimental bist«, sagte er trocken.

Als Hilary zu ihrem Gespräch mit Alan Beamish erschien, wurde sie – wie vereinbart – nicht in sein Büro, sondern in einen unpersönlichen Konferenzraum mit Aussicht auf den Haupteingang geführt.

»Es tut mir leid«, sagte er. »Ein Ärgernis. In meinem Büro wird die Decke oder so gestrichen. Ich hätte ja nichts dagegen, aber man hat es mir erst heute morgen gesagt. Möchten Sie einen Kaffee?«

Er hatte sich nicht sehr verändert. Sein Haar war grauer geworden, er bewegte sich langsamer, und seine Ähnlichkeit mit einem ältlichen Gemeindepfarrer stach noch mehr ins Auge, aber abgesehen davon kam es Hilary so vor, als wäre der ihr aufgezwungene schreckliche Fernsehabend in jenen endlos langen Ferien nicht vor zwanzig Jahren, sondern gestern gewesen.

»Ich war von Ihrem Anruf sehr überrascht«, sagte er. »Ehrlich gesagt weiß ich nicht so recht, was Sie und ich zu besprechen hätten.«

»Tja, zum Beispiel könnte ich eine Entschuldigung dafür verlangen, daß Sie mich im *Independent* als Barbarin bezeichnet haben.«

Alan hatte kürzlich einen Artikel mit der Überschrift »Die Barbaren stehen vor den Toren« geschrieben, in dem er Hilary (zu ihrem großen Vergnügen) als Personifizierung all dessen geschildert hatte, was er am gegenwärtigen kulturellen Klima verabscheute.

»Ich stehe zu jedem Wort in diesem Artikel«, sagte er. »Und Sie wissen sehr gut, daß Sie im Austeilen so gut sind wie im Einstecken. Im Lauf der Jahre haben Sie mich in Ihrer Kolumne oft und heftig genug angegriffen – als Figur, wohlgemerkt, und ohne meinen Namen zu nennen.«

»Tut es Ihnen nicht leid, mir so geholfen zu haben, jetzt, wo Sie sehen, was aus mir geworden ist?« fragte Hilary.

»Früher oder später hätten Sie es auch so geschafft.«

Hilary nahm ihre Kaffeetasse und setzte sich auf die Fensterbank. Der Himmel war strahlend blau.

»Ihr neuer Chef war sicher nicht sehr begeistert über diesen Artikel«, sagte sie.

»Er hat ihn mit keinem Wort erwähnt.«

»Wie ist es denn so, seit er hier ist?«

»Schwierig, wenn Sie es genau wissen wollen«, antwortete er. »Eigentlich sogar katastrophal.«

»Ach, ja? Inwiefern?«

»Kein Geld. Keine Begeisterung – jedenfalls nicht für die Sendungen, die ich machen will. Sie können sich nicht vorstellen, was für eine Einstellung die zu dieser Kuwait-Geschichte haben. Seit Monaten sage ich ihnen, daß wir eine Sendung über Saddam Hussein und sein Aufrüstungsprogramm machen sollten. Es ist völlig absurd: Jahrelang haben wir ihm Waffen verkauft, und jetzt ist er auf einmal die Bestie von Babylon, weil er sie tatsächlich einsetzt. Zu diesem Thema gäbe es doch einiges zu sagen. In den vergangenen Wochen habe ich ein paarmal mit einem unabhängigen Dokumentarfilmer gesprochen, der seit Jahren auf eigene Faust an einer Reportage zu diesem Thema arbeitet. Er hat mir einen Teil seines Materials vorgeführt – phantastisches Zeug. Aber die Herren da oben haben abgewinkt. Die wollen nichts davon wissen.«

»Zu dumm.«

Alan sah auf seine Uhr. »Also, Hilary, Sie sind bestimmt nicht gekommen, um die Aussicht auf unseren Eingangsbereich zu genießen, so schön er auch ist. Würden Sie mir bitte sagen, was Sie von mir wollen?«

»Das Foto unter Ihrem Artikel«, sagte sie gedankenverloren, »wurde das in Ihrem Büro gemacht?«

»Ja.«

»An der Wand hinter Ihnen hing ein Gemälde von Bridget Riley, nicht?«

»Stimmt.«

»Das haben Sie bei meinem Bruder gekauft.«

»Ja.«

»Viele grüne und schwarze, zur Seite geneigte Rechtecke.«

»Richtig. Warum fragen Sie?«

»Weil es so aussieht, als würde es gerade von zwei Männern in einen Lieferwagen geladen.«

»Was zum...« Alan sprang auf und trat ans Fenster. Vor den Eingangsstufen stand ein Möbelwagen, und auf dem von der Sonne beschienenen Pflaster war die Einrichtung seines Büros aufgestapelt: Bücher, ein Drehsessel, Pflanzen, Bilder, Papier.

Hilary lächelte. »Wir dachten, das wäre die schonendste Art, es Ihnen beizubringen. So etwas sollte man immer möglichst kurz und schmerzlos hinter sich bringen.«

Irgendwie schaffte er es zu sagen: »Wir?«

»Bevor Sie gehen: Gibt es bei Ihrem Job noch irgendwas, das ich wissen sollte?« Als er nicht antwortete, öffnete sie ihren Aktenkoffer und sagte: »Hier ist Ihr Antrag auf Arbeitslosenunterstützung. Ich hab Ihnen sogar die Adresse des nächsten Sozialamts aufgeschrieben. Publikumsverkehr ist bis halb vier – Sie haben also jede Menge Zeit.« Sie hielt ihm das Formular hin, und als er es nicht nahm, legte sie es auf die Fensterbank. Ihr Lächeln wurde breiter, und sie schüttelte den Kopf. »Die Barbaren stehen nicht mehr vor den Toren, Alan. Leider haben Sie und Ihresgleichen die Tore weit geöffnet, und so sind wir einfach hineinspaziert. Jetzt haben wir die besten Plätze und können unsere Füße auf den Tisch legen. Und wir haben vor, sehr lange zu bleiben.«

Sie klappte den Aktenkoffer zu und ging zur Tür. »Und jetzt sagen Sie mir bitte, wie ich zu Ihrem Büro komme.«

September 1990

1

Ich war rein zufällig dazu gekommen, ein Buch über die Winshaws zu schreiben. Die ganze Geschichte ist ziemlich kompliziert und kann wahrscheinlich noch warten. Für den Augenblick nur soviel: Wäre es im Juni 1982 während einer Bahnfahrt von London nach Sheffield nicht zu einer rein zufälligen Begegnung gekommen, dann wäre ich nie der offizielle Biograph dieser Familie geworden, und mein Leben hätte einen völlig anderen Verlauf genommen. Wenn man es recht betrachtet, ist das eine amüsante Rechtfertigung der Theorien, die ich in meinem ersten Roman *Unfälle sind keine Zufälle* verarbeitet habe. Allerdings bezweifle ich, daß sich viele an dieses Buch erinnern.

Alles in allem waren die achtziger Jahre keine gute Zeit für mich. Vielleicht war es ein Fehler, den Winshaw-Auftrag anzunehmen, vielleicht hätte ich weiterhin Romane schreiben sollen, in der Hoffnung, eines Tages davon leben zu können. Immerhin hatte mein zweites Buch eine gewisse Aufmerksamkeit erregt, und ich hatte mich wenigstens für einige wenige Augenblicke in Ruhm und Ehre sonnen können – zum Beispiel in der Woche, in der eine Sonntagszeitung einen Beitrag von mir gebracht hatte, und zwar unter der gewöhnlich weitaus berühmteren Autoren vorbehaltenen Rubrik: »MEINE ALLERERSTE GESCHICHTE«. (Man mußte, zusammen mit einem Kinderfoto, eine Geschichte einreichen, die man als Kind geschrieben hatte. Das wirkte ziemlich herzig. Irgendwo habe ich noch den Ausschnitt.) Meine finanzielle Situation war und blieb jedoch prekär – die Öffentlichkeit brachte den Produkten meiner Phantasie hartnäckige Gleichgültigkeit entgegen –, und so hatte ich triftige Gründe, Tabitha Winshaws eigenartig großzügiges Angebot anzunehmen.

Es ging dabei um folgendes: In der Abgeschlossenheit der Abteilung für chronisch Geistesgestörte des Hatchjaw-Bassett Institute for the Actively Insane hatte sich Tabitha Winshaw, zu jener Zeit sechsundsiebzig und dem Vernehmen nach verrückter denn je, in ihren armen und verwirrten Kopf gesetzt, es sei an der Zeit, der Welt eine Biographie ihrer illustren Familie zu präsentieren. Angesichts des erbitterten Widerstands ihrer Familie griff sie auf ihr eigenes, keineswegs unbedeutendes Vermögen zurück, legte ein Treuhandkonto an und wandte sich an Peacock Press, ein diskret operierendes privates Unternehmen, das (gegen ein geringes Entgelt) Kriegserinnerungen, Familienchroniken und Memoiren von weniger bekannten Persönlichkeiten des öffentlichen Lebens publizierte. Der Verlag wurde beauftragt, einen geeigneten Autor zu finden, der seine schriftstellerische Fähigkeit und Erfahrung hinlänglich unter Beweis gestellt hatte. Dieser sollte für die gesamte Dauer der Recherchen und der Abfassung des Werkes ein fünfstelliges Jahresgehalt beziehen, unter der Bedingung, daß er einen jährlichen Arbeitsbericht – oder »einen nicht unerheblichen Teil des Manuskripts« – vorlegte, den der Verlag sodann an Tabitha weiterleiten würde. Davon abgesehen, schienen Zeit und Geld keine Rolle zu spielen. Tabitha erwartete eine möglichst gute, gründlich recherchierte, unbeschönigte und aktuelle Familienchronik. Ein Abgabetermin für die Endfassung wurde nicht vereinbart.

Die Geschichte, wie es dazu kam, daß mir dieser Job angeboten wurde, ist, wie gesagt, lang und verwickelt und muß noch warten; doch sobald das Angebot gemacht war, zögerte ich nicht lange, es anzunehmen. Die Aussicht auf ein regelmäßiges Einkommen war an sich schon unwiderstehlich, und hinzu kam, daß ich es, um die Wahrheit zu sagen, nicht sehr eilig hatte, einen neuen Roman zu beginnen. Das Arrangement erschien mir geradezu perfekt. Ich kaufte mir eine Wohnung in Battersea (damals waren Eigentumswohnungen noch erschwinglich) und machte mich mit einigem Eifer an die Arbeit. Beflügelt von der Neuheit dieses Projektes, schrieb ich innerhalb weniger Jahre zwei Drittel des Buches. Ich tauchte tief in die Geschichte der Winshaws ein und zeichnete alle Fakten, auf die ich stieß, mit absoluter Freimütigkeit auf. Von Anfang an war mir klar, daß die Familie, mit der ich es zu tun hatte, im Grunde aus Kriminellen bestand, deren Reichtum und Ansehen sich auf alle Arten von Betrug, Urkundenfälschung, Raub, Diebstahl, Gaunerei, Falschspielerei, Plünderung, Brandschatzung, widerrechtliche Aneignung, Unterschlagung, Schwindel und Kaperei gründete. Dabei waren die Machenschaften der Winshaws nie offen kriminell gewesen oder von der besseren Gesellschaft so bezeichnet worden. Soweit ich feststellen konnte, war nur ein einziges Mitglied der Familie je von einem Gericht verurteilt worden. (Damit meine ich natürlich Matthews Großonkel Joshua Winshaw, den unbestritten fähigsten Taschendieb und Einbrecher seiner Zeit. Ich brauche hier wohl kaum an seine spektakulärste Tat zu erinnern: seinen Besuch des Sitzes einer rivalisierenden Familie, der Kenways of Britteridge, bei dem es Joshua im Verlauf einer Führung und in Gesellschaft von siebzehn Touristen gelang, völlig unbemerkt eine Standuhr aus der Zeit Louis' XV. im Wert von mehreren zehntausend Pfund zu entwenden.) Doch da die Winshaws seit dem 17. Jahrhundert, als Alexander Winshaw beschloß, sich einen ansehnlichen Anteil am lukrativen Sklavenhandel zu sichern, jeden Penny ihres Vermögens auf die eine oder andere Weise der schamlosen Ausbeutung von Menschen verdankten, die schwächer waren als sie, fand ich die Bezeichnung »kriminell« recht treffend und hatte das Gefühl, daß ich, ohne dabei meinen Auftrag zu verletzen, der Öffentlichkeit einen Gefallen tat, wenn ich sie auf diesen Umstand hinwies.

Irgendwann Mitte der achtziger Jahre merkte ich jedoch, daß ich fast alle Begeisterung für dieses Projekt verloren hatte. Schuld daran war zum Teil der Tod meines Vaters. Ich hatte meine Eltern in den vergangenen Jahren selten gesehen, doch seit meiner Kindheit – einer ruhigen, glücklichen, sorglosen Kindheit – war zwischen uns eine innige Zuneigung entstanden, die unsere räumliche Trennung unerheblich erscheinen ließ. Mein Vater war erst einundsechzig, als er starb, und sein Tod traf mich sehr. Ich blieb mehrere Monate in den Midlands und tat mein möglichstes, um meine Mutter zu trösten, und als ich schließlich nach London zurückkehrte und mich wieder den Winshaws zuwandte, geschah dies mit einem deutlichen Gefühl der Unlust.

Zwei oder drei Jahre später sollte ich die Arbeit an diesem Buch ganz einstellen, doch bevor das geschah, nahmen meine Nachforschungen eine vollkommen neue Wendung. Ich war nun bei den letzten Kapiteln angelangt und hatte die Ehre und die Pflicht, die Leistungen jener Familienmitglieder zu würdigen, die das Glück hatten, noch unter uns zu weilen, und hier stieß ich dann auf ernsthaften Widerstand – nicht nur auf den meines Gewissens, sondern auch auf den der Winshaws. Zu meinem Bedauern muß ich sagen, daß einige von ihnen auf meine Fragen mit unerklärlicher Zurückhaltung reagierten und sogar eine ganz untypische Bescheidenheit an den Tag legten, wenn ich sie bat, über Einzelheiten ihrer außergewöhnlichen Karrieren zu sprechen. Es entwickelte sich eine Art Muster, nach dem meine Gespräche mit Szenen endeten, die ich nur als unerfreulich bezeichnen kann. Thomas Winshaw warf mich hinaus, als ich ihn nach seiner Rolle in der Westland-Helicopter-Affäre fragte, die 1986 zum Rücktritt von zwei Mitgliedern des Kabinetts geführt hatte. Henry Winshaw versuchte, mein Manuskript im Kamin des Heartland Club zu verbrennen, als er entdeckte, daß ich mich darin mit kleineren Diskrepanzen zwischen seinem Bekenntnis zu einer sozialistischen Politik (auf Grund dessen er gewählt worden war) und seiner späteren Rolle als prominenter Wortführer der extremen Rechten (als der er vermutlich zu weit größerer Bekanntheit gelangte) befaßte und ihn als eine der Schlüsselfiguren hinter der heimlichen Demontage des National Health Service bezeichnete. Und noch heute frage ich mich manchmal, ob es reiner Zufall war, daß ich spätnachts auf dem Weg zu meiner Wohnung überfallen wurde, nachdem ich zwei Tage zuvor eine Unterredung mit Mark Winshaw gehabt hatte, in deren Verlauf ich ihn – vielleicht ein wenig zu intensiv – über seine Funktion als »Koordinator« bei der Vanguard Import and Export Company und die wahren Hintergründe seiner häufigen Nahostreisen in jenen blutigsten Jahren des Iran-Irak-Kriegs befragt hatte.

Je mehr ich über diese niederträchtigen, lügenhaften, räuberischen, selbstsüchtigen Winshaws erfuhr, desto weniger gefielen sie mir und desto schwerer wurde es, den neutralen Ton des offiziellen Biographen zu wahren. Und je weniger zuverlässige, überprüfbare Informationen ich bekam, desto mehr mußte ich auf meine Phantasie zurückgreifen: Ich schmückte Ereignisse aus, von denen ich nur eine vage Kenntnis hatte, spekulierte über psychologische Motive und erfand sogar ganze Gespräche. (Ja, ich erfand; ich habe keine Skrupel, dieses Wort zu gebrauchen, auch wenn ich damals fast fünf Jahre lang Skrupel hatte, auf diesen Trick zurückzugreifen.) Und so führte meine Verachtung für diese Leute zu einer Wiedergeburt des Schriftstellers in mir, und diese Wiedergeburt führte zu einer Verschiebung der Gewichte und der Perspektive, zu einer unumkehrbaren Veränderung der Zielsetzung meiner Arbeit. Sie bekam etwas von einer Entdeckungsfahrt, einer mit Entschlossenheit und ohne Furcht unternommenen Expedition in die dunkelsten und geheimsten Winkel der Geschichte dieser Familie. Bald war mir nur zu deutlich bewußt, daß ich nicht ruhen und meine Reise als beendet würde betrachten können, solange ich die Antwort auf eine entscheidende Frage nicht gefunden hatte: War Tabitha Winshaw wirklich verrückt oder enthielt ihre Behauptung, Lawrence sei auf eine geheimnisvolle, hinterhältige Weise für den Tod seines Bruders verantwortlich, ein Körnchen Wahrheit?

Es kann kaum überraschen, daß auch dies ein Thema war, bei dem die Familie größtmögliche Zurückhaltung an den Tag legte. Anfang 1987 hatte ich das Glück, in einem Hotel in Belgravia mit Mortimer und Rebecca Winshaw sprechen zu dürfen. Ich stellte fest, daß sie, trotz Rebeccas angegriffener Gesundheit, die bei weitem zugänglichsten und hilfreichsten Mitglieder der Familie waren; das wenige, was ich über die Ereignisse im Zusammenhang mit der Feier zu Mortimers fünfzigstem Geburtstag weiß, verdanke ich ihnen. Lawrence war einige Jahre zuvor gestorben, so daß sie nun, wie Rebecca einst befürchtet hatte, die Herren auf Winshaw Towers waren, auch wenn sie so wenig Zeit wie möglich dort verbrachten. Rebecca Winshaw verstarb wenige

Monate nach meinem Besuch; kurz darauf zog Mortimer, ein gebrochener Mann, nach Winshaw Towers, um seine letzten Jahre auf dem Familiensitz zu verbringen, der ihm zeit seines Lebens so verhaßt gewesen war.

Ich betrieb meine Nachforschungen immer halbherziger, und eines Tages stellte ich sie ganz ein. Das genaue Datum habe ich vergessen, aber es war derselbe Tag, an dem meine Mutter mich besuchte. Sie kam abends an, und wir gingen in ein chinesisches Restaurant in Battersea. Noch in derselben Nacht fuhr sie wieder zurück. Danach ging ich zwei oder drei Jahre nicht mehr aus und sprach mit niemandem.

Am Samstag morgen machte ich mich wieder über das Manuskript her. Wie nicht anders zu erwarten, war es ein heilloses Durcheinander. Teils las es sich wie eine historische Abhandlung, teils wie ein Roman, und auf den letzten Seiten kam eine Feindseligkeit gegenüber den Winshaws durch, die ganz und gar unakzeptabel war. Schlimmer noch war, daß das Buch kein richtiges Ende hatte, sondern mit entnervender Abruptheit einfach abbrach. Als ich schließlich am späten Nachmittag dieses heißen, schwülen Sommertages von meinem Schreibtisch aufstand, waren die Hindernisse, die sich vor mir auftürmten, wenigstens klar und scharf umrissen. Ich würde mich entscheiden müssen, ob es ein Roman oder ein Sachbuch sein sollte, und ich würde mich erneut bemühen müssen, das Geheimnis um Tabithas Krankheit zu ergründen.

Am Montag morgen unternahm ich drei entscheidende Schritte:

– Ich machte zwei Kopien von dem Manuskript und schickte eine davon an den Lektor, der meine Romane betreut hatte.

– Ich schickte die andere Kopie an Peacock Press, in der Hoffnung, daß sie mir weitere Honorarzahlungen (die seit drei Jahren ausgeblieben waren) einbringen oder aber Tabitha so entsetzen würde, daß sie bereit war, unsere Abmachung zu widerrufen und mich aus dem Vertrag zu entlassen.

– Ich setzte unter »Verschiedenes« folgende Annonce in die größeren Tageszeitungen:

Informationen gesucht

Offizieller Biograph der Familie Winshaw aus York-shire sucht Informationen zu allen Aspekten der Familiengeschichte sowie Kontakt zu Personen (Zeugen, ehemaligen Hausangestellten, Betroffenen usw.), die Auskunft über die Vorfälle vom 16. September 1961 oder damit zusammenhängende Ereignisse geben können. Ernstgemeinte Zuschriften an: Mr. M. Owen, c/o The Peacock Press, Vanity House, 116 Providence Street, London W7

Im Augenblick gab es nicht mehr zu tun. Mein Energieschub war jedenfalls begrenzt gewesen, und die nächsten Tage verbrachte ich vor dem Fernseher und sah mir mal Kenneth Connor, der ängstlich vor der wunderschönen Shirley Eaton floh, und mal die Nachrichten an. Saddam Husseins Gesicht wurde mir vertraut, und ich begriff langsam, warum er in letzter Zeit so berühmt geworden war. Ich erfuhr, daß er seine Absicht bekanntgegeben hatte, Kuwait seinem eigenen Land einzuverleiben, und zwar mit der Begründung, es sei schon immer ein »integraler Bestandteil« des Irak gewesen, und daß Kuwait sich mit der Bitte um militärische Unterstützung an die Vereinten Nationen gewandt habe, worauf sowohl der amerikanische Präsident Bush als auch seine britische Freundin Mrs. Thatcher diese Unterstützung zugesagt hätten. Ich erfuhr von den amerikanischen und britischen Geiseln oder »Gästen«, die in Hotels im Irak und in Kuwait festgehalten wurden. Ich sah häufige Wiederholungen der Szene, in der Saddam Hussein seine Geiseln den Fernsehkameras vorführte und dem widerwilligen, zum Gehorsam gezwungenen Jungen den Arm um die Schulter legte.

Fiona schaute zwei- oder dreimal bei mir vorbei. Wir tranken etwas und unterhielten uns, aber irgend etwas an meinem Verhalten schien sie abzustoßen, denn sie brach jedesmal früh wieder auf, um zu Bett zu gehen. Sie sagte, sie habe Schwierigkeiten einzuschlafen.

Manchmal, wenn ich in diesen schwülen Nächten wach lag, konnte ich ihren trockenen Reizhusten hören. Die Wände in unserem Haus waren nicht sehr dick.

Zunächst deutete nichts auf einen Erfolg meiner Strategie hin, doch dann, nach zwei Wochen, bekam ich Anrufe von beiden Verlagen und konnte zwei Termine am selben Tag ausmachen: Nachmittags würde ich Peacock Press aufsuchen, und vormittags würde ich bei dem angeseheneren Verlag sein, dem es einst gefallen hatte, mich als einen seiner vielversprechendsten Nachwuchsautoren zu betrachten. (Das war allerdings Jahre her.) Es war ein kleines, aber renommiertes Unternehmen, das den größten Teil des Jahrhunderts in einem georgianischen Reihenhaus in Camden residiert hatte, kürzlich jedoch von einem amerikanischen Konzern geschluckt worden und in die sechste Etage eines Bürohochhauses nahe Victoria Station umgezogen war. Etwa die Hälfte der Belegschaft hatte diesen Wechsel überstanden, darunter auch der Belletristiklektor, ein vierundvierzigjähriger Oxfordabsolvent namens Patrick Mills. Wir waren um halb zwölf verabredet, kurz vor der Mittagspause.

Der Weg dorthin war eigentlich sehr einfach. Zunächst mußte ich zur U-Bahn-Station gehen, das heißt durch den Park, über die Albert Bridge, an den festungsartigen Häusern der Superreichen am Cheyne Walk vorbei und die Royal Hospital Road hinunter zum Sloane Square. Ich blieb nur einmal stehen, um mir zwei Schokoriegel zu kaufen (ein »Mars« und ein »Twix«, wenn ich mich recht erinnere). Es war wieder ein drückend heißer Morgen, und es gab kein Entkommen vor den schwarzen Smogwolken, die aus den Auspuffrohren von Autos, Lastwagen und Bussen quollen, schwer in der Luft hingen und mich fast zwangen, die Luft anzuhalten, wenn ich an einer verkehrsreichen Kreuzung die Straße überquerte. Als ich die U-Bahn-Station erreicht hatte und mit der Rolltreppe hinunterfuhr, sah ich, daß der

Bahnsteig völlig überfüllt war. Es hatte wohl eine Betriebsstörung gegeben – jedenfalls war anscheinend seit einer Viertelstunde kein Zug gekommen. Obwohl der Bahnsteig am Sloane Square nicht sehr tief unter der Erde liegt, gab mir die stetige Abwärtsbewegung der Rolltreppe das Gefühl, als sei ich Orpheus, der in die Unterwelt hinabsteigt und sich dort Massen von bleichen, traurig wirkenden Menschen gegenübersieht. Das Sonnenlicht, das mich eben noch gewärmt hatte, war nur noch eine blasse Erinnerung.

...perque leves populos simulacraque functa sepulchro...

Vier Minuten später fuhr ein Zug der District Line ein, dessen Wagen allesamt zum Bersten mit schwitzenden, verkrümmten, zusammengequetschten Menschen gefüllt waren. Ich machte nicht einmal den Versuch einzusteigen, aber in dem Durcheinander von sich einander vorbeidrängenden Leuten gelang es mir, mich zum vorderen Ende des Bahnsteigs zu schieben, wo ich auf den nächsten Zug wartete. Er kam nach einigen Minuten, diesmal ein Zug der Circle Line, der genauso voll war wie der vorige. Als die Türen aufgingen und einige Passagiere mit roten Gesichtern sich an den Wartenden vorbei hinausgeschoben hatten, zwängte ich mich hinein und nahm einen ersten Atemzug der übelriechenden, abgestandenen Luft im Wagen – man wußte sofort, daß sie schon hundertmal oder öfter in den Lungen eines jeden Passagiers gewesen war. Noch mehr Leute drängten herein, und ich wurde von einem jungen, schlaksigen Büroangestellten – er trug einen Anzug und hatte ein teigiges Gesicht – gegen das Glas gedrückt, das uns von den sitzenden Passagieren trennte. Normalerweise hätte ich lieber mit dem Gesicht zu dieser Trennscheibe gestanden, doch befand sich dort ein großer Schweiß- oder Fettfleck, den der Hinterkopf eines Passagiers hinterlassen hatte, und darum hatte ich keine andere Wahl, als mich umzudrehen und diesem Firmenanwalt oder Swap-Geschäftsmann oder was immer er war ins Gesicht zu sehen. Wir wurden noch näher aneinander gedrückt, als die Türen sich, beim dritten oder vierten Versuch, geschlossen hatten, denn die Leute, die halb im Wagen und halb draußen gestanden hatten, mußten sich hineinzwängen, und von da an berührten seine bleichen, pickligen

Wangen fast die meinen, und wir bliesen uns unseren heißen Atem ins Gesicht. Der Zug setzte sich in Bewegung, und die Hälfte der Stehenden verlor das Gleichgewicht, darunter auch ein Bauarbeiter, der obenherum nur eine hellblaue Weste trug und gegen meine rechte Schulter gedrückt wurde. Er entschuldigte sich bei mir, weil er mich angerempelt hatte, und streckte den Arm nach oben, um sich an einer der Halteschlaufen festzuhalten. Meine Nase steckte fast in seiner feuchten, stechend riechenden Achselhöhle. So unauffällig wie möglich hielt ich mir die Nase zu und atmete durch den Mund. Ich tröstete mich mit dem Gedanken: Macht nichts, ich fahre ja nur bis Victoria – bloß eine Station. In ein paar Minuten ist alles überstanden.

Doch der Zug wurde schon wieder langsamer, und als er schließlich in der Dunkelheit des Tunnels zum Stehen gekommen war, hatte er nach meiner Schätzung erst drei- oder vierhundert Meter zurückgelegt. Sofort wurde die Atmosphäre im Wagen gespannt. Wir blieben nur ein oder zwei Minuten stehen, doch kam uns das vor wie eine Ewigkeit, und als der Zug dann im Schrittempo vorwärtskroch, stand auf allen Gesichtern Erleichterung. Sie hielt jedoch nicht lange vor, denn schon nach wenigen Sekunden bremste er wieder ab und blieb ruckend und mit schrecklicher Endgültigkeit stehen. Mit einemmal herrschte Totenstille, unterbrochen nur vom Zischen eines Kopfhörers weiter hinten im Wagen, das lauter wurde, als sein Besitzer ihn abnahm, um etwaige Durchsagen hören zu können. Im Handumdrehen war es unerträglich warm und stickig geworden; ich fühlte, wie die Schokoriegel in meiner Tasche schmolzen. Wir sahen einander besorgt an – einige hoben verzweifelt die Augenbrauen, andere seufzten oder fluchten leise –, und wer eine Zeitung oder irgendwelche Geschäftsunterlagen zur Hand hatte, fächelte sich damit Luft zu.

Ich versuchte, die Situation von der positiven Seite zu sehen. Sollte ich ohnmächtig werden – was keineswegs ausgeschlossen war –, dann würde ich nicht fallen und mich verletzen können, weil es einfach keinen Platz zum Fallen gab. Ebenso bestand keine große Gefahr, an Unterkühlung zu sterben. Zwar mochte der Reiz, der von der Achselhöhle

meines Nachbarn ausging, nach ein oder zwei Stunden nachlassen – andererseits war es aber auch möglich, daß er, wie es
bei gewissen Käsesorten der Fall ist, bei näherer Bekanntschaft ungeahnte Dimensionen offenbaren würde. Ich sah
mich unter den anderen Passagieren um und versuchte zu
erraten, wer zuerst zusammenbrechen würde. Es gab einige
aussichtsreiche Kandidaten: einen ziemlich gebrechlichen,
zittrigen alten Mann, der sich an eine Stange klammerte, eine
etwas mollige Frau, die aus irgendeinem Grund einen dicken
Wollpullover trug und bereits rot angelaufen war, und einen
großen, asthmatischen Mann mit einem Ohrring und einer
Rolex, der sich regelmäßig einen Inhalierapparat ans Gesicht
hielt. Ich verlagerte mein Gewicht, schloß die Augen und
zählte ganz langsam bis hundert. Während ich das tat, bemerkte ich, daß der Geräuschpegel im Wagen deutlich anstieg: Die Leute begannen sich zu unterhalten, und die Frau
in dem Wollpullover stöhnte leise und sagte: »Ogottogott-
ogottogott«, als mit einemmal das Licht ausging und wir in
völliger Dunkelheit standen. Einige Meter von mir entfernt
stieß eine Frau einen leisen Schrei aus, und von überallher
hörte man neue Rufe und Verwünschungen. Es war unheimlich, sich nicht nur nicht rühren zu können, sondern obendrein nichts zu sehen, auch wenn ich zumindest dadurch
entschädigt wurde, daß ich nicht mehr die Pickel dieses Bü-
rohengstes anstarren mußte. Dennoch spürte ich jetzt
ringsum Angst, wo zuvor nur Unbehagen und Langeweile
geherrscht hatten. Es lag Verzweiflung in der Luft, und um
nicht davon angesteckt zu werden, beschloß ich, mich so weit
wie möglich in die privaten Regionen meiner Gedanken zurückzuziehen. Ich fing damit an, daß ich mir einredete, es
könne weit schlimmer sein. Leider gab es überraschend wenige Szenarien, die weit schlimmer waren: Es hätte etwa
obendrein noch eine Ratte im Wagen herumlaufen können,
oder ein Straßenmusiker hätte seine Gitarre hervorholen
und uns ein paar aufmunternde Strophen von »Imagine«
vorspielen können. Nein, ich würde mich schon etwas mehr
anstrengen müssen. Ich begann eine erotische Phantasie zu
entwerfen, die auf der Annahme basierte, daß der Körper,
der sich an mich preßte, nicht dem pickligen Börsenmakler-

gehilfen, sondern Kathleen Turner gehörte, die eine dünne, fast durchsichtige Seidenbluse und einen unglaublich kurzen, unglaublich engen Minirock trug. Ich stellte mir ihre festen Brüste und Pobacken vor, das unwillkürliche, noch verhohlene Verlangen in ihren Augen, ihren Bauch, der sich an meinen schmiegte – und bemerkte an diesem Punkt zu meinem Entsetzen, daß ich eine Erektion bekam. Mein ganzer Körper verkrampfte sich in Panik, und ich versuchte, Abstand zu dem Büroangestellten zu gewinnen, dessen Unterleib auf derselben Höhe wie meiner war. Doch es war zwecklos; im Gegenteil, wenn ich mich nicht sehr irrte, bekam nun *er* eine Erektion, was entweder bedeutete, daß er denselben Trick versuchte wie ich, oder aber, daß ich die falschen Signale aussandte und mich in Kürze in ernsten Schwierigkeiten befinden würde.

Genau in diesem Augenblick ging zum Glück das Licht wieder an, und ein gedämpftes Murmeln der Erleichterung breitete sich im Wagen aus. Auch die Lautsprecher knackten, und wir hörten das lakonische Knurren des U-Bahn-Fahrers, der uns, ohne sich für die Verzögerung zu entschuldigen, erklärte, es seien »technische Schwierigkeiten« aufgetreten, die so schnell wie möglich beseitigt würden. Es war keine wirklich befriedigende Erklärung, aber immerhin fühlten wir uns nicht mehr so allein und unrettbar verloren, und solange niemand auf die Idee kam, unsere Moral durch ein gemeinsames Lied oder Gebet zu stärken, konnte ich wohl noch ein paar Minuten durchhalten. Der Mann mit dem Inhalator dagegen sah ziemlich schlecht aus. »Tut mir leid«, sagte er, und sein Atem ging immer flacher und hektischer, »ich glaube, ich halte das nicht mehr lange aus.« Der Mann neben ihm gab beruhigende Laute von sich, aber ich spürte den stummen Zorn der anderen Passagiere angesichts der Aussicht, sich in Kürze um jemanden kümmern zu müssen, der in Ohnmacht gesunken war oder einen Anfall hatte. Zugleich spürte ich etwas ganz anderes: einen starken, ekelerregenden, fleischigen Geruch, der sich jetzt gegen die konkurrierenden Düfte von Schweiß und Körperausdünstung durchsetzte. Seine Quelle offenbarte sich, als der dünne Mann neben mir mit Mühe sein Aktenköfferchen öffnete und eine Tüte mit dem Logo einer wohlbekannten Fast-Food-Kette hervorzog. Ich sah ihn entgeistert an und dachte: Das kann er nicht ... das wird er nicht ... Aber ja: mit einer gegrunzten Entschuldigung – »Wird ja sonst kalt« – klappte er den Mund auf, schob sich den feuchten, lauwarmen Cheeseburger hinein und begann gierig zu kauen. Jede Bewegung seiner Kiefer machte ein Geräusch, als würden zwei nasse Fische aneinandergeschlagen, und aus seinen Mundwinkeln triefte Mayonnaise. Es gab keine Möglichkeit, den Blick abzuwenden oder mir die Ohren zuzuhalten – ich konnte jedes Fetzchen Salat, jedes Stückchen Knorpel sehen, das zwischen seinen Zähnen zermahlen wurde, ich konnte hören, wie die gummiartige Mischung aus Käse und aufgeweichtem Brot an seinem Gaumen kleben blieb und mit der Zunge gelöst werden mußte. Dann wurde alles etwas verschwommen und dunkel, und der Boden gab unter mir nach. Ich hörte jemanden rufen: »Achtung, er fällt!«, und das letzte, was ich dachte, war: Armer Kerl ... Kein Wunder – bei seinem Asthma ... Und dann nichts mehr, keine Erinnerung an irgend etwas – nur Leere und Schwärze für ich weiß nicht wie lange.

»Du siehst ein bißchen mitgenommen aus«, sagte Patrick, als wir uns gesetzt hatten.

»Ach, ich bin schon lange nicht mehr draußen gewesen – ich hab ganz vergessen, wie das ist.«

Der Zug war zwei oder drei Minuten, nachdem ich in Ohnmacht gefallen war, wieder weitergefahren, und der Bürohengst, der Asthmatiker und die Frau im Wollpullover hatten mich in einen Erste-Hilfe-Raum in der Victoria Station gebracht, wo ich dank etwas Ruhe und einer Tasse starkem Tee wieder zu Kräften gekommen war. Als ich Patricks Büro betrat, war es fast Mittag.

»An einem Tag wie heute ist es ein bißchen stickig in der U-Bahn, nehme ich an.« Er nickte mitfühlend. »Du könntest wahrscheinlich einen Drink vertragen.«

»Gute Idee, jetzt, wo du es sagst.«

»Ich auch. Leider ist mein Budget für solche Sachen inzwischen zu knapp. Aber wenn du möchtest, hole ich dir gern ein Glas Wasser.«

Patrick sah noch deprimierter aus, als ich ihn von meinem letzten Besuch in Erinnerung hatte, und seine neue Umgebung paßte dazu. Es war ein winziges, in einem unpersönlichen Gelbton gestrichenes Büro mit einem getönten Fenster, durch das man einen Parkplatz und eine Brandmauer sah. Ich hatte erwartet, daß sein Zimmer mit Werbeplakaten für die Neuerscheinungen des Verlags geschmückt sein würde, doch die Wände waren völlig kahl, bis auf den großen, auf Hochglanzpapier gedruckten Kalender eines Konkurrenzverlags, der in der Mitte der Wand hinter Patrick hing, genau über seinem Kopf. Sein Gesicht war schon immer lang und traurig gewesen, doch seine Augen hatten noch nie so schläfrig geblickt, und auch der melancholische, resignierte Zug um den Mund war mir neu. Dennoch schien er sich zu freuen, mich zu sehen, und nachdem er zwei Plastikbecher mit Wasser geholt und auf den Schreibtisch gestellt hatte, brachte er den Anflug eines Lächelns zustande.

»Tja, Michael«, sagte er und setzte sich in seinen Schreibtischsessel, »wenn ich sagen würde, daß man in den letzten Jahren ziemlich wenig von dir gesehen hat, wäre das eine schamlose Untertreibung.«

»Ich habe gearbeitet«, log ich. »Wie du siehst.«

Wir sahen das Manuskript an, das zwischen uns auf dem Schreibtisch lag. »Hast du's gelesen?« fragte ich.

»Ja, hab ich«, sagte Patrick. »Und wie.« Er verstummte.

»Und?«

»Jetzt sag mal, Michael: Kannst du dich erinnern, wann wir uns das letztemal gesehen haben?«

Zufällig konnte ich. Doch bevor ich antworten konnte, fuhr er fort: »Ich werd's dir sagen: am 14. April 1982.«

»Vor acht Jahren«, erwiderte ich. »Muß man sich mal vorstellen.«

»Vor acht Jahren, fünf Monaten und sieben Tagen. Eine lange Zeit, wie man so sagt.«

»Das stimmt.«

»Wir hatten gerade deinen zweiten Roman herausgebracht. Du hast hervorragende Kritiken gekriegt.«

»Hab ich das?«

»Zeitschriftenfeatures, Zeitungsinterviews...«

»Aber keine hohen Verkaufszahlen.«

»Ach, die wären schon noch gekommen. Die wären schon noch gekommen, Michael, wenn du nur...«

»...dabeigeblieben wärst.«

»Genau, wenn du dabeigeblieben wärst.« Er nahm einen großen Schluck Wasser. »Kurz darauf hast du mir einen Brief geschrieben. Ich nehme an, du weißt nicht mehr, was in dem Brief stand.«

Ich wußte es nur zu gut. Doch bevor ich etwas sagen konnte, fuhr er fort: »Darin stand, daß du in nächster Zeit keine Romane mehr schreiben würdest, weil du einen Vertrag für ein wichtiges Sachbuch hättest, für einen anderen Verlag. Einen Konkurrenzverlag. Wenn ich mich recht erinnere, hast du den Namen dieses Verlages übrigens nie erwähnt.«

Ich nickte und wartete ab, worauf er hinauswollte.

»Ich hab dir danach zwei- oder dreimal geschrieben, aber nie eine Antwort bekommen.«

»Na ja, du weißt doch, wie das ist, wenn man... sich in eine Sache vergraben hat.«

»Ich hätte dir Druck machen können. Ich hätte dir auf die Zehen treten oder die Faust im Nacken spielen können. Aber ich hab's nicht getan. Ich hab beschlossen, mich zurückzuhalten und abzuwarten, was sich entwickelt. Das ist ein wichtiger Bestandteil meines Jobs: daß man bereit ist, sich im Hintergrund zu halten und abzuwarten, was sich entwickelt. Es gibt Zeiten, da weiß man einfach instinktiv, daß man das tun muß. Besonders wenn man es mit einem Schriftsteller zu tun hat, an dem man ein persönliches Interesse hat. Dem man sich verbunden fühlt.«

Er schwieg und warf mir einen Blick zu, der wohl bedeutungsvoll sein sollte. Da ich nicht wußte, wie er gemeint war, ignorierte ich ihn und rutschte auf meinem Stuhl herum.

»Damals fühlte ich mich dir sehr verbunden, Michael. Ich habe dich entdeckt. Ich hab dich aus dem Haufen der abgelehnten Manuskripte herausgezogen. Ich glaube – und bitte korrigiere mich, wenn ich mir das einbilde –, damals hättest du allen Grund gehabt, mich nicht nur als Lektor, sondern auch als Freund zu betrachten.«

Ich hatte keinen Anlaß, ihn in diesem Punkt zu korrigieren, konnte mich aber nicht entscheiden, ob ich nicken oder den Kopf schütteln sollte, und tat daher keins von beiden.

»Michael«, sagte er und beugte sich vor, »tu mir einen Gefallen.«

»Bitte.«

»Erlaube mir, nur für einen Moment nicht als Lektor, sondern als Freund zu sprechen.«

Ich zuckte die Schultern. »Nur zu.«

»Also dann: Als dein Freund und nicht als dein Lektor – ich hoffe, du kriegst das jetzt nicht in den falschen Hals – muß ich dir, im Sinne einer konstruktiven Kritik und aus persönlichem Interesse, sagen: Du siehst beschissen aus.«

Ich starrte ihn an.

»Michael, du siehst zwanzig Jahre älter aus.«

Ich suchte nach Worten. »Was . . .? Soll das heißen, ich sehe alt aus?«

»Die Sache ist: Du hast immer so jung ausgesehen. Damals hast du zehn Jahre jünger gewirkt, als du warst, und jetzt wirkst du zehn Jahre älter, als du bist.«

Ich dachte einen Augenblick darüber nach und überlegte, ob ich ihn darauf hinweisen sollte, daß ich, da inzwischen acht Jahre vergangen waren, in diesem Fall um rund dreißig Jahre gealtert sein müßte. Statt dessen saß ich da und klappte den Mund auf und zu wie ein Fisch auf dem Trockenen.

»Was ist passiert?« fragte Patrick. »Was war los?«

»Also . . . ich weiß auch nicht. Ich weiß gar nicht, wo ich anfangen soll.« Patrick stand auf, aber ich sprach weiter. »Alles in allem waren die Achtziger keine besonders gute Zeit für mich. Wahrscheinlich für die meisten Leute nicht.« Er öffnete einen Schrank und schien auf die Innenseite der Tür zu starren. »Mein Vater ist vor ein paar Jahren gestorben, und das hat mich ziemlich getroffen, und dann . . . Na ja, du weißt wahrscheinlich – seit Verity und ich uns getrennt haben, hab ich nicht viel . . .«

»Sehe ich älter aus?« fragte Patrick plötzlich. Ich merkte, daß er in einen Spiegel sah.

»Was? Nein, eigentlich nicht.«

»Ich fühle mich aber so.« Er ließ sich übertrieben kraftlos in seinen Sessel fallen. »Es kommt mir plötzlich so vor, als wäre es furchtbar lange her, daß du als hoffnungsvoller junger Mann in mein Büro gekommen bist.«

»Tja, wie ich schon sagte: Seitdem ist viel passiert. Zuerst ist mein Vater gestorben, das war ein schwerer Schlag für mich, und dann...«

»Ich hasse diese Arbeit. Ich hasse das, was daraus geworden ist.«

»Tut mir leid, das zu hören.« Ich wartete darauf, daß er das weiter ausführte, aber er hüllte sich in dumpfes Schweigen. »Jedenfalls, seit Verity und ich uns getrennt haben, hab ich bei Frauen nicht viel...«

»Ich meine, es ist einfach nicht mehr dasselbe wie früher. Die ganze Branche ist nicht mehr wiederzuerkennen. Wir kriegen unsere Anweisungen aus Amerika, und wenn ich in der Lektoratskonferenz etwas sage, hört keiner zu. Keiner interessiert sich mehr für Romane, für wirklich gute Romane, und die einzigen... Werte, die noch was gelten, sind die, die in den Bilanzen auftauchen.« Er schenkte sich noch einen Becher ein und stürzte ihn hinunter als wäre es guter Whisky. »Ich hab was für dich... einen guten Lacher. Du wirst dich biegen vor Lachen, bestimmt. Ich hab letztens ein Manuskript gelesen – rate mal, von wem.«

»Sag schon.«

»Von einer Freundin von dir. Von einer, die du gut kennst.«

»Keine Ahnung.«

»Hilary Winshaw.«

Schon wieder wußte ich nicht, was ich sagen sollte.

»Ja, ja, die wollen jetzt mitspielen. Es reicht nicht mehr, stinkreich zu sein, einen der einflußreichsten Posten im Fernsehgeschäft an Land zu ziehen und sich jede Woche von zwei Millionen Lesern dafür bezahlen zu lassen, daß man sich über Trockenfäule in den Fußleisten ereifert. Nein, diese Leute wollen Unsterblichkeit! Sie wollen ihre Namen im Katalog der British Library lesen, sie wollen ihre sechs Belegexemplare, sie wollen ihr hübsch gebundenes Buch ins

Wohnzimmerregal stellen, zwischen den Shakespeare und den Tolstoi. Und sie werden es kriegen! Sie werden es kriegen, weil Leute wie ich nur zu gut wissen, daß wir, selbst wenn wir glauben, einen neuen Dostojewski gefunden zu haben, davon nicht halb so viele Exemplare verkaufen werden wie von irgendeiner Scheiße, die irgendein Idiot geschrieben hat, der den Wetterbericht im verdammten *Fernsehen* vorliest.«

Die letzten Worte hatte er fast geschrien. Er lehnte sich zurück und fuhr sich mit der Hand durch das Haar.

»Und wie ist ihr Buch?« fragte ich, nachdem ich ihm ein bißchen Zeit gegeben hatte, sich zu beruhigen.

»Ach, der übliche Mist. Viele Medienleute, die rücksichtslos und dynamisch sind. Alle vierzig Seiten eine Sexszene. Billige Tricks, ein mechanischer Plot, schlechte Dialoge – hätte von einem Computer geschrieben werden können. *Ist* wahrscheinlich von einem Computer geschrieben. Eitel, hohl, materialistisch, aufgeblasen. Jeder zivilisierte Mensch kriegt beim Lesen Pickel.« Er starrte trübsinnig ins Leere. »Und was das Schlimmste ist: Sie haben mein Gebot nicht akzeptiert. Irgend jemand hat mich um zehntausend überboten. Schweine. Ich weiß genau, daß das *der* Knaller im Frühjahrsprogramm wird.«

Das Schweigen, das darauf folgte, war nicht leicht zu durchbrechen. Patrick starrte an mir vorbei. Seine Augen waren hervorgequollen wie die eines Frosches, und er schien völlig vergessen zu haben, daß ich da war.

»Paß auf«, sagte ich und sah betont auf meine Uhr, »ich muß gleich gehen – ich hab noch einen anderen Termin. Wenn du mir ein paar Ratschläge zu meinem Manuskript geben könntest...«

Patrick wandte seinen Blick langsam in meine Richtung und kehrte in die Gegenwart zurück. Ein wehmütiges, verträumtes Lächeln erschien auf seinem Gesicht. Ich hatte den Eindruck, daß er mich gar nicht gehört hatte.

»Aber vielleicht spielt das alles gar keine Rolle«, sagte er. »Vielleicht gibt es viel wichtigere Dinge als diese kleinen Probleme, mit denen ich mich herumschlagen muß. Vielleicht haben wir bald Krieg.«

»Krieg?«

»Ja, es sieht doch ganz so aus, oder nicht?« England und Frankreich schicken immer mehr Truppen nach Saudi-Arabien. Nächsten Sonntag schmeißen wir all diese Leute von der irakischen Botschaft raus. Und jetzt melden sich auch noch die Ayatollahs und rufen zum Heiligen Krieg gegen die USA auf.« Ein Schauer überlief ihn. »Für mich sieht das alles gar nicht gut aus, das kann ich dir sagen.«

»Du meinst, wenn sie anfangen zu schießen, wird Israel hineingezogen, und im Handumdrehen ist die Lage im Nahen Osten schlimmer als je zuvor. Und wenn die Vereinten Nationen unter dem Druck in die Knie gehen, haben wir wieder eine Situation wie im kalten Krieg und müßten uns auf einen begrenzten Atomkrieg gefaßt machen.«

Patricks Blick verriet, wie sehr er mich für meine Naivität bemitleidete. »Nein, das hab ich nicht gemeint«, sagte er. »Die Sache ist: Wenn wir nicht innerhalb von drei oder vier Monaten eine Biographie über Saddam Hussein auf dem Markt haben, sind wir angeschmiert.« Er sah mich mit plötzlicher Verzweiflung an. »Vielleicht könntest du eine für uns schreiben. Was meinst du? Sechs Wochen recherchieren, sechs Wochen schreiben. Zwanzigtausend Vorschuß, vorausgesetzt, wir verkaufen das Ding ins Ausland und das Fernsehen macht eine Serie daraus.«

»Ich glaube, ich höre nicht recht, Patrick.« Ich stand auf, ging ein paarmal auf und ab und sah ihn an. »Ich kann nicht glauben, daß das derselbe Mann ist, mit dem ich vor acht Jahren all diese Diskussionen gehabt habe. Der von der Zeitlosigkeit großer Literatur geredet hat, von der Notwendigkeit, über den Horizont des Alltäglichen hinauszusehen. Ich meine, was hat diese Branche aus dir gemacht?«

An der Art, wie sein Gesicht sich veränderte, erkannte ich, daß er mir endlich zuhörte, und ich beschloß, meine Chance zu nützen. »Du hast an die Literatur geglaubt, Patrick. So fest, wie ich es nie bei einem anderen erlebt hatte. Ich habe auf diesem Stuhl gesessen und dir zugehört, und es war wie ... wie eine Offenbarung. Du hast mich mit den ewigen Wahrheiten bekanntgemacht. Mit den Werten, die Generationen und Jahrhunderte überdauern und die chiffriert in den großen Kunstwerken aller Kulturen enthalten sind.« Sehr lange konnte ich diese salbungsvolle Predigt nicht durchhalten, das war mir klar. »Du hast mich gelehrt, modische, kurzlebige Wahrheiten links liegenzulassen, Wahrheiten, die heute anerkannt und morgen vergessen sind. Du hast mir gezeigt, daß es Wahrheiten gibt, die höher stehen als das. *Literatur*, Patrick.« Ich pochte auf das Manuskript, das noch immer auf dem Tisch lag. »Literatur – das ist es, was zählt. Das ist es, woran du und ich geglaubt haben, und das ist es, zu dem ich jetzt zurückgekehrt bin. Ich dachte, du würdest das besser verstehen als jeder andere.«

Er schwieg, und als er zu sprechen begann, zitterte seine Stimme. »Du hast recht, Michael. Es tut mir leid, wirklich. Du bist zu mir gekommen, um meine Meinung zu hören über etwas, das du geschrieben hast, über etwas, das dir sehr am Herzen liegt – und ich rede nur von meinen eigenen Problemen.« Er lud mich mit einer Handbewegung ein, mich wieder zu setzen. »Komm, setz dich. Reden wir über dein Buch.«

Ich wollte meinen Vorteil nicht aufgeben, also hob ich mißbilligend die Hand und sagte: »Vielleicht ist es kein sehr guter Zeitpunkt. Ich hab noch einen anderen Termin, und du brauchst wahrscheinlich noch ein bißchen Zeit, um dir ein Urteil zu bilden. Wir sollten lieber ein andermal...«

»Ich hab mir bereits ein Urteil über dein Buch gebildet, Michael.«

Sofort setzte ich mich. »Tatsächlich?«

»Aber ja. Wenn's nicht so wäre, hätte ich keinen Termin mit dir ausgemacht.«

Einige Sekunden war es still. Dann sagte ich: »Und?«

Patrick lehnte sich zurück und lächelte verschmitzt. »Ich finde, du solltest mir erst ein bißchen davon erzählen. Von den Hintergründen. Warum du ein Buch über die Winshaws geschrieben hast. Warum du ein Buch über sie geschrieben hast, das wie eine Biographie anfängt und sich dann in einen Roman verwandelt. Wie bist du nur auf diese Idee gekommen?«

Ich beantwortete seine Fragen genau, wahrheitsgetreu und ausführlich. Danach war es einige Sekunden still. Dann sagte ich: »Und?«

»Tja... ich brauche dir ja wohl nicht zu sagen, daß es mit diesem Buch ernste Probleme geben wird, Michael. Es erfüllt eindeutig den Tatbestand der Verleumdung.«

»Kein Problem«, sagte ich. »Ich werde alles verändern: Namen, Orte, Zeiten – alles. Das ist ja nur ein Anfang, nur eine Basis. Ich kann die Spuren verwischen und alles bis zur Unkenntlichkeit verändern. Das hier ist bloß das Gerüst.«

»Hmmm.« Patrick legte nachdenklich die Zeigefinger an den Mund. »Und was bleibt dann übrig? Ein Buch, das rotzfrech ist, das einen Skandal provozieren soll und offensichtlich in bösartiger Absicht und in einem verbitterten Ton geschrieben ist. Und das – wenn ich das sagen darf – stellenweise ein bißchen seicht ist.«

Ich seufzte erleichtert. »Also werdet ihr es bringen?«

»Ich glaube schon. Vorausgesetzt, du nimmst die nötigen Veränderungen vor und schreibst natürlich einen Schluß.«

»Klar. Ich arbeite im Augenblick daran und werde... bald was haben. Sehr bald.« In meiner Begeisterung empfand ich tiefe Zuneigung zu Patrick. »Eigentlich war ich mir sicher, daß dieses Buch genau das ist, was der Markt im Augenblick verlangt, aber ich kann dir nicht sagen, wie wichtig es für mich war, das aus deinem Mund zu hören. Ich habe mir Sorgen gemacht, weil es so anders ist als meine anderen Bücher...«

»Ach, so anders ist es gar nicht«, sagte er und machte eine wegwerfende Handbewegung.

»Findest du?«

»Zum Beispiel gibt es deutliche stilistische Parallelen zwischen diesem und deinem letzten Buch. Ich erkenne deinen Stil sofort. Es hat in vielerlei Hinsicht dieselben Stärken und...«

»Und was?« fragte ich, als er den Satz nicht zu Ende sprach.

»Bitte?«

»Du wolltest etwas sagen. Dieselben Stärken und...?«

»Ach, das ist unwichtig. Wirklich.«

»Dieselben Schwächen, das wolltest du sagen, habe ich recht? Dieselben Stärken und Schwächen.«

»Wenn du es unbedingt wissen willst: Ja.«

»Und was meinst du damit?«

»Ach, lassen wir das – wir wollen uns jetzt nicht damit belasten.«

»Komm schon, Patrick, sag's mir.«

»Also...« Er stand auf und ging zum Fenster. Der Parkplatz und die Brandmauer schienen ihn nicht zu inspirieren. »Du erinnerst dich wahrscheinlich nicht mehr an das, worüber wir bei unserer letzten Begegnung gesprochen haben. Bei unserer letzten Unterhaltung vor all den Jahren.«

Ich konnte mich ganz deutlich erinnern. »Nein, so aus dem Stegreif nicht.«

»Wir haben über deine Arbeit gesprochen. Wir haben viel über dein letztes Buch und deine zukünftigen Bücher und das Buch, an dem du damals gearbeitet hast, gesprochen, und ich habe eine kleine kritische Bemerkung gemacht, über die du dich damals ein bißchen aufgeregt hast. Erinnerst du dich daran?«

Ich hatte es fast wortwörtlich im Ohr. »Nein, es fällt mir im Augenblick nicht ein.«

»Ich habe damals angedeutet... Also, kurz gesagt, ich habe angedeutet, daß deinen Büchern eine gewisse Leidenschaft fehlt. Weißt du das nicht mehr?«

»Klingt nicht vertraut, nein.«

»An dieser Einschätzung hast du keinen Anstoß genommen. Aber dann habe ich die Vermutung geäußert – und das war wahrscheinlich wirklich etwas anmaßend –, die Erklärung dafür sei vielleicht in der Tatsache zu suchen, daß diese Leidenschaft auch in deinem – wie soll ich sagen? – in deinem Leben fehlt. Mir fällt kein besseres Wort dafür ein.« Er sah mich forschend an – forschend genug, um sagen zu können: »Du erinnerst dich, nicht?«

Ich starrte ihn an, bis mein Ärger die Oberhand gewann. »Ich weiß nicht, wie du so etwas sagen kannst«, platzte ich heraus. »Dieses Buch ist voller Leidenschaft. Voller Wut jedenfalls. Wenn es etwas vermittelt, dann meinen Haß auf diese Leute – wie *böse* sie sind, wie sehr sie alles kaputtgemacht haben mit ihren Interessengruppen und ihrem Einfluß und ihren Privilegien und ihrem Zugang zu den Zentren der Macht, wie sie uns alle in die Ecke gedrängt und fast das ganze Land unter sich aufgeteilt haben. Du kannst dir nicht vorstellen, wie es war, Patrick. Ich war jahrelang von dieser Familie umgeben. Tagein, tagaus hatte ich nur die Winshaws als Gesellschaft. Warum, glaubst du, ist dieses Buch so geworden wie es ist? Weil das Schreiben, der Versuch, die Wahrheit über sie aufzuschreiben, das einzige war, was mich davon abgehalten hat, sie umzubringen. Was irgendeiner übrigens bald mal erledigen sollte.«

»Na gut, dann laß es mich anders...«

»Ich muß sagen, ich verstehe nicht, wie du behaupten kannst, daß in diesem Buch die *Leidenschaft* fehlt.«

»Vielleicht ist ›Leidenschaft‹ das falsche Wort.« Er zögerte, allerdings nur einen Augenblick. »Es war auch nicht das Wort, das ich in unserer Unterhaltung gebraucht habe. Um es ganz unverblümt zu sagen, Michael: Ich habe dich darauf hingewiesen, daß in deinen Büchern *Sex* fehlt – ›Sex‹ war das Wort, das ich gebraucht habe, jetzt fällt es mir wieder ein –, und dann habe ich darüber spekuliert, ob das vielleicht – wohlgemerkt: *vielleicht* – bedeutet, daß gleichermaßen und parallel dazu... Sex... in deinem... Leben... fehlen könnte... Laß es mich anders ausdrücken: Im Augenblick gibt es in deiner Arbeit keine *sexuelle Dimension,* Michael, und ich frage mich, ob der Grund dafür vielleicht ist, daß es keine sexuelle Dimension in... in deinem Leben gibt. Im Augenblick.«

»Ich verstehe.« Ich stand auf. »Patrick, ich bin enttäuscht. Ich hätte nicht gedacht, daß du einer von den Lektoren bist, die Autoren empfehlen, Sex in ihre Bücher zu packen, damit sie sich besser verkaufen.«

»Nein, das habe ich nicht gemeint. Ganz und gar nicht. Ich will sagen, es gibt einen äußerst wichtigen Aspekt deines Charakters, der hier einfach nicht zum Ausdruck kommt. Du weichst ihm aus. Du schleichst um ihn herum. Wenn ich es nicht besser wüßte, würde ich sagen, du hast Angst davor.«

»Das höre ich mir nicht länger an«, sagte ich und ging zur Tür.

»Michael?«

Ich drehte mich um.

»Ich gebe heute einen Vertrag für dich in die Post.«

»Danke«, sagte ich und wollte schon hinausgehen, als irgend etwas mich innehalten und sagen ließ: »Du hast einen Nerv getroffen, als du gesagt hast, daß in meinem Leben ein... Element fehlt.«

»Ich weiß.«

»Außerdem sind gute Sexszenen sehr schwer.«

»Ich weiß.«

»Trotzdem: Danke.« Noch ein Nachgedanke. »Wir müssen mal wieder Mittag essen gehen, wie in alten Zeiten.«

»Für Essen mit Autoren zahlt die Firma mir keine Spesen mehr«, sagte Patrick. »Aber wenn du was Billiges weißt, können wir uns die Rechnung teilen.«

Als ich ging, schenkte er sich noch einen Becher Wasser ein.

3

Meine Unterredung mit Patrick hatte viel länger gedauert als erwartet, und als ich vor dem Vanity House stand, war ich fast zu spät. Ich hatte unterwegs etwas essen wollen, aber die Zeit war zu knapp, und so mußte ich mich mit Schokolade begnügen. Ich versuchte einen von diesen neuen Schokoriegeln namens Twirls: Spiralen aus geraspelter Schokolade, umhüllt von einer dicken, cremigen, kalorienstrotzenden Glasur. Er schmeckte eigentlich gar nicht mal schlecht, auch wenn es ein bißchen unverschämt war, ihn als »neu« zu bezeichnen, denn das Konzept ging eindeutig auf den Ripple zurück. Allerdings hatte dieser hier eine irgendwie festere Konsistenz und wirkte robuster und gehaltvoller. Ich kaufte noch eine Packung Maltesers, brach sie aber nicht an.

Ich freute mich auf meinen Besuch bei Peacock Press; unter anderem aus einem Grund, der vielleicht lächerlich erscheint. Die erste Lektorin dieses Verlags, mit der ich über das Buch gesprochen hatte – sie war es eigentlich gewesen, die mit dem Vorschlag an mich herangetreten war, ein Buch über die Winshaws zu schreiben –, war eine Frau namens Alice Hastings gewesen, und wir waren auf Anhieb blendend miteinander zurechtgekommen. Ich sollte lieber gleich hinzufügen, daß sie auch jung und wunderschön war und daß ein großer Teil meiner Begeisterung für das Projekt sich auf die Verheißung gründete, mich öfter mit ihr treffen zu können. Dazu kam es allerdings nicht. Nach dieser ersten Begegnung wurde ich an Mrs. Tonks weitergereicht, eine keineswegs unfreundliche Frau in mittleren Jahren und ohne erkennbaren Dialekt, die von da an das ganze Projekt begleitete. Sie nahm ihre Pflichten ernst und tat ihr Bestes, um mir das Gefühl zu geben, daß ich gut betreut wurde. Zum Beispiel schickte sie mir jedes Jahr zu Weihnachten ein Paket mit ihren

Lieblingsbüchern aus der Jahresproduktion, eingepackt in Geschenkpapier. So kam es, daß sich in meiner Bibliothek so erlesene Titel fanden wie *Große Installateure Albaniens, Kulturgeschichte des Mundgeruchs* oder Reverend J. W. Pottages bahnbrechendes Werk *Was wissen Sie über Plinthen?* sowie schlicht unvergeßliche Memoiren – der Name des Autors ist mir momentan entfallen – mit dem Titel *Ein Leben in der Verpackungsbranche – Eine fragmentarische Autobiographie – Band IX: Die Styroporjahre.* Ich wußte diese Großzügigkeit zwar zu schätzen, aber sie entschädigte mich dennoch nicht wirklich dafür, daß ich Alice nie mehr begegnete, und bei meinen seltenen Besuchen im Verlag (ich war nur drei- oder viermal dort gewesen) fragte ich immer ausdrücklich nach ihr. Aber zu meinem Pech war sie entweder gerade zum Mittagessen gegangen oder im Urlaub oder hatte eine Besprechung mit einem Autor. Selbst heute, acht Jahre nach unserer ersten Begegnung, verspürte ich beim Betreten des Gebäudes absurderweise noch immer den süßen Schmerz der Sehnsucht nach ihr, und die Aussicht, sie vielleicht zu sehen oder sogar ein paar Worte mit ihr zu wechseln, machte meinen Gang federnder und meine Handbewegung schwungvoller, als ich im Aufzug auf den Knopf zum achten Stock drückte.

Heute hatte selbst Mrs. Tonks' verbindliche Tüchtigkeit etwas Aufmunterndes: Nach meinem Gespräch mit Patrick würden die Verhandlungen mit ihr herrlich unkompliziert sein. Das jedenfalls war meine Erwartung, als der Aufzug hinaufglitt und ich in den Spiegel sah und mir einen Schokoladenfleck von der Unterlippe wischte.

Ich merkte jedoch, daß etwas anderes in der Luft lag, denn Mrs. Tonks ließ mich nicht wie sonst im Vorraum warten, sondern eilte mir entgegen, sobald man sie von meinem Eintreffen benachrichtigt hatte. Ihr nüchternes rundliches Gesicht war stärker gerötet als gewöhnlich, und sie fingerte an einer schweren Holzperlenkette herum, die über ihren ausladenden Busen hing.

»Mr. Owen«, sagte sie, »ich versuche schon den ganzen Morgen, Sie zu erreichen. Ich wollte Ihnen den Weg ersparen.«

»Sie haben das Manuskript noch nicht angesehen?« fragte ich und folgte ihr in ihr großes, gemütliches Zimmer, das geschmackvoll mit Bonsais und abstrakten Gemälden ausgestattet war.

»Ich wollte es heute lesen, vor Ihrem Besuch«, sagte sie und bat mich mit einer Handbewegung, Platz zu nehmen, »aber die Umstände haben es verhindert. Hier geht es drunter und drüber. Es ist etwas passiert. Ich will Sie nicht länger auf die Folter spannen: Gestern nacht ist bei uns eingebrochen worden.«

Ich weiß nie, was ich auf solche Eröffnungen sagen soll. Meine Antwort war, glaube ich: »Wie furchtbar«, gefolgt von: »Ich hoffe, es ist nichts Wertvolles gestohlen worden.«

»Es ist überhaupt nichts gestohlen worden«, sagte Mrs. Tonks, »außer Ihrem Manuskript.«

Ich war sprachlos.

»Es lag in meiner obersten Schreibtischschublade«, fuhr Mrs. Tonks fort. »Der Einbrecher hat wahrscheinlich nicht lange danach suchen müssen. Wir haben die Polizei noch nicht benachrichtigt, Mr. Owen, weil wir erst mit Ihnen sprechen wollten. Könnte es einen Grund geben, warum das jetzt passiert ist, so kurz nachdem wir das Manuskript erhalten haben? Haben Sie in letzter Zeit irgend etwas getan, das jemanden darauf aufmerksam gemacht haben könnte, daß Sie die Arbeit an dem Buch wieder aufgenommen haben?«

Ich dachte kurz nach und nickte dann. Wütend (vor allem auf mich selbst) ging ich auf und ab und erzählte ihr von meiner Annonce. »Es sollte mehr oder weniger eine Kriegserklärung sein. Eine verschlüsselte Herausforderung. Tja, jemand scheint sie angenommen zu haben.«

»Sie hätten das nicht tun dürfen«, sagte Mrs. Tonks. »Sie hätten nicht unsere Adresse angeben dürfen, ohne uns zu fragen. Jedenfalls schränkt das den Kreis der Verdächtigen nicht ein. Es könnte jeder gewesen sein.«

»Nein, das glaube ich nicht«, antwortete ich, und in mir nahm ein bestimmter Verdacht Gestalt an. »Gewisse Mitglieder der Familie haben bereits gezeigt, daß sie daran interessiert sind, das Erscheinen des Buches zu verhindern, und es würde mich nicht wundern...«

Mrs. Tonks hörte mir gar nicht zu. »Ich glaube, wir sollten das mit Mr. McGanny besprechen«, sagte sie. »Kommen Sie.«

Sie führte mich ins Vorzimmer, verschwand für einen Augenblick in einem anderen Zimmer und ließ mich mit der Sekretärin allein. Eingelullt vom leisen Klappern der Computertastatur, gab ich mich träumerischen Spekulationen darüber hin, welcher der Winshaws mein Manuskript gestohlen hatte (oder, was wahrscheinlicher war, jemanden angeheuert hatte, es zu stehlen). Der nächstliegende Kandidat war Henry – immerhin hatte er schon einmal versucht, es zu verbrennen –, doch auch von den anderen konnte ich keinen ausschließen. Wer immer dahintersteckte – sein Motiv war wohl kaum die Unterdrückung dieses Buches. Er mußte wissen, daß ich mehrere Kopien besaß, und daher nahm ich an, daß es ihm wahrscheinlich eher darum ging zu erfahren, wie weit ich mit meinen Nachforschungen gekommen war. Ich beschloß, mir über die Sache keine Sorgen zu machen, bevor ich nicht einige Fakten in Erfahrung gebracht hatte. Es war die Zeit gekommen, eine weitere, dringlichere Frage zu stellen.

Ich schlenderte zum Tisch der Empfangssekretärin und sagte betont beiläufig: »Sagen Sie... Miss Hastings wird heute nachmittag nicht zufällig im Haus sein?«

Sie sah mich ausdruckslos und gelangweilt an. »Ich bin hier nur als Vertretung«, sagte sie.

In diesem Augenblick erschien Mrs. Tonks und winkte mir, ihr zu folgen. Ich hatte Mr. McGanny, den Verleger, nie kennengelernt und wußte nicht, was ich erwarten sollte. Die Üppigkeit seines Büros überraschte mich jedenfalls: Es war mit Ledersesseln eingerichtet und hatte ein riesiges Fenster, das auf den angrenzenden Park ging. Was McGanny betraf, so schätzte ich ihn auf Mitte Fünfzig. Sein Gesicht erinnerte mich an ein Pferd – ein Vollblut vielleicht, aber etwas zu hager und mit einem Schuß Gerissenheit –, und statt des schottischen Dialekts, mit dem ich gerechnet hatte, sprach er ein gedehntes, gewähltes Englisch, wie man es auf teuren Internaten und in Oxford oder Cambridge lernt.

»Setzen Sie sich, Owen, setzen Sie sich.« Er sah mich über

den Schreibtisch hinweg an. Mrs. Tonks stand am Fenster.
»Das sind ja böse Nachrichten. Was halten Sie davon?«

»Ich habe den Eindruck, daß die Art meiner Nachforschungen bei einigen Mitgliedern der Familie Winshaw auf Widerstand stößt, und könnte mir vorstellen, daß sie sich vielleicht ein Urteil über das, was ich bisher zusammengetragen habe, bilden wollten.«

»Hmmm. Trotzdem, muß ich sagen, ist das eine verdammt hinterhältige Art, sich ein Urteil zu bilden.« Er beugte sich vor. »Ich will offen sein, Owen. Ich mag keine Widerstände.«

»Ich verstehe.«

»Aber jede Medaille hat zwei Seiten. Ich habe Sie nicht mit diesem Buch beauftragt, und es ist mir vollkommen gleichgültig, was darin steht. Das ist Miss Winshaws Angelegenheit. Sie hat sich vorbehalten zu entscheiden, was hineingehört und was letztlich dabei herauskommt, und mir scheint, diese Regelung läßt Ihnen einen ansehnlichen Spielraum, da wir alle wissen – ich will um diesen Punkt nicht lange herumreden –, daß sie in geistiger Hinsicht, gelinde gesagt, eher ein Blindband ist.«

»Ganz recht.«

»Ich will offen sein, Owen. Soviel ich weiß, haben Miss Winshaws Vertreter eine recht angenehme finanzielle Vereinbarung mit Ihnen getroffen.«

»So könnte man es ausdrücken.«

»Dann kann ich Ihnen ja sagen, daß dasselbe auch für meine Wenigkeit gilt. Das heißt natürlich: für den Verlag.« Er hüstelte. »Damit will ich sagen: Es besteht kein Grund zur Eile. Überhaupt kein Grund. Je länger die Arbeit an Ihrem Buch dauert, desto besser, könnte man sagen.« Er hüstelte wieder. »Und aus demselben Grund hoffe ich, daß Sie nicht in Erwägung ziehen, die Arbeit abzubrechen, nur weil gewisse interessierte Kreise versuchen, Sie ein wenig einzuschüchtern.«

Der Summer der Gegensprechanlage ertönte. McGanny drückte auf einen Knopf. »Ja?«

»Ich habe Oberstleutnant Fortescue endlich erreicht, Sir«, sagte die Sekretärin. »Er sagt, er ist sich ganz sicher, daß er den Scheck letzte Woche abgeschickt hat.«

»Hm! Schicken Sie ihm den üblichen Brief. Und stören Sie mich nur, wenn es wirklich wichtig ist.«

»Und dann hat Ihre Tochter angerufen, Sir.«

»Ich verstehe – wollte wahrscheinlich die Verabredung zum Essen absagen, weil sie sich lieber mit irgendeinem neuen Freund trifft.«

»Nicht ganz, Sir. Sie hat gesagt, daß ihr Vorsprechtermin heute nachmittag abgesagt worden ist und sie früher kommt. Sie ist jetzt schon unterwegs hierher.«

»Oh. Na gut. Danke.« McGanny war kurz in Gedanken versunken. Dann stand er abrupt auf. »Gut, Owen, ich glaube, es ist alles gesagt, was es im Augenblick zu sagen gibt. Wir sind beide vielbeschäftigte Leute. Mrs. Tonks natürlich ebenfalls. Es hat keinen Sinn, Zeit zu vergeuden, wenn es Arbeit zu tun gibt.«

»Ich werde Sie zum Aufzug bringen«, sagte Mrs. Tonks und nahm meinen Arm.

»Es war mir ein Vergnügen, Sie endlich kennenzulernen, Owen«, rief McGanny mir nach, als sie mich zur Tür schob. »Halten Sie die Ohren und so weiter steif.«

Bevor ich darauf antworten konnte, hatte Mrs. Tonks mich schon hinausgezerrt.

»Wie kommen Sie nach Hause?« fragte sie und überraschte mich, indem sie mit mir in den Aufzug stieg und mich nach unten begleitete. »Mit dem Taxi?«

»Tja, darüber habe ich noch gar nicht...«

»Ich kümmere mich darum«, sagte sie – und richtig: Sie trat mit mir auf die Straße, und es dauerte nicht einmal eine Minute, da hatte sie ein Taxi herbeigewinkt.

»Das wäre wirklich nicht nötig gewesen«, sagte ich und öffnete die Tür. Es hätte mich nicht gewundert, wenn sie ebenfalls eingestiegen wäre.

»Keine Ursache. Wir verwöhnen unsere Autoren gern. Besonders« (dies mit einem albernen Lächeln) »die wichtigen.«

Das Taxi fuhr los und mußte nach ein paar Metern an einer Ampel anhalten. Während wir standen, bemerkte ich ein anderes Taxi, das aus der entgegengesetzten Richtung kam und vor dem Vanity House anhielt. Eine Frau stieg aus. Ich drehte mich um, denn ich nahm an, daß es McGannys

Tochter war, und ich war neugierig, wie sie wohl aussah. Doch zu meiner großen Überraschung und – absurderweise – Freude war es niemand anders als Alice Hastings.

»Alice!« rief ich durch das Fenster. »Alice, hallo!«

Sie beugte sich hinunter, um den Fahrer zu bezahlen, und hörte mich nicht. Dann schaltete die Ampel auf Grün, und wir fuhren weiter. Ich mußte mich mit dem Wissen zufriedengeben, daß sie noch für den Verlag arbeitete und sich, soweit ich das beurteilen konnte, in den Jahren seit unserer Begegnung nicht sehr verändert hatte.

Nach einigen Minuten schob der Fahrer das Fenster in der Trennwand zurück und sagte: »'Tschuldigung, aber Sie kennen nicht zufällig jemanden, der Lust haben könnte, Sie zu verfolgen, oder?«

»Mich zu verfolgen? Warum?«

»Weil uns ein blauer 2CV verfolgt. Ein paar Wagen hinter uns.«

Ich drehte mich um.

»Ist natürlich schwer zu sagen, bei dem Verkehr, aber ich bin ein paar Abkürzungen gefahren, und er ist immer noch da, und darum hab ich gedacht...«

»Es ist nicht ausgeschlossen«, sagte ich und versuchte, den Fahrer des Citroëns zu erkennen.

»Na, ich werd mal ein bißchen auf die Tube drücken, dann sehen wir ja, was passiert.« Er sagte nichts mehr, bis wir fast in Battersea waren. »Wir haben ihn abgehängt. Muß ich mir eingebildet haben.«

Ich seufzte erleichtert und lehnte mich zurück. Es war ein langer Tag gewesen, und ich wünschte mir nichts weiter, als den Abend vor dem Fernseher und dem Videorecorder zu verbringen. Von Menschen hatte ich für eine Weile genug. Sie waren so anstrengend. Ich wollte nicht einmal Fiona sehen.

Der Taxifahrer reichte mir das Wechselgeld durch das Fenster, als ein blauer Citroën vorbeiknatterte.

»Jetzt bin ich aber platt«, sagte der Fahrer. »Wir sind wirklich verfolgt worden. Sie sollten ein bißchen aufpassen – ich glaube, da sitzt Ihnen einer im Nacken.«

»Da könnten Sie recht haben«, murmelte ich, als der Citroën am Ende des Wohnblocks abbog und verschwand. »Da könnten Sie sehr recht haben.«

Und dennoch drängte sich mir ein Gedanke auf: Dieser alte, verbeulte Citroën? Konnte selbst Henry Winshaw so verschlagen sein?

Henry

Sechzehnter Geburtstag! Mater und Pater haben mir ein phantastisches, ledergebundenes Notizbuch geschenkt, dem ich von jetzt an meine geheimsten Gedanken anvertrauen werde.[1] Außerdem natürlich wieder 200 Pfund, die auf meinem Sparbuch gelandet sind und an die ich leider Gottes erst in fünf Jahren kommen werde.

Am Nachmittag haben mir die anderen eine kolossale Teeparty geschmissen. Binko, Puffy, Meatball und Squidge – alle waren da, und auch ein oder zwei Exemplare des schöneren Geschlechts, wie zum Beispiel die zauberhafte Wendy Carpenter, die aber leider kein Wort mit mir gesprochen hat.[2] Thomas war reserviert und hochnäsig wie immer. Aber die große Überraschung war, daß Onkel Godfrey plötzlich hereinschneite. Anscheinend hat er gerade Urlaub und ist zu Besuch in Winshaw Towers, von wo er den ganzen Weg gefahren ist, um meine Wenigkeit zu besuchen! Er war in voller Fliegeruniform und sah einfach gigantisch aus. Er kam rauf in mein Zimmer und sah sich meine Spitfiremodelle an, und dann hatten wir ein ziemlich ernstes Gespräch über El Alamein und daß das genau der Ansporn war, den wir für die

1 *Anmerkung des Herausgebers [1994]:* Henry Winshaw ist diesem Entschluß treu geblieben und kann, jedenfalls was die Führung eines Tagebuchs betrifft, tatsächlich als einer der emsigsten Politiker des Landes gelten. Die Redaktion dieser Bücher – die alles in allem etwa vier Millionen Worte umfassen – stellt eine gewaltige Aufgabe dar. Dennoch gibt es Anlaß zu der Hoffnung, daß der erste Band Anfang nächsten Jahres der Öffentlichkeit zugänglich gemacht werden kann. Bis dahin mögen diese kurzen Auszüge einen kleinen Vorgeschmack geben.

2 Diese Scheu wurde später, wie es scheint, überwunden: Miss Carpenter heiratete Henry Winshaw im Frühjahr 1953.

allgemeine Moral gebraucht haben. Er sagte, daß die Kameraden sich schon auf die Zeit nach dem Krieg freuen, weil da alles besser werden wird, und schwärmte von etwas, das sich Beaveredge (?) Report[1] nennt und in dem anscheinend steht, daß der Lebensstandard von nun an steigen soll. Als er ging, steckte er mir einfach einen Fünfer zu. Er ist wirklich der anständigste Onkel, den man sich wünschen kann.

15. Dezember 1942

Der absolut schlimmste Tag meines Lebens. Schreckliche Szenen in Winshaw Towers, beim Gedenkgottesdienst für den armen Onkel Godfrey. Niemand kann glauben, daß er von uns gegangen ist – vor nicht einmal einem Monat, an meinem Geburtstag, hat er mich noch besucht.[2] Der Gedenkgottesdienst war schon schlimm genug: Granny und Gramps sahen so erledigt aus, und in der Kapelle war es eiskalt, und draußen heulte der Wind und so. Aber am Abend davor gab es im Haus einen peinlichen Auftritt. Die arme Tante Tabs hat seit dieser furchtbaren Nachricht vollkommen den Verstand verloren und beschuldigt Onkel Lawrence, seinen eigenen Bruder umgebracht zu haben! Sie hat ihn in der Halle angegriffen, als er zum Essen herunterkam – hat versucht, ihm eins mit dem Krocketschläger überzuziehen. Das war anscheinend schon das sechste Mal, daß so etwas passiert ist. Was dann kam, sollte ich nicht sehen, aber als wir zu Abend aßen, kamen einige Ärzte, und ich konnte das arme Tantchen schreien hören, als sie sie zur Tür führten. Dann fuhr ein Wagen davon, und seitdem ist sie weg. Mater sagt, sie bringen sie an einen Ort, »wo man sich gut um sie kümmern wird«. Ich hoffe, sie wird bald wieder gesund.

1 *Social Insurance and Allied Services* von William Henry Beveridge (1879–1963) bildete die Grundlage für die britische Sozialpolitik der Nachkriegszeit und insbesondere für den Aufbau des National Health Service (siehe unten, *passim*).

2 Godfrey Winshaw (geb. 1909) wurde am 30. November 1942 über Berlin abgeschossen. Für eine gründliche, wenn auch eher spekulative Schilderung der Krise, welche diese Tragödie in der Familie auslöste, siehe Michael Owen: *Das Erbe der Winshaws – Eine Familienchronik* (Peacock Press, 1991).

Dabei weiß ich genau, wie sie sich fühlt. Beim Gottesdienst hatte ich einen dicken Kloß in der Kehle, und den ganzen Rest des Nachmittags war ich ziemlich trüber Stimmung und voller tiefer Gedanken über die Sinnlosigkeit des Krieges und so. Als Pater uns nach Hause fuhr, habe ich im Kopf dieses Gedicht gemacht:

> *In memoriam Onkel Godfrey*
>
> Ihr Männer des Kriegs, ihr trauert sehr,
> Denn einer der euren ist nicht mehr.
> Der Wind heult um die Kirchenmauern,
> Und Regen fällt – die Engel trauern,
> Auch ihr um diesen Helden weint,
> Den tückisch meuchelte der Feind.
> Wir werden gewinnen diesen Krieg,
> Doch wird es ein sehr bitt'rer Sieg.
> In Yorkshires Erde ruht er heute,
> Ihn ehre ich mit diesem Lied,
> Der nicht mehr teilt des Siegers Freude –
> Nur Gänseblümchenwurzeln sieht.[1]

Als Pater kam, um mir gute Nacht zu sagen, sagte ich ihm, daß ich es nicht ertragen könnte, in den Krieg zu ziehen, und daß ich schon die Vorstellung gräßlich finde. Ich weiß nicht, was ich tun soll, wenn meine Einberufung kommt. Aber er sagte, ich solle mir deswegen keine Sorgen machen, und murmelte irgendwas Mysteriöses von Freundschaftsdiensten. Ich weiß nicht genau, was er damit gemeint hat, aber irgendwie war ich beruhigt.

12. November 1946

Nach einer ausgesprochen zähen Tutorenstunde bei Professor Goodman, meinem neuen – in Wirklichkeit aber eher

---

1 Da Godfrey Winshaws sterbliche Überreste bedauerlicherweise nicht nach England überführt werden konnten, entsprechen die letzten Zeilen des Gedichtes nicht den Tatsachen. Dieses Detail scheint dem jungen, übersensiblen Henry Winshaw in seiner tiefen Trauer entgangen zu sein.

klapprigen – Tutor für Wahrscheinlichkeitsrechnung, einen Spaziergang durch Magdalen Gardens gemacht. Finde Oxford an diesem Herbstabend kolossal schön. Fange langsam an, mich hier heimisch zu fühlen. Danach beschlossen, zu einer Versammlung der Conservative Association zu gehen. Pater wird sich freuen, das zu hören. (Muß ihm schreiben und davon berichten.)

Und nun, liebes Tagebuch, vertraue ich dir eine streng geheime Information an. ICH GLAUBE, ICH HABE MICH VERLIEBT! Ja! Zum erstenmal! Die Vorsitzende der Association ist ein Mädchen aus Somerville namens Margaret Roberts, und ich muß sagen, sie ist absolut umwerfend![1] Sie hat einen hinreißenden Schopf haselnußbrauner Haare – ich hätte am liebsten mein Gesicht darin vergraben. Den größten Teil der Zeit konnte ich sie nur anstarren, aber nach der Versammlung habe ich meinen Mut zusammengenommen, bin zu ihr gegangen und habe ihr gesagt, wie sehr es mir gefallen hat. Sie hat sich bedankt und gesagt, daß sie hofft, mich das nächstemal wieder dort zu sehen. Keine zehn Pferde werden mich davon abhalten!

Sie hat eine brillante Rede gehalten. Alles, was sie sagte, war wahr. Jedes einzelne Wort. Noch nie zuvor bin ich jemandem begegnet, der die Wahrheit so klar ausgedrückt hat.

Mein Herz und mein Verstand gehören dir, Margaret. Tu damit, was du willst.

11. Februar 1948

Heute war Onkel Lawrence da – zu meiner Freude, muß ich sagen, denn das Semester ist erst halb um, und ich habe bald kein Geld mehr. Beim guten alten Onkel Lawrence kann man sich immer darauf verlassen, daß er einem beim Abschied etwas zusteckt.

Als er um halb eins kam, war Gillam bei mir, und so wurde

---

1 Margaret Hilda Roberts (geb. am 13. Oktober 1925 in Grantham, Lincs.), später Margaret Thatcher, später Baroness Thatcher of Kesteven, wurde im Herbst 1946 zur Vorsitzenden der Oxford University Conservative Association gewählt.

auch er zum Mittagessen eingeladen. Eigentlich hatte ich befürchtet, daß es Spannungen geben würde, weil er und Onkel Lawrence früher oder später auf Politik zu sprechen kommen würden, aber es lief dann doch sehr zivilisiert ab. Gillam ist Labour-Anhänger. Wir vermeiden das Thema Politik normalerweise, aber ich finde, daß das meiste von dem, was er sagt, ein Haufen Mist ist.

Onkel Lawrence hatte jedenfalls ziemlich schnell heraus, daß Gillam ein hartgesottener Bevanist[1] ist, und stichelte ein bißchen. Er fragte ihn, was er von der Idee eines staatlichen Gesundheitsdienstes halte, und Gillam fing natürlich sofort mit seinem Loblied an. Aber dann sagte Onkel Lawrence: »Wenn das so ist, warum sind all diese Ärzte dann dagegen?« Gestern hat nämlich die British Medical Association (zum wiederholten Male) erklärt, daß sie bei dieser Sache nicht mitmachen wird. Gillam faselte irgendwas von den Kräften der Reaktion, denen man entgegentreten müsse, aber Onkel Lawrence zog ihm den Teppich unter den Füßen weg, indem er sagte, als Geschäftsmann finde er den Gedanken eines zentralisierten Gesundheitsdienstes sehr einleuchtend, denn letzten Endes könne so etwas wie ein Unternehmen geführt werden, mit Aktionären, einem Verwaltungsrat und einem Generaldirektor. Auf diese Weise könne man dafür sorgen, daß dieser Dienst effizient funktioniere und sich an den allgemein gültigen Geschäftspraktiken orientiere, das heißt profitorientiert arbeite. Davon wollte Gillam natürlich nichts hören. Aber Onkel Lawrence war in Fahrt gekommen und sagte, dieser National Health Service könne unter der richtigen Leitung das profitabelste Geschäft aller Zeiten werden, weil die Gesundheitsfürsorge – wie die Prostitution – etwas sei, bei dem die Nachfrage nie nachlassen werde: Sie sei unerschöpflich. Er sagte, wenn es jemandem gelänge, Leiter eines privaten Gesundheitsdienstes zu werden, werde er binnen kurzem so ziemlich der reichste und mächtigste Mann im ganzen Land sein.

1 Aneurin »Nye« Bevan (1897–1960), Labour-Abgeordneter für den Wahlkreis Ebbw Vale, setzte 1946 das Gesetz über den National Health Service durch. Biographie: *Aneurin Bevan* von Michael Foot (2 Bde., London 1962 und 1973).

Gillam argumentierte, dazu werde es nie kommen, da die Ware, um die es gehe – das menschliche Leben –, nicht quantifizierbar sei. Lebensqualität, sagte er, sei nichts, an das man ein Preisschild hängen könne, und fügte hinzu: »Im Gegensatz zu Winshaws Theorien zu diesem Thema.« Das war eine ziemlich schmeichelhafte Anspielung auf ein Thesenpapier mit dem Titel »Qualität ist quantifizierbar«, das ich letztes Jahr bei einer Versammlung der Pythagoräischen Gesellschaft vorgelegt habe und in dem ich (etwas frivol, wie ich zugeben muß) behauptet habe, es gebe keinen spirituellen, metaphysischen, psychologischen oder emotionalen Zustand, der nicht mathematisch, das heißt mit Hilfe irgendeiner Formel ausgedrückt werden könne. (Dieses Thesenpapier hat anscheinend einen ziemlichen Wirbel verursacht: Gillam erzählte Onkel Lawrence ganz nebenbei, daß der Titel jedesmal zitiert wird, wenn mein Name fällt.)

Nach dem Mittagessen nahmen Onkel Lawrence und ich Tee auf meinem Zimmer. Ich gratulierte ihm dazu, daß er Gillam so gründlich auseinandergenommen hatte, aber er versicherte mir, er habe alles ganz ernst gemeint, und ich solle nicht vergessen, was er über den Gesundheitsdienst gesagt habe. Er fragte mich, was ich vorhätte, wenn ich mit dem Studium fertig sei, und ich sagte, ich hätte mich noch nicht entschieden: Ich wolle entweder in die Wirtschaft oder in die Politik gehen. Er wollte wissen, für welche Partei ich mich entscheiden würde, falls ich in die Politik ginge, und ich sagte, ich wisse es noch nicht, worauf er sagte, im Augenblick gebe es zwischen den Parteien auch keine großen Unterschiede – sie seien, als Reaktion auf Hitler, beide zu weit links. Dann sagte er, es gebe einige Gesellschaften, bei denen er mir einen Posten verschaffen könne, wenn ich wolle – es sei unsinnig, unten anzufangen, wenn ich genausogut gleich in den Vorstand einsteigen könne. Ich bedankte mich bei ihm und sagte, ich würde darüber nachdenken.

Bisher habe ich für Onkel Lawrence nicht viel übrig gehabt, aber jetzt merke ich, daß er ein sehr patenter Mensch ist. Als er ging, drückte er mir achtzig Pfund in Zehn-

Pfund-Noten in die Hand – damit werde ich die nächsten paar Wochen ganz gut über die Runden kommen.[1]

BBC Transkriptionsdienst
Programmtitel: »Zeitfragen«
Sendetermin: 18. Juli 1958
Moderator: Alan Beamish[2]

Beamish: ... Wir beginnen heute mit einer neuen Reihe, die wir *Hinterbänkler* getauft haben, und hoffen, daß sie einen festen Platz im Programm bekommen wird. Wenn wir wissen wollen, welche Meinung der Premierminister oder – em – der Oppositionsführer in einer bestimmten Frage vertritt, dann können wir das in der Zeitung lesen oder im Radio hören. Aber was ist mit dem – em – gewöhnlichen Abgeordneten, dem Hinterbänkler, den *Sie,* liebe Zuschauer, vielleicht gewählt haben, damit er die Interessen Ihres Wahlkreises vertritt? Wie denkt er über die – em – die dringlichen politischen Fragen der Zeit? Um das her-

---

1 Hier weisen die Tagebuchaufzeichnungen eine bedauerliche Lücke auf. Entweder hat Winshaw in den Jahren 1949–59 kein Tagebuch geführt, oder – und das ist wahrscheinlicher – die entsprechenden Bände sind unwiederbringlich verlorengegangen. Es gibt daher keine Aufzeichnungen über seinen raschen Aufstieg in der Wirtschaft nach dem Abschluß seines Studiums in Oxford, über seine Aufstellung als Kandidat der Labour Party im Jahr 1952, über seine Heirat im Jahr darauf oder seine Wahl zum Abgeordneten im Jahr 1955 (ironischerweise war dies ein Jahr, in dem die Labour Party landesweit eine katastrophale Niederlage erlitt). Auf meiner Suche nach Dokumenten, die ein Licht auf den politischen Verstand des jungen Abgeordneten werfen könnten, bin ich in den Archiven der BBC auf das folgende Transkript gestoßen.

2 Alan Beamish (geb. 1926): bekannter Rundfunk- und Fernsehredakteur, begann seine Karriere als politischer Berichterstatter für die BBC, wandte sich in den sechziger und siebziger Jahren innovativen Produktionen zu, moderierte aber gelegentlich auch Magazinsendungen des Fernsehens. Nach umstrittener Tätigkeit für unabhängige Fernsehproduktionsgesellschaften erfolgte 1990 sein unvermittelter Rückzug in den Ruhestand.

auszufinden, habe ich heute unseren ersten Gast eingeladen, nämlich Henry – em – Winshaw, Abgeordneter der Labour Party für den Wahlkreis Frithville und Ropsley. Guten Abend, Mr. Winshaw.

WINSHAW: Guten Abend. Also, was diese Regierung nicht begreift, ist...

BEAMISH: Einen Moment, Mr. Winshaw. Ich möchte gern mit ein paar – em – biographischen Daten beginnen, damit unsere Zuschauer etwas über Ihren Hintergrund erfahren...

WINSHAW: Ja, natürlich. Selbstverständlich.

BEAMISH: Sie stammen, glaube ich, aus Yorkshire und haben – em – in Oxford Mathematik studiert. Nach dem Studium waren Sie in der Industrie tätig und Vorstandsvorsitzender von Lambert and Cox, als Sie sich zu einer Kandidatur für die Labour Party entschlossen.

WINSHAW: Ganz recht.

BEAMISH: Sie wurden 1955 ins Parlament gewählt, haben Ihren Posten bei Lambert nicht aufgegeben und sind außerdem aktives – em – Mitglied im Vorstand von Spraggon Textiles and Daintry Ltd.

WINSHAW: Nun ja, ich halte es für wichtig, den Kontakt zur – erm – Produktionsebene, zur – erm – Basis sozusagen, nicht zu verlieren.

BEAMISH: Bei dieser – em – engen Verbindung zur Industrie könnte ich mir vorstellen, daß Sie mit Mr. Amorys[1] Entscheidung, die Kreditdrosselung zu lockern, nicht ganz einverstanden sind.

WINSHAW: Ganz und gar nicht. Was diese Regierung einfach nicht begreift, ist...

BEAMISH: Aber bevor wir uns dieser Frage zuwenden, sollten wir uns vielleicht erst mit einem – em – mehr weltpolitischen Thema befassen, das das Unterhaus in den vergangenen Tagen beschäftigt hat: Ich meine natürlich

---

1 Derick Heatcoat Amory (1899–1981), später erster Viscount Amory, konservativer Abgeordneter des Wahlkreises Tiverton und 1958–1960 Schatzkanzler.

die – em – Revolution im Irak.[1] Ich nehme an, Sie haben die Debatte mit Interesse verfolgt.

WINSHAW: Äh... nein... ich habe in dieser Woche nicht so oft an Parlamentssitzungen – erm – teilgenommen, wie ich es mir gewünscht hätte. Geschäftliche Verpflichtungen – erm –, selbstverständlich in meinem Wahlkreis, haben mich – erm – sehr in Anspruch genommen...

BEAMISH: Aber was ist Ihre persönliche Meinung? Welche Auswirkungen wird Brigadegeneral Kassems Putsch auf das internationale Gleichgewicht haben?

WINSHAW: Tja... also, wie Sie wissen, ist die ganze Situation im Nahen Osten sehr heikel.

BEAMISH: Allerdings. Aber ich glaube, man kann sagen, daß dieser Putsch selbst nach den dortigen Maßstäben besonders blutig gewesen ist.

WINSHAW: Das ist richtig.

BEAMISH: Glauben Sie, daß Mr. Macmillan[2] Schwierigkeiten bei der Anerkennung der neuen Regierung haben wird?

WINSHAW: Ich bin sicher, daß Mr. Macmillan keine Schwierigkeiten hat, jemandem seine Anerkennung auszusprechen, der sich – erm – verdient gemacht hat. Und in diesem Teil der Welt kennt er – erm – sich ja ganz gut aus.

BEAMISH: Das hatte ich nicht gemeint, Mr. Winshaw. Ich meinte eher, daß man in einigen Kreisen besorgt ist über die Auswirkungen, die die gewaltsame Machtergreifung eines – em – linksradikalen Regimes auf unsere partnerschaftlichen Beziehungen im Bereich des Handels und auch auf anderen Gebieten haben könnte.

WINSHAW: Also, ich persönlich habe keinen Partner im Irak, aber jeder, bei dem das der Fall ist, wäre wohl gut beraten,

1 Am frühen Morgen des 14. Juli 1958 hatte Radio Bagdad bekanntgegeben, der Irak sei »von der Vorherrschaft einer korrupten, von Imperialisten installierten Gruppe« befreit worden. König Faisal, Kronprinz Abdul Ilah und General Nuri es-Said wurden bei dem Putsch ermordet. Es wurde eine Republik ausgerufen. Auf Ersuchen König Husseins wurden britische Fallschirmjägertruppen zur Grenzsicherung nach Jordanien verlegt.

2 Harold Macmillan (1894–1984), später Earl of Stockton, konservativer Abgeordneter für den Wahlkreis Bromley, Premierminister 1957–1963.

ihn sofort – erm – nach Hause zu holen. Die Berichte über die Situation dort sind absolut gräßlich.

BEAMISH: Lassen Sie es mich anders ausdrücken: Es hat im Unterhaus heftige Debatten gegeben über Mr. Macmillans Entscheidung, britische Truppen in die Region zu verlegen. Halten Sie es für möglich, daß daraus ein zweites Suez werden könnte?

WINSHAW: Nein, absolut nicht, und ich werde Ihnen auch sagen warum. Der Suez, müssen Sie wissen, ist ein Kanal, ein sehr langer Kanal, soviel ich weiß, der durch Ägypten fließt. Im Irak gibt es aber keine Kanäle, absolut keine. Das ist ein – erm – entscheidender Punkt, den die Leute, die dieses Argument ins Spiel gebracht haben, vollkommen übersehen haben. Darum glaube ich, daß dieser Vergleich nicht angebracht ist.

BEAMISH: Kommen wir zum Schluß, Mr. Winshaw. Sehen Sie eine Ironie darin, daß dieser Putsch – der unseren nationalen Interessen möglicherweise gefährlich werden könnte – von einer Armee ausgeführt wurde, die von Großbritannien ausgebildet und ausgerüstet worden ist? In diesem Bereich haben die – em – britische und die irakische Regierung bis jetzt sehr eng zusammengearbeitet. Glauben Sie, daß es mit der militärischen Zusammenarbeit nun bald vorbei sein wird?

WINSHAW: Das will ich nicht hoffen. Es hat in der Vergangenheit immer Arbeit für unsere Armee gegeben, und sie hat diese Arbeiten stets mit Stolz und Einsatzbereitschaft ausgeführt. Es wäre traurig, wenn sich das ändern sollte.

BEAMISH: Nun, unsere Sendezeit geht zu Ende, und so bleibt mir nur noch zu sagen: Danke, Mr. Winshaw, daß Sie bei uns waren. Und jetzt zu Alastair und einer Filmreportage aus dem Irak.

WINSHAW: Gibt's hier irgendwo was zu trinken?

BEAMISH: Ich glaube, wir sind noch auf Sendung.

5. Februar 1960

Der Schock meines Lebens. Hatte heute vormittag nicht viel zu tun und ging gegen elf ins Unterhaus. Die Tagesordnung war nicht sehr vielversprechend: zweite Lesung der Public Bodies Bill (Zulassung der Presse zu den Parlamentssitzungen). Eine gewisse Margaret Thatcher, neue Abgeordnete für Finchley, hielt ihre Jungfernrede – und Herrgott, es war keine andere als Margaret Roberts, die mich damals in Oxford bei der Conservative Association so umgehauen hat! Vor fünfzehn Jahren! Ihr Debüt war hervorragend – alle haben ihr überschwenglich gratuliert –, aber ich muß zu meiner Schande gestehen, daß ich nur die Hälfte ihrer Rede gehört habe. Als sie sprach, war es, als wären all die Jahre nie vergangen, und am Ende starrte ich sie wahrscheinlich über die Bankreihen hinweg an wie ein sexbesessener pubertärer Jüngling. Dieses Haar! Diese Augen! Diese Stimme!

Danach sprach ich sie auf dem Korridor an, um zu sehen, ob sie sich an mich erinnert. Ich glaube, ja, auch wenn sie es sich nicht anmerken ließ. Sie ist inzwischen natürlich verheiratet (mit irgendeinem Unternehmer) und hat Kinder (Zwillinge).[1] Wie stolz, wie wahnsinnig stolz muß dieser Mann sein! Sie war auf dem Weg zu ihm und hatte nur ein paar Minuten Zeit. Allein im Abgeordnetenclub gegessen, danach wieder an die Arbeit. Rief Wendy an, hatte ihr aber nicht viel zu sagen. Sie klang betrunken.

Sie ist mittlerweile ein solcher Klotz am Bein. Selbst ihr Name – Wendy Winshaw – klingt lächerlich. Kann es mir nicht mehr leisten, mich mit ihr in der Öffentlichkeit sehen zu lassen. Drei Jahre und 247 Tage seit dem letzten Geschlechtsverkehr. (Mit ihr, meine ich.)

Fragte Margaret, was sie von Macmillan und seinen neuen Ufern hält.[2] Sie hielt sich bedeckt, aber ich habe den Verdacht, daß wir einer Meinung sind. Trotzdem kann keiner von uns in diesem Stadium seine Karten auf den Tisch legen.

---

1 Margaret Roberts heiratete im Dezember 1951 Dennis Thatcher, zu jener Zeit Generaldirektor von Atlas Preservative Co. Ihr Sohn Mark und ihre Tochter Carol wurden zwei Jahre später geboren. (Atlas wurde 1965 für 560.000 Pfund an Castrol Oil verkauft.)

2 Am 3. Februar 1960 hatte Macmillan vor dem südafrikanischen Parlament in Kapstadt stolz erklärt, auf dem ganzen Kontinent breche man »zu neuen Ufern« auf. Gewisse Kreise in seiner eigenen Partei betrachteten diese Position als gefährlich progressiv.

Ich habe, wie in all den Jahren – wenn auch jetzt vielleicht mit mehr Grund –, das Gefühl, daß unsere Schicksale unauflösbar miteinander verknüpft sind.

20. September 1961

Nachmittags unverschämter Anruf des Fraktionsführers, der irgendwie Wind gekriegt hat von dem kleinen Mißgeschick, das sich am Wochenende in Winshaw Towers ereignet hat.[1] Keine Ahnung, wie er davon erfahren hat – es stand zwar in der Lokalzeitung, aber Lawrence wird schon dafür gesorgt haben, daß die Sache keine weiteren Kreise zieht. Diese verdammte Familie! Wenn sie je ein Hindernis wird ... Mit meiner Unterstützung brauchen diese Leute nicht zu rechnen.

Jedenfalls wollte er wissen, was mit Tabitha und ihrer Krankheit ist und ob wir vielleicht noch ein paar Fälle wie sie im Keller versteckt haben. Tat mein Bestes, um die Sache herunterzuspielen, aber er schien nicht ganz überzeugt. Wenn das Gaitskell[2] zu Ohren kommt (und das wird es) – was wird dann aus meinen Aussichten auf einen Kabinettsposten?

14. Juli 1962

Viel rechtschaffene Empörung in der Presse über Macmillans Kabinettsumbildung. Tüchtig, tüchtig, muß ich sagen: In einer Nacht hat er sieben Minister vor die Tür gesetzt. Was mich betrifft, so bewundere ich seinen Mumm und bin angenehm überrascht (auch wenn ich das natürlich nicht laut sagen darf). Wir könnten in unserer Partei auch einen gebrauchen, der hart durchgreift und diese charakterlosen

---

1 Am 16. September 1961 war ein Einbrecher unter recht mysteriösen Umständen in den Wohnsitz der Familie eingedrungen und bei einem heftigen Zweikampf mit Lawrence Winshaw ums Leben gekommen. Der Zwischenfall erregte wenig Aufsehen, doch eine charakteristisch spekulative Schilderung des Vorfalls findet sich in Owen, *op. cit.*

2 Hugh Todd Naylor Gaitskell (geb. 1906), Abgeordneter für den Wahlkreis South Leeds und Vorsitzender der Labour Party von 1955 bis zu seinem plötzlichen Tod im Jahre 1963.

Jasager rausschmeißt, die den Kommunisten Tür und Tor geöffnet haben – dieser Zwischenfall in Glasgow war ja nur die Spitze des Eisbergs.[1] Ehrlich gesagt, hatte ich gehofft, das meiste von diesem Blödsinn sei zusammen mit Bevan gestorben. Welche politische Heimat gibt es für mich, wenn diese Partei noch weiter nach links treibt? Ich habe Gerüchte gehört, daß Wilson der nächste Parteivorsitzende sein wird, und das wäre eine echte Katastrophe. Dieser Mann haßt und verachtet mich. Grüßt mich nie, weder beim Parteitag noch im Parlament. Ich habe jetzt sieben lange Jahre da drinnen gesessen, und ich will verdammt sein, wenn für mich nichts dabei herausspringt.[2]

8. November 1967
Am Nachmittag im Tea Room kurzes, aber erniedrigendes Gespräch mit Richard Crossman.[3] Er tat, als würde er mir zu meiner Ernennung gratulieren, aber er hat sich dabei über mich lustig gemacht. Ich habe es genau gemerkt. Arschloch! Na ja, Parlamentarischer Unterstaatssekretär – immerhin ein Schritt näher an der ersten Reihe. Aber ich will mir nichts vormachen: Bei den anderen wäre ich schon längst ganz oben im Schattenkabinett. Ich spiele für die falsche Mannschaft, das wird mir immer klarer. Wilson und seine Genos-

1 Am 6. Mai 1962 war Gaitskell in Glasgow bei einer Rede von Befürwortern einseitiger Abrüstung unterbrochen worden. Darauf wurden Vorwürfe laut, die Jugendorganisation der Labour Party sei von Trotzkisten unterwandert.

2 Harold Wilson (geb. 1916), später Baron Wilson of Rievaulx, wurde am 14. Februar 1963 tatsächlich zum Parteivorsitzenden gewählt. Das Ausmaß von Wilsons Abneigung gegen Winshaw wurde von diesem jedoch möglicherweise überschätzt. Es gibt nur einen einzigen schriftlichen Beleg dafür, daß Wilson Winshaw erwähnt hat, und zwar in einem Interview mit der *Times* im November 1965. Winshaws Name fiel im Zusammenhang mit dem Gesetz zur Abschaffung der Todesstrafe (das er ablehnte), und der Premierminister fragte: »Wer?«

3 Richard Howard Stafford Crossman (1907–1974), Labour-Abgeordneter für Coventry East, war zu dieser Zeit Fraktionsführer im Unterhaus. Eigenartigerweise enthalten seine umfangreichen Tagebuchaufzeichnungen keinen Hinweis auf dieses Gespräch.

sen haben keine Ahnung, wie ein fähiger Mann aussieht. Sie haben allesamt keine *Vision*.

Auch an der Finanzfront nur trübe Aussichten. Unter dieser engstirnigen Regierung wird es langsam geradezu unmöglich, geschäftlich voranzukommen – als würde man gegen einen Pudding anrennen. Profite bei Amalgamated auf 16 % gesunken, bei Evergreen auf 38 %. Dorothy dagegen scheint es blendend zu gehen, und ihr Angebot eines Postens als Frühstücksdirektor wird immer verlockender. Sollte ich vor der nächsten Wahl das Handtuch werfen und ganz aus dieser Tretmühle aussteigen?

Es gibt natürlich keine Garantie dafür, daß ich später wieder einsteigen könnte. Bin an einem ziemlich toten Punkt. Wendys kleiner Auftritt (stand im örtlichen Käseblättchen) hat auch nichts gebracht. Blöde Kuh – bei dem, was sie intus hatte, kann sie von Glück sagen, daß sie das Ding nicht zu Schrott gefahren hat. Sie hätte sich umbringen können!

(Gefährlicher Gedanke, Winshaw. Sehr gefährlicher Gedanke.)

19. Juni 1970

Tja, wir haben die Niederlage verdient.[1] Jetzt wird das Land die kompromißloseste Regierung seit dem Krieg bekommen, und das ist auch gut so. Die Leute müssen aus ihrer verdammten Lethargie aufgerüttelt werden.

Margaret hat endlich ihren Kabinettsposten: Unterricht und Erziehung. Ich bin überzeugt, sie wird wundervoll sein.

Keith Joseph[2] kriegt Soziales und Gesundheit. Er ist für mich ein ziemlich unbeschriebenes Blatt. Hat noch keinen großen Eindruck gemacht. Bis jetzt ist mir nur ein gewisses fanatisches Glitzern in seinen Augen aufgefallen, das ich ein bißchen beunruhigend finde.

1 Entgegen allen Prognosen hatte die Conservative Party 46,6 % der Stimmen erhalten und somit eine Parlamentsmehrheit von 31 Sitzen. Edward Heath (geb. 1916) wurde Premierminister.

2 Keith Sinjohn Joseph (geb. 1918), später Baron Joseph of Portsoken, Minister für Soziales (1970–1974), für Industrie (1970–1981) und für Unterricht und Wissenschaft (1981–1986).

Meine Mehrheit ist auf 1500 Stimmen zusammenge-
schmolzen. Wundert mich, daß es überhaupt noch so viele
sind – aber diese Leute würden wahrscheinlich auch eine
Schaufensterpuppe wählen, wenn sie ein Schild mit der Aufschrift »Labour« um den Hals hätte. Was für eine traurige
Farce!

27. März 1973

Die Debatte über Josephs Reform des National Health Service[1] zog sich mal wieder den ganzen Tag hin. Die üblichen
Leute machten die üblichen läppischen Einwände. Unser
Mann hat schlecht geredet. Bin nicht bis zum Ende geblieben
– hab nur ab und zu mal reingehört. Das Gesetz ist nicht so,
wie es sein sollte, aber immerhin ein Schritt in die richtige
Richtung: eine effizientere Verwaltungsstruktur, mehr Ex-
terne (oder »Generalisten«, wie er sie nennt) in den verschiedenen Aufsichtsgremien – ich nehme an, das heißt Leute aus
der Wirtschaft. Das könnte es sein: der Anfang eines Privati-
sierungsprozesses.

Allmählich muß ich mir etwas einfallen lassen; es wird Zeit,
da mitzumischen.

Um 10 Uhr 15 dann endlich die Abstimmung. Habe meine
Pflicht getan, wie immer. Werde Sir Keith aber in den nächsten Tagen mal beiseite nehmen und ihm sagen, wo ich
wirklich stehe. Er sieht aus wie ein Mann, der ein Geheimnis
bewahren kann.

3. Juli 1974

Vergaß ganz, es zu erwähnen: Wendy ist letzte Woche gestorben. Hat keinen wirklich überrascht – am wenigsten mich
selbst. Zwanzig Aspirin und ein großes Glas Scotch. Die Frau
hat nie halbe Sachen gemacht.

Beerdigung heute morgen. Hab's gerade noch geschafft,
mit Vollgas über die Autobahn. Ziemlich kleiner Kreis – Gott
sei Dank keine Familie. Rechtzeitig zurück in London, um

---

1 Dieses Gesetz *(National Health Service Reorganization Act)* wurde am
19. Juni 1973 in dritter Lesung mit elf Stimmen Mehrheit verabschiedet.

Castles Erklärung zum Krankenschwesternstreik zu hören.[1] Bestätigte meine schlimmsten Erwartungen: Sie will Betten für Privatpatienten ganz aus dem Health Service herausnehmen. Blanker Wahnsinn! Beginne unseren Wahlsieg (wenn man ihn so nennen kann) als das zu sehen, was er ist: eine nationale Katastrophe. So kann es nicht weitergehen. Wilson kann ohne Mehrheit nicht lange regieren, und wenn er den nächsten Wahltermin bekanntgibt, werde ich nicht mehr kandidieren. Gebe Gott, daß es bald sein wird.

7.–10. Oktober 1975

War in meiner neuen Eigenschaft als Berichterstatter beim konservativen Parteitag. Der Herausgeber will 8000–9000 Wörter pro Tag, und ich soll hauptsächlich der Frage nachgehen, ob Margarets Wahl[2] eine endgültige Abkehr von der althergebrachten konservativen Politik bedeutet. Er meint, es könnte interessant sein, jemanden berichten zu lassen, der nach links orientiert ist, aber er wird sich wundern, wenn er meine Artikel liest.[3]

Jedem hier fällt der große Kontrast zur Labour-Veranstaltung letzte Woche in Blackpool auf. Offenbar war es ein Tohuwabohu: Die Labour Party reißt sich in Stücke, und Wilson ist vor extremistischen Delegierten aus gewissen Wahlkreisen gewarnt worden. Das hätte ich ihm schon vor Ewigkeiten sagen können. Die Marxisten unterwandern die Partei seit Jahren – das hat nur niemand sehen wollen.

Der Höhepunkt dieser Woche war Josephs kolossale Rede. Er sagte, so etwas wie einen »neutralen Standpunkt« könne

1 Barbara Ann Castle (geb. 1910), später Baroness Castle of Blackburn, Labour-Abgeordnete für Blackburn und zu dieser Zeit Staatssekretärin für Soziales. Der erwähnte Streik war vom Pflegepersonal des Charing Cross Hospitals angedroht worden, das sich weigerte, Privatpatienten zu versorgen, die in vierzig Suiten im obersten Stockwerk untergebracht waren.

2 Bei der Wahl des Parteivorsitzes hatte Margaret Thatcher am 10. Februar 1975 Edward Heath geschlagen. Sie war die erste Frau, die von einer der großen britischen Parteien zur Vorsitzenden gewählt wurde.

3 Hier hat Winshaw wahrscheinlich recht. Der fragliche Artikel trägt die Überschrift DIE DÄMMERUNG EINES NEUEN ZEITALTERS und enthält kaum Kritik am neuen Kurs.

es nicht geben, und der einzige mögliche Konsens müsse sich auf die Marktwirtschaft gründen. Einige Delegierte wirkten etwas verblüfft, aber in ein paar Jahren werden sie sehen, wie recht er hat.

Es geht los. Ich spüre es. Erstaunlich nur, wie lange es gedauert hat.

18. November 1977

Die Partei hat mich zwanzig Jahre lang geknebelt und behindert. Zwanzig verschwendete Jahre lang. Nichts könnte mich mehr freuen, als sie untergehen zu sehen. Die Wahl zum Vorsitzenden war ein Witz, und jetzt haben wir einen neuen Mieter in Downing Street 10, den man nur als politischen Zwerg bezeichnen kann und der weder einen blassen Schimmer vom Regieren noch ein Mandat des Wählers hat.[1] Jede Abstimmung wird hart umkämpft sein, und die meiste Zeit wird er damit verbringen, die Liberalen zu beschwichtigen.

Reg Prentice[2] hat bekanntgegeben, daß er zu den Konservativen übergelaufen ist. Dieser Idiot! Die wahre Macht liegt bei den Medien und in den Hinterzimmern. Wenn er das nach all den Jahren im Parlament nicht begriffen hat, ist er noch dümmer, als ich geglaubt habe. Es ist völlig klar, daß Margaret in ein bis zwei Jahren Premierministerin sein wird, und das Wichtigste ist jetzt, die richtigen Gesetze auf den Weg zu bringen. Wenn sie es geschafft haben, werden sie schnell handeln müssen.

Die Arbeit am neuen NHS-Gesetz geht voran. Wir haben sie überzeugen können, daß die Ausgliederung privater Betten rückgängig gemacht werden muß. Radikalere Eingriffe müssen noch warten, aber nicht mehr lange. Wir brauchen ein paar Managertypen, die einen Untersuchungsbericht

1 Winshaw meint James Callaghan (geb. 1912), später Baron Callaghan of Cardiff. Seine Konkurrenten um den Posten des Parteivorsitzenden waren Michael Foot und Denis Healey.

2 Reginald Ernest Prentice (geb. 1912), später Baron Prentice of Daventry, rechtfertigte seinen unvermittelten Gesinnungswandel in einem freimütigen Buch mit dem Titel *Turn Right* (1978). Er war später zwei Jahre lang Minister für Soziales in Mrs. Thatchers erstem Kabinett.

schreiben und nachweisen, daß das gegenwärtige System nichts als ein Scherbenhaufen ist. Wenn zum Beispiel der Direktor einer Supermarktkette käme und sähe, wie der Dienst im Augenblick arbeitet, würde er wahrscheinlich einen Anfall kriegen.

Eine Idee: Warum nicht Lawrence vorschlagen? Er hat seinen Verstand (wenn auch nur so gerade noch) beisammen, und man kann davon ausgehen, daß er zu den richtigen Schlußfolgerungen kommen wird. Einen Versuch ist es wert.

Ich sehe sie jetzt öfter und kann mit ihr sprechen, häufiger als früher. Es sind glückliche Tage.

23. Juni 1982

Sehr angenehmes Mittagessen mit Thomas im privaten Speisezimmer bei Stewards.[1] Außergewöhnlich guter Port – muß dem Klub vorschlagen, dieselbe Marke zu kaufen, anstatt den Himbeersaft, den sie im Augenblick ausschenken. Der Fasan war ein bißchen zu lange im Ofen. Hätte mir an einer Schrotkugel fast einen Zahn ausgebissen.

Thomas hat sich bereit erklärt, uns beim Verkauf der Telekom zu helfen.[2] Mußte ein bißchen auf ihn einreden, überzeugte ihn aber schließlich, daß er und seine Bank sich etwas robustere Geschäftspraktiken zulegen müssen, wenn sie unter Margarets Regierung zu was kommen wollen. Es half natürlich, als ich ihm erzählte, mit welchen Margen er rechnen könne. Sagte ihm auch, daß es in den nächsten Jahren etliche solcher Verkäufe geben wird. Wenn Stewards ein Stück vom Kuchen haben will, müssen sie sich beeilen. Er fragte mich, was in näherer Zukunft noch drankommen wird, und ich sagte, daß es praktisch das ganze Programm sein wird: Stahl, Erdgas, BP, die Eisenbahnen, Elektrizität, Wasser – alles eben. Bin nicht sicher, ob er mir die letzten beiden geglaubt hat. »Wart's ab«, hab ich ihm gesagt.

1 Angesehene und mächtige Handelsbank, mit der Thomas Winshaw (1926–1991) lange verbunden war, erst als Direktor, später als Präsident.
2 Das Gesetz zur Privatisierung der British Telekom (*Telecommunications Bill*) wurde dem Unterhaus im November 1982 vorgelegt, jedoch erst am 12. April 1984, nach Mrs. Thatchers Wiederwahl, verabschiedet.

Ich glaube, das war unsere längste Unterhaltung seit drei-ßig Jahren. Blieb bis um fünf. Wir redeten über dies und das. Er zeigte mir sein neues Spielzeug: eine Maschine, die Filme von etwas abspielt, das wie eine silberne Schallplatte aussieht. Er scheint kolossalen Gefallen daran zu finden. Ich kann mir nicht vorstellen, wie sich so was verkaufen soll, sagte aber nichts. Er hatte meinen letzten Auftritt im Fernsehen gese-hen und fand, ich hätte eine sehr gute Figur gemacht. Fragte ihn, ob er gemerkt hat, daß ich keine der Fragen wirklich beantwortet habe, und er sagte: »Nein, eigentlich nicht.« Das muß ich den PR-Leuten sagen – sie werden sich freuen. In den letzten Wochen haben sie uns intensiv geschult, und ich muß sagen, es sieht so aus, als hätte sich das gelohnt. Gestern abend habe ich mir eine Aufnahme des Interviews angese-hen und war beeindruckt festzustellen, daß ich nach nur 23 Sekunden von einer Frage nach der *Belgrano* zu den militan-ten Kräften in der Labour Party übergegangen war. Manch-mal staune ich über mich selbst.

18. Juni 1984

Die Reform geht voran, wenn auch nicht so schnell, wie ich gehofft hatte. Alle Mitglieder des Komitees scheinen einen randvollen Terminkalender zu haben; seit der Auftragsver-gabe für den Bericht fand heute erst das zweite Treffen statt. Trotzdem, der Griffiths Report[1] verschafft uns eine Menge Munition, da er dem Gedanken des »Konsensmanagements« praktisch den Todesstoß versetzt. Ein weibliches (und, wie ich vermute, rot angehauchtes) Mitglied des Komitees be-zweifelte die Aussage des Berichtes in diesem Punkt, aber ich brachte sie zum Schweigen, indem ich Margarets Definition von Konsens zitierte: »Ein Prozeß, bei dem man alle Über-zeugungen, Prinzipien, Werte und politischen Ziele aufgibt für etwas, an das niemand glaubt und an dem niemand etwas

1 Sir (Ernest) Roy Griffiths (geb. 1926), Generaldirektor von Sainsbury PLC., war Vorsitzender der Kommission für die Organisation des National Health Service, die ihren Bericht 1983 vorlegte. Darin wurde vor allem »der Mangel an klar bezeichneten organisatorischen Funktionen« inner-halb des NHS kritisiert.

auszusetzen hat.« Ich glaube, das hat gesessen. Was wir – wenn ich meinen Einfluß geltend machen kann – letztlich empfehlen werden, ist die Einsetzung von Direktoren auf allen Ebenen, *deren Gehalt sich nach ihrer Effizienz richten wird.* Das ist entscheidend. Wir müssen mit diesem blauäugigen Glauben aufräumen, daß die Leute durch irgend etwas anderes als Geld zu motivieren sind. Wenn ich den Laden schmeißen soll, muß ich mich darauf verlassen können, daß die Leute unter mir ihr Bestes geben.

Ging abends in den Fernsehraum des Clubs, um die *Nine O'Clock News* zu sehen. Bei irgendeinem Bergwerk haben sich unglaubliche Szenen abgespielt.[1] Ein wilder Mob von banditenhaft aussehenden Bergleuten griff ohne jeden Grund und in mörderischer Absicht – ein paar von ihnen warfen Steine – Polizisten an, die nur mit Knüppeln, Helmen und Schilden ausgerüstet waren. Als die Polizei Pferde einsetzte, versuchten einige dieser Chaoten sie zu behindern, indem sie sich vor die Pferde warfen, um sie zu Fall zu bringen. Ich frage mich, wie Kinnock[2] das rechtfertigen will.

29. Oktober 1985

Abends in Shepherd's Bush, für einen Auftritt in *Newsnight,* wo sich herausstellte, daß der Gastmoderator niemand anders war als mein alter Feind Beamish. Wollte erst auf der Stelle kehrtmachen – schließlich ist allgemein bekannt, daß dieser Mensch praktisch Kommunist ist und in einer angeblich unparteiischen Diskussionssendung nichts verloren hat, schon gar nicht als Moderator. Aber dann habe ich bei der Sache eine ganz gute Figur gemacht. Als »Vertreterin der anderen Seite« hatten sie eine spuckhäßliche Ärztin mit Kassengestell und naivem Gemüt herangekarrt, die über »Idealismus und Einsatzbereitschaft« und »chronische Unterfi-

---

1 Diese außerordentlich gewalttätigen Auseinandersetzungen zwischen der Polizei und den Bergleuten in Orgreave bildeten den Höhepunkt des zwölfmonatigen Streiks.

2 Neil Kinnock (geb. 1942), früherer Vorsitzender der Labour Party, jetzt einer der britischen Vertreter in Kommissionen der Europäischen Union in Brüssel.

nanzierung« jaulte und jammerte, bis ich sie mit ein paar schlichten Fakten auf ihren Platz verwies. Dachte schon, ich hätte sie zum Schweigen gebracht, aber nach der Sendung kam sie ganz freundlich zu mir und behauptete, ihr Vater sei mit mir in Oxford gewesen. Sie heißt Gillam. Der Name sagte mir überhaupt nichts. Eigentlich klang das verdächtig nach einer neckischen Eröffnung, und da sie außerhalb der Studioscheinwerfer gar nicht mal so übel aussah, fragte ich sie, ob sie nicht Lust auf eine schnelle Nummer hätte – nur um zu zeigen, daß wir uns nichts nachtragen. Aber nichts da, natürlich: Sie drehte sich um und stapfte davon. (Im nachhinein finde ich, daß sie etwas von einer Lesbe hatte. Wieder mal Pech.)[1]

Aus *Zieh den Stecker raus – Erinnerungen eines desillusionierten Fernsehjournalisten* von Alan Beamish (Cape 1993):

. . . Ich kann sogar noch das Ereignis nennen, das mich davon überzeugte, daß die Qualität der öffentlichen Diskussion in diesem Land in einem steilen Niedergang begriffen war. Es war im Oktober 1985, bei einem meiner gelegentlichen Auftritte als Gastmoderator in *Newsnight*. Einer der Gäste war Henry Winshaw (oder vielmehr Lord Winshaw, wie wir ihn später, ein oder zwei Jahre vor seinem Tod, zu nennen hatten), und das Thema des Abends war der National Health Service.

Es war die Zeit, als der Thatcherismus in voller Blüte stand, und in den vergangenen Monaten hatte es einige aggressive Maßnahmen gegeben, die die liberal orientierten Wähler verstört und erschüttert hatten: Im Juni waren radikale Einsparungen im sozialen Bereich angekündigt worden. Im Juli war das GLC, die Stadtverwaltung für den Großraum London, aufgelöst worden.

1 Dr. Jane Gillam, die Winshaw hier erwähnt, gab 1991 ihren Beruf als Ärztin auf und ist seither als freie Journalistin bekannt geworden. Ihre Artikel behandeln hauptsächlich medizinische Themen. Der folgende Text gibt eine andere Schilderung ihres Fernsehauftritts.

Die BBC war gezwungen worden, einen Dokumentarfilm mit Interviews mit Sinn-Fein-Führern abzusetzen,
und erst vor kurzem hatte Mrs. Thatchers unnachgie-
bige Weigerung, sich an Sanktionen gegen Südafrika
zu beteiligen, sie bei der Ministerpräsidentenkonferenz
des Commonwealth völlig isoliert. Die Frage, wie es mit
dem National Health Service weitergehen solle, kochte
währenddessen im Hintergrund weiter. Die Gesundheitspolitik hatte sich vollkommen neu orientiert, und
die Ärzte wurden zunehmend unruhig und sprachen
von knapperen Mitteln und einer »Privatisierung
durch die Hintertür«. Wir fanden, es werde lehrreich
sein, einmal einen der Architekten der Gesundheitsre-
form mit jemandem zu konfrontieren, der die Realität
an einem Londoner Krankenhaus kannte.

Unsere Wahl war auf eine junge Ärztin namens Jane
Gillam gefallen, die sich kurz vorher telefonisch in
einer Sendung in Radio 4 zu Wort gemeldet und alle
mit ihrer Entschiedenheit und ihren Detailkenntnissen
beeindruckt hatte. Sie war eine große Frau mit pechschwarzem Haar, einem Pagenschnitt, einer kleinen
goldgefaßten Brille und wachen, energisch blickenden
braunen Augen. Dennoch war von Anfang an klar, daß
sie kein echter Gegner für Winshaw sein würde. Es war
lange her, daß ich ihn für die alte *Hinterbänkler*-Serie
interviewt und unbeabsichtigt seine außenpolitische
Ahnungslosigkeit bloßgelegt hatte. Doch in der Zwischenzeit hatte sich der frischgebackene, nervöse Abgeordnete mit dem leicht geröteten Gesicht in einen auf-
gedunsenen, finsteren Wüterich verwandelt, der mich
böse anstarrte, mit der Faust auf den Tisch schlug und
wie ein tollwütiger Hund knurrte, wenn er auf Dr.
Gillams Diskussionsbeiträge antwortete. Oder eher:
nicht antwortete, denn Winshaws Form des politischen
Diskurses hatte sich zu diesem Zeitpunkt längst vom
rational geleiteten Denken verabschiedet und bestand
fast ausschließlich aus Statistiken, vermischt mit einem Maschinengewehrstakkato von Beschimpfungen.
Nach dem Transkript der Diskussion hatte er auf Dr.

Gillams Befürchtung, die Einsparungen beim NHS dienten der Vorbereitung seiner Privatisierung, folgendes zu sagen:

»17.000.000 über fünf Jahre, das sind 12,3% des BIP, 4% mehr als in der EG, 35% mehr als in der UdSSR, 34.000 AP pro ZESE * 19,24, das sind real 9,586 pro SDE, saisonal bereinigt 12.900.000 + 54,67 @, also 19%, inklusive MwSt., bei einem prognostizierten Anstieg auf 47%, sofern die DIPR von den IDSGM auf £ 4,52p gehalten werden kann, und darum ist der NHS in unseren Händen gut aufgehoben.«

Worauf Dr. Gillam sagte: »Ich will Ihre Zahlen nicht anzweifeln, aber genausowenig kann ich an dem zweifeln, was ich tagtäglich sehe. Und das Problem ist, daß sich diese beiden Wahrheiten widersprechen. Jeden Tag sehe ich, daß das Personal Überstunden machen muß und für weniger Geld größeren Belastungen ausgesetzt ist. Und ich sehe, daß die Patienten länger warten müssen und unter verschlechterten Umständen eine schlechtere Behandlung bekommen. Das sind Tatsachen, und die kann man nicht wegdiskutieren.«

Winshaws zweite Antwort war: »16%! 16,5%! Mit einer prognostizierten Steigerung auf 17,5%, wobei nach dem Verteilungsschlüssel des VR 54.000 für DIVM und FGGV verbleiben! 64% des Etats des MSG, wie in der VGNNGD zugesagt, und außerdem sind £ 38.000 = £ 45.000 + 93.000.000, dividiert durch 451 hoch 68,7 Periode! 45% der DIPR, 75% der NUR, 85,999% des AGK und neun Wochen mehr als unter der letzten Labour-Regierung!«

Darauf erwiderte Dr. Gillam: »Ich will nur sagen, daß Sie den NHS nicht effektiver machen, indem Sie die Kosten begrenzen. Wenn Sie das tun, beschneiden Sie die Ressourcen, denn der NHS wird vom Idealismus und der Einsatzbereitschaft der Ärzte, Schwestern und Pfleger getragen, und unter den richtigen Bedingungen sind diese Ressourcen fast unerschöpflich. Wenn Sie einen Raubbau daran betreiben, wie Sie es jetzt tun, und Idealismus durch ein begrenztes Angebot von finanziellen Anreizen ersetzen, werden Sie schließlich mit einem teureren und weniger effektiven NHS daste-hen, einem Gesundheitsdienst, der wie ein Mühlstein am Hals der Regierung hängen wird.«

Und Winshaws dritte und letzte Antwort war: »60 MHB, 47 MGB, 32 MOB, 947 NGVZ, also eine 96pro-zentige Steigerung in vier Jahren, 37,2 % in elf Mona-ten, so daß bei $78{,}224 * 295 / 13{,}25 + 63{,}5374628374$ ein Überschuß von £ 89.000.000 für die MD, die MDF, den DSS, das KLV, den GGN und die WZKF des NGDMB verbleibt. 43 % Steigerung, 64 % Ersparnis, also 23,6 % über 100 auf der Ordinate. Das ist alles, was ich dazu zu sagen habe.«

Nach diesen Worten verließ er das Studio mit der triumphierenden Miene eines Mannes, der das Me-dium endlich gemeistert hat. Und ich glaube, irgend-wie hatte er recht.

6. Oktober 1987

Endlich wieder eine Sitzung der Reformkommission – erste seit Margarets Sieg im Juni.[1] Das erste Weißbuch[2] ist fertig. Wir werden bald mit der Arbeit an einem zweiten und dritten beginnen.[3]

Die nächsten Reformen werden sehr viel weiter gehen. Endlich nähern wir uns dem Kern der Sache. Um alle daran zu erinnern, wo unsere Prioritäten liegen, habe ich ein gro-ßes Schild an der Wand befestigt:

FREIHEIT

KONKURRENZ

FREIE WAHL

1 Mrs. Thatchers Regierung wurde am 11. Juni 1987 mit 42,2 % der Stimmen ein drittes Mal gewählt und verfügte über eine insgesamte Mehr-heit von 101 Sitzen.

2 *Bessere Gesundheitsfürsorge* (1987).

3 *Arbeit für den Patienten* und *Den Menschen dienen* (beide 1989).

Außerdem habe ich beschlossen, das Wort »Krankenhaus« in den Diskussionen nicht mehr zuzulassen – wir werden von jetzt an nur noch von »Bereitstellungseinheiten« sprechen. In Zukunft wird ihr einziger Zweck nämlich der sein, Dienstleistungen anzubieten, welche die Gesundheitsbehörden und finanziell beteiligten Ärzte ihnen *abkaufen* werden, und zwar gemäß *frei ausgehandelten* Verträgen. Das Krankenhaus wird so zu einem Laden, eine Operation zu einer Ware, und die allgemein anerkannten Geschäftspraktiken werden sich auch hier durchsetzen: Großeinkauf schafft niedrige Preise. Ich finde die herrliche Schlichtheit dieses Gedankens betörend.

Auf der Tagesordnung stand auch die Einnahmensituation. Ich sehe nicht ein, warum die Bereitstellungseinheiten nicht beispielsweise Parkgebühren von den Besuchern verlangen sollten. Man könnte sie auch ermuntern, ungenutzte Räumlichkeiten als Geschäfte zu vermieten. Es wäre doch dumm, die geschlossenen Abteilungen leerstehen zu lassen, wenn sie genausogut in Läden umgewandelt werden könnten, die Blumen oder Obst oder all das Zeug verkaufen, das die Leute bei einem Krankenbesuch gern mitbringen. Hamburger und so. Nippeszeug und Souvenirs.

Gegen Ende der Sitzung brachte jemand das Thema »Qualitätsangepaßte Lebenserwartung« zur Sprache. Das ist eins meiner Lieblingsthemen. Die Idee dahinter ist, daß man die Kosten einer Operation ansetzt und dann nicht die Zahl der Jahre berechnet, um die sie das Leben des Patienten verlängert, sondern die *Qualität* dieser Jahre. Man kann das ganz einfach in Zahlen ausdrücken. Damit hat man dann den Kosten-Nutzen-Faktor der Operation. Etwas so Simples wie eine Hüftgelenkoperation ergibt dann etwa £ 700 pro QAL, während eine Herztransplantation schon bei £ 5000 liegt und man für eine stationäre Hämodialyse schon £ 14.000 pro QAL hinlegen muß.

Was ich schon immer gesagt habe: Qualität ist quantifizierbar!

Die meisten Kommissionsmitglieder glauben aber, daß die Öffentlichkeit für dieses Konzept noch nicht reif ist, und vielleicht haben sie recht. Aber lange kann es nicht mehr dauern. Uns allen hat diese Wahl ungeheuren Auftrieb gegeben. Die Verkäufe gehen mit enormem Tempo weiter: Aerospace, Sealink, die Vickers Werften, letztes Jahr British Gas, vergangenen Mai British Airways. Beim NHS kann es nicht mehr lange dauern.

Wie schade, daß Lawrence das nicht mehr erleben durfte. Aber ich werde seinem Andenken Ehre machen.

Wir dürfen nie vergessen, daß wir das alles Margaret verdanken. Wenn ehrgeizige Visionen Wirklichkeit werden, dann nur dank ihr allein. Sie ist herrlich, unaufhaltsam. Ich habe noch bei keiner Frau eine solche Entschlossenheit, eine solche unbeugsame Kraft erlebt. Sie fegt ihre Gegner beiseite, als wären sie bloß Unkraut auf ihrem Weg. Sie vernichtet sie mit einem Fingerschnippen. Sie sah so schön aus in ihrem Triumph! Wie kann ich, wie kann irgendeiner von uns ihr vergelten, was sie für uns getan hat?

18. November 1990

Gegen neun Uhr abends kam der Anruf. Es ist noch nichts entschieden, aber sie sondieren die Stimmung unter den Getreuen. Ich war einer der ersten, die sie gefragt haben. Die Wahlprognosen sind schlecht: Sie wird immer unpopulärer – »unpopulär« ist schon gar kein Ausdruck mehr. Die nackte Wahrheit ist: mit Margaret an der Spitze ist die Partei unwählbar.

»Wir müssen diese Ziege loswerden«, sagte ich, »und zwar schnell.«

Nichts darf uns jetzt noch aufhalten.[1]

---

1 Am 22. November 1990 wurde Margaret Thatcher als Vorsitzende der Conservative Party gestürzt. Ihr Nachfolger John Major führte die Partei 1992 erstmals in ihrer Geschichte zum viertenmal in Folge zu einem Wahlsieg und sicherte damit die Fortsetzung der Gesundheitspolitik. Diesen Triumph sollte Henry Winshaw jedoch nicht mehr erleben.

Oktober 1990

1

»Im Grunde genommen«, sagte Fiona, »traue ich meinem Hausarzt nicht mehr. Mir kommt es so vor, als würde er seit neuestem nur noch daran denken, wie er in seinem Kontingent bleiben und die Kosten niedrig halten kann. Ich hatte nicht das Gefühl, daß er mich sehr ernst genommen hat.«

Ich versuchte, mich auf sie zu konzentrieren, aber während das Restaurant sich langsam füllte, betrachtete ich unwillkürlich die anderen Gäste. Mir dämmerte, daß mein äußeres Erscheinungsbild nicht ganz dem Stil des Hauses entsprach. Nur wenige Männer trugen Krawatten, aber alles an ihnen sah teuer aus, und auch Fiona schien sich dem erfolgreich angepaßt zu haben: Unter einer kragenlosen Jacke mit Fischgrätmuster trug sie ein schwarzes T-Shirt und eine cremefarbene Leinenhose, eher kurz geschnitten, so daß man die Knöchel sehen konnte. Ich hoffte, daß sie die abgewetzten Stellen an meiner Jeans ebensowenig bemerkt hatte wie die Schokoladeflecken, die seit unvordenklichen Zeiten auf meinem Pullover waren.

»Ich meine, ich bin ja schließlich kein wehleidiges kleines Mädchen, daß jedesmal zu ihm gerannt kommt, wenn es eine Erkältung hat«, fuhr sie fort. »Das geht jetzt schon fast zwei Monate so, diese Grippe oder was immer es ist. Ich kann doch nicht andauernd krankfeiern.«

»Na ja, aber samstags ist wahrscheinlich auch am meisten los. Da hat er natürlich nicht so viel Zeit.«

»Ich glaube, ich brauche was anderes als ein Schulterklopfen und ein paar Antibiotika.« Sie biß in ein Krabbenchip und nahm einen Schluck Wein. Es sah aus wie ein Versuch, ihren Ärger hinunterzuspülen. »Jedenfalls« – sie blickte auf und lächelte –, »jedenfalls war es sehr nett von Ihnen. Sehr nett und ganz unerwartet.«

Wenn darin eine leise Ironie versteckt gewesen war, dann war sie mir entgangen. Ich hatte meine Verblüffung darüber, daß ich mit einem anderen Menschen – einer Frau noch dazu – in einem Restaurant saß, noch nicht ganz überwunden. Ich glaube, ein Teil von mir – und zwar der wortgewandteste und überzeugendste Teil – hatte einfach den Glauben daran aufgegeben, daß so etwas noch jemals geschehen könnte, und doch hätte es kaum leichter sein können. Ich hatte den Abend zuvor vor dem Fernseher verbracht und war vor Langeweile fast verrückt geworden, obgleich mein ursprünglicher Plan durchaus ehrenwert gewesen war: Im Lauf der letzten Jahre hatte sich ein Stapel von neuen Videos angesammelt, und ich hoffte an diesem Abend die Energie aufzubringen, wenigstens eines davon durchzuhalten. Ich sah die Hälfte von Cocteaus *Orphée*, die ersten dreißig Minuten von Rays *Pather Panchali*, die ersten zehn Minuten von Mizoguchis *Ugetsu Monogatari*, den Vorspann von Tarkowskis *Solaris* und die Trailer vor Wenders' *Der amerikanische Freund*. Danach gab ich auf. Ich saß vor dem stummen Bildschirm und arbeitete mich durch eine Flasche Supermarktwein. Das ging bis etwa zwei Uhr morgens so. Früher hätte ich ein letztes Glas getrunken und wäre zu Bett gegangen, doch jetzt fand ich mit einemmal, daß das nicht das war, was ich wollte. Ein paar Stunden zuvor hatte Fiona geklopft, und ich war nicht zur Tür gegangen. Sie hatte sicher das Licht gesehen und mußte gewußt haben, daß ich sie absichtlich ignorierte. Und jetzt, als ich allein dasaß und nur das idiotische Flackern des Fernsehers die Dunkelheit erhellte, erschien es mir plötzlich lächerlich, daß ich diese kalten, nichtssagenden Bilder der Gesellschaft einer attraktiven, intelligenten Frau vorzog. Es war vor allem Zorn auf mich selbst, der mich zu einer überstürzten, selbstsüchtigen Handlung trieb. Ich ging hinaus auf den Flur und klingelte bei Fiona.

Als sie nach ein oder zwei Minuten öffnete, trug sie einen leichten Kimono. Ich konnte ein Stück ihres sommersprossigen Dekolletés sehen, das von Schweiß glänzte, obwohl es, wie ich fand, am Abend deutlich kühler geworden war.

»Michael?« sagte sie.

»Ich bin in den letzten Wochen ziemlich unfreundlich

gewesen«, platzte ich heraus, »und wollte mich dafür entschuldigen.«

Sie machte ein verdutztes Gesicht, ließ sich aber sonst nichts anmerken. »Das war gar nicht nötig.«

»Es gibt ein paar Dinge ... Es gibt vielleicht ein paar Dinge, die Sie über mich wissen sollten«, sagte ich. »Ich möchte Ihnen gern davon erzählen.«

»Das ist eine wunderbare Idee, Michael. Ich freue mich schon darauf.« Ich merkte, daß sie versuchte, mich bei Laune zu halten. »Aber es ist jetzt mitten in der Nacht.«

»Ich meine auch nicht jetzt. Ich dachte, vielleicht ... bei einem Abendessen?«

Das schien sie noch mehr zu überraschen. »Sie wollen mich einladen?«

»Ja, in ein Restaurant.«

»Wann?«

»Morgen abend?«

»Gut. Und wo?«

Da saß ich nun etwas in der Klemme, denn ich kannte in dieser Gegend nur ein Restaurant, und dorthin wollte ich eigentlich nicht. Doch mir blieb keine andere Wahl. »Das Mandarin? Neun Uhr?«

»Ich freue mich schon.«

»Gut. Wir könnten uns für zehn vor neun ein Taxi bestellen, aber andererseits ist es ja nicht sehr weit, und wir könnten unterwegs noch ...« Ich merkte, daß ich mit der geschlossenen Tür sprach, und ging wieder in meine Wohnung.

Fiona strich Pflaumensauce auf ihren Pfannkuchen und legte dann schmale Streifen aus Entenfleisch und Gurken darauf. Ihre Finger bewegten sich geschickt. »Was für Enthüllungen über sich selbst wollen Sie mir denn machen, Michael. Ich bin ganz Ohr.«

Ich lächelte. Den ganzen Tag über war ich nervös gewesen, weil ich daran gedacht hatte, wie seltsam es sein würde, in Gegenwart eines anderen Menschen zu essen, doch jetzt fühlte ich mich entspannt und euphorisch. »Es gibt keine Enthüllungen«, sagte ich.

»Dann war das gestern nacht nur ein kleiner Trick, um mich mal im Morgenrock zu sehen?«

»Nein, es war ein spontaner Entschluß. Mir war gerade bewußt geworden, wie sonderbar mein Verhalten wirken muß. Sie wissen schon: daß ich mich abkapsele, daß ich manchmal keine richtige Antwort gebe, daß ich so viel vor dem Fernseher sitze. Sie müssen sich doch fragen, was mit mir los ist.«

»Nein, eigentlich nicht«, sagte Fiona und biß in ihren zusammengefalteten Pfannkuchen. »Sie verstecken sich vor der Welt, weil sie Ihnen angst macht. Ich mache Ihnen auch angst. Wahrscheinlich haben Sie nie gelernt, wie man echte Beziehungen zu anderen Leuten entwickelt. Haben Sie gedacht, ich würde das nicht merken?«

Unbeholfen versuchte ich, meinen Pfannkuchen zu essen, doch ich hatte ihn so schlecht zusammengefaltet, daß der Inhalt herausfiel, als ich hineinbeißen wollte.

»Dafür muß man was tun, das ist der ganze Trick dabei«, sagte Fiona. »Wenn es bei Ihnen Depressionen sind, kann ich Ihnen sagen: Das kenne ich nur zu gut. Aber . . . zum Beispiel diese Fahrradtour, die ich neulich gemacht habe: Es war die reine Qual, aber ich habe ein paar Leute kennengelernt, bin danach mit ihnen in eine Kneipe gegangen und hab ein paar Einladungen zum Essen gekriegt. Hört sich vielleicht mickrig an, aber nach einer Weile merkt man doch . . . daß es nichts Schlimmeres gibt, als allein zu sein. Nichts Schlimmeres.« Sie lehnte sich zurück und wischte sich die Finger an ihrer Serviette ab. »Na ja, war nur so ein Gedanke. Aber vielleicht sollten wir uns so früh am Abend noch nicht so schwere Gedanken machen.« Ich wischte mir ebenfalls die Hände ab. Riesige Mengen von Pflaumensauce schienen daran zu kleben, denn die Serviette bekam große braune Flecken.

»Das war eine gute Wahl«, sagte Fiona und sah sich im Restaurant um. Es war gemütlich und wirkte irgendwie intim und gesellig zugleich. »Sind Sie schon öfter hiergewesen?«

»Nein, nein. Ich hab irgendwo was darüber gelesen.«

Das war natürlich gelogen, denn in ebendiesem Restaurant hatten meine Mutter und ich unseren letzten, heftigen Streit gehabt, unter dem unser Verhältnis noch immer litt. Ich hatte mir geschworen, nie mehr hierherzukommen, denn ich fürchtete, eine der Bedienungen könnte mich erkennen und eine peinliche Anspielung machen – es war eine ziemliche Szene gewesen –, doch jetzt, beruhigt und beflügelt von Fionas Gesellschaft, erschien mir diese Befürchtung grotesk. Immerhin war es eines der beliebtesten Restaurants in dieser Gegend, und wenn ich an die Tausende von Gästen dachte, die in den vergangenen zwei, drei Jahren hier gegessen hatten... Im Grunde schmeichelte ich mir mit dem Gedanken, irgend jemand werde sich bestimmt an unseren Auftritt erinnern.

Ein Ober kam, um unsere Teller abzuräumen. »Guten Abend, Sir«, begrüßte er mich mit einer kleinen Verbeugung. »Wie schön, Sie nach so langer Zeit wiederzusehen. Ihrer Mutter geht es gut?«

Als er gegangen war, brachte ich eine Weile kein Wort heraus und konnte Fiona nicht in die Augen sehen, die lachten, auch wenn ihr Mund höflich und fragend blieb. Schließlich gab ich es zu: »Na ja, ich bin einmal mit meiner Mutter hiergewesen. Wir hatten einen furchtbaren Streit, und... das ist eigentlich nichts, worüber ich reden möchte.«

»Ich dachte, das wäre der Zweck des Abends«, sagte Fiona. »Mir etwas von Ihnen zu erzählen.«

»Ja, schon. Aber es gibt eben bestimmte Sachen, bestimmte Bereiche...« Es klang alles falsch, und mir war klar, daß eine große Geste nötig war, um ihr Vertrauen zurückzugewinnen. »Na gut, fragen Sie mich was. Irgendwas. Fragen Sie.«

»Also: Seit wann sind Sie geschieden?«

Ich hielt mitten im Schluck inne und setzte das Glas ungeschickt ab, so daß etwas Wein auf das Tischtuch schwappte. »Woher wissen Sie das?«

»Das stand im Klappentext des Buches, das Sie mir gezeigt haben.«

Das stimmte. Wie nicht anders zu erwarten, hatte ich Fiona zu beeindrucken versucht und ihr ein Exemplar meines ersten Romans gezeigt, und der Werbetext auf dem Schutzumschlag enthielt tatsächlich dieses Körnchen Information über mich. (Das war Patricks Idee gewesen: Er fand, es würde mich interessanter wirken lassen.)

»Seit 1974, ob Sie's glauben oder nicht«, sagte ich. Ich konnte es selbst kaum glauben.

Fiona hob die Augenbrauen. »Wie hieß sie?«

»Verity. Wir kannten uns schon seit der Schulzeit.«

»Dann haben Sie wohl sehr jung geheiratet.«

»Wir waren neunzehn, und für uns beide war es die erste Beziehung. Wir wußten eigentlich gar nicht, was wir taten.«

»Sind Sie deswegen verbittert?«

»Ich glaube nicht. Ich betrachte es als meine vergeudete Jugend. Sie war wirklich vergeudet – nicht mit Drogen und allen möglichen sexuellen Eskapaden, die mir wahrscheinlich eine Menge Spaß gemacht hätten, sondern mit ... diesem perversen Drang zur Bürgerlichkeit.«

»Ich hab den Namen Verity noch nie gemocht«, sagte Fiona entschieden. »Auf dem College gab es eine Verity. Sie war kleinlich – legte großen Wert auf Aufrichtigkeit, aber ich glaube nicht, daß sie sich selbst gegenüber aufrichtig war. Wenn Sie verstehen, was ich meine.«

»Sie glauben also, daß Namen eine echte Bedeutung haben?«

»Manche schon. Manche Leute passen sich ihren Namen an wie andere ihren Hunden. Sie können nichts dafür.«

»Mir ist heute ein seltsamer Name untergekommen. Findlay. Findlay Onyx.«

Ich mußte die beiden Bestandteile des Namens noch einmal langsam und deutlich aussprechen, bevor Fiona sie verstanden hatte. Dann erklärte ich ihr, wie ich auf diesen Namen gestoßen war.

Am Nachmittag war ich zum Zeitungsarchiv in Colindale gefahren, um nach weiteren Informationen über den Todesfall zu suchen, der sich in der Nacht von Mortimers fünfzigstem Geburtstag in Winshaw Towers ereignet hatte. Sie erinnern sich vielleicht: Die örtliche Zeitung hatte versprochen, über »die weiteren Ergebnisse der Ermittlungen« zu berichten. Naiv, wie ich war, hatte ich angenommen, daß es eine ganze Reihe von Artikeln über den Fortgang der Ermittlungen geben würde, aber ich hatte natürlich nicht damit gerechnet, daß die Zeitung der Familie Winshaw gehörte und daß Lawrence Großmeister einer Loge war, zu deren einflußreichsten Mitgliedern einige hohe Beamte der Polizei zählten. Die Ermittlungsergebnisse waren entweder nicht der Presse mitgeteilt worden, oder – und das war weit wahrscheinlicher – es hatte gar keine Ermittlungen gegeben. Ich fand nur eine Meldung von Interesse, eine kurze Fortsetzung zu dem Artikel, den ich bereits kannte, und sie warf mehr Fragen auf, als sie beantwortete. Darin stand, die Polizei habe keine weiteren Erkenntnisse gewonnen, suche jedoch nach einem Detektiv, der bereits häufiger in dieser Gegend gearbeitet habe: den eben erwähnten Mr. Onyx. Anscheinend hatte jemand, auf den die Beschreibung des (noch immer unidentifizierten) Toten paßte, am Abend des Einbruchs in Gesellschaft des Detektivs in einem Restaurant in Scarborough gegessen; und nach Aussage des Rechtsanwalts, der als Tabithas Vormund fungierte, hatte Mr. Onyx seine Mandantin in den vergangenen Wochen mehrmals aufgesucht, vermutlich in geschäftlichen Angelegenheiten. Obendrein, stand da, werde der Detektiv im Zusammenhang mit drei groben Verstößen gegen Artikel 13 des Gesetzes zum Schutz der Sittlichkeit gesucht. Danach wurde der mysteriöse Zwischenfall nicht mehr erwähnt. Die Hauptmeldung der folgenden Ausgabe galt einer ungewöhnlich großen Aubergine, die ein örtlicher Gärtner geerntet hatte.

»Das ist alles«, sagte ich, als der Ober eine Platte dampfender Riesenkrabben in Ingwer-Knoblauch-Sauce servierte. »Der Bursche war fast sechzig – also stehen die Chancen, daß er noch lebt, ziemlich schlecht. Und das heißt, daß diese Spur eiskalt ist.«

»Sie werden anscheinend langsam selbst zu einem kleinen Detektiv, stimmt's?« sagte Fiona und nahm sich eine bescheidene Portion. »Und wozu das Ganze? Ich meine, ist es wirklich von Bedeutung, was vor dreißig Jahren passiert ist?«

»Irgend jemand scheint das offenbar zu finden, sonst hätte er nicht bei meinem Verleger eingebrochen und mich verfolgt.«

»Aber das ist jetzt über einen Monat her.«

Ich zuckte mit den Schultern. »Ich glaube immer noch, daß ich einer Sache auf der Spur bin. Die Frage ist nur, wo ich als nächstes suchen soll.«

»Vielleicht könnte ich Ihnen helfen«, sagte Fiona.

»Helfen? Wie?«

»Ich kenne mich mit Recherchen aus. Das ist ja immerhin mein Job. Ich schreibe Zusammenfassungen von Artikeln in der wissenschaftlichen Fachpresse, die dann eine Signatur bekommen und in den riesigen Registerbänden in den Universitätsbibliotheken landen. Der Name Winshaw taucht ziemlich oft dort auf – Sie würden sich wundern. Thomas Winshaw zum Beispiel hat immer noch viel mit verschiedenen großen petrochemischen Konzernen zu tun. Und dann gibt's da natürlich Dorothy Brunwin – die ist doch eine geborene Winshaw, oder? Jedes Jahr schreibt sie haufenweise Artikel über irgendwelche wunderbaren Entdeckungen, zum Beispiel eine neue Verarbeitungsmethode für verschiedene ekelhafte Hühnerteile, die man dann als Fleisch verkaufen kann. Die Register reichen zurück bis in die fünfziger Jahre. Ich könnte alle Querverweise überprüfen – wer weiß, vielleicht findet sich da ein Hinweis.«

»Danke. Das wäre eine Hilfe«, sagte ich und fügte (ebenso lahm) hinzu: »Klingt interessant, Ihre Arbeit. Machen Sie das schon lange?«

»Ich habe damit... vor nicht ganz zwei Jahren angefangen. Ein paar Wochen bevor die Scheidung endlich rechtskräftig wurde.« Sie sah meinen Blick und lächelte. »Ja, Sie sind nicht der einzige, der an dieser Front gescheitert ist.«

»Das finde ich irgendwie beruhigend.«

»Hatten Sie und Verity Kinder?«

»Wir *waren* Kinder, darum brauchten wir keine. Und Sie?«

»*Er* hatte Kinder. Drei Töchter aus erster Ehe, die er aber nicht besuchen durfte. Verständlich, finde ich. Er war manisch-depressiv und Fundamentalchrist.«

Ich wußte nicht recht, wie ich darauf reagieren sollte. Ein großes Stück Rindfleisch mit Austernsauce fiel von meinen Stäbchen und landete auf meinem Hemd, und das beschäftigte uns für eine Weile. Dann sagte ich: »Ich kenne Sie natürlich nicht sehr gut, aber irgendwie klingt das nicht nach Ihrem Typ.«

»Stimmt, Sie kennen mich nicht sehr gut. Er war genau mein Typ. Sie müssen wissen, daß ich leider zu den Leuten gehöre, die... lieber geben als nehmen.«

»Das hab ich schon bemerkt.«

»Zum Beispiel daran, wie ich Sie mit Topfpflanzen einge-
deckt habe.«

»Oder daran, wie Sie Bettlern Geld geben, die gar nicht um
Geld gebeten haben.«

Das bezog sich auf einen alten Mann, der Fiona auf dem
Weg zum Restaurant angesprochen hatte. Er hatte sie nur
nach der Uhrzeit gefragt, doch sie hatte sofort zwanzig Pence
hervorgezogen und ihm in die Hand gedrückt. Er hatte
mehr überrascht als erfreut gewirkt, und ich war es schließlich gewesen, der ihm gesagt hatte, es sei Viertel vor neun. Er
hatte sich bei mir bedankt und war seiner Wege gegangen.

»Genau«, sagte sie. »Ich habe Mitleid mit den Leuten.«

»Auch wenn sie gar kein Mitleid wollen?«

»Niemand will wirklich Mitleid, oder? Ganz gleich, wie
verzweifelt die Lage ist. Das habe ich dann schließlich auch
rausgekriegt.« Sie seufzte und strich gedankenverloren über
ihr Weinglas. »Jedenfalls werde ich nie mehr aus Mitleid
heiraten, das ist mal sicher.«

»Sein Fall klingt sowieso ziemlich hoffnungslos.«

»Tja, seine erste Frau und er waren eine Zeitlang sehr
überzeugte Christen. Sie hatten zwei Töchter, und bei der
dritten hatte die Frau eine unglaublich schwere Geburt. Das
Ergebnis war, daß sie ihren Glauben verlor, und zwar gründlich. Sie verließ ihn und nahm ihre Töchter mit – Faith, Hope
und Brenda.«

»Wie lange hat es gehalten?«

»Was, ich und er? Fast fünf Jahre.«

»Ganz schön lang.«

»Ja, ganz schön lang.« Sie fischte das letzte Stück Paprika
aus der Schüssel und steckte es in den Mund. »Es gibt Augenblicke – Augenblicke großer Schwäche, muß ich sagen –, da
fehlt er mir sogar.«

»Wirklich?«

»Na ja, es ist manchmal doch ganz schön, jemanden um
sich zu haben, oder? Er hat mir zum Beispiel sehr geholfen,
als meine Mutter gestorben ist. Da war er sehr lieb.«

»Und Ihr Vater? Ist er noch . . .«

»Ob er noch lebt? Ich habe keine Ahnung. Er hat uns
verlassen, als ich zehn war.«

»Und haben Sie Geschwister?«

Sie schüttelte den Kopf. »Ich bin ein Einzelkind. Genau wie Sie.« Wir betrachteten stumm den Tisch. Fiona hatte die Stäbchen ordentlich auf das dafür bestimmte Bänkchen gelegt, und abgesehen von ein paar Reiskörnern war ihre Hälfte des Tisches makellos sauber. Meine sah aus, als wäre sie von Jackson Pollock als Grundlage für eine besonders brutale Komposition aus ausschließlich chinesischen Nahrungsmitteln präpariert worden. Wir bestellten eine Kanne Tee und eine Schale Lychees.

»Tja«, sagte Fiona, »ich würde nicht sagen, daß Sie sich, nach all diesen Versprechungen, mir heute abend ganz und gar geöffnet haben. Ich kann nicht behaupten, daß Sie Ihre Seele nackt und bloß vor mir auf dem Tisch ausgebreitet haben. Ich habe von Ihnen nur erfahren, daß Sie lächerlich früh geheiratet haben und sich die meiste Zeit lieber Filme ansehen als mit Menschen zu reden.«

»Ich sehe mir Filme nicht bloß an«, sagte ich nach kurzem Zögern, bei dem ich mich fühlte, als sei ich im Begriff, mich in unbekanntes Wasser zu stürzen. »Ich bin besessen von ihnen.«

Sie wartete darauf, daß ich das ausführte.

»Eigentlich nur von einem. Und von dem haben Sie wahrscheinlich noch nie gehört.«

Ich nannte den Titel, und sie schüttelte den Kopf.

»In dem war ich mit meinen Eltern, als ich klein war. Wir sind mitten in der Vorstellung rausgegangen, und seitdem habe ich das seltsame Gefühl, daß er ... nie zu Ende gegangen ist. Daß ich ... in diesem Film lebe.«

»Worum geht es da?«

»Ach, es ist ein alberner Film über eine reiche Familie, die zu einer Testamentseröffnung auf einen alten Landsitz fährt, wo dann einer nach dem anderen umgebracht wird. Es soll natürlich eine Komödie sein, aber das hab ich damals gar nicht gemerkt. Ich hab mich zu Tode gefürchtet und mich unsterblich in die Heldin verliebt – Shirley Eaton. Erinnern Sie sich an sie?«

»Dunkel. War das nicht die, die in einem James-Bond-Film ein so schlimmes Ende genommen hat?«

»Ja, in *Goldfinger*. Sie wird mit Goldfarbe bemalt und erstickt. Aber in dem anderen Film gibt es eine Szene mit ihr und Kenneth Connor, in der sie ihn einlädt, die Nacht bei ihr zu verbringen, und er findet sie sehr attraktiv, und sie ist offensichtlich nicht nur wunderschön, sondern auch sehr freundlich und einfühlsam, und darum wäre das in jeder Hinsicht das Beste, was er tun könnte, aber er kann sich irgendwie nicht überwinden. In dem Haus passieren die schrecklichsten Sachen – ein verrückter Mörder geht um, und doch findet Kenneth Connor all das weniger beängstigend als den Gedanken, eine ganze Nacht allein mit dieser wunderbaren Frau zu verbringen. Diese Szene habe ich nie vergessen. Sie hat mich die letzten dreißig Jahre begleitet. Ich weiß auch nicht, warum.«

»Na, das ist doch nicht schwer zu verstehen«, sagte Fiona. »Es ist die Geschichte Ihres Lebens – darum haben Sie sie nie vergessen können.« Sie nahm die letzte Lychee aus der Schüssel. »Macht es Ihnen was aus, wenn ich die esse? Ich finde sie so erfrischend.«

»Nur zu. Meine Geschmacksnerven schreien nach Schokolade.« Ich winkte dem Ober. »Vielleicht finden wir auf dem Heimweg einen Laden, der noch geöffnet hat.«

Draußen merkte man deutlich, daß die Hitzewelle ihren Höhepunkt überschritten hatte. Fiona fröstelte sogar ein bißchen, als wir zu unserem Wohnblock zurückgingen. Bei einem Zeitungsladen kaufte ich eine Aero und eine weiße Toblerone. Ich bot Fiona die Hälfte der Aero an und war insgeheim erleichtert, als sie ablehnte. Leichter Nebel lag in der Luft, als wir von der Battersea Bridge Road abbogen und eine Abkürzung durch ein paar Seitenstraßen nahmen. Die Gegend war ruhig und schlecht beleuchtet; hauptsächlich kleine und düstere Häuser mit verwahrlosten Vorgärten. Außer den gelegentlichen Katzen, die bei unserem Nahen über die Straße davonrasten, regte sich hier um diese Zeit nichts. Zweifellos lag es am Alkohol und meiner Freude über den, wie ich fand, gelungenen Abend: Plötzlich war die Atmosphäre berauschend, erfüllt von der Gewißheit, daß noch ähnliche, sogar schönere Abende kommen würden, und ich war durchdrungen von einem wilden Optimismus, den ich zum Ausdruck bringen mußte, und sei es auch nur andeutungsweise.

»Ich hoffe, wir können das bald wiederholen«, stammelte ich. »Ich kann . . . ich kann mich gar nicht erinnern, wann ich das letztemal einen Abend so genossen habe.«

»Ja, es war schön. Sehr schön.« Ihre Zustimmung kam etwas zögernd, und es überraschte mich nicht, daß ein zurückhaltender Ton in ihrer Stimme lag. »Ich will nur nicht, daß Sie denken . . . Ich weiß nicht, wie ich das sagen soll . . .«

»Sagen Sie's einfach«, ermunterte ich sie, als sie innehielt.

»Also, ich habe nur keine Lust mehr, jemanden zu retten, das ist alles. Und ich möchte, daß Sie das verstehen.«

Wir gingen schweigend weiter. Nach einer Weile fuhr sie fort: »Nicht daß ich wirklich glaube, daß Sie gerettet werden müssen. Sie müssen vielleicht bloß ein bißchen aufgerüttelt werden.«

»Das ist in Ordnung«, sagte ich und stellte dann die naheliegende Frage: »Haben Sie denn Lust, mich aufzurütteln?«

Sie lächelte. »Vielleicht. Könnte sein.«

Ich spürte, daß einer jener kritischen Augenblicke nahte, die das ganze Leben verändern können, einer jener Wendepunkte, in denen man einfach die flüchtige Gelegenheit entweder ergreifen oder aber hilflos zusehen muß, wie sie einem durch die Finger schlüpft und entschwindet. Ich wußte also, daß ich vor allem weiterreden mußte, auch wenn mir nicht mehr viel zu sagen blieb.

»Ich habe Glück immer negativ betrachtet. Ich habe immer das Gefühl gehabt, daß das Glück, wenn es unser Leben überhaupt gestaltet, etwas Willkürliches und Gefühlloses sein muß. Ich bin nie auf den Gedanken gekommen, daß Glück auch ein Glücksgefühl sein kann. Ich meine, es war doch pures Glück, daß ich Sie kennengelernt habe, daß wir im selben Haus wohnen und daß wir jetzt hier gehen, zwei Menschen, die . . .«

Fiona blieb stehen und nahm meinen Arm. Ganz sanft legte sie einen Finger auf meine Lippen und sagte: »Pssst.« Ich war verblüfft über die Intimität dieser Geste. Dann legte

sie ihre Hand in meine, so daß unsere Finger sich verschränkten, und ging weiter. Sie lehnte sich an mich. Nach
ein paar Schritten beugte sie sich noch näher zu mir. Ich
spürte ihre Lippen an meinem Ohr und wappnete mich
sehnsuchtsvoll für ihre Worte.

»Ich glaube, wir werden verfolgt«, flüsterte sie. »Hören
Sie?«

Verwirrt ließ ich ihre Hand los und horchte auf etwas
Ungewöhnliches hinter dem unregelmäßigen Geräusch unserer Schritte. Tatsächlich, da war etwas: eine Art Echo, ein
Stück hinter uns. Als wir stehenblieben, hörten wir es noch
ein oder zwei Sekunden lang, bevor es abrupt verstummte,
und als wir weitergingen, erklang es erneut. Jemand folgte
uns, und zwar absichtlich.

»Ich glaube, Sie haben recht«, sagte ich. Es war eine meiner
weniger hilfreichen Bemerkungen.

»Natürlich habe ich recht. Frauen entwickeln ein Gefühl
dafür. Das müssen sie.«

»Gehen Sie weiter«, sagte ich. »Ich werde mich umdrehen
und sehen, ob ich ihn erkennen kann.«

Doch der Nebel war dichter geworden. Die Sichtweite betrug nur noch etwa zwanzig Meter, und es war unmöglich zu
sagen, ob sich hinter den grauen Schwaden etwas bewegte.
Die Schritte begleiteten uns so gut hörbar wie zuvor, und ich
nahm Fionas Ellbogen und schob sie vorwärts, bis wir fast
doppelt so schnell gingen. Wir hatten es nicht mehr weit, und
um unseren Verfolger abzuschütteln, wollte ich ein paar
Umwege machen.

»Was haben Sie vor?« zischte sie, als ich sie plötzlich nach
rechts um eine Ecke zog.

»Bleiben Sie dicht bei mir«, sagte ich. »Wir werden ihn
verwirren.«

Ich bog wieder rechts und dann links ab und nahm einen
Fußweg, der zwischen zweistöckigen Reihenhäusern hin-
durchführte. Wir überquerten ein paarmal die Straße, schli-
chen durch eine Gasse und kamen dicht am Battersea Park
heraus, wo wir stehenblieben und lauschten. Man hörte nur
den normalen Verkehrslärm und ein paar Straßen weiter die
undeutlichen Klänge einer Party, die gerade in Schwung

kam. Keine Schritte. Wir seufzten erleichtert, und Fiona ließ meine Hand los, als hätte sie gerade erst bemerkt, daß sie sie während der letzten zehn Minuten umklammert gehalten hatte.

»Ich glaube, wir haben ihn abgehängt«, sagte sie.

»Wenn da überhaupt jemand war.«

»Da war jemand, das weiß ich genau.«

Wir gingen den Rest des Weges an der Hauptstraße entlang. Eine kleine, ungewohnte Distanz war mit einemmal zwischen uns. Ein schmaler, von schütteren Lorbeerbüschen gesäumter Weg führte zum Eingang unseres Hauses, und hier hatte ich, bevor ich die Tür aufschloß, Fiona den ersten zärtlichen Kuß geben wollen, doch nun war die Stimmung dahin. Fiona sah angespannt aus und drückte ihre Handtasche mit verschränkten Armen an die Brust, und ich war so durcheinander, daß ich geraume Zeit wie ein Idiot im Schloß stocherte, bis ich merkte, daß ich den falschen Schlüssel in der Hand hatte. Als ich die Tür dann endlich geöffnet hatte und gerade hineingehen wollte, schrie Fiona auf – es war ein Mittelding zwischen Keuchen und Schreien –, sprang an mir vorbei in die Eingangshalle, zerrte mich am Arm hinein, schlug die Tür zu und lehnte sich schwer atmend dagegen.

»Was ist los? Was haben Sie?«

»Er war da draußen – ich hab ihn gesehen. Sein Gesicht im Gebüsch.«

»Wen?«

»Herrgott, das weiß ich doch nicht. Er hat da gehockt und uns beobachtet.«

Ich ging zur Tür.

»Das wird langsam absurd. Ich gehe mal nachsehen.«

»Nein, Michael, bitte nicht.« Sie legte mir die Hand auf den Arm. »Ich habe sein Gesicht genau gesehen, und ich glaube, ich ... ich habe ihn erkannt.«

»Ihn erkannt? Wer war es?«

»Ich weiß nicht ... Ich habe ihn nicht direkt erkannt, aber ... ich habe ihn schon mal gesehen. Da bin ich ganz sicher. Michael, ich glaube, er verfolgt nicht Sie, sondern mich. Er ist hinter *mir* her.«

Ich streifte ihren Arm und sagte: »Das können wir ja

schnell klären.« Ich öffnete die Tür und schlüpfte hinaus. Fiona folgte mir bis zur Schwelle.

Die Nacht war jetzt kühl und sehr still. Nebelschwaden hingen in der Luft und wanden sich geheimnisvoll durch die weißen Lichtkegel der Straßenlaternen. Ich suchte den Zugangsweg und den Rasen ab und sah die Straße hinauf und hinunter. Nichts. Dann schaute ich zwischen den Büschen nach, schob den Kopf hinein, knickte Zweige und machte plötzliche Vorstöße in belaubte Öffnungen. Wieder nichts.

Außer...

»Fiona, kommen Sie mal her.«

»Auf keinen Fall.«

»Hier ist niemand. Ich will nur sehen, ob Sie auch etwas bemerken.«

Sie hockte sich neben mich.

»Ist das der Busch, wo Sie ihn gesehen haben?«

»Ich glaube, ja.«

»Riechen Sie mal.«

Wir atmeten tief ein – ein langes, prüfendes Schnüffeln.

»Komisch«, sagte sie nach kurzem Zögern, und ich wußte schon, was jetzt kam. »Hier steht doch nirgends ein Jasmin.«

2

Zwei oder drei Tage nach unserem Essen im Mandarin sahen Fiona und ich uns abends *Orphée* an. Sie hatte sich schnell von ihrem Schreck erholt – dafür war ich jetzt derjenige, der nicht einschlafen konnte. Ich lag noch in den frühen Morgenstunden wach und lauschte müde auf das unruhige Summen, das sich, in London jedenfalls, als »nächtliche Stille« ausgibt.

...Le silence va plus vite à reculons. Trois fois...

Meine Gedanken waren verschwommen und wirr: sinnlose Wiederholungen halb erinnerter Gespräche, unangenehme Bilder aus der Vergangenheit, fruchtlose Ängste. Wenn der Kopf sich erst einmal in ein solches Muster verrannt hat, kann man daraus nur ausbrechen, indem man wieder aufsteht, doch leider ist eben dies das letzte, was man sich zutraut. Erst als der trockene, pappige Geschmack im Mund unerträglich wurde, fand ich die Energie, in die Küche zu gehen und ein Glas Wasser zu trinken. Vielleicht würde ich damit den Kreis der Gedanken durchbrechen und endlich schlafen können.

...Un seul verre d'eau éclaire le monde. Deux fois...

Mein Wecker war auf neun Uhr gestellt, aber ich wachte immer vorher auf. Wenn ich langsam zu mir kam, nahm ich als erstes nicht das Getöse des Verkehrs oder der Flugzeuge wahr, sondern den Gesang eines unbeirrten Rotkehlchens auf dem Baum unter meinem Fenster, das das trübe Tageslicht begrüßte.

...L'oiseau chante avec ses doigts. Une fois...

Dann lag ich, halb wachend, halb schlafend, im Bett und wartete auf die Schritte des Briefträgers am Eingang. Schon als kleiner Junge habe ich daran geglaubt, daß ein Brief mein Leben verändern könnte, und diesen Glauben habe ich mir aus irgendeinem Grund bewahrt. Noch heute kann mich der bloße Anblick eines Briefumschlags auf meiner Fußmatte mit wilder Vorfreude erfüllen, und sei sie auch nur kurz. Ich muß hinzufügen, daß das bei braunen Briefumschlägen nur selten der Fall ist und bei Fensterkuverts nie. Aber dann ist da noch der weiße, handbeschriftete Briefumschlag, dieses herrliche Rechteck purer Möglichkeiten, das sich manchmal auch wirklich schon als Tor zu neuen Welten erwiesen hat. Und als ich an diesem Morgen mit verschlafenen, erwartungsvollen Augen durch die halb geöffnete Schlafzimmertür zum Flur sah, glitt ein ebensolcher Brief geräuschlos durch den Schlitz, und mit ihm kam die Möglichkeit, mich von ihm nicht nur in eine unvermutete Zukunft, sondern zugleich auch in die Vergangenheit tragen zu lassen, in eine Zeit vor dreißig Jahren, als ich ein Kind gewesen war und Briefe gerade angefangen hatten, eine wichtige Rolle in meinem Leben zu spielen.

Kabel, Schalter & Birne KG
Elektriker seit 1945 (oder ¼ vor 8)
Stromweg 24
Zählerstadt

26. Juli 1960

Sehr geehrter Mr. Owen!
Wir bitten Sie zu entschuldigen, daß es beim Anschluß Ihres neuen Heims (zweiter Kuhstall links auf Mr. Nuttalls Bauernhof) an das öffentliche Stromnetz zu Verzögerungen gekommen ist.

Ich muß gestehen, daß wir im Augenblick mit einigen Widerständen zu kämpfen haben. Der junge Mann, der mit den Arbeiten betraut worden war, ist kürzlich beim Stehlen von Spannungsabfall ertappt worden, so daß wir uns, obwohl es sich wohl um eine Kurzschlußreaktion handelte, bedauerlicherweise von ihm trennen mußten. Dies wiederum hatte zur Folge, daß Sie nun schon einige Zeit ohne Strom sind.

»Was volt ihr nun machen?« fragen Sie? Seien Sie versichert, Mr. Owen, daß wir nicht auf der Leitung stehen und Sie in Kürze n.e.b.V.* an das öffentliche Netz angeschlossen werden. Bis dahin bitten wir Sie mit dem Ausdruck des Bedauerns, den beigefügten Gutschein für eine Kabelschuhreparatur entgegenzunehmen.

Hochachtungsvoll
A. Dapter
(Reklamationen)
*(nach einigen blödsinnigen Verzögerungen)

Vor langer, langer Zeit konnte man aus meinem Elternhaus treten, einen kleinen Spaziergang entlang stiller Straßen machen und wenig später am Rand eines Waldes stehen. Wir lebten in einer Gegend, wo Birminghams letzte Außenbezirke in das Umland übergingen, in einem ruhigen, soliden Vorort, der angesichts des Einkommens meines Vaters eigentlich etwas zu elegant und nobel für uns war, und jedes Wochenende (gewöhnlich am Sonntag nachmittag) brachen wir drei zu diesem Wald auf und machten einen jener langen, mit leisem Stöhnen unternommenen Spaziergänge, die der Kern meiner frühesten und glücklichsten Kindheitserinnerungen sind. Es gab verschiedene Routen, und jede davon hatte ihren funktionalen (damals jedoch überaus romantischen und beziehungsreichen) Namen: »die Lichtung«, »die Teiche«, »der gefährliche Weg«. Mein persönlicher Favorit war ein Weg, der, obwohl wir ihn sicher öfter gegangen sind als jeden anderen, selbst damals jedesmal nostalgische Sehnsucht in mir weckte. Dieser Weg hieß einfach »der Bauernhof«.

Man stand ganz plötzlich vor ihm. Der Weg führte am Waldrand entlang und war breit und gut zu erkennen, schien jedoch nicht viel benutzt zu werden – in meiner Erinnerung jedenfalls hatten wir diese paradiesische Vision stets für uns allein. Denn paradiesisch war der Anblick tatsächlich: Nach einer Reihe von Senken, Hügeln und Kurven, die immer weiter in den Wald zu führen schienen, tauchte plötzlich, wenn man am wenigstens damit rechnete, eine Gruppe von Scheunen und Wirtschaftsgebäuden aus rotem Backstein auf, und in ihrer Mitte lag ein efeüüberranktes Bauernhaus, auf dem ein Zauber zu ruhen schien. An einer Seite des

Hauses war ein Obstgarten, an dessen Bäumen gelbliche Früchte heranreiften, und später sollten wir entdecken, daß sich hinter dem Haus ein winziger, nicht einsehbarer, von einer Mauer umfriedeter Garten befand, der durch Kieswege und kleine Buchsbaumhecken in ordentliche Quadrate unterteilt war. Das Beste aber war der kleine Teich an dem Drahtzaun, der die Grenze zwischen öffentlichem und privatem Grund darstellte. Dort schwammen Enten, und hin und wieder kam eine Gans angewatschelt, um zu trinken. Später brachten wir immer eine Papiertüte mit altem Brot mit, das ich ins Wasser warf oder manchmal, in einem Anfall von Wagemut, durch die Maschen des Zauns steckte, bis eine Gans kam und es mir aus den ausgestreckten Fingern nahm.

»Das muß der Hof sein, den man von der Straße sehen kann«, sagte mein Vater, als wir zum erstenmal davor standen. »An dem komme ich immer auf dem Weg zur Arbeit vorbei.«

»Vielleicht verkaufen die auch selbst«, sagte meine Mutter. »Das wäre bestimmt billiger als im Dorf.«

Von da an kaufte sie Eier und Gemüse nur noch auf dem Bauernhof, und es dauerte nicht lange, da bekamen ihre Besuche zusätzlich zu dem praktischen auch einen nachbarschaftlichen Aspekt. Meine Mutter bewies wieder einmal ihre Fähigkeit, sich mit einigermaßen fremden Menschen anzufreunden, und hatte innerhalb kurzer Zeit das Vertrauen von Mrs. Nuttall, der Bauersfrau, gewonnen, deren lange, ausführliche Monologe über Freud und Leid des Lebens auf dem Lande dafür sorgten, daß selbst etwas scheinbar so Unkompliziertes wie der Kauf von ein paar Kartoffeln eine gute halbe Stunde dauerte. Damit ich mich nicht zu sehr langweilte, vertraute man mich einem Knecht namens Harry an, der mich bei seiner Arbeit zusehen ließ und mir manchmal sogar erlaubte, die Schweine zu füttern oder mich auf den Fahrersitz des Mähdreschers zu setzen. Im Lauf der nächsten Monate schienen Harrys Führungen durch den Bauernhof häufiger, länger und ausführlicher zu werden, und schließlich war ich ein vertrauter Anblick für alle, die dort arbeiteten, einschließlich Mr. Nuttall selbst. Etwa um diese Zeit beschlossen meine Eltern auch, daß ich nun alt genug sei, allein mit dem Fahrrad in der näheren Umgebung herumzufahren, und von da an war ich noch öfter auf Mr. Nuttalls Bauernhof. Manchmal packte meine Mutter mir Butterbrote ein, die ich dann im Obstgarten oder am Ententeich aß, bevor ich mich in den Gebäuden umsah – wobei ich nie vergaß, meine Lieblingstiere, die Kälber, zu besuchen – oder auf die Heuballen kletterte, die ganz hinten in der großen Scheune aufgestapelt waren. Dort schliefen meist ein paar schlanke getigerte Katzen, und ich lag neben ihnen im Heu, versuchte, das Rätsel ihres Schnurrens zu ergründen, und war wie hypnotisiert von ihrem angedeuteten, undurchdringlichen Lächeln, das mich auf ihre Träume neidisch machte.

Ich war damals in ein Mädchen namens Susan Clement verliebt, das in der Schule das Pult neben mir hatte. Susan hatte langes blondes Haar und hellblaue Augen, und im nachhinein glaube ich, daß sie mich ebenfalls mochte, auch wenn ich es nie herausgefunden habe, denn obwohl ich mich wochen-, ja vielleicht sogar monatelang vor Sehnsucht nach ihr verzehrte, wäre es für mich leichter gewesen, zum Mond zu fliegen, als die richtigen Worte für meine Gefühle zu finden. Ich erinnere mich jedoch noch genau an die Nacht, in der ich aufwachte und feststellte, daß Susan neben mir im Bett lag. Dieses Gefühl war für mich nicht völlig neu, weil ich vor ein paar Monaten bei einem gemeinsamen Campingurlaub unserer Familien mit Joan in einem Bett geschlafen hatte. Damals hatte ich mir allerdings nicht gewünscht, sie zu berühren oder von ihr berührt zu werden – ich war schon vor dem Gedanken daran zurückgezuckt. Doch in dieser Nacht mit Susan spürte ich (und mir schwanden fast die Sinne vor Freude darüber, wie herrlich, wie greifbar wirklich diese Empfindung war), daß sie mich streichelte und daß ich sie streichelte, daß wir uns umarmten und ineinander verschlungen waren wie träumende Schlangen. Es schien, als würde jeder Teil meines Körpers von jedem Teil ihres Körpers berührt, als würden wir die ganze Welt von nun an nur noch durch Tasten und Berührung erfahren, so daß wir in

der muffigen Wärme des Betts, in der vom Vorhang geschützten Dunkelheit meines Zimmers gar nicht anders
konnten, als uns leise zu winden, wobei jede Bewegung, jede
noch so kleine Verschiebung neue Wellen von Lust erzeugte,
bis wir schließlich wie in einer Wiege hin und her schaukelten
und ich es nicht mehr aushielt und aufhören mußte. Und als
ich aufhörte, wachte ich auf und war allein und verlassen.

Das ist meine früheste Erinnerung an ein sexuelles Gefühl,
und es ist zugleich einer jener drei Kindheitsträume, die ich
heute noch einigermaßen genau beschreiben kann.

Joan lebte ein paar Häuser weiter. Unsere Mütter hatten sich
angefreundet, als sie schwanger gewesen waren, und darum
kann man sagen, daß wir miteinander aufgewachsen sind.
Wir gingen in dieselbe Schule und hatten schon damals den
Ruf, zu den eher intellektuellen Menschen zu gehören, was
unser Gefühl der Verbundenheit nur noch vertiefte. Inzwischen hatte ich nicht nur beschlossen, Schriftsteller zu werden, sondern auch mein erstes Buch herausgebracht, und
zwar in einer limitierten Auflage – entworfen, illustriert und
mit der Hand geschrieben von mir selbst. Die mit humoristi-
schen Anachronismen gewürzte Geschichte erzählte einige
Fälle aus dem Tagebuch eines viktorianischen Detektivs; ich
hatte meinen Helden ohne viel Respekt vor den Bestimmungen des Urheberrechts nach dem Vorbild einer Figur aus
einem der vielen Comics angelegt, die damals zum harten
Kern meiner Lektüre gehörten. Und auch Joan hatte literari-
sche Ambitionen. Sie schrieb historische Romane, bei denen
gewöhnlich die eine oder andere Frau von Heinrich VIII. im
Mittelpunkt stand. Auch wenn ich ihr das nie so unverblümt
gesagt hätte: Ich fand ihre Bücher unausgereift. Im Vergleich zu meinen Protagonisten wirkten ihre zweidimensio-
nal, und mit Joans Rechtschreibung war es auch nicht weit
her. Trotzdem zeigten wir einander gern unsere neuesten
Werke.

Einige Male fuhren Joan und ich gemeinsam zu Mr. Nuttalls Bauernhof. Es war nicht weit – wir brauchten für die
Strecke kaum mehr als zehn Minuten –, doch es ging über

ein herrliches Stück Straße: bergab, aber nicht zu steil, gerade genug, um ein bißchen Fahrt zu bekommen, so daß man nicht mehr in die Pedale zu treten brauchte und der Wind einem um die Nase wehte und in den Ohren brauste und einem die Tränen in die Augen trieb. Der Rückweg war natürlich ganz anders; wir mußten absteigen und schieben. Da wir vernünftige – heute finde ich: unnatürlich vernünftige – Kinder waren, dachten wir daran, daß unsere Eltern sich Sorgen machen würden, wenn wir länger als einige Stunden fortblieben, und so waren unsere ersten gemeinsamen Besuche hastig und episodenhaft. Wir nahmen uns Bücher und Schreibgerät und etwas zum Essen mit, doch führte unser mangelnder Eifer gewöhnlich dazu, daß wir den größten Teil der Zeit bei Harry und den Tieren verbrachten. Das ist jedenfalls meine Erinnerung an den Frühling und Frühsommer des Jahres 1960, bevor Joan und ich den folgenschweren Entschluß faßten, zusammenzuziehen.

Ein Wort der Erklärung: Ich hatte seit einigen Wochen ein Auge auf einen leeren Kuhstall in einem der Nebengebäude geworfen, der, soweit ich das beurteilen konnte, nicht gebraucht wurde. Nachdem ich meiner Mutter einigermaßen hartnäckig in den Ohren gelegen hatte, gab sie schließlich nach und erkundigte sich höflich, ob ich den leeren Stall vielleicht benutzen dürfe. »Er schreibt an einem Buch«, sagte sie mit verhaltenem Stolz, »und braucht einen Ort, wo er Ruhe hat.« Mrs. Nuttall gab diese Information offenbar sogleich an ihren Mann weiter, der so beeindruckt war, daß er die Sache persönlich in die Hand nahm: Als ich bei meinem nächsten Besuch die schwere, an rostigen Angeln hängende Tür zum dunklen Kuhstall öffnete, stellte ich fest, daß mein neues Refugium mit einem Tisch (in Wirklichkeit war es wohl eine alte Werkbank) und einem kleinen Stuhl ausgestattet und die nackte Glühbirne, die von den Dachbalken hing, mit einem Lampenschirm aus verblaßtem grünen Stoff geschmackvoll verhüllt worden war. Und das war erst der Anfang. Im Lauf des Sommers schaffte ich all meine Lieblingsbücher und die Sachen, mit denen ich mein Zimmer dekoriert hatte, in diese dunkle Klause. Mrs. Nuttall gab mir zwei Vasen und versorgte mich mit frischen Iris und Chrysanthemen, und Harry trieb sogar eine Art Hängematte auf, die er in einer Ecke des Stalls aufhängte, an zwei dicken Nägeln, die angeblich in der Lage waren, das Gewicht meines ruhebedürftigen Körpers zu tragen – eine zweifellos schmeichelhafte Behauptung. Mit einem Wort: Ich hatte ein neues Heim und konnte mir kein vollkommeneres Glück vorstellen.

Ich sollte jedoch bald herausfinden, daß das Glück noch vollkommener sein konnte. Eines Morgens zu Beginn der Ferien entdeckte ich, als ich den Stall betrat, einen weißen Briefumschlag, den jemand unter der Tür hindurchgeschoben hatte. Er war an mich adressiert, in der Handschrift meines Vaters. Es war mein erster Brief.

Genossenschaft der Haustiere
Geschäftsstelle Mr. Nuttalls Bauernhof
Hühnerweg
Misthaufen-in-der-Senke
Cropshire

19. Juli 1960

Sehr geehrter Mr. Owen!
Zunächst einmal möchte ich Sie im Namen meiner Mitbewohner herzlich willkommen heißen und Ihnen sagen, wie sehr wir uns geehrt fühlen über Ihren Entschluß, in den ehemaligen Kuhstall zu ziehen.

Die Nachricht hat wirklich allenthalben große Freude ausgelöst. Einigen der Tiere standen geradezu die Haare zu Berge, und allgemein kann man es kaum erwarten, ein Hühnerauge auf Ihr neues Heim zu werfen. Die Kälber sind vor Ungeduld schon die reinsten Lämmerschwänze, und die Pferde wollen sich für ihren neuen Nachbarn mächtig ins Zeug legen.

Sie werden feststellen, daß einige der kleineren Vögel gerne kiebitzen und hin und wieder nicht nur eine Bemerkung fallen lassen. Bedenken Sie jedoch, daß viele dieser Tiere nicht so gebildet sind wie Sie und leider nur ein Spatzenhirn haben. Kurz gesagt: Ich hoffe, daß Sie sich von irgendwelchen dahingegrunzten Bemerkungen nicht scheu machen lassen.

Kommen Sie doch mal auf ein Schwätzchen vorbei! Meine Frauen und ich freuen uns immer über Besuch, auch wenn es hier meist zugeht wie auf dem Hühnerhof.

Mit freundlichen Grüßen
Georg Gockel
(Hahn im Korb)

Der nächste Traum, an den ich mich noch erinnere, ist der kürzeste der drei, doch er war so lebensecht und beängstigend, daß ich wie am Spieß schrie, bis mein Vater kam und mich beruhigte. Als er mich fragte, was ich geträumt hätte, brachte ich nur heraus, ein Mann habe sich über mein Bett gebeugt und mich so eindringlich gemustert, daß ich mir sicher gewesen sei, er wolle mich töten. Mein Vater setzte sich auf die Bettkante und strich mir über das Haar. Nach einer Weile schlief ich wieder ein.

Noch etwas anderes hätte ich meinem Vater erzählen können, um zu erklären, warum der Traum so furchterregend gewesen war – nur daß es mir selbst damals gar nicht wirklich bewußt war: Ich hatte den über mich gebeugten Mann erkannt. Ich hatte ihn erkannt, weil er ich war. Ich war es gewesen, ich als alter Mann, der sein jüngeres Ich anstarrte, und mein Gesicht war von den Jahren gezeichnet, und wie bei einer geschnitzten Maske waren Kummer- und Sorgenfalten tief hineingegraben.

Das Fotografieren war eines der Hobbys meines Vaters. Er hatte eine kleine Boxkamera mit einer Ledertasche und ein selbstgebasteltes Blitzgerät. Mangels einer Dunkelkammer verdunkelte er die Badezimmerfenster mit schwarzem Papier und entwickelte die Bilder in der Badewanne, bis er eines Tages die Mischung der Chemikalien falsch berechnete, so daß die Emaillierung sich ablöste und meine Mutter ihm verbot, die Wanne noch einmal zum Entwickeln zu benutzen. Doch bevor das geschah, besuchte er Joan und mich auf Mr. Nuttalls Bauernhof, um den Höhepunkt unseres häuslichen Glücks fotografisch festzuhalten.

Ja, wir lebten zusammen. Besser gesagt: Wir arbeiteten zusammen – ich hatte nach einigem Zögern einem gemeinsamen Projekt zugestimmt, bei dem mein viktorianischer Detektiv in die Tudorzeit versetzt wurde, um einen Mordfall zu klären, und zwar im Auftrag von Heinrich VIII. höchstselbst. (Dazu hatte ich mich wohl von dem Buch *Die Zeitmaschine* inspirieren lassen, das mein Vater mir beim Zubettgehen vorlas.) Wir hatten uns von Mrs. Nuttall einen zweiten Stuhl ausgeliehen, und nun saßen wir uns gegenüber, schrieben abwechselnd Kapitel, die wir über den Tisch hinweg austauschten, und machten zwischendurch Pausen, um uns zu erfrischen oder anregende Spaziergänge durch den kleinen Garten zu unternehmen. Selbstverständlich war dem Unternehmen kein Erfolg beschieden: Es gelang uns nie, das Buch fertigzustellen, und als wir zwanzig Jahre später daran zurückdachten, wußte keiner von uns, was eigentlich aus dem Manuskript geworden war.

In dieser kurzen Periode gemeinsamen Schaffens kam mein Vater, um sein Foto zu machen. Er hielt uns in charakteristischen Posen fest: Joan saß konzentriert und hoch aufgerichtet da und zeigte zuversichtlich grinsend die Zähne, während ich mich, den Bleistift an die Lippen gelegt und den Kopf gedankenverloren zur Seite geneigt, halb von der Kamera abgewandt hatte. Mein Vater machte zwei Abzüge und schenkte jedem von uns einen davon. Joan sagte mir später, sie habe das Foto jahrelang in einer geheimen Schublade aufbewahrt, wo es selbst unter ihren größten Schätzen eine Sonderstellung eingenommen habe. Ich dagegen hängte mein Foto in meinem Zimmer auf, und es dauerte nicht lange, da ereilte es das Schicksal, das so viele kindliche Kostbarkeiten ereilt: Es ging verloren.

Mäusebank
Am Zasterplatz
Goldford

23. Juli 1960

Sehr geehrter Mr. Owen!
Mit großem Interesse haben wir vernommen, daß Ihr Taschengeld kürzlich um 6 Pence pro Woche erhöht wurde. Da
Ihr wöchentliches Einkommen nunmehr 3 Shilling beträgt,
möchten wir Sie mit unseren neuen Sparmöglichkeiten bekanntmachen.

Wie wäre es zum Beispiel mit unserem Sparplan »Gold-
grube«? Bei diesem Paket kombinieren Sie minimale Investitionen mit maximalem Zuwachs. Einer unserer Kunden hat
erst im vergangenen Monat ein solches Konto eröffnet und
verfügt bereits über 3 Shilling Sixpence.

Falls Ihnen das nicht zusagt, können wir Ihnen den speziell
auf die Wünsche der Landbevölkerung abgestellten »Sparschwein«-Plan anbieten. Wir stellen das Sparschwein, Sie
stellen die Füllung – und bald können Sie mit Recht sagen,
daß Sie Schwein gehabt haben: Bei einer Einlage von wö-
chentlich sechs Pence – eine größere Summe wäre vielleicht
zu fett – könnten Sie am Ende des Jahres bereits über die
hübsche Summe von £ 1 1 Shilling (oder ein »Mehrschwein«,
wie wir zu sagen pflegen) verfügen.

Als einem unserer geschätztesten Kunden steht Ihnen jetzt
übrigens auch unser Klub offen, der sich jeden Dienstag in
»The Nugget Inn« trifft. Dort werden ein reichhaltiges Un-
terhaltungsprogramm sowie eine erlesene Küche geboten.
Ganz gleich, ob Ihnen der Sinn nach Goldfasan mit Silber-
zwiebeln oder einfach nach Armen Rittern steht – ich bin
sicher, daß Sie auf Ihre Kosten kommen werden, und hoffe,
Sie recht bald dort begrüßen zu dürfen.

> Mit klingendem Gruß
> Midas Safe
> (Direktor)

Den letzten der drei bewahrten Träume hatte ich einige
Jahre später, als ich fünfzehn war. Am Mittwoch, dem

27. März 1968, träumte ich in den frühen Morgenstunden, daß ich in einem kleinen Düsenjäger flog, der plötzlich und ohne erkennbaren Grund an Höhe verlor. Ich höre noch, wie das ruhig summende Triebwerk heiser zu stottern beginnt, und sehe, wie vor mir aus dem Nichts eine dunkle Wolkenwand auftaucht. Das Cockpitfenster zerbricht mit schrillem Klirren, und im nächsten Augenblick durchbohren Splitter meine Arme und Schultern. Der gewaltige Fahrtwind preßt mich schmerzhaft gegen die Sitzrohre, und wir stürzen mit unvorstellbarer Geschwindigkeit auf die Erde zu, und ich bin hohl, mein Körper ist eine leere Hülle, mein Mund ist offen, und alles, was in mir war, bleibt oben am Himmel zurück; das Brausen ist ohrenbetäubend, ein schreckliches Heulen des Triebwerks und der Luft, und doch höre ich meine Stimme, denn ich sage immer wieder einen Satz, entweder für mich oder für einen unsichtbaren Zuhörer, immer dieselben Worte, ruhig und ohne Betonung: »Ich stürze ab, ich stürze ab, ich stürze ab...« Und dann ein letzter Aufschrei des Metalls, ein durchdringendes Kreischen. Risse schießen durch den Rumpf, und dann bricht das ganze Flugzeug auseinander, und die Teile fliegen in eine Million Richtungen, und ich falle, kopfüber, frei – nur noch der blaue Himmel zwischen mir und der Erde, die ich jetzt deutlich sehen kann und die mir entgegenkommt: die Küstenlinien der Kontinente, die Inseln, die großen Flüsse, die großen Wasserflächen. Ich habe keine Angst, keine Schmerzen mehr. Ich habe bereits vergessen, was diese Wörter überhaupt bedeuten. Ich sehe nur, daß der Schatten der Erde beginnt, das zarte Blau des Himmels zu verschlukken, und der allmähliche Übergang von diesem Blau zum Schwarz des Weltalls ist wunderschön.

Dann erwache ich, nicht zitternd oder schweißgebadet oder nach meinem Vater schreiend, und stelle mit Enttäuschung, ja leiser Trauer fest, daß ich in meinem vertrauten dunklen Zimmer bin und draußen alles still ist. Ich drehe mich um und liege ein paar Minuten wach. Dann falle ich in einen ruhigen, traumlosen Schlaf.

Zwei Tage später gab mir mein Vater am Frühstückstisch einen Teil seiner *Times*, und ich erfuhr, daß Juri Gagarin und

sein Kopilot bei Novosjowolo mit ihrem zweisitzigen Trai-
ningsflugzeug abgestürzt waren, genau zu der Zeit, als ich
diesen Traum gehabt hatte. Das letzte, was man von Juri
Gagarin gehört hatte, während er versuchte, die Maschine
von besiedeltem Gebiet wegzusteuern, war die ruhige Feststellung gewesen: »Ich stürze ab.« Anfangs konnte ich es gar
nicht glauben, bis ich am nächsten Tag ein Foto in der Zeitung sah, auf dem das Gebäude abgebildet war, in dem man
seine Asche aufgestellt hatte. Es war das »Haus der Roten
Armee«, und davor standen die Trauernden in Sechserrei-
hen, in einer drei Meilen langen Schlange.

*...Si vous dormez, si vous rêvez, acceptez vos rêves. C'est le rôle du
dormeur...*
Der Briefumschlag fiel zu Boden. Dieser Anblick beflü-
gelte mich mehr, als alles andere gekonnt hätte: Ich sprang
aus dem Bett und eilte in den Flur. Auf dem Umschlag war
eine Eilzuschlagsmarke, und er war in einer eleganten, dünnen Schrift an »M. Owen, Esq.« adressiert. Ich war zu ungeduldig, um in die Küche zu gehen und ein Messer zu holen,
und so riß ich ihn mit dem Daumen auf, ging mit ihm ins
Wohnzimmer und las mit stetig wachsender Verwunderung
die folgenden Zeilen:

Lieber Mr. Owen!
Mit diesem kurzen, zu hastig hingeworfenen Schreiben
möchte ich mich bei Ihnen entschuldigen und Ihnen einen
Vorschlag unterbreiten.
Zunächst die Entschuldigung. Ich habe, wie ich freimütig
zugebe, einige Verbrechen gegen Sie und Ihr Eigentum begangen. Meine einzige Entschuldigung – meine einzige
Hoffnung auf Ihre Vergebung und Gnade, muß ich sagen –,
ist, daß ich dabei stets aus humanitären Gründen gehandelt
habe. Seit vielen Jahren interessiere ich mich außerordentlich für den Fall von Miss Tabitha Winshaw, deren lange und
unbegründete Einkerkerung ich als eine der empörendsten
Ungerechtigkeiten betrachte, denen ich in meiner Laufbahn
begegnet bin. Als ich durch Ihre Annonce in der *Times* erfuhr, daß Sie gewisse Umstände untersuchen, welche bei

dieser Angelegenheit eine nicht ganz unbedeutende Rolle gespielt haben, war meine Neugier, wie Sie sich denken können, sogleich geweckt.

Bitte entschuldigen Sie, Mr. Owen (oder darf ich Sie Michael nennen? Seit ich Ihre beiden hervorragenden Romane kenne, habe ich das Gefühl, wir seien gute alte Freunde) – bitte entschuldigen Sie also die Verschrobenheit eines eigensinnigen alten Mannes, der, anstatt sich Ihnen auf dem direkten Weg zu nähern, es vorzog, das Terrain auf seine erprobte und bewährte Weise zu erkunden. Ich muß gestehen, daß ich es war, Michael, der in die Räumlichkeiten Ihres bemerkenswerten Verlegers eingebrochen ist und Ihr Manuskript gestohlen hat; ich war es, der am nächsten Tag Ihrem Taxi gefolgt ist; ich war es auch, der, um Sie persönlich kennenzulernen und Sie von der Ehrlichkeit seiner Absichten zu überzeugen, vor einem Restaurant in Battersea an Sie herangetreten ist und – wenn auch zu seiner nicht geringen Überraschung – die Ehre hatte, von Ihrer charmanten Begleiterin mit zwanzig Pence beschenkt zu werden (ein Scheck über diesen Betrag liegt bei); und wie Sie sich inzwischen denken können, war ich es, der Ihnen vom Restaurant nach Hause gefolgt ist – wobei seine alten Beine Mühe hatten, mit Ihnen Schritt zu halten – und der, infolge einer beklagenswerten Fehleinschätzung der Lage, Ihrer besagten Begleiterin einen höchst bedauerlichen Schreck eingejagt hat, und zwar, wenn ich mich nicht irre, in eben jenem Augenblick, da Sie im Begriff waren, erste Fortschritte auf dem Weg zu einer höchst erfreulichen Zweisamkeit zu machen.

Können Sie mir mein tadelnswertes Verhalten verzeihen? Ich kann nur hoffen, durch meine gegenwärtige Aufrichtigkeit die erlittenen Unerquicklichkeiten wenigstens teilweise wiedergutzumachen.

Doch nun zu meinem Vorschlag. Mir scheint, wir sind als unabhängig operierende Ermittler so weit gekommen, wie wir kommen konnten. Nun ist es an der Zeit, unsere Kräfte zu vereinen. Ich kann Ihnen versichern, daß ich im Besitz zahlreicher Informationen bin, die Ihnen bei Ihrer Arbeit helfen können, und daß ich bereit bin, diese Informationen mit Ihnen zu teilen. Was mich betrifft, so erwarte ich als Gegenleistung nur eines: Ich möchte einen Blick auf einen Zettel werfen, den Sie am Anfang Ihrer faszinierenden Chronik erwähnen. Ich meine jene Notiz von Lawrence Winshaws Hand, die Sie – mit einer Bündigkeit und stilistischen Eleganz, welche, wenn Sie mir die Bemerkung erlauben, das ganze Werk kennzeichnet – als »eilig hingekritzelte Anweisung an den Butler, ihm [Lawrence] in seinem Schlafzimmer einen abendlichen Imbiß zu servieren«, bezeichnen. Ich bin überzeugt, daß diese Notiz – nach der ich erfolglos gesucht habe und die durch eine Laune des unerforschlichen Schicksals in Ihre Hände gefallen zu sein scheint – von entscheidender Bedeutung für den Erfolg der Bemühungen ist, Miss Winshaws Unschuld und geistige Gesundheit zu beweisen. Kurz gesagt: Ich bin sicher, daß sie einen verschlüsselten Hinweis, eine Nachricht enthält, die jemandem – ich hoffe, Sie verstehen mich recht –, der möglicherweise nicht über die reichen und vielfältigen Erfahrungen in dieser Angelegenheit verfügt wie ich, durchaus entgangen sein könnte.

Wir müssen uns treffen, Michael. Es führt kein Weg daran vorbei. Wir müssen ein Treffen vereinbaren und dürfen dabei keine Zeit verlieren. Darf ich einen schelmischen Vorschlag machen, wie sich das bewerkstelligen ließe? Ich habe erfahren, daß kommende Woche Donnerstag in der Narcissus Gallery in der Cork Street (deren Besitzer, wie Sie zweifellos wissen, Roderick Winshaw ist) eine Vernissage stattfinden wird, bei der – wie nicht anders zu erwarten – einige zweifellos nichtssagende Bilder einer jungen Angehörigen des niederen Adels ausgestellt sein werden. Die Anziehungskraft dieses Ereignisses auf die Londoner *cognoscenti* wird, da bin ich zuversichtlich, nicht so überwältigend sein, daß zwei Fremde sich in der versammelten Menge verpassen können. Ich werde um Punkt neunzehn Uhr dreißig dort sein und freue mich auf die Begegnung mit Ihnen und – dies schreibe ich mit zitternder Hand – den Beginn einer wunderbaren und fruchtbaren Partnerschaft.

Der Brief endete schlicht »Mit freundlichen Grüßen« und
war schwungvoll unterzeichnet:

Findlay Onyx

(Detektiv)

Roddy

1

Phoebe stand in einer Ecke der Galerie, und das schon seit einer Viertelstunde. Ihr Weinglas war klebrig, der Wein war warm und schmeckte nicht mehr. Bis jetzt hatte niemand mit ihr gesprochen oder auch nur ihre Anwesenheit zur Kenntnis genommen. Sie kam sich vor, als wäre sie unsichtbar.

Drei der Gäste kannte sie jedoch. Da war Michael, den sie vor acht Jahren kennengelernt hatte, als er im Begriff gewesen war, mit der Arbeit an der Winshaw-Chronik zu beginnen. Wie grau er geworden war! Er erinnerte sich wahrscheinlich nicht an sie, und außerdem schien er in ein Gespräch mit einem weißhaarigen, geschwätzigen Rentner vertieft, der von Anfang an nur abfällige Bemerkungen über die Bilder gemacht hatte. Dort drüben stand Hilary, doch das war ihr gleichgültig. Sie hatten sich ohnehin nichts zu sagen.

Und schließlich war da noch Roddy. Sie hatte mehr als einmal seinen schuldbewußten Blick aufgefangen und gesehen, wie er sich panisch abgewandt hatte – offenbar hatte er nicht vor, Frieden zu schließen. Was kaum verwunderlich war: Sie war nur aus einem einzigen Grund zu dieser Vernissage gekommen, und zwar, um ihn in Verlegenheit zu bringen. Dabei war es naiv von ihr gewesen zu denken, daß das funktionieren würde. Jetzt war sie diejenige, die in Verlegenheit war. Sie sah zu, wie er sich leichtfüßig und gewandt zwischen Freunden und Kollegen bewegte, mit ihnen plauderte und Klatschgeschichten austauschte. Phoebe war sicher, daß alle nicht nur wußten, wer sie war, sondern auch über die Art ihrer entfernten, vermessenen Verbindung zu dieser Galerie genauestens im Bilde waren. Bei diesem Gedanken glühten ihre Wangen. Aber sie würde nicht die Segel streichen. Sie würde ihnen die Stirn bieten. Sie würde ihr Glas noch fester umklammern und standhalten.

Was heute abend auch geschehen mochte – es konnte nicht annähernd so schlimm sein wie die Demütigung, der sie sich ausgesetzt hatte, als sie vor über einem Jahr zum erstenmal über diese Schwelle getreten war.

Phoebe hatte immer schon gemalt, von frühester Kindheit an, und ihr Talent war für jeden außer ihr selbst offensichtlich gewesen. Mit jedem Zeugnis schwang sich das Lob ihrer Kunstlehrerin zu neuen Höhen der Hingerissenheit auf – ein Urteil, das von ihren Kollegen, die Phoebes Leistungen in den anderen Fächern im ganzen enttäuschend fanden, nur selten geteilt wurde. Nach dem Schulabschluß hatte sie nicht den Mut, sich bei einer Kunstakademie zu bewerben, und machte statt dessen eine Ausbildung zur Krankenschwester. Ein paar Jahre später gelang es einigen Freunden, sie davon zu überzeugen, daß das ein Fehler gewesen war, und sie studierte drei Jahre in Sheffield, wo sie ihren Stil einige Male in rascher Folge änderte. Plötzlich sah sie sich unvermuteten, unendlich großen Freiheiten gegenüber. Im Verlauf weniger hungriger, von ungläubigem Staunen erfüllter Wochen entdeckte sie Fauvismus und Kubismus, die Futuristen und die abstrakten Expressionisten. Da sie die Landschafts- und Porträtmalerei bereits beherrschte, begann sie dichte, unregelmäßig strukturierte Bilder zu malen, die unvereinbare Elemente enthielten und von einer Faszination für winzig kleine Details geprägt waren, welche Phoebe aus entlegenen Quellen bezog, darunter auch aus medizinischen Fachbüchern oder zoologischen oder entomologischen Zeichnungen. Zum erstenmal in ihrem Leben begann sie auch, alles mögliche zu lesen, und in einer Taschenbuchausgabe von Ovid fand sie die Inspiration zu einer ersten Serie von großen Bildern, die den Wandel, die Unbeständigkeit und das Fortbestehen des tierischen und menschlichen Lebens zum Thema hatten. Ohne es zu merken – denn sie gestattete sich in dieser Zeit nichts, was ihre gehobene Stimmung hätte beeinträchtigen können –, bewegte sie sich auf gefährlichem Terrain Sie näherte sich jenem unmodernen Grat zwischen dem Abstrakten und dem Gegenständlichen, zwischen Schmuck und Zugänglichkeit. Sie war dabei, unverkäuflich zu werden.

Doch bevor sie diese Entdeckung machen konnte, gab es Rückschläge: Selbstzweifel überfielen sie, und so beendete sie ihr Studium am Ende des zweiten Jahres und beschloß, wieder als Vollzeit-Krankenschwester zu arbeiten. Mehrere Jahre lang malte sie überhaupt nicht. Als sie wieder damit anfing, tat sie es mit neuer Leidenschaft und Schaffenskraft. Sie mietete sich in einem Gemeinschaftsatelier in Leeds (wo sie inzwischen lebte) ein und verbrachte jede freie Minute dort. Kleine Ausstellungen in öffentlichen Bibliotheken und Volkshochschulen folgten, und gelegentlich bekam sie einen Auftrag, wenn auch nie einen, der sie als Künstlerin besonders gefordert hätte. Immerhin hatte sie in Leeds und Umgebung eine gewisse Reputation erlangt.

Einer ihrer ehemaligen Tutoren in Sheffield, mit dem sie in losem Kontakt geblieben war, lud sie eines Tages ein und sagte ihr, er halte es für an der Zeit, daß sie ihre Werke in Londoner Galerien ausstelle. Um ihr den Weg ein wenig zu ebnen, bot er ihr seine persönliche Hilfe an: Sie habe seine Erlaubnis, zur Narcissus Gallery in der Cork Street zu gehen und sich dort auf ihn zu beziehen. Phoebes Dank fiel zurückhaltend aus, denn sie hatte ihre Zweifel. Die vielbeschworene Freundschaft zwischen ihrem Tutor und Roderick Winshaw war unter den Studenten, die wenig Hinweise darauf entdecken konnten, eine Art Dauerwitz gewesen. Gewiß, er und Roddy waren gemeinsam zur Schule gegangen, doch es deutete nichts darauf hin, daß die beiden sich nahegestanden hatten oder daß der große Kunsthändler sich in den vergangenen Jahren bemüht hatte, diese Freundschaft aufrechtzuerhalten. (Als er beispielsweise einmal eingeladen war, eine Gastvorlesung zu halten, vergaß er es einfach und erschien nicht.) Dennoch war dies ein gutgemeintes Angebot, eine echte Chance, die man nicht ohne weiteres ausschlagen sollte. Phoebe rief am nächsten Tag in der Galerie an, sprach mit einer freundlichen, hilfsbereiten Empfangsdame und vereinbarte einen Termin für die kommende Woche. Die nächsten Tage verbrachte sie damit, Dias von ihren Bildern zu machen.

Als sich die Glastür der Galerie hinter ihr schloß, stellte Phoebe fest, daß Londons wahnsinniger Lärm mit einemmal verstummte und sie einen ruhigen Hafen erreicht hatte: gedämpft, klinisch, exklusiv. Sie ging auf Zehenspitzen weiter. Es war ein einfacher, rechteckiger Raum mit einem Tisch an einem Ende, an dem eine blonde, betörend schöne Frau saß, die fünf Jahre jünger als Phoebe aussah und diese, kaum daß sie eingetreten war, mit einem Lächeln und einem eindeutig feindseligen »Hallo« begrüßt hatte. Phoebe murmelte eine Antwort und blieb eingeschüchtert ein paar Sekunden stehen, um die Gemälde an den Wänden zu betrachten. Was sie sah, war ermutigend: Die Bilder waren gräßlich. Doch als sie tief Luft holte und zögernd auf den Tisch zuging, hinter dem die Frau sie unverschämt musterte, schoß ihr ein Gedanke durch den Kopf. Bis zu dem Augenblick, da sie sich auf den Weg zum Bahnhof machen mußte, hatte sie über die Auswahl von Dias nachgedacht; jetzt wurde ihr mit einemmal bewußt, daß sie diese Zeit sinnvoller hätte verwenden können: Sie hätte lieber über ihre Garderobe nachdenken sollen.

»Kann ich Ihnen helfen?« fragte die Frau.

»Mein Name ist Phoebe Barton. Ich bin gekommen, um Ihnen ein paar meiner Arbeiten zu zeigen. Ich glaube, Sie haben mich bereits erwartet.« Sie setzte sich, obwohl sie nicht dazu aufgefordert worden war.

»Sie meinen, Sie haben einen Termin?« sagte die Frau und blätterte in den leeren Seiten ihres Terminkalenders.

»Ja.«

»Wann haben Sie den ausgemacht?«

»Letzte Woche.«

Die Frau schnalzte tadelnd mit der Zunge. »Da war ich nicht da. Sie haben wahrscheinlich mit Marcia, unserer Aushilfe, gesprochen. Sie ist eigentlich nicht befugt, Termine zu machen.«

»Aber wir haben über die Zeit und alles gesprochen.«

»Tut mir leid, aber davon steht hier nichts. Ich hoffe, Sie kommen nicht von weit her. Ich meine, Sie haben sich doch nicht von Chiswick oder so hierherkarren lassen?«

»Ich komme aus Leeds«, sagte Phoebe.

»Oh.« Die Frau nickte. »Ja, natürlich... dieser Akzent.«
Sie klappte den Terminkalender zu und seufzte tief. »Na ja,
wenn Sie schon mal da sind ... Sie haben doch wohl ein paar
Dias dabei, oder?«

Phoebe zog die Plastikhülle hervor und wollte sie der Frau
geben, hielt aber in der Bewegung inne und sagte: »Ich sollte
diese Bilder eigentlich Mr. Winshaw zeigen. Er ist ein alter
Freund meines Tutors, und man hat mir gesagt...«

»Roddy ist im Augenblick in einer Besprechung«, sagte die
Frau. Sie nahm die Plastikhülle mit den Dias, hielt sie gegen
das Licht und betrachtete sie etwa eine halbe Minute lang.
»Nein, ich glaube nicht, daß wir damit was anfangen können.« Sie gab Phoebe die Dias zurück.

Phoebe spürte, wie sie innerlich zusammensank. Sie haßte
diese Frau, wußte aber, daß sie auf verlorenem Posten stand.
»Aber Sie haben sie sich ja kaum angesehen.«

»Tut mir leid. Das ist ganz und gar nicht das, was wir im
Augenblick suchen.«

»Und was suchen Sie im Augenblick?«

»Vielleicht versuchen Sie es einmal bei den kleineren Galerien«, sagte die Frau und überging die Frage mit einem
eisigen Lächeln. »Manche stellen Hobbymalern ihre Räume
zur Verfügung. Ich weiß allerdings nicht, was sie dafür be-
rechnen.«

In diesem Augenblick trat ein großer, gutaussehender
Mann durch einen Durchgang am hinteren Ende der Galerie
und schlenderte auf sie zu. »Alles in Ordnung, Lucinda?«
fragte er. Er tat, als ignorierte er Phoebe, doch sie spürte, daß
sie verstohlen gemustert und taxiert wurde.

»Nur ein kleines Mißverständnis. Die Dame hier, Miss
Barker, hat gedacht, sie hätte einen Termin mit Ihnen, und
ein paar Skizzen mitgebracht.«

»Das stimmt. Ich habe Miss Barton bereits erwartet«, sagte
er und streckte seine Hand aus. Phoebe schüttelte sie. »Roderick Winshaw. Gehen wir mit den Dingern nach hinten – da
kann ich sie mir besser ansehen.« Er wandte sich zu der
Empfangsdame. »Das wäre dann alles, Lucy. Sie können
Mittagspause machen.«

In seinem Büro warf Roddy einen noch flüchtigeren Blick

auf die Dias als die Frau am Empfangstisch. Er wußte bereits, was er von dieser zauberhaften jungen Dame wollte.

»Harry hat mir von Ihrer Arbeit erzählt«, log er, nachdem er angestrengt nachgedacht hatte, um sich an den Namen des alten Bekannten zu erinnern, dem er in den letzten zwanzig Jahren mit Bedacht aus dem Weg gegangen war. »Aber ich freue mich über die Gelegenheit, Sie persönlich kennenzulernen. Es ist immer sehr wichtig, sich ein eigenes Bild zu machen.«

Zu diesem Zweck lud er Phoebe zum Mittagessen ein. Sie bemühte sich, so zu tun, als kenne sie die Gerichte auf der Speisekarte, und machte auch keine Bemerkung über die Preise, die sie zunächst für Druckfehler hielt. Schließlich würde er die Rechnung bezahlen.

»So, wie der Markt ist«, sagte Roddy und kaute auf einem Blini mit Räucherlachs, »ist es naiv zu glauben, man könnte das Werk eines Künstlers vorstellen, ohne seine Persönlichkeit einzubeziehen. Man braucht ein Image, das man über die Zeitungen und Zeitschriften vermarkten kann. Es ist ganz egal, wie gut die Bilder sind – wenn die Frau vom *Independent* kommt und Sie nichts Interessantes über sich selbst und Ihr Leben mitzuteilen haben, sieht es schlecht für Sie aus.«

Phoebe hörte schweigend zu. Trotz seines erklärten Interesses für ihre Persönlichkeit schien es das zu sein, was er erwartete.

»Natürlich ist es auch wichtig, daß Sie fotogen sind.« Er grinste schief. »Aber ich kann mir nicht vorstellen, daß es auf diesem Gebiet Probleme geben wird.«

Roddy war eigenartig unruhig. Das Restaurant war anscheinend voller Leute, die er kannte, und obgleich er offenbar versuchte, Phoebe mit seinem Charme und seiner Aufmerksamkeit zu beeindrucken, sah er oft über ihre Schulter, um einen Blickkontakt mit den prominenteren Gästen herzustellen. Immer wenn Phoebe über Malerei sprechen wollte, was, wie sie annahm, zumindest eines ihrer gemeinsamen Interessen hätte sein sollen, brachte er das Gespräch sofort auf etwas völlig anderes.

Nach etwa vierzig Minuten, noch bevor sie Zeit für ein Dessert oder Kaffee gehabt hatten, ließ Roddy die Rechnung kommen. Er hatte um zwei schon den nächsten Termin. »Wirklich zu ärgerlich. Irgendein Journalist, der einen Bericht über vielversprechende junge Künstler schreibt und wahrscheinlich ein paar Namen von mir will. Normalerweise würde ich meine Zeit nicht mit so einem Quatsch verschwenden, aber man muß mit den Leuten kooperieren, sonst gibt es schlechte Kritiken. Fällt Ihnen jemand ein?«

Phoebe schüttelte den Kopf.

»Tut mir wirklich leid, daß ich nicht mehr Zeit habe«, sagte Roddy in einem Ton schüchterner Aufrichtigkeit und senkte den Blick. »Ich habe das Gefühl, daß ich Sie gar nicht richtig kennengelernt habe.«

Angesichts der Tatsache, daß ihnen nach etwa fünf Minuten der Gesprächsstoff ausgegangen war, fand sie diese Bemerkung zwar ziemlich lächerlich, doch sie sagte: »Ja, das finde ich auch.«

»Wo wohnen Sie in London?«

»Ich fahre heute abend noch nach Hause«, sagte Phoebe.

»Ist das wirklich nötig? Ich wollte Ihnen gerade anbieten, in meiner Wohnung zu übernachten. Sie ist groß genug.«

Phoebes Mißtrauen war sofort geweckt. »Das ist sehr freundlich«, sagte sie, »aber ich muß morgen wieder arbeiten.«

»Natürlich. Aber wir müssen uns bald wiedersehen. Ich möchte mir Ihre Bilder genau ansehen. Sie müssen sie mir erklären.«

»Tja, ich komme nicht oft nach London. Schließlich muß ich arbeiten, und die Bahnfahrt kostet...«

»Ja, ich verstehe. Das ist sicher nicht leicht für Sie. Aber ich bin ab und zu in Leeds. Meine Familie hat irgendwo da oben ein Haus.« Er sah auf seine Uhr. »Dieser verdammte Termin! Aber mir kommt da eine Idee: Warum gehen Sie nicht jetzt gleich in meine Wohnung – dann komme ich in einer Stunde nach. Wir könnten sozusagen da weitermachen, wo wir aufgehört haben, und Sie könnten sich heute abend in den Zug setzen.«

Phoebe stand auf. »Für den Anfang nicht schlecht. Ihnen fehlt nur noch ein bißchen Finesse.« Sie hängte sich ihre Tasche über die Schulter und sagte: »Wenn ich gewußt hätte, was für eine Art von Bild Sie sich von mir machen wollten, hätten Sie sich ein teures Essen sparen können. Würden Sie mir jetzt bitte die Dias zurückgeben?«

»Wenn Sie sie wirklich zurückhaben wollen, schicke ich Sie Ihnen zu«, sagte Roddy und sah ihr fasziniert nach, als sie sich umdrehte und wortlos hinausging. Das würde ein größerer Spaß werden, als er gedacht hatte.

Abends saß Phoebe niedergeschlagen mit ihrer Mitbewohnerin Kim bei einer Tasse Kaffee in der Küche. »Er ist ein Schleimscheißer«, sagte sie.

»Sind sie alle«, sagte Kim. »Die Frage ist, ob er ein gutaussehender Schleimscheißer ist.«

»Was spielt das für eine Rolle?« fragte Phoebe. (Sie fand, mußte sie zu ihrem Ärger gestehen, daß er tatsächlich gut aussah, auch wenn er sich dessen mehr bewußt war, als ihm guttat.)

Sie dachte erst am Wochenende wieder an Roddy, als ihr Vater sie aufgeregt anrief und fragte, ob sie die Samstagsausgabe der *Times* gelesen habe. Phoebe ging zum Zeitungshändler und stellte fest, daß sie zu der Handvoll junger Malerinnen und Maler gehörte, die in den nächsten zehn Jahren vielleicht Furore machen würden.

»Die Geschichte kann einen schnell widerlegen, und darum hüte ich mich normalerweise vor Prophezeiungen«, sagt Londons bedeutendster Kunsthändler Roderick Winshaw, »aber von allen jungen Künstlern, die ich in letzter Zeit gesehen habe, hat mich Phoebe Barton, eine junge Frau aus Leeds, am meisten beeindruckt. Ich finde sie höchst vielversprechend.«

Kim sagte, sie solle Roddy anrufen und sich bei ihm bedanken, was Phoebe, die nur mit Mühe ihre Freude zu verbergen mochte, nicht tat. Allerdings waren ihre ersten Worte, als Roddy sie einige Abende später anrief: »Ich hab gelesen, was Sie über mich gesagt haben. Das war sehr nett von Ihnen.«

»Ach, das«, sagte Roddy. »Nicht der Rede wert. Es sind seitdem ein paar Nachfragen gekommen, aber der große Durchbruch ist das noch nicht.«

»Nachfragen?« Phoebes Herz raste.

»Ich rufe an«, sagte Roddy, »weil ich Sie fragen wollte, ob Sie am nächsten Wochenende schon was vorhaben. Ich fahre nämlich rauf zu unserem Familiensitz und wollte Sie fragen, ob Sie nicht Lust haben mitzufahren. Wir könnten uns Ihre Arbeiten ansehen. Soll ich Sie Samstag nachmittag abholen?«

Phoebe dachte nach. Ein ganzes Wochenende allein mit Roderick Winshaw? Das Mittagessen mit ihm war schlimm genug gewesen. Es war eine schreckliche Vorstellung. »Ja«, sagte sie, »das wäre wunderbar.«

2

Roddy warf einen Blick auf den Block aus billigen Miets-
häusern und beschloß, seinen Mercedes Sportwagen unter
keinen Umständen auf dem dazugehörigen Parkplatz abzustellen. Der Gedanke, ihn auf der abschüssigen Straße zu
parken, vor einem Gebäude, das wie eine Schule oder ein
Gemeindezentrum aussah, gefiel ihm allerdings auch nicht
besonders; die beiden jungen Burschen, die ihm zusahen, als
er ausstieg und abschloß, machten den Eindruck, als würden
sie mit Freuden die Windschutzscheibe einschlagen und die
Reifen aufschlitzen, sobald er ihnen den Rücken kehrte. Er
hoffte, daß Phoebe bereits fertig war und er nicht eine Minute länger als unbedingt nötig an diesem gottverlassenen
Ort würde bleiben müssen.

Vor der Tür ihres Hochhauses drückte er auf einen Klin-
gelknopf und sagte seinen Namen in die Gegensprechanlage.
Es kam keine Antwort, nur das Summen des Türöffners.
Roddy warf einen letzten Blick auf die Siedlung: Kinder
spielten lärmend auf dem Spielplatz, der in der prallen
Sonne lag, junge, mit Einkaufstüten beladene Mütter scho-
ben Kinderwagen die Straße hinauf, die von der Stadtmitte
hierher führte. Er trat in die Eingangshalle. Die Luft war
feucht und roch übel, und der Aufzug sah besonders wider-
lich aus, doch wenn er zu Fuß hinauf in den zehnten Stock
ging, würde er schwitzend und außer Atem ankommen, und
er war entschlossen, sich so vorteilhaft wiemöglich zu präsentieren. Also hielt er die Luft an, biß die Zähne zusammen und
stieg ein. Zu seiner Erleichterung stellte er fest, daß die Fahrt
relativ kurz und schmerzlos war. Oben trat er in einen finsteren Korridor, der nur von ein paar trüben 40-Watt-Birnen
erleuchtet war. Von dem strahlenden Sonnenschein, den
Roddy hinter sich gelassen hatte, war hier nichts zu merken.

Gerade als er dabei war, sich zu verlaufen, öffnete sich die Tür zu einer der Wohnungen, und Phoebe trat heraus und winkte ihm. Sogleich hob sich seine Stimmung wieder. In dieser Umgebung sah sie noch hinreißender aus als beim letztenmal, und die Zweifel, die er während der Fahrt von London hierher gehabt hatte, verschwanden in einem Nebel von Verlangen.

»Kommen Sie rein«, sagte Phoebe. »Ich bin fast fertig. Kim hat gerade Tee gemacht.«

Roddy folgte ihr in die Wohnung und war überrascht, wie groß und hell das Wohnzimmer war. Ein junger Mann in T-Shirt und abgewetzten Jeans saß zusammengesunken auf dem Sofa vor dem Fernseher und schaltete zwischen *Grandstand* und einer Schwarzweißkomödie auf BBC 2 hin und her. Er sah nicht auf.

»Das ist Darren«, sagte Phoebe. »Darren, das ist Roderick Winshaw.«

»Freut mich, Sie kennenzulernen«, sagte Roddy.

Darren grunzte.

»Er ist den ganzen Weg von London hierhergefahren«, sagte Phoebe und wollte den Fernseher abschalten. »Er möchte sich vielleicht ein bißchen ausruhen.«

»Hey, ich will das sehen.«

Der Fernseher blieb an, und Phoebe ging in ihr Zimmer, um fertig zu packen. Roddy schlenderte in die Küche, wo eine adrette Blondine dabei war, vier Tassen Tee einzuschenken.

»Sie müssen Roddy sein«, sagte sie und reichte ihm eine Tasse. »Ich bin Kim. Phoebe und ich teilen uns die Wohnung. Zur Strafe, weil wir nicht artig waren.« Sie kicherte. »Nehmen Sie Zucker?«

Roddy schüttelte den Kopf.

»Wir freuen uns so, daß endlich jemand Wichtiges sie entdeckt hat«, sagte Kim und tat drei Löffel Zucker in ihre Tasse. »Das hat sie gebraucht.«

Roddy war ein wenig aus dem Gleichgewicht gebracht. »Tja ... ich werde tun, was ich kann«, sagte er.

Phoebe kam aus ihrem Zimmer. Unter dem Arm hatte sie eine große Mappe. »Paßt die ins Auto?«

Roddy holte tief Luft. »Das wird ein bißchen eng werden.«

»Tja...« Sie machte ein zweifelndes Gesicht. »Sie haben gesagt, Sie wollen sie sehen. Deswegen sind Sie doch gekommen, oder?«

»Aber ich dachte, Sie hätten Dias gemacht,«

»Nicht von allem.« Ihre Miene hellte sich auf. »Aber wenn Sie wollen, können wir sie uns auch hier ansehen. Es dauert nur ein oder zwei Stunden.«

Das war natürlich das letzte, was er wollte. »Nein, ich glaube, wir können die Mappe unterbringen. Wir müssen eben die Sitze ein bißchen weiter nach vorn schieben.«

»Danke.« Phoebe lächelte ihn an. »Ich hole nur meine Tasche.«

Darren schlurfte vom Wohnzimmer herein. »Wo ist mein Tee?«

»Ich dachte, du wolltest noch zu Sainsbury gehen«, sagte Kim und tat Zucker in seine Tasse.

»Die machen doch erst um sechs zu.«

»Ja, aber dann ist schon alles weg.«

»Das Rugbyspiel fängt gleich an.«

»Darren, was machen deine Gewichte in meinem Zimmer?« Phoebe stand reisefertig im Flur.

»In deinem Zimmer ist mehr Platz. Wieso, sind sie dir im Weg?«

»Natürlich sind sie mir im Weg. Bis ich zurück bin, hast du sie da rausgeschafft, klar?«

»Na gut, wenn du deswegen so ein Theater machst...«

»Danke für den Tee«, sagte Roddy, der seine Tasse nicht angerührt hatte. »Dann wollen wir mal.«

»Schöne Jacke«, sagte Darren, als Roddy sich an ihm vorbeischob. »Sieht aus, als wäre sie von Next oder so.«

Das Jackett, ein sportliches Modell aus cremefarbenem Leinen, war maßgeschneidert und hatte über fünfhundert Pfund gekostet.

»Die ist von Charles in der Jermyn Street«, sagte Roddy.

»Na bitte – wußte ich doch, daß die nicht ganz billig war.«

Phoebe warf ihm einen verächtlichen Kuß zu und sagte: »Bis dann, Kim. Ich ruf dich an und sag dir, wann ich zurückkomme.«

»Ja, mach's gut. Viel Spaß, und tu nichts... tu nichts, was du später bereuen könntest.«

Roddy war glücklicherweise bereits außer Hörweite.

»Er ist ein solcher Idiot«, sagte Phoebe, als sie auf der A1 in Richtung Thirsk fuhren. »Und seit neuestem hängt er die ganze Zeit bei uns herum. Er macht mir langsam Depressionen.«

»Ihre Mitbewohnerin ist sehr nett.«

»Aber finden Sie es nicht auch schrecklich, wenn ein guter Freund einen Partner hat, der überhaupt nicht zu ihm paßt?«

Roddy fuhr bis auf drei Meter auf den Wagen vor ihnen auf und betätigte ungeduldig die Lichthupe. Bisher hatte er einen Schnitt von hundertvierzig geschafft.

»Ich weiß, wovon Sie reden«, sagte er. »Ein Freund von mir war zwei Jahre mit einer Frau verlobt, einer Cousine der Duchess of – –, übrigens. Nicht gerade eine Schönheit, aber eine Frau mit phantastischen Beziehungen. Er wollte zur Oper, müssen Sie wissen. Jedenfalls... ganz plötzlich und ohne irgendeine Vorwarnung löst er die Verlobung und fängt was mit einer vollkommen fremden Frau an, einer Volksschullehrerin – das muß man sich mal vorstellen! Niemand, absolut *niemand* hatte je was von ihr gehört. In Null Komma nichts waren sie verheiratet. Machen, nebenbei gesagt, einen ganz glücklichen Eindruck, aber ich finde trotzdem, er hätte in den sauren Apfel beißen und sich an Mariella halten sollen. Dann wäre er jetzt wahrscheinlich der Chef der English National Opera. Wenn Sie verstehen, was ich meine.«

»Ich glaube, wir reden von verschiedenen Dingen«, sagte Phoebe.

Einige Minuten herrschte Schweigen.

»Finde ich nicht«, sagte Roddy.

Es war gegen sechs, als sie durch Helmsley fuhren und in Richtung North York Moors abbogen. Die Sonne stand noch hoch am Himmel, und Phoebe stellte fest, daß das Moor, das sie schon oft gesehen und überwältigend trostlos gefunden hatte, ihr heute freundlich und einladend erschien.

»Sie sind ein Glückspilz«, sagte sie, »daß Sie hier draußen ein Haus haben. Es muß herrlich sein, hier aufzuwachsen.«

»Ach, ich war als Kind nicht sehr oft hier. Gott sei Dank. Wenn Sie mich fragen: Es ist eine der ödesten Gegenden, die es gibt. Ich komme nur her, wenn es absolut sein muß.«

»Und wer lebt jetzt in dem Haus?«

»Eigentlich niemand. Ein paar Hausangestellte – Köchinnen und Gärtner und ein uralter Butler, der schon seit fünfhundert Jahren bei der Familie ist. Und das war's dann schon.« Er zog eine Zigarette hervor und gab sie Phoebe, damit sie sie anzündete. »Ach so – und mein Vater natürlich.«

»Ich wußte gar nicht, daß er noch lebt.«

Roddy grinste. »Tja, wenn man das ›leben‹ nennen kann…«

Phoebe wußte nicht, was sie von dieser Bemerkung halten sollte. »Kennen Sie John Bellamys Porträt seines Vaters?« fragte sie. »Ich liebe dieses Bild – es ist so genau, und dabei so vielschichtig. Es verrät einem viel über diesen Mann, und gleichzeitig ist es mit Liebe und Verehrung gemalt. Es ist richtig durchdrungen davon.«

»Ich kenne seine Arbeiten, ja. Aber ich bin nicht sicher, ob ich sie im Augenblick jemandem als Geldanlage empfehlen würde. Hören Sie«, sagte er und sah Phoebe mit einem halb scherzhaften, halb ermahnenden Blick an, »ich hoffe, Sie wollen nicht das ganze Wochenende über Bilder sprechen. Solche Gespräche führe ich in London andauernd.«

»Worüber sollen wir denn dann sprechen?«

»Irgendwas.«

»›Ich lebe für die Kunst‹«, sagte Phoebe. »›Im Vergleich dazu ist mir das, was andere als „die wirkliche Welt" bezeichnen, immer blaß und schal erschienen.‹«

»Tja, das mag sein. Ich persönlich finde diese Einstellung ein bißchen affektiert.«

»Ja, aber nicht ich habe das gesagt, sondern Sie. Stand im April 1987 im *Observer Magazine*.«

»Aha. Tja, in meiner Branche muß man den Journalisten solche Sachen sagen. Das darf man nicht so ernst nehmen.« Er zog an seiner Zigarette, und ein gereizterer, gefährlicherer Ton kam in seine Stimme. »Wissen Sie, was ich heute abend eigentlich vorhatte? Ich hatte eine Einladung beim Marquis of – –, zum Dinner in seiner Wohnung in Knightsbridge. Auf der Gästeliste standen außerdem einer der bedeutendsten Londoner Theaterproduzenten, ein Mitglied der königlichen Familie und eine bildschöne amerikanische Schauspielerin, die man im Augenblick in allen Kinos sehen kann und die extra für diesen Abend aus Hollywood gekommen ist.«

»Und was soll ich jetzt dazu sagen? Offenbar langweilen diese Leute Sie, sonst würden Sie das Wochenende nicht mit mir hier draußen verbringen, irgendwo im Moor.«

»Nicht unbedingt. Ich betrachte das als Arbeitswochenende. Immerhin verdiene ich mein Geld damit, daß ich talentierte junge Leute fördere. Und Sie halte ich für talentiert.« Dieses Kompliment hatte gut gesessen, fand er, und das gab ihm den Mut fortzufahren: »Was ich damit sagen will, meine Liebe, ist, daß ich mir von diesem Wochenende etwas Aufregenderes erwarte als ein paar Stunden im Salon und eine Diskussion über den Einfluß von Velázquez auf Francis Bacon.« Bevor Phoebe darauf antworten konnte, erblickte er etwas am fernen Horizont. »Ah, da ist es ja, mein geliebtes Elternhaus.«

Phoebes erster Eindruck von Winshaw Towers war nicht sehr ermutigend. Es stand fast auf dem Kamm einer hoch aufragenden Hügelkette und warf einen tiefschwarzen Schatten auf das Land darunter. Der Park war noch nicht zu sehen, doch Phoebe konnte bereits den dichten Wald erkennen, der die Zufahrt zu dem Anwesen verbarg, und am Fuß des Hügels erstreckte sich ein großer, reizloser, düsterer See. Was die wirre Ansammlung von gotischen, neugotischen, postneugotischen und pseudogotischen Türmen betraf, die dem Haus seinen Namen gegeben hatten, so erinnerten sie sehr an eine riesige verkrüppelte Hand, deren Finger sich in den Himmel reckten, als wollten sie die untergehende Sonne packen, die wie ein auf Hochglanz polierter Penny leuchtete und dem drohenden Griff schon bald nicht mehr würde entrinnen können.

»Nicht gerade ein Ferienlager, was?« sagte Roddy.

»Wohnt hier sonst niemand?«

»Fünf Meilen weiter, hinter dem Hügel, gibt es ein kleines Dorf, aber das ist dann auch schon alles.«

»Aber was bringt einen dazu, in einer so einsamen Gegend zu leben?«

»Was weiß ich? Der älteste Teil des Hauses stammt angeblich aus dem Jahr 1625. In den Besitz meiner Familie kam es aber erst fünfzig Jahre später. Alexander Winshaw, einer meiner Vorfahren, hat es aus unerfindlichen Gründen gekauft und dann mit den Anbauten begonnen. Darum ist von der ursprünglichen Substanz auch kaum noch etwas erhalten. Dieser aufgeblasene Ententeich« – er zeigte aus dem Fenster, denn die Straße führte jetzt am Ufer des Sees entlang – »nennt sich Cavendish Tarn. Es ist ein künstlicher See. Mein Urgroßonkel Cavendish Winshaw hat ihn vor ungefähr hundertzwanzig Jahren ausheben und mit Wasser füllen lassen. Wahrscheinlich hat er dabei an glückliche Nachmittage mit Ruderpartien und Forellenfischen gedacht. Aber sehen Sie sich das Ding mal an! Wenn Sie länger als fünf Minuten im Wasser bleiben, holen Sie sich wahrscheinlich eine Lungenentzündung. Ich hatte immer den Verdacht, daß Cavendish – und Alexander übrigens ebenfalls – zum… äh… eher exzentrischen Teil unserer Familie gehört haben.«

»Was meinen Sie damit?«

»Ach, das wußten Sie nicht? Verrücktheit ist bei den Winshaws eine alte und ehrwürdige Tradition, an der wir bis heute festhalten.«

»Wie faszinierend«, sagte Phoebe. »Man sollte ein Buch über Ihre Familie schreiben.« In dieser Bemerkung schwang ein wissender, sarkastischer Unterton mit, der einem aufmerksameren Zuhörer sicher nicht entgangen wäre.

»Jetzt, wo Sie es sagen, fällt mir ein, daß tatsächlich mal einer ein Buch über uns schreiben wollte«, sagte Roddy unbekümmert. »Ich hab ihn vor ein paar Jahren sogar kennen-

gelernt. Wollte ein Interview. Ein unangenehm aufdring-
licher Bursche, muß ich sagen. Ich hab aber nie mehr was
davon gehört. Ist auch besser so.«

Als sie in die Auffahrt einbogen, wurden sie sogleich von
einem dunklen Tunnel aus Bäumen und Sträuchern ver-
schluckt. Früher einmal war dieser Weg vielleicht breit genug für ein einigermaßen geräumiges Fahrzeug gewesen,
doch nun schlugen Kletterpflanzen, Ranken und Zweige
gegen die Windschutzscheibe und das Dach. Als sie schließlich im letzten Abendlicht ins Freie fuhren, stellte Phoebe
fest, daß alles andere ebenso vernachlässigt war. Der Rasen
war hoch und von Unkraut überwuchert, Wege und Blumenbeete waren kaum noch zu erkennen, und die meisten
Nebengebäude schienen einsturzgefährdet: Die Fenster waren zerbrochen, Putz bröckelte von den Wänden, und die
Türen standen offen und hingen an rostigen Angeln. Roddy
nahm davon keine Notiz, sondern fuhr wortlos und zielstrebig weiter und brachte den Wagen auf dem Kies des Vorplat-
zes zum Stehen.

Sie stiegen aus, und Phoebe sah sich um, stumm vor Ehrfurcht. Zugleich beschlich sie ein seltsames, ungewohntes,
dunkles Gefühl. Mit einemmal wurde ihr bewußt, daß es
Roddy gelungen war, sie an einen Ort zu locken, wo sie ganz
allein und schutzlos war, und ein Schauder überlief sie. Und
als er ihr Gepäck auslud, hob sie den Kopf und bemerkte
hinter einem der von Mittelpfosten geteilten Fenster im zweiten Stock eine Bewegung. Für einen kurzen Augenblick sah
sie unter einem wirren Schopf aus grauen Haaren ein blas-
ses, schiefes, abgezehrtes Gesicht. Mit einer bösartigen Besesse-
senheit, die einem das Blut in den Adern gefrieren ließ, sah
es auf die Neuankömmlinge hinab.

Roddy ließ sich auf das Bett sinken und wischte sich mit
einem seidenen Taschentuch über das inzwischen krebsrote
Gesicht. »Puh. Ich muß gestehen, das hatte ich nicht erwartet.«

»Tja, ich hab Ihnen ja gesagt, daß ich meine Sachen selbst
tragen kann«, sagte Phoebe und trat an das Erkerfenster.

Auch auf wiederholtes Läuten und Klopfen war niemand erschienen, um ihnen zu öffnen, und so hatte Roddy schließlich seinen Schlüssel hervorholen müssen. Anschließend hatte er darauf bestanden, ihre beiden Taschen hinaufzutragen, wobei er sich auch noch Phoebes Mappe mühsam unter den Arm geklemmt hatte. Sie war ihm schweigend gefolgt und hatte sich über die Atmosphäre der Düsternis und des Verfalls gewundert, die das ganze Haus durchdrang. Die Gobelins an den Wänden waren fadenscheinig und löchrig; die schweren Samtvorhänge auf den Treppenabsätzen waren bereits zugezogen und ließen keinen Strahl der Abendsonne ein; zwei Rüstungen, die in gegenüberliegenden Alkoven Wache standen, waren so verrostet, daß sie im Begriff zu stehen schienen auseinanderzufallen; und selbst auf den Gesichtern der Tiere, die das Pech gehabt hatten, ihre Tage als Wandschmuck beschließen zu müssen, lag ein Ausdruck tiefster Verzweiflung.

»Pyles muß irgendwo sein, aber um diese Uhrzeit ist er todsicher sturzbetrunken«, erklärte Roddy keuchend. »Mal sehen, ob ihn das herbeizaubert.«

Er griff nach einer Kordel, die über dem Bett hing, und zog sechs- oder siebenmal kräftig daran. Tief unten im Bauch des Hauses ertönte ein leises Läuten. »Das müßte er gehört haben«, sagte Roddy und legte sich schnaufend flach auf den Rücken. Nach etwa fünf Minuten näherte sich jemand auf dem Flur. Die Schritte waren unregelmäßig und unendlich langsam, und der eine Fuß trat viel schwerer auf als der andere. Dazu erklang immer deutlicher ein schreckliches pfeifendes Atmen. Vor der Tür hielten die Schritte abrupt inne, während das Keuchen andauerte, und nach einigen Sekunden wurde laut geklopft.

»Herein!« sagte Roddy. Die Tür wurde quietschend geöffnet, und ein leichenblasser, klapperdürrer Mann trat ein, dessen Augen sich unter dichten, buschigen Augenbrauen hervor argwöhnisch im Zimmer umsahen und schließlich Phoebe fixierten, die am Erkerfenster saß und den Blick verblüfft erwiderte. Der Alkoholgeruch war überwältigend: Sie hatte den Eindruck, daß sie, wenn sie nur tief genug einatmete, selbst betrunken werden würde.

»Master Winshaw«, sagte der Butler mit heiserer, ausdrucksloser Stimme, ohne den Blick von diesem weiblichen Gast zu weden. »Wie schön, Sie wieder einmal bei uns zu haben.«

»Ich nehme an, Sie haben meine Nachricht erhalten.«

»Das habe ich, Sir. Ihr Zimmer ist heute morgen vorbereitet worden. Ich wußte jedoch nicht... ich meine, ich kann mich nicht erinnern, informiert worden zu sein, daß Sie in...« – er hüstelte trocken und fuhr sich mit der Zunge über die Lippen – »...Begleitung kommen würden.«

Roddy setzte sich auf. »Das ist Miss Barton, Pyles, eine junge Künstlerin, die ich hoffentlich schon sehr bald unter meine Fittiche nehmen werde. Sie wird ein oder zwei Tage hierbleiben. Ich dachte, dieses Zimmer wäre das bequemste.«

»Wie Sie wünschen, Sir. Ich werde hinuntergehen und der Köchin sagen, daß sie mit vier Personen zum Dinner rechnen soll.«

»Vier? Wieso? Kommt noch jemand?«

»Ich bekam am frühen Nachmittag einen Anruf von Miss Hilary, Sir. Sie sagte, sie werde gegen Abend hierherfliegen, und zwar ebenfalls in...« – wieder räusperte er sich und leckte sich über die ausgetrockneten Mundwinkel – »...Begleitung.«

»Ich verstehe.« Roddy schien nicht sehr begeistert über diese Nachricht. »Aber wenn das so ist, werden wir doch sicher zu fünft sein. Ich nehme an, daß mein Vater mit uns essen wird.«

»Ich fürchte, nein, Sir. Ihr Vater ist heute nachmittag das Opfer eines kleinen Unfalls geworden und hat sich bereits zurückgezogen. Der Arzt hat ihm geraten, sich heute nicht mehr anzustrengen.«

»Unfall? Was für ein Unfall?«

»Ein höchst bedauerliches Mißgeschick, Sir. Ganz und gar meine Schuld. Es geschah während seines Nachmittagsspaziergangs. In einem Augenblick der Nachlässigkeit entglitt mir der Rollstuhl, fuhr einen Hang hinunter und prallte gegen den Hühnerstall.«

»Mein Gott! Und ist... jemandem was passiert?«

»Ein Huhn wurde enthauptet, Sir.«

Roddy musterte ihn mit zusammengekniffenen Augen, als wollte er herausfinden, ob das ein Witz sein sollte. »Na gut, Pyles«, sagte er schließlich. »Miss Barton möchte sich sicher ein wenig frisch machen. Sagen Sie der Köchin, daß wir zu viert sein werden.«

»Sehr wohl, Sir.« Pyles schlurfte zur Tür.

»Was gibt es eigentlich zum Essen?«

»Huhn«, sagte Pyles, ohne sich umzudrehen.

Phoebe und Roddy waren wieder allein. Ein unangenehmes Schweigen trat ein, bis Roddy verlegen lachte und sagte: »Man sollte ihn wirklich aufs Altenteil setzen. Allerdings weiß ich nicht, wo man jemanden herkriegen sollte, der sich um ein Haus wie dieses hier kümmert.«

»Meinen Sie, ich sollte mal nach Ihrem Vater sehen? Vielleicht kann ich etwas für ihn tun.«

»Nein, nein, der Arzt war ja schon da. Wir wollen uns lieber nicht einmischen.«

»Ihr Butler hinkt ja schrecklich.«

»Ja. Armer Kerl.« Roddy stand auf und ging ziellos im Zimmer auf und ab. »Das ist vor zehn oder fünfzehn Jahren passiert, als mein Onkel Lawrence noch lebte. Damals haben sich hier eine Menge Wilddiebe herumgetrieben, und darum wurden ein paar Fußangeln ausgelegt. Der alte Pyles ist in eine davon getreten – spätabends, soweit ich weiß. Sie haben ihn erst am nächsten Morgen gefunden. Die Schmerzen müssen schrecklich gewesen sein. Damals hat er wohl angefangen zu trinken, und es heißt sogar, daß ihn das ... ein bißchen verwirrt hat. Daß er seitdem komisch ist – im Kopf, meine ich.«

Phoebe sagte nichts.

»Tja, ich habe Sie vor diesem Haus gewarnt.«

»Soll ich mich zum Essen umziehen?« fragte sie.

»Du lieber Himmel, nein! Für mich jedenfalls nicht, und ganz sicher auch nicht für meine liebe Schwester und ihren sogenannten Begleiter. Dabei fällt mir ein: Ich muß hinuntergehen und die Landelichter einschalten. Pyles vergißt das bestimmt. Ich komme in zehn Minuten wieder, und dann kriegen Sie eine kleine Führung, bevor es zu dunkel ist.«

»Was ist mit Ihrem Vater?«

Roddys Lächeln war vollkommen ausdruckslos. »Was soll mit ihm sein?«

Es dämmerte. Roddy und Phoebe standen auf der Terrasse, die auf den Cavendish Tarn ging, und tranken einen 1970er Château-Lafite aus dem Weinkeller des Hauses. Sie hatten einen Gang durch das Anwesen gemacht, bei dem sich Roddy als ermüdend kenntnisreich auf dem Gebiet ionischer Säulen und korinthischer Kapitelle erwiesen und Phoebe ihr Bestes getan hatte, die gemauerten Bogenmuster und bündigen Keilsteine und reich beschnitzten Spandrillen zu bewundern. Doch jetzt sah es so aus, als habe Roddy anderes im Sinn. Während Phoebe die beiden parallelen Stränge der Landelichter auf dem See betrachtete, die sich am anderen Ufer zu berühren schienen, musterte Roddy ihr Profil. Sie machte sich innerlich darauf gefaßt, daß er gleich etwas Unangenehmes sagen würde.

»Sie sind sehr schön«, sagte er schließlich.

»Ich verstehe nicht ganz«, antwortete sie langsam und nicht ohne ein Lächeln, »was das mit irgend etwas zu tun hat.«

»Es ist der Grund, warum Sie hier sind, und das wissen wir beide«, sagte Roddy. Er trat ein wenig näher. »Ich habe einen Cousin namens Thomas. Er ist ein ganzes Stück älter als ich – ich glaube, er geht jetzt auf die Siebzig zu. Ein wichtiger Mann in der City. Als er jünger war – in den späten fünfziger, frühen sechziger Jahren –, hat er einigen Filmgesellschaften Geld geliehen und ein paar Leute aus der Branche kennengelernt. Er ist immer wieder rausgefahren zu den Studios und so.«

»Wollen Sie auf irgend etwas hinaus?«

»Ich bin gerade dabei. Ich war damals erst acht oder neun, müssen Sie wissen, und Thomas . . . na ja, Thomas war ein . . . ein ziemlicher Draufgänger. Ein Lebemann. Er hat mir immer Fotos mitgebracht.«

»Fotos?«

»Die meisten waren nichts Besonderes. Szenen aus Nacktfilmen, in die er investiert hatte und so weiter. Aber es war ein Foto dabei – ein ganz normales Porträt, nur der Kopf und die Schultern – von einer Schauspielerin namens Shirley Eaton, und das hat mich richtig gepackt. Stellen Sie sich vor: Ich hatte es immer unter meinem Kopfkissen. Ich war damals natürlich noch sehr jung. Aber das Komische ist...«

»...daß ich genauso aussehe wie sie?«

»Ja, tatsächlich.« Er runzelte die Stirn. »Warum – hat Ihnen das schon mal jemand gesagt?«

»Nein, aber ich hab es kommen sehen. Und jetzt soll ich Ihnen wohl helfen, Ihre Kindheitsphantasien auszuleben, oder?« Roddy antwortete nicht, und sie sah hinaus auf den See und genoß die Stille, bis sie ein rotes blinkendes Licht am Nachthimmel bemerkte. »Sehen Sie nur, da oben ist etwas.«

»Meine liebe Schwester, nehme ich an.« Er stellte sein Glas auf der Balustrade ab und sagte: »Kommen Sie, wir gehen zur Anlegestelle und begrüßen sie.«

Zum See gelangte man über drei verwilderte Rasenflächen. Sie waren durch steile Treppen miteinander verbunden, die man nur vorsichtig betreten durfte, denn viele der Steinplatten waren lose oder verbargen Risse, die groß genug waren, um einen unvorsichtigen Fuß festzuhalten. Eine morsche Holztreppe führte zum Wasser. Sie kamen gerade rechtzeitig, um das Flugzeug auf der mondbeschienenen Seeoberfläche landen zu sehen. Schäumende Wellen breiteten sich aus, als es auf sie zufuhr und unter Motorengedröhn elegant am Steg anlegte. Sekunden später öffnete sich die Tür, in der die aschblonden Locken der bestbezahlten Kolumnistin Englands erschienen.

»Roddy?« sagte sie und spähte ins Halbdunkel. »Sei ein Schatz und nimm mir das ab, ja?«

Sie reichte ihm einen Koffer und zwängte sich durch die Tür, gefolgt von einem breitschultrigen, sehr braungebrannten und muskulösen Mann mit kantigem Kinn, der mit einer einzigen geschmeidigen Bewegung heraussprang und die Tür hinter sich zuwarf.

»Du kennst Conrad, meinen Piloten?«

»Sehr erfreut«, sagte Roddy und schüttelte dem Mann die Hand. Der andere brach ihm fast die Finger.

»Ich glaube, wir kennen uns noch nicht«, sagte Hilary, die Phoebe in der Dunkelheit entdeckt hatte.

»Phoebe Barton«, sagte Roddy, als sie schüchtern vortrat. »Sie ist dieses Wochenende mein Gast – eine höchst talentierte junge Malerin.«

»Natürlich.« Hilary musterte sie kühl. »Das sind sie ja immer. Sind Sie zum erstenmal in diesem Geisterhaus, meine Liebe?«

Phoebe hatte das Gefühl, daß eine witzige Antwort von ihr erwartet wurde, doch das einzige, was ihr einfiel, war: »Ja.«

»Wenn das so ist: Herzlich willkommen in Baskerville Hall«, sagte Hilary und ging voraus. »Na los, Leute, ich sterbe vor Hunger. Der Flug war absolut gräßlich.«

3

Am Eßtisch hätten zwanzig Personen mühelos Platz gefunden. Die vier saßen zusammengedrängt an einem Ende, und unter den bombastischen Spitzbögen dieses höhlenartigen Saals klangen ihre Stimmen schwach und dünn. Phoebe und Conrad kamen während der ersten zwanzig Minuten allerdings gar nicht zu Wort: Bruder und Schwester vertieften sich sogleich in ein Gespräch, das die beiden völlig ausschloß und (trotz der abfälligen Bemerkungen, die Roddy zuvor über Hilary gemacht hatte) in einem herzlichen Ton geführt wurde. Es bestand ausschließlich aus mit obszönen Wörtern gespicktem Tratsch über gemeinsame Freunde. Phoebe las gelegentlich das Feuilleton und sah sich Kulturmagazine im Fernsehen an, und so kannte sie die meisten Namen und wußte, daß ihre Besitzer zu jenem kleinen, selbsternannten, elitären Kreis von Leuten gehörten, die nun einmal im Zentrum des sogenannten Londoner »Kulturlebens« zu stehen schienen. Allerdings verstand sie den eigenartig ehrfürchtigen Grundton nicht, der selbst bei den belanglosesten oder anstößigsten Anekdoten mitschwang: Phoebe hatte den Eindruck, daß Roddy und Hilary allem, was diese Leute sagten und taten, eine echte Bedeutung beimaßen und überzeugt waren, sie seien Giganten auf der Bühne der nationalen Kultur – auch wenn Phoebe im Kreis ihrer Freunde, Kollegen, Nachbarn und Patienten niemanden gefunden hätte, bei denen diese Namen auch nur ein leises Flackern des Erkennens ausgelöst hätte. Dennoch hörten die anspielungsreichen Witze und Geschichten nicht auf, bis Roddy das Gespräch auf eine persönlichere Ebene brachte, indem er sich nach dem Befinden seines Schwagers erkundigte.

»Peter macht einen kleinen Urlaub auf Barbados. Er kommt erst nächsten Dienstag zurück.«

»Warum bist du nicht mitgefahren?«

»Weil er mich nicht gefragt hat. Er ist mit dieser Zicke von Doku-Redakteurin gefahren.«

Roddy lächelte. »Na ja, aber hast du nicht immer gesagt, daß du eine offene Ehe willst?«

»Interessanter Ausdruck, ›offene Ehe‹. Klingt irgendwie nach Regenrinne und Gulli, und in unserem Fall stimmt das ja auch.« Sie wischte geistesabwesend die Lippenstiftspuren von ihrem Weinglas. »Eigentlich ist er gar nicht so übel. Hat mir zum Geburtstag den Matisse geschenkt.«

Phoebe konnte ihre Verblüffung nicht verbergen. »Sie besitzen einen Matisse?«

Hilary sah abrupt auf und sagte: »Du liebe Zeit – sie kann sprechen!« Dann fuhr sie, zu ihrem Bruder gewandt, fort: »Das Problem ist, daß er sich schrecklich mit dem Grün des Musikzimmers beißt. Wir werden das ganze Mistding neu gestalten lassen müssen.«

»Bei Geschenk fällt mir ein: Weißt du, daß vor zwei Wochen Vaters Geburtstag war?«

»Oh, verdammt. Das hab ich ganz vergessen. Und du?«

»War mir völlig entfallen.«

»Warum ißt er eigentlich nicht mit uns?«

»Er hatte heute nachmittag anscheinend einen kleinen Unfall. Sein Rollstuhl hat sich selbständig gemacht.«

»Pyles.«

»Natürlich.«

»Tja.« Sie kicherte. »Vielleicht sollten wir ihm ein paar Scheine zustecken, damit er es beim nächstenmal richtig macht. Wahrscheinlich muß ich morgen irgendwann raufgehen und mich bei dem alten Tatterich sehen lassen.« Sie schob ihren halb vollen Teller weg und bemerkte, daß Conrad noch immer mit seinem Essen kämpfte. »Schätzchen, du brauchst das nicht aufzuessen. Wir sind nicht beleidigt, wenn du's nicht tust.«

»Es ist köstlich«, sagte Conrad.

»Nein, es ist nicht köstlich«, sagte sie, als spräche sie mit einem zurückgebliebenen Kind. »Es ist ein Fraß.«

»Oh.« Er legte seine Gabel hin. »Ich verstehe nicht viel von Essen«, gestand er der Runde.

»Conrad ist Amerikaner«, sagte Hilary, als würde das alles erklären.

»Besitzen Sie viele berühmte Gemälde?« fragte Phoebe.

»Sie denkt ein bißchen eingleisig, nicht?«, sagte Hilary zu niemandem im besonderen, legte dann einen Finger ans Kinn und tat, als müsse sie sich konzentrieren. »Wollen mal sehen... Da wären der Klee, ein oder zwei Picassos und einige Turner-Zeichnungen... Plus ein paar schaurige Machwerke von Protegés meines Bruders...«

»Wenn Sie sie so schaurig finden«, sagte Phoebe, »warum haben Sie sie dann gekauft?«

»In diesen Dingen bin ich völlig unbeleckt, müssen Sie wissen. Wenn Roddy mir sagt, sie sind gut, glaube ich ihm. Wir sind ihm einfach ausgeliefert.« Sie dachte einen Augenblick nach und beugte sich dann vor. »Sie natürlich nicht. Sie sind schließlich vom Fach. Sie haben sicher ein Urteil über die Leute, die er vertritt.«

»Ich kenne nur die paar Bilder, die ich letzte Woche in der Galerie gesehen habe.«

»Und?«

»Und...« Phoebe warf Roddy einen Blick zu und fuhr fort: »Ich fand sie entsetzlich. Anfängerzeug, das von jeder ernstzunehmenden Akademie abgelehnt worden wäre. Schwiemelige Pastellzeichnungen und dann diese pseudo-naiven Landschaften – nur daß die nicht mal... *klar* genug sind, um wirklich naiv zu sein. Das Zeug sah aus, als hätte sich irgendein verwöhntes reiches Töchterchen damit die Zeit zwischen Gartenfesten vertrieben. Auf den Fotos sah sie allerdings ganz nett aus. Ich wette, ihre Präsentation war ein voller Erfolg.«

»Hermione hat zufällig eine Menge Talent«, sagte Roddy indigniert. »Es stimmt: Ich habe ihren Bruder in Trinity kennengelernt, aber nicht jeder, den ich repräsentiere, kommt aus diesen Kreisen oder wird mir persönlich empfohlen. Ich gehe auch zu den Kunsthochschulen und Akademien und sehe mir neue Sachen an. Vor ein paar Tagen habe ich einen jungen Burschen aus Brixton an Land gezogen. Arbeitermilieu durch und durch. Macht ziemlich brisantes Zeug, sehr avantgardistisch. Er nimmt riesige Leinwände und hält sie schräg, und dann gießt er große Farbeimer darüber, so daß die Farbe...«

Phoebe schnalzte ungeduldig mit der Zunge. »So was war mal ungefähr fünf Minuten lang interessant, damals, in den sechziger Jahren. Leute wie Sie sind wirklich leicht zu beeindrucken.«

»Nimmt kein Blatt vor den Mund, die Kleine, findest du nicht?« sagte Hilary.

»Das ist schließlich etwas, was mir am Herzen liegt. Denn auf diese Weise wird einer zur Berühmtheit aufgebaut. Zweitklassige Künstler werden gefördert, und wenn dann wirklich mal ein guter Maler darunter ist, haben Sie die Preise schon so hoch getrieben, daß die kleineren Galerien sich die Bilder nicht leisten können und sie schließlich in Privatsammlungen landen. Im Endeffekt berauben Sie das Land seiner eigenen Kultur. So einfach ist das.« Etwas verlegen nahm Phoebe einen Schluck Wein.

»Ich frage mich, wie lange sie an dieser kleinen Rede gefeilt hat«, sagte Hilary.

»Na ja, es ist ein Standpunkt«, sagte Roddy, »und sie hat ein Recht darauf.« In der Hoffnung, die Atmosphäre ein wenig zu entspannen, wandte er sich an Conrad. »Was ist Ihre Meinung dazu?«

»Ich verstehe nicht viel von Kunst.«

»Trink noch was, Schätzchen«, sagte Hilary und füllte sein Glas nach. »Du machst das ganz prima.«

»Ich will mich nicht streiten«, sagte Phoebe, der Hilary von Minute zu Minute unsympathischer wurde, »aber ich hatte immer den Eindruck, daß wir in dieser Frage einer Meinung sind. Ich dachte, für Sie wären diese Sammler moderner Kunst nichts weiter als Snobs.«

Hilarys Augen weiteten sich, und es dauerte einige Sekunden, bis sie antwortete. Ihre linke Hand tastete nach der Obstschale zwischen den beiden silbernen Kandelabern und packte ein paar Trauben, die sie mit ihrem langen Daumennagel aufschlitzte und langsam schälte. »Sind wir uns schon mal begegnet?« fragte sie unvermittelt.

»Nein«, sagte Phoebe. »Nein, ich glaube nicht. Warum?«

»Ich würde zu gerne wissen«, sagte Hilary, die mit der

ersten Traube fertig war und sich die nächste vornahm, »wie Sie auf die Idee kommen, Sie wüßten über meine Ansichten Bescheid.«

»Was haltet ihr davon«, sagte Roddy, der die Hände seiner Schwester nicht aus den Augen ließ, »wenn wir hinübergehen in den Rauchsalon und es uns dort bequem machen? Da läßt es sich doch viel angenehmer plaudern.«

»Ich hab das aus einer Ihrer Kolumnen«, sagte Phoebe. »Es ging um einen Geschäftsmann, der gerade für mehrere hunderttausend Pfund einen Rothko für seine Privatsammlung gekauft hatte, und Sie haben geschrieben, das sei eine Geldverschwendung gewesen und das Geld wäre besser für Schulen und Krankenhäuser verwendet worden.«

Es herrschte Stille. Dann sagte Hilary mit leicht belegter Stimme: »Sie sagt wirklich ganz erstaunliche Sachen.« Sie wandte sich an Phoebe und fuhr fort: »Das ist nur ein Haufen Blödsinn, den ich für die Zeitungen schreibe. Ich meißele es nicht in Steintafeln. Außerdem lesen buchstäblich Millionen diese Kolumne, und Sie glauben doch wohl nicht im Ernst, daß ich meine *Überzeugungen*, daß ich irgend etwas, das *mir* gehört, mit all diesen Leuten teilen würde, oder?«

»Ich dachte, das wäre der Sinn einer Kolumne.«

»Es gibt da etwas, das heißt ›die wirkliche Welt‹«, sagte Hilary. »Schon mal davon gehört?« Sie wartete nicht auf eine Antwort. »Wir können nicht alle einfach Künstler sein, in irgendeinem hübschen Atelier sitzen und hin und wieder, wenn uns gerade danach ist, ein Bild hinschmieren. Einige von uns müssen sich bei ihrer Arbeit an Vorgaben halten und so unwichtige Dinge wie Abgabetermine beachten, verstehen Sie? Vielleicht müssen Sie mal die Erfahrung machen, wie es ist, vor einem Bildschirm zu sitzen und fünfhundert Worte zu schreiben, die in einer halben Stunde beim Redakteur sein müssen.«

»Ich lebe nicht vom Malen«, sagte Phoebe. »Ich betreue alte und pflegebedürftige Menschen. Sie können meine Kollegen fragen – wir wissen sehr gut, was Druck ist.«

»Ich werde Ihnen sagen, was ich unter Druck verstehe.« Hilary war inzwischen bei der vierten Traube angelangt. »Druck ist, mit drei Kollegen und einem Faxgerät in einem

Hotel mitten in Kent zu sitzen und zu wissen, daß die Herbstnummer bis Donnerstag stehen muß.«

»Kann sein«, erwiderte Phoebe. »Aber genausogut könnte man sagen, daß Druck ist, zwanzig Pfund in der Tasche zu haben und nicht zu wissen, wie man damit bis zum Wochenende auskommen soll. Oder zwei Tage, nachdem der Mann arbeitslos geworden ist, zu merken, daß man schon wieder schwanger ist. Das sind die Probleme, mit denen ich am häufigsten zu tun habe, und diese Leute haben nicht mal den Trost, daß ihre Entscheidungen in irgendeiner Weise heroisch sind oder jemand anderen betreffen als sie selbst.«

Ein Lächeln breitete sich auf Hilarys Gesicht aus. »Sie ist absolut unbezahlbar«, sagte sie zu ihrem Bruder. »Ich muß dir gratulieren. Wo hast du sie nur aufgetrieben? Du weißt hoffentlich, was das hier ist: Ich glaube, du hast eine echte, vorsintflutliche, wirrköpfige, in der Wolle gefärbte *Sozialistin* erwischt. Die sind *schrecklich* selten, wie du weißt. Und was willst du alter Schlaukopf jetzt mit ihr machen? Ich meine, du hast dieses Wesen eingefangen und den ganzen weiten Weg hierhergebracht, aber was hast du jetzt mit ihr vor? Hoffst du, daß sie sich in Gefangenschaft vermehrt?«

Roddy sprang auf. »Das reicht, Hilary. Laß sie in Ruhe.«

»Es ist ein bißchen spät für den ritterlichen Beschützer, findest du nicht?«

»Du bist ausfallend.«

»Sie wird nicht mit dir ins Bett gehen. Ich finde, das ist ziemlich offensichtlich.«

Roddy wandte sich an die Gäste. »Ich muß mich für meine Schwester entschuldigen. Sie hat offenbar eine anstrengende Woche hinter sich. Das macht natürlich ihr schlechtes Benehmen nicht besser. Sie werden mir recht geben, wenn ich sage, daß ihre Manieren unerhört sind.«

»Ich verstehe nicht viel von Manieren«, sagte Conrad.

Hilary legte ihren Arm um ihn und küßte ihn auf die Wange. »Conrad versteht von nichts viel«, sagte sie, »außer vom Fliegen und vom Vögeln.« Sie stand auf, nahm seine Hand und zog ihn sanft hinter sich her. »Ich glaube, es ist an der Zeit, seinen Leistungsstand auf letzterem Gebiet zu überprüfen. Gute Nacht, ihr Süßen.« An Phoebe gewandt, fügte sie hinzu: »Es war höchst lehrreich, meine Liebe. Ich hätte diesen Abend um nichts in der Welt missen wollen.«

Als sie gegangen waren, saßen Roddy und Phoebe eine Zeitlang schweigend da.

»Das war nett von Ihnen«, sagte Phoebe schließlich. »Danke.«

Er sah sie rasch an; vielleicht vermutete er dahinter eine Ironie. »Wie bitte?«

»Daß Sie mich in Schutz genommen haben. Das hätten Sie nicht zu tun brauchen.«

»Tja... Aber sie hat sich wirklich sehr danebenbenommen.«

»Anscheinend hat sie keine hohe Meinung von Ihren Motiven, mich hierher einzuladen.«

Roddy zuckte reumütig die Schultern und sagte: »Vielleicht hat sie ja recht.«

»Also – wie lautet das Angebot?«

»Das Angebot?«

»Ich gehe mit Ihnen ins Bett – und was kriege ich dafür? Eine Sammelausstellung? Eine Ausstellung für mich allein? Mit Kritiken in den größeren Zeitungen? Werde ich vielen reichen und einflußreichen Leuten vorgestellt?«

»Ich glaube, Sie gehen ein bißchen zu weit.«

»Und machen wir es nur einmal oder regelmäßig?«

Roddy ging zum Kamin, in dem zwei elektrische Heizstäbe ihr Bestes taten, gegen die tödliche Kälte im Raum anzukämpfen. Er schien eine Rede halten zu wollen.

»Selbstverständlich haben Sie recht.« Die Worte schienen ihm schwerzufallen. »Natürlich wollte ich mit Ihnen schlafen – welcher normale Mann würde das nicht wollen –, und ich wußte, daß die einzige Möglichkeit, Sie zu... überzeugen, darin lag, Ihnen meine Hilfe anzubieten. Wozu ich ja eindeutig in der Lage bin. Aber die Sache ist...« Er lachte verlegen und fuhr sich mit den Fingern durch das Haar. »Ich meine, ich gebe nur sehr ungern zu, daß etwas, was meine Schwester sagt, irgendeinen Einfluß auf mich haben könnte, aber... als sie so vom Leder gezogen hat, ist mir plötzlich klar geworden, daß meine Annahmen und meine Vermutungen ganz eindeutig... Also, ich finde mein Verhalten auf einmal furchtbar schäbig, und ich habe das Gefühl, daß ich mich bei Ihnen entschuldigen muß. Es tut mir wirklich sehr leid, daß ich Sie... unter Vorspiegelung falscher Tatsachen hierhergebracht habe.«

»Sie müssen mich für sehr naiv halten«, sagte Phoebe und trat zu ihm, »wenn Sie gedacht haben, ich würde mit Ihnen hierherfahren, ohne irgend etwas dahinter zu vermuten.«

»Warum sind Sie dann mitgekommen?«

»Gute Frage. Ich will Ihnen zwei Sachen verraten.« Sie lehnte sich mit dem Rücken an die Kamineinfassung und wandte nur hin und wieder den Kopf, um ihn anzusehen. »Erstens: Obwohl ich fest davon überzeugt bin, daß Sie so gut wie nichts von Kunst verstehen, daß die Macht, die Sie haben, etwas Verderbliches ist und daß Ihre Geschäftsmethoden wahrscheinlich zum Himmel stinken, finde ich Sie nicht ganz unattraktiv.«

Roddy schnaubte. »Immerhin.«

»Zweitens.« Phoebe hielt inne, schloß die Augen und holte tief Luft. »Ich hab noch nie den Mut aufgebracht, das jemandem zu sagen, aber... ich hatte große Schwierigkeiten, zu einem gewissen... Glauben an mich zu finden. Ich meine den Glauben an meine Bilder. Aber inzwischen bin ich an einem Punkt angelangt, wo ich sagen kann, daß sie wahrscheinlich ziemlich gut sind.« Sie lächelte. »Das klingt sicher sehr überheblich.«

»Ganz und gar nicht.«

»Ich war nicht immer so. Es gab eine Zeit, da hatte ich überhaupt kein Selbstvertrauen. Es ist sehr... schmerzhaft, darüber zu sprechen, aber... Na ja, es ist passiert, als ich noch studiert habe. Ich hatte meine Arbeit als Krankenschwester aufgegeben, um Kunst zu studieren, und lebte in einem Haus – in einer Wohngemeinschaft. Eines Tages bekamen wir für ein paar Tage Besuch. Und als ich einmal vom Einkaufen zurückkam, sah ich, daß er – unser Besuch – in meinem Zimmer war und sich ein Bild ansah, das erst halb fertig war. Eigentlich noch nicht einmal halb fertig. Und es war, als hätte er mich... als hätte er mich nackt gesehen. Und das war noch nicht alles. Er versuchte, mit mir über das Bild zu reden, und mir wurde klar, daß er darin etwas ganz anderes sah als ich und daß ich völlig unfähig war, mich durch das Malen mitzuteilen, und ich … Es war sehr seltsam. Einige Tage später ging er, ohne irgend etwas zu sagen. Er hat sich von keinem von uns verabschiedet. Wir fühlten uns … irgendwie ausgehöhlt, und ich konnte den Anblick meiner Bilder nicht mehr ertragen, konnte nicht einmal den Gedanken ertragen, ein anderer könnte sie ansehen. Schließlich fragte ich die Vermieterin, ob wir im Garten ein Feuer machen dürften, und dann verbrannte ich alles, was ich bis dahin gemalt hatte. Jedes Gemälde, jede Zeichnung. Ich hörte mit dem Studium auf und arbeitete wieder als Krankenschwester. So ging es eine Zeitlang. Ich rührte keinen Pinsel an. Nicht, daß ich nicht ans Malen gedacht hätte. Ich ging immer noch in Galerien und las Kunstzeitschriften und so weiter. Vorher hatte ich gemalt, doch jetzt war in mir eine Art … Leere, und ich suchte nach etwas, das sie füllen würde. Ich suchte *jemanden,* sollte ich besser sagen, denn ich wollte ein Bild, irgendein Bild finden, das mich anspringen würde, bei dem es plötzlich ›Klick‹ machen würde. Kennen Sie das Gefühl? Sie müssen es kennen. Manchmal stößt man auf einen Künstler, dessen Werk einen so direkt anspricht, daß es ist, als würde man dieselbe geheime Sprache sprechen. Irgendwie bestätigt dieses Werk dann alles, was man je gedacht hat, und doch sagt es einem etwas völlig Neues.« Roddy stand stumm und verständnislos da. »Sie kennen das nicht, stimmt's? Ist ja auch egal. Jedenfalls passierte es mir nicht. Aber was passierte, war, daß ich ein paar Jahre später ein Paket von einem meiner Kunstprofessoren bekam. Offenbar hatte er mal gründlich aufgeräumt und war dabei auf einige Skizzen von mir gestoßen, die er mir zurückgeben wollte. Ich packte die Dinger aus und sah sie mir an. Es war eine frühe Version des Bildes dabei, mit dem der ganze Ärger angefangen hatte – das Bild, das unser Besucher so vollkommen falsch verstanden hatte. Und als ich dieses Bild und all die anderen Bilder nun wiedersah, wurde mir klar, wie unrecht ich gehabt hatte, als ich so überreagiert hatte. Denn als ich sie nach dieser langen Zeit sah, *wußte* ich, daß sie gut waren. Ich wußte, daß ich etwas gefunden hatte und daß es niemanden gab, der … ich will nicht sagen: besser als ich war, denn so groß ist mein Ego nicht, aber daß es niemanden gab, der in dieselbe Richtung arbeitete oder versuchte, etwas Ähnliches zu machen wie ich... Und irgendwie gab mir das mein Selbstvertrauen zurück. Ich hatte das Gefühl, daß ich mindestens genauso gut war wie die anderen Künstler, die unter Vertrag genommen und verkauft und ausgestellt werden. Ich habe das Gefühl, daß ich... es *verdient* habe. Und darum sollten Sie wissen, daß ich ziemlich entschlossen bin. Ich glaube, es gibt jetzt nichts, wirklich gar nichts mehr, das mir so wichtig ist, wie ein Publikum für meine Arbeiten zu finden.«

Sie nahm ein paar kleine Schlucke aus ihrem Glas und strich sich eine Strähne aus der Stirn. Roddy blieb eine Weile stumm.

»Wir sollten uns morgen Ihre Bilder ansehen«, sagte er schließlich, »und überlegen, was sich machen läßt.« Phoebe nickte. »Aber jetzt sollten wir lieber zu Bett gehen.« Sie sah ihn fragend an. »Jeder in seins«, erklärte er.

»Gut.«

Sie gingen die große Treppe hinauf und gaben sich an der Abzweigung zum Ostflügel einen züchtigen Gutenachtkuß.

4

In dem riesigen Himmelbett kam Phoebe sich winzig vor. Die Matratze war weich und klumpig, und obwohl sie beschlossen hatte, auf der zum Fenster hin gelegenen Seite des Bettes zu schlafen, zog ihr Gewicht sie immer wieder in die tiefe Mulde in der Mitte. Das Bett quietschte, sobald sie sich bewegte, wie überhaupt das ganze Haus unablässig zu quietschen und zu stöhnen, zu knistern und zu flüstern schien, als könnte es keine Ruhe finden, und um diese unheimliche Hintergrundmusik auszublenden, versuchte Phoebe, sich auf die seltsamen Ereignisse dieses Tages zu konzentrieren. Alles in allem war sie ganz zufrieden damit, wie es mit Roddy gelaufen war. Noch vor ihrer Ankunft in Winshaw Towers hatte sie sich dazu durchgerungen, mit ihm zu schlafen, falls er das zur eisernen Vorbedingung für seine Unterstützung machen sollte, aber sie war froh, daß sie nicht dazu gezwungen gewesen war, es wirklich zu tun. Statt dessen begann sich etwas viel Besseres und Überraschenderes zu entwickeln: ein Gefühl gegenseitigen Verständnisses. Zu ihrem großen Erstaunen merkte sie, daß sie anfing, ihm zu vertrauen. In der warmen Zufriedenheit über diese Erkenntnis gestattete sie sich eine Phantasie – eine Phantasie, zu der alle Künstler, ganz gleich, wie hehr ihre Motive und wie unbeugsam ihre Prinzipien sind, gelegentlich Zuflucht nehmen. Es war die Phantasie, Erfolg zu haben, gelobt und anerkannt zu werden. Phoebe war zu bescheiden, um an weltweite Berühmtheit und wirklichen Reichtum zu denken, aber sie träumte – wie schon so oft – davon, daß ihr Werk von anderen Malern gesehen und gewürdigt wurde, daß es die Herzen von einigen Menschen berührte und ihrer Welt ein wenig Farbe verlieh, daß es vielleicht in ihrer Heimatstadt ausgestellt wurde, so daß sie den Menschen, bei denen sie aufgewachsen war, etwas zurückgeben und sich bei ihren Eltern für die geduldige, vertrauensvolle Unterstützung bedanken konnte, die ihr über die schwärzesten Zeiten des Selbstzweifels hinweggeholfen hatte. Bei dem Gedanken daran, daß etwas von all dem – oder vielleicht sogar alles – jetzt wunderbarerweise Wirklichkeit werden konnte, streckte sie die Beine unter der grauen, muffigen Decke und ließ das Bett quietschen, so daß dem leisen Knarren des Hauses einige genüßliche Obertöne hinzugefügt wurden.

Doch mit einemmal hörte sie ein anderes Geräusch. Es kam von der Tür, die sie vorsichtshalber abgeschlossen hatte, bevor sie zu Bett gegangen war. Sie setzte sich langsam auf und schaltete die Nachttischlampe an, die sich vergeblich mühte, das Zimmer mit ihrem trüben Schein zu erleuchten. Phoebe sah zur Tür. Sie kam sich plötzlich vor wie die Hauptdarstellerin in einem billigen und nicht sehr originellen Horrorfilm. Die Klinke bewegte sich. Auf dem Korridor war jemand, und er versuchte, in ihr Zimmer zu kommen.

Phoebe ging auf Zehenspitzen zur Tür. Sie trug ein dickes, gestreiftes Baumwollnachthemd, das vorn geknöpft war und fast bis zu den Knien reichte.

»Wer ist da?« fragte sie tapfer, mit leicht zitternder Stimme, als die Klinke noch einige Male gedrückt wurde.

»Phoebe? Sind Sie wach?« Es war Roddys Stimme – ein lautes Flüstern.

Sie stieß einen verärgerten Seufzer aus. »Natürlich bin ich wach.« Sie schloß die Tür auf und öffnete sie einen Spaltbreit. »Und wenn ich's vorher nicht war – jetzt bin ich's bestimmt.«

»Kann ich reinkommen?«

»Von mir aus.«

Sie hielt ihm die Tür auf. Roddy, der einen seidenen Kimono trug, trat ein und setzte sich auf das Bett.

»Also, was gibt es?«

»Setzen Sie sich doch zu mir.«

Sie setzte sich neben ihn.

»Ich kann nicht schlafen«, sagte er. Das war alles. Keine weitere Erklärung.

»Und?«

»Ich dachte, ich sehe mal nach, wie es Ihnen geht.«

»Mir geht's gut. Ich hab in der letzten halben Stunde keine lebensgefährliche Krankheit gekriegt.«

»Nein, ich meine ... Ich wollte nur wissen, ob Sie wütend sind.«

»Wütend?«

»Über meine Schwester und ... ach, ich weiß nicht ... über alles eben. Ich dachte, es wäre vielleicht alles ein bißchen zuviel gewesen.«

»Das ist sehr nett von Ihnen, aber mir geht's gut. Wirklich. Ich bin ein ziemlich zäher Brocken.« Sie lächelte. »Sind Sie ganz sicher, daß das der Grund war?«

»Natürlich. Na ja, zum größten Teil.« Er rückte näher. »Wenn Sie es genau wissen wollen: Ich hab im Bett gelegen und an die Geschichte gedacht, die Sie mir erzählt haben. Über die Bilder, die Sie verbrannt haben. Ich hatte den Eindruck – ich weiß nicht, ob das stimmt –, daß das keine Geschichte war, die Sie jedem erzählt hätten. Und mir kam der Gedanke« (er legte ihr den Arm um die Schultern), »Sie könnten vielleicht angefangen haben, mich ein bißchen zu mögen.«

»Vielleicht«, sagte Phoebe und rückte ein wenig von ihm ab.

»Zwischen uns ist etwas passiert, oder nicht?« fragte Roddy. »Ich bilde mir das nicht ein, oder? Da unten hat etwas angefangen.«

»Vielleicht«, wiederholte Phoebe. Ihre Stimme war tonlos. Sie fühlte sich der ganzen Situation seltsam entrückt und merkte beim erstenmal kaum, daß Roddy sie zart auf den Mund küßte. Den zweiten Kuß allerdings spürte sie: Seine Zunge glitt zwischen ihre feuchten Lippen. Sanft schob sie ihn weg und sagte: »Ich weiß nicht, ob das jetzt so gut ist.«

»Nein? Aber ich sag dir, was gut ist: der 13. Novenmber.«

»Der 13. November?« fragte sie und nahm undeutlich wahr, daß er ihr Nachthemd aufknöpfte. »Was ist damit?«

»Die Eröffnung deiner Ausstellung natürlich.« Er öffnete die letzten drei Knöpfe.

Phoebe lachte. »Im Ernst?«

»Natürlich im Ernst.« Er streifte das Nachthemd über ihre

Schultern. Im schwachen Lichtschein der Lampe war Phoebes Haut makellos und golden, fast ockerfarben. »Ich hab in meinem Terminkalender nachgesehen. Es ist der frühestmögliche Zeitpunkt.«

»Aber du hast die Bilder doch noch gar nicht gesehen«, sagte Phoebe, als seine Finger über ihren Hals und ihr Schlüsselbein und weiter hinunter glitten.

»Ich muß ein paar andere Termine verschieben«, sagte Roddy und küßte ihren Mund, der erstaunt offenstand. »Aber was soll's?« Er streifte das Nachthemd weiter hinunter und strich mit der Hand über ihre Brust.

Phoebe wurde in die Kissen gedrückt. Finger streichelten die Innenseite ihrer Oberschenkel. Ihre Gedanken gingen wild durcheinander. Bis zum 13. November waren es nur noch sechs Wochen. Hatte sie genug Bilder für eine größere Ausstellung? Bilder, mit denen sie wirklich zufrieden war? War noch genug Zeit, die beiden großen Gemälde in ihrem Atelier fertigzustellen? Vor Aufregung fühlte sie sich ganz schwach und schwindlig. Ihr Kopf war damit beschäftigt, die verschiedenen Möglichkeiten zu bedenken, und so ließ sie Roddy gewähren, der seinen Kimono abgestreift und starke Arme und eine unbehaarte Brust enthüllt hatte und sich nun auf sie legte, seine Knie zwischen ihre Beine schob und ihre Brustwarzen emsig mit der Zunge bearbeitete – bis ihr Widerstand erwachte und ihr ganzer Körper sich versteifte.

»Warte, Roddy. Wir müssen darüber reden.«

»Ich weiß. Es gibt tausend Sachen, über die wir reden müssen. Die Preise zum Beispiel.«

Unwillkürlich reagierte sie auf die Berührung seiner Hand und spreizte die Beine noch weiter. »Die Preise?« sagte sie mühsam.

»Wir müssen sie so hoch wie möglich schrauben. Ich hab japanische Kunden, die dreißig- bis vierzigtausend für ein großes Bild zahlen. In der Größenordnung von zwei mal drei Metern. Abstraktes, Landschaften, Minimalismus – was du willst. Ganz egal. Fühlt sich das übrigens schön an?«

»Dreißig- bis vierzig... Aber ich hab noch so große... Ja, ja, das fühlt sich sehr schön an.«

»Warte mal eben.«

Er stand auf und nahm etwas aus der Nachttischschublade. Phoebe hörte, wie eine Packung aufgerissen wurde.

»Nach ein paar Wochen in London müssen wir die Ausstellung natürlich auch nach New York bringen«, sagte Roddy. Er saß mit dem Rücken zu ihr auf dem Bettrand. Seine Finger bewegten sich mit einem Geschick, das lange Übung verriet. »Ich habe eine Art Partnerschaftsabkommen mit einer Galerie da drüben, also wird es da kaum Schwierigkeiten geben.« Er tat die Packung wieder in die Schublade und legte sich auf den Rücken. »Na, was meinst du?«

»Ich meine, daß du verrückt bist«, sagte Phoebe und kicherte glücklich. Sie sah die Aufforderung in seinen Augen und kniete sich über ihn. Ihr Haar streifte sein Gesicht. »Und ich glaube, ich sollte das hier lieber nicht tun.«

Aber sie tat es.

Danach war Roddy bald eingeschlafen. Er schlief auf der Seite, das Gesicht zur Wand gedreht, und nahm fast drei Viertel des Bettes ein. Phoebe dagegen döste unruhig vor sich hin. Ihre Gedanken tanzten zur Melodie von Roddys Versprechen und zeigten ihr Visionen der herrlichen Zeiten, die sie bald schon erleben würde. Irgendwann wurde sie von Stimmen aufgeschreckt, die vom Park vor ihrem Fenster kamen. Als sie die Vorhänge beiseitezog, sah sie zwei Gestalten, die Krocketschläger schwangen und sich über den beleuchteten Rasen jagten. Hilarys durchdringendes Gegacker mischte sich mit dem verlegeneren Lachen von Conrad, der erklärte, er »verstehe nicht viel von Krocket«. Die beiden schienen nackt zu sein.

Phoebe ging wieder ins Bett, versuchte erfolglos, Roddy beiseite zu schieben und hatte schließlich keine andere Wahl, als sich an seinen Rücken zu schmiegen. Eine Zeitlang legte sie ihm den Arm um die Schultern, doch ebensogut hätte sie einen Marmorblock umarmen können.

Sie erwachte von lautem Stöhnen, das aus einem entfernten Zimmer kam. Sie war allein. Draußen war es trüb und regnerisch. Es mußte zwischen neun und zehn Uhr morgens sein. Sie zog hastig eine Bluse und eine Hose über das Nachthemd und schlüpfte mit nackten Füßen in ein Paar Schuhe. Dann ging sie hinaus, um festzustellen, woher das Stöhnen kam. Pyles hinkte vorbei. Er trug ein Tablett mit einem in kaltem Fett erstarrten, ungegessenen Frühstück.

»Guten Morgen, Miss Barton«, sagte er kühl.

»Ist irgend etwas passiert?« fragte sie. »Das klingt, als hätte jemand große Schmerzen.«

»Ich fürchte, Mr. Winshaw muß für meine gestrige Unachtsamkeit büßen. Die Prellung ist schlimmer, als wir zunächst angenommen hatten.«

»Hat jemand den Arzt benachrichtigt?«

»Soviel ich weiß, möchte der Arzt sonntags nicht gestört werden.«

»Vielleicht sollte ich mal nach ihm sehen.«

Dieser Vorschlag stieß auf verblüfftes Schweigen.

»Ich bin ausgebildete Krankenschwester.«

»Ich glaube, das wäre nicht schicklich«, murmelte der Butler.

»Ihr Problem.«

Sie ging den Korridor hinunter, blieb vor der Tür des Zimmers, aus dem das Stöhnen kam, stehen, klopfte an und trat ein. Mortimer Winshaw – dessen bleiches, verzerrtes Gesicht sie bei ihrer Ankunft am Fenster gesehen hatte – saß mit vor Schmerz zusammengebissenen Zähnen, die Hände in die Decke gekrallt, im Bett. Als Phoebe eintrat, riß er die Augen auf, keuchte und zog die Bettdecke bis zum Kinn, als erfordere es der Anstand, seinen mit Eigelb bekleckerten Pyjama vor ihren Blicken zu verbergen.

»Wer sind Sie?« fragte er.

»Mein Name ist Phoebe«, sagte sie. »Ich bin eine Freundin Ihres Sohnes.« Mortimer schnaubte indigniert. »Und außerdem bin ich Krankenschwester. Ich war in meinem Zimmer und habe Sie gehört, und ich dachte, ich könnte vielleicht etwas für Sie tun. Sie scheinen große Schmerzen zu haben.«

»Woher weiß ich, daß Sie wirklich eine Krankenschwester sind?« fragte er nach einer kurzen Pause.

»Das werden Sie mir wohl einfach glauben müssen.« Sie sah ihm in die Augen. »Wo tut es weh?«

»Überall hier unten.« Er schlug die Decke auf und schob

die Schlafanzughose hinunter. Sein rechter Oberschenkel war blau verfärbt und dick geschwollen. »Dieser ungeschickte Idiot von einem Butler. Wahrscheinlich wollte er mich umbringen.«

Phoebe untersuchte die Prellung und zog ihm die Hose ganz aus. »Sagen Sie, wenn es weh tut.« Sie hob das Bein an und prüfte die Beweglichkeit des Hüftgelenks.

»Und wie das weh tut!« sagte Mortimer.

»Jedenfalls ist nichts gebrochen. Sie könnten wahrscheinlich ein Schmerzmittel gebrauchen.«

»Die Tabletten sind in der Kiste da. Hunderte Tabletten.«

Sie gab ihm zwei Coproxamol und ein Glas Wasser. »Ich mache Ihnen noch einen Eisbeutel – dann klingt die Schwellung schneller ab. Darf ich das mal abnehmen?«

An seinem Unterschenkel hatte er einen gelblich verfärbten Verband, der schon vor einiger Zeit hätte gewechselt werden sollen. Darunter kam ein häßliches Beingeschwür zum Vorschein.

»Wozu bringt mein hinterhältiger Schuft von einem Sohn Krankenschwestern hierher?« wollte Mortimer wissen, als sie den Verband abnahm.

»Ich male auch«, sagte sie.

»Aha. Gut?«

»Das kann ich letztlich nicht beurteilen.«

Sie nahm Verbandwatte aus der Kiste, holte aus dem benachbarten Badezimmer eine Schüssel Wasser und begann, das Geschwür zu säubern.

»Sie haben eine leichte Hand«, sagte Mortimer. »Krankenschwester und Malerin. Na ja. Ziemlich anspruchsvolle Tätigkeiten, würde ich sagen. Haben Sie ein eigenes Atelier?«

»Nein, kein eigenes. Ich teile mir eins mit einer Freundin.«

»Das klingt nicht sehr luxuriös.«

»Ich komme zurecht.« Sie nahm eine frische Rolle Verbandstoff und wickelte ihn um den mageren, faltigen Unterschenkel. »Wann ist dieser Verband zuletzt gewechselt worden?«

»Der Arzt kommt ungefähr zweimal pro Woche.«

»Eigentlich müßte man ihn täglich wechseln. Wie lange sitzen Sie schon im Rollstuhl?«

»Seit ungefähr einem Jahr. Erst war es Osteoarthritis, und dann kam dieses Geschwür hinzu.« Er sah ihr einige Minuten lang zu und sagte: »Sie sind hübsch.« Phoebe lächelte. »Es ist schön, zur Abwechslung mal eine junge Frau zu sehen.«

»Abgesehen von Ihrer Tochter, meinen Sie.«

»Was, Hilary? Sagen Sie nicht, daß sie auch hier ist.«

»Wußten Sie das nicht?«

Mortimer kniff den Mund zusammen. »Seien Sie vor meiner Familie gewarnt«, sagte er schließlich. »Sofern Sie es noch nicht gemerkt haben: Meine Familienangehörigen sind die gemeinste, gierigste, grausamste Bande von berechnenden, niederträchtigen Schweinen, die je das Angesicht der Erde beschmutzt haben. Und das gilt ausdrücklich auch für meine eigenen Kinder.«

Phoebe, die das lose Ende des Verbands gerade festbinden wollte, hielt inne und sah ihn verblüfft an.

»In der ganzen Familie hat es nur zwei gute Menschen gegeben: meinen Bruder Godfrey, der im Krieg gefallen ist, und meine Schwester Tabitha, die sie vor fünfzig Jahren in eine Klapsmühle gesteckt haben.«

Aus irgendeinem Grund wollte Phoebe nichts davon hören. »Ich hole mal den Eisbeutel«, sagte sie und stand auf.

»Einen Moment noch«, sagte Mortimer, als sie schon fast an der Tür war. »Wieviel verdienen Sie eigentlich?«

»Wie bitte?«

»Im Krankenhaus oder wo immer Sie arbeiten.«

»Ach so. Nicht viel. Eigentlich sogar ziemlich wenig.«

»Dann arbeiten Sie doch für mich«, schlug er vor. »Ich zahle Ihnen ein anständiges Gehalt.« Er dachte einen Augenblick nach und nannte dann eine fünfstellige Summe. »Hier kümmert sich keiner um mich. Ich habe niemanden, mit dem ich mich unterhalten kann. Und Sie könnten hier malen. Die Hälfte der Zimmer wird ohnehin nicht benutzt. Sie könnten Ihr eigenes Atelier haben, ein richtig großes sogar.«

Phoebe lachte. »Das ist sehr nett von Ihnen«, sagte sie. »Und das Komische ist: Wenn Sie mir dieses Angebot gestern gemacht hätten, dann hätte ich es wahrscheinlich angenommen. Aber jetzt sieht es so aus, als wäre meine Zeit als Krankenschwester vorbei.«

Mortimer lachte leise und sagte bitter: »Darauf würde ich nicht wetten.« Aber das hörte sie schon nicht mehr.

Nachdem sie Mortimer versorgt hatte, wusch Phoebe sich und zog sich an. Als sie in den Speiseraum trat, war Pyles gerade dabei, den Tisch abzuräumen.

»Ich hatte eigentlich auf ein Frühstück gehofft«, sagte sie.

»Das Frühstück ist bereits serviert worden«, erklärte er, ohne aufzusehen. »Sie kommen zu spät.«

»Wenn es irgendwo einen Toaster gibt, mache ich mir selbst etwas.«

Er starrte sie an wie eine Verrückte. »Ich fürchte, das ist unmöglich«, sagte er. »Es sind noch kalte Nieren übrig. Und etwas Bries.«

»Lassen Sie nur. Wissen Sie zufällig, wo Roddy ist?«

»Der junge Master Winshaw ist, soviel ich weiß, in der Bibliothek. Wie übrigens auch Miss Hilary.«

Er gab ihr eine detaillierte Wegbeschreibung. Phoebe folgte ihr getreulich und landete in einer Art Waschküche im Keller. Unverdrossen ging sie wieder hinauf und irrte etwa zehn Minuten lang durch die Korridore, bis sie vor einer halb geöffneten Tür stand, hinter der sie Bruder und Schwester lachen hörte. Sie trat ein und befand sich in einem großen Raum, in dem es kalt und stickig zugleich war. Roddy und Hilary hatten die Mappe mit Phoebes Bildern auf dem Tisch aufgeschlagen und blätterten sie flüchtig durch. Hilary sah auf und verstummte mitten im Lachen, als sie Phoebe in der Tür stehen sah.

»Aha«, sagte sie, »Florence Nightingale persönlich. Pyles hat uns von Ihrer kleinen humanitären Mission berichtet.«

Phoebe ignorierte sie und ging auf Roddy zu. »Soll ich sie dir erklären?« fragte sie.

»Vielleicht sollte ich euch Turteltäubchen jetzt lieber allein lassen, damit ihr eure rosige Zukunft in Ruhe planen könnt«, sagte Hilary. »Wie wär's mit Cocktails auf der Terrasse, in einer halben Stunde?«

»In einer Viertelstunde«, sagte Roddy. »Das hier wird nicht lange dauern.«

Hilary schloß die Tür hinter sich, und Roddy fuhr fort, gelangweilt in der Mappe zu blättern. Phoebe sah ihm zu und begann vor Aufregung zu zittern. Sie wußte nicht, was sie beunruhigender fand: sein Schweigen zu ihren Bildern oder die Tatsache, daß er mit keinem Wort, mit keiner Geste auf das einging, was gestern nacht zwischen ihnen geschehen war. Sie stand neben ihm und legte ihm kurz die Hand auf den Arm, doch er reagierte nicht. Danach stellte sie sich ans Fenster.

Etwa drei Minuten später klappte er die Mappe zu. Ein Bild lag auf dem Tisch. Es war ein einfaches Aquarell, das schneebedeckte Dächer darstellte. Eine Firma hatte ihr einmal einen Auftrag für Weihnachtskarten gegeben, den sie erst nach langem Zögern angenommen hatte. Roddy nahm das Bild und hielt es in verschiedenen Höhen an die Wand. Dann legte er es wieder auf den Tisch.

»Fünfzig für das hier«, sagte er.

Phoebe verstand nicht. »Was?«

»Eigentlich ist das mehr, als es wert ist, aber heute morgen bin ich in großzügiger Stimmung. Ja oder nein?«

»Du willst dieses Bild kaufen? Für fünfzig Pfund?«

»Ja. Es würde den feuchten Fleck da drüben ganz gut verdecken, finden Sie nicht?«

»Und was ist mit den anderen?«

»Den anderen? Also, um ehrlich zu sein, hatte ich gehofft, die Bilder würden ein bißchen aufregender sein. Ich habe in der Mappe nichts gefunden, was eine Investition rechtfertigen würde.«

Darüber dachte Phoebe einen Augenblick nach. »Du Schwein«, sagte sie.

»Sie dürfen das nicht persönlich nehmen«, sagte Roddy. »Jeder hat einen anderen Geschmack. Letzten Endes ist alles subjektiv.«

»Und das nach dem, was du gestern nacht gesagt hast.«

»Aber gestern nacht hatte ich Ihre Bilder ja noch gar nicht gesehen. Darauf haben Sie mich ja selbst hingewiesen.«

Sie runzelte die Stirn und sagte mit tonloser Stimme: »Soll das eine Art Witz sein?«

»Die Narcissus Gallery hat einen internationalen Ruf,

meine Liebe. Wenn Sie meinen, daß diese... dilletantischen Klecksereien je dort ausgestellt werden könnten, sind wohl Sie diejenige, die sich einen kleinen Scherz erlaubt.«

»Ich verstehe.« Sie sah aus dem Fenster, auf dem eine dicke Schmutzschicht lag. »War das nicht ein bißchen viel Aufwand – bloß für eine schnelle Nummer? Ich meine, ich weiß zwar nicht, was für Maßstäbe Sie auf diesem Gebiet anlegen, aber ich fand es nicht besonders aufregend.«

»Oh, vergessen Sie nicht, daß ich ein Wochenende lang das Vergnügen Ihrer Gesellschaft hatte. Das sollten Sie nicht zu gering einschätzen. Sie bleiben doch zum Lunch?«

Phoebe holte scharf Luft und ging auf ihn zu. »Sie widerwärtiger kleiner Schleimscheißer. Rufen Sie mir ein Taxi, und zwar sofort.«

»Wie Sie wünschen. Ich werde dem Fahrer sagen, daß er an der Straße warten soll.«

Das waren die letzten Worte, die er zu ihr sagte. Er schloß die Tür hinter sich und ließ sie allein. Sie war wie vor den Kopf geschlagen und fühlte sich in dem riesigen Raum wie ein Zwerg. Doch in den nächsten Stunden gelang es ihr, ihre Wut zu beherrschen. Ihre Augen blieben trocken, und sie sagte kein Wort. Sie sprach nicht mit dem Taxifahrer, der sie bis nach York fuhr und dessen ununterbrochener Redeschwall für sie nichts weiter war als bedeutungsloses Geräusch, ein Hintergrundrauschen. Sie sprach nicht mit den anderen Passagieren im Zug und in dem Bus, mit dem sie vom Bahnhof nach Hause fuhr. Erst als sie ihr Zimmer betrat und feststellte, daß nicht nur Darrens Bodybuilding-Utensilien noch immer dort herumlagen, sondern daß eine seiner Hanteln auch noch das Glas von ihrem Lieblingsdruck von Kandinski zerbrochen hatte, warf sie sich auf ihr Bett und brach in Tränen aus; sie flossen kurz, befreiend und voller Haß.

Einige Tage später rief sie Mortimer an, um ihm zu sagen, sie habe sich nun doch entschlossen, sein Angebot anzunehmen. Er war so erfreut, daß er das versprochene Gehalt um zweitausend Pfund erhöhte.

Jetzt, mehr als ein Jahr später, stand sie in einer Ecke der Galerie. Ihr Weinglas war klebrig, der Wein war warm und schmeckte nicht mehr, und sie sah keinen Grund, ihre Entscheidung zu bereuen. Sie war froh, der zunehmend gespannten Atmosphäre in der Wohnung, die sie sich mit Kim geteilt hatte, entflohen zu sein, und Mortimer war zwar ein anspruchsvoller Patient, der übertrieben klagte, und ein schwieriger Gesprächspartner, der sich, mit Ausnahme seines obsessiven, fast mörderischen Hasses auf seine Familie, auf kein Thema konzentrieren konnte, aber dafür brauchte sie sich auch nur wenige Stunden täglich um ihn zu kümmern. Der Rest der Zeit stand ihr zur freien Verfügung, und sie hatte ein großes, helles Zimmer im zweiten Stock, das sie als Atelier benutzen konnte. Es war ein einsames Leben, aber sie konnte Freunde einladen und übernachten lassen und hatte hin und wieder ein Wochenende frei. Ihr fehlten zwar die Selbstachtung und die Gewißheit, etwas wirklich Sinnvolles zu tun, die sie bei ihrer Tätigkeit im Gesundheitsdienst empfunden hatte, aber sie tröstete sich mit dem Gedanken, daß sie nicht immer als private Krankenschwester arbeiten würde. Sie hatte nicht vor, Mortimer, der sie immer mehr brauchte, sich selbst zu überlassen, doch inzwischen war ziemlich klar, daß seine nächste ernste Krankheit auch seine letzte sein würde.

Soviel sie wußte, hatte Roddy keine Ahnung, daß sie diese Stelle angenommen hatte. Seit ihrem gemeinsamen Wochenende war er nicht mehr in Winshaw Towers gewesen. Bei Mortimers nächstem Geburtstag hatte sich Roddy seiner Sohnespflicht dadurch entledigt, daß er eine Karte und eine Einladung zur nächsten Ausstellung der Galerie geschickt hatte, obgleich er sehr wohl wußte, daß sein an den Rollstuhl gefesselter Vater nicht würde kommen können. Mortimer hatte Phoebe die Einladung mit einem grimmigen Lächeln gegeben und ihr freigegeben. Und da war sie nun.

Sie war es leid, von den anderen Gästen ignoriert zu werden, und wollte gerade zu Michael gehen und sich ihm ein zweites Mal vorstellen, als sie sah, daß er und sein Begleiter ihre Mäntel anzogen und sich anschickten, die Galerie zu verlassen. Sie stellte ihr halb volles Glas auf einem Tisch ab, schob sich durch die Menge und folgte ihnen hinaus. Sie waren in ein Gespräch vertieft und bereits ein Stück entfernt; es hatte keinen Sinn, ihnen nachzulaufen. Phoebe sah sie um eine Ecke biegen, fröstelte und knöpfte ihre Jacke zu. Die Novemberkälte kroch ihr in die Glieder. Sie warf einen Blick auf ihre Uhr und stellte fest, daß sie bis zur Abfahrt des letzten Zuges nach York noch genug Zeit hatte.

November 1990

»Lassen Sie uns diese lausige Veranstaltung verlassen«, sagte Findlay und nahm mich am Arm. Er wies mit ausholender Gebärde auf die Bilder. »Lassen wir unsere Augen nicht mehr von diesem Talmi, diesem Kitsch, diesem billigen Plunder einer dekadenten Kunstschickeria beleidigen. Der Gestank nach Selbstzufriedenheit und entartetem Reichtum überwältigt mich. Ich kann die Gesellschaft dieser Menschen nicht einen Augenblick länger ertragen. Ich bitte Sie: Lassen Sie uns an die frische Luft gehen.«

Mit diesen Worten schob er mich zur Tür und hinaus in die winterlich kalte Nacht in Piccadilly. Draußen lehnte er sich halb zusammengesackt an eine Mauer und preßte den Rükken der einen Hand an die Stirn, während er mit der anderen seinem blassen, zerfurchten Gesicht Luft zufächelte.

»Diese Familie!« stöhnte er. »Ich brauche nur ein paar Minuten in ihrer Gegenwart zu verbringen, und schon wird mir übel. Zum Erbrechen.«

»Aber es waren doch nur zwei von ihnen da«, wandte ich ein.

»Das war auch besser so – sonst hätte man mich vielleicht erkannt. Einige der Winshaws haben ein ganz hervorragendes Gedächtnis. Das brauchen sie auch, weil sie so viele Leichen im Keller haben.«

Zu der Vernissage waren nur Roddy und Hilary erschienen, und obwohl wir uns schon einige Male begegnet waren, hatte sich keiner von ihnen dazu herabgelassen, meine Anwesenheit zur Kenntnis zu nehmen. Zu einem anderen Zeitpunkt hätte ich mich bemerkbar gemacht, doch heute abend war ich zu sehr damit beschäftigt, mir ein Urteil über meinen neuen Bekannten zu bilden. Er war ein kleiner Mann mit hängenden Schultern, dessen Körper im Griff seiner über neunzig Jahre steif geworden war, doch die Resolutheit, mit der er den Stock mit dem goldenen Knauf schwang, und sein bemerkenswerter Schopf weißer, sorgfältig frisierter Haare ließen ihn um einiges jünger erscheinen. Es war auch unmöglich, nicht schon nach den ersten Sekunden den überwältigenden Geruch nach Jasmin zu bemerken, mit dem er sich (wie er mir später erklärte) zu parfümieren pflegte, bevor er einen Fuß vor die Tür setzte, und damit konnte ich wenigstens eines der Rätsel, die mich seit Wochen beschäftigten, als gelöst betrachten.

»Also, Mr. Owen ...«, begann er.

»Michael, bitte.«

»Michael. Kommen wir wieder zum Geschäftlichen. Es geht mir schon besser. Ich spüre Kraft in diese müden Knochen strömen. Ich kann fast schon wieder laufen. Wohin sollen wir gehen?«

»Es ist mir wirklich ganz egal.«

»Es gibt in dieser Gegend natürlich einige Pubs, wo sich Herren mit einer ähnlichen Gesinnung wie ich einfinden, aber dafür ist jetzt vielleicht nicht der rechte Augenblick. Wir wollen uns nicht ablenken lassen, und Diskretion ist von größter Wichtigkeit. Mein Wagen steht einige Straßen weiter, vorausgesetzt, die Polizei hat ihn nicht gewaltsam entfernt. Ich bin kein großer Bewunderer der Polizei – seit vielen Jahren geraten wir immer wieder aneinander. Das gehört zu den Dingen, die Sie schnell über mich herausfinden werden. Ich wohne in Islington. Mit dem Auto sind wir in ungefähr zwanzig Minuten dort. Paßt Ihnen das?«

»Klingt gut.«

»Ich hoffe, Sie haben das erforderliche Dokument dabei«, sagte er, als wir die Cork Street hinuntergingen.

Er meinte das vergilbte Stück Papier mit der fast fünfzig Jahre alten Notiz Lawrence Winshaws. Tabitha Winshaw hatte in ihrer Einfalt geglaubt, dieser Zettel sei ein Beweis für Lawrences Schuld, doch ich muß sagen, daß Findlays Beharren mir zu diesem Zeitpunkt reichlich unverfroren vorkam. Immerhin hatte er vor kurzem bei meinem Verlag eingebrochen und mein Manuskript gestohlen, und außerdem hatte er mich zweimal verfolgt und Fiona beinahe zu Tode erschreckt. In seinem Brief hatte er sich zwar gebührend entschuldigt, aber dennoch war er meiner Meinung nach nicht in der Position, Bedingungen zu stellen.

»Ich habe es dabei«, sagte ich, »aber ich weiß noch nicht, ob ich es Ihnen auch zeigen werde.«

»Nun kommen Sie schon, Michael«, sagte Findlay und klopfte tadelnd mit dem Stock gegen mein Bein. »Wir sind doch Partner. Wir haben ein gemeinsames Ziel: die Wahrheit. Und wir werden es schneller erreichen, wenn wir zusammenarbeiten. Ich gebe zu, meine Methoden sind ein wenig unkonventionell. Aber das waren sie schon immer. Lebenslange Gewohnheiten kann man nicht mehr ändern, und an diesem Fall arbeite ich nun schon fast mein Leben lang.«

»Aber es hat doch sicher auch noch andere Fälle gegeben.«

»Ach, ein bißchen Schulden eintreiben hier, ein paar Scheidungsfälle da... Nichts, was die Bezeichnung ›Ermittlungen‹ verdient. Meine berufliche Laufbahn, müssen Sie wissen, hat – wie soll ich sagen – gewisse Einbrüche erfahren. Ich habe meine Tätigkeit auf Wunsch des Volkes einigemal unterbrechen müssen.«

»Auf Wunsch des Volkes?«

»Auf Wunsch des Volkes und Ihrer Majestät, um genau zu sein. Ich war im Knast. Im Kittchen. Ich habe ein gut Teil meines Lebens im Gefängnis verbracht, Michael, und ob Sie es glauben oder nicht: Noch dieses Jahr habe ich zwei Monate auf Bewährung bekommen. Ich muß, wie man so sagt, gewisse Auflagen erfüllen.« Er lachte kurz und bitter. »Welch eine Ironie, wenn man bedenkt, daß all die Schnüffelei und Verfolgung, die ich zeit meines Lebens habe erdulden müssen, der Preis ist, den ich für ein paar glückliche Augenblicke in der Dunkelheit einer öffentlichen Bedürfnisanstalt oder des Warteraums eines Vorortbahnhofs bezahlen muß. Ist es zu glauben, daß unsere Gesellschaft so grausam ist? Daß sie einen Mann bestraft, der dem natürlichsten Trieb der Welt folgt, seiner einsamen, verzweifelten Sehnsucht nachgibt und gelegentlich Wärme und Geborgenheit in den Armen eines Fremden sucht? Es ist nicht unsere Schuld, daß solche Begegnungen nicht immer hinter verschlossenen Türen stattfinden können und das Arrangement manchmal recht spontan sein muß. Wir haben schließlich nicht darum gebeten, in diese Ecke gedrängt zu werden.« Seine Stimme, die langsam immer zorniger geworden war, beruhigte sich wieder. »Aber das alles nur nebenbei. Nein, dies ist nicht mein einziger Fall in den letzten dreißig Jahren gewesen, aber es ist der einzige, den ich nicht erfolgreich abgeschlossen habe. Ich habe zwar einen gewissen Verdacht und eine persönliche Theorie, aber was uns fehlt, sind Beweise.«

»Ich verstehe. Und wie lautet Ihre persönliche Theorie?«

»Tja, das zu erklären wird eine Weile dauern. Warten Sie wenigstens noch, bis wir im Wagen sitzen. Treiben Sie Sport, Michael? Gehen Sie in eins von diesen Fitneßstudios oder so?«

»Nein. Warum fragen Sie?«

»Sie haben einen ungewöhnlich festen Hintern. Für einen Schriftsteller, meine ich. Das war das erste, was mir an Ihnen aufgefallen ist.«

»Danke«, sagte ich in Ermangelung einer besseren Antwort.

»Wenn Sie feststellen sollten, daß sich meine Hand irgendwann im Lauf des Abends in diese Richtung verirrt, dann zögern Sie nicht, mich darauf aufmerksam zu machen. Ich fürchte, in letzter Zeit bin ich ein unverbesserlicher Fummler. Je älter ich werde, desto weniger scheine ich meine verflixte Libido beherrschen zu können. Sie müssen einem alten Mann seine Schwäche verzeihen.«

»Natürlich.«

»Ich wußte, daß Sie das verstehen würden. Da sind wir schon – der blaue 2CV.«

Es dauerte eine Weile, bis wir im Wagen saßen. Findlays alte Gelenke knirschten hörbar, als er sich auf dem Fahrersitz niederließ, und dann fielen ihm, als er einen passenden Platz für seinen Stock suchte, die Schlüssel aus der Hand. Ich mußte sie aufheben, wobei ich mich verbog und mir fast einen Muskel zerrte, als ich mich bückte und sie unter dem Gaspedal hervorfischte. Als der Motor, beim vierten Versuch, endlich angesprungen war, versuchte Findlay im Leerlauf und mit angezogener Handbremse loszufahren, und ich lehnte mich zurück und machte mich auf eine ereignisreiche Fahrt gefaßt.

»Die Nachricht, daß Sie dieses Buch schreiben, hat mich sehr überrascht«, sagte er, als wir in Richtung Oxford Street fuhren. »Zu meiner Freude kann ich sagen, daß ich fast zehn Jahre lang kaum einen Gedanken an diese widerwärtige Familie verschwendet hatte. Darf ich fragen, was einen so charmanten und – wenn die Bemerkung erlaubt ist – gutaussehenden jungen Mann wie Sie dazu gebracht hat, sich mit diesem Haufen von Schuften einzulassen?«

Ich erzählte ihm, wie es dazu gekommen war, daß man mir Tabithas eigenartigen Auftrag angeboten hatte.

»Sonderbar«, sagte er. »Höchst sonderbar. Dahinter muß irgendein neuer Plan stecken. Ich frage mich, was sie vorhat. Stehen Sie in Kontakt mit ihrem amtlichen Vormund?«

»Vormund?«

»Denken Sie nach. Eine Frau, die man in eine Nervenheilanstalt gesperrt hat, ist kaum in der Lage, einen Treuhandfond anzulegen. Sie muß jemanden haben, der ihre Interessen wahrnimmt – wie vor dreißig Jahren, als sie beschloß, die Dienste eines Privatdetektivs in Anspruch zu nehmen. Ich nehme an, daß ihr Vertreter noch immer derselbe ist – das heißt, wenn er noch lebt. Er hieß Proudfoot. Ein Rechtsanwalt aus Yorkshire, skrupellos genug, um sich von dem Gedanken an all das Geld auf hoch verzinsten Konten beeinflussen zu lassen.«

»Ist er an Sie herangetreten? Sind Sie so mit den Winshaws in Kontakt gekommen?«

»Tja, wo soll ich anfangen?« Wir mußten an einer roten Ampel warten, und Findlay versank tief in Gedanken. Glücklicherweise schreckte ihn das wütende Hupen des Wagens hinter uns auf. »Es kommt mir so vor, als wäre das alles sehr lange her, als wäre ich damals noch ein junger Mann gewesen. Lachhaft. Ich war Ende Fünfzig und dachte über meinen Lebensabend nach. Plante lange Tage voller Ausschweifungen unter der Sonne Marokkos oder der Türkei. Na ja, Sie sehen ja, was daraus geworden ist ... Weiter südlich als London bin ich nicht vorgedrungen.

Jedenfalls ... ich hatte ein ganz gutgehendes Geschäft in

Scarborough. Ich hatte zu tun und verdiente Geld, und der einzige Wermutstropfen war wie immer die Tendenz der örtlichen Polizei, mir Schwierigkeiten zu machen, sobald ich mir eine harmlose Gesetzesübertretung zuschulden kommen ließ. Wenn ich es recht bedenke, wurde es an dieser Front sogar eher schlimmer, denn einige Jahre lang hatte ich von einer für beide Seiten durchaus befriedigenden Übereinkunft mit einem Polizeisergeanten profitiert, der jedoch leider gerade in den Nordwesten versetzt worden war. Was für ein schöner Mann! Ich glaube, er hieß Herbert... Zwei Meter stramme Muskeln, und ein Hintern wie ein reifer Pfirsich...« Er seufzte und hielt inne. »Entschuldigung. Ich glaube, ich habe den Faden verloren.«

»Sie hatten zu tun und verdienten Geld.«

»Genau. Und dann tauchte eines Nachmittags – das muß Anfang 1961 gewesen sein – dieser amtliche Vormund Proudfoot auf. Sobald er den Namen Tabitha Winshaw genannt hatte, wußte ich, daß etwas ganz Besonderes an meine Tür geklopft hatte. Jeder wußte von den Winshaws und ihrer verrückten Schwester. Es war Stoff für Legenden. Und nun stand dieser schmierige, eher abstoßende Mensch – mein weiterer Kontakt zu ihm blieb erfreulicherweise auf ein Minimum begrenzt – vor mir und brachte eine Nachricht von ebendieser Frau. Offenbar war ihr mein Ruf zu Ohren gekommen, denn sie hatte einen Auftrag für mich. Anfangs klang es nach einer kleinen, harmlosen Sache. Entschuldigung. Sind Sie kitzlig?«

»Ein bißchen«, sagte ich. »Außerdem sollten Sie beim Fahren beide Hände am Lenkrad haben.«

»Da haben Sie natürlich recht. Ich nehme an, Sie wissen, daß Godfrey nicht der einzige war, der in dem abgeschossenen Flugzeug saß. Es gab noch einen Kopiloten. Tabitha hatte offenbar darüber nachgedacht und beschlossen, die Familie dieses unglücklichen Menschen zu finden und sie auf irgendeine Weise finanziell zu entschädigen – sie betrachtete das anscheinend als eine Art Wiedergutmachung für den Verrat ihres Bruders. Meine Aufgabe war es also, diese Familie ausfindig zu machen.«

»Und das taten Sie?«

»In jenen Tagen, Michael, war ich auf dem Höhepunkt meiner geistigen und körperlichen Leistungsfähigkeit. Für einen Mann mit meinem Können und Erfahrungsreichtum stellte ein solcher Auftrag eigentlich keine besondere Herausforderung dar. Ich brauchte dafür nur ein paar Tage. Aber dann tat ich noch mehr und präsentierte Tabitha etwas, womit sie nicht gerechnet hatte: Ich stöberte den Mann selbst auf.«

Ich sah ihn verblüfft an. »Sie meinen den Kopiloten?«

»Ja. Er lebte gesund und munter in Birkenhead und hatte eine überaus faszinierende Geschichte zu erzählen. Sein Name war Farringdon. John Farringdon. Und er war auch der Mann, den Lawrence Winshaw erschlagen hat – genau so, wie Sie es in Ihrem Manuskript so plastisch beschrieben haben.«

Ich brauchte ein paar Sekunden, um diese Neuigkeit zu verdauen. »Aber wie hat er den Absturz überlebt?«

»Er ist im letzten Augenblick mit dem Fallschirm abgesprungen.«

»Soll das heißen... Wäre es möglich, daß Godfrey den Absturz ebenfalls überlebt hat?«

»Leider nein. Auch ich habe mir zunächst gewisse Hoffnungen gemacht. Es wäre eine echte Glanzleistung gewesen, ihn zu finden. Aber Mr. Farringdon war sich in diesem Punkt absolut sicher. Er hatte mit eigenen Augen gesehen, wie Godfrey verbrannt war.«

»Wie, um alles in der Welt, haben Sie diesen Mann gefunden?«

»Die Deutschen hatten ihn erwischt und bis Kriegsende in ein Gefangenenlager gesteckt. Als der Krieg vorbei war, kehrte er nach England zurück. Er hatte es eilig, wieder zu seiner Familie zu kommen. Doch man hatte ihn als tot gemeldet, und seine Mutter hatte diese Nachricht nicht überlebt. Sie war innerhalb einer Woche gestorben, und sein Vater hatte gut ein Jahr darauf wieder geheiratet. Farringdon brachte es nicht über sich, zu ihm zu gehen: All der Schmerz und die Trauer wären dadurch... sinnlos geworden. Er behielt die Wahrheit für sich, zog in eine andere Stadt, änderte seinen Namen in Farringdon. Auf den Ruinen seines alten Lebens versuchte er ein neues aufzubauen, doch es waren lange, einsame und rastlose Jahre. Weil er ein paar persönliche Papiere brauchte, mußte er ein Mitglied seiner Familie, einen entfernten Cousin, ins Vertrauen ziehen, und das war derjenige, der mich auf die Spur brachte. Er hat nichts verraten, aber er wollte, daß ich Bescheid wußte, da bin ich sicher. Er machte ganz bewußt ein oder zwei Andeutungen, und das reichte mir. Ich fuhr nach Deutschland und begann nachzuforschen.« Wieder seufzte er. »Ach, das waren glückliche Zeiten! Tabitha kam für meine Spesen auf. Im Rheintal war Frühling. Ich begann eine allzu kurze Freundschaft mit einem Kuhhirten namens Fritz – er war der Inbegriff bronzebrauner Schönheit, frisch von den in Sonnenlicht gebadeten Almen der deutschen Alpen. Seitdem kann ich mich für jeden, der Lederhosen trägt, vergessen.« Wir waren jetzt in Islington, und er bog in eine Seitenstraße ab. »Lassen Sie einem alten Mann seine törichten Erinnerungen, Michael. Die besten Jahre meines Lebens liegen hinter mir, und alles, was mir bleibt, sind Erinnerungen.« Er hielt am Straßenrand an, einen halben Meter vom Bordstein entfernt. Das Heck des Wagens ragte gefährlich in den Verkehr. »So, da wären wir.«

Wir standen vor einem kleinen Reihenhaus in einer weniger vornehmen Wohngegend von Islington. Findlay ging voraus und führte mich über eine nackte Holztreppe mehrere Stockwerke hinauf bis zum Dachgeschoß; dort öffnete er die Tür zu einem Raum, dessen Anblick mich überrascht nach Luft schnappen ließ: Soweit ich es beurteilen konnte, war es eine perfekte Kopie der von Conan Doyle in *Das Zeichen der Vier* beschriebenen Wohnung, in der Sherlock Holmes zum erstenmal dem geheimnisvollen Thaddeus Sholto begegnete. Prächtige, glänzende Stoffe hingen wie Vorhänge und Gobelins an den Wänden und waren hier und da gerafft, um den Blick auf ein prunkvoll gerahmtes Bild oder eine orientalische Vase freizugeben. Der Teppich war schwarz und bernsteinfarben und so dick und flauschig, daß der Fuß darin einsank wie in Moos. Zwei große Tigerfelle waren darübergelegt und verstärkten den Eindruck orientalischer Opulenz, und auf einer Matte in der Ecke stand eine riesige Wasserpfeife. Um die Hommage abzurunden, hing in der Mitte des Raumes an einem fast unsichtbaren goldenen Draht eine Lampe in Form einer silbernen Möwe. Als sie brannte, erfüllte sie die Luft mit einem leisen, würzigen Duft.

»Willkommen in meinem kleinen Nest, Michael«, sagte Findlay und schüttelte den Regenmantel ab, den er um die Schultern gelegt hatte. »Entschuldigen Sie diesen Kitsch, diesen Pseudo-Orientstil. Meine Eltern waren unkultivierte Menschen, und ich bin in kargen, ärmlichen Verhältnissen aufgewachsen. Mein Leben lang habe ich versucht, das alles hinter mir zu lassen, auch wenn ich nie ein reicher Mann gewesen bin. Was Sie hier sehen, ist ein Ausdruck meiner Persönlichkeit: Üppigkeit zum kleinen Preis. Machen Sie es sich auf der Ottomane bequem. Ich werde uns einen Tee kochen. Wäre Ihnen ein Lapsang recht?«

Die Ottomane entpuppte sich bei genauerem Hinsehen als ein Bettsofa, über das abgenutzte Decken mit türkischen Mustern gebreitet waren, doch es war recht gemütlich. Findlays winzige Küche ging vom Wohnzimmer ab, so daß wir unser Gespräch fortsetzen konnten, während er mit Wasserkessel und Teekanne hantierte.

»Was für eine wunderschöne Wohnung«, sagte ich. »Haben Sie die schon lange?«

»Ich bin Anfang der sechziger Jahre hierher gezogen — gleich nach meinem kleinen Zusammenstoß mit den Winshaws und zum Teil, wie ich schon sagte, um der Aufmerksamkeit der Polizei zu entgehen, aber es gab auch gewichtigere Gründe. Nach all den Jahren waren die Engstirnigkeit, die Abgeschiedenheit, der kleinliche Dünkel des Provinzlebens mehr, als ein Mann meines Charakters ertragen konnte. Damals hatte diese Gegend allerdings noch ein gewisses Flair. Bevor die Börsenmakler und Unternehmensberater und all die anderen Lakaien des Kapitalismus kamen. Es war ein unkonventionelles, aufregendes, elektrisierendes Viertel. Maler lebten hier, Dichter, Schauspieler, Künstler, Philosophen, Schwule, Lesben, Tänzerinnen, sogar der eine oder andere Detektiv. Orton und Halliwell wohnten gleich um die Ecke. Joe kam ab und zu mal vorbei, aber ich kann nicht behaupten, daß ich mit dem Mann warm geworden wäre.

Noch bevor es richtig angefangen hatte, war es auch schon wieder vorbei. Es war nicht ein Hauch von Gefühl dabei. Trotzdem – schrecklich, wie die beiden schließlich sterben mußten. So etwas wünscht man keinem. Ich konnte den Behörden bei der Aufklärung von ein oder zwei kleineren Details behilflich sein, auch wenn mein Name in keinem offiziellen Bericht auftaucht.«

Ich fand das alles zwar ganz interessant, aber mir lag mehr daran, wieder zum Thema zu kommen. »Sie wollten mir von Farringdon, dem Kopiloten, erzählen.«

»Ein gefährlicher Mann, Michael. Ein verzweifelter Mann.« Findlay kam aus der Küche und reichte mir eine gesprungene Tasse aus feinem Porzellan, die mit dampfendem Tee gefüllt war. »Aber überhaupt nicht bösartig. Ein Mann mit starken Gefühlen und einem ausgeprägten Sinn für Loyalität, würde ich sagen. Aber auch ein verbitterter Mensch, dessen Leben durch die Umstände zerstört worden war. Er war nie zur Ruhe gekommen, war jahrelang im Land umhergezogen, hatte in Fabriken und als Handlanger gearbeitet und war schließlich in der Grauzone zwischen privatem Unternehmertum und unlauteren Geschäften gelandet. Durch die Kombination von Vielseitigkeit und Charme kam er ganz gut zurecht. Denn charmant war er tatsächlich, und auf eine kantige Art sah er auch gut aus. Seine Augen waren wie blauer Samt, das weiß ich noch, und er hatte herrlich lange, seidige Wimpern. Ganz ähnlich wie Sie, wenn Sie mir das Kompliment gestatten.«

Ich sah verlegen zu Boden.

»Fast wäre ich in Versuchung gekommen, mein Glück bei ihm zu versuchen, aber seine Neigungen gingen ganz eindeutig in die andere Richtung. Ein Hetero durch und durch. Er behauptete, schon einige Herzen gebrochen zu haben, und das konnte man ihm leicht glauben. Mit einem Wort: ein charismatischer Schelm, ein Typus, der in den Nachkriegsjahren keineswegs selten war. Allerdings hatte Farringdon einen besseren Grund, auf die schiefe Bahn zu geraten, als die meisten anderen.«

»Und was haben Sie ihm gesagt?«

»Also, zunächst mal habe ich ihm gesagt, ich käme im

Auftrag der Familie von Godfrey Winshaw. Das hatte eine ganz außerordentliche Wirkung. Er wurde sofort sehr heftig und erregt. Es war deutlich, daß ihn eine herzliche, innige Freundschaft mit Godfrey verbunden hatte.«

»Das scheint bei allen, die ihn kannten, so gewesen zu sein. Das extremste Beispiel dafür ist Tabitha.«

»Ganz recht. Dadurch kamen wir natürlich auf den Flugzeugabsturz zu sprechen. Und ich stand vor der schwierigen Frage, ob ich ihm von Tabitha und ihrer exzentrischen Theorie erzählen sollte. Wie sich herausstellte, ließ es sich gar nicht vermeiden, denn Farringdon selbst war sich vollkommen sicher, daß die Deutschen einen Tip bekommen hatten. Er sagte, ihre Maschine sei weit vor dem Ziel abgefangen worden, lange bevor sie unter normalen Umständen vom Radar habe erfaßt werden können. Der Feind sei irgendwie über ihre Mission informiert worden.« Findlay leerte seine Tasse und sah hinein, als wollte er die Vergangenheit aus den Teeblättern lesen. »Ich wußte sofort, daß in den letzten achtzehn Jahren kein Tag vergangen war, an dem dieser Mann nicht über dieses Ereignis nachgedacht, gerätselt und gegrübelt hatte, an dem er nicht mit seinem Schicksal gehadert hatte, an dem er sich nicht gefragt hatte, wer der Verräter gewesen war und was er mit ihm tun würde, sollten ihre Wege sich je kreuzen.« Er stellte die Tasse ab und schüttelte den Kopf. »Ein gefährlicher Mann, Michael. Ein verzweifelter Mann.«

Findlay ging zum Fenster und zog die schweren, leicht mottenzerfressenen Vorhänge zu, nachdem er einen letzten Blick hinaus in den inzwischen regnerischen und kalten Abend geworfen hatte.

»Es ist schon sehr spät«, sagte er. »Vielleicht möchten Sie lieber über Nacht bleiben, dann könnte ich Ihnen die Geschichte morgen früh zu Ende erzählen. Leider ist meine Wohnung nicht sehr groß, und ich habe nur ein Bett...«

»Es ist erst zwanzig vor neun«, widersprach ich.

Findlay lächelte entschuldigend und setzte sich niedergeschlagen mir gegenüber. »Ich weiß, es hat keinen Sinn. Sie durchschauen die Schliche eines einsamen, bemitleidenswerten alten Mannes. Und natürlich verabscheuen Sie mich. Ich bitte Sie nur um eines: Versuchen Sie, es nicht allzu deutlich zu zeigen.«

»Aber davon kann keine Rede...«

»Bitte, keine tröstenden Worte. Ich weiß, daß Sie gekommen sind, um ein simples Geschäft zu machen. Sie wollen von mir nichts weiter als Informationen. Sobald Sie die haben, werden Sie mich wegwerfen wie einen alten Lappen.«

»Aber keineswegs...«

»Fahren wir fort.« Er hieß mich mit großer Gebärde schweigen. »Ich hatte nicht die Absicht, diesen zwielichtigen Anwalt an meinem Triumph teilhaben zu lassen, und so bat ich gleich nach meiner Rückkehr nach Yorkshire um ein persönliches Gespräch mit Tabitha. Das wurde arrangiert. Ich stellte fest, daß die Anstalt mitten im Moor lag, und beim ersten Anblick des Gebäudes empfand ich Schwermut und Angst. Es gibt in der ganzen Gegend wahrscheinlich nur einen einzigen Ort, der noch öder und düsterer ist, und das ist natürlich Winshaw Towers.

Man führte mich zu Tabithas Zimmer, das ganz oben im höchsten Turm des Gebäudes lag. Ich kann Ihnen versichern, daß ich nicht den Eindruck hatte, mit einer Verrückten zu sprechen. Gewiß, das Zimmer war sehr unordentlich. Man konnte sich kaum bewegen vor lauter Stapeln von Zeitschriften und anderen schrecklichen Publikationen, die sich mit Fliegerei und Bombern und Militärgeschichte befaßten. Aber diese Frau schien geistig völlig gesund zu sein. Ich erzählte ihr von meiner Entdeckung, und sie blieb ganz ruhig. Sie sagte, sie brauche etwas Zeit, um diese Information zu verarbeiten, und fragte mich, ob es mir etwas ausmachen würde, für eine halbe Stunde in den Park zu gehen. Nach diesem Spaziergang kehrte ich zu ihr zurück, und sie gab mir einen an Mr. Farringdon adressierten Umschlag. Ich fragte nicht, was er enthielt, sondern steckte ihn, als ich wieder in der Stadt war, einfach in den Briefkasten.

Ich lernte den Weg zur Anstalt recht gut kennen. Insgesamt bin ich wohl noch vier- oder fünfmal dorthin gefahren, denn schon sehr bald nachdem ich den Brief eingeworfen hatte, tauchte Farringdon in Scarborough auf. Das muß im September gewesen sein. Anscheinend hatte Tabitha den

Wunsch geäußert, mit ihm zu sprechen, und ich sollte ihn nun zur Anstalt begleiten. In den nächsten Tagen hatten sie diverse lange Unterredungen. Was dabei besprochen wurde, blieb geheim – nicht einmal ich erfuhr etwas. Ich wartete jedesmal auf einer Bank im Park mit Blick auf das Moor und las Proust – ich glaube, ich habe in jener Zeit den größten Teil der ersten beiden Bände gelesen –, und jedesmal, wenn wir zurückfuhren, saß mein Beifahrer in grimmigem, undurchdringlichem Schweigen da oder plauderte angeregt über irgend etwas völlig anderes. Erst bei unserem allerletzten Besuch empfing mich Tabitha wieder, und dieses eine Mal war es Farringdon, der die unwürdige Verbannung erleiden mußte.

›Mr. Onyx‹, sagte sie, ›Sie haben sich als ein verläßlicher Mann erwiesen. Die Zeit ist gekommen, um Ihnen einige Geheimnisse über meine Familie anzuvertrauen, die Sie, da bin ich ganz sicher, für sich behalten werden.‹ Ich fürchte, ich kann ihre Stimme nicht nachmachen. Verstellung ist noch nie meine Stärke gewesen. ›Durch die Vermittlung meines Bruders Mortimer werde ich in einigen Tagen zum erstenmal seit fast zwanzig Jahren diese Anstalt verlassen dürfen.‹ Ich weiß noch, daß ich ihr unter Zuhilfenahme irgendeiner verlegenen Phrase gratulierte, aber davon wollte sie nichts hören. ›Ich bin sicher, daß mein Urlaub sehr begrenzt sein wird. Mein Bruder Lawrence widersetzt sich unversöhnlich jedem Vorschlag, mir meine Freiheit zurückzugeben, und zwar, weil er ein Lügner und Mörder ist.‹ – ›Starke Worte‹, sagte ich. ›Es ist die reine Wahrheit‹, antwortete sie. ›Es gibt einen schriftlichen Beweis für seine Niederträchtigkeit, und ich habe die Absicht, Ihnen diesen Beweis zur sicheren Verwahrung zu übergeben.‹ Sie erzählte mir von dem Zettel, dessen Inhalt Sie, glaube ich, bereits kennen. Sie hoffte, diesen Zettel bei ihrem Besuch in Winshaw Towers im Gästezimmer zu finden, und zwar in der Tasche einer Strickjacke, die sie zuletzt im untersten Fach des Schrankes gesehen hatte, und sie hatte vor, ihn mir so schnell wie möglich zu übergeben. Zu diesem Zweck verabredeten wir uns am Nachmittag von Mortimers Geburtstag am Rand des Parks, in der Nähe einer Stelle, die, ob Sie es glauben oder nicht, als Friedhof für die Hunde diente, welche das Unglück hatten, ein elendes Leben als Teil der Familie Winshaw führen zu müssen.«

»Natürlich! Tabitha traf sich dort mit Ihnen, aber sie wurden von Mortimer gestört, der dachte, daß seine Schwester allein im Gebüsch herumkroch und Selbstgespräche führte.«

»Genau. Glücklicherweise bemerkte er mich nicht, auch wenn ihm der Duft des billigen, aber exotischen Parfüms, für das ich schon immer eine Schwäche – eine allzu große Schwäche, wie manche finden – gehabt habe, kaum entgangen sein kann. Doch das war nicht von Belang, denn das Treffen zwischen Tabitha und mir war bereits beendet, und zwar ohne Erfolg. Sie hatte den Zettel nicht finden können und keine Zeit gehabt, woanders danach zu suchen. Außerdem ist das Haus so riesig, daß eine Suche Tage, ja Wochen gedauert hätte. Allerdings« – er schenkte mir ein eher frostiges Lächeln – »scheinen Sie Erfolg gehabt zu haben, wo sogar ich, der legendäre, der berüchtigte, der unübertroffene Findlay Onyx den kürzeren gezogen habe. Würden Sie mir verraten, wie Ihnen das gelungen ist?«

»Tja, da gibt es eigentlich nicht viel zu erzählen. Der Zettel ist mir einfach in den Schoß gefallen. Kurz nach Godfreys Tod und Tabithas Einweisung hat Lawrence anscheinend die Kleider aus ihrem Zimmer in einen Schrankkoffer packen und auf den Speicher schaffen lassen. Als er dann gestorben war und Mortimer und Rebecca in das Haus zogen, sahen sie diese Kleider durch und stießen auf den Zettel, den Mortimer natürlich sofort erkannte. Er konnte sich noch gut an die Aufregung erinnern, die er damals ausgelöst hatte. Für ihn hatte dieses Papier nur als Erinnerungsstück einen gewissen Wert, und als ich vor ein paar Jahren mit ihm sprach, schenkte er es mir. So einfach war das.«

Findlay seufzte bewundernd. »Bemerkenswert, Michael. Wirklich bemerkenswert. Die Ökonomie, mit der Sie vorgehen, beeindruckt mich. Ich kann nur hoffen, daß Sie mich angesichts meiner offensichtlichen Inkompetenz nicht Ihres Vertrauens für gänzlich unwürdig erachten. Mit anderen Worten: Vielleicht ist jetzt endlich der Augenblick gekommen, mir die geheimnisvolle Botschaft zu zeigen.«

»Aber Sie haben noch nicht zu Ende erzählt. Was geschah in jener Nacht, als...«

»Geduld, Michael. Haben Sie ein wenig Geduld. Ich habe Ihre Neugier in einigen Punkten befriedigt, und ich glaube, es steht mir zu, ebenso – oder vielmehr gleichermaßen – zufriedengestellt zu werden.«

Ich bestätigte das mit einem langsamen Nicken. »Sie haben recht. Der Zettel ist in meiner Brieftasche, da drüben, in der Jacke. Ich werde ihn holen.«

»Sie sind ein Gentleman, Michael. Ein Gentleman der alten Schule.«

»Danke.«

»Nur eines noch.«

»Ja?« Ich hielt im Aufstehen inne.

»Sie könnten mir nicht schnell mal einen blasen?«

»Nein. Aber ich hätte gerne noch eine Tasse Tee.«

Findlay ging verlegen in die Küche, und sobald ich meine Brieftasche geholt hatte, folgte ich ihm.

»Ich weiß nicht, was Sie sich davon versprechen«, sagte ich, nahm das winzige, eng zusammengefaltete Stück Papier und glättete es auf dem Küchentisch. »Wie ich schon in meinem Buch geschrieben habe: Es ist bloß eine Anweisung von Lawrence an den Butler, ihm ein Abendessen auf dem Zimmer zu servieren. Der Zettel beweist überhaupt nichts – außer vielleicht, daß Tabitha wirklich verrückt ist.«

»Das will ich lieber selbst beurteilen, wenn Sie erlauben«, sagte Findlay. Er zog eine Bifokalbrille aus der Hemdtasche, beugte sich tief über das entscheidende Beweisstück, dem er jahrelang vergeblich nachgejagt war, und studierte es. Zu meiner Schande muß ich gestehen, daß ich eine gewisse schadenfrohe Befriedigung verspürte, als ich die plötzliche Enttäuschung auf seinem Gesicht sah.

»Oh«, sagte er.

»Ich hab's Ihnen ja gesagt.«

Lawrences Anweisung bestand aus lediglich drei, in winzigen Druckbuchstaben geschriebenen Worten. Sie lauteten: Keks, Käse, Sellerie.

Der Kessel begann zu pfeifen. Findlay drehte das Gas ab, goß den Tee auf und beugte sich wieder über den Tisch. Er starrte den Zettel eine Minute lang an, untersuchte seine Rückseite, drehte ihn um, hielt ihn gegen das Licht, roch daran, kratzte sich am Kopf und las die Worte noch einige Male.

»Ist das alles?« fragte er schließlich.

»Das ist alles.«

»Tja, dann dürfte es wohl klar sein: Sie ist vollkommen übergeschnappt.«

Er goß den Tee in die zweite Kanne, und wir gingen wieder ins Wohnzimmer, wo wir einige Zeit schweigend dasaßen. Ich schwieg erwartungsvoll, Findlay zornig und nachdenklich. Irgendwann stand er auf, ging in die Küche, um noch einen Blick auf den Zettel zu werfen, und kehrte mit ihm zurück, sagte aber kein Wort. Nach einer Weile legte er ihn grunzend auf einen Beistelltisch und sagte: »Ich nehme an, Sie wollen den Rest der Geschichte hören.«

»Wenn es Ihnen nichts ausmacht.«

»Es gibt nicht viel zu erzählen. Ich hatte mich zum Abendessen mit Farringdon verabredet. Scarborough war auch damals nicht gerade berühmt für seine überragende Küche, aber es gab da ein kleines italienisches Restaurant, wo ich des öfteren gewesen war, und zwar – ich will offen zu Ihnen sein, Michael – in der Absicht, jemanden zu verführen. Als die Familie Winshaw Platz nahm zu ihrem gräßlichen Abendessen, tranken er und ich ein paar Flaschen Chianti.« Er schüttelte traurig den Kopf. »Das war seine letzte Mahlzeit. Ich hatte zu diesem Zeitpunkt keine Ahnung. Ich wußte nicht einmal, daß Tabitha und er einen Plan geschmiedet hatten. Heute, im Rückblick, sehe ich natürlich die Zusammenhänge. Die Jahre voll schwelenden Hasses, die vagen Hoffnungen auf Rache, die sich plötzlich zu erfüllen schienen, die langen geheimen Unterredungen in Tabithas Zimmer, die ihn zu wilder Raserei getrieben haben müssen. Ich kann nur vermuten, welche Bande zwischen diesen beiden irregeleiteten Komplizen geknüpft wurden, welche Gelübde sie ablegten, welche Eide sie sich schworen. Er war, wie Sie sich vorstellen können, düsterer Stimmung und nicht sehr gesprächig, und das führte ich – Dummkopf, der ich war – auf die anstrengende Reise zurück. Er hatte sich ein paar

Tage lang unten in Birkenhead aufgehalten, müssen Sie wissen, und war erst am Nachmittag zurückgekommen. Damals verstand ich nicht ganz, warum er ausgerechnet zu diesem Zeitpunkt dorthin gefahren war, aber gegen Ende des Abends erklärte er es mir.

Als wir das Restaurant verlassen wollten, zeigte er mir einen großen Briefumschlag, den er mitgebracht hatte. Anscheinend war er eigens nach Hause gefahren, um ihn zu holen. ›Ich möchte Sie um einen Gefallen bitten, Mr. Onyx‹, sagte er. ›Ich möchte, daß Sie für ein paar Stunden ein Auge auf das hier haben. Und Sie müssen mir versprechen, daß Sie diesen Umschlag so schnell wie möglich Miss Winshaw übergeben, wenn ich nicht morgen früh um neun Uhr in Ihrem Büro bin.‹ Das war eine recht außergewöhnliche Bitte, und das sagte ich ihm auch, aber er weigerte sich kategorisch, mir zu enthüllen, was er zu dieser späten Stunde vorhatte. ›Dann sagen Sie mir doch wenigstens, was dieser Umschlag enthält‹, bat ich ihn, und Sie werden wohl auch der Ansicht sein, daß das nicht zuviel verlangt war. Nach kurzem Zögern antwortete er: ›Mein Leben.‹ Ziemlich dramatisch, finden Sie nicht? Ich versuchte, die Atmosphäre ein wenig aufzulockern, indem ich sagte, wenn dieser Umschlag sein Leben enthalte, dann sei an diesem Leben wohl nicht viel dran. Er lachte bitter. ›Nein‹, sagte er, ›natürlich ist da nicht viel dran. Und daß das alles ist, was von mir übrig ist, habe ich einem Verräter zu verdanken. In diesem Umschlag sind bloß einige Papiere, ein paar Erinnerungen an meine Zeit bei der Royal Air Force und ein Foto – der einzige Beweis meiner Existenz, den ich in den letzten zwanzig Jahren hinterlassen habe. Jedenfalls will ich, daß Miss Winshaw diesen Umschlag erhält. Sie ist nicht verrückt, Mr. Onyx, das weiß ich genau. Die haben kein Recht, sie einzusperren. Aber es ist noch ein himmelschreiendes Unrecht geschehen, und wenn mir etwas passiert, soll sie den Beweis dafür in Händen haben.‹

Tja, ich nahm den Umschlag an mich, und dann verabschiedeten wir uns. Ich wußte, daß etwas Tödliches in der Luft lag, aber es war ja nicht meine Aufgabe, mich dem Schicksal, dem Verhängnis oder wie immer Sie es nennen wollen, in den Weg zu stellen. Ich erkannte, daß die Dinge, deren unfreiwilliger Mitwisser ich geworden war, ihren Lauf nehmen mußten. So gingen wir denn unserer getrennten Wege: Ich begab mich zu Bett, und Farringdon stahl, wie ich später herausfand, zunächst einmal das Auto eines bedauernswerten Mitbürgers – für einen derart geschickten Mann eine leichte Übung – und fuhr dann nach Winshaw Towers, wo er sich durch das Fenster der Bibliothek, das Tabitha, wie ich vermute, für ihn entriegelt hatte, Zugang zum Haus verschaffte und den verhängnisvollen Anschlag auf Lawrences Leben ausführte.«

Ich dachte darüber nach. »Nach Ihrer Beschreibung hätte ich nicht gedacht, daß er viel Mühe gehabt hätte, mit einem so schmächtigen Mann wie Lawrence Winshaw fertigzuwerden.«

»Mag sein. Aber Lawrence hatte sich im Laufe der Jahre viele Feinde gemacht und fand es wohl angebracht zu lernen, wie er sich gegen sie wehren könnte. Außerdem habe ich den Verdacht, daß er auf einen Angriff vorbereitet war. Er wußte, daß etwas in der Luft lag. Farringdon wäre gut beraten gewesen, ihn nach Möglichkeit zu überraschen, aber ich nehme an, daß er der Versuchung, Lawrence zur Rede zu stellen, nicht widerstehen konnte. Diese wenigen, ungenutzten Augenblicke waren vielleicht entscheidend.«

»Und als er am nächsten Morgen nicht in Ihrem Büro erschien, fuhren Sie geradewegs nach Winshaw Towers, nehme ich an.«

»Sie lesen meine Gedanken, Michael. Ihr Deduktionsvermögen stellt alles in den Schatten. Ich traf um kurz nach zehn dort ein. Wahrscheinlich wissen Sie, daß Winshaw Towers, obwohl es schon von weitem zu sehen ist, nur durch eine von dichtem Wald und Buschwerk gesäumte Zufahrt zu erreichen ist, und so fiel es mir nicht schwer, meinen Wagen zu verstecken und mich dem Haus unbemerkt zu Fuß zu nähern. Damals – und vielleicht auch heute noch – wurde das Anwesen von einem außerordentlich unsympathischen und gemeinen Butler namens Pyles bewacht, und ich wußte, daß meine Chancen, an ihm vorbeizukommen, trotz der offensichtlichen allgemeinen Verwirrung ziemlich schlecht standen. Also wartete ich auf eine günstige Gelegenheit, und die bot sich, als ich ihn mit irgendeinem Auftrag in Richtung der Nebengebäude verschwinden sah. Es bereitete mir keine Schwierigkeiten, den geistig eher minderbemittelten Domestiken, der mir öffnete, mit einem Trick zu überlisten. Ich glaube mich zu erinnern, daß ich mich als Kollegen von Dr. Quince ausgab.«

»Sie meinen den Hausarzt?«

»Ganz recht, ich meine den Quacksalber, den sie alle drei oder vier Jahre bestachen, damit er dafür sorgte, daß Tabitha hinter Schloß und Riegel blieb. Sein Wagen war mir entgegengekommen, und darum wußte ich, daß er bereits dort gewesen war. Ich sagte, er habe mich um mein fachliches Urteil gebeten.

Wie soll ich Ihnen die Gemütsverfassung beschreiben, in der ich Tabitha vorfand? Sie erzählte mir ganz gefaßt und ohne irgendein Anzeichen von Schock oder Erregung, was vorgefallen war, aber unter ihrer Contenance bemerkte ich eine Niedergeschlagenheit, eine Enttäuschung... Ihre letzte Hoffnung hatte sich zerschlagen, ihre Freiheit war wieder dahin, vergeudet... Ich bin alles andere als ein rührseliger Mensch, Michael, und weibische Gefühlsduselei ist mir ganz und gar fremd, aber so absurd das auch klingt: An jenem Morgen hat es mir fast das Herz gebrochen. Ich übergab ihr Farringdons Briefumschlag. Sie legte ihn in ihre Schreibmappe, ohne ihn zu öffnen. In diesem Augenblick klopfte es an der Tür: Es war Mortimer, der sich verabschieden wollte. Mir blieb nur wenig Zeit, mich zu verstecken. Ich schlüpfte in das Ankleidezimmer und schloß die Tür, während Tabitha wieder ihr Strickzeug nahm und das gewohnte geistesabwesende Gesicht aufsetzte. Das nun folgende Gespräch war kurz. Als ich aus meinem Versteck kommen konnte, wechselten wir nur noch ein paar Worte. Ich erinnere mich, daß sie eine erhebliche Summe Geld in ihrer Handtasche hatte, und sie bestand darauf, mich für meine Dienste zu bezahlen. Danach verließ ich sie. Ich schlich zur Hintertür hinaus und schlug einen weiten Bogen zu meinem Wagen. Das war das Ende meiner geschäftlichen Beziehung zu Tabitha Winshaw. Seither habe ich sie nicht mehr gesehen.«

Findlay starrte ins Leere. Eine tiefe Schwermut schien ihn

überkommen zu haben, und mir fiel nichts ein, was ich ihm hätte sagen können.

»Es war ein herrlicher Morgen«, fuhr er plötzlich fort. »Heller Sonnenschein. Ein dunkelblauer Himmel. Die ersten Blätter färbten sich golden. Sind Sie schon einmal in jener Gegend gewesen, Michael? Selbst jetzt fehlt sie mir noch manchmal. Winshaw Towers liegt am Rand des Spaunton Moors, und da ich den Gedanken, in die Stadt zurückzukehren, nicht ertragen konnte, fuhr ich zu einem stillen Fleckchen und ging mehrere Stunden spazieren. Ich dachte an die vergangenen seltsamen Wochen und fragte mich, was wohl hinter all dem stecken mochte und was es für mich zu bedeuten hatte. Ich glaube, an jenem Tag keimte in mir der Plan, nach London zu ziehen. Es war ein Sonntag, aber ich sah nicht viele Spaziergänger. Ich war mehr oder weniger allein mit mir, und die Sonne leuchtete gnädig über meinen Plänen und Entschlüssen.«

»Da hatten Sie Glück«, sagte ich. »Ich kann mich auch an diesen Sonntag erinnern, aber da hat es in Strömen geregnet. Jedenfalls da, wo ich war.«

»Ich bitte Sie, Michael – Sie übertreiben«, sagte Findlay ungläubig schmunzelnd. »Damals waren Sie noch ein Junge. Wie sollten Sie sich ausgerechnet an diesen bestimmten Tag erinnern?«

»Aber ich erinere mich ganz deutlich. Es war mein neunter Geburtstag, und meine Eltern sind mit mir nach Weston-super-Mare gefahren, aber nachmittags hat es geregnet, und darum sind wir ins Kino gegangen.« Diese Information schien Findlay nicht sehr zu beeindrucken, und da wir nun beide in nostalgischer Apathie zu versinken drohten, fand ich, daß es höchste Zeit war, einen anderen Ton anzuschlagen. »Und was wollen Sie jetzt mit diesem Zettel machen? Ihn behalten?«

Er las ihn noch einmal durch und reichte ihn mir. »Nein, Michael. Ich brauche ihn jetzt nicht mehr. Außerdem kann ich ihn inzwischen auswendig.«

»Wollen Sie ihn nicht ein paar Tests unterziehen oder so? Nach unsichtbarer Tinte suchen?«

»Was für bizarre Vorstellungen Sie von der Kunstfertigkeit eines Detektivs haben«, sagte Findlay. »Meine Methoden wirken im Vergleich geradezu prosaisch. Sicher enttäusche ich Sie.«

Sein Sarkasmus war mehr schelmisch als kühl. Ich versuchte mich dem anzupassen.

»Sie haben recht«, sagte ich. »Ich bin mit Hercule Poirot und Sherlock Holmes aufgewachsen. Als ich noch klein war, hab ich sogar selbst Detektivgeschichten geschrieben. Eigentlich hatte ich gehofft, Sie würden einen fachmännischen Blick auf diesen Zettel werfen, mich unter halb geschlossenen Lidern ansehen und irgend etwas Beeindruckendes sagen wie: ›Eigentümlich, Mr. Owen. Sehr eigentümlich.‹«

Er lächelte. »Na ja, noch ist nicht alles verloren, Michael. Es gibt immer noch Aufgaben, die wir gemeinsam bewältigen, Wege, die wir gemeinsam gehen können, und außerdem...«

Er sprach nicht weiter, und seine Augen schienen einen flüchtigen Glanz zu bekommen. »...und außerdem... Es könnte sein, daß Sie recht haben.«

»Ach, ja? Womit?«

»Nun, es ist doch tatsächlich eigentümlich, finden Sie nicht? Wirklich seltsam.«

»Ich fürchte, ich kann Ihnen nicht folgen.«

»Das Wort ›Keks‹, Michael. Eigentlich müßte es doch im Plural stehen. *Ein* Keks mit etwas Käse und einer Stange Sellerie? Selbst für einen kleinen Imbiß ist das ein wenig karg, meine ich.«

Ich suchte nach einer Erklärung und sagte lahm: »Tja, es war Krieg. Alles war rationiert...«

Findlay schüttelte den Kopf. »Irgendwie kann ich mir nicht vorstellen«, sagte er, »daß die Familie Winshaw von der Rationierung sehr hart getroffen wurde. Ich habe nicht das Gefühl, daß diese Leute zu denen gehören, die ihre Gürtel enger schnallen. Nein, das hier fängt an, interessanter zu werden, als ich dachte. Wir sollten das etwas eingehender erforschen.«

»Und vergessen Sie nicht, daß es noch ein Geheimnis gibt.«

Findlay wartete auf eine Erläuterung.

»Erinnern Sie sich nicht? Tabitha meinte in Lawrences Schlafzimmer deutsche Stimmen zu hören, und als sie nachsah, stellte sich heraus, daß er die ganze Zeit im Billardzimmer gewesen war.«

»Nun ja, dafür gibt es eine ganz plausible Erklärung. Für einen Beweis müßten wir uns allerdings im Haus umsehen. Bis dahin sollten wir das ganze Problem vielleicht lieber vom anderen Ende aus angehen.«

»Und das heißt?«

»Das heißt, daß diese Geschichte einen Teil, eine Komponente enthält, die zu dem ganzen Rest paßt wie die sprichwörtliche Faust aufs Auge. In diesem Schauspiel gibt es eine Figur, die sich so wenig ins Gesamtbild fügt, daß man sich fragt, ob sie nicht zu einem ganz anderen Drama gehört. Und damit meine ich Sie, Michael.«

»Mich? Was habe ich damit zu tun? Ich bin in diese Sache doch bloß hineingeschlittert. Es hätte genausogut ein anderer sein können.«

»Natürlich, es *hätte* ein anderer sein können. Aber es war kein anderer. Es waren Sie. Vielleicht hat das einen Grund, und vielleicht ist es möglich, diesen Grund herauszufinden. Meinen Sie nicht auch, Michael, daß es an der Zeit wäre, Tabitha Winshaw kennenzulernen? Immerhin könnte es sein, daß Sie nicht mehr lange Gelegenheit dazu haben.«

»Ich weiß, ich habe das immer vor mir hergeschoben. Außerdem hatte ich irgendwie das Gefühl, daß der Verlag das nicht gern gesehen hätte.«

»Ach, ja, ihr geheimnisvoller Verlag. Ein recht undurchsichtiges Unternehmen, muß ich sagen. Ich war höchst beeindruckt von den Räumlichkeiten beziehungsweise von dem, was ich bei meinem kurzen, inoffiziellen Besuch davon gesehen habe. Es wird Sie schockieren, wenn ich Ihnen sage, daß ich sogar ein Verzeichnis seiner Publikationen mitgenommen habe.« Er beugte sich zu seinem Schreibtisch, griff nach einem Hochglanzkatalog in teurem Vierfarbdruck und blätterte darin. »Wirklich ein auserlesenes Programm«, murmelte er. »Zum Beispiel dieser Titel: *Alles Gute kommt von oben – Heitere Erinnerungen an die Bombardierung von Dresden* von Oberstleutnant ›Bullseye‹ Fortescue, V. C. Klingt wahnsinnig komisch, muß ich sagen. Und das hier ist mir aufgefallen: *Die Filme von Dean Martin und Jerry Lewis aus lutheranischer*

Sicht. Oder noch besser: *Alles über Plinthe* von Reverend J. W. Pottage – ›ein unentbehrliches Nachschlagewerk‹, heißt es hier, ›und eine Ergänzung zu seinem früheren, bahnbrechenden Werk.‹ Eine erstaunliche Bandbreite, finden Sie nicht?«

»Das brauchen Sie mir nicht zu sagen«, antwortete ich. »Die schicken mir jedes Jahr zu Weihnachten ein Bücherpaket.«

»Tja, das allein ist doch schon sehr großzügig. Über Geldmangel scheinen die sich jedenfalls nicht beklagen zu können. Dieser Bursche, dem der Verlag gehört – wie hieß er noch gleich? McGanny –, scheint ein hervorragender Geschäftsmann zu sein. Ich habe das Gefühl, daß es sich lohnen würde, ihn etwas genauer unter die Lupe zu nehmen.«

Daß Findlay Nachforschungen in diese Richtung vorschlug, enttäuschte mich, und ich konnte mir nicht verkneifen zu widersprechen. »Wie sollen wir dadurch herausfinden, was Lawrence 1942 getan hat?«

»Vielleicht werden wir es nicht herausfinden, Michael. Aber vielleicht ist das auch gar nicht das eigentliche Rätsel.«

»Was wollen Sie damit sagen?«

Findlay erhob sich aus seinem Sessel und setzte sich neben mich. »Was ich damit sagen will, ist, daß das eigentliche Rätsel *Sie* sind«, sagte er und legte eine klauenartige Hand auf meinen Oberschenkel. »Und das werde ich lösen.«

Kenneth sagte: »Sie wissen nicht zufällig, wo mein Zimmer ist, Miss?«

Shirley schüttelte betrübt den Kopf und sagte: »Nein, leider nicht.«

Kenneth sagte: »Tja.« Er hielt inne. »Entschuldigen Sie. Dann werde ich mal gehen.«

Ich dachte über das nach, was Findley über mich gesagt hatte: ›eine Figur, die sich so wenig ins Gesamtbild fügt, daß man sich fragt, ob sie nicht zu einem ganz anderen Drama gehört‹. Diese Einschätzung erschien mir eigenartig klarsichtig und traf mit einemmal genau das Gefühl, das ich hatte,

wenn ich an die Winshaws dachte. Heute abend, zum Beispiel...

Shirley zögerte kurz und rang sich dann zu einem Entschluß durch. »Nein, warten Sie.« Sie machte eine rasche
Geste. »Drehen Sie sich mal kurz um.«

Kenneth drehte sich um und stellte fest, daß er vor einem
Spiegel stand, in dem er sich selbst und dahinter Shirley
sehen konnte. Sie kehrte ihm den Rücken zu und zog sich das
Unterkleid über den Kopf.

...hatte ich Findlays Wohnung verlassen, den 19er Bus
genommen und die Niedergeschlagenheit gespürt, die ich
immer empfand, wenn ich in den Südwesten von London
zurückkehrte. Die Banalität meiner nur allzu vertrauten
Umgebung ließ Findlays Geschichte und die verrückten, bizarren Schrecken, auf die sie zuzusteuern schien, wie die
Ausgeburten einer grotesken Phantasie aussehen...

Er sagte: »M-Moment mal, Miss.«

Eilig kippte Kenneth den drehbar aufgehängten Spiegel.

Shirley wandte sich zu ihm um und sagte: »Sie gefallen
mir.« Sie hatte das Unterkleid ausgezogen und war dabei,
den Verschluß ihres BHs zu öffnen.

...Hatten sie dieselben Sorgen wie ich, diese absurden
Leute? Hatten sie Gefühle, die ich auch nur annähernd begreifen konnte? Daß sie in einer anderen Gesellschaftsschicht zu Hause waren, reichte als Erklärung nicht aus. Es
war extremer, endgültiger als das: Sie waren eine vollkommen andere *Art* von Menschen, eine Art von Menschen, die
mich wirklich entsetzte...

Shirley verschwand hinter Kenneths Kopf.

Kenneth sagte: »Na ja, ein... ein schönes Gesicht ist nicht
alles.«

Er hielt den Spiegel gekippt und versuchte, nicht hineinzusehen, konnte aber nicht widerstehen, hin und wieder einen
Blick darauf zu werfen, und jedesmal sah sein Gesicht aus, als
litte er körperliche Schmerzen. Shirley zog ihr Nachthemd
an.

...und die mich, wie ich jetzt merkte, in den letzten Jahren
beinah dazu gebracht hatte, mein Gefühl dafür zu verlieren,
wie das Leben gelebt werden sollte. Sie hatte mich beinah

abgetötet – zumindest aber hatte sie mich eingeschläfert und gelähmt, und ich wäre wohl nie daraus erwacht, wenn es nicht an meiner Tür geklopft hätte, wenn Fiona nicht gekommen wäre und das Standbild wieder zum Leben erweckt hätte...

Kenneth sagte: »Nicht alles, was glänzt, ist Gold.«

Shirley tauchte hinter seinem Kopf auf. Sie trug jetzt ein knielanges Nachthemd und sagte: »Sie dürfen sich wieder umdrehen.«

Er tat es und sah sie an. Der Anblick schien ihm zu gefallen. »Donnerwetter! Reizend!«

Ich stellte den Fernseher ab. Kenneth und Shirley schrumpften zu einem Lichtpunkt zusammen, und ich ging in die Küche, um mir noch ein Glas einzuschenken.

Jedesmal, wenn ich in der Küche war, sah ich jetzt mein Gesicht im Fenster gespiegelt. Es erinnerte mich an den Abend, als Fiona mich zum erstenmal besucht und mich gebeten hatte, meinen Namen auf ihre Liste zu setzen, und ihre Geschichte immer wieder hatte erzählen müssen, bis ich schließlich begriff.

Da war also mein Spiegelbild. Und dahinter? Nicht viel. Ich war zwar ein Träumer, aber ich besaß nicht wie Cocteaus Orpheus die Fähigkeit, durch flüssige Spiegel in unvorstellbar andere Welten einzutauchen. Nein, ich war – und blieb – eher wie Kenneth Connor: Ich zwang mich, nicht in den Spiegel zu sehen und der herrlichen, schrecklichen Realität, die sich direkt hinter meinem Rücken befand, keine Beachtung zu schenken.

Doch gestern nacht hatte ich eine neue Reflexion gesehen – nur ganz kurz, denn ich hatte meine Augen vor ihrer Schönheit schließen müssen. Sie war dennoch so deutlich, so wirklich gewesen, daß ich noch heute nach ihren Spuren suchte und kaum glauben konnte, daß sich das Fenster nicht daran erinnerte.

...Les miroirs feraient bien de réfléchir davantage. Trois fois...

Fiona hatte mich besucht und einen Fuchsienableger mitgebracht, den sie dem auf allen verfügbaren Flächen meiner Wohnung wuchernden Urwald hinzufügen wollte. Sie trug Jeans und einen alten Pullover und wollte nicht auf einen

Drink und ein Schwätzchen bleiben, sondern zu Bett gehen, obwohl es erst acht Uhr war. Sie hatte offenbar einen langen Arbeitstag hinter sich, und ihre Temperatur war wieder gestiegen. Trotzdem schien sie nach Gründen zu suchen, warum sie nicht gleich wieder gehen konnte, und kontrollierte den Zustand aller Pflanzen, allerdings spürte ich, daß sie mit den Gedanken nicht recht bei der Sache war. Es kam mir so vor, als wolle sie etwas loswerden – etwas, das wichtig war. Und als wir in der Küche standen, im reinweißen Licht der Strahler, und ich sie fragte, ob sie wirklich kein Bier oder Gin Tonic oder Orangensaft oder so wolle, lehnte sie sich plötzlich an den Kühlschrank und fragte mich, ob ich ihr einen Gefallen tun würde.

Ich sagte, ja, selbstverständlich würde ich das tun.

Sie sagte: »Würden Sie mal meinen Hals abtasten?«

Ich sagte: »Ihren Hals?«

Sie legte den Kopf in den Nacken, sah zur Decke und sagte: »Nur abtasten. Tasten Sie ihn ab und sagen Sie mir, was Sie davon halten.«

Wenn das der Anfang war, dachte ich, wenn das der erste Schritt war, mit dem alles wieder von neuem anfing, dann war er anders, als ich gedacht hatte. Vollkommen anders. Das Gefühl, die Situation in der Hand zu haben, hatte mich verlassen: Ich fühlte mich, als würde ich im Sturzflug auf die Erde zurasen, und ging wie ein Schlafwandler mit ausgestreckten Armen auf sie zu, bis meine Fingerspitzen kurz oberhalb des Schlüsselbeins Fionas blassen Hals berührten. Ich strich langsam aufwärts und spürte den weichen Flaum an ihrer Kehle. Fiona rührte sich nicht und sagte kein Wort.

»So?« fragte ich.

»Noch mal. Weiter links.«

Und diesmal fand ich es fast sofort: eine kleine Wölbung, eine harte Beule, so groß wie eine Olive, die unbeweglich dicht unter der Haut saß. Ich strich darüber und betastete sie mit Daumen und Zeigefinger.

»Tut das weh?«

»Nein.«

»Was ist das?«

»Ich weiß nicht.«

»Was hat der Arzt dazu gesagt?«

»Nichts. Er schien sich nicht sehr dafür zu interessieren.«

Ich ließ meine Hand sinken, trat zurück und sah forschend in ihre blaugrünen Augen. Fiona erwiderte ausdruckslos meinen Blick.

»Hatten Sie das schon immer?«

»Nein. Ich hab's erst vor ein paar Wochen bemerkt.«

»Wird es größer?«

»Schwer zu sagen.«

»Sie sollten noch mal zum Arzt gehen.«

»Er hat gesagt, es sei nicht schlimm.«

Mir fiel nichts mehr ein. Ich stand da, als wäre ich angeschraubt. Fiona sah mich einen Augenblick lang an, schlang die Arme um ihren Körper, hob die Schultern und zog sich in sich selbst zurück.

»Ich bin wirklich müde«, sagte sie. »Ich muß gehen.«

»Ja.«

Doch bevor sie ging, legte ich meine Hand nochmals an ihren Hals, und wir sanken in eine Umarmung, unbeholfen zunächst, aber das machte nichts – wir ließen einander nicht los und hielten uns schließlich fest umschlungen. Ich klammerte mich an ihr Schweigen, verschloß die Augen vor unserem Spiegelbild im Küchenfenster und stellte mir einen Knoten aus Fionas stummer Angst und meiner ausgehungerten Sehnsucht vor, einen Knoten, der auch dem Allerschlimmsten, das die Zukunft für uns bereithielt, standhalten würde.

Dorothy

Hin und wieder jemanden zu umarmen und umarmt zu werden ist wichtig. George Brunwin war nie von seiner Frau umarmt worden, und eine Geliebte hatte er schon seit vielen Jahren nicht mehr. Trotzdem gab er sich regelmäßig langen, verzückten, zärtlichen Liebkosungen hin, meist verstohlen in einem dunklen Winkel in einem der Gebäude der Farm, die er einst sein eigen hatte nennen dürfen. Das neueste willige Objekt seiner Zuneigung war ein Kälbchen namens Herbert.

Entgegen den Gerüchten, die im Umlauf waren, hatte George jedoch nie Sex mit einem Tier gehabt.

Obwohl er wahrscheinlich kaum je darüber nachgedacht hatte, war eine seiner am tiefsten verwurzelten Überzeugungen, daß ein Leben ohne körperlich geäußerte Liebe kaum lebenswert sei. Seine Mutter hatte ihn oft geküßt, gestreichelt und an sich gedrückt, hatte ihm über das Haar gestrichen, seinen Hintern getätschelt und ihn auf dem Schoß gewiegt, und auch sein Vater war einem gelegentlichen festen Händedruck, einer kernig männlichen Umarmung nicht abgeneigt gewesen. George war mit der Annahme aufgewachsen, daß diese wunderbaren zwischenmenschlichen Begegnungen, diese Ausbrüche spontaner, fröhlicher Zuwendung das waren, was Liebesbeziehungen ausmachte. Außerdem war der Rhythmus des Lebens auf der Farm seines Vaters zum großen Teil von den Fortpflanzungszyklen der Tiere bestimmt gewesen, und George war für diese vielleicht empfänglicher gewesen als andere Jungen seines Alters, denn er entwickelte schon in jungen Jahren einen gesunden sexuellen Appetit. Angesichts dieser Tatsache hätte er (selbst wenn er eine Wahl gehabt hätte) schwerlich eine ungeeignetere Frau finden können als Dorothy Winshaw, mit der er im Frühjahr 1962 in den Stand der Ehe getreten war.

Sie hatten die Flitterwochen in einem Hotel im Lake District am Ufer des Derwent Water verbracht. Und zwanzig Jahre später, an einem klammen Abend im Juni, saß George allein in ebendiesem Hotel und trank. Zwar war sein Kopf vom Alkohol umnebelt, doch die Erinnerung an die Hochzeitsnacht war noch immer unangenehm präsent. Dorothy hatte seine Zärtlichkeiten nicht direkt abgewehrt, aber ihre stumpfe Passivität war an sich schon Widerstand genug gewesen und hatte, wie um die Demütigung vollkommen zu machen, obendrein deutliche Untertöne von spöttischer Langeweile enthalten. Trotz aller Mühe, die sich George mit dem Vorspiel gegeben hatte, waren seine tastenden Fingerspitzen nur auf trockene Verkniffenheit gestoßen. Unter diesen Umständen wäre ein weiteres Beharren praktisch einer Vergewaltigung gleichgekommen (für die George, abgesehen von allem anderen, nicht die notwendige Kraft besaß). Im Lauf der nächsten Wochen hatte er noch drei oder vier Vorstöße unternommen, und danach war dieses Thema so erledigt gewesen wie Georges Hoffnungen. Wenn er jetzt durch den Nebel seines Rausches zurückblickte, fand er es lachhaft und absurd, daß er je erwartet hatte, die Ehe werde vollzogen werden. Dorothy und er waren körperlich absolut inkompatibel. Eine geschlechtliche Vereinigung war für sie ebenso unmöglich wie für die mißgebildeten Puter und Puten, die Dorothy seit neuestem künstlich besamen lassen mußte: Ihre fleischliefernden Brüste waren infolge jahrelanger Zuchtauswahl und medikamentöser Behandlung so grotesk vergrößert, daß ihre Geschlechtsteile nicht einmal mehr miteinander in Berührung kommen konnten.

Warum haßte George seine Frau nicht? Weil sie ihn (finanziell) reicher gemacht hatte, als er es sich in seinen kühnsten Träumen ausgemalt hatte? Empfand er jemals einen gewissen widerwilligen Stolz darüber, daß sie aus einem ehemals ruhigen, altmodischen, bescheidenen Familienunternehmen eines der größten agrochemischen Imperien des Landes gemacht hatte? Oder war der Haß im Lauf der Jahre einfach von den Strömen von Whisky davongespült worden, dem George sich täglich und immer unverhüllter hingab? Jedenfalls lebten Dorothy und er sehr verschiedene Leben.

Jeden Werktag fuhr Dorothy morgens in die Stadt, an deren äußersten Rand sich auf einem mit trostlosem Gebüsch bestandenen Grundstück ein riesiger, vierstöckiger Gebäudekomplex mit Büros und Laboratorien erhob: die Weltzentrale der Brunwin Holdings PLC. George war vor über fünfzehn Jahren zum letztenmal dort gewesen. Da er kein Geschäftsmann war, von Wissenschaft nichts verstand und für die kindischen Jo-Jo-Spielchen der Börsenkurse, die die meisten der Direktoren so zu faszinieren schienen, nichts als Verachtung übrig hatte, zog er sich in eine Phantasieversion glücklicherer Zeiten zurück. Es gab einen kleinen, aus roten Ziegeln gemauerten Kuhstall, dem es irgendwie gelungen war, Dorothys Erweiterungsmaßnahmen zu entgehen (sie hatte die meisten der ursprünglichen Gebäude abreißen und durch Reihen von riesigen Hühnerställen und Hallen aus stumpfgrauem Stahl ersetzen lassen, die eine von Umwelteinflüssen befreite Tieraufzucht ermöglichten), und hier verbrachte George den größten Teil des Tages. Seine einzigen Gefährten waren die Whiskyflasche und das eine oder andere kranke, geschwächte Tier, das er, in der Hoffnung, es gesundzupflegen, aus seinem Kerker hatte befreien können: Hühner, deren Beine ihre überentwickelten Körper nicht mehr tragen konnten, oder Kälber mit durchhängenden Rücken und verformten Becken, eine Folge von übermäßig und wahllos verabreichten Wachstumshormonen. Dorothy blieb die Existenz dieses dunklen Asyls lange verborgen – immerhin hatte sie gewöhnlich Besseres zu tun, als ihren Betrieb zu inspizieren –, doch als sie es schließlich entdeckte, konnte sie ihre wütende Verachtung für die Gefühlsduselei ihres Mannes nicht verhehlen.

»Er hatte sich das Bein gebrochen«, sagte George und versperrte ihr den Zugang zum Kuhstall, in dem Herbert sich in eine Ecke duckte. »Ich konnte nicht mitansehen, wie er mit den anderen auf den Lastwagen geladen wurde.«

»Und ich werde dir deine verdammten Beine brechen, wenn du mein Vieh nicht in Ruhe läßt«, schrie Dorothy. »Für das, was du da gerade mit diesem Tier gemacht hast, könnte ich dich vor Gericht schleppen.«

»Ich hab ihn bloß gestreichelt.«

»Herrgott noch mal! Und hast du auch erledigt, was ich dir aufgetragen habe? Hast du mit der Köchin über das Essen für Freitag abend gesprochen?«

Er sah sie verständnislos an. »Was für ein Essen?«

»Das Essen, zu dem wir Thomas und Henry und die Leute von Nutrilite eingeladen haben.« Dorothy hatte immer eine Reitgerte in der Hand. Jetzt schlug sie sich damit wütend ans Bein. »Du hast es vergessen, stimmt's? Du vergißt ja immer alles. Du bist nichts als ein nichtsnutziger, eingetrockneter, verbrauchter kleiner Wichser. Herrgott noch mal!«

Damit stürmte sie zurück zum Hauptgebäude. George sah ihr nach und fühlte sich mit einemmal überwältigend nüchtern.

Unvermittelt stellte er sich eine Frage: Warum habe ich diese Frau geheiratet?

Dann fuhr er in den Lake District, um darüber nachzudenken.

Er hatte begonnen zu trinken, um seiner Einsamkeit zu entfliehen. Nicht der Einsamkeit, die er manchmal gespürt hatte, als er die Farm noch selbst bewirtschaftet und oft ganze Tage in der stolzen, königlichen Abgeschiedenheit des Moors verbracht hatte, wo Schafe und Kühe seine einzige Gesellschaft gewesen waren. Vielmehr kämpfte er gegen die Einsamkeit an, die ihn in spartanischen Hotelzimmern im Zentrum von London überfiel, wenn eine schlaflose Nacht vor ihm lag und die einzige Ablenkung die Nachttischbibel und die neueste Ausgabe der *Poultry News* war. Kurz nach seiner Hochzeit verbrachte George so manche Nacht auf diese Weise, denn Dorothy hatte ihm eingeredet, es liege in seinem Interesse, einen Sitz im Rat der National Farmer's Union zu übernehmen. Er gab den Posten nach etwas mehr als einem Jahr wieder ab, denn er hatte festgestellt, daß ihm jedes Talent für die Tätigkeit des Lobbyisten und Kommissionsmitglieds fehlte und ihn nichts mit den anderen Ratsmitgliedern verband, von denen kein einziger seine Begeisterung für die alltäglichen Arbeiten auf einem Bauernhof zu teilen schien. (George hatte den Eindruck, daß sie sich in den

Rat hatten wählen lassen, um der Arbeit auf ihrem Bauernhof zu entfliehen.) Dorothy übernahm seinen Sitz und ließ keinen Zweifel daran, daß sie ihm zu diesem Zeitpunkt nicht zutraute, in ihrer Abwesenheit die Farm zu leiten. Ohne ihren Mann zu informieren, suchte sie per Anzeige einen Verwalter, und George mußte feststellen, daß er praktisch überflüssig geworden war.

Inzwischen ging Dorothy ans Werk. Sie machte sich die Kontakte, die ihr Cousin Henry zu Mitgliedern beider Parlamentskammern unterhielt, zunutze und verfügte bald über ausgezeichnete Verbindungen zu den maßgeblichen Leuten im Finanz- und Landwirtschaftsministerium. In exklusiven Restaurants und bei prächtigen Dinnerpartys überzeugte sie Abgeordnete und hohe Beamte von der Notwendigkeit, noch höhere Subventionen an jene Landwirte zu zahlen, die ihren Betrieb auf die neuen Methoden der Intensivwirtschaft umstellen wollten. Ihren Bemühungen (und denen anderer, die in dieselbe Kerbe schlugen) war es zu verdanken, daß die Regierung immer mehr Zuschüsse und Steuernachlässe bewilligte, damit Fundamente gegossen, Gebäude errichtet und Apparate und Installationen gekauft werden konnten. Kleinere Bauern, die diese Zuschüsse nicht nutzten, sahen sich bald außerstande, mit den Marktpreisen der hoch subventionierten Betriebe zu konkurrieren.

Sobald bekannt wurde, daß große Summen öffentlicher Gelder in die Intensivwirtschaft fließen würden, traten die Banken auf den Plan. Hier hatte Dorothy einen Vorsprung vor ihren Konkurrenten, denn Thomas Winshaw war inzwischen im Begriff, zu einem der einflußreichsten Männer in der britischen Finanzwelt zu werden. Als er erfuhr, welchen Kurs die Regierung einzuschlagen gedachte, begann er, stark in landwirtschaftlich genutztes Land zu investieren und war nur zu bereit, Dorothy für ihre Expansionsmaßnahmen große Kredite einzuräumen – wobei ihr Grundbesitz als Sicherheit diente. (Die Höhe der Schulden zwang sie, aus dem Tierbestand und den Anbauflächen jedes Jahr mehr herauszuholen.) Von Anfang an war es ihr Ziel, Profite zu erwirtschaften, indem sie auf alle Ebenen der Produktion Einfluß nahm. Zunächst kaufte sie die kleineren Farmen in der Grafschaft oder nahm sie unter Vertrag. Sobald sich der größte Teil der Eier-, Hühner-, Schinken- und Gemüseproduktion in Nordostengland in ihrer Hand befand, weitete sie das Spektrum ihrer Unternehmungen aus und gründete eine Reihe von Nahrungsmittelfirmen: Easilay Eggs (»Wir sind das Gelbe vom Ei«), Porkers (»Schinken nach Gutsherrenart«), Green Shoots (»Vom Feld frisch auf den Tisch«) und Pluckalot Chickens (»Kerngesunde Hähnchen vom Bauernhof«). Das Markenzeichen Brunwin war für den Unternehmenszweig reserviert, der – in Hinblick auf die Profite, die er abwarf – das Juwel in der Krone des Konzerns war: jene Firma, die tiefgekühlte Fertiggerichte und Instantpuddings herstellte. Der Werbeslogan hierfür lautete schlicht: »Brunwin: Phantastisch!«

Jede dieser Gesellschaften wurde von Hunderten von Vertragsfarmern im ganzen Land beliefert, die – wenn sie vorhatten, von ihrer Arbeit zu leben – gehalten waren, jedes wachstumsfördernde Antibiotikum und jedes ertragssteigernde Pestizid zu verwenden, um die immer höheren Produktionsquoten zu erfüllen, die Dorothy in der Zentrale von Brunwin Holdings festlegte. Diese Farmer waren auch verpflichtet, das Futter für ihre Tiere von einer Firma namens Nutrilite (einem Tochterunternehmen von Brunwin Holdings) zu beziehen und es mit chemischen Zusätzen anzureichern, die von einer anderen Firma namens Kemmilite (einem Tochterunternehmen von Brunwin Holdings) hergestellt wurden. Auf diese Weise wurden die innerbetrieblichen Kosten bei Brunwin Holdings auf einem absoluten Minimum gehalten.

Dorothy hatte lange gebraucht, um ihr Imperium aufzubauen, doch als George in den Lake District fuhr, befand sich der Konzern auf dem Höhepunkt der Macht. Aus den Absatzzahlen für diesen Zeitraum geht beispielsweise hervor, daß Easilay das Land jede Woche mit mehr als 22 Millionen Eiern versorgte, und der jährliche Umsatz von Pluckalot betrug mehr als 55 Millionen. Hühner natürlich, nicht Pfund.

Eines Nachmittags, als ich etwa zwanzig war, hatten Verity und ich im Haus meiner Eltern einen Streit. Danach machte ich einen Spaziergang, um mich wieder zu beruhigen. Sie hatte sich, wie üblich, über meinen schriftstellerischen Ehrgeiz lustig gemacht, und ich war erfüllt von rechtschaffenem Selbstmitleid, als ich auf einem Feldweg in Richtung des Wäldchens ging, das ich als Kind bei unseren Sonntagsspaziergängen erkundet hatte. Sicher verfolgte ich damit halb bewußt eine bestimmte Absicht. Ich wollte den Schauplatz vieler glücklicher Erinnerungen aufsuchen (und natürlich den Ort, an dem ich meine ersten Schritte als Schriftsteller getan hatte), weil ich glaubte, dies würde mein Selbstgefühl als einzigartig kostbares und empfindsames Wesen, als Bewahrer ästhetisch umgewandelter Erinnerungen wiederherstellen. Und darum steuerte ich auf das zu, was einst Mr. Nuttalls Bauernhof gewesen war. Ich war seit über zehn Jahren nicht mehr dort gewesen.

Als ich vor dem Stacheldrahtzaun und den fremdartigen neuen Gebäuden stand, dachte ich zunächst, mein Gedächtnis habe mir einen Streich gespielt und mich an den falschen Ort geführt. Vor mir lag eine Art Fabrik. Ich sah eine Reihe langer Schuppen, Zweckbauten aus Holz, an deren Stirnseite riesige Metallzylinder befestigt waren. Sie standen auf Stelzen und ragten drohend in den wolkigen Nachmittagshimmel. Verwundert kroch ich unter dem Zaun hindurch und trat näher, um sie genauer zu untersuchen. Die Schuppen hatten keine Fenster, doch ich kletterte auf einen der Metallzylinder und spähte durch einen Spalt zwischen den Brettern.

Ein paar Sekunden lang sah ich nichts als Schwärze und war wie betäubt von der staubigen, feuchten, nach Ammoniak stinkenden Luft. Nach und nach schälten sich Umrisse aus der Finsternis. Was ich sah, ist schwer zu erklären, denn es ergab keinen Sinn, und es ergibt auch heute keinen. Ich hatte das Gefühl, eine Filmszene zu sehen, die der bizarren Phantasie eines surrealistischen Regisseurs entsprungen war. Ich sah etwas, das ich nur als ein Meer von Hühnern bezeichnen kann. Der Raum schien ein langer, breiter, dunkler Tunnel zu sein, dessen Boden, so weit das Auge reichte, von Hühnern bedeckt war. Weiß der Himmel, wie viele Hühner in diesem Schuppen waren – Tausende, vielleicht auch Zehntausende. Sie bewegten sich nicht. Sie waren zu eng zusammengepfercht, um sich drehen oder gar umherlaufen zu können. Mir wurde bewußt, daß eine tiefe Stille herrschte. Ich weiß nicht, wie lange es dauerte, bis sie durchbrochen wurde. Eine Tür wurde geöffnet, und am anderen Ende des Tunnels erschien ein kleines helles Rechteck. Zwei Männer standen in der Tür, und plötzlich hörte man Geflatter und das Rascheln von Federn.

»Da wären wir«, sagte der eine.

»Donnerwetter«, sagte der andere. Ihre Stimmen hallten nach.

»Dann wollen wir uns die Sache mal bei Licht besehen«, sagte der erste und schaltete eine Handlampe ein.

»Die haben ja nicht gerade viel Platz.«

»Wir geben uns Mühe, rationell zu arbeiten.« Ich nahm an, daß dieser Mann der Besitzer war. Es war nicht Mr. Nuttall, aber ich hatte meine Mutter sagen hören, die Farm sei vor kurzem verkauft worden.

»Ich muß sagen, ich finde es hier eigentlich warm genug.«

»Nein, nein, es muß noch viel wärmer sein.«

»Und wann ist die Anlage ausgefallen?«

»Irgendwann gestern nacht.«

»Und das Licht offenbar auch.«

»Nein, es soll hier so dunkel sein. Die Viecher sind sechs Wochen alt. Wenn es hier drinnen hell wäre, würden sie anfangen zu kämpfen.«

»Tja, ich kann bloß die Leitungen durchmessen. Meistens stimmt irgendwas mit dem Erdungssystem nicht.«

»Ich hab erst letztes Jahr ein neues einbauen lassen, ein komplettes neues System. Das alte hat überhaupt nichts getaugt. In einer Nacht hatten wir einen Totalzusammenbruch. Die gesamte Lüftung ist ausgefallen. Als ich am nächsten Morgen hier reinkam, lagen neuntausend tote Vögel auf dem Boden. Neuntausend! Wir haben zu viert den ganzen Morgen gebraucht, um sie rauszuschaffen. Wir mußten sie rausschaufeln.«

»Tja, und wie komme ich nun an die Leitungen?«

»Die sind am anderen Ende, bei dem großen Vorratsbehälter.«

Einen Augenblick lang herrschte Stille. Dann sagte der zweite Mann: »Und wie komme ich dahin?«

»Zu Fuß natürlich. Wie denn sonst?«

»Aber das geht nicht. Wo soll ich denn hintreten, bei all diesen Vögeln?«

»Die tun Ihnen schon nichts.«

»Und wenn ich ihnen was tue?«

»Ach, das ist schon in Ordnung. Treten Sie möglichst nicht auf sie drauf. Ein paar tote sind sowieso immer dabei. Machen Sie sich darüber mal keine Gedanken.«
»Sie wollen mich wohl auf den Arm nehmen!«
Der zweite Mann drehte sich um und ging hinaus. Der Farmer folgte ihm.
»Wo gehen Sie hin?«
»Ich werd doch nicht durch einen Haufen Hühner trampeln, bloß um Ihre verdammten Leitungen zu prüfen.«
»Aber wie wollen Sie sonst...«
Die Stimmen verklangen. Ich kletterte von dem Metallzylinder herunter und klopfte den Staub von meinen Kleidern. Auf dem Weg zum Stacheldrahtzaun am Waldrand sah ich einen Lieferwagen die Auffahrt hinauffahren und anhalten. Er trug die Aufschrift PLUCKALOT CHICKENS — EIN UNTERNEHMEN DER BRUNWIN-GRUPPE. *Damals sagte mir dieser Name nichts.*

Dorothy glaubte an Forschung und Entwicklung, und im Lauf der Jahre erwarb sich die Brunwin-Gruppe eine Reputation für ihre technologischen Innovationen, insbesondere auf dem Gebiet der Hühnerzucht. Hier eine Reihe von Problemen, für die Dorothy eine Lösung fand:

1. Aggression: Der Raum, über den Dorothys Hähnchen kurz vor ihrer Schlachtung im Alter von sieben Wochen (das ist etwa ein Fünfzigstel ihrer normalen Lebensspanne) verfügten, betrug 0,02 Quadratmeter pro Tier. Kämpfe und Kannibalismus waren unter diesen Umständen nichts Ungewöhnliches.
Lösung: Anfangs experimentierte Dorothy mit rot getönten Brillen, die auf die Schnäbel geklemmt wurden und rote Farbe neutralisierten, so daß die Tiere nicht mehr nach den Kämmen ihrer Nachbarn hackten. Später ersetzte sie diese Brille durch Scheuklappen, die die Sicht nach beiden Seiten begrenzten. Als sich dies als zu aufwendig erwies, suchte Dorothy nach der effektivsten Methode der Schnabelamputation. Zunächst arbeitete sie mit einer Lötlampe, dann mit

einem Lötkolben. Schließlich präsentierten ihre Entwicklungsingenieure ihr eine kleine Guillotine, die mit einer heißen Klinge ausgestattet war. Dieses Gerät arbeitete ziemlich effizient. Allerdings führte eine zu starke Aufheizung der Klinge zu Verbrennungen im Inneren des Schnabelstumpfs, und da etwa fünfzehn Tiere pro Minute amputiert werden mußten und nicht immer mit der nötigen Genauigkeit gearbeitet werden konnte, gab es viele Fälle von verbrannten Atemlöchern und Gesichtsverletzungen. Die durchtrennten Nerven wuchsen oft nach, wucherten und erzeugten schmerzhafte chronische Neurome. Als letztes Mittel ließ Dorothy die Legebatterien und Hähnchenhäuser mit beruhigender Musik beschallen. Die besten Resultate erzielte sie mit *Manuel and His Music of the Mountains*.

2. Zweite Legeperiode: Jahrelang wurden die Batteriehennen nach fünfzehn Monaten, am Ende der Legeperiode, geschlachtet. Dorothy war überzeugt, es sei möglich, den Beginn der zweiten Legeperiode zu beschleunigen.

Lösung: Beschleunigte Mauser. Dorothy entdeckte, daß die Mauser, in der die Hühner keine Eier legten, durch abrupte Veränderungen der Beleuchtungszeiten oder rigorosen Futter- und Wasserentzug verkürzt werden konnte.

3. Männliche Küken: Die männlichen Küken der für die Eierproduktion gezüchteten Hühner sind genetisch nicht für die Mast geeignet und haben daher keinerlei ökonomischen Wert. Deswegen müssen sie möglichst schon am ersten Tag ihres Lebens beseitigt werden – aber wie?

Lösung: Eine Zeitlang experimentierte Dorothy mit einer besonderen Mühle, die in zwei Minuten tausend Küken zermahlen konnte. Der Brei fand als Dünger oder Futter Verwendung. Die Aufstellung dieser Mühlen war jedoch zu kostspielig. Eine mögliche Alternative war die Dekompression durch Sauerstoffentzug, ebenso wie Vergasung mit Chloroform oder Kohlendioxid. Schließlich stellte man fest, daß nichts billiger war als die altbewährte Methode des Erstickens. Das ließ sich am einfachsten bewerkstelligen, indem man Tausende von Küken in einen Sack packte. Entweder erstickten sie langsam, oder sie wurden erdrückt.

4. Betäubung vor dem Schlachten: Bevor sie sich für die Standardprozedur entschied (ein Tauchbad mit Niedervoltspannung), versuchte Dorothy, eine kleine Gaskammer patentieren zu lassen, durch die die Hühner geschleust wurden, bevor man sie an die Haken der Förderkette hängte. Es stellte sich jedoch heraus, daß das heftige Flügelschlagen in der Kammer zu einem Verlust von etwa fünfzig Kubikzentimetern Gas pro Tier führte, weswegen diese Methode aus wirtschaftlichen Gründen wieder verworfen wurde.

Dorothy hatte längst die Erfahrung gemacht, daß kosteneffiziente Methoden der Schlachtung schwer zu entwickeln waren. Die elektrischen Betäubungsapparate in ihren Schlachthöfen waren teuer und arbeiteten langsam (jedenfalls wenn man sie sorgfältig anwendete). Zumindest in dieser Hinsicht hatte sie etwas von einer Traditionalistin: Insgeheim war sie davon überzeugt, daß, wenn man ein Rind oder ein Schwein schlachten wollte, nichts über einen gut gezielten Schlag mit dem Schlächterbeil ging. Sie beschäftigte auch weiterhin Spezialisten für die Schächtung, obwohl viele Juden und Moslems begonnen hatten, Einwände gegen diese Art des Schlachtens zu erheben. Der Markt, sagte sie, sei da und müsse bedient werden. Dennoch – wenn es um das Schlachten ging, hatten ihre Konkurrenten einen kleinen Vorsprung, und zwar hauptsächlich, weil dies ein Bereich war, den George vor der Übernahme des Betriebs durch Dorothy sträflich vernachlässigt hatte. Sie war erstaunt, als sie feststellte, daß er so gut wie keine persönliche Erfahrung auf diesem Gebiet besaß. Einmal hatte sie ihn weinen sehen, als er versuchte, eine an Euterentzündung erkrankte Kuh notzuschlachten. Der auf die Stirn gezielte Vorschlaghammer ging weit daneben und traf das Auge. Während das Tier wild um sich trat, wich George zurück und stand stumpf und zitternd da. Dorothy war es schließlich, die die Kuh fesselte, das blutende, brüllende Tier an den Nüstern packte und mit einem einzigen mächtigen Schlag mit dem Schlächterbeil tötete. »Männer!« hatte sie verächtlich gemurmelt und war ins Haus gegangen, um sich umzuziehen und vor dem Essen einen Gin Tonic zu trinken.

Eines Abends, als ich etwa vierundzwanzig war, ging ich zu einer Veranstaltung des Filmclubs der Universität, der eine Reihe französischer Filme zeigte. Der erste war Le Sang des Bêtes, *ein kurzer Dokumentarfilm über einen Schlachthof in Paris von George Franju. Am Ende des Films war das Kino halb leer.*

Es war das typische Publikum: Die Mehrheit bildeten hartgesottene Connaisseure des Horrorfilms, die es schick fanden, sich Billigproduktionen über von Psychopathen verstümmelte amerikanische Teenager oder Science-fiction-Alpträume mit blutdürstigen Spezialeffekten anzusehen. Was hatte dieser in mancher Hinsicht so sanfte und melancholische Film, das Frauen entsetzt aufschreien und Männer zum Ausgang stürzen ließ?

Ich habe ihn seitdem nicht mehr gesehen, aber viele Szenen sind mir im Gedächtnis geblieben. Das wunderschöne weiße Zugpferd stürzt zu Boden, als der Dorn sich in seinen Hals bohrt und eine Blutfontäne herausspritzt; Kälber, denen man die Kehle durchgeschnitten hat, zucken und stoßen mit warmem Blut gefüllte Schüsseln um, die anschließend über den Boden rollen; man sieht Reihen geköpfter Schafe, deren Beine noch verzweifelt ins Leere treten; Kühen werden lange, spitze Stahlstifte durch die Stirn ins Gehirn gestoßen. Und dann, als Kontrast, erzählt uns eine Mädchenstimme von den traurigen Vororten von Paris: ... les terrains vagues, jardins des enfants pauvres ... à la limite de la vie des camions et des trains ... *Die Arbeiter singen Trenets »La Mer«, während sie die Tiere zerlegen –* »ses blancs moutons, avec les anges si pures«. *Schafe schreien, als wären sie Geiseln, während sie von ihrem Leithammel,* le traître, *zum*

286

Schlachthof geführt werden. Er kennt den Weg und weiß, daß er verschont bleiben wird: les autres suivent comme des hommes... *Die Arbeiter pfeifen und lachen* avec la simple bonne humeur des tueurs, *sie schwingen ihre Hämmer, Messer, Äxte und Beile* sans colère, sans haine... *Ohne Zorn, ohne Haß.*

Ich konnte diesen Film nicht vergessen, und in den folgenden Wochen suchte ich, wenn ich mich in der Universitätsbibliothek langweilte, im Katalog der Filmliteratur nach Aufsätzen, die sich mit ihm befaßten. Vielleicht hoffte ich, daß das Schlächterbeil der akademischen Kritik den Bildern in meinem Kopf, die nicht aufhören wollten, gräßlich zu zucken, ein gnädiges Ende bereiten würde. Doch es kam anders. Ich stieß nach intensivem Forschen auf einen langen und brillanten Essay, der das Geheimnis der in Le Sang des Bêtes *enthaltenen furchtbaren Wahrheit entschlüsselt zu haben schien. Als ich zu Ende gelesen hatte, schlug ich mein Heft auf und schrieb diese Sätze ab:*

Der Film erinnert uns daran, daß auch ein unvermeidlicher Akt unserer Seele unerträgliche Schmerzen bereiten kann, und daß auch ein gerechtfertigter Akt zugleich grauenhaft sein kann... und daß, gleich unserer verrückten Mutter Natur, unser verrückter Vater Gesellschaft eine Organisation nicht nur des Lebens, sondern auch des Todes ist...

»Na?« sagte Henry. »Was gibt's Neues auf der Farm?«

»Alles wie immer«, sagte Dorothy. »Die Geschäfte gehen nicht schlecht. Allerdings würden sie noch viel besser gehen, wenn wir nicht so viel Zeit damit verschwenden müßten, uns diese Umweltspinner vom Leib zu halten. Das schmeckt ganz gut, nicht?«

»Das« war ihr Hors d'œuvre: frische Wachteleier in einer Hülle aus gerösteten grünen und roten Paprikaschoten. Henry und Dorothy aßen in einem separaten Speiseraum im Heartland Club zu Abend.

»Und unter anderem darüber wollte ich mit dir reden«, fuhr Dorothy fort. »Wir haben aus den USA ein paar Schreckensmeldungen gekriegt. Hast du schon mal von einem Medikament namens Sulfadimidin gehört?«

»Nicht daß ich wüßte. Wofür ist das gut?«

»Bei der Schweinezucht ist es geradezu unentbehrlich. Absolut unentbehrlich. Du weißt, daß wir in den letzten zwanzig Jahren enorme Fortschritte in der Schweineproduktion gemacht haben. Allerdings gibt es da ein paar Schwierigkeiten, zum Beispiel Erkrankungen der Atemwege. Mit Sulfadimidin läßt sich das Schlimmste verhüten.«

»Wo ist dann das Problem?«

»Die Amerikaner haben es an Ratten getestet und vermuten, daß es krebserregend ist. Anscheinend wollen sie es verbieten.«

»Hm. Und gibt es andere Mittel, die man verwenden könnte?«

»Nichts, was annähernd so wirksam wäre. Ich meine, wir könnten die Ausfälle durch Krankheit wahrscheinlich verringern, wenn wir unsere Kapazitäten nicht voll auslasten würden...«

»Aber das wäre ja absurd. Nein, nein, es hat keinen Sinn, etwas zu unternehmen, was deine Konkurrenzfähigkeit bedroht. Ich werde mal mit dem Minister darüber reden. Ich bin sicher, er sieht das genauso. Versuche mit Ratten beweisen überhaupt nichts. Außerdem ist es bei uns eine lange und ehrwürdige Tradition, die Empfehlungen unabhängiger Kommissionen zu ignorieren.«

Das Hauptgericht bestand aus glasierter Schweinelende mit Knoblauchkartoffeln. Das Fleisch (und auch die Wachteleier) hatte Dorothy selbst mitgebracht. Ihr Chauffeur hatte es am Nachmittag in einer Kühlbox abgeliefert, und sie hatte dem Küchenchef detaillierte Anweisungen gegeben, wie es zuzubereiten sei. Auf einer Weide hinter dem Farmhaus hielt sie eine kleine Herde Schweine für ihren eigenen Bedarf. Wie Hilary (die sich nie ihre eigenen Fernsehsendungen ansah) hatte Dorothy nicht die Absicht, je etwas von den Lebensmitteln zu sich zu nehmen, die sie mit erheblichem Gewinn den ahnungslosen Verbrauchern zumutete.

»Diese Umweltidioten gehen uns übrigens genauso auf die Nerven wie dir«, sagte Henry und machte sich mit Genuß über das Fleisch her. »Zum Beispiel haben sie den ganzen Kälbermarkt ruiniert.«

Das stimmte. Großbritanniens größter Kälbermastbetrieb hatte kürzlich die engen Mastboxen abgeschafft und wieder mit Streu ausgelegte Großställe eingeführt. Unter dem Druck der Öffentlichkeit hatte der Direktor erklärt, das Intensivsystem sei »moralisch abstoßend« gewesen.

»Also, ich werde bei Mastboxen bleiben«, sagte Dorothy. »Außerdem können wir ja immer noch exportieren. Und in dieser ganzen Diskussion über die Kälbermast steckt so viel blödsinnige Gefühlsduselei. Dabei sind es entsetzlich schmutzige Tiere. Weißt du, was sie machen, wenn man ihnen mal ein paar Tage nichts zu trinken gibt? Sie saufen ihren eigenen Urin.«

Henry schüttelte über die Verirrungen der Natur ungläubig den Kopf und füllte ihre Gläser erneut mit Sauternes. Dorothy schnitt das Fett von ihrem Fleisch und schob es sorgfältig an den Tellerrand. »Trotzdem müssen wir diese Interessengruppen gut im Auge behalten. Ich habe den Verdacht, daß sie ihr Maul immer weiter aufreißen werden.«

»Da brauchst du dir keine Sorgen zu machen«, sagte Henry. »Die Zeitungen werden nie über etwas schreiben, das so langweilig ist wie Nahrungsmittelproduktion. Und selbst wenn – die Leute interessieren sich nicht dafür, weil sie dumm sind. Das weißt du so gut wie ich. Außerdem unterliegen die meisten Daten der offiziellen Geheimhaltung. Das ist zwar absurd, aber es ist so. Und wenn tatsächlich mal einer von diesen Schreihälsen im weißen Kittel mit einer Horromeldung kommt – was hält dich dann davon ab, deine eigenen Leute Zahlen veröffentlichen zu lassen, die das genaue Gegenteil beweisen?«

Dorothy lächelte. »Da hast du natürlich recht. Man vergißt so schnell, daß nicht jeder so skeptisch ist wie du...«

»Es erstaunt mich, daß du das sagst«, bemerkte Henry. Er lehnte sich zurück und lockerte mit zufriedenem Gesicht seinen Gürtel. »Ich bin nicht von Natur aus Skeptiker. Wenn ich überhaupt etwas bin, dann ein Idealist. Und außerdem halte ich das meiste von dem, was die Ernährungswissenschaftler im Augenblick sagen, für richtig. Der Unterschied ist nur, daß mir die sozialen Implikationen keine Sorgen, sondern Hoffnungen machen.«

»Wie meinst du das?«

Henry zögerte und wischte mit dem Finger gedankenverloren Sauce vom Teller. »Ich will es mal so sagen: Wußtest du schon, daß wir in den nächsten fünf Jahren die Schulspeisung für mehr als eine halbe Million Kinder streichen werden?«

»Keine sehr populäre Entscheidung, würde ich sagen.«

»Tja, zunächst wird es einen Aufschrei geben, aber die Empörung wird sich legen, weil irgend etwas Neues kommt, über das die Leute sich aufregen werden. Wichtig ist, daß wir eine Menge Geld sparen. Und eine ganze Generation von Kindern aus einkommensschwachen Verhältnissen wird jeden Tag nichts anderes essen als Chips und Schokolade. Und das heißt, daß diese Kinder körperlich schwächer und geistig langsamer sein werden.« Dorothy runzelte die Stirn. »Doch, doch«, versicherte er ihr, »eine zuckerreiche Ernährung führt zu einem verlangsamten Wachstum des Gehirns. Das haben unsere Jungs herausgefunden.« Er lächelte. »Und jeder General weiß, daß das Geheimnis des Siegs darin besteht, den Feind zu demoralisieren.«

Zum Nachtisch gab es Apfel-Quitten-Pudding mit Honig-Ingwer-Sauce. Die Äpfel stammten, wie üblich, aus Dorothys Obstgarten.

Zutaten: Modifizierte Stärke, Glukose, Salz; Geschmacksverstärker: Monosodiumglutamat, Sodium 5-Ribonucleotid; Dextrose, Pflanzenöl, Tomatenextrakt, hydrolysierte pflanzliche Proteine, Hefeextrakt, getrocknetes Rindfleisch, Zwiebelpulver, Gewürze, Aromastoffe; Farbstoffe E150, E124, E102; Kasein, Säureregulator E460; Emulsionsmittel E471, E472b; Antioxidationsmittel E320.

Einmal, als ich etwa fünfundzwanzig war, fuhr ich über das Wochenende zu meinen Eltern. Ich verbrachte während meines Studiums viele Wochenenden bei ihnen, doch dieser Besuch ist mir besonders in Erinnerung geblieben, denn mir fiel zum erstenmal auf, wie sehr sich ihre Eßgewohnheiten seit meiner Kindheit verändert hatten. Diese Veränderung hatte wahrscheinlich begonnen, als ich elf war und sie beschlossen, mich auf eine private Schule zu schicken. Von da an schienen sie nicht mehr genug Geld zu haben. Mein Vater bekam nur selten kleine Gehaltserhöhungen, und ich glaube, er wünschte sich, sie hätten sich ein Haus in einer weniger teuren Gegend gekauft. Meine Mutter, die Lehrerin war und bis dahin nur eine halbe Stelle gehabt hatte, nahm eine Vollzeitstelle an. Trotzdem war es für sie eine Frage der Ehre, jeden Tag eine warme Mahlzeit auf den Tisch zu bringen. Diese Mahlzeiten bestanden jedoch immer häufiger aus Fertiggerichten, und die Tendenz verstärkte sich noch, als meine Eltern Mitte der siebziger Jahre eine Tiefkühltruhe anschafften, die in der Garage aufgestellt wurde. Mein Vater beklagte sich nicht darüber. Im Gegenteil: Ihm sagte diese Art von Essen zu, zum Teil weil es ähnlich schmeckte wie das Mittagessen, das er mit seinen Kollegen in der Firmenkantine einnahm. Ich weiß noch, daß ich an diesem Wochenende in die Tiefkühltruhe sah und darin mehr als zwanzig Packungen eines der ungesündesten Erzeugnisse der Brunwin-Gruppe entdeckte: Hamburger mit Pommes frites. Man brauchte die Aluminiumschale nur noch für zwanzig Minuten in den Ofen zu schieben, und schon hatte man eine schmackhafte Mahlzeit. Mein Vater erklärte mir, das sei sehr praktisch an den zwei Abenden pro Woche, an denen er sich sein Essen selbst zubereiten mußte, weil meine Mutter Spiele der Schulmannschaften beaufsichtigte und spät nach Hause kam. Ich erwiderte, das klinge nicht gerade nach einer ausgewogenen Ernährung, worauf er erklärte, er ergänze seine Mahlzeiten mit zwei anderen Delikatessen aus dem Hause Brunwin, nämlich einer Tütensuppe als Vorspeise und einem Instantpudding mit Erdbeer- oder Schokoladengeschmack als Nachtisch.

Zutaten: Zucker, gehärtetes Pflanzenfett, modifizierte Stärke; Emulgatoren E477, E322; Aromastoffe, Laktose, Kasein, Fumarsäure; Geliermittel E339, E450a; Molkepulver, Stabilisator E440a; Farbstoffe E110, E160a; Antioxidationsmittel E320.

Inzwischen weiß ich, daß mein Vater sich seine Arterien all die Jahre lang mit gesättigten Fettsäuren verstopft hat. Kurz nach seinem einundsechzigsten Geburtstag starb er an einem Herzanfall.
    Heißt das, daß Dorothy meinen Vater auf dem Gewissen hat?

Dorothys Erfolgsbilanz hinsichtlich der Schweineproduktion war nicht weniger beeindruckend als die auf dem Gebiet der Hühnerzucht. Hier nur einige der Schwierigkeiten, die sie zu überwinden hatte:

1. Unbeholfenheit: Sobald den Sauen natürlicher Erdboden und Stroh entzogen und sie in Ställen mit Betonböden untergebracht wurden, veränderte sich ihr Instinktmuster. Sie wurden unbeholfen und erdrückten oft ihre Ferkel beim Säugen.
Lösung: Dorothy ließ Gitter einbauen, so daß die Ferkel die Zitzen erreichen konnten, ohne erdrückt zu werden.

2. Kannibalismus: Da die Sauen nicht mehr ihrem Wühlinstinkt folgen konnten, begannen sie, ihre eigenen Ferkel aufzufressen.
Lösung: Dorothy ließ sie in enge Abferkelbuchten sperren, in denen sie sich nicht umdrehen konnten. Die Tiere wurden von einer Vorrichtung namens »Eiserne Jungfrau« an größeren Bewegungen gehindert. Zugleich wurden die Ferkel mit Infrarotlampen von ihren Müttern weggelockt. Auf diese Weise waren sie nicht erst nach acht, sondern bereits nach zwei bis drei Wochen entwöhnt.

3. Krankheiten: Unglücklicherweise waren diese Ferkel anfällig für schwere Lungenerkrankungen, und der Krankheitsverlauf ließ sich selbst mit Antibiotika und strenger Temperaturkontrolle nur teilweise zum Stillstand bringen.
Lösung: Embryotomie. Man fand heraus, daß man lebende Ferkel unter aseptischen Bedingungen aus dem Körper der toten Mutter schneiden mußte, um eine »Herde mit minimalem Krankheitsausfall« zu gründen.

4. Verstümmelungen und Eberstich: Die entwöhnten Ferkel wurden auf engem Raum gehalten und entwickelten bald aggressive Verhaltensweisen, die sich am deutlichsten im Verbeißen der Schwänze äußerten. »Eberstich« ist der strenge, unangenehme Geschmack,

den einige Metzger (und vor allem die Supermarktketten) dem Fleisch von männlichen Schweinen nachsagen.

Lösung: Kupieren und kastrieren. Vorzugsweise mit einem stumpfen Instrument, da durch die Quetschung stärkere Blutungen vermieden werden können.

5. Mißbildungen: Einmal ließ Dorothy zweitausend ihrer auf Betonböden gehaltenen Schweine untersuchen und stellte fest, daß sechsundachtzig Prozent lahm waren oder ernsthaften Schaden an ihren Klauen aufwiesen.

Lösung: Keine. Einem Journalisten vom *Farmer's Weekly* sagte Dorothy trocken: »Ich bekomme mein Geld nicht dafür, daß ich Tiere mit guter Körperhaltung produziere.«

Eines Abends, als ich etwa siebenunddreißig war, kam ich mit ein paar Einkäufen aus dem Supermarkt nach Hause. In der kleinen, etwa halb vollen Plastiktüte befanden sich ein halber Liter Milch, eine Packung Schokoladenkekse, vier Mars, einen Laib Brot und eine Portion »Brunwin ›Fix und Fertig‹ Hamburger mit Kartoffelbrei«, die ich in den Ofen schob, noch bevor ich die anderen Sachen im Vorrats- oder Kühlschrank verstaute.

Fünfundzwanzig Minuten später, als ich den Ofen ausschaltete, fischte ich die leere Packung aus dem Mülleimer, um mich davon zu überzeugen, daß ich mich an die Anweisungen gehalten hatte – und da geschah es. Ich glaube, es war eine Art Erleuchtung. Sie dürfen nicht vergessen, daß ich zu diesem Zeitpunkt seit über einem Jahr mit niemandem gesprochen hatte. Vielleicht war ich dabei, verrückt zu werden, aber ich glaube es eigentlich nicht. Ich fing nicht an, hysterisch zu lachen oder so. Trotzdem erlebte ich, was man als einen Augenblick seltener Klarsicht bezeichnen könnte: Eine Erkenntnis durchzuckte mich, sehr zart und ganz kurz nur, doch so deutlich, daß ich zwar nicht mein Leben, aber wenigstens meine Ernährung änderte.

Es lag nicht einmal an dem Bild auf der Packungsvorderseite, obwohl das allein schon hätte zu denken geben können. Eine vierköpfige Familie saß um den Abendbrottisch: der gesunde Paterfamilias

*mit weißen Zähnen, zwei rotwangige Kinder, die vor Vorfreude
strahlen, und ihre junge, hübsche Mutter, deren Gesicht geradezu
glückselig leuchtet, während sie ihrem Mann eine Portion Hamburger mit Kartoffelbrei vorlegt – als wäre dieses Mahl, als wäre diese
Krönung emsigen, hausfraulichen Strebens die letzte, unumstößliche
Bestätigung ihres Selbstwertgefühls. Solche Phantasien werden uns
täglich eingehämmert, und ich bin gegen sie immun geworden. Doch
auf der Rückseite war ein Foto, auf das ich nicht gefaßt war.
Darunter stand »Serviervorschlag«. Es zeigte eine Portion Hamburger mit Kartoffelbrei auf einem Teller. Die Hamburger nahmen die
eine Hälfte des Tellers ein, der Kartoffelbrei die andere. Der Teller
stand auf einem Tisch, und rechts und links davon lagen ein Messer
und eine Gabel. Das war's.*

*Ich starrte das Foto eine Zeitlang an, und ganz langsam kam mir
ein böser Verdacht. Mit einemmal hatte ich das Gefühl, daß sich
irgend jemand irgendwo einen Riesenspaß auf meine Kosten
machte. Nicht nur auf meine Kosten – auf unser aller Kosten. Das
Foto war plötzlich eine Beleidigung meiner Person und der ganzen
Welt. Ich zog die Aluminiumschale aus dem Ofen und warf sie in
den Mülleimer. Es war das letzte Brunwin-Fertigmenü, das ich je
gekauft habe.*

Ich weiß noch, daß ich an jenem Abend hungrig zu Bett ging.

Auf seinem Rückweg vom Lake District hielt George etwa
zehn Meilen vor der Farm an einem Weidetor an, stieg aus
und ließ den Blick über das Moor schweifen. Er war ziemlich
nüchtern und hatte keinen Kater (den hatte er in letzter Zeit
nie gehabt), und dennoch lastete eine eigenartige Schwere
auf ihm, ein dunkles Vorgefühl. Wie üblich war ihm unbehaglich zumute, weil er bald seine Frau wiedersehen würde,
und um die Sache noch schlimmer zu machen, würden morgen abend ihre beiden unerträglichen Cousins Thomas und
Henry sowie ein paar hohe Direktoren der Futtermittelfirma
Nutrilite zum Essen kommen. Er hätte mit der Köchin einen
Speiseplan entwerfen sollen, hatte es aber vergessen. Dorothy würde wahrscheinlich fuchsteufelswild sein.

Er war drei Tage fort gewesen – verschwendete Tage,
denn er war zu keinem Entschluß in Hinblick auf seine Ehe

gekommen, obwohl das doch, wenn er es recht bedachte, eigentlich der Grund für diese Fahrt gewesen war. Immerhin war er sich darüber klargeworden, daß er es nie schaffen würde, Dorothy zu verlassen und mit dem Wissen zu leben, daß sie weiterhin über die Farm verfügte. Und weil das so war, schien es keine andere Möglichkeit zu geben als weiterzumachen wie bisher. Er hatte ja immer noch die Tiere. Es mochte jämmerlich klingen, aber solange er die Leiden einiger, die besonders schwer unter den Mißhandlungen durch seine Frau gelitten hatten, ein wenig lindern konnte, glaubte er sein Leben nicht ganz und gar zu vergeuden. Er freute sich schon darauf, sie wiederzusehen, sie im Kuhstall zu besuchen und aus der Whiskyflasche, die er hinter ein paar losen Mauersteinen versteckt hatte, auf ihre Gesundheit zu trinken.

Es war später Nachmittag, als er heimkam. Dorothys Wagen stand auf dem Hof, doch es gelang George, auf einem Umweg zur Küche zu schleichen, ohne gesehen zu werden. Die Köchin saß am Tisch, hatte die Füße hochgelegt und las eine Illustrierte. Sie sprang nicht schuldbewußt auf und machte sich wieder an die Arbeit, als sie George sah. Auch wenn es ihm selbst noch gar nicht aufgefallen war – alle Angestellten wußten, daß er ihnen absolut nichts zu sagen hatte.

Er fragte, ob der Speiseplan für das Essen morgen abend besprochen worden sei, und die Köchin antwortete, es sei alles in Ordnung. Es werde Kalbfleisch geben, und Dorothy habe persönlich ein Kalb ausgesucht und vor knapp einer Stunde geschlachtet.

Plötzlich wurde George übel. Er rannte zum Kuhstall und stieß die Tür mit einem Fußtritt auf.

Herbert war noch nicht ganz tot. Er hing an den Hinterbeinen von einem Balken. Aus den feinen Schnitten an seinem Hals tropfte Blut in einen Eimer, der dreiviertel voll war. Seine Augen waren trüb und glasig. Sonst war der Kuhstall leer.

George begann zu wimmern. Er rannte zum Hauptgebäude und fand Dorothy in ihrem Büro vor dem Computer.

»Hallo, Schatz«, sagte sie. »Schon zurück?«

Als George nicht antwortete, fuhr sie fort: »Tut mir leid um deinen kleinen Freund, Schatz, aber von dem ganzen Haufen war er der magerste und sah auch am besten aus. Ein anderer kam nicht in Frage.«

Sie schwang den Stuhl herum, sah ihn an, seufzte und ging hinaus. Wenige Augenblicke später war sie, eine Flinte in der Hand, wieder zurück.

»In Gottes Namen«, sagte sie und drückte ihm das Gewehr in die Hand, »dann gib ihm also den Gnadenschuß, wenn du unbedingt willst. Er wird dann zwar nicht mehr so gut schmecken, aber was soll's. Hauptsache, deine Gefühle sind nicht verletzt.«

George nahm das Gewehr und ging hinaus. Dorothy setzte sich wieder an den Computer und horchte auf den Schuß. Sie hörte zwei Schüsse, im Abstand von wenigen Sekunden.

»Idiot«, murmelte sie. »Trifft ein Kalb nicht mal aus einem Meter Entfernung.«

Sie fand nie mit letzter Sicherheit heraus, welcher ihrer Leute dem Reporter von *News of the World* von dieser Geschichte erzählt hatte. Schließlich feuerte sie einen lästigen Arbeiter in mittleren Jahren namens Harold, den sie ohnehin hatte entlassen wollen, weil seine Lunge vom Pestizidspray angegriffen war und sie ihn nur noch beschränkt einsetzen konnte. Alles in allem war es unwahrscheinlich, daß er es gewesen war. Außerdem hatte es nur zu einem kurzen Bericht auf Seite neun gereicht, zu ein paar auf Tragikomik getrimmten Absätzen unter der Überschrift DOPPELSELBSTMORD AUS LIEBE – VERRÜCKTER FARMER ERSCHIESST KALB UND SICH SELBST. Dorothys PR-Leute versicherten ihr, niemand werde das sehr ernst nehmen, und tatsächlich war der ganze Vorfall schon nach wenigen Monaten vergessen.

Das muß im Juni 1982 gewesen sein.

Juni 1982

1

Es gab das Wort. Ich wußte es. Es fiel mir bloß nicht ein.
...Schwung ...Schliff ...Mumm...

Ich wollte den Zug um 15 Uhr 35 nehmen, aber diese Rezension hatte mich länger als erwartet in Anspruch genommen, und nun wurde die Zeit knapp. Ungeschickt stopfte ich Kleider für fünf Tage in eine Reisetasche, dazu ein paar Bücher und meinen Notizblock. Ich hatte gehofft, meinen Artikel telefonisch an die Zeitung durchgeben zu können, aber dafür war jetzt keine Zeit mehr. Ich würde es nach meiner Ankunft in Sheffield tun müssen. Es war immer dasselbe: Was so unverhältnismäßig viel Zeit und Mühe kostete, waren die letzten Sätze, die sachlich-objektive Zusammenfassung, der ironische Gnadenstoß.

Ich schrieb meinem Wohngenossen einen Zettel, schloß die Tür ab und stieg, die Tasche in der Hand, die schmiedeeiserne Treppe zur Straße hinauf. Es war ein heißer, windstiller Sommertag, aber weil ich die Wohnung seit über zwei Tagen nicht verlassen hatte – so lange hatte es gedauert, das Buch zu lesen und meine Rezension zu schreiben –, wirkten das Sonnenlicht und die frische Luft auf mich ausgesprochen belebend. Unsere Souterrainwohnung lag in einer Seitenstraße nicht weit von der Earl's Court Road, nur wenige Minuten zu Fuß von der U-Bahn-Station entfernt. Es war eine belebte Gegend – ein bißchen schäbig, ein bißchen überlaufen. Die Hektik und das rastlose Gewimmel konnten manchmal nervtötend sein, aber an diesem Nachmittag fühlte ich mich davon regelrecht beflügelt. Plötzlich hatte ich das Gefühl, daß ein großes Abenteuer auf mich wartete.

Die Fahrt mit der Piccadilly Line von Earl's Court nach St. Pancras war strapaziös und dauerte zwanzig Minuten. Ich hielt wie üblich ein Buch in der Hand, konnte mich aber nicht

darauf konzentrieren, denn ich kribbelte förmlich vor Aufregung und Vorfreude. Es würde seltsam sein, Joan wiederzusehen, oder besser: sie nicht nur wiederzusehen (denn das
taten wir fast jedes Jahr zu Weihnachten, wenn wir unsere
Eltern besuchten), sondern einige Zeit mit ihr zu verbringen
und sie aufs neue kennenzulernen. Am Telefon hatte sie
einen freundlichen, selbstsicheren und optimistischen Eindruck gemacht, und als sie gesagt hatte, ich solle doch mal
kommen und sie besuchen, hatte das zwanglos, fast beiläufig
geklungen. Jetzt kam mir der Gedanke, daß sie ihrer Einladung vielleicht gar keine besondere Bedeutung beimaß – ich
würde nur einer von vielen Besuchern sein, der sich in einen
anscheinend geschäftigen Tagesablauf einfügen mußte –,
doch für mich war dieses Ereignis enorm wichtig und verhei-
ßungsvoll: Es war eine Gelegenheit, mein jugendliches, opti-
mistisches Ich wiederzufinden, das mir in meiner absurden
Ehe abhanden gekommen war und dessen gewissermaßen
einzige lebende Zeugin Joan war.

Das jedenfalls ging mir durch den Kopf, als ich in Richtung
King's Cross fuhr. Allerdings verbrachte ich, um die Wahrheit zu sagen, auch viel Zeit damit, mir die Frauen in dem
Wagen anzusehen. Ich war nicht nur seit acht Jahren geschieden, sondern hatte auch seit über neun Jahren mit
keiner Frau geschlafen und war in der Zwischenzeit der
Gewohnheit verfallen, unermüdlich zu starren, zu begutach-
ten und Möglichkeiten abzuwägen. In jedem meiner Blicke
lag die verstohlene Intensität, die das Kennzeichen wirklich
verzweifelter (und gefährlicher) Männer ist. Binnen kurzem
stand für mich fest, daß es in diesem Fall nur zwei Objekte
ernsthaften Interesses geben konnte. Das eine saß ein paar
Plätze weiter, neben der Tür – klein, beherrscht, teuer gekleidet: die klassische, kühle Grace-Kelly-Blondine. Sie war
in Knightsbridge eingestiegen. Am anderen Ende des Wagens stand eine größere, asketischer wirkende Brünette. Ich
hatte sie bereits in der U-Bahnhof-Station Earl's-Court bemerkt, aber dort wie jetzt war es schwierig gewesen, ihr
Gesicht hinter dem Vorhang aus feinen, dunklen Haaren
und der Zeitung, in die sie vertieft war, zu erkennen. Ich sah
wieder die Blondine an. Es war ein riskanter Seitenblick, den

sie – sofern ich mir das nicht einbildete – auffing und für einen winzigen Augenblick erwiderte, ohne mich zu ermuntern oder abzuweisen. Sogleich tauchte ich in eine Phantasie, meine Lieblingsphantasie ein. Das war die, in der sich herausstellte, daß sie wunderbarerweise an derselben Station ausstieg, zum selben Bahnhof fuhr, denselben Zug nahm und dasselbe Ziel hatte wie ich – eine Reihe von Zufällen, die uns zusammenführen und mich der Notwendigkeit entheben würde, die Dinge selbst in die Hand zu nehmen. Je mehr wir uns King's Cross näherten, desto mehr konzentrierte ich meine Willenskraft darauf, daß sie nicht aussteigen durfte. Bei jedem Halt spürte ich eine dumpfe, dräuende Angst, und es erschien mir immer erstrebenswerter, sie anzusprechen und eine Unterhaltung mit ihr zu beginnen, so wie ihr Gesicht und ihre Figur nach und nach fast göttlich wirkten. Leicester Square. Covent Garden. Holborn. Ich war sicher, daß sie in Holborn aussteigen würde – aber nein, sie schien sich im Gegenteil genüßlich zurückzulehnen und strahlte verführerische Trägheit aus (wir waren die einzigen Fahrgäste in unserer Hälfte des Wagens, und ich hatte mich inzwischen hoffnungslos in meinen Phantasien verloren). Nur noch zwei Stationen. Wenn nur... Wenn nur... Und dann fuhren wir in die Station King's Cross ein, und als ich sie, nunmehr ganz offen, ansah, wurde mir plötzlich klar, daß sie auch hier nicht aussteigen würde. Ich war es, der meine Phantasie zerstören würde, und um die Sache noch schlimmer zu machen, warf ich, kurz bevor die Türen sich öffneten, einen letzten Blick zurück. Sie sah mich an, mit einem trägen, fragenden Ausdruck, durchdringend und unverkennbar. Als ich auf den Bahnsteig trat, schienen meine Glieder aus Blei zu sein, und meine Gefühle waren wie Gummibänder, die mich an den Wagen fesselten und zurückhielten. Die U-Bahn fuhr weiter. Ich drehte mich um und sah die Frau nicht mehr, und in den folgenden Minuten, als ich zum Bahnhof St. Pancras ging, meine Fahrkarte kaufte und die Wartezeit an einem Zeitungsstand totschlug, hatte ich ein lebloses Gefühl im Bauch, einen Schmerz, als hätte ich wieder einmal eine jener kleinen Tragödien überlebt, die sich täglich, endlos zu wiederholen drohten.

Als ich im Großraumwagen nach Sheffield saß und auf die Abfahrt wartete, grübelte ich über diesen peinlichen Zwischenfall nach und verfluchte mein Pech – wenn es denn Pech war –, das mich zu einem Träumer anstatt zu einem Mann der Tat gemacht hatte. Wie Orpheus war ich dazu verurteilt, in einer Unterwelt der Phantasie umherzuirren, wohingegen mein Held Juri keinen Augenblick gezögert hätte, sich kühn zu den Sternen aufzuschwingen. Es hätte nur einiger wohlgesetzter Worte bedurft, doch die fielen mir nie ein – und dabei war ich ein Schriftsteller, dessen Werke veröffentlicht waren! Statt dessen träumte ich mir zunehmend lächerliche Szenarien zurecht. Im neuesten wurde der Frau meiner Träume plötzlich bewußt, daß sie ihre Station verpaßt hatte, worauf sie in Caledonian Road aus dem Wagen stürzte, ein Taxi herbeiwinkte und gerade noch rechtzeitig in St. Pancras eintraf, um den Zug nach Sheffield zu erreichen. Jämmerlich. Ich schloß die Augen und versuchte, an etwas anderes zu denken. An etwas Sinnvolles. An das fehlende Wort. Darauf sollte ich mich konzentrieren – auf das Wort, das sich mir so beharrlich entzog… Bevor ich in Sheffield ankam, mußte ich dem Satz den letzten Schliff gegeben haben.

…der nötige Geist… der nötige Witz… Biß…

Diese Strategie erwies sich als erstaunlich erfolgreich. Ich war so in Gedanken versunken, daß ich den Pfiff des Schaffners überhörte, nicht merkte, daß der Zug sich in Bewegung setzte, und kaum wahrnahm, daß die Schiebetür sich öffnete und eine atemlose, nervöse Frau eintrat und sich einige Reihen vor mir auf einen Sitz fallen ließ. Erst als wir durch die Vororte von London fuhren, sah ich auf und erkannte, daß es die dunkelhaarige Frau aus der U-Bahn war. Die unvermeidliche Erregung, die mich durchzuckte, dauerte nur einen Augenblick und wurde dann durch etwas viel Stärkeres überlagert: Ich fühlte mich innerlich von einer Welle aus Entzücken, Verwirrung und anfänglichem ungläubigem Staunen überrollt. Denn wie war es möglich, daß sie – nein, nicht ihre Zeitung, sondern ein dünnes, gebundenes Buch las, mit meinem Foto auf dem Umschlag?

Ich glaube, das ist der Wunschtraum eines jeden Autors. Und wenn ein solcher Augenblick im Leben literarischer Berühmtheiten schon selten genug ist, um wieviel kostbarer war er dann wohl für einen jungen, unbekannten Schriftsteller wie mich, der sich danach sehnte, seine Spur im Bewußtsein der Öffentlichkeit zu hinterlassen? Die kurzen, anerkennenden Rezensionen in Zeitungen und Literaturmagazinen – von denen ich einige fast auswendig hersagen konnte – verblaßten zur Bedeutungslosigkeit angesichts dieses zarten Hinweises, daß es in der großen weiten Welt vielleicht noch etwas vollkommen anderes gab, etwas Unerwartetes, Lebendiges und Willkürliches: eine Leserschaft. Das war mein erstes Gefühl. Und dann kam natürlich die Erkenntnis, daß sich hier endlich die langersehnte Gelegenheit bot, der idiotensichere Vorwand, der perfekte Aufhänger für eine Unterhaltung, denn unter diesen Umständen wäre es doch sicher unhöflich gewesen, mich *nicht* vorzustellen. Die Frage war nur, wie und wann ich das tun sollte.

Ich war entschlossen, zurückhaltend zu sein. Es wäre nicht angemessen gewesen, einfach zu ihr zu gehen, mich ihr gegenüberzusetzen und etwas Unverblümtes zu sagen wie: »Ich sehe, Sie lesen eins meiner Bücher« – oder schlimmer noch: »Ich bewundere Frauen, die einen guten literarischen Geschmack haben.« Es war viel besser, es so zu arrangieren, daß sie es von allein merkte. Das sollte nicht allzu schwer sein. Nach ein paar Minuten stand ich auf, nahm mein Gepäck und setzte mich auf den Platz ihr gegenüber, auf der anderen Seite des Mittelgangs. Das allein bewirkte, daß sie aufblickte und mich überrascht, vielleicht auch irritiert ansah. Ich sagte: »Ich will nicht in der Sonne sitzen« – eine ausgesprochen blöde Bemerkung, denn mein neuer Platz lag ebenso in der Sonne wie mein alter. Sie antwortete nichts, sondern lächelte zerstreut und vertiefte sich wieder in das Buch. Ich sah, daß sie etwa fünfzig Seiten, also gut ein Viertel des Buches gelesen hatte und nur noch ein paar Seiten von einer Szene entfernt war, die (das hatte ich jedenfalls gefunden, als ich sie schrieb) die absolut witzigste des ganzen Buches war. Ich lehnte mich zurück und beobachtete sie diskret aus den Augenwinkeln. Dabei achtete ich darauf, daß sie, sollte sie aufsehen, mein Profil aus dem Winkel sehen konnte, den der damals von mir beauftragte, ziemlich teure Porträtfotograf gewählt hatte. Es vergingen zehn oder zwölf Seiten in ebenso vielen Minuten, ohne daß sich so etwas wie Vergnügen auf ihrem Gesicht widerspiegelte – nicht das allerleiseste Lächeln, ganz zu schweigen von den unbezähmbaren Lachanfällen, von denen die Leser, wie ich mir kühn ausgemalt hatte, bei dieser Szene geschüttelt werden mußten. Was war nur mit ihr los? Gebunden hatten meine Romane sich erbärmlich schlecht verkauft – alles in allem waren es, glaube ich, fünf- oder sechshundert Exemplare gewesen. Wie war dieses Buch jemandem in die Hände gefallen, der an Ton und Aufbau offenbar viel auszusetzen fand? Ich musterte das Gesicht der Frau zum erstenmal eingehender und bemerkte den humorlosen Ausdruck in ihren Augen, den scharfen Zug um den Mund und die Spuren eines ernsten Stirnrunzelns, die sich in Form feiner Falten eingegraben hatten. Sie las weiter. Ich wartete fünf Minuten oder länger und wurde immer ungeduldiger. Ich rutschte umständlich auf meinem Sitz hin und her, stand zweimal auf, um aus meiner Reisetasche auf der Gepäckablage Dinge zu holen, die ich gar nicht brauchte, und war schließlich gezwungen, einen Hustenanfall vorzutäuschen, bis sie schließlich argwöhnisch aufsah und sagte: »Versuchen Sie vielleicht, meine Aufmerksamkeit zu erregen?«

»Aber nein, ganz und gar nicht«, sagte ich und spürte, wie meine Wangen knallrot wurden.

»Möchten Sie ein Hustenbonbon?«

»Nein, danke, es geht schon wieder. Wirklich.«

Sie wandte sich ohne ein weiteres Wort wieder ihrem Buch zu, und ich versank in verwirrtem Schweigen und konnte kaum glauben, wie schwierig das hier war. Die Situation war nicht mehr bloß peinlich, sondern geradezu überwältigend idiotisch. Das einzige, was ich jetzt noch sagen konnte, war: »Ich habe tatsächlich versucht, Ihre Aufmerksamkeit zu erregen.«

Sie sah auf und wartete auf eine Erklärung.

»Wegen ... dem Buch, das Sie da lesen.«

»Was ist mit dem Buch?«

»Na ja … fällt Ihnen etwas auf, wenn Sie sich das Bild auf der Rückseite ansehen?«

Sie drehte es um. »Nein, eigentlich nicht …« Und dann sah sie zwischen dem Foto und mir hin und her, und auf ihrem Gesicht erschien ein ungläubiges Lächeln. »Aber das ist ja …« Das Lächeln breitete sich auf dem ganzen Gesicht aus und veränderte es vollkommen, so daß sie mit einemmal warm und freundlich wirkte. Sie begann zu lachen. »Und Sie sitzen einfach so da … Ich meine, das ist doch unglaublich. Ich bin ein großer Fan von Ihnen. Ich hab alle Ihre Bücher gelesen.«

»Alle beide«, sagte ich.

»Genau, alle beide. Das heißt, ich habe das erste gelesen, und jetzt lese ich das hier. Ich finde es großartig.«

»Darf ich …?« Ich zeigte auf den Sitz ihr gegenüber.

»Ob Sie *dürfen*? Wie könnte ich etwas dagegen haben? Ich meine, das ist doch ein solcher Zufall! Der Wunschtraum eines jeden Lesers!«

»Und jedes Schriftstellers«, sagte ich und setzte mich zu ihr. Wir sahen uns lächelnd an – schüchtern, unsicher, wie es weitergehen sollte.

»Ich hab Sie beobachtet«, sagte ich. »Sie haben gerade die große Szene gelesen, nicht? Die mit der Hochzeit.«

»Genau, ja, die Hochzeit. Ein wunderbares Kapitel. So rührend.«

»Hm. Finden Sie? Ich hatte eigentlich gehofft, daß sie komisch wirken würde.«

»Aber das ist sie ja auch. Ich meine, sie ist sehr, äh, rührend und … komisch. Das ist ja das Großartige daran.«

»Aber Sie haben nicht sehr gelacht.«

»Nein, nein, da täuschen Sie sich. Ich habe innerlich gelacht. Ich lache beim Lesen nie laut. Ich kann einfach nicht.«

»Na, jedenfalls haben Sie mir den Tag gerettet.« Wieder dieses Lächeln, und die faszinierende Leichtigkeit, mit der sie die Haare aus dem Gesicht warf. »Ich würde mich natürlich vorstellen, aber Sie kennen meinen Namen ja schon.«

Sie verstand den Wink. »Oh, entschuldigen Sie. Ich hätte mich schon längst vorstellen sollen. Ich heiße Alice. Alice Hastings.«

Wir näherten uns Bedford. Alice und ich hatten uns etwa eine halbe Stunde lang unterhalten; ich war im Speisewagen gewesen und hatte ihr ein Sandwich und eine Tasse Kaffee mitgebracht; wir hatten über den Falkland-Krieg und verschiedene zeitgenössische Schriftsteller gesprochen und waren uns in allen Punkten einig gewesen. Sie hatte ein entzückendes, langes und schmales Gesicht und einen langen, graziösen Hals, und ihre Stimme klang voll, tief und akzentuiert. Es war herrlich, mal wieder mit einer Frau zu sprechen. In dieser Hinsicht waren die letzten Jahre trostlos gewesen: erst die hoffnungslos gescheiterte Ehe mit Verity, dann, Mitte der siebziger Jahre, die Entscheidung, mich an der Universität einzuschreiben, wo ich, obwohl mein offizieller Status der eines »erwachsenen« Studenten war, feststellte, daß meine Kommilitonen kleine Abenteuer mit einer solchen Leichtigkeit auftaten, daß ich mir dagegen wie ein unbeholfener Jüngling vorkam. Vielleicht war mir das Leben eines Schriftstellers deswegen so attraktiv erschienen. Es war ein Zufluchtsort für sozial unbeholfene Menschen und rechtfertigte ihre Einsamkeit. Patrick hatte das angedeutet, als er jene Bemerkung darüber gemacht hatte, daß in meinen Büchern die »sexuelle Dimension« fehle, doch ich schob die Erinnerung daran beiseite. Sie war mir immer noch peinlich, und ich wußte nicht, wann ich es über mich bringen würde, ihm wieder unter die Augen zu kommen.

»Wohin fahren Sie eigentlich?« wollte Alice wissen, und als ich es ihr sagte, fragte sie: »Haben Sie dort Familie?«

»Nein, ich besuche eine Freundin. Sie lebt seit ein paar Jahren dort. Sie ist Sozialarbeiterin.«

»Ach, so, Dann ist sie... Ihre Verlobte?«

»Nein, nein, ganz und gar nicht. Absolut nicht. Nein, Joan und ich kennen uns schon ewig. Ich meine...«

Plötzlich fiel mir ein, daß ich ihr das Verhältnis zwischen Joan und mir ganz schnell und einfach erklären konnte. »Haben Sie den Artikel über mich gelesen, der vor ein paar Monaten in einer der Sonntagsbeilagen war? ›Meine erste Geschichte‹.«

»Ja. Ich fand ihn großartig. Und diese wahnsinnig witzige Parodie auf Detektivgeschichten, die Sie mit zwölf oder so geschrieben haben. Sie müssen ein ganz schön frühreifes Bürschchen gewesen sein.«

»Ich war acht«, korrigierte ich sie. »Und diese Geschichte war ganz ernst gemeint. Jedenfalls war Joan damals ... also, ich glaube, sie war meine beste Freundin. Sie wohnte praktisch nebenan, und wir gingen immer zu einem Bauernhof in der Nähe und spielten. Das Foto zu dem Artikel, auf dem ich an einem Tisch sitze und sehr steif und intellektuell aussehe, ist in einem Kuhstall gemacht worden, der so was wie meine Höhle war. Ich wußte, daß es das ideale Foto zu diesem Artikel sein würde – sie brauchten es nur in der Mitte durchzuschneiden, damit Joan nicht mit drauf war –, aber ich hatte es schon vor Jahren verloren. Ich fragte meine Eltern, aber sie wußten auch nicht, wo es geblieben sein könnte, und dann hab ich schließlich Joan angerufen, in der vagen Hoffnung, sie könnte ihren Abzug vielleicht noch haben. Und erstaunlicherweise war es auch so – anscheinend hat sie es die ganze Zeit aufbewahrt. Sie hat es mir geschickt, und ... na ja, es war schön, mal wieder mit ihr zu sprechen, denn seit ... ich weiß nicht, seit meiner ziemlich kurzen Ehe wahrscheinlich hatten wir irgendwie den Kontakt verloren. Nach diesem Telefongespräch haben wir noch ein paarmal miteinander telefoniert, und dann hat sie mich gefragt, ob ich nicht mal für ein paar Tage raufkommen und sie besuchen will, und ich dachte: ›Tja, warum nicht?‹ Und da bin ich jetzt.«

Alice lächelte. »Klingt so, als wäre sie in Sie verliebt.«

»Wer, Joan? Nein. Wir kennen uns gar nicht mehr richtig. Damals waren wir Kinder.«

»Trotzdem – ich weiß nicht. Sie hat all die Jahre dieses Foto aufbewahrt. Und jetzt, wo Ihre Bücher erschienen sind, sieht sie Sie vielleicht in einem romantischen Licht.«

»Nein. Ich meine, ich fahre doch nur hin, weil ich ... na ja, Sie wissen schon, weil ich alte Erinnerungen auffrischen will.«

Ich spürte, daß Alice das Thema Joan trotz all meiner Versuche, die Sache herunterzuspielen, unangenehm war. War das vielleicht ein zarter Hauch von Eifersucht? Jetzt schon? Verblendet von meiner Aufregung, interpretierte ich es jedenfalls so und sah meine Vermutung bestätigt, als sie auf ihre Uhr sah und mit unverblümter Abruptheit das Thema wechselte.

»Verdienen Sie viel Geld mit dem Schreiben, Michael?«

Das hätte eine aufdringliche Frage sein können, doch wenn Alice damit ein Risiko eingegangen war, hatte sie es gut eingeschätzt. Ich war soweit, daß ich ihr alles erzählt hätte.

»Nicht sehr viel, nein. Das ist ja auch nicht der Grund, warum man schreibt.«

»Natürlich nicht. Ich frage nur, weil ich... na ja, weil ich selbst in der Verlagsbranche arbeite und weiß, wie die Honorare aussehen. Sie haben's bestimmt nicht leicht.«

»Sie arbeiten in der Verlagsbranche? Für welchen Verlag?«

»Ach, den kennen Sie bestimmt nicht. Ich fürchte, ich bin an dem Ende des Spektrums, das den schlechtesten Ruf hat. Ich bringe es kaum über mich, diese beiden schrecklichen Worte auszusprechen.« Sie beugte sich vor und senkte die Stimme zu einem dramatischen Flüstern: »Vanity Publishing.«

Ich lächelte nachsichtig. »Es könnte schlimmer sein. Nein, vom Schreiben kann ich nicht leben. Und meine Art zu arbeiten ist sehr zeitintensiv. Die Stunden, die mich das kostet, könnte ich mit anderer Arbeit verbringen. Man könnte sagen, daß ich für das Privileg, Schriftsteller zu sein, einen gewissen Preis zahle.«

»Ja, aber wir publizieren wirklich schreckliches Zeug. Entsetzliche Romane und langweilige Autobiographien... Bücher, die man in keiner anständigen Buchhandlung findet.«

»Und Sie sind Lektorin?«

»Ja. Ich muß mit diesen überkandidelten Autoren telefonieren und ihnen versichern, daß ihre Bücher ganz hervorragend sind, was sie natürlich nicht sind. Und manchmal muß ich einen Autor *finden*, und das ist noch schwieriger. Sie wissen schon: Jemand will ein Buch geschrieben haben, über die Geschichte seiner Familie oder was auch immer, und dann müssen wir jemanden finden, der dazu bereit ist. Damit bin ich übrigens auch im Augenblick beschäftigt.«

»Was für ein Hochmut zu denken, daß so eine Familiengeschichte es wert ist, aufgeschrieben zu werden.«

»Also, in diesem Fall geht es immerhin um eine ziemlich berühmte Familie. Der Name Winshaw ist Ihnen sicher ein Begriff.«

»Ich kenne bloß Henry Winshaw, diesen Idioten, der ständig im Fernsehen ist.«

Sie lachte. »Genau. Seine... Tante, glaube ich, will ein Buch über ihre Familie geschrieben haben, allerdings von einem ›richtigen Schriftsteller‹, nicht von einem alten Lohnschreiber.«

»Du lieber Himmel, man muß schon ein echter Masochist sein, um sich auf so etwas einzulassen, finden Sie nicht?«

»Ja, muß man wohl. Aber trotzdem – die Familie ist stinkreich, und wie es aussieht, ist diese Tante bereit, ein unglaubliches Geld dafür auszugeben.«

Ich strich mir über das Kinn und begann zu ahnen, worauf diese Unterhaltung hinauslief. »Das klingt fast so... das klingt *fast* so, als wollten Sie mir die Sache schmackhaft machen.«

Alice lachte, sie schien ehrlich schockiert. »*Ihnen?* Um Gottes willen, nein. Ich meine, Sie sind ein *echter* Schriftsteller, Sie sind *berühmt*. Ich würde nicht im Traum daran denken, daß Sie...«

»Aber Sie hätten auch nicht im Traum daran gedacht, daß Sie mich im Zug treffen würden, oder?«

»Nein, aber... Ich meine, das ist doch lächerlich – das brauchen wir gar nicht ernsthaft zu diskutieren. Sie haben doch bestimmt viel zu tun und jede Menge Ideen für Ihren nächsten Roman...«

»Zufällig habe ich im Augenblick keine Idee für einen neuen Roman. Ich habe erst vor ein paar Wochen mit meinem Lektor gesprochen. Er und ich sind anscheinend an einem toten Punkt angelangt.«

»Soll das etwa heißen, daß Sie tatsächlich interessiert sind?«

»Sie haben mir noch nicht gesagt, worum es im einzelnen geht.«

Als sie es mir dann erklärte, gab ich mir Mühe, keine großen Augen zu machen und den Mund geschlossen zu halten, aber es fiel mir nicht leicht. Ich versuchte, selbstsicher und gelassen auszusehen, und nahm mir ein paar Sekunden Zeit, um mir das eine oder andere auszumalen: wie ich zum Beispiel aus dem Souterrainapartment ausziehen und mir eine Wohnung kaufen würde und wie ich von der Summe, die sie nannte, bequem einige Jahre würde leben können. Aber es gab etwas, das noch wichtiger war und das ich wissen mußte, bevor ich diesem gefährlichen Pfad weiter folgte.

»Und dieses Buch«, sagte ich, »ist Ihr Projekt? Sie betreuen es?«

»Ja, absolut. Wir würden... wir würden wohl gemeinsam daran arbeiten.«

Der Schaffner verkündete über die Lautsprecheranlage, daß der Zug in wenigen Minuten in Kettering einfahren werde. Alice stand auf.

»Ich muß hier aussteigen. Es hat mich sehr gefreut, Sie kennenzulernen und... Hören Sie, Sie brauchen nicht höflich zu sein. Sie haben nicht *wirklich* Interesse an diesem projekt, oder?«

»Das würde ich nicht sagen. Ganz und gar nicht.«

Sie begann wieder zu lachen. »Ich kann's nicht glauben, wirklich... ich kann's nicht glauben. Warten Sie, ich habe irgendwo eine Visitenkarte.« Sie kramte in ihrer Handtasche. »Hier. Überlegen Sie es sich, und rufen Sie mich an.«

Ich nahm die Visitenkarte und warf einen Blick darauf. Dort stand in roten Buchstaben »The Peacock Press«, und darunter »Hortensia Tonks, Cheflektorin«.

»Wer ist das?« fragte ich und zeigte auf den Namen.

»Ach, das ist... meine Chefin. Meine Karten sind noch nicht gedruckt – ich bin relativ neu im Verlag. Aber wer weiß« – und hier, ich erinnere mich genau, legte sie mir leicht die Hand auf die Schulter –, »vielleicht sind Sie mein Sprungbrett. Die werden Augen machen, wenn ich ihnen erzähle, daß ich *Michael Owen* für das Winshaw-Buch interessiert habe!« Sie strich den Namen durch und schrieb in großer, eckiger Schrift ihren eigenen hin. Dann schüttelte sie mir formell die Hand. »Bis bald dann also.«

Der Zug war bereits fast zum Stehen gekommen. Als sie die Schiebetür öffnen wollte, sagte ich: »Wie lange, sagten Sie, wollen Sie bei Ihrer Schwester bleiben?«

Noch immer lächelnd, drehte sie sich um. »Ein paar Tage. Warum?«

»Sie haben nicht gerade viel dabei.«

Mir war plötzlich aufgefallen, daß sie kein Gepäck hatte, sondern nur eine kleine schwarze Handtasche.

»Oh . . . ich hab ein paar Sachen zum Anziehen bei ihr. Das ist toll – fast wie ein zweites Zuhause.«

Sie schob die Tür auf und ließ nur das Bild ihres glücklichen Lächelns, ihrer winkenden Hand zurück. Es war ein Bild, das im Verlauf der acht langen Jahre, die vergingen, bis ich Alice Hastings zum nächsten- und letztenmal sah, langsam verblaßte.

2

...die nötige Schlagfertigkeit... die nötige intellektuelle Beweglichkeit...
Fast. Ich war nah dran. Sehr nah.

Meine Laune wurde immer besser, je länger die Fahrt
dauerte. Die Bücher, die ich mitgenommen hatte, lagen un-
gelesen auf dem Tisch vor mir, und ich gab mich einer
träumerischen Betrachtung der Gegend hin. Als wir Derby
verließen, wichen die aus roten Backsteinen gebauten Fabriken und Lagerhäuser, die der Bahnstrecke den Rücken zu-
kehrten, einer saftig grünen Landschaft. Kühe grasten auf
hügeligen Weiden, und hin und wieder sah ich ein hübsches
Bauernhaus aus Sandstein oder ein Dorf: ein paar Reihen
schräger Flächen aus grauem Schiefer, die sich in einem Tal
aneinanderschmiegten. Später tauchten riesige Kohlenhal-
den neben der Strecke auf, denn bei Chesterfield begann das
Bergbaugebiet. Die Silhouette der Stadt wurde von Kränen
und Fördertürmen beherrscht, doch dann sah ich etwas, das
gar nicht hierher zu passen schien: einen krummen Kirch-
turm, dessen Anblick mich nostalgisch werden ließ, denn er
erinnerte mich an den Vorspann einer albernen Fernsehserie
über einen Pfarrer, die ich mir als Teenager gern angesehen
hatte. Während wir durch Tunnel und lange Felseinschnitte
fuhren, versank ich tief in die Erinnerung an jene Zeit.
Rechts und links der Bahnlinie standen die Bäume so dicht,
daß ich völlig überrascht war, als plötzlich die ersten Häuser
von Sheffield auftauchten: Reihenhäuser, die sich von einem
südländisch blauen Himmel abhoben und unglaublich hoch
oben, am Rand eines Hügels standen, der fast wie eine
Klippe aussah. Mit einemmal lag die ganze imposante Stadt

vor mir. Die Stahlwerke und Fabrikschornsteine neben der Bahnlinie wirkten klein und unbedeutend neben diesen steilen Hügeln, auf denen die Stadt kühn gebaut war und zu deren Gipfeln die Reihen von hohen Wohnblocks emporstrebten. Auf diese unvermittelte, herbe Schönheit war ich nicht vorbereitet gewesen.

»Herbe Schönheit?« Warum fiel mir dieser Ausdruck ein? Beschrieb ich damit wirklich diese Stadt oder vielmehr das Gesicht von Alice Hastings, das sich vor die melancholische Würde dieser Häuser schob und die Szenerie in meinen Augen verzauberte? Jedenfalls dachte ich an Alice, als Joan auf dem Bahnsteig in der Menge der Wartenden auftauchte. Beim Anblick ihres Begrüßungslächelns und ihrer eifrig winkenden Arme sank mir sogleich das Herz. Sie hatte zugenommen, trug kein Make-up und sah sehr unscheinbar und unattraktiv aus. (Ich weiß, das ist keine sehr charmante Bemerkung, aber ich will lieber ehrlich sein.) Sie drückte mich schmerzhaft fest an sich, gab mir einen feuchten Kuß auf die Wange und führte mich zum Parkplatz.

»Laß uns noch nicht gleich nach Hause fahren«, sagte sie. »Ich zeige dir erst mal ein bißchen von der Stadt.«

Ich bin in den Midlands aufgewachsen und lebe nun seit langem in Südengland; den Norden des Landes habe ich immer aus der Entfernung betrachtet, mit einer Mischung aus Furcht und Faszination. Ich fand es zum Beispiel außergewöhnlich, daß ich mich nach einer Zugfahrt von weniger als zweieinhalb Stunden in einer Stadt befand, die so greifbar und erfrischend anders als London war. Ich weiß nicht, ob das an der Architektur lag oder an den Gesichtern der Leute oder an ihrer Kleidung, oder ob es vielleicht das Wissen war, daß sich nur wenige Meilen entfernt ein riesiges, wunderschönes Moor erstreckte. Möglicherweise lag der Grund dafür tiefer als all das, in etwas Prinzipiellem, das den Geist dieser Stadt bestimmte. Joan erzählte mir, Sheffields Spitzname sei »Sozialistische Republik von Süd-Yorkshire« und sang ein Loblied auf David Blunkett, der damals der Vorsitzende des Gewerkschaftsrats der Stadt war. In London war die Opposition gegen Margaret Thatcher stark, aber hoffnungslos zersplittert, und Neid erfüllte mich angesichts einer

Gemeinschaft, die zu einem solchen Zusammenhalt imstande war.

»Im Süden ist das ganz anders«, sagte ich. »Die Hälfte der Labour-Leute, die ich kenne, sind zur SDP abgewandert.«

Joan lachte. »Die haben hier bei den Kommunalwahlen letzten Monat eine Riesenschlappe erlebt. Selbst die Liberalen haben bloß ein paar Sitze gekriegt.« Als wir ein paar Minuten später an der Kathedrale vorbeifuhren, sagte sie: »Ich war vor kurzem hier, bei dem Gedenkgottesdienst für die Leute, die auf der *Sheffield* umgekommen sind.«

»Waren die denn alle aus dieser Gegend?«

»Nein, überhaupt nicht. Aber die Kadetten aus dieser Gegend taten Dienst auf der *Sheffield*, und die Besatzung kam immer wieder mal her, um Kinderheime und so zu besuchen. Als sie gesunken ist, waren wir alle ziemlich fertig. Die Leute haben sie ›Shiny Sheff‹ genannt. Beim Gottesdienst war die Kathedrale gerammelt voll – Hunderte von Menschen kamen nicht mehr hinein. Die Schlange reichte bis zur York Street.«

»Dann ist die Wut über den Krieg wohl ziemlich groß unter den Leuten.«

»Nicht bei allen«, sagte sie. »Und nicht alle sind dagegen. Aber das ist nicht der springende Punkt. Ich weiß nicht, wie ich es beschreiben soll, aber ... es war, als hätten wir alle mit dem Schiff einen Verwandten verloren.« Sie lächelte mich an. »Es ist eine sehr warmherzige Stadt. Und darum muß man sie einfach lieben.«

Ich fühlte mich schon jetzt wie ein Fremder in einem fremden Land.

Joan lebte in einem kleinen Reihenhaus aus dunklem Backstein, nicht weit von der Universität. Es hatte drei Schlafzimmer, von denen sie zwei an Studenten vermietet hatte, um die Hypothek abzahlen zu können. Davon war ich überrascht. Ich hatte gedacht, wir würden allein sein, doch nun bot sie mir ihr Zimmer an und sagte, sie werde unten schlafen. Das konnte ich natürlich nicht annehmen, und so mußte ich mich darauf gefaßt machen, fünf Nächte auf einem Sofa im

Wohnzimmer zu verbringen, wo ich jeden Morgen jäh geweckt werden würde, wenn Joan und ihre Mitbewohner durch das Wohnzimmer in die Küche gingen, um zu frühstücken.

Diese beiden Mitbewohner studierten nicht auf der Universität, sondern auf dem Polytechnikum. Der eine war Graham, der eine Art Filmhochschule besuchte, die andere eine schüchterne, in sich gekehrte Kunststudentin namens Phoebe. Bald war offensichtlich, daß es nicht leicht sein würde, ihnen aus dem Weg zu gehen: Joan führte einen straff organisierten Haushalt, in der Küche hing ein großer Plan, auf dem in drei verschiedenen Farben festgehalten war, wer an welchen Tagen einkaufen, abwaschen und das Abendessen kochen mußte. Aber ich war nicht nur in eine Art Familiengemeinschaft hineingeraten, sondern hatte überdies das ungute Gefühl, daß über meinen Besuch ausgiebig gesprochen worden war. Joan schien mir reichlich Vorschußlorbeeren gegeben und diesen exotischen Abgesandten der literarischen Welt Londons in den höchsten Tönen gepriesen zu haben, um in den anderen eine Begeisterung zu wecken, die jedoch eigenartig zurückhaltend ausfiel.

Das wurde deutlich, als wir an diesem ersten Dienstag zu Abend aßen. Joan hatte gekocht: gefüllte Avocados mit pürierten Karotten und braunem Reis und als Nachtisch Rhabarberkuchen. Das Eßzimmer war klein und hätte fast gemütlich sein können, wenn man sich in dieser Hinsicht ein bißchen mehr Mühe gegeben hätte. Wir saßen unter einer nackten Glühbirne, umgeben und beobachtet von einer Reihe von Plakaten, die, wie ich erfuhr, allesamt Graham gehörten und für politische Ziele und ausländische Filme warben, von denen Godards *Tout va bien* der einzige war, den ich kannte. Eine Weile war ich mehr oder weniger ausgeschlossen von der Unterhaltung, denn sie drehte sich um Themen von gemeinsamem Interesse wie Joans neueste Fälle und die bevorstehenden Prüfungen zum Abschluß des Studienjahrs. Ich mußte mich damit zufriedengeben – wenn das das richtige Wort dafür ist –, Joans gesundes Essen zu löffeln und Wein nachzuschenken.

»Entschuldige, Michael«, sagte Joan schließlich. »Das meiste davon sagt dir natürlich wenig. Ich hab mir gedacht, du hättest vielleicht Lust, mich morgen auf meiner Runde zu begleiten, damit du mal siehst, was ich so tue. Es könnte dir eines Tages ganz nützlich sein – dir was geben, worüber du schreiben kannst.«

»Ja, prima«, sagte ich und versuchte begeistert zu klingen, was mir allerdings nicht ganz gelang.

»Andererseits«, fuhr sie fort, deutlich gedämpft durch meine Reaktion, »hast du wahrscheinlich was, an dem du arbeitest. Ich will mich nicht zwischen dich und deine Muse stellen.«

»Und woran arbeitest du? An einem neuen Buch?« fragte Graham und nahm sich eine zweite Portion Reis.

»So ungefähr.«

»Graham hat dein erstes gelesen«, sagte Joan. »Stimmt's, Graham?«

»Ich hab's angefangen.« Er schob sich einen gehäuften Löffel Reis in den Mund und spülte ihn mit einem Schluck Wein hinunter. »Allerdings bin ich über die ersten paar Kapitel nicht hinausgekommen.«

»Immerhin«, sagte ich, doch mein Stolz weigerte sich, es dabei zu belassen. »Und warum, wenn ich fragen darf?«

»Also, um ehrlich zu sein: Ich kapiere nicht, warum die Leute überhaupt noch Bücher schreiben. Ich meine, das Buch als Medium ist doch total überflüssig geworden. Jedenfalls seit es den Film gibt. Na gut, ein paar Leute probieren noch immer ganz interessante Sachen mit dieser Form – Robbe-Grillet und die Nouveau-roman-Typen –, aber jeder ernstzunehmende moderne Künstler, der eine Geschichte erzählen will, sollte sich dem Film zuwenden. Das ist also mein grundsätzlicher Vorbehalt. Und mein spezifischer Vorbehalt ist, daß das politische Engagement im englischen Roman keine Tradition hat. Es wird eine Menge herumlamentiert, aber immer schön innerhalb der Grenzen der bourgeoisen Moral. Keine radikalen Standpunkte. Und darum gibt es in diesem Land eigentlich nur ein oder zwei Romanautoren, mit deren Büchern ich mich in letzter Zeit abgegeben habe. Und so leid es mir tut: Zu denen gehörst du nicht.«

Es herrschte erschrockenes Schweigen. Joan jedenfalls war erschrocken, und Phoebe schwieg. Was mich betraf, so hatte ich in meiner Studienzeit zu viele Reden dieser Art gehört, um mich darüber aufzuregen.

»Und wen meinst du damit?« fragte ich.

»Zum Beispiel...«

Er nannte einen Namen, und ich lächelte. Es war ein kleines, zufriedenes Lächeln. Genau diesen Namen hatte ich erwartet. Jetzt war ich am Zug, denn es handelte sich um eben jenen Schriftsteller, dessen neuestes Buch ich rezensiert hatte. Und das Wort hatte ich auch gefunden, das Wort, von dem ich gewußt hatte, daß es irgendwo war und nur darauf wartete, mit seinem Objekt verknüpft zu werden.

Dieser Schriftsteller, das sollte ich erklären, war etwa zehn Jahre älter als ich und hatte drei schmale Romane veröffentlicht, die von den Kritikern geradezu grotesk überschätzt worden waren. Weil er seine Protagonisten kraß überzeichneten Dialekt sprechen und in übertrieben elenden Umständen leben ließ, pries man ihn als Realisten; weil er bei der Konstruktion der Geschichte manchmal auf simple Tricks zurückgriff und unbeholfen Sterne und Diderot kopierte, pries man ihn als Pionier der experimentellen Prosa; weil er die Gewohnheit hatte, Leserbriefe zu schreiben, in denen er die Regierungspolitik mit Worten geißelte, die in meinen Augen auf einen eher gemäßigten linken Standpunkt hindeuteten, pries man ihn als politischen Radikalen. Ärgerlicher als all das war aber, daß er in dem Ruf stand, witzig zu sein. Man hatte ihm wiederholt eine spielerische Ironie und eine satirische Leichtigkeit bescheinigt, wo ich nur plumpem Sarkasmus und gelegentlichen kläglichen Versuchen begegnet war, dem Leser mit sorgfältig ausgeschilderten Witzen kumpelhafte Rippenstöße zu geben. Diesen Aspekt seines Stils hatte ich mir in der letzten Passage meiner Rezension vorgenommen. »Man hat sich angewöhnt«, hatte ich geschrieben, »diesen Autor für seine gekonnte Kombination von Witz und politischem Engagement zu loben, und gelegentlich hieß es sogar, hier sei nun endlich ein ironischer Moralist, der eine Antwort auf diese harten Zeiten hat. Immerhin brauchen wir dringend Bücher, die einem die Augen für die politische Katastrophe öffnen, welche kürzlich über dieses Land hereingebrochen ist, Bücher, die das Augenmerk auf die menschlichen Folgen dieser Katastrophe lenken und uns zeigen, daß die angemessene Antwort nicht nur in Sorge und Wut liegt, sondern auch in unbändigem, ungläubigem Gelächter. Viele glauben anscheinend, es sei nur eine Frage der Zeit, bis – – einen solchen Roman schreibt. Ich persönlich bin davon keineswegs überzeugt. Ganz gleich, welche anderen Qualitäten – – besitzt – ich habe den Verdacht, ihm fehlt der nötige ...«

An diesem Punkt hatte meine Formulierungskunst mich zuvor im Stich gelassen. Was genau fehlte ihm? Das Wort, nach dem ich suchte, hatte mit Stil, mit dem richtigen Ton zu tun. Ihm fehlten nicht Mitgefühl oder Intelligenz oder Technik oder Ehrgeiz – ihm fehlte ... ein *Instinkt*, der ihn irgendwie befähigt hätte, diese Dinge geschmeidig, mit leichter Hand zu verbinden. Es war etwas Beschwingtes darin, aber auch eine gewisse Schärfe, denn nur beides zusammen erzeugte die gewünschte Wirkung. Das Wort war ganz nah, zum Greifen nah. Ihm fehlte die nötige Kühnheit, die nötige Leichtigkeit, der nötige ...

... Esprit.

Ja, das war das Wort. Esprit. Genau. Schon jetzt klang es so selbstverständlich, daß ich mir nicht erklären konnte, warum ich nicht gleich darauf gekommen war. Ein fast mystisches Gefühl durchströmte mich und sagte mir, daß dieses Wort das richtige war. Ich fand nicht nur, daß es einen perfekten Schlußpunkt unter die Rezension setzte, sondern wußte auch mit telepathischer Gewißheit, daß *er* sich im Grunde seines Herzens danach sehnte, man möge ihn für seinen Esprit loben. Ich hatte ihn durchschaut, in sein Herz gesehen, seine Gedanken gelesen, und wenn die Rezension am Freitag morgen erschien, würde ich ihn verwunden, tief verwunden. Ich hatte eine Vision von halluzinogener Intensität, die halb aus meiner Phantasie, halb aus der Erinnerung an einen namenlosen, wahrscheinlich amerikanischen Schwarzweißfilm stammte: Ein Mann geht frühmorgens durch eine belebte, windige Straße, kauft einem Zeitungsjungen eine Zeitung ab, betritt eine Imbißstube und blättert ungeduldig eine bestimmte Seite auf; er sitzt an der Theke und verschlingt ein Sandwich, und mit einemmal wird das Kauen langsamer und langsamer, und schließlich knüllt er die Zeitung angewidert zusammen, wirft sie in den Mülleimer und stürmt mit vor Wut und Enttäuschung bleichem Gesicht hinaus. Ich wußte, ja, seit mir das Wort eingefallen war, war ich absolut sicher, daß dies eine überzeichnete Version der Szene war, die sich Freitag morgen abspielen würde, wenn er sich die Zeitung kaufte oder sie von der Fußmatte aufhob oder von seinem Agenten angerufen wurde, der ihm von meiner brillanten Kritik erzählte. Heute schäme ich mich, wenn ich daran denke, wie glücklich mich diese Gewißheit gemacht hat, oder vielmehr: wenn ich daran denke, wie bereitwillig ich diese giftige Schadenfreude mit Glück verwechselt habe.

Zu Graham sagte ich nur: »Das dachte ich mir.«

»Mit dem kannst du nichts anfangen, nehme ich an«, antwortete er und schaffte es, diesen Satz klingen zu lassen, als sei das eine weitere meiner zahlreichen Unzulänglichkeiten.

»Er hat seine starken Momente«, gab ich zu und sagte dann ganz nebenbei: »Ich habe übrigens gerade sein neuestes Buch rezensiert.« Ich wandte mich an Joan. »Der Anruf, den ich vor dem Essen machen mußte. Ich habe die Besprechung der Redaktionssekretärin diktiert.«

Joan errötete stolz und sagte zu ihren Mitbewohnern: »Stellt euch das vor – da sitzt einer in meinem kleinen Wohnzimmer und telefoniert, und die Wörter gehen durch die Leitung bis nach London, und ein paar Tage später steht alles in der Zeitung.«

»Wunder der Technik«, sagte Graham und begann, die Teller abzuräumen.

Der nächste Tag, ein feuchter, nebliger Mittwoch, war nicht so überwältigend. Ich beschloß, Joans Einladung anzunehmen und sie bei einigen ihrer Besuche zu begleiten, aber es war eine niederschmetternde Erfahrung. Joans Arbeit schien hauptsächlich darin zu bestehen, bestimmte Familien unangemeldet zu besuchen und den Kindern halblaute Fragen zu stellen, während die Eltern böse vor sich hinstarrten oder einen verunglückten Rückzug in die Küche antraten, wo sie Tee kochten, der nie getrunken wurde. Anfangs begleitete ich sie in die Wohnungen und setzte mich dazu, aber meine Anwesenheit war so offensichtlich unerwünscht, daß ich das nach den ersten Besuchen aufgab und den Rest des Tages damit verbrachte, im Wagen zu sitzen, die auf dem Rücksitz verstreuten alten Zeitungen und Zeitschriften zu lesen und müde darauf zu warten, daß Joan durch die Eingangstür eines heruntergekommenen Hochhauses oder Sozialwohnungsblocks trat.

Wir aßen in einem Pub in der Innenstadt zu Mittag. Joan bestellte sich eine Gemüse-Quiche, und ich aß ein Stück Fleischpastete, was sie mit tadelndem Zungenschnalzen kommentierte. An diesem Abend war Graham mit Kochen an der Reihe. Das Gericht, das er zubereitete, hatte wahrscheinlich keinen Namen: Es schien hauptsächlich aus Linsen und Walnüssen zu bestehen, die er zu einer schwarzen, harten Masse verkocht hatte. Er kratzte sie vom Boden eines großen Topfes und servierte sie mit einem Klumpen Vollkornnudeln, die die Konsistenz von Gummibändern hatten.

»Du solltest Michael morgen mal was von deiner Arbeit zeigen«, sagte Joan zu Graham. »Vielleicht fällt ihm was Interessantes dazu ein.«

»Ja«, sagte ich, »das fände ich prima.«

Graham bot mir einen Platz auf seinem Bett an und schaltete den großen, unförmigen Fernseher ein, der eine Ecke des Zimmers beherrschte. Das Gerät brauchte fast eine Minute, um warmzulaufen. »Original siebziger Jahre«, erklärte er. »Pfeift ziemlich aus dem letzten Loch.«

Der Nebel von gestern hatte sich verzogen, und es war sonnig, aber feuchtwarm. Hier würden wir allerdings nicht viel Sonne zu sehen bekommen: Grahams Zimmer lag in permanentem Schatten und hatte nur ein winziges Fenster mit Spitzengardinen, das auf Joans Garten und die Gärten der anderen Häuser in der Parallelstraße ging. Wir waren allein im Haus, es war halb elf, und wir tranken unsere zweite Tasse starken, süßen Tee.

»Hast du auch so ein Gerät?« fragte Graham, kniete sich hin und schob eine Videokassette in den Recorder.

»Bei dem, was ich verdiene, kann ich mir so was nicht leisten«, sagte ich. »Ich warte darauf, daß die Dinger billiger werden. Angeblich gehen die Preise demnächst in den Keller.«

»Du denkst hoffentlich nicht, daß der mir gehört. Niemand kauft sich einen Videorecorder – so etwas mietet man. Bei ›Rumbelow‹ kostet mich das bloß zehn Pfund im Monat.«

Ich nahm einen Schluck Tee und sagte boshaft: »Zu meiner Zeit haben wir unser Geld für Bücher ausgegeben.«

»Komm mir bloß nicht mit dem Scheiß.« Er deutete auf die Reihen von Videokassetten, die auf der Kommode und dem Fensterbrett standen. »Das *sind* meine Bücher. Was das Filmemachen betrifft, ist Video das Medium der Zukunft. Bei uns auf dem College wird praktisch alles nur noch auf Video gedreht. Auf diesen süßen kleinen Kassetten sind drei Stunden Film. Weißt du, was drei Stunden 16-mm-Film kosten?«

»Ich verstehe, was du meinst.«

»Wenn's um praktische Dinge geht, seid ihr Literaturtypen nicht besonders auf Draht. Ihr sitzt immer im Elfenbeinturm.«

Das überhörte ich.

»Hat das Gerät auch eine Standbildfunktion?«

»Klar. Das Bild zittert zwar ein bißchen, aber es steht. Warum? Wozu brauchst du ein Standbild?«

»Ach, ich weiß nicht. Ich finde es gut, wenn man ... die ganze Technik hat.«

Kaum hatte Graham die Vorhänge zugezogen und sich neben mich auf das Bett gesetzt, da begann der Bildschirm zu flackern.

»Los geht's. Das ist meine Jahresarbeit. Mal sehen, was du davon hältst.«

Es war weniger nervtötend als ich befürchtet hatte. Grahams Film dauerte nur zehn Minuten, war eine wirkungsvolle, wenn auch wenig subtile Polemik gegen den Falklandkrieg und hieß »Mrs. Thatchers Krieg«. Der Titel war zweideutig, denn Graham hatte eine Rentnerin namens Thatcher aufgetrieben, die in Sheffield lebte. Kriegsschiffe, die mit

Volldampf in die Schlacht fuhren, und Ausschnitte aus Reden der Premierministerin wechselten sich mit Szenen aus dem Leben ihrer weniger prominenten Namensschwester ab: Sie machte Einkäufe, bereitete bescheidene Mahlzeiten zu, sah sich die Nachrichten im Fernsehen an und so weiter. In einem Kommentar aus dem Off, der in keinem direkten Zusammenhang zu den gezeigten Szenen stand, erzählte die alte Frau, wie schwer es sei, mit ihrer Rente auszukommen, und fragte sich, was wohl aus den Steuern geworden war, die sie in ihrem langen Arbeitsleben bezahlt hatte. Das war dann das Stichwort für einen harten Schnitt zu irgendeinem brutal und teuer wirkenden Kriegsgerät. Der Film endete mit der berühmten Rede der Premierministerin vor der Scottish Conservative Party, in der sie den Krieg als Kampf zwischen Gut und Böse bezeichnete und erklärte: »Er muß bis zum Ende geführt werden.« Darauf folgte eine lange Einstellung, in der man die andere Mrs. Thatcher sah, die ihre schwere Einkaufstasche eine steile, trostlose Straße hinaufschleppte. Dann wurde der Bildschirm schwarz, und der Abspann erschien: »Mrs. Emily Thatchers wöchentliche Rente beträgt £ 43,37.« – »Die Kosten des Falklandkriegs werden heute bereits auf £ 700.000.000 geschätzt.«

Graham schaltete den Videorecorder aus.

»Und? Was meinst du? Ich will deine ehrliche Meinung hören.«

»Guter Film. Hat mir gefallen.«

»Na, komm schon – jetzt versuch mal, deine südenglische Mittelstandshöflichkeit für einen Augenblick zu vergessen. Sei ganz ehrlich.«

»Ich sage doch: Er ist gut. Kraftvoll, direkt und . . . aufrichtig. Er sagt eine Wahrheit.«

»Ach, ja, wirklich? Der Film ist ein so dicht strukturiertes Medium, daß selbst bei einem kurzen Werk wie diesem alle möglichen Entscheidungen getroffen werden müssen: wie lange eine Einstellung dauern soll, welchen Bildausschnitt man wählt, welche Einstellungen davor und danach kommen sollen. Wird dieser ganze Prozeß nicht suspekt, wenn man es mit einem Werk zu tun hat, das sich ausdrücklich als politischer Film versteht? Macht das die Rolle des Regisseurs nicht außerordentlich problematisch? Bedeutet das nicht, daß er nicht so sehr vor der Frage steht: ›Ist das die Wahrheit?‹, sondern vielmehr: ›Wessen Wahrheit ist das?‹«

»Da hast du natürlich absolut recht. Könntest du mir mal zeigen, wie das mit dem Standbild funktioniert?«

»Klar.« Graham nahm die Fernbedienung, spulte das Band ein Stück zurück und drückte die Starttaste. »Worauf ich hinauswill, ist, daß das Ganze sehr manipulativ ist, und manipuliert wird nicht nur das Publikum, sondern auch das Thema. Maggie Thatcher überfällt die Falklandinseln, und ich überfalle diese Frau, und beide benutzen wir denselben Vorwand, nämlich, daß wir für alle Beteiligten nur das Beste wollen.« Er drückte die Pausetaste, und die alte Frau, die gerade dabei war, eine Suppendose zu öffnen, erstarrte zitternd mitten in der Bewegung. »Eigentlich wäre das einzig wirklich Ehrliche, das ich tun könnte, die Mechanismen meiner eigenen Beteiligung zu offenbaren: die Kamera zu schwenken und plötzlich auf mich selbst zu richten, auf den Regisseur, der im selben Raum sitzt wie diese Frau. Godard hätte das vielleicht getan.«

»Kann man diese Streifen auf dem Bildschirm nicht wegkriegen?« fragte ich.

»Manchmal schon. Man muß immer wieder auf den Knopf drücken – irgendwann gehen sie dann weg.«

Er drückte ein paarmal die Pausetaste.

»Ein bißchen unscharf, findest du nicht?«

»An der Technik wird noch gearbeitet. Jedenfalls muß ich mich fragen, ob das nicht bloß eine leere selbstreferentielle Geste wäre. Ich weiß nämlich genau, was du als nächstes sagen wirst: Daß jeder Versuch, die Urheberschaftsfrage in den Vordergrund zu stellen, einen Rückfall in den Formalismus darstellt; daß zudem eine Bedeutungsverschiebung vom Signifikat zum Signifikanten vergeblich ist, da sie nichts an der grundlegenden Tatsache ändern kann, daß letztlich jede Wahrheit ideologisch gefärbt ist.«

»Haben alle Geräte diese Standbildfunktion«, fragte ich, »oder nur die teuren?«

»Nein, das haben alle«, sagte er. »Das ist ja das Hauptargument für einen Videorecorder. Eine revolutionäre Entwicklung, wenn man's recht bedenkt: Zum erstenmal in der Geschichte ist dem Regisseur die Kontrolle der kinematischen Zeit entzogen und in die Hand des Zuschauers gegeben. Man könnte sogar behaupten, daß das der erste Schritt zu einer Demokratisierung des Sehprozesses ist. Aber natürlich« – er schaltete das Gerät aus und zog die Vorhänge zurück – »wäre es naiv anzunehmen, daß die Leute sich aus diesem Grund Videorecorder kaufen. Auf dem College nennen wir den Pausenknopf WK.«

»WK?«

»Wichsknopf. Du kannst deine Lieblingsschauspielerinnen nackt sehen. Schluß mit diesen schrecklich kurzen Szenen, in denen irgendeine bildschöne Schauspielerin das Handtuch fallen läßt und ein paar Augenblicke nackt dasteht, bevor sie aus dem Bild verschwindet – jetzt kannst du sie anstarren, solange du willst. Theoretisch ewig. Oder wenigstens so lange, bis das Band verschlissen ist.«

Ich sah gedankenverloren an ihm vorbei aus dem Fenster. »Das hat bestimmt... seine Vorteile«, sagte ich.

»Jedenfalls... es war nett, sich mit dir zu unterhalten«, sagte Graham. »Es ist immer gut, von einem Außenstehenden objektive Kritik zu bekommen.«

Es herrschte kurzes Schweigen. Ich tauchte aus meinen Gedanken auf, und plötzlich drang zu mir durch, was er gesagt hatte. »Schon in Ordnung«, sagte ich. »Ich fand es sehr interessant.«

»Ich gehe gleich in die Stadt. Kann ich dir was mitbringen?«

Ich war zum erstenmal allein im Haus. Es war einer jener Momente, mit denen ich eine ganz bestimmte Stille verbinde: Sie ist mehr als absolut, sie drängt sich auf, gräbt sich ein, hält Wache. Sie ist das Gegenteil einer Totenstille, denn sie bebt geradezu vor Möglichkeiten. Die Luft ist erfüllt vom Klang der Dinge, die nicht geschehen. In London gibt es keine Stille wie diese, keine Stille, der man lauschen, die man genießen, von der man sich einhüllen lassen kann. Ich stellte fest, daß ich auf Zehenspitzen durch das Haus schlich und daß das gelegentliche Geräusch von Schritten auf der Straße oder von vorbeifahrenden Autos höchst störend wirkte. Ich versuchte, es mir gemütlich zu machen und die Zeitung zu lesen, gab es jedoch nach ein oder zwei Minuten wieder auf. Die Atmosphäre des Hauses hatte sich, kaum daß Graham es verlassen hatte, vollkommen verändert: Es hatte etwas Magisches bekommen, wie ein verbotener Tempel, in den ich eingedrungen war, und ich verspürte das Verlangen, es zu erkunden.

Ich ging die Treppe hinauf, wandte mich nach rechts und trat in Joans Schlafzimmer. Es war ein heller, freundlicher Raum, dessen Fenster auf die Hauptstraße gingen, und darin stand ein ordentlich gemachtes Doppelbett mit einer rosafarbenen Bettdecke und mehreren kleinen hellblauen Zierkissen, die auf dem Federkissen am Kopfende arrangiert waren. Zwischen ihnen saß etwas, dessen Bild ich in den entferntesten Winkeln meiner Erinnerung aufbewahrte: ein abgewetzter gelber Teddybär namens Barnabas, ein Kuscheltier, das Joan seit ihrer frühesten Kindheit begleitete. Ich sah, daß seine Augen nicht mehr zusammenpaßten: das eine war schwarz, das andere blau. Das ursprüngliche Auge mußte vor nicht allzu langer Zeit verlorengegangen sein, und einen Augenblick lang hatte ich ein rührendes Bild vor Augen: Joan saß mit Nadel und Faden auf dem Bett, nähte einen gewölbten Knopf an und gab diesem Zeugen ihrer Kindheit sein Augenlicht zurück. Ich rührte ihn nicht an, sondern betrachtete das ordentliche Bücherregal, die Familienfotos, den Schreibtisch mit dem Briefpapierset und die Lampe, deren Schirm mit einem Reklamebild des Kaufhauses Liberty bedruckt war. In einer Ecke standen ein paar eher funktional wirkende Aktenordner und ein Karton voller Notizen und Papiere. Auf dem Nachttisch nichts außer einem halbvollen Glas Wasser, ein Päckchen Papiertaschentücher und eine Zeitschrift, deren Titelbild zwei grüne Bomber im Flug zeigte, mit der Schlagzeile: »Der Mark I Hurricane – Großbritanniens Trumpf«. Ich lächelte und nahm sie in die Hand. Es war die Magazinbeilage, in der vor ein paar Monaten die Geschichte aus meiner Kindheit abgedruckt worden war. Ich fragte mich, ob Joan einfach nicht dazu gekommen war, das Heft aufzuräumen, oder ob es einen Grund gab, daß es da lag – vielleicht las sie die Geschichte jeden Abend, bevor sie einschlief, und hing Erinnerungen nach. Es hätte mich nicht gewundert.

Doch auch wenn es so war, hatte ich kein Recht, mich darüber lustig zu machen. Ich hatte das Ding wieder und wieder gelesen und konnte selbst jetzt nicht widerstehen, mich auf das Bett zu setzen, das Magazin auf der vertrauten Seite aufzuschlagen und mich wieder einmal in das warme Wasser dieses seichten Triumphs gleiten zu lassen.

Michael Owen [lautete die Einleitung] **wurde 1952 in Birmingham geboren. Seine kürzlich erschienenen Romane** *Unfälle sind keine Zufälle* **und** *Die Hand der Liebe* **haben großen Beifall gefunden.**
Michael war erst acht Jahre alt, als er seine erste Romanfigur schuf, einen viktorianischen Detektiv mit dem exotischen Namen Jason Rudd. Dieser erlebte zahlreiche Abenteuer, deren längstes und aufregendstes Das geheimnisvolle Schloß *ist. Wir drucken hier das erste Kapitel dieses Romans ab. Leider ist er nicht Michaels erster – ein früherer, in dem auch der in diesem Kapitel erwähnte Thomas Watson eine Rolle spielte, ist verschollen –, doch Michael versichert uns, daß dieses Kapitel eine gute Einführung in die Welt Jason Rudds und seines Assistenten Richard Marple ist, eine Welt, die Michael als »eine Hommage an Holmes und Watson, mit einem guten Schuß Surrealismus« beschreibt.*

Das geheimnisvolle Schloß

Kapitel 1

Jason Rudd, ein berühmter Detektiv des 19. Jahrhunderts, saß an einem mit Schnitzereien verzierten Tisch, ihm gegenüber sein Gefährte Richard Marple, der ihn durch viele Abenteuer begleitet hatte.

Jason war mittelgroß und hatte helles Haar. Er war, so könnte man sagen, der mutigere der beiden, doch auch Richard war überaus mutig. Richard hatte dunkles Haar und war sehr groß, aber Jason war der Scharfsinnigere. Er brauchte Richard.

Denn Richard, müssen Sie wissen, konnte außergewöhnliche Kraftakte vollbringen, und das konnte Jason nicht. Sie waren so ziemlich das beste Gespann, das es in ganz Großbritannien gab.

Im Augenblick spielten sie jedoch nur eine Partie Schach. Das Brett war alt und schmutzig, obwohl Jason schon oft versucht hatte, es aufzupolieren. Jason zog mit dem Springer und lächelte. »Schach«, sagte er.

Doch Richard zog mit seinem Läufer und schlug Jasons Springer.

»Mist!«

Jason saß vollkommen still und atmete kaum. Das tat er immer, wenn er angestrengt nachdachte. Er zog mit der Königin.

»Schachmatt!«

»Ausgezeichnet. Du hast gewonnen.«

Sie schüttelten sich die Hände und setzten sich wieder.

»Ich langweile mich unendlich«, stieß Jason hervor. »Ich brauche etwas, über das ich nachdenken kann. Ich meine, Schach ist ja ganz schön und gut, aber ich habe mehr Lust auf etwas wie die Sache mit Thomas Watson. Übrigens: Wie geht es ihm eigentlich?«

»Ich fürchte, nicht sehr gut. Sein Arm ist noch nicht geheilt.«

»Glaubst du, er könnte sterben, oder ist es noch schlimmer?«

»Ich glaube, er könnte sterben.«

»Tatsächlich? Das ist schlimm. Wir müssen ihn besuchen. Wie wäre es mit morgen oder übermorgen?«

»Morgen würde mir passen.«

»Dann laß uns einen Tagesausflug machen.«

»Gewiß, wenn meine Frau einverstanden ist. Wie spät ist es eigentlich?«

»Fünf Minuten nach zehn.«

»Dann muß ich jetzt gehen.«

»Gut«, sagte Jason. »Soll ich dich zur Tür bringen?«

»Nein, laß nur.«

Jason sah zu, wie Richard seinen Mantel anzog. Er hörte, wie die Haustür geöffnet und dann geschlossen wurde.

Richard machte sich auf den Heimweg. Als er die Hälfte der Strecke zu seinem Haus zurückgelegt hatte, trat ein Mann aus einem Schatten und versperrte ihm den Weg.

»Mein Name ist Edward Whiter«, sagte er.

Er hatte einen amerikanischen Akzent, einen Bart und gelbliche Zähne.

»Sind Sie Richard Marple?«

»Der bin ich.«

»Ich möchte mit Ihnen und Jason Rudd sprechen.«

»Aus welchem Grund?«

»Ich möchte mit Ihnen beiden über eine überaus besorgniserregende Angelegenheit sprechen, und ich möchte, daß Sie mir helfen.«

»Und wann sollen wir damit anfangen?«

»Morgen.«

»Es tut mir leid, aber das ist unmöglich.«

»Aber Sie müssen.«

»Warum?«

»Weil wir nicht wollen, daß unsere Leute daran glauben.«

»An was glauben?«

Edward Whiter senkte die Stimme zu einem Flüstern und sagte: »An den Fluch.«

»Den Fluch? Was für einen Fluch?«

»Den Fluch von Schloß Hacrio.«

»Nun gut. Ich werde Sie zu Mr. Rudd bringen. Ich bin sicher, er wird äußerst interessiert sein.«

»Sehr gut.« Er sprach jetzt mit einem britischen Akzent, und seine Stimme klang viel angenehmer. Er riß sich den falschen Bart vom Gesicht und lächelte.

»Ich bin sehr erfreut, Sie kennenzulernen, Mr. Marple«, sagte er.

Richard war ziemlich überrascht und schüttelte dem anderen die Hand.

»Und ich bin ... sehr erfreut, Sie kennenzulernen, Mr. ... Mr. Whiter.«

»Nennen Sie mich Edward. Und nun auf zu Mr. Rudds Haus.«

»Ich möchte Ihnen eine Geschichte erzählen, Mr. Rudd. Ich glaube, sie wird Sie sehr interessieren. Darf ich beginnen?«

»Ich bitte darum.«

»Nun denn. Es war finster. Ein schreckliches Gewitter tobte um Schloß Hacrio. Drinnen ertönten leise Schreie. Der schwarze Ritter erschlug Walter Bimton mit einem Morgenstern. Auf Wiedersehen, Mr. Rudd.«

Damit stand er auf und verließ den Raum. Jason hörte, wie die Haustür geöffnet und dann geschlossen wurde.

»Ein sehr eigenartiger Besucher. Warum mag er nur so schnell wieder gegangen sein?«

»Ich weiß nicht«, sagte Richard. »Was hältst du von dieser Geschichte?«

»Ich finde sie überaus interessant. Wir müssen herausfinden, wo sich Schloß Hacrio befindet. Diese Ermittlungen werden überaus interessant werden.«

»Ja.«

»Im Augenblick interessiert mich Edward Whiter allerdings mehr. Warum ist er so schnell wieder gegangen? Er hat kaum mehr als ein paar Worte gesagt.«

»So ist es, Jason. Auch ich wundere mich. Vielleicht werden wir die Antwort darauf finden.«

»Vielleicht. Schloß Hacrio . . . Hast du diesen Namen schon jemals gehört?«

»Nein, noch nie, und ich habe auch keine Vorstellung, wie es wohl aussehen mag.«

»Ich ebenfalls nicht«, gab Jason zu. »Aber ich glaube, das würde uns auch nicht weiterhelfen.«

»Da hast du wahrscheinlich recht. Hast du eine Vermutung, was hinter dem Geheimnis, das dieses Schloß umgibt, stecken könnte?«

»O ja, die habe ich.«

»Tatsächlich?«

»Ja.« Jason senkte seine Stimme. »Ich glaube, es ist verflucht.«

Ich betrachtete noch einmal das alberne Foto, auf dem ich in Mr. Nuttalls Kuhstall saß und grüblerisch und altklug aussah, schlug das Magazin zu und legte es auf Joans Nachttisch zurück. Es war seltsam, diese Geschichte wieder zu lesen: als ob man die Tonbandaufnahme einer seltsamen Stimme hörte und sich standhaft weigerte zu glauben, daß es die eigene war. Ich spürte die Versuchung, sie als eine weitere mögliche Verbindung zu meiner Vergangenheit zu betrachten, als eine Aufforderung, umzukehren und meine Spur zurückzuverfolgen, bis ich dem unschuldigen Achtjährigen gegenüberstand, der diese Geschichte geschrieben hatte und mir inzwischen vollkommen fremd geworden war. Doch selbst ich merkte, daß sie nicht so sehr zeigte, was für ein Kind ich gewesen war, sondern vielmehr verriet, was für Bücher ich gelesen hatte: Geschichten von netten Mittelstandskindern, die gemeinsame Ferien in weitläufigen, verschachtelten Landhäusern verbrachten, wo sie auf jede Menge Falltüren und Geheimgänge stießen; gruselige Abenteuergeschichten in Comicform, mit so grob gezeichneten Details, daß meine Eltern sie gerade noch durchgehen ließen; Geschichten von weit entfernt lebenden, beneidenswerten amerikanischen Teenagern, die Detektivklubs gründeten und in deren Nachbarschaft es unwahrscheinlich viele Spukhäuser, verfluchte Schlösser und geheimnisvolle Inseln gab. Es war Jahre her, daß ich eines dieser Bücher gelesen hatte – die meisten hatte meine Mutter für einen Kirchenbazar gestiftet –, doch ich war einigermaßen sicher, daß ich in Joans Bücherregal einige finden würde, und ich hatte recht. Ich zog ein Buch mit einem bunten Rücken heraus und sah einen Einband, der sogleich den verstaubten Geruch vergangener Freuden verströmte. Die Versuchung war groß, mich mit dem Buch ins Wohnzimmer zu setzen, doch irgendein puritanischer Impuls ermahnte mich, daß ich besseres zu tun hatte, als mich dieser Art von Nostalgie hinzugeben. Ich stellte das Buch also zurück, ging auf Zehenspitzen hinaus und folgte meinem ursprünglichen (und gewiß nicht besseren) Plan, das Haus zu erkunden, indem ich die Tür zu Phoebes Zimmer öffnete.

Es war der größte der drei Räume im ersten Stock und auch das unordentlichste, denn es diente als Schlafzimmer und Atelier. Diverse Farbtöpfe, Pinsel in Gläsern mit Reinigungslösung, über den Boden verstreute Zeitungen und bunt verschmierte Lumpen zeugten von Phoebes Arbeit, und vor dem Fenster, wo das Licht am besten war, stand auf einer Staffelei eine große Leinwand, die mit einem vergilbten, ehemals weißen Laken abgedeckt war. Ich muß gestehen, daß ich bis zu diesem Zeitpunkt nicht besonders neugierig auf Phoebe gewesen war. Ich hatte sie kaum beachtet, und mir war nur aufgefallen, daß sie sehr gut aussah (seltsamerweise erinnerte sie mich an Shirley Eaton, die so lange mein Ideal weiblicher Schönheit verkörpert hatte), doch das hätte wohl eine größere Wirkung gehabt, wenn der Bann, in den mich Alice bei unserer kurzen Begegnung geschlagen hatte, nicht noch nachgewirkt hätte. Zu mir hatte sie seit meiner Ankunft kaum etwas Bemerkenswertes gesagt – wenn ich es genau bedachte, hatte sie überhaupt kaum etwas gesagt. Und doch hatte der Gedanke, einen heimlichen Blick auf das Bild, an dem sie arbeitete, zu werfen, etwas Unwiderstehliches, etwas Verbotenes, als hätte ich vor, sie zu beobachten, wenn sie sich auszog. Ich nahm eine Ecke des Lakens, hob es um einige Zentimeter an und sah ein verführerisches Stück dicker graugrüner Farbe. Ich hob das Laken noch ein wenig an, bis ich einen schmalen, aufreizenden Streifen Kupferrot erkennen konnte, der neckisch am Rand der Leinwand plaziert war. Das war mehr, als ich ertragen konnte: Mit einem unvermittelten, heftigen Ruck riß ich das Laken herunter, so daß das ganze Bild in all seiner unfertigen Herrlichkeit entblößt vor mir stand.

Erst nach einigen Minuten der Betrachtung begann ich das Bild zu verstehen. Anfangs sah ich nur ein willkürliches Muster aus Farben, das zwar beeindruckend, aber auch wirr und bedrückend war. Nach und nach entdeckte ich jedoch Abgrenzungen und geschwungene Linien – das willkürliche Muster glich nun eher einem Strudel, und ich fühlte mich in ein schwindelerregendes Wirbeln von Bewegung und Energie gezogen. Schließlich lösten sich Formen heraus, und ich machte mich an die heikle Aufgabe, ihnen einen Namen zu geben: diese Kugel, die die linke Seite dominierte, und dieses Ding, das ein mit einem Netz bespanntes Gerät zu sein schien... Konnte das Ganze etwas so Banales sein wie ein wirres, mit breitem Strich gemaltes Stilleben? Ein grob skizziertes Stück Ödland – vielleicht in Joans Garten – mit einem Fußball und einem alten Tennisschläger? Es erschien mir immer wahrscheinlicher, und meine Erregung begann nachzulassen, als ...

»Das darfst du dir nicht ansehen.«

Phoebe stand in der Tür, die Arme um eine Papiertüte verschränkt.

Mir fiel nichts ein außer: »Es tut mir leid – ich war nur neugierig.«

Sie legte die Tüte auf den Tisch und nahm einen Skizzenblock und ein paar Stifte heraus.

»Ich hab nichts dagegen, wenn du in mein Zimmer kommst, aber ich mag's nicht, wenn die Leute sich meine Arbeit ansehen.«

»Es tut mir leid. Ich hätte ... dich fragen sollen oder so ...«

»Darum geht es nicht.« Sie breitete das Laken wieder über die Leinwand und zupfte den Strauß verblühender Blumen zurecht, der in einem Marmeladenglas auf dem Fensterbrett stand.

»Es ist sehr gut«, sagte ich. Ich spürte, daß sie sich innerlich anspannte, doch ich plapperte weiter: »Ich meine, ein Bild von ganz alltäglichen Dingen zu malen, in dem so viel Kraft und Dramatik steckt – das ist schon etwas Besonderes. Ich meine, ein Fußball und ein Tennisschläger ... Wer würde darauf kommen?«

Phoebe drehte sich zu mir um, doch sie sah zu Boden, und ihre Stimme war leise. »Ich habe keine hohe Meinung von meinen Fähigkeiten als Malerin.«

»Das solltest du aber.«

»Es ist das letzte von sechs Bildern über den Orpheus-Mythos.«

»Wenn die anderen so gut sind wie ...« Ich starrte sie entgeistert an. »Was hast du gesagt?«

»Es zeigt seine Leier und seinen Kopf, die den Hebrus hinuntertreiben.«

Ich setzte mich auf das Bett. »Ach, so.«

»Jetzt weißt du, warum ich meine Bilder nicht gerne anderen Leuten zeige.«

Das nun eintretende Schweigen schien nicht enden zu wollen. Ich sah mit leerem Blick in die Ferne und war zu peinlich berührt, um irgendeine Art von Entschuldigung hervorzubringen, während Phoebe sich an den Tisch setzte und ihre Stifte spitzte. Ich war schon zu dem Schluß gekommen, es sei wohl das beste, wenn ich einfach aufstand und ohne ein weiteres Wort hinausging, als sie plötzlich fragte: »Hat sie sich sehr verändert?«

Ich wußte nicht, wovon sie sprach. »Wie bitte?«

»Joan. Hat sie sich sehr verändert?«

»Ach, so. Nein, eigentlich nicht.« Dann dachte ich nach. »Ehrlich gesagt, ich weiß es nicht. Ich meine, ich hab sie ja nie als Erwachsene gekannt, nur als Kind. Es ist ein bißchen so, als würden wir uns gerade erst kennenlernen.«

»Ja, das ist mir auch aufgefallen. Ihr seid, als wärt ihr Fremde.«

Ich zuckte mit den Schultern, eher bedauernd als nonchalant. »Vielleicht war es keine gute Idee von mir zu kommen.«

»Nein, das finde ich nicht. Sie hat sich wochenlang darauf gefreut. Und sie findet es wunderbar, daß du hier bist. Das merkt man. Sie ist mit einemmal ganz anders. Graham findet das auch.«

»Inwiefern anders?«

»Weniger . . . verzweifelt, würde ich sagen.«

Das gefiel mir nicht.

»Ich glaube, sie fühlt sich einsam hier oben. Und ihre Arbeit nimmt sie manchmal sehr in Anspruch. Wir tun unser Bestes, sie aufzumuntern. Ich weiß, daß ihr vor dem Sommer graut, weil wir dann nicht hier sein werden. Nicht daß wir das als Belastung empfinden«, fügte sie ernst hinzu. »Wir kommen ziemlich gut miteinander aus, und es gibt eigentlich nur ein oder zwei Sachen, die . . . über die freundschaftlichen Pflichten hinausgehen. Zum Beispiel, daß wir Spiele spielen müssen.«

»Spiele?«

»Nach dem Abendessen will sie sehr oft noch ein Spiel machen. Monopoly. Mensch-ärgere-dich-nicht. So was eben.«

Ich sagte nichts, aber aus irgendeinem Grund überlief mich ein Schauer.

»Aber darüber brauchst du dir keine Sorgen zu machen. Solange du hier bist, wird sie nicht damit anfangen, das ist mal sicher. Das braucht sie nicht.«

»Wer macht bei einem kleinen Spiel Scrabble mit?«

Joan sah uns drei strahlend an, und wir taten unser Bestes, ihr nicht in die Augen zu sehen. Graham griff auf seinen bewährten Trick zurück und räumte die Teller zusammen, Phoebe konzentrierte sich darauf, ihr Weinglas zu leeren, und mich packte mit einemmal der Ehrgeiz, das polnische Gewerkschaftsplakat zu übersetzen, das schon drei Abende lang auf mich herabgestarrt hatte. Nach ein paar Sekunden spürte ich jedoch, daß die anderen mit meiner Hilfe rechneten, und so sagte ich: »Eigentlich würde ich gern ein oder zwei Stunden allein mit meinem Notizbuch verbringen, wenn ihr nichts dagegen habt. Ich hab heute jede Menge Ideen gehabt.«

Das war zwar eine krasse Lüge, aber die einzige Entschuldigung, die Joan akzeptieren würde. »Na gut«, sagte sie. »Ich will mich nicht zwischen dich und deine Muse stellen. Aber wenn du an einem neuen Buch arbeitest, mußt du mir was versprechen.«

»Und was?«

»Daß ich es als erste zu lesen bekomme natürlich.«

Ich lächelte verlegen. »Na ja, es ist eher ein Langzeitprojekt. Ich glaube, daß ich noch ein paar Jahre dafür brauchen werde. Im Augenblick denke ich darüber nach, in den Sachbuchbereich zu wechseln.« Joans Gesichtsausdruck ließ nicht erkennen, ob dieses Geständnis sie beeindruckte oder verwirrte. »Man hat mir angeboten, die Biographie einer gewissen bedeutenden Familie zu schreiben. Ich muß sagen, daß das eine ziemliche Ehre ist.«

»Oh. Und um welche Familie geht es?«

Ich sagte es ihr, und Graham brach in ungläubiges Gelächter aus.

»Über diese Blutsauger? Da bist du ja anscheinend ganz

schön auf den Hund gekommen – mehr kann ich dazu nicht sagen.« Er verschwand mit den Tellern und den Resten von Phoebes ausgezeichneten *Spaghetti alla parmigiana* in der Küche. Ich hörte ihn noch murmeln: »Die Winshaws! Das halt ich nicht aus!«

Joan sah ihm mit verständnislos geweiteten Augen nach. »Ich verstehe nicht, was er damit gemeint hat. Was ist denn an den Winshaws so besonders?« Sie sah mich fragend an, doch Grahams Reaktion hatte mich in gekränktem Schweigen versinken lassen. »Weißt du, was er gemeint hat?« fragte sie Phoebe. »Hast du schon mal was von den Winshaws gehört?«

Phoebe nickte. »Von Roderick Winshaw. Er ist Kunsthändler. Vor ein paar Wochen sollte er bei uns eine Gastvorlesung halten, über das ›Überleben auf dem Markt‹, aber er ist nicht gekommen.«

»Tja, Michael«, sagte Joan, »das ist ja mal was ganz Neues. Du mußt mir alles darüber erzählen. Ich bestehe darauf.«

»Ach, da gibt's nicht viel...«

»Nicht jetzt, nicht jetzt.« Sie hob die Hand und gebot mir Einhalt. »Ich weiß, du hast zu tun. Nein, morgen ist genug Zeit für die ganze Geschichte. Wir haben den ganzen Tag Zeit.«

Das klang wie eine Drohung. »Den ganzen Tag?«

»Hab ich dir das nicht gesagt? Ich hab mir freigenommen, damit wir ein Picknick in den Dales machen können, nur wir beide.«

»Mmm. Klingt prima.«

»Und wir machen keine langweilige Autofahrt, sondern eine Radtour.«

»Eine Radtour?«

»Ja. Graham hat gesagt, du kannst sein Fahrrad haben. Nett von ihm, nicht?«

Graham trat an den Tisch, um das Besteck einzusammeln, und warf mir ein hinterhältiges Grinsen zu.

»Sehr nett«, sagte ich. »Wirklich, sehr nett. Wird das Wetter denn gut?«

»Komisch, daß du fragst«, sagte Joan. »Im Wetterbericht haben sie nämlich gesagt, daß es am späten Nachmittag Gewitter geben wird. Aber wenn wir früh genug losfahren, brauchen wir uns darüber keine Sorgen zu machen. Ich dachte, wir stehen am besten so gegen... sechs Uhr auf.«

Mein Widerstandswille war gebrochen. »Warum nicht?« sagte ich und reichte Graham meine Gabel und mein leeres Glas.

In dieser Nacht konnte ich keinen Schlaf finden. Ich weiß nicht, woran es lag: Vielleicht war es die drückende Sommerhitze, vielleicht auch das Wissen, daß ich am nächsten Morgen früh würde aufstehen müssen. Jedenfalls wälzte ich mich über eine Stunde lang auf dem Sofa hin und her; jede Stellung war noch unbequemer als die vorige, und schließlich blieb mir nichts anderes übrig, als mich auf die Suche nach etwas Lesbarem zu machen, nach etwas, das mich von den müde kreisenden Gedanken befreien würde, die meinen Kopf zu verstopfen schienen. Hier unten gab es jedoch nur die Bücher, die ich mitgebracht hatte, und drei oder vier vegetarische Kochbücher in der Küche. Was ich jetzt brauchte, war etwas Anspruchsloses, aber Spannendes, und sofort fiel mir das Abenteuerbuch ein, das ich heute in Joans Zimmer wiederentdeckt hatte. Wenn ich es doch mitgebracht hätte, als ich Gelegenheit dazu gehabt hatte.

Zehn Minuten später war mir klar, daß die einzige mögliche Lösung war, mich in Joans Zimmer zu schleichen und das Buch zu holen.

Ich hatte Glück. Ihre Tür stand einen Spaltbreit offen, und ich sah, daß Joan die Vorhänge nicht zugezogen hatte, so daß der Widerschein der Straßenlaternen den Raum erhellte. Das Bücherregal war gleich neben der Tür, und es würde nicht schwer sein, so leise einzutreten, daß ich sie nicht weckte. Ich hielt ein oder zwei Sekunden vor der Tür inne, schob sie vorsichtig auf und ging hinein. Es war ungefähr halb zwei morgens.

Joan lag auf dem Rücken. Im silbrigen Licht der Straßenlaternen hatte ihre Haut einen grauen Schimmer. Sie trug kein Nachthemd und hatte die Bettdecke im Schlaf zurückgeworfen. Es war acht Jahre her, daß mir ein nackter weiblicher

Körper, in Fleisch und Blut sozusagen, unter die Augen gekommen war, und ich glaube, ich hatte bis dahin nie einen schöneren gesehen. Verity war schlank, starkknochig und kleinbrüstig gewesen, und im Vergleich zu ihr wirkte Joan, die sich schamlos meinen heißen, begehrlichen Blicken aussetzte, fast verderbt füllig und sinnlich. Das Wort »üppig« schoß mir durch den Kopf: Es war ein Körper, der üppig war, sowohl in der Grazie seiner Proportionen als auch in seiner unkomplizierten Bereitschaft, sich von mir betrachten zu lassen. Wie verzaubert stand ich da, und heute kommt es mir so vor, daß diese wenigen schuldbefrachteten Augenblicke zu den herrlichsten, unverhofftesten, erregendsten meines Lebens gehören. Dabei war alles ganz schnell vorbei. Urplötzlich bewegte Joan sich und drehte sich zu mir, und ohne einen Laut schlich ich rückwärts hinaus.

3

»Sieh dir diese Arme an«, sagte sie, musterte sie verärgert aus schmalen Augen und kniff in die blasse Haut, bis sie sich rötete. »Wie eine italienische Bäuerin. Ich sag mir immer, das sind die Gene, und es hat keinen Sinn, sich darüber aufzuregen.« Sie strich großzügig Himbeermarmelade auf eine Scheibe Vollkornbrot, biß hinein und wischte sich mit einer Papierserviette den Mund ab. »Findest du mich zu dick?«

»Natürlich nicht. Du solltest dich in deinem Körper wohl fühlen. Er braucht keine bestimmte Form zu haben.«

Ich muß gestehen, daß die Form von Joans Körper mich an diesem Tag ziemlich beschäftigte. Es war wieder ein heißer Sommermorgen, und wir hatten fast zwei Stunden gebraucht, um hierher aufs Land zu radeln. Sobald wir an einem Platz angekommen waren, den Joan für geeignet hielt, warfen wir uns auf den Boden, und in den nächsten Minuten war ich mir trotz meiner Erschöpfung ihrer Gegenwart sehr bewußt – die träge Lust, mit der sie die Glieder reckte, das Heben und Senken ihrer Brust beim Atmen, die Durchsichtigkeit ihrer blau und rosa gemusterten Bluse, die sie aus der Jeans gezogen und deren Ärmel sie aufgekrempelt hatte. Was mich betraf, so war ich schweißgebadet und keuchte schwer. Anfangs hatte ich geglaubt, ich würde diese Tour nicht durchstehen. Joan war vorausgefahren, eine stetige Steigung hinauf, und bei jeder Gabelung hatte sie die schwierigere Strecke gewählt. Manchmal ging es so steil bergauf, daß ich fast vom Rad fiel bei dem Versuch, das Ding überhaupt in Bewegung zu halten. (Ich brauche wohl nicht zu erwähnen, daß Grahams Fahrrad keine Gangschaltung hatte.) Doch nach und nach wurde ich zuversichtlicher, und es ging leichter. Bald wurde die Gegend flacher, und irgendwann erwischten wir ein herrliches Stück Straße – bergab, aber nicht zu steil, gerade genug, um ein bißchen Fahrt zu bekommen, so daß man nicht mehr in die Pedale zu treten brauchte und der Wind einem um die Nase wehte und in den Ohren brauste und einem die Tränen in die Augen trieb. Für einen kurzen Augenblick war es, als fielen die Jahre von mir ab wie eine schwere Bürde, als wären wir, Joan und ich, wieder Kinder, die auf dem Weg zu Mr. Nuttalls Bauernhof waren. Später sagte sie mir, ich hätte einen Freudenschrei ausgestoßen, doch dessen war ich mir nicht bewußt gewesen.

»Na«, sagte sie, »erzählst du mir jetzt von deinem geheimnisvollen neuen Projekt?«

»Es steht noch nichts fest«, beharrte ich und erzählte ihr ausführlich von der außergewöhnlichen Begegnung im Zug. Joan schnappte nach Luft, als ich zu der Stelle kam, wo ich feststellte, daß ich im selben Wagen saß wie jemand, der mein Buch las. »Ist ja *irre!*« sagte sie. Sobald ich geendet hatte, wollte sie wissen: »Und diese Alice sah wahrscheinlich auch noch toll aus.«

»Nein, eigentlich nicht.« Es fiel mir erstaunlich schwer, das zu sagen, denn durch die Geschichte stand mir Alices Schönheit wieder lebhaft vor Augen, und Joan erschien mir mit einemmal wieder so unscheinbar und unattraktiv wie vorgestern, als ich sie auf dem Bahnsteig erblickt hatte. Ich kämpfte hart dagegen an, doch es war stärker als ich: Ich dachte an das Lachen und die schelmische Aufforderung, die ich in Alices Augen gesehen hatte, und ein begehrlicher Schauer überlief mich.

»Ist dir kalt?« fragte Joan. »Kann ich mir eigentlich nicht vorstellen.«

Wir unterhielten uns über die Winshaws und meine Arbeit, und so kamen wir irgendwie auf die Geschichten, die wir uns als Kinder ausgedacht hatten. »Also, ich finde es ziemlich aufregend«, sagte Joan, »daß ich mal mit einem berühmten Schriftsteller zusammengearbeitet habe.«

Ich lachte. »*Jason Rudd und der Mörder von Hampton Court.* Ich frage mich, was aus diesem kleinen Meisterwerk geworden ist. Du hast es nicht zufällig noch?«

»Du weißt ganz genau, daß du das einzige Exemplar hattest. Wahrscheinlich hast du es weggeworfen. In solchen

Dingen warst du schon immer rigoros. Ich meine, das muß man sich mal vorstellen: *Du* mußtest zu *mir* kommen wegen diesem Foto.«

»Ich hab es nicht weggeworfen. Ich hab's verloren. Das hab ich dir doch gesagt.«

»Ich verstehe nicht, wie man so was verlieren kann. Wirklich nicht. Jedenfalls weiß ich noch, daß du all deine Jason-Rudd-Geschichten weggeworfen hast, als deine Science-fiction-Phase anfing.«

»Science-fiction? Ich?«

»Du weißt schon: Du hast von nichts anderem mehr geredet oder geschrieben als Juri Gagarin und wolltest, daß ich diese lange Geschichte lese, in der er zur Venus oder so geflogen ist, und ich hatte keine Lust.«

Diese formlose Erinnerung an eine lange vergangene, aber verletzende Disharmonie ließ mich lächeln. Zum erstenmal merkte ich, wie schön es war, mit Joan zusammenzusein und spüren zu können, daß das Leben tatsächlich eine Art Kontinuität besaß und die Vergangenheit kein schmähliches Geheimnis war, das man sicher verschlossen aufbewahrte, sondern etwas, das man teilen und bewundern konnte. Doch dann hatte Joan ihr Brot aufgegessen, drehte sich auf den Bauch und lag mir, den Kopf in die Hände gestützt, zu Füßen, so daß ich einen phantastischen Ausblick auf ihr Dekolleté hatte, und mit einemmal war ich wieder hin und her gerissen zwischen zwei Impulsen: dem Impuls hinzusehen und dem Impuls, nicht hinzusehen. Natürlich sah ich nicht hin, sondern tat, als bewunderte ich die schöne Landschaft, und so entstand ein angespanntes Schweigen, bis Joan es nicht mehr aushielt und die unvermeidliche Frage stellte: »An was denkst du gerade?«

»Ich hab an meine Rezension gedacht. Er wird sie inzwischen gelesen haben. Ich würde zu gern wissen, wie er damit fertigwird.«

Joan rollte sich auf den Boden, zupfte einen langen Grashalm ab und kaute darauf herum. »Meinst du wirklich, daß die Leute viel auf das geben, was du über sie schreibst?«

»In diesem Fall«, sagte ich, ohne den Blick vom Horizont zu wenden, »bin ich davon überzeugt.«

Gewitterwolken zogen auf. Es war eine dunkle Front, die sich so drohend von Westen näherte, daß wir es gegen vier Uhr vernünftiger fanden, uns auf den Heimweg zu machen. Außerdem war Joan heute mit dem Kochen an der Reihe. »Sie rechnen auf mich«, sagte sie. »Ich will sie nicht hängenlassen.«

Zu Hause ging sie sofort in die Küche und begann Gemüse zu schneiden. Ich war inzwischen so erschöpft, daß meine Beine mich kaum noch trugen. Ich fragte sie, ob sie etwas dagegen habe, wenn ich mich für eine Weile auf ihrem Bett ausruhen würde, und sie antwortete: »Nein, natürlich nicht«, sah mich dabei aber so besorgt an, daß ich mich genötigt fühlte zu sagen: »Es war ein wunderbarer Tag. Mir hat's sehr gefallen.«

»Ja, nicht?« Sie schnitt weiter und fügte, halb zu sich selbst, hinzu: »Ich bin so froh, daß du noch bis Sonntag bleibst. Noch zwei wunderbare Tage.«

Auf dem Weg durch das Wohnzimmer kam ich an Graham vorbei, der die Filmkritiken in der Zeitung las.

»Na, war's schön?« fragte er, ohne aufzusehen.

»Sehr schön, ja.«

»Ihr habt's gerade noch rechtzeitig geschafft. Es wird jeden Moment anfangen zu pissen.«

»Sieht so aus.«

»Ich hab deinen Artikel gelesen.«

»Ach, ja?«

»Sehr geheimnisvoll.«

Ich lag fast zwanzig Minuten lang auf Joans Bett und fragte mich, was er mit dieser Bemerkung nur gemeint haben konnte. Geheimnisvoll? An meinem Artikel war nichts Geheimnisvolles. Ich hatte mich im Gegenteil außerordentlich bemüht, meine Gefühle deutlich zu machen. Wenn hier etwas geheimnisvoll war, dann Graham. Ich kannte den Artikel auswendig und ging ihn Satz für Satz durch, um irgend etwas zu finden, das Graham verwirrt haben konnte. Das führte zu keinem Ergebnis. Ich versuchte, seine Bemerkung zu vergessen, doch sie ging mir einfach nicht aus dem Kopf. Schließlich sah ich, daß mir die Sache keine Ruhe lassen würde, und so ging ich hinunter, um sie zu ergründen.

Graham saß vor Joans Fernseher und sah die Lokalnachrichten. Ich nahm die Zeitung, suchte meinen Artikel und sah zu meiner Freude, daß er an prominenter Stelle, oben auf der ersten Seite des Feuilletonteils, abgedruckt war.

»Ich verstehe nicht, was daran so geheimnisvoll sein soll«, sagte ich, las den ersten Absatz und bewunderte, wie es mir gelungen war, in einer schlichten Inhaltsangabe diesen leisen sarkastischen Ton anzuschlagen.

»Ist ja nicht so wichtig«, sagte Graham. »Schließlich ist es ja nur eine Kritik. Ich hab bloß nicht kapiert, worauf du eigentlich hinauswillst.«

»Scheint mir aber ganz klar zu sein«, sagte ich. Ich war jetzt beim zweiten Absatz, in dem der Ton deutlich kühler wurde. Ich sah förmlich, wie mein Gegner an dieser Stelle vor Spannung zu zittern begann.

»Also, anscheinend hab ich irgendwo eine Feinheit, eine zarte Metapher oder so verpaßt«, sagte Graham. »Deine weltstädtischen Freunde werden den Artikel bestimmt verstehen.«

»Ich weiß wirklich nicht, wovon du redest«, sagte ich. Über einige Formulierungen im dritten Absatz mußte ich unwillkürlich lächeln. Gedruckt wirkten sie noch viel gnadenloser.

»Ich meine, was will uns der Dichter damit sagen?« fragte Graham. »Daß dieser Kerl nie einen wirklich guten Roman schreiben wird, weil ihm dazu das nötige Benzin fehlt?«

Ich sah abrupt auf. »Was?«

»Der letzte Satz. Was soll das heißen?«

»Ist doch ganz einfach. Offensichtlich will er ein phantastisches, witziges, wütendes, satirisches Buch schreiben, aber das wird ihm nie gelingen, denn dazu fehlt ihm der nötige...« Ich wollte das Wort gerade laut vorlesen, da sah ich, was dort gedruckt stand. Ich erstarrte vor Verblüffung. Es war einer jener Augenblicke, in denen die Wirklichkeit im wahrsten Sinne des Wortes schrecklich ist, so schrecklich, daß einem der Verstand stillsteht. Dann knüllte ich die Zeitung zusammen und warf sie in hilfloser Wut quer durch das Zimmer. »Diese *Schweine*!«

Graham starrte mich an. »Was ist los?«

Zunächst brachte ich kein Wort heraus; ich saß da und

kaute an meinen Nägeln. Dann sagte ich: »*Esprit*, sollte es heißen. Ihm fehlt der nötige Esprit.«

Er holte sich die Zeitung zurück und las den fraglichen Satz noch einmal. Auf seinem Gesicht breitete sich ein Lächeln aus. »Ach so, *Esprit* ...« Aus dem Lächeln wurde ein leises Lachen, aus dem leisen Lachen wurde lautes Lachen, und aus dem lauten Lachen wurde ein hilfloses, dröhnendes, unbändiges Gelächter, welches Joan, die immer fürchtete, einen Witz zu verpassen, aus der Küche lockte.

»Was ist los?« fragte sie. »Was ist so komisch?«

»Sieh dir das an«, sagte Graham und gab ihr die Zeitung. Er stieß die Worte mühsam hervor. »Sieh dir Michaels Artikel an.«

»Was ist damit?« Sie überflog ihn mit einem Stirnrunzeln, das sich mit ihrem erwartungsvollen Lächeln um den Vorrang stritt.

»Das letzte Wort«, sagte Graham und rang nach Atem. »Sieh dir das letzte Wort an.«

Joan sah sich das letzte Wort an, konnte das Geheimnis aber nicht entschlüsseln. Sie sah von mir zu Graham und wieder zu mir, sah unsere unterschiedlichen Reaktionen und war noch verwirrter als zuvor. »Verstehe ich nicht«, sagte sie schließlich, nachdem sie den letzten Satz noch einmal gelesen hatte. »Ich meine, was ist so komisch daran, daß er nicht genug Sprit hat?«

Das Essen verlief wieder mal schweigsam. Es gab Bohneneintopf und danach Ananasgelee. Unsere Kau- und Schluckgeräusche erschienen mir lauter als sonst; sie wurden nur übertönt von Joan, die hin und wieder erfolglos versuchte, eine Unterhaltung in Gang zu bringen, und Grahams sporadischem Gelächter, dessen Beherrschung ihn große Anstrengung zu kosten schien.

»Also, ich finde immer noch, daß das nicht sehr komisch ist«, sagte Joan nach seinem vierten oder fünften Ausbruch. »Man sollte doch meinen, daß es bei einer überregionalen Zeitung einen Korrektor gibt. Wenn ich du wäre, Michael, würde ich ihm am Montag die Hölle heiß machen.«

»Ach, was soll's?« sagte ich und schob eine Bohne auf meinem Teller hin und her.

Das Prasseln des Regens an der Fensterscheibe wurde stärker, und als Joan eine zweite Portion Ananasgelee austeilte, zuckte ein Blitz, befolgt von einem ohrenbetäubenden Donnern. »Ich liebe Gewitter«, sagte sie. »Sie haben so eine besondere Atmosphäre.« Als offensichtlich war, daß niemand dieser Beobachtung etwas hinzuzufügen hatte, fragte sie in munterem Ton: »Wißt ihr, was ich bei Gewitter immer am liebsten mache?«

Ich versuchte, mich keinen Spekulationen hinzugeben, doch die Antwort fiel einigermaßen harmlos aus.

»Cluedo spielen. Das ist das Allerschönste.«

Unsere Gegenwehr war aus irgendeinem Grunde kraftlos, und so hatten wir, kaum daß der Tisch abgeräumt war, das Spielbrett vor uns und stritten uns, wer welche Person sein sollte. Schließlich hatten wir uns geeinigt: Phoebe war Miss Scarlet, Joan war Mrs. Peacock, Graham war Reverend Green, und ich war Professor Plum.

»So, und jetzt müßt ihr euch vorstellen, daß wir in einem großen, alten Haus auf dem Land festsitzen«, sagte Joan. »Wie in dem Film, von dem du mir immer erzählt hast, Michael.« Sie wandte sich zu den anderen und erklärte: »Als er noch klein war, hatte er mal einen Film gesehen, der in einem alten, verschachtelten Herrenhaus spielt, wo in einer Gewitternacht eine ganze Familie umgebracht wird. Das hat ihn sehr beeindruckt.«

»Tatsächlich?« Graham spitzte die Cineastenohren. »Und wie hieß der Film?«

»Den kennst du nicht«, sagte ich. »Es war ein englischer Film, und der Regisseur war kein marxistischer Intellektueller.«

»Oh, là, là, das hat aber gesessen.«

Joan holte zwei Kerzenständer, stellte einen auf den Tisch, den anderen auf den Kaminsims und schaltete das Licht aus. Wir konnten kaum noch etwas sehen, aber der Effekt, das muß man sagen, war ziemlich gruselig.

»So. Sind alle bereit?«

Das waren wir, bis auf die Tatsache, daß die anderen ein

Glas Wein vor sich hatten und ich nicht. Natürlich war es Graham, dem das auffiel.

»Moment noch«, sagte er. »Ich glaube, Michael fehlt der nötige Sprit.«

Sogar Joan begann zu kichern, und Phoebe gestattete sich ein verschämtes Lächeln, das sich angesichts der Heiterkeit der anderen beiden ebenfalls in Lachen verwandelte. Ich holte mir ein Glas Wein aus der Küche, setzte mich wieder auf meinen Platz und wartete gefaßt, bis sich die Hysterie gelegt hatte. Das dauerte eine Weile, und in dieser Zeit kam ich zu einem stummen, unumstößlichen Entschluß: Ich würde nie mehr eine Rezension für irgendeine Zeitung schreiben.

Wir spielten drei Spiele. Jedes dauerte ziemlich lange, weil eine Reihe von Bluffs und Gegenbluffs abgezogen wurden, meist zwischen Joan und Graham. Bei Phoebe hatte ich das Gefühl, daß sie nicht ganz bei der Sache war. Mir ging es, anfangs jedenfalls, nicht anders: Ich versuchte dieses Spiel als ein mathematisches Puzzle zu betrachten, als eine Übung zur Wahrscheinlichkeitsrechnung und Deduktion. Doch nach einer Weile – das mag kindisch klingen – gewann meine Phantasie die Oberhand, und das Spiel begann mir Spaß zu machen. Das Rollen des Donners und das Zucken der Blitze, die den Raum in grelles Licht und tiefschwarze Schatten tauchten, machten es mir leicht zu glauben, daß dies eine Nacht war, in der schreckliche Dinge geschehen konnten. In meinen Gedanken bekam Professor Plum immer mehr Ähnlichkeit mit Kenneth Connor, und wieder einmal hatte ich das Gefühl (ein Gefühl, das mich seit meinem neunten Geburtstag und dem Kinobesuch in Weston-super-Mare sehr leicht überkam), daß es mein Schicksal war, die Rolle des schüchternen, unbeholfenen, verletzlichen kleinen Mannes zu spielen, der in alptraumartige Dinge verwickelt wird, auf die er absolut keinen Einfluß hat. Die Plakate an der Wand verwandelten sich in alte Ahnenporträts, in denen jeden Moment Löcher erscheinen konnten, durch die mich wachsame Augen beobachteten, und Joans winziges Haus erschien mir so weitläufig und unheildrohend wie Blackshaw Towers.

Das erste Spiel gewann Joan: Es war Mrs. White, in der Bibliothek, mit einem Bleirohr. Graham beschloß, die Sache systematischer anzugehen, und holte sich ein Klemmbrett und ein großes Blatt Papier, auf dem er sorgfältig die Aktionen der anderen Spieler notierte. So gewann er das zweite Spiel (es war Colonel Mustard, im Billardzimmer, mit dem Revolver). Danach wurde von den anderen Spielern einstimmig beschlossen, daß er diese Taktik nicht mehr anwenden durfte. Das dritte Spiel verlief sehr spannend. Bald war klar, daß das Verbrechen entweder im Salon oder im Wintergarten verübt worden war, und zwar entweder mit einem Dolch oder mit einem Kerzenleuchter, doch was den Mörder betraf, hatte ich einen erheblichen Vorteil, denn ich hielt drei Karten mit wichtigen Hinweisen in der Hand. Während die anderen noch im dunkeln tappten und wilde Vermutungen anstellten, kam ich langsam hinter die Lösung des Rätsels: Der Täter war natürlich kein anderer als ich, Professor Plum.

Sobald mir das klargeworden war, fand ich, daß das Spiel einen Systemfehler hatte. Es erschien mir falsch, daß man durch einfachen Ausschluß zu der Folgerung kommen konnte, ein Verbrechen begangen zu haben, ohne zu wissen, wie oder wo man es begangen hatte. Im wirklichen Leben konnte es eine solche Situation doch wohl nicht geben, oder? Ich fragte mich, was für ein Gefühl es sein mochte, bei der Auflösung eines schrecklichen Rätsels dabeizusein und plötzlich zu sehen, daß das zufriedene Selbstbild des unbeteiligten Beobachters falsch war. Mit einemmal mußte man feststellen, daß man sich gründlich in jenes Netz aus Motiven und Verdächtigungen verstrickt hatte, das man mit der kühlen Objektivität des Außenstehenden hatte entwirren wollen. Es erübrigt sich zu sagen, daß ich mir nicht vorstellen konnte, selbst jemals in eine solche Situation zu geraten.

Wie sich herausstellte, war Graham uns allen weit voraus. Bei seinem nächsten Zug ging er durch den Geheimgang quer durchs Haus in den Wintergarten und zeigte anklagend auf mich. »Ich glaube«, sagte er, »daß es Professor Plum war, und zwar im Wintergarten, mit dem Kerzenleuchter.«

Er hatte recht. Wir gaben uns geschlagen. Joan schaltete das Licht wieder an und kochte uns einen Kakao, und die

Stimmung hätte sich vielleicht grundlegend verändert, wenn das Gewitter nicht weiter getobt und gegen Mitternacht noch an Gewalt zugenommen hätte.

Diesmal diente mir kein Buch als Vorwand. Es war mir nicht zu warm, und ich fühlte mich nicht unbehaglich. Wahrscheinlich hätte ich mich einfach hinlegen und auf das Geräusch des Regens am Fenster und den gelegentlichen Donner lauschen können und wäre früher oder später eingeschlafen. Doch eine halbe Stunde nachdem ich sicher war, daß alle schliefen, stand ich auf und schlich in T-Shirt und Unterhose die Treppe hinauf. Die Tür zu Joans Zimmer stand, wie zuvor, offen. Wie zuvor waren die Vorhänge nicht zugezogen, so daß der Widerschein der Straßenbeleuchtung das Zimmer erhellte. Und wie zuvor lag sie auf dem Rücken, und ihre Haut schimmerte grau im silbrigen Licht der Laternen und flackerte bläulich, wenn Blitze durch den Nachthimmel zuckten. Obgleich das bleiche Federbett diesmal mehr als die Hälfte ihres Körpers bedeckte, sah ich genug, um wie angenagelt stehenzubleiben und sie aus der sicheren Dunkelheit der Türöffnung mit den Blicken meiner gierigen, kleinen, impotenten Augen aufzufressen.

Ich stand da und starrte sie an, doch zu meiner Verwunderung war es nur noch ihr Gesicht, das ich anstarrte – das Gesicht, das ich in den vergangenen vier Tagen täglich gesehen hatte, und nicht der Körper, der sich mir in diesen kostbaren, verbotenen Augenblicken darbot. Vielleicht findet sich im Gesicht eines Schlafenden etwas Privateres, etwas Geheimeres als in einem nackten Körper. Im Ruhezustand, wenn die Lippen leicht geöffnet waren und die geschlossenen Augenlider den Eindruck erweckten, als konzentriere sie sich auf ein entferntes, inneres Objekt, war Joan erschreckend schön. Es war unvorstellbar, ja geradezu schändlich, daß ich sie je unscheinbar gefunden hatte.

Ich starrte sie an.

Und plötzlich waren ihre Augen offen. Sie sah mich an und lächelte. »Willst du ewig da stehenbleiben«, sagte sie, »oder kommst du ins Bett?«

Wie anders, wie vollkommen anders wäre mein Leben vielleicht verlaufen, wenn ich zu ihr gegangen wäre, anstatt so rasch und lautlos in der Dunkelheit zu verschwinden wie ein Traum aus dem Bewußtsein eines Erwachenden.

Am Samstag morgen verließ ich, bevor die anderen aufgewacht waren, das Haus und fuhr zurück nach London. Es war für viele Jahre das letzte Mal, daß ich Joan sah. Ihre Eltern setzten sich in einem Dorf an der Südküste zur Ruhe, und so trafen wir uns nicht mehr, wenn wir zu Weihnachten heimfuhren. Das einzige, was ich von Joan hörte, war etwas, das meine Mutter mir erzählte (kurz bevor wir aufhörten, miteinander zu sprechen), nämlich daß sie wieder nach Birmingham gezogen sei und dort einen Geschäftsmann geheiratet habe.

Am Montag morgen rief ich bei Peacock Press an und nahm den Auftrag für das Buch über die Winshaws an.

Am selben Nachmittag kaufte ich mir meinen ersten Videorecorder.

Thomas

Nur wenige erinnern sich an den ersten, 1972 von Philips entwickelten VCR-Recorder. Der Preis war hoch und die Aufnahmezeit auf eine Stunde begrenzt, und so wurde dieses Gerät hauptsächlich für Schulungs- und Werbezwecke gekauft. Thomas Winshaw schaffte sich trotzdem eins an und ließ es in einen hinter der eichenen Wandverkleidung seines Büros bei Stewards verborgenen Schrank einbauen. Allerdings beschloß er, in diesem Stadium noch nicht zu investieren. Obwohl diese Erfindung ihn privat begeisterte und er sich ihrer kommerziellen Möglichkeiten deutlich bewußt war, hatte er das Gefühl, daß die Zeit dafür noch nicht reif war. Beinah, aber noch nicht ganz.

1978 gab es die ersten hektischen Entwicklungen. Im April stellte JVC das Video Home System vor, das 750 Pfund kostete, und nur drei Monate später brachte Sony das Konkurrenzgerät mit Betamax-System auf den Markt. In den folgenden Jahren kämpften diese beiden Systeme um die Vorherrschaft, wobei VHS sich als der klare Sieger erwies. Als Thomas Winshaw im Herbst 1978 verkündete, die Bank werde sich in dieser gerade im Entstehen begriffenen Industrie stark engagieren, waren seine Vorstandskollegen zunächst entsetzt. Sie erinnerten ihn daran, daß Stewards' Flirt mit der Filmindustrie Anfang der sechziger Jahre keinen Gewinn gebracht hatte, und beschworen sogar die Krise bei Morgan Grenfell, die zehn Jahre zuvor, als größere Summen ins Filmgeschäft investiert worden waren, fast zu einer Katastrophe geführt hatte, welche nur durch ein Eingreifen der Bank von England in letzter Minute hatte abgewendet werden können. Thomas maß dem jedoch keine Bedeutung bei. Er wolle ja keine riskanten Investitionen ins Filmgeschäft. Er schlage lediglich vor, ein Aktienpaket eines führenden Herstellers zu kaufen; der Software-Markt sei, das gebe er gern zu, zu diesem Zeitpunkt noch zu neu, zu labil und offen gestanden auch zu schmierig. Sein Instinkt hatte ihn, wie gewöhnlich, richtig geleitet. In den nächsten fünf Jahren verzehnfachte sich die Zahl der importierten Videorecorder, und während es 1979 in 0,8 Prozent der britischen Haushalte einen gegeben hatte, stand 1984 in 35,74 Prozent aller Haushalte ein solches Gerät. Die Bank machte einen hübschen Gewinn. 1981 finanzierte und beriet sie eine Firma, die sich binnen kurzem einen bedeutenden Marktanteil auf dem Sektor der Bearbeitung und der Übertragung von Filmen auf Videokassetten sowie ihres Vertriebs sicherte. Mit Hilfe der Bank kaufte diese Firma eine andere auf, die sich auf das Kopieren von Videokassetten spezialisiert hatte, und innerhalb weniger Jahre erwirtschaftete dieser Teil des Unternehmens drei Viertel der Einnahmen. Auch hier strich die Bank stattliche Dividenden ein. In einem Punkt hatte Thomas sich allerdings verrechnet: Er trat entschieden für LaserVision, das Videoplatten-System von Philips, ein. Es kam im Mai 1981 auf den Markt, doch nach über einem Jahr waren nur etwa achttausend Geräte verkauft worden. Die Erklärung lag auf der Hand: Mit diesem System konnte man keine Aufnahmen machen. Als JVC einige Monate später alle Entwicklungsarbeiten für ein eigenes Videoplatten-System stoppte und RCA 1984 beschloß, die Produktion von Videoplattenspielern einzustellen, war selbst dem einfältigsten Unternehmensberater klar, daß sich diese neue Technologie nicht durchgesetzt hatte. Dennoch hielt Thomas an seiner 10-Millionen-Pfund-Beteiligung an einer Fabrik für Videoplatten in Essex fest, obwohl dieses Unternehmen gewaltige Verluste machte.

Seine Kollegen rätselten über diesen eigenartigen blinden Fleck. Nach den Maßstäben der Bank war der Betrag, um den es ging, lächerlich gering, doch seit Thomas vor gut fünfzehn Jahren Vorstandsvorsitzender geworden war, hatte er noch nie ein Unternehmen, das so deutlich Verlust machte, so unkritisch unterstützt. Und sie errieten nie die wahren Gründe dafür: Er war wie verzaubert von der hervorragenden Wiedergabe und den gestochen scharfen

Standbildern der Videoplatten, die seinen Wünschen so freundlich entgegenkamen und ihn in die aufregenden, berauschenden Zeiten zurückversetzten, als er in Filmstudios ein und aus gegangen war und Szenen mit wunderschönen jungen Schauspielerinnen in verschiedenen Stadien der Entkleidung gesammelt hatte. Die Standbildfunktion war für Thomas die *raison d'être* der Videotechnologie. Er war überzeugt, daß sie die Briten in ein Volk von Voyeuren verwandeln würde, und manchmal, wenn er hinter den fest verschlossenen Türen seines Büros mit offenem Hosenschlitz wie gebannt im Dunkeln vor dem Fernseher saß, stellte er sich vor, daß sich in diesem Augenblick landauf, landab hinter geschlossenen Vorhängen dieselbe Szene abspielte, und dann fühlte er sich eigenartig verbunden mit der riesigen Masse von einsamen Männern, mit deren jämmerlichem Leben er sonst so wenig wie möglich zu tun haben wollte.

Übrigens vergaß er nur einmal, die Tür zu seinem Büro abzuschließen. Es war sieben Uhr abends, und zufällig trat seine Sekretärin, die ebenfalls Überstunden machte, ohne anzuklopfen ein. Sie wurde auf der Stelle entlassen, doch die Geschichte sprach sich trotzdem in einigen Weinlokalen der City herum, und es gibt Leute, die behaupten, daß das Wort »Videospanner« seitdem auch Männern aus der Finanzwelt flüssig über die Lippen kommt.

Thomas liebte Bildschirme aller Art. Er liebte die Lüge, die sie stützten: daß man der Welt durch die vier Seiten eines Rechtecks eine Form geben konnte und daß er, das Publikum, sich zurücklehnen und unberührt und ungesehen zuschauen konnte. In seinem Berufsleben (ein nennenswertes Privatleben hatte er nicht) war er ständig bemüht, sich von der Außenwelt abzuschirmen. Er betrachtete sie wie einen Stummfilm durch das schützende Glas verschiedener Fenster: durch das Fenster eines Zugabteils erster Klasse zum Beispiel oder durch das von Bob Maxwells Hubschrauber (den er sich manchmal auslieh) oder durch die verdunkelten, außen verspiegelten Fenster seiner Limousine. Die von einigen älteren Bankern beklagte Kontrolle des Devisenhandels durch Computer erschien ihm eine vollkommen logische Entwicklung, ebenso wie die Tatsache, daß der Londoner Börsensaal 1986 geschlossen und die Aktiengeschäfte fortan per Computer getätigt wurden. Zu seiner Freude war der persönliche Kontakt zwischen den Händlern nun endlich überflüssig geworden: Jede Transaktion war nichts weiter als ein Flackern elektrischer Impulse auf dem Bildschirm. Er hatte in Stewards' Außenhandelsabteilung eine Kamera installieren lassen, die mit einem Monitor in seinem Büro verbunden war, und dort saß er und starrte auf einen Bildschirm, der den ganzen Tag nichts anderes zeigte als Reihen von Angestellten, die auf Bildschirme starrten. Das erfüllte ihn mit einem fast sexuellen Gefühl von Stolz und Macht. In solchen Augenblicken schien es, als gäbe es unzählig viele Glaswände, die er zwischen sich und anderen Menschen errichten konnte – jenen Menschen (sofern es sie wirklich gab), deren Geld der Grundstoff seiner täglichen berauschenden Spekulationsgeschäfte war. Der Beruf des Bankiers, hatte er einmal einem Fernsehreporter gesagt, sei einer der spirituellsten überhaupt. Er zitierte seine Lieblingsstatistik, nach der auf den internationalen Finanzmärkten jeden Tag eine Billion Dollar umgesetzt wurde. Da es bei jeder Transaktion zwei Beteiligte gebe, bedeute das, daß täglich fünfhundert Milliarden Dollar den Besitzer wechselten. Er fragte den Reporter, ob er wisse, wieviel von diesem Geld Sachvermögen oder Dienstleistungen repräsentiere. Ein Bruchteil – zehn Prozent, vielleicht sogar weniger. Der Rest bestand aus Provisionen, Zinsen, Gebühren, Swaps, Warentermingeschäften, Optionen. Dieses Geld existierte nicht einmal mehr als Papiergeld. Es existierte eigentlich überhaupt nicht mehr. Wenn das so sei, hakte der Reporter nach, sei das ganze System doch nichts weiter als ein auf Sand gebautes Haus. »Vielleicht«, sagte Thomas. »Aber was für ein herrliches Haus...«

Beim Anblick seiner Untergebenen, die wie gebannt auf ihre flimmernden Bildschirme starrten, empfand Thomas so etwas wie väterliche Liebe. Sie waren die Söhne, die er nie gehabt hatte. Es war die schönste Zeit seines Lebens: die frühen und mittleren achtziger Jahre, als Mrs. Thatcher das

Image der britischen Finanzwelt veränderte und die Devisenspekulanten in den Rang nationaler Helden erhob, indem sie sie als »Wohlstandsschaffer« bezeichnete, als Alchemisten, die unvorstellbare Reichtümer aus dem Hut ziehen konnten. Daß diese Reichtümer geradewegs in ihre eigenen Taschen oder die ihrer Auftraggeber wanderten, wurde diskret verschwiegen. Eine kurze, euphorische Zeitlang betrachtete das Volk diese Männer mit ehrfürchtiger Bewunderung.

Als Thomas bei Stewards angefangen hatte, war das noch anders gewesen: Die Finanzwelt erholte sich gerade von den peinlichen Fragen, die im Diskontsatz-Untersuchungsausschuß gestellt worden waren. Im Dezember 1957 waren über einen Zeitraum von zwei Wochen mehrere Artikel erschienen, in denen einige ihrer Praktiken der Öffentlichkeit enthüllt wurden. Labour-Abgeordnete und größere Zeitungen hatten empört die Stirn gerunzelt über die Praxis, Millionengeschäfte ganz informell und in der gepflegten Atmosphäre von Clubs, bei Golfpartien am Samstag morgen und Moorhuhnjagden am Wochenende abzuschließen. Obwohl alle Handelsbanken von dem Vorwurf, sie hätten sich aufgrund »unrechtmäßig weitergegebener« Informationen auf die geplante Erhöhung des Diskontsatzes vorbereitet, freigesprochen worden waren, blieb der Ruch des Skandals in der Luft hängen – und schließlich war ja nicht zu leugnen, daß wenige Tage (und Stunden) vor der Bekanntgabe des neuen Diskontsatzes durch den Finanzminister große Mengen profitabler Aktien auf den Markt geworfen worden waren. Für Thomas, der im Frühling desselben Jahres Direktor bei Stewards geworden war, hatte sich das als einschneidendes Erlebnis erwiesen: Zwar hatte Macmillan in Bedford verkündet, die Wirtschaft sei stark und das Land habe es »noch nie so gut gehabt«, doch die ausländischen Investoren waren anderer Meinung und stießen englische Pfund ab, so daß die Goldreserven um mehrere Millionen Dollar schrumpften und der Diskontsatz schließlich um zwei Prozent erhöht werden mußte (womit er dann bei sieben Prozent lag, dem höchsten Stand seit über hundert Jahren).

»Man könnte sagen, das war meine Feuertaufe«, hatte

Thomas seinem jungen Cousin Mark erklärt, der im Sommer 1961 auf einem untergeordneten Posten in der Bank arbeitete. »Wir haben die Sache natürlich in den Griff gekriegt, aber ich glaube nicht, daß ich bei Stewards noch einmal eine solche Währungskrise sehen werde.«

Und doch fand am 16. September 1992 (den man später den »Schwarzen Mittwoch« nannte) etwas Ähnliches statt. An diesem Tag gelang es den Devisenhändlern, die Goldreserven des Landes um mehrere Milliarden Dollar zu erleichtern und diesmal obendrein noch eine Abwertung des Pfunds zu erzwingen. In einer Hinsicht hatte Thomas allerdings recht behalten: Er sah es nicht. Sein Augenlicht war ihm abhanden gekommen.

Thomas hatte die Welt schon immer ausschließlich mit den Augen wahrgenommen, und das war (unter anderem) der Grund, warum er keinen Wert darauf legte, Frauen zu berühren oder von ihnen berührt zu werden. Alle großen Männer haben ihre Eigenarten, und es kann nicht sehr überraschen, daß die seine eine geradezu neurotische Sorge um sein Augenlicht war. Ein Medizinschrank in seinem Büro enthielt ein riesiges Sortiment von Augentropfen, Augenbefeuchtern und Augenbädern, und dreißig Jahre lang war sein einziger unverrückbar fester Termin der Besuch bei seinem Augenarzt, jeden Montag morgen um halb zehn. Der betreffende Arzt hätte dieses Arrangement vielleicht lästig gefunden, wenn ihm Thomas' fixe Idee nicht stattliche Honorare eingebracht hätte. Es gab keine Augenkrankheit, unter der Thomas nicht irgendwann einmal zu leiden glaubte: Bogenauge, Katzenauge, Rotauge, Zystenauge, Blasenauge, Hasenauge, heißes Auge, träges Auge, Ochsenauge, Lichtauge, Schrumpfauge, Schattenauge, Dämmerungsauge, aphasisches Auge, Schlitzauge und Schielauge. Nach einem Informationsbesuch auf einigen Hopfenfeldern war er überzeugt, ein Hopfenauge zu haben (eine akute, durch die Härchen der Hopfenpflanze hervorgerufene Bindehautentzündung, die unter Erntearbeitern verbreitet ist); nach einem Besuch auf einer Werft meinte er, ein Werftauge zu haben (eine

Entzündung der Horn- und Bindehaut des Auges, die in den Erste-Hilfe-Stationen der Werften, wo häufig Augenverletzungen behandelt werden, durch infizierte Lösungen verbreitet wird); nach einem Besuch in Nairobi war er überzeugt, ein Nairobi-Auge zu haben (eine schwere Funktionsstörung des Auges, die durch die Absonderungen eines in Nairobi verbreiteten Käfers hervorgerufen wird). Ein anderes Mal, als seine Mutter unklugerweise erzählte, sein Großvater Matthew Winshaw habe an einer erblichen Form von Glaukom gelitten, sagte er für die nächsten drei Tage alle Termine ab und ließ sich rund um die Uhr von Spezialisten untersuchen. Man suchte nach absoluten Glaukomen, kapsulären Glaukomen, kompensierten Glaukomen, kongestiven Glaukomen, hämorrhagischen Glaukomen, entzündeten Glaukomen, inversiven Glaukomen, obversiven Glaukomen, bösartigen Glaukomen, gutartigen Glaukomen, Weitwinkelglaukomen, Schmalwinkelglaukomen, postinflammatorischen Glaukomen, präinflammatorischen Glaukomen, Kinderglaukomen und Myxomatose. Thomas Winshaws Augen waren bei Stewards' eigener Versicherungsgesellschaft mit einem Betrag versichert, der den Gerüchten zufolge zwischen hunderttausend und einer Million Pfund lag. Mit anderen Worten: Es gab kein Organ, das er ähnlich hoch schätzte – nicht einmal das, zu dem seine rechte Hand manchmal unwillkürlich wanderte. (Am denkwürdigsten wohl an jenem Tag, an dem er mit der erstaunten, aber höflich schweigenden Königin und Prinz Charles in seinem eben erst mit einem roten Teppich ausgestatteten Büro bei einem Gläschen Sherry plauderte.)

Als die konservative Regierung im April 1988 ankündigte, der National Health Service werde die Kosten für Augenuntersuchungen nicht mehr übernehmen, rief Thomas seinen Bruder Henry an und warnte ihn vor einem solchen schweren Fehler: Es werde einen Aufschrei in der Öffentlichkeit geben. Henry antwortete, er solle nicht überreagieren. Es werde das übliche Gewinsel aus der üblichen Ecke geben, und dann werde sich die Aufregung sehr schnell legen.

»Und ich habe recht gehabt, oder nicht?«

»Ich hätte wie immer auf dein politisches Urteilsvermögen vertrauen sollen.«

»Tja, eigentlich ist das alles ganz einfach.« Henry beugte sich vor und legte ein Scheit nach. Es war ein kalter, dunkler Nachmittag Anfang Oktober 1989, und sie saßen in einem der privaten Räume des Heartland Club, tranken Tee und aßen Gebäck. »Der Trick ist, daß man *nicht aufhören* darf, ungeheuerliche Dinge zu tun. Es hat keinen Sinn, ein empörendes Gesetz durchzudrücken und den Leuten Zeit zu geben, sich darüber aufzuregen. Man muß dranbleiben und etwas noch Schlimmeres draufsetzen, bevor die Öffentlichkeit gemerkt hat, was da eigentlich passiert ist. Das englische Durchschnittsbewußtsein hat nämlich eigentlich keine größere Kapazität als ... ein primitiver Heimcomputer. Es kann sich nicht mehr als zwei oder drei Sachen gleichzeitig merken.«

Thomas nickte und biß genüßlich in ein Stück Teegebäck.

»Zum Beispiel die Arbeitslosigkeit«, fuhr Henry fort. »Wann hast du zum letztenmal eine Schlagzeile darüber gesehen? Das Thema interessiert doch keinen mehr.«

»Ich weiß, und ich finde das alles auch sehr beruhigend«, sagte Thomas, »aber eigentlich wollte ich eine konkrete Zusage ...«

»Natürlich, natürlich.« Henry runzelte die Stirn und konzentrierte sich auf Thomas' Frage nach dem Fall Farzad Bazoft, einem britischen Journalisten, der kürzlich in Bagdad unter dem Verdacht der Spionage verhaftet worden war. »Ich verstehe dich voll und ganz. Du und Mark, ihr wollt eure Investitionen schützen. Das ist nur zu verständlich.«

»Es geht nicht nur um Mark. Wir haben außer Vanguard noch jede Menge anderer Klienten, die sehr gut davon leben, Saddams Wünsche zu erfüllen. Offen gestanden hängt für uns viel davon ab.«

»Daran brauchst du mich nicht zu erinnern.«

»Aber sieh mal: Meiner Meinung nach ist die Situation ziemlich heikel. Der Mann ist britischer Staatsbürger. Dieser neue Bursche im Außenministerium – Major oder so – wird einigen Druck bekommen, ihn da rauszuholen.«

Henry zog in gespielter Unschuld die Augenbrauen hoch. »Wie sollte er das wohl tun?«

»Na ja, durch Sanktionen zum Beispiel.«

»Also wirklich«, sagte Henry und lachte laut. »Ich bin erstaunt, daß du so etwas auch nur in Erwägung ziehst. Unser Überschuß in der Handelsbilanz mit dem Irak beträgt siebenhundert Millionen Dollar. Und ganz im Vertrauen: In ein oder zwei Monaten werden noch vier- oder fünfhundert dazukommen. Wenn du glaubst, wir würden das aufs Spiel setzen...« Er sprach nicht weiter; dieser Satz brauchte nicht beendet zu werden.

»Ja, aber was ist mit Marks... kleinem Geschäft?«

Diesmal war Henrys Lachen kürzer, vertraulicher. »Laß es mich so ausdrücken: Wie sollen wir etwas mit Sanktionen belegen, das wir gar nicht verkaufen, hm?«

Thomas lächelte. »Tja, da hast du wohl recht.«

»Ich weiß, Major macht diesen Job noch nicht lange, und wir alle sind ein bißchen in Sorge, er könnte nicht wissen, was er eigentlich zu tun hat. Aber glaub mir: Er ist ein braver Junge. Er tut, was man ihm sagt.« Henry nahm einen Schluck Tee. »Und außerdem kriegt er demnächst vielleicht einen neuen Posten.«

»Was denn – jetzt schon?«

»Sieht so aus. Margaret und Nigel steuern auf einen kräftigen Streit zu. Wir nehmen an, daß es bald einen neuen Finanzminister geben wird.«

Thomas verstaute diese Information in den hinteren Regionen seines Kopfes, um bei passender Gelegenheit darauf zurückzugreifen. Diese Umbesetzung würde weitreichende Folgen haben, die er in Ruhe würde durchdenken und erwägen müssen.

»Glaubst du, sie werden ihn aufhängen?« fragte er unvermittelt.

Henry zuckte mit den Schultern. »Tja, er war ein verdammt schlechter Finanzminister, das muß man sagen, aber trotzdem wäre das vielleicht ein bißchen zu drastisch.«

»Nein, nein, nicht Lawson. Ich meine diesen Journalisten. Bazoft.«

»Ach, den. Ich würde sagen, ja. So was passiert den Leuten, die dumm genug sind, sich erwischen zu lassen, wenn sie in Saddams Waffenfabriken herumschnüffeln.«

»Und Ärger machen.«

»Genau.« Henry sah gedankenverloren ins Leere. »Ich muß sagen, es gibt hierzulande auch den einen oder anderen Schnüffler, den ich zu gern am Galgen baumeln sehen würde, wenn das ginge.«

»Die stecken ihre Nasen in Sachen, die sie überhaupt nichts angehen.«

»Genau.« Ein halb bösartiges, halb versonnenes Stirnrunzeln erschien auf Henrys Gesicht. »Was ist eigentlich aus diesem miesen kleinen Schreiberling geworden, den unser Tantchen uns vor ein paar Jahren auf den Hals gehetzt hat?«

»Der! Herrgott, ist der Kerl mir auf die Nerven gegangen! Was sie sich dabei bloß gedacht hat?« Er schüttelte den Kopf. »Na ja, sie ist ja bloß eine arme alte Frau mit einem Sprung in der Schüssel...«

»Du hast damals doch mit ihm gesprochen, oder?«

»Ich hab ihn in meinem Büro empfangen, bin mit ihm zum Lunch gegangen – das volle Programm. Und zum Dank hat er mir nur unverschämte Fragen gestellt.«

»Zum Beispiel?«

»Er hat sich an der Westland-Sache festgebissen«, sagte Thomas. »Wollte wissen, warum Stewards das amerikanische Angebot so vehement unterstützt hat, wo doch auch ein europäisches Angebot auf dem Tisch lag.«

»Und hat dir wohl unterstellt, daß du dich bei Margaret lieb Kind machen wolltest, in der Hoffnung, daß sie dich in den Adelsstand erheben läßt?«

»Nein, nein, viel verstiegener. Obwohl... jetzt, wo du es sagst, glaube ich mich zu erinnern, daß es da tatsächlich so was wie eine Zusage gegeben hat...«

Henry rutschte unbehaglich hin und her. »Ich hab's nicht vergessen, Thomas, wirklich nicht. Ich sehe sie morgen und werde sie noch mal daran erinnern.«

»Jedenfalls, er hatte die absurde Theorie, daß Sikorski ein riesiges Waffengeschäft mit den Saudis abgeschlossen hatte und daß der einzige Grund, warum wir mit ihnen ins Bett steigen wollten, der war, daß wir eine Scheibe davon abkriegen wollten.«

»Lachhaft.«

»Idiotisch.«

»Und was hast du dazu gesagt?«

»Ich hab ihn rausgeschmissen«, sagte Thomas. »Mit ein paar gut gewählten Worten, die der große und viel zu früh von uns gegangene Sid James bei einer denkwürdigen Gelegenheit mal zu mir gesagt hat.«

»Ach, ja?«

»Ich zitiere aus dem Gedächtnis: ›Tu uns einen Gefallen, du Scherzkeks: Verpiß dich und komm nie wieder!‹«

Und dann hallte Thomas' mißlungene Version von Sid James' rauchigem, unnachahmlichem Lachen durch den Raum.

Es war im Frühjahr 1961. Thomas kam zur Mittagszeit bei den Twickenham Studios an und ging zur Kantine, wo er an einem Ecktisch drei vage vertraute Gesichter entdeckte. Das erste gehörte Dennis Price, der seit zwölf Jahren von dem Ruhm seiner Hauptrolle in *Adel verpflichtet* zehrte, das zweite der runzligen, exzentrischen Esma Cannon, die Thomas stark an seine verrückte, in irgendeine Irrenanstalt in den Yorkshire Moors eingesperrte Tante Tabitha erinnerte. Der dritte Mann am Tisch war unverkennbar Sid James, einer der Stars des Films, der gegenwärtig hier gedreht wurde – eine komische Neuauflage des alten Boris-Karloff-Films *Der Ghul*, die unter dem Titel *Eine Leiche auf Urlaub* in die Kinos kommen sollte.

Thomas nahm sich ein Tablett mit Corned-Beef-Eintopf und Pudding und ging zu ihrem Tisch. »Darf ich mich zu Ihnen setzen?«

»Wir leben in einem freien Land«, sagte Sid James gleichgültig.

Thomas war den drei Schauspielern vor ein paar Wochen vorgestellt worden, doch er merkte, daß sie ihn nicht erkannten, und die bis dahin angeregte Unterhaltung erstarb, als er sich setzte.

»Wir kennen uns, glaube ich«, sagte er und schob den ersten Bissen in den Mund.

Sid grunzte. Dennis Price sagte: »Natürlich«, und fragte dann: »Haben Sie im Augenblick Arbeit?«

»Tja, äh . . . ja«, sagte Thomas überrascht.

»Und wo?«

»Also, ich weiß nicht recht, wie ich es beschreiben soll . . . Ich würde sagen, ich habe mit Aktien und Devisen zu tun.«

»*Aktien und Devisen?*« fragte Sid. »Von dem hab ich noch nichts gehört. Wahrscheinlich was, das die Boultings auskochen. Eine Komödie über die Finanzwelt: Ian Carmichael als der junge, unbedarfte Bankangestellte, Terry-Thomas als sein heimtückischer Boß. Klingt gut. Kann ziemlich komisch sein.«

»Ich glaube, Sie haben mich miß . . .«

»Warten Sie – ich weiß, daß ich Sie schon mal gesehen habe.« Sid hatte ihn eingehend gemustert. »Haben Sie nicht den Pfarrer in *Die Grüne Minna* gespielt?«

»Nein, du Dummkopf, das war Walter Hudd«, sagte Dennis, bevor Thomas widersprechen konnte. »Aber Sie waren der Polizist in *Der Zahnarzt*, stimmt's?«

»Nein, nein, nein«, sagte Esma. »Das war Stuart Saunders. Der süße Stuart. Aber ich habe Sie in *Hinten sticht die Biene* gesehen.«

»Ach, hör doch auf«, sagte Sid. »In dem hab ich doch mitgespielt. Meinst du, ich würde mich nicht erinnern? Nein, jetzt hab ich's: Es war in *Folgen Sie diesem Pferd*. Sie waren einer der Spione.«

»Oder war es in *Das Gasthaus des Schreckens?*«

»Oder in *Das Leben ist ein Zirkus?*«

»*Die Schule der Ganoven?*«

»Es tut mir leid, Sie enttäuschen zu müssen«, sagte Thomas und hob die Hand, »aber Sie sind weit vom Schuß. Ich bin leider kein Schauspieler. Als ich sagte, daß ich mit Aktien und Devisen zu tun habe, meinte ich das ganz wörtlich. Ich bin Bankier.«

»Oh.«

Es trat ein längeres Schweigen ein, das schließlich von Esma gebrochen wurde. »Wie faszinierend«, sagte sie.

»Und was führt Sie zu diesen fremden Gestaden, wenn die Frage erlaubt ist?« wollte Dennis wissen.

»Die Bank, für die ich arbeite, hat erhebliche Summen in diese Studios investiert«, antwortete Thomas. »Ab und zu werde ich hierher geschickt, um zu sehen, wie es so läuft. Ich wollte heute nachmittag bei den Dreharbeiten zusehen, wenn das möglich ist.«

Dennis und Sid wechselten einen Blick.

»Das tut mir leid für Sie«, sagte Sid, »aber da sehe ich schwarz. Heute wird in einem *closed set* gedreht.«

»In einem *closed set?*«

»Nur Ken und Shirl – und natürlich Regisseur, Kameramann und Beleuchter. Keine Zuschauer. Sie drehen heute eine Szene, die man als gewagt bezeichnen könnte.«

Thomas lächelte in Gedanken: Man hatte ihn richtig informiert. »Aber es wird doch niemand etwas dagegen haben, wenn ich bloß für ein paar Minuten...«

Doch diesmal sah es so aus, als hätte ihn sein Glück im Stich gelassen. Als er wenig später zum Set schlenderte, erfuhr er, daß eine Szene gedreht würde, in der Kenneth Connor in Shirley Eatons Schlafzimmer trat, wo diese gerade dabei war, sich auszuziehen. Der Regieassistent ließ keinen Zweifel daran, daß Zuschauer nicht erwünscht waren.

Thomas kochte vor Wut. Er zog sich in den Schatten hinter den Scheinwerfern zurück und überlegte, was zu tun sei. Er hörte, wie der Regisseur und die beiden Schauspieler den Text durchgingen und über Bodenmarkierungen und Aufnahmewinkel sprachen, und kurz darauf rief jemand »Ruhe, bitte!« und dann: »Action!« Vermutlich wurde jetzt gedreht. Es war nicht auszuhalten. Auf dem Weg von der Kantine zum Set hatte Thomas die wunderschöne Shirley Eaton im Morgenrock gesehen, und der Gedanke, daß ihre Schönheit in diesem Augenblick, vor seinen gierigen Augen verborgen, enthüllt wurde, war mehr, als er ertragen konnte. Er war ein Geschäftsmann mit einem harten Herzen und einem kühlen Kopf, der es gewohnt war, gleichgültig mitanzusehen, wie riesige Vermögen gewonnen oder verloren wurden – aber dies hier trieb ihm die Tränen in die Augen. Es war zum Verzweifeln. Etwas mußte geschehen.

Als er im Halbdunkel ziellos durch den Studiosaal ging, sah er die Rettung: eine Leiter, die an der Rückseite einer Kulisse lehnte. Thomas legte ein Ohr an die Gipsplatte und hörte die Stimmen der Schauspieler auf der anderen Seite, wo man dabei war, den zweiten Take der Schlafzimmerszene zu drehen. Er sah auf und bemerkte zwei Lichtpunkte in der Wand, genau über der Leiter. War es möglich, daß man durch sie den Set sehen konnte? (Wie er später feststellte, waren die Löcher in ein Ölgemälde geschnitten, ein schauerliches Porträt, das an der Schlafzimmerwand hing, und hinter diesen Löchern erschienen hin und wieder, in gruseligen Szenen, die wachsamen Augen des Mörders.) Lautlos stieg er auf die Leiter und stellte fest, daß der Abstand der Löcher genau seinem Augenabstand entsprach – es war fast, als wären sie zum Zweck der heimlichen Beobachtung angebracht worden. Als seine Augen sich nach einigen Sekunden an das grelle Scheinwerferlicht gewöhnt hatten, sah Thomas, daß er einen ungehinderten Blick auf die verbotene Schlafzimmerszene hatte.

Es war nicht sofort zu erkennen, um was es ging, auch wenn die Szene mit Kenneth, Shirley und einem Spiegel zu tun zu haben schien. Kenneth stand mit dem Rücken zu Shirley, während sie den größten Teil ihrer Kleidung ablegte, doch er konnte sie im Spiegel sehen, der drehbar aufgehängt war und den er, aus Gründen des Anstands, meist nach unten kippte. Shirley stand neben dem Bett, dem Porträt zugewandt, durch dessen Löcher Thomas' geweitete Augen sie jetzt unbemerkt beobachteten. Offenbar befand man sich zwischen zwei Takes. Kenneth unterhielt sich mit dem Regisseur, während zwei junge Kulissenarbeiter den Winkel des Spiegels gemäß den Anweisungen des Kameramanns einstellten.

Schließlich rief der Regisseur: »Gut – alles auf Anfang!«, und Kenneth ging zur Tür, um seinen Auftritt zu machen. Es wurde still.

Kenneth öffnete die Tür, trat ein und sah zu seiner Überraschung Shirley, die nur ein Unterkleid trug und dabei war, ihr Nachthemd anzuziehen.

Er sagte: »Was machen Sie denn in meinem Zimmer?«

Shirley sagte: »Das ist nicht Ihr Zimmer. Oder ist das etwa Ihr Gepäck?«

Sie preßte das Nachthemd züchtig an ihren Busen.

Kenneth sagte: »Ach, du liebe Zeit – nein! Und das ist auch nicht mein Bett. Ich glaube, ich habe mich verlaufen. Bitte entschuldigen Sie. Ich ... ich werde ...«

Er wandte sich zum Gehen, blieb aber bereits nach wenigen Schritten stehen. Er drehte sich um und sah, daß Shirley, die nicht wußte, was sie von ihm halten sollte, noch immer das Nachthemd an den Busen preßte.

Thomas trat erregt von einem Fuß auf den anderen.

Kenneth sagte: »Sie wissen nicht zufällig, wo mein Zimmer ist, Miss?«

Shirley schüttelte betrübt den Kopf und sagte: »Nein, leider nicht.«

Kenneth sagte: »Tja.« Er hielt inne. »Entschuldigen Sie. Dann werde ich mal gehen.«

Shirley zögerte kurz und rang sich dann zu einem Entschluß durch. »Nein, warten Sie.« Sie machte eine rasche Geste. »Drehen Sie sich mal kurz um.«

Kenneth drehte sich um und stellte fest, daß er vor einem Spiegel stand, in dem er sich selbst und dahinter Shirley sehen konnte. Sie kehrte ihm den Rücken zu und zog sich das Unterkleid über den Kopf.

Er sagte: »M-Moment mal, Miss.«

Thomas hörte hinter sich ein Geräusch.

Eilig kippte Kenneth den drehbar aufgehängten Spiegel.

Shirley wandte sich zu ihm um und sagte: »Sie gefallen mir.« Sie hatte das Unterkleid ausgezogen und war dabei, den Verschluß ihres BHs zu öffnen.

Zwei starke Hände umschlossen Thomas' Knöchel. Er keuchte und wäre fast von der Leiter gefallen. Er blickte nach unten und sah das Gesicht und die grauen Haare von Sid James, der ihn drohend angrinste und sagte: »Na, dann steigen Sie mal von der Leiter, Sie Scherzkeks. Ich glaube, wir beide sollten mal einen Spaziergang machen.«

Er drehte Thomas die Arme auf den Rücken und schob ihn, unbeeindruckt von den gestammelten Protesten des angesehenen Bankiers, hinaus.

»Ich weiß, was Sie denken«, sagte Thomas, »aber ich wollte bloß sehen, wie stabil die Kulissen sind. Es ist von größter Bedeutung, daß wir uns davon überzeugen, daß unsere Investitionen...«

»Passen Sie mal auf, Freundchen: Von Leuten wie Ihnen hab ich in der Zeitung gelesen. Und für Leute wie Sie gibt es Wörter, und die meisten davon sind nicht sehr schön.«

»Vielleicht ist das jetzt nicht der passende Moment«, sagte Thomas, »aber ich bin ein großer Fan von Ihnen. Könnten Sie mir vielleicht ein Autogramm...?«

»Diesmal haben Sie Pech gehabt. Shirley ist nämlich ein wirklich süßes Mädchen. Sie ist sehr beliebt. Und jung. Und darum sollten Sie sich nie mehr bei so was erwischen lassen, sonst kriegen Sie nämlich großen Ärger.«

»Ich hoffe, wir kriegen Sie bald mal wieder im Fernsehen zu sehen«, sagte Thomas verzweifelt und verzog schmerzlich das Gesicht. Seine Arme taten ihm weh. »Vielleicht in einer Fortsetzung von *Hancocks halbe Stunde*.«

Sie hatten einen Ausgang erreicht. Sid stieß die Tür auf und ließ Thomas los, der erleichtert aufseufzte und sich die Hose glattstrich. Als er sich zu Sid umdrehte, sah er zu seinem Erstaunen, daß dessen Gesicht jetzt wutverzerrt war.

»Lesen Sie keine Zeitungen, Sie Schleimscheißer? Zwischen mir und Tony ist es vorbei. Aus. Ende. Amen.«

»Tut mir leid, das wußte ich nicht.«

Und hier holte Sid James tief Luft, reckte Thomas einen drohenden Zeigefinger entgegen und wies ihn mit den Worten aus dem Studio, an die der alte Mann sich auch dreißig Jahre später noch gut erinnern konnte, als er mit seinem Bruder Henry am warmen, gemütlichen Kamin im Heartland Club saß und lächelnd an diesen Zwischenfall zurückdachte.

Vielleicht hatte sein Besuch in den Twickenham Studios ihn inspiriert – jedenfalls ließ Thomas, als er Vorstandsvorsitzender der Bank geworden war, an wichtigen Stellen heimlich Überwachungskameras installieren. Ihm gefiel der Gedanke, daß er jedes in den Räumen der Bank geführte Gespräch belauschen konnte und damit gegenüber Angestellten und Kunden im Vorteil war. Aus demselben Grund hielt er auch sein Büro für ein gestalterisches Meisterwerk: Die eichene Wandtäfelung war scheinbar nirgends durchbrochen, so daß ein Besucher nach einem erfolglos verlaufenen Gespräch einige Zeit mit der Suche nach einer Tür verbringen konnte, bis Thomas sich schließlich erhob und ihm mit einer entnervten Miene des Überlegenen den Weg wies.

Dieses Szenario war zugleich symbolisch für die Verschwiegenheit, die alle Geschäfte der Bank seit jeher umgab. Erst in den achtziger Jahren begann die Tätigkeit der leitenden Direktoren britischer Handelsbanken ihren Ruf als vornehme Freizeitbeschäftigung zu verlieren und bekam jene Art von Glanz, die ein winziges (und dennoch, in Thomas' Augen, gänzlich ungesundes) Aufflackern öffentlichen Interesses auf sich zu ziehen drohte. In gewisser Weise hatte er sich das selbst zuzuschreiben. Er hatte erkannt, mit welch riesigen Profiten jeder rechnen konnte, der die Regierung bei ihrem Privatisierungsprogramm beriet, und entschlossene Schritte unternommen, um Stewards einen großen Anteil an diesen von der Öffentlichkeit stark beachteten Geschäften zu sichern. Es bereitete ihm große Befriedigung, den Steuerzahlern diese gewaltigen staatlichen Gesellschaften zu entwinden und sie unter einigen wenigen profitgierigen Anteilseignern aufzuteilen. Das Wissen, daß er das, was bis dahin der Allgemeinheit gehört hatte, nun in die Hände weniger überführte, erfüllte ihn mit dem tiefen und beruhigenden Gefühl, das Richtige zu tun. Der einzige Bereich, in dem er vielleicht noch größere, dauerhaftere Erfüllung finden konnte, war der von Fusionen und Übernahmen.

Für eine Weile war Stewards bei der Welle von Übernahmen, die in der ersten Hälfte von Mrs. Thatchers Regierungszeit durch die Londoner Finanzwelt ging, allen Konkurrenten voraus. Sehr schnell zeigte sich, daß eine Bank, die ihren Kunden allen Hindernissen zum Trotz half, andere, profitablere (aber nicht unbedingt kleinere) Gesellschaften zu schlucken, diesen Kunden in Zukunft alle erdenklichen Dienste verkaufen konnte. Der Konkurrenzkampf zwischen den Banken wurde härter. Neue Begriffe wie »Angebotskommission« und »Erfolgskommission« hielten Einzug, und für Thomas wurde es immer wichtiger, »Übernahmeteams« aus Bankleuten, Börsenmaklern, Rechtsanwälten und Public-Relations-Experten zusammenzustellen. Man entwickelte neue Methoden der Finanzierung – zum Beispiel setzte die Bank eigenes Geld ein, um die Anteile einer Zielgesellschaft aufzukaufen, oder bürgte für großzügige Barangebote an Anteilseigner –, die von der Aufsichtsbehörde großzügig abgesegnet wurden. Verglichen mit diesen Transaktionen erschienen die größtenteils unbeanstandeten Übernahmen, die Thomas in den sechziger und siebziger Jahren für seine Cousine Dorothy und die Brunwin-Gruppe eingefädelt hatte, sehr bescheiden.

Der Guinness-Prozeß, der mit Bedacht während des Wahlkampfs stattfand und der Öffentlichkeit zeigen sollte, daß die Regierung nicht gewillt war, bei zweifelhaften Geschäften tatenlos zuzusehen, gebot den rücksichtslosen Praktiken der Banken für eine Weile Einhalt. Um ein klassisches Beispiel für Thomas' Methoden zu finden, muß man also schon bis zu den goldenen Zeiten am Anfang des Jahrzehnts zurückgehen, als Stewards bei dreißig bis vierzig Übernahmen pro Jahr assistierte und dafür Profite in Höhe von etwa 25 Millionen Pfund einstrich. Ein typischer Fall war die Übernahme von Phocas Motor Services.

Phocas war ein gesundes und hoch angesehenes Unternehmen in den Midlands, das Automobilhersteller mit einem breiten Spektrum von Entwürfen, Fertigungsteilen und Accessoires belieferte: Man stellte Batterien, Zentralverriegelungen, Auto-Stereoanlagen, Heizungen, Ventilatoren, Gebläse und die meisten der geläufigen elektrischen Komponenten her und unterhielt eine Forschungs- und Entwicklungsabteilung, die an präziseren und zuverlässigeren Lenk- und Bremssystemen arbeitete. Anfang 1982 wurde bekannt, daß ein auf einem ähnlichen Gebiet tätiges multinationales Unternehmen an einer Übernahme interessiert war, und es gab keinen Grund zu der Annahme, daß diese Übernahme nachteilig sein würde, denn das betreffende Unternehmen war für seine realistische Expansionspolitik und seine guten Beziehungen auf industriellem Gebiet bekannt.

Das Angebot wurde jedoch von einem schwerreichen Magnaten überboten, der zufällig zu Stewards' geschätztesten Kunden gehörte. Er verstand so gut wie nichts von der Automobilindustrie – ihm gehörten Zeitungsverlage, Einzelhandelsketten und Sportvereine –, und viele Beobacher konnten nicht recht verstehen, warum er sich in dieser Branche engagieren wollte, doch sein Interesse ließ vermuten, daß dies eine der härtesten Übernahmeschlachten des Jahres würde. Beide Gesellschaften boten Phocas einen Prozentsatz ihrer eigenen Anteile an, und so war es die Aufgabe der jeweiligen Hausbanken, den Wert dieser Aktien diskret in die Höhe zu treiben.

Es sollte kein fairer Kampf werden. Thomas verfügte über sehr weitreichende Verbindungen zur Industrie und zur Finanzwelt; außerdem hatte er keinerlei Skrupel und besaß den nicht unerheblichen Vorteil, mit einem der einflußreichsten Mitglieder der Aufsichtsbehörde eng befreundet zu sein. Es war unwahrscheinlich, daß selbst die unfeinsten Taktiken ihm mehr einbringen würden als einen zarten Klaps auf die Finger. Genaue Einzelheiten sind schwer in Erfahrung zu bringen, aber allgemein nimmt man an, daß er das Geschäft unter Dach und Fach brachte, indem er zu einer anderen, kleineren Handelsbank ging und sie überredete, für mehrere Millionen Pfund Aktien seines Klienten zu kaufen. Als deren Kurs kurz vor der Entscheidung über das Übernahmeangebot in die Höhe schnellte, teilte die Bank ihm mit, man erwäge, die Aktien wieder zu verkaufen. Um diese Katastrophe zu verhindern, riet er seinem Klienten, die Bank von diesem Schritt mit einem Depot in Höhe des gegenwärtigen Werts des Aktienpakets abzuhalten, das auf einem Schweizer Nummernkonto hinterlegt war. Zwar wurde dieses Verfahren – man verwendete das Kapital der Gesellschaft (oder, wenn man es genau nimmt, das Geld der Angestellten und der Aktionäre dieser Gesellschaft), um den Kurs ihrer Aktien in die Höhe zu treiben – nach dem Guinness-Prozeß zum Gegenstand strafrechtlicher Ermittlungen, doch Thomas konnte nichts Strafwürdiges daran entdecken. Er bezeichnete es gern als »Verbrechen ohne Opfer«. Zugegeben, es war ein Risiko – allerdings eins, bei dem sich seine

Erfahrung fast immer auszahlte. Und wie konnte man von ihm erwarten zu erkennen, was für andere auf dem Spiel stand? Durch die vielen Barrieren, die er zwischen sich und der Welt errichtet hatte, hatte er keinerlei Vorstellung von den Lebensumständen der Menschen, mit deren Geld er spielte.

Jedenfalls gewann Thomas' Klient den Kampf, und kurz darauf wurde deutlich, warum er sich für Phocas Motor Services interessiert hate. Abgesehen von ihren seit langem positiven Bilanzen hatte die Firma noch einen weiteren Aktivposten aufzuweisen: eine Pensionskasse, die man so gewinnbringend angelegt und verwaltet hatte, daß sie zu diesem Zeitpunkt eindeutig überfinanziert war. Vor der Übernahme hatte Phocas seinen Mitarbeitern – die davon freilich nichts geahnt hatten – eine einjährige Aussetzung ihrer Beiträge anbieten wollen, doch eine der ersten Entscheidungen des Magnaten war, den Verwalter der Pensionskasse zu feuern und durch einen seiner eigenen Leute zu ersetzen, und als sein Zeitungs-, Einzelhandels- und Sportimperium nicht einmal ein Jahr später zusammenbrach wie ein Kartenhaus, waren die unabhängigen Buchprüfer, die Licht in dieses Durcheinander bringen sollten, überrascht über die Geschwindigkeit und Gründlichkeit, mit der die Pensionskasse geplündert worden war: Man hatte sie nicht einfach angezapft, sondern regelrecht requiriert. Das Geld war in andere Kanäle geleitet worden, in einem aussichtslosen Versuch, den Konkurs von Zeitungshäusern, Ladenketten, Fußballvereinen und einem Dutzend anderer bankrotter Unternehmen hinauszuschieben.

Auch heute noch, Jahre später, streiten die Pensionäre vor Gericht um ihr Geld. Eine Lösung ist nicht in Sicht. Thomas Winshaw, dessen Bank an jedem Geschäft des schwerreichen Magnaten beteiligt war, tut immer wieder seine Verwunderung über das Ausmaß dieses Betrugs kund und beteuert, nichts davon gewußt zu haben.

Ich brauche nicht zu betonen, daß ich ihm kein Wort glaube. Aber ich sollte vielleicht erwähnen, daß ich ein gewisses persönliches Interesse an diesem Fall habe. Phocas Motor Services ist die Firma, bei der mein Vater angestellt war. Er hat fast dreißig Jahre dort gearbeitet und ist ein paar Monate, nachdem der Skandal ans Licht kam, in Pension gegangen. Das in all den Jahren eingezahlte Geld war verschwunden, und er mußte von einer staatlichen Rente leben, zu der meine Mutter, die wieder eine Teilzeitarbeit als Lehrerin annehmen mußte, ein paar Pfund beisteuerte. Sie hatten sich ihren Lebensabend anders vorgestellt.

Ich habe keinen Zweifel, daß die seelische Belastung durch diese Situation dazu beigetragen hat, daß mein Vater einen Herzanfall erlitt.

Heißt das, daß Thomas ein Komplize bei der Ermordung meines Vaters war?

Dezember 1990

1

Ich weiß nicht, wie oft Fiona und ich in den nächsten Wochen miteinander ins Bett gingen. Ein Purist würde allerdings an meiner Interpretation des Ausdrucks »miteinander ins Bett gehen« einiges auszusetzen haben. Das Ganze spielte sich ungefähr so ab: Sie kam von der Arbeit nach Hause – meist war sie recht erschöpft – und legte sich sofort ins Bett, während ich in meiner Küche einen leckeren kleinen Imbiß zubereitete, etwas Leichtes, denn sie hatte keinen großen Appetit. Rührei oder Fischstäbchen reichten gewöhnlich völlig aus, und manchmal machte ich einfach eine Dosensuppe warm und servierte sie mit ein paar Brötchen. Dann trug ich das Tablett über den Flur in ihre Wohnung und stellte es auf ihren Schoß. Sie saß dann, einige Kissen im Rücken, im Bett, und ich setzte mich neben sie. Genau genommen befand ich mich also nicht *im* Bett, sondern *auf* dem Bett. Wir aßen unser kleines Abendessen, und für einen unbeteiligten Betrachter hätten wir wahrscheinlich wie ein Ehepaar ausgesehen, das seit dreißig Jahren oder länger verheiratet war. Und dann – das machte die Illusion perfekt – stellten wir den Fernseher an, saßen stundenlang davor und sprachen kaum ein Wort.

Fernsehen ist für mich mit Krankheit verbunden. Nicht mit einer Krankheit der Seele, wie gewisse Kommentatoren immer behaupten, sondern mit einer Krankheit des Körpers. Wahrscheinlich geht das auf die Zeit zurück, als mein Vater im Krankenhaus lag, nach dem Herzanfall, der ihn im Alter von nur einundsechzig Jahren innerhalb von zwei oder drei Wochen sterben ließ. Sobald ich die Nachricht bekam, fuhr ich von London hinauf. Zum erstenmal seit vielen Jahren war ich wieder unter dem Dach meiner Eltern. Es war eine eigenartige Erfahrung, in diesem nun fremden Haus zu wohnen, in einem Vorort, der nicht in der Stadt und nicht auf dem Land lag, und viele Morgen verbrachte ich am Tisch in meinem alten Zimmer und sah aus dem Fenster auf das, was früher die Welt meiner Erfahrung und meines Strebens gewesen war, während meine Mutter unten nach Arbeiten suchte, mit denen sie sich beschäftigen konnte, oder gewissenhaft eines der Zeitungs- oder Illustrierten-Kreuzworträtsel löste, nach denen sie mittlerweile regelrecht süchtig war. Für die Nachmittage hatten wir jedoch ein kleines Ritual entwickelt, ja entworfen, wie mir scheint, um die Angst und den Schmerz auf ein erträgliches Maß zu begrenzen, und an diesem Punkt kam der Fernseher ins Spiel.

Obwohl meine Eltern in einem Vorort von Birmingham lebten, erledigten sie fast alle Besorgungen in einer ruhigen, recht hübschen Kleinstadt, die etwa sechs oder sieben Meilen von ihrem Haus entfernt lag. Dieses Städtchen war stolz auf das kleine Krankenhaus, in das mein Vater am Tag seines Anfalls eingeliefert worden war. Die Besuchszeiten waren von halb sieben bis acht Uhr morgens und von halb drei bis halb vier nachmittags. Schwierig und voller Anspannung waren die Stunden dazwischen. Wir traten aus dem Krankenhaus hinaus auf den Besucherparkplatz und in die helle Nachmittagssonne, und meine Mutter, die zum erstenmal in fünfundzwanzig Jahren die Fähigkeit verloren hatte, ihre Einkäufe für länger als einige Stunden im voraus zu planen, fuhr uns zum nächsten Supermarkt und kaufte ein Tiefkühlmenü für das Abendessen. In der Zwischenzeit schlenderte ich die fast menschenleere Hauptstraße hinunter – die einzige Straße, in der es Geschäfte gab – und wunderte mich, daß diese Stadt einst eine belebte und verkehrsreiche Metropole für mich gewesen war. Ich ging zu Woolworth, wo ich mein lange gespartes Taschengeld für billige Platten ausgegeben hatte, in den Zeitungsladen, wo man – auch wenn ich das damals nicht wußte – nur einen Bruchteil der Zeitungen kaufen konnte, die es in London gab, und in die Buchhandlung, deren mageres Angebot auf einer Etage von etwa hundert Quadratmetern Platz hatte und die mir dennoch jahrelang wie eine moderne Version der Bibliothek von Alexandria erschienen war. Hier hatte ich gegen Ende meiner

Teenagerjahre Stunden zugebracht und die Einbände der neuesten Taschenbücher betrachtet, während Verity draußen vor Wut kochte und mit dem Fuß aufstampfte. Der Anblick dieser Bücher hatte mich stets mit Ehrfurcht erfüllt: Sie ließen auf die Existenz einer fernen Welt schließen, die von schönen, talentierten Menschen bevölkert war und sich den höchsten literarischen Idealen verschrieben hatte. (Es war natürlich diese Welt, in die das Schicksal mir eines Tages einen prüfenden Fuß zu tauchen gestattete – nur daß ich sie so kalt und abweisend fand wie das Wasser des Schwimmbads, das mir an jenem schicksalhaften Geburtstag so bittere Tränen in die Augen getrieben hatte.)

Danach kam der wichtigste Teil des Rituals. Wir fuhren nach Hause, machten uns zwei Tassen Instant-Kaffee, legten ein paar Plätzchen auf einen Teller, setzten uns für eine halbe Stunde vor den Fernseher und sahen uns eine Rateshow an. Sie war von ehrfurchtgebietender Harmlosigkeit und Oberflächlichkeit, doch wir verfolgten sie mit fanatischer Konzentration, als wäre das ganze Ritual sinnlos, wenn wir nur einige Sekunden verpaßten.

Die Show bestand aus zwei simplen Aufgaben. Bei der ersten ging es um Zahlen, mit denen die Kandidaten einfache Kopfrechnungen ausführen mußten. (Hier war ich ziemlich gut, während meine Mutter sich immer verrechnete und die Zeit überschritt.) Bei der zweiten handelte es sich um ein Spiel mit Wörtern: Die Kandidaten mußten aus neun willkürlich ausgewählten Buchstaben ein möglichst langes Wort bilden. Meine Mutter nahm diesen Teil ernster als ich und hatte immer Papier und Bleistift bereit. Manchmal schlug sie sogar die Kandidaten. Ich kann mich gut an ihren Triumph erinnern, als sie einmal aus A, I, M, S, S, T, U, U, W das Wort »AUTISMUS« bildete, während der Gewinner nicht mehr als »MIST« (4 Punkte) zustandegebracht hatte. Noch Stunden später war sie euphorisch – zum ersten und einzigen Mal in diesen Wochen waren die Sorgenfalten in ihrem Gesicht verschwunden. Und ich glaube, das war einer der Gründe, warum wir uns so bemühten, jeden Tag rechtzeitig um halb fünf vor dem Fernseher zu sitzen, obwohl wir dazu manchmal, wenn der Einkauf länger gedauert hatte, mit achtzig oder neunzig Stundenkilometern durch die Vorortstraßen rasen mußten, voller Sorge, die ersten Minuten dieser idiotischen Show mit der dümmlichen Begrüßung durch den Showmaster zu verpassen, der schreckliche Witzchen riß und flehentlich in die Kamera lächelte wie ein zu groß geratenes Waisenkind. Es gab jedoch noch einen anderen Grund, warum meine Mutter jeden Nachmittag mit den leuchtenden Augen einer vom wahren Glauben Beseelten vor dem Fernseher saß: Sie klammerte sich an die Möglichkeit, daß ihr eines Tages die Vision, die Offenbarung des Heiligen Grals zuteil werden würde, nach der sich alle Zuschauer dieser Show sehnten: ein Wort mit neun Buchstaben. Ich glaube, das hätte sie, wenn auch nur für kurze Zeit, zur glücklichsten Frau der Welt gemacht. Das Ironische ist, daß es eines Tages geschah, ohne daß sie es merkte. Die Buchstaben waren B, C, E, H, I, L, R, S, T. Ich sah das Wort sofort, doch weder die Kandidaten noch meine angestrengt nachdenkende Mutter erkannten es. Sie brachte schließlich bloß das schwache Fünf-Buchstaben-Wort »REICH« zustande. Jedenfalls sagte sie das, doch heute frage ich mich, ob sie wohl auch gesehen hatte, daß diese neun Buchstaben das Wort »STERBLICH« ergaben, und es nur nicht über sich brachte, diese Wahrheit auf die Rückseite ihrer Einkaufsliste zu schreiben.

Fiona und ich jedenfalls beschäftigten uns mit wichtigeren Dingen, denn die einschneidende Veränderung unserer Sehgewohnheiten, die ihre Krankheit uns aufzwang, fiel zeitlich mit einer Periode dramatischer innen- und außenpolitischer Entwicklungen zusammen. Ende November, nur wenige Tage nachdem Fiona ihren Arzt zum zweitenmal aufgesucht hatte, erreichte die Führungskrise der konservativen Partei ihren Höhepunkt, und Margaret Thatcher wurde zum Rücktritt gezwungen. Es war eine Woche großer, wenn auch vorübergehender Aufregung in den Medien: Wir wurden mit Sondersendungen, spätnächtlichen Diskussionsrunden und ausführlichen offiziellen Verlautbarungen berieselt. Und an dem Tag, an dem Fiona sich zur ambulanten Behandlung ins Krankenhaus begab, erfuhren wir, daß Saddam Hussein die Resolution Nr. 678 des Sicherheitsrats abgelehnt hatte, bei der es sich um ein Ultimatum handelte, das die Vereinten Nationen ermächtigte, »alle notwendigen Schritte« einzuleiten, sollte der Irak sich nicht bis zum 15. Januar 1991 aus Kuwait zurückgezogen haben. Kurz darauf erklärte Saddam Hussein im französischen Fernsehen, für ihn sei die Wahrscheinlichkeit einer bewaffneten Auseinandersetzung fünfzig zu fünfzig, und obwohl er begann, die Geiseln freizulassen, so daß etwa eine Woche vor Weihnachten alle wieder zu Hause waren, wirkten Politiker und Militärs wild entschlossen, uns in einen Krieg hineinzuziehen. Das Eigenartige war jedoch, daß Fiona, die sonst ein friedliebender Mensch war und sich nicht sonderlich für Politik interessierte, einen gewissen Trost daraus zu schöpfen schien, und ich begann zu vermuten, daß sie beschlossen hatte, diese Ereignisse so zu benutzen wie meine Mutter jene Rateshow: als einen Schutzschild gegen eine Angst, die sie sonst überwältigt hätte.

Diesmal hörte der Arzt ihr aufmerksamer zu. Er untersuchte ihren Hals, als sie ihm von dem Knoten erzählte, der größer geworden war und jetzt einen Durchmesser von fast fünf Zentimetern hatte. Der Arzt notierte alles, versicherte ihr aber weiterhin, sie brauche sich wahrscheinlich keine Sorgen zu machen: Die erhöhten Temperaturen und der Nachtschweiß deuteten vermutlich auf etwas ganz anderes hin, nämlich auf eine aggressive, aber behandelbare Infektion. Er werde jedoch kein unnötiges Risiko eingehen, sagte er dann und gab ihr einen Termin für eine ambulante Untersuchung in der letzten Novemberwoche. Bei diesem Termin nahm man ihr Blut ab und röntgte sie. Die Ergebnisse würde sie drei Wochen später erfahren. In der Zwischenzeit sollte sie täglich ihre Temperatur kontrollieren und die Werte in eine Tabelle übertragen, und so endeten unsere Abende damit, daß ich das Thermometer ablas und die Zahl gewissenhaft eintrug, bevor ich das Licht löschte und mit dem Tablett und den schmutzigen Tellern oder Suppenschalen zurück in meine Wohnung ging.

Zwischen uns herrschte, wie gesagt, viel Schweigen. Fiona sagte wenig, weil das Sprechen ihr Schmerzen bereitete, und ich schwieg, weil ich nie wußte, was ich sagen sollte. Doch ich erinnere mich an ein Gespräch in der ereignislosen halben

Stunde zwischen den *Nine O'Clock News* und den *News at Ten*, das mit einer unvermittelten Bemerkung begann.

Sie sagte: »Du brauchst das nicht jeden Abend zu machen.«

»Ich weiß.«

»Ich meine, wenn du mal was anderes machen willst, dich mit anderen Leuten treffen willst...«

»Ja, ich weiß.«

»Es macht bestimmt keinen großen Spaß, jeden Abend bei mir herumzusitzen. Ich kann ja schließlich auch allein...«

»Ich bin gern hier. Wirklich. Das hab ich dir doch gesagt.« (Und das stimmte auch.)

»Ich weiß, aber... Wenn ich wieder gesund bin, wenn ich diese Sache hinter mir habe, bin ich bestimmt... viel besser drauf. Und dann, dann fangen wir erst richtig an, ja? Dann stellen wir was auf die Beine.«

Ich nickte. »Ja, na klar.«

»Irgendwie bin ich beeindruckt«, fuhr sie zögernd fort. »Ich meine, nicht jeder Mann... Es gibt nicht viele Männer, bei denen ich mich wohl fühlen würde, wenn sie die ganze Zeit hier sind und mich im Bett liegen sehen und so. Ich glaube, ich bin beeindruckt, weil... du nicht versucht hast, mich anzumachen.«

»Na, hör mal – ich würde doch nicht versuchen, die Situation auszunutzen. Nicht, solange du krank bist.«

»Nein, aber wir kennen uns nun schon seit ein paar Monaten, und die meisten Männer hätten irgendwann... Ich meine, die Situation ist in diesem Fall nicht danach, aber... du hast sicher schon mal darüber nachgedacht.«

Und ob ich darüber nachgedacht hatte! Schließlich verbrachte ich meine Abende auf Fionas Bett. Manchmal trug sie einen Pullover, manchmal nur ein Nachthemd. Ich berührte ihre nackten Arme, wischte Krümel von ihrem Körper, tastete ihren Hals ab, steckte ihr das Thermometer in den Mund, nahm sie tröstend in den Arm und gab ihr Gutenachtküsse auf die Wange. Wie konnte all das unschuldig sein? Selbstverständlich hatte es gewisse verstohlene Blicke und Momente unterdrückter Erregung gegeben. Und natürlich hatte ich darüber nachgedacht. Es gab zwischen uns, wie wir beide wußten, ein starkes unterschwelliges Gefühl, das schwer zu ignorieren war. Und es wäre töricht gewesen, nicht dazu zu stehen.

Doch ich lächelte nur. »Keine Sorge«, sagte ich und ging in die Küche, um uns zwei Tassen Kakao zu machen. »Im Augenblick liegt mir nichts ferner als Sex.«

Strapse	*schwarz*	*Peitsche*
Netzstrümpfe	*BH*	*öffnen*
Orgie	*tasten*	*Slip*
steif	*durchsichtig*	*zu Boden drücken*
Reißverschluß	*Träger*	*abstreifen*
hart	*ausziehen*	*saugen*
Spalte	*feucht*	*Gummi*
Striptease	*Vaseline*	*glatt*
Brustwarze	*streicheln*	*rosig*
besteigen	*lecken*	*zart*
Leder	*Schenkel*	*gespreizt*
behutsam	*schieben*	*Zunge*
Rücken	*durchbiegen*	*leise*
stöhnen	*O Gott*	*Ja*
bitte	*nicht aufhören*	*Ja*

Ich ließ das Tablett und das schmutzige Geschirr in der Küche stehen, setzte mich an meinen Schreibtisch und las mir die Liste noch einmal durch. Mir war nicht sehr wohl dabei. Seit meinem Gespräch mit Patrick war ich entschlossen, ihm zu beweisen, daß ich so gut wie jeder andere über Sex schreiben konnte und daß das kein Thema war, vor dem ich in meinem Buch über die Winshaws zurückschrecken würde. Ich war ohne große Schwierigkeiten auf eine geeignete Situation gestoßen: Bei meiner Verabredung mit Findlay in der Narcissus Gallery hatte ich zufällig gehört, daß Roddy Winshaw eine junge Malerin verführt hatte, die in Winshaw Towers ein Wochenende lang sein Gast gewesen war, und da ich die näheren Umstände nicht kannte und außerdem die Grenze zwischen Fiktion und Wirklichkeit nicht mehr zu respektieren gedachte, fand ich, dieser Zwischenfall sei ein idealer Aufhänger. Doch nun arbeitete ich schon seit mehr als vier Nächten an dieser Szene, und es war nicht zu leugnen, daß ich damit nicht weiterkam.

Um ehrlich zu sein, hatte ich auf diesem Gebiet wenig Erfahrung. Meine Kenntnis erotischer Bücher und Filme war sehr begrenzt. Obwohl ich mich jahrelang vom Fernsehen hatte stimulieren lassen, hatte ich mir sonderbarerweise eine Abneigung gegen Pornographie bewahrt (eine Abneigung, die, wenn ich weit in die Vergangenheit zurücksah, vermutlich prinzipieller Natur war). Selbst in den gewagtesten Filmen, die ich kaufte, auslieh oder aufnahm, waren die Entkleidungs- und Liebesszenen, die mich binnen kurzem am meisten interessierten, gewöhnlich durch irgendeine Art von künstlerischem Anspruch gerechtfertigt. Tatsächlich war ich nur ein einziges Mal ins Kino gegangen, um mir einen Sexfilm anzusehen, und zwar Mitte der siebziger Jahre, im deprimierenden Endstadium meiner Ehe mit Verity. Unser Sexleben war damals seit einigen Monaten dabei, einen langsamen, qualvollen Tod zu sterben, und in unserer Panik dachten wir, ein Besuch in einem nahen, auf erotische Filme spezialisierten Kino könne vielleicht eine Art Wiederbelebung bewirken. Leider hatten wir Pech. Der Film, für den wir uns entschieden, war in der Zeitung einigermaßen ausführlich besprochen worden, weil er, obwohl von einer Londoner Gesellschaft produziert, ausschließlich an Originalschauplätzen in Birmingham gedreht worden war. Deshalb erwies er sich hier als Kassenmagnet. Das Publikum in unserer Vorstellung bestand fast ausschließlich aus Ehepaaren in mittlerem Alter – von denen einige den Film offenbar bereits mehrmals gesehen hatten –, die die störende Angewohnheit hatten, beispielsweise eine Szene mit Oralsex auf dem Rücksitz eines Autos mit Bemerkungen wie: »Jetzt kannst du im Hintergrund gleich den Morris Minor von unserer Tracy vorbeifahren sehen«, oder: »Ich finde, seit der Renovierung sieht der Fußpflegesalon viel besser aus«, zu kommentieren. Verity und ich verließen das Kino, ohne spürbar erregt zu sein, und verbrachten den Rest des Abends, wenn ich mich recht erinnere, damit, die Fotos von unserer letzten Urlaubsreise auf die Scilly Islands einzukleben.

Ich schüttelte die Erinnerung ab, wandte mich wieder dem unbeschriebenen Papier vor mir zu und versuchte mich zu konzentrieren. Das war nicht leicht, denn es waren nur noch fünf Tage bis Weihnachten, und morgen sollte Fiona im Krankenhaus die Ergebnisse der Laboruntersuchungen abholen. Ich hatte ihr meine Begleitung angeboten, und wir beide sahen dem mit einigem Bangen entgegen. Außerdem hatte ich früher am Tag einen Anruf bekommen, und zwar ausgerechnet von Mrs. Tonks. Anscheinend hatte es einen zweiten Einbruch gegeben, diesmal nicht im Verlag, sondern in Mr. McGannys Haus in St. John's Wood. Der Einbrecher hatte den Safe geknackt und diverse persönliche Dokumente gestohlen, unter anderem Briefe von Tabitha Winshaw und, aus irgendeinem Grund, die Firmenbilanz für das Steuerjahr 1981/82. Noch bizarrer war, daß einige Fotos aus Mr. McGannys Familienalbum entwendet worden waren. Mrs. Tonks fragte mich, ob ich mir einen Reim darauf machen könne, was ich natürlich nicht konnte, und so bestand das einzige Ergebnis dieses Gesprächs darin, daß dieses Rätsel geheimnisvoller denn je war und es mir noch schwerer fiel, mich auf meine Arbeit zu konzentrieren.

Nach ein paar Minuten legte ich meine Liste von Schlüsselworten beiseite – sie war nicht hilfreich, sondern eher hinderlich. Die einzige Möglichkeit, diesen toten Punkt zu überwinden, schien in totaler Spontaneität zu liegen. Ich würde aufschreiben, was mir in den Kopf kam, und mir später Gedanken über die Einzelheiten machen. Also holte ich eine Flasche Weißwein aus der Küche, schenkte mir ein Glas ein und schrieb den ersten Satz.

Sie folgte ihm ins Schlafzimmer.

Das war schon mal ein guter Anfang. Nicht sonderlich kompliziert. Ich nahm einen Schluck Wein und rieb mir die Hände. Vielleicht war es doch nicht so schwer, wie ich gedacht hatte. Jetzt vielleicht noch ein paar Sätze darüber, wie es im Schlafzimmer aussah, dann würde die Szene schon in Schwung kommen.

Es war ein...

Tja, was? Ich wollte an dieser Stelle nicht zu ausführlich werden und den Leser mit einer weitschweifigen Beschreibung langweilen. Ein einziges, gut gewähltes Adjektiv würde ausreichen. Wie wär's mit:

Es war ein großer Raum.

Nein, viel zu farblos. Es war ein prächtig ausgestatteter Raum? Zu abgegriffen. Ein hübscher Raum? Zu niedlich. Es war ein großer, prächtig ausgestatteter, hübscher Raum. Er war hübsch prächtig ausgestattet. Er war größtenteils hübsch. Um ehrlich zu sein, war es mir vollkommen egal, was für ein Raum es war – und meinen Lesern höchstwahrscheinlich ebenfalls. Ich beschloß, die Beschreibung zu überspringen und gleich zur Sache zu kommen.

Er zog sie grob zum Bett.

Nein, das war es nicht. Es sollte ja nicht nach einer Vergewaltigung klingen.

Er zog sie sanft zum Bett.

Zu lasch.

Er zog sie zum Bett.

Er setzte sich auf das Bett und zog sie grob an sich.

»Wollen Sie sich nicht setzen?« sagte er und zeigte auf das Bett.

Er sah zum Bett und zog fragend eine Augenbraue hoch.

. . . zog vielsagend eine Augenbraue hoch.

Er zog eine Augenbraue hoch.

Er zog die Augenbrauen hoch.

Er zog fragend die rechte Augenbraue hoch.

Er zog vielsagend die linke Augenbraue hoch.

Er zog beide Augenbrauen hoch, die eine fragend, die andere vielsagend, und zog sie sanft in Richtung Bett.

Vielleicht sollte ich auch das überspringen. Ich hörte schon Patricks Kritik: Ich verzettelte mich in Präliminarien, um den Zeitpunkt, da ich zur Sache kommen mußte, möglichst lange hinauszuschieben.

Sie trug eine . . .

Tja, was trug sie?

Sie trug eine Bluse.

Ja?

Sie trug eine dünne Musselinbluse.

Sie trug eine dünne Musselinbluse, unter der sich ihre . . .

Na los, schreib's hin!

. . . unter der sich ihre Brustwarzen abzeichneten wie . . .

Wie was?

    ...*wie zwei Kirschen.*
    ...*wie zwei Maraschinokirschen.*
    ...*wie zwei kandierte Kirschen.*
    ...*wie zwei Kirschbonbons.*
    ...*wie zwei Maraschinokirschbonbons.*
    ...*wie zwei dreidimensionale Maraschinokirschbonbons.*
    ...*wie Rosinen.*
    ...*wie Rosenknospen.*
    ...*wie nur was.*

Jedenfalls hatte sie Brustwarzen, soviel war schon mal klar. Aber was war mit ihm? Ich wollte mir keinen Sexismus vorwerfen lassen, also mußte ich wohl auch den Mann als Sexualobjekt schildern. Zum Beispiel so:

    Seine enge schwarze Hose konnte nicht verbergen...

Oder besser:

    Die Wölbung in seiner engen schwarzen Hose ließ keinen Zweifel an...
    ...*seiner Erregung.*
    ...*seinen Absichten.*
    ...*seiner Zielsetzung.*
    ...*seiner Männlichkeit.*
    ...*dem Umfang seiner Männlichkeit.*
    ...*der Größe seiner Männlichkeit.*
    ...*der Männlichkeit seiner Größe.*
    ...*der Größe seiner langen, pochenden Männlichkeit.*
    ...*der ganzen Größe seines pochenden, pulsierenden Gliedes.*

Ich mußte zugeben, daß mich das nicht viel weiterbrachte. Aber ich konnte ja später an den Feinheiten dieser deskriptiven Passage feilen. Wenn ich nicht bald zur Sache kam, würde die Szene den Schwung verlieren.

    Er riß ihr die Bluse vom Leib.

Nein, zu aggressiv.

    Er knöpfte ihr die Bluse auf und streifte sie ihr ab wie...
    ...*wie...*
    ...*wie die Schale einer überreifen Banane.*

Ich warf den Stift hin und lehnte mich entnervt zurück. Was war nur los mit mir heute abend? Vielleicht lag es am Wein, vielleicht auch an der Tatsache, daß ich in solchen Dingen ganz und gar ungeübt war – jedenfalls brachte ich nichts zustande. Ich machte alles falsch, ich stolperte über meine eigenen Füße, ich war plump und unbeholfen und vermittelte lediglich meine Unerfahrenheit.

Er legte seine Hand zögernd, fragend auf ihren...

...weichen, geschmeidigen...

...warmen, seidigen...

...nachgiebigen, wogenden...

...sich hebenden und senkenden...

...schwellenden, bauchigen...

...großen, runden...

...imponierenden, stattlichen, imposanten, eindrucksvollen, gewaltigen, großartigen, prachtvollen, herrlichen, üppigen, ungeheuren, monumentalen, grandiosen, gewaltigen, enormen, wuchtigen, kolossalen, titanischen, gigantischen...

...ihren kleinen, festen Busen.

...ihren vollkommen proportionierten Busen.

...ihren durchschnittlich proportionierten und doch irgendwie überraschenden Busen.

...ihren platten Busen.

Na gut. Dann eben nicht. Mehr Wein. Und jetzt denk gut nach. Stell dir diese beiden jungen, attraktiven Menschen vor, die ganz allein in einem Zimmer sind und nichts anderes als ihre Körper haben, um sich die Zeit zu vertreiben. Stell sie dir bildlich vor. Und jetzt wähle deine Worte mit Präzision und Selbstvertrauen. Sei furchtlos.

Während er sein Gesicht in ihrem üppigen Busen vergrub, streifte sie das Hemd von seinen wohlgeformten Schultern.

Er sank auf die Knie und bohrte seine Nase in ihren Bauchnabel.

Sie fielen auf das Bett. Er lag auf ihr, und ihre bohrenden Zungen verknäulten sich gierig in einem langen, feuchten Kuß.

Sie fielen auf das Bett. Sie lag auf ihm, und ihre feuchten Lippen trafen sich gierig in einem langen, hungrigen Kuß.

Ach, scheiß drauf!

Sie keuchte vor Verlangen.

Der Stoff seiner Hose war zum Platzen gespannt.

Sie war feucht zwischen den Schenkeln.

Er war feucht hinter den Ohren.

Sie wußte, sie würde gleich kommen.
Er wußte nicht, ob es ihm kam und wie es ihm ging.

Und genau zu diesem entscheidenden Zeitpunkt, gerade als es mir gelungen war, mich in einen Zustand einigermaßen verzweifelter Erregung hineinzusteigern, läutete das Telefon. Ich fuhr hoch und sah auf die Uhr. Es war halb drei Uhr morgens. Absurderweise fühlte ich mich verpflichtet, ein wenig Ordnung auf dem Schreibtisch zu schaffen und die Blätter mit dem Gesicht nach unten hinzulegen, bevor ich den Hörer abnahm. Die Stimme, die ich hörte, war mir unbekannt.

»Mr. Owen?«

»Ja.«

»Es tut mir leid, Sie um diese Uhrzeit stören zu müssen. Ich hoffe, ich habe Sie nicht aus dem Bett geholt. Mein Name ist Hanrahan. Ich rufe Sie im Auftrag eines Mandanten an. Sein Name ist Findley Onyx, und er behauptet, ein Bekannter von Ihnen zu sein.«

»Das stimmt.«

»Ich bin sein Rechtsanwalt. Mr. Onyx bittet Sie um Verständnis dafür, daß er nicht persönlich mit Ihnen sprechen kann. Er wird in der Polizeiwache von Hornsey festgehalten und darf keine weiteren Telefongespräche führen. Er legt jedoch größten Wert darauf, so bald wie möglich mit Ihnen zu sprechen. Er hat mich gebeten, Sie zu fragen, ob Sie, wenn es Ihnen irgend möglich ist, morgen früh dort vorbeikommen könnten.«

»Tja, das ist... ein bißchen schwierig«, sagte ich und dachte an Fiona und ihren Termin im Krankenhaus. »Aber wenn es absolut nötig ist... Was ist denn eigentlich los? Ist er in Schwierigkeiten?«

»Ich fürchte, ja. Ich glaube, es wäre am besten, wenn Sie sich dorthin bemühen würden.«

Das sagte ich ihm zögernd zu, und er verabschiedete sich mit den Worten: »Gut, dann kann Mr. Onyx also mit Ihnen rechnen«, und legte auf. Das ganze Gespräch hatte so kurz gedauert, daß ich gar nicht recht wußte, wie mir geschehen war. Zum Beispiel hatte ich nicht einmal daran gedacht, ihn zu fragen, warum Findlay von der Polizei festgehalten wurde –

es sei denn (und plötzlich schien mir das die einzige und offensichtliche Antwort zu sein), *er* war derjenige, der in Mr. McGannys Haus eingebrochen war und die mein Buch betreffenden Papiere gestohlen hatte. Ich ging ins Schlafzimmer, legte mich auf das Bett und überlegte, wie wahrscheinlich das war. Konnte es sein, daß sie ihn jetzt schon festgenommen hatten, wenn der Einbruch doch erst gestern nacht verübt worden war? Ja, das war möglich. Er war alt und gebrechlich und hatte vielleicht unvorsichtigerweise eine Spur hinterlassen. Doch wenn es so war, warum dann diese plötzliche Dringlichkeit? In diesem Fall würde man ihn doch sicher auf Kaution freilassen, und dann könnte unsere Unterredung in seiner Wohnung stattfinden. Doch ich konnte diese Frage nicht klären, selbst wenn ich den Rest der Nacht damit verbrachte, über diese neue Entwicklung nachzugrübeln. Wenige Stunden später beendete das erste fahle Licht des Wintermorgens meinen unruhigen Halbschlaf.

2

Die Busfahrt zur Polizeiwache schien den größten Teil des Vormittags zu dauern. Das würde Fiona immerhin erspart bleiben: Ich hatte ihr einen Minicar bestellt, bevor ich mich auf den Weg gemacht hatte, und zwar unter anderem, um mein Gewissen zu beruhigen. Als ich sie verließ, sah sie mit einemmal so verletzlich aus: Sie hatte ein elegantes Kostüm angezogen, wie es Leute eben tun, wenn sie von jenem sonderbaren Gefühl für Schicklichkeit gepackt werden, welches sie dazu drängt, einem unvermeidlichen Schicksal, dem man ins Auge sehen muß, wenigstens gut gekleidet gegenüberzutreten. (Andererseits schöpft man daraus vermutlich auch eine gewisse Kraft.) Es hätte wohl ohnehin nicht viel geändert, wenn ich sie begleitet hätte. Das versuchte ich mir jedenfalls einzureden, während der Bus an ungezählten Haltestellen anhielt und dann seine langsame Fahrt wieder aufnahm und mich so dem nächsten Abschnitt eines Geheimnisses näherbrachte, dessen Auflösung mich, ehrlich gesagt, immer weniger interessierte. Dieses Desinteresse fühlte sich gut an – nach all den Jahren des Rätselratens und des Kämpfens war es eine große Erleichterung. Ich wußte nicht, daß ich den Kampf verloren haben würde, noch bevor der Vormittag um war.

Ich mußte nur wenige Minuten warten, bis der diensthabende Beamte mich in eine helle, aber schmutzige Zelle im Erdgeschoß führte. Findlay saß steif auf einer Pritsche. Er hatte sich, wie schon zuvor, den Regenmantel um die Schultern gelegt, und im Sonnenlicht, das durch ein kleines, unter der Decke angebrachtes Fenster in die Zelle fiel, sah sein weißes Haar wie ein Heiligenschein aus.

»Michael«, sagte er und nahm meine ausgestreckte Hand. »Sie erweisen mir eine Ehre. Ich wünschte nur, das Schicksal hätte es nicht gewollt, daß unsere zweite Begegnung an einem derart schmutzigen, verkommenen Ort stattfindet. Ich fürchte allerdings, die Schuld daran liegt ganz und gar bei mir.«

»Ganz und gar?«

»Nun ja, Sie können sich wahrscheinlich denken, weshalb ich hier gelandet bin.«

»Ich habe eine ... sagen wir: eine dunkle Ahnung.«

»Natürlich haben Sie die, Michael. Sie sind ein Mensch mit Intuition und Scharfblick. Sie wissen um die Unzulänglichkeiten eines alten Mannes, dessen Wille schwach ist, wohingegen seine Begierden – leider – stark geblieben sind. So stark wie eh und je.« Er seufzte. »Ich glaube, bei unserer letzten Begegnung habe ich ... die Auflage erwähnt.«

Ich nickte unsicher. Um ehrlich zu sein: Ich konnte ihm nicht folgen.

»Also: Ich habe sie verletzt. Das ist die traurige Wahrheit, und schuld daran bin einzig und allein ich selbst.«

Mir ging ein Licht auf. »Sie meinen Ihre Bewährungsstrafe?«

»Ganz recht. Wieder einmal bin ich ein Opfer blinder Triebe. Wieder einmal hat das Fleisch über den Geist ...«

»Dann waren Sie gar nicht derjenige, der neulich in McGannys Haus eingebrochen ist?«

Er sah abrupt auf, zischte mich an und warf einen warnenden Blick zur Tür. »Um Himmels willen, Michael – wollen Sie mich in noch größere Schwierigkeiten bringen?« Flüsternd fuhr er fort: »Was glauben Sie, warum ich Sie hierher gebeten habe? Eben diese Angelegenheit will ich mit Ihnen erörtern.«

Ich setzte mich neben ihn auf die Pritsche und wartete auf eine Erklärung. Nach einer Weile merkte ich, daß er schmollte.

»Es tut mir leid«, begann ich.

»Abgesehen von allem anderen«, sagte er, »ziehen Sie meine Professionalität in Zweifel, wenn Sie glauben, ich sei nicht fähig, einen solchen kleinen Routineauftrag zu erledigen, ohne mich erwischen zu lassen. Ich bin mit der Eleganz und der Geschmeidigkeit eines Luchses hinein- und hinausgeschlüpft, Michael. Der große Raffles wäre vor Neid erblaßt.«

»Was ist denn dann schiefgegangen?«

»Ich habe schlicht die Beherrschung verloren, Michael. Mangelnde Willenskraft, und sonst gar nichts. Ich habe den ganzen gestrigen Tag damit verbracht, die geborgten Dokumente zu sichten – und ich betone: geborgt, denn ich habe große Achtung vor dem Eigentum anderer –, und gegen Abend war ich überzeugt, daß sie alle fehlenden Puzzlesteine in diesem verzwickten Fall enthielten. Sie können sich vorstellen, welch ein Hochgefühl ich empfand, Michael. Sie können sich vorstellen, wie mein Herz klopfte, wie das Blut in einer Woge von Stolz und Erregung durch meine alten Adern rauschte. Ich fühlte mich plötzlich wie ein junger Mann von dreißig.«

»Und dann?«

»Dann begab ich mich natürlich auf die Suche nach einem jungen Mann von dreißig. Die Kneipen hatten schon geschlossen, aber nur ein paar Blocks von meiner Wohnung entfernt gibt es eine öffentliche Bedürfnisanstalt, die – dank einer ungewöhnlich liberalen Anordnung unserer Stadtväter – Tag und Nacht ein Hafen für all jene ist, die Erleichterung in einer ihrer vielfältigen Formen suchen. Seit Wochen habe ich versucht, mich von diesem Ort fernzuhalten, seit ich vor den Richter geschleppt wurde und dieser mir sagte, eine einzige weitere Verfehlung werde mich hinter Gitter bringen – zwar nur für ein paar Monate, aber wer weiß schon, welche Auswirkungen eine Haft, und sei sie noch so kurz, auf die Verfassung eines gebrechlichen, herzkranken alten Menschen wie mich hat? Doch letzte Nacht konnte das Gesetz in all seiner Majestät mich nicht schrecken, und ich war außerstande, der Versuchung zu widerstehen, mich diesem herrlichen Sündenpfuhl zu nähern. Ich hielt mich erst wenige Augenblicke dort auf, da trat aus einer der Kabinen ein Mann... Ach, was sage ich – ein Mann? Eine Offenbarung, Michael, die zum Leben erweckte Phantasie eines Perfektionisten! Ein Adonis in Bomberjacke und himmelblauen Jeans!« Findlay schüttelte den Kopf, und in ihm schienen Verzückung und Verzweiflung im Widerstreit zu liegen.

»Was soll ich sagen? Die Erscheinung dieses jungen Gottes machte mir zu schaffen. Und vice versa.«

»Vice versa?«

»Ich machte mich an ihm zu schaffen. Ich knöpfte ihm Hemd und Hose auf. Ich werde Ihre heterosexuellen Gefühle nicht durch eine detaillierte Schilderung verletzen – obgleich es eine . . . nun, sagen wir vollmundige Geschichte abgäbe. Es genügt wohl, wenn ich sage, daß es zu Intimitäten kam. Doch stellen Sie sich mein Entsetzen, meinen Zorn, meine Verbitterung vor, als er sich plötzlich als Hauptkommissar der Metropolitan Police zu erkennen gab, mir Handschellen anlegte und einen Kollegen herbeipfiff, der vor der Tür gewartet hatte. Es ging alles so furchtbar schnell.« Er verstummte und neigte den Kopf. Ich suchte nach Worten des Trostes und fand keine, und als Findlay schließlich fortfuhr, war in seiner Stimme ein neuer Ton der Bitterkeit. »Was ich verabscheue, ist die Heuchelei dieser Leute – wie sie sich selbst und den Rest der Welt belügen. Dieser kleine Schleimscheißer hat das alles ganz genauso genossen wie ich.«

»Woher wissen Sie das?«

»Also bitte, Michael«, sagte er mit einem nachsichtigen Seitenblick. »Entweder hat es ihm Spaß gemacht, oder ich habe zehn Minuten lang an seinem Gummiknüppel gelutscht. In diesen Dingen habe ich Erfahrung, das können Sie mir glauben.«

Betreten wartete ich einen Augenblick, bevor ich ihn fragte: »Und was geschah dann?«

»Sie haben mich hierhergebracht, und wie es aussieht, werden sie in ein bis zwei Tagen soweit sein, mich an die Haftanstalt zu überstellen. Darum wollte ich so schnell wie möglich mit Ihnen sprechen.«

Auf dem Korridor waren Schritte zu hören. Findlay wartete, bis sie verklungen waren, und beugte sich dann verschwörerisch zu mir. »Ich habe ein paar erstaunliche Entdeckungen gemacht«, sagte er leise. »Es wird Sie freuen, wenn auch – sofern Sie um meine Geschicklichkeit in solchen Angelegenheiten wissen – nicht sonderlich überraschen, daß meine Ahnung sich bestätigt hat.«

»Von welcher Ahnung sprechen Sie?«

»Denken Sie an das Gespräch, das wir bei unserer letzten Begegnung hatten. Ich glaube mich zu erinnern, daß Sie behauptet haben, Sie seien lediglich ›durch Zufall‹ in diese Sache hineingeraten, wogegen ich die Vermutung geäußert habe, es sei ein wenig komplizierter. Und ich hatte recht.« Er machte eine bedeutungsvolle Pause. »Sie wurden ausgesucht.«

»Ausgesucht? Von wem?«

»Von Tabitha Winshaw natürlich. Hören Sie gut zu. Hanrahan hat einen Ersatzschlüssel zu meiner Wohnung, den er Ihnen geben wird. Sie werden die betreffenden Unterlagen in der obersten Schublade meines Schreibtisches finden. Gehen Sie so bald wie möglich hin und studieren Sie sie sorgfältig. Obenauf liegt ein Brief, den Tabitha am 21. Mai 1982 an Peacock Press geschrieben hat. Darin schlägt sie ein Buch über ihre Familie vor. Natürlich stellt sich sofort die Frage: Wieso hat sie sich ausgerechnet an diesen Verlag gewendet?

Die Antwort war nicht schwer zu finden. Ich brauchte lediglich Nachforschungen über die wechselvolle Geschichte von McGannys unternehmerischer Tätigkeit anzustellen und stieß auf Dokumente, die darauf hindeuten, daß er in den letzten dreißig Jahren an der Gründung von nicht weniger als siebzehn Firmen beteiligt war. Die meisten gingen in Konkurs, und gegen einige wurde wegen vorsätzlicher Verstöße gegen die Steuergesetze ermittelt. Er hat Nachtclubs, Arzneimittelhandlungen, Partnerschaftsvermittlungen, Versicherungsagenturen und Institute für Fernlehrgänge betrieben und ist schließlich Literaturagent geworden. Zweifellos brachte ihn diese letzte Station auf die Idee, Peacock Press zu gründen, denn er hatte feststellen können, daß es unter den naivsten und wehrlosesten Mitgliedern der Gesellschaft eine Sorte von Menschen gibt, die geradezu darum betteln, geschröpft zu werden: aufstrebende, aber untalentierte Schriftsteller. Wie es aussieht, besaß McGanny Mitte der siebziger Jahre unter anderem eine Kette von Bingohallen, die nicht nur in Yorkshire, aber auch dort, ernsthafte Schwierigkeiten mit den Behörden bekam, und sein Verteidiger in diesem Fall war kein anderer als unser alter Freund

Proudfoot, derselbe Anwalt, der auch Tabitha Winshaws Interessen wahrnahm. Proudfoot vertrat McGanny auch weiterhin, bis er, soviel ich weiß, 1984 ein unzeitiges Ende fand. Da haben wir also die Verbindung. Tabitha wendet sich an Proudfoot und bittet ihn, einen geeigneten Verleger zu finden, und der zaubert sofort den richtigen Mann aus dem Hut.

Er muß auch gewußt haben, daß Tabithas Angebot gute Chancen hatte, akzeptiert zu werden, denn die finanzielle Situation des Verlags war zu diesem Zeitpunkt ziemlich desolat. Das werden Sie der Bilanz des betreffenden Jahres entnehmen können, die ich vorsorglich ebenfalls mitgenommen habe. Angesichts von McGannys prekärer Finanzlage und seiner erwiesenen Bereitschaft, sich auf zwielichtige Geschäfte einzulassen, konnte man wohl kaum annehmen, daß er Tabithas großzügiges Angebot ausschlagen würde. Er hat nicht einmal, wie es die meisten anderen getan hätten, Einwände gegen Tabithas außergewöhnliche Bedingung erhoben.« Er sah mich scharf an. »Sie können sich natürlich denken, wie diese Bedingung lautete.«

Ich zuckte mit den Schultern. »Nein, ich habe keine Ahnung.«

Findlay gestattete sich ein trockenes Lachen. »Aus ihrem Brief geht hervor, daß sie darauf bestanden hat – wohlgemerkt: *bestanden hat* –, daß *Sie* dieses Buch schreiben.«

Das erschien mir vollkommen unsinnig. »Aber das ist doch lächerlich. Ich kenne Tabitha Winshaw nicht einmal. 1982 wußte keiner von uns, daß der andere überhaupt existierte.«

»Tja, offensichtlich wußte sie es doch.«

Findlay lehnte sich an die Wand, betrachtete seine Fingernägel und freute sich sichtlich über die Verwirrung, in die er mich gestürzt hatte. Nach einer Weile – und, wie ich glaube, mehr aus Bosheit als aus irgendwelchen anderen Gründen – stellte er mit kühler Stimme eine Vermutung an. »Vielleicht ist Tabitha Ihr literarischer Ruhm zu Ohren gekommen, Michael. Vielleicht hat sie eine Rezension eines Ihrer landauf, landab bewunderten Romane gelesen und ist zu dem Schluß gekommen, Sie seien ein Mann, auf dessen Dienste zu verzichten sie sich nicht leisten könnte.«

Doch ich hörte seine Bemerkung kaum, denn mir ging gerade eine Reihe neuer, ausgesprochen unangenehmer Fragen durch den Kopf. »Ja, ja, aber ich habe Ihnen doch erzählt, wie es zu dem Angebot gekommen ist. Ich habe diese Alice Hastings ganz und gar zufällig im Zug kennengelernt.«

»Ganz und gar nicht zufällig, wie Sie sehen werden.« Findlay hatte einen Zahnstocher hervorgezogen und reinigte damit seinen Daumennagel.

»Aber ich hatte sie noch nie im Leben gesehen.«

»Und haben Sie sie seitdem wiedergesehen?«

»Tja, äh, nein ... Jedenfalls habe ich nicht mit ihr sprechen können.«

»Das ist doch recht sonderbar, finden Sie nicht? Schließlich arbeiten Sie seit... wieviel?... acht Jahren für diesen Verlag.«

»Immerhin«, wandte ich zu meiner Verteidigung ein, »habe ich sie erst vor ein paar Monaten vor dem Verlagsgebäude aus einem Taxi steigen sehen.«

»Ich glaube mich zu erinnern«, sagte Findlay und zeigte mit dem Zahnstocher auf mich, »daß Sie, als Sie mir diese Geschichte erzählt haben, eine kurze Beschreibung der Dame gegeben haben.«

»Stimmt: langes dunkles Haar, langer, schlanker Hals...«

»...und ein Pferdegesicht.«

»Ich kann mir nicht vorstellen, daß ich mich so ausgedrückt habe.«

»Dann sagen wir also: lang und schmal. Das ist mir im Gedächtnis haften geblieben. Oder vielmehr: Es fiel mir wieder ein, als ich neulich nacht in das Haus eingebrochen bin und zum erstenmal ein Foto von« (er hielt mir den Zahnstocher unter die Nase) »*McGanny persönlich* sah.«

»Was wollen Sie damit sagen?«

»Wußten Sie, daß Hastings der Mädchenname von McGannys Frau ist?«

»Nein, natürlich nicht.«

»Und daß er eine Tochter namens Alice hat, die Schauspielerin ist?«

»Ja, das wußte ich.«

»Sie wußten, daß sie Alice heißt?«

»Ich wußte, daß sie Schauspielerin ist. Sie rief ihn an, als ich das letztemal da war, vor ein paar Monaten . . .« Ich hielt inne.

»Am selben Tag«, vermutete Findlay, »an dem Sie Miss Hastings aus einem Taxi steigen sahen?«

Ich gab keine Antwort, sondern stand auf und ging zum Fenster.

»Wenn der Name Alice McGanny«, fuhr Findlay fort, »in Theaterkreisen nicht sehr bekannt ist, so liegt das daran, daß sich die Karriere dieser jungen Dame einem steilen Aufschwung beharrlich verweigert hat. Nach allem, was ich ihrem Lebenslauf entnehmen konnte, war sie hin und wieder zweite Besetzung, hat bei Kostümproben mitgemacht, war Assistentin des Inspizienten und hatte Komparsenrollen, bei denen sie mal einen Satz, mal keinen Satz sagen durfte, und zwischen diesen Triumphen war sie in verschiedenen Drogenkliniken und hat sich nackt für eines der schmierigsten Magazine auf dem Markt fotografieren lassen. (Eine Ausgabe davon lag in McGannys Safe – ich war so freundlich, sie für Sie einzustecken. Mich läßt so etwas völlig kalt, aber ich habe mir sagen lassen, daß diese Bildchen bei denen, die Ihre eher traurigen und gewöhnlichen Neigungen teilen, manchmal einen kleinen Kitzel hervorrufen können.) Angesichts dessen ist es daher nicht sehr erstaunlich, daß sie wiederholt gezwungen war, sich von ihrem Vater größere Summen zu leihen, und ich wage zu behaupten, daß sie nur zu bereit war, ihm den Gefallen zu tun und ein bißchen zu schauspielern, solange die Bezahlung stimmte.«

Ich blieb beim Fenster. Es war so hoch angebracht, daß ich nicht hinaussehen konnte, aber das machte nichts. Ich ließ vor meinem geistigen Auge die Begegnung ablaufen, die vor all den Jahren im Zug stattgefunden hatte; ich spielte die Szene immer wieder ab, spulte vor, spulte zurück. Irgendwie mußten sie sich meine Adresse beschafft haben – möglicherweise von Patrick oder dem Feuilletonredakteur der Zeitung –, und dann hatte diese Frau sich stundenlang, vielleicht sogar tagelang vor meiner Wohnung auf die Lauer gelegt, während ich meine überragende Rezension geschrieben hatte . . . Sie war mir zur U-Bahn und nach King's Cross gefolgt und hatte mir dann die idiotische Geschichte erzählt, sie fahre zu ihrer Schwester und brauche keinen Koffer. Wie war es möglich, daß ich darauf hereingefallen war? Was hatte mich so blind gemacht?

»Tja, Sie sind bestimmt nicht der einzige, der in diese Falle getappt wäre«, sagte Findlay, der offenbar meine Gedanken lesen konnte. »Immerhin ist sie ziemlich attraktiv – das sehe sogar ich. Trotzdem... wenn man's genau bedenkt, war es eine einigermaßen unsichere Sache, denn diese Leute haben sich einzig und allein auf Miss McGannys Äußeres verlassen. Ich bin erstaunt, daß sie, wo sie schon mal dabei waren, nicht versucht haben, den Köder noch wirkungsvoller zu gestalten.«

»Das haben sie.« Ich drehte mich um, brachte es aber nicht über mich, in Findlays fragendes Gesicht zu sehen. »Sie hat eines meiner Bücher gelesen. Das hatte ich noch nie erlebt. Sie brauchte mich gar nicht anzusprechen. Ich hab sie angesprochen.«

»Ah, ja.« Findlay nickte weise, aber das amüsierte Glitzern in seinen Augen war unverkennbar. »Natürlich. Der uralte Trick. Und natürlich kennt McGanny die Eitelkeit von Autoren. Schließlich hat er ein ganzes Unternehmen darauf aufgebaut.«

»Richtig.« Ich ging jetzt hektisch auf und ab und wünschte mir nur noch ein schnelles Ende dieses Gesprächs. Eine Ewigkeit verging, ohne daß Findlay sein Schweigen brach, und schließlich konnte ich meine Ungeduld nicht mehr beherrschen. «Und?«

»Was und?«

»Wo ist das fehlende Glied?«

»Welches fehlende Glied?«

»Zwischen Tabitha und mir. Wie hat sie von mir erfahren, und warum hat sie mich ausgewählt?«

»Wie ich Ihnen schon sagte, Michael: Ich habe nicht die leiseste Ahnung, es sei denn, Ihr Name war damals unter Yorkshires vielen anspruchsvollen Liebhabern zeitgenössischer Literatur in aller Munde.«

»Aber Sie sind doch Detektiv – ich dachte, gerade das wollten Sie herausfinden.«

»Ich habe eine ganze Menge herausgefunden«, sagte Findlay scharf. »Vieles davon in Ihrem Auftrag und alles unter erheblichen Risiken für meine Person. Wenn einige meiner Entdeckungen Sie verwirren, könnten Sie daraus vielleicht einige Lehren ziehen, was Ihr eigenes Verhalten in dieser Angelegenheit betrifft. Geben Sie die Schuld nicht dem Überbringer der Botschaft.«

Ich setzte mich neben ihn und wollte mich gerade entschuldigen, als die Zellentür geöffnet wurde. Ein Wachtmeister streckte den Kopf herein und sagte: »Noch eine Minute«, und die Art, wie er das tat – nämlich mit einer lediglich aufgesetzten, auf das absolute Minimum beschränkten Höflichkeit –, und das furchterregende Krachen der Zellentür, die er gleich darauf zuschlug, machten mir die ganze Ungerechtigkeit der Situation bewußt, in der sich Findlay befand.

»Wie können die Ihnen das nur antun?« stammelte ich. »Ich meine, es ist doch verrückt, Sie einzusperren. Sie sind ein alter Mann – was wollen die damit erreichen?«

Findlay zuckte mit den Schultern. »Ich bin mein Leben lang so behandelt worden, Michael. Irgendwann hört man auf, sich diese Frage zu stellen. Zum Glück bin ich körperlich und geistig gesund, und darum werde ich's überleben, das kann ich Ihnen versichern. Aber wo wir gerade von überleben sprechen« (er senkte seine Stimme wieder zu einem Flüstern): »Mir ist zu Ohren gekommen, daß die Mitglieder einer gewissen prominenten Familie sich auf einen tragischen Verlust gefaßt machen müssen. Mit Mortimer Winshaws Gesundheit geht es rapide bergab.«

»Das ist traurig. Er ist der einzige von ihnen, der je nett zu mir war.«

»Ich wittere Streit, Michael. Ich wittere Aufruhr. Sie wissen ebensogut wie ich, was Mortimer für seine Familie empfindet. Wenn er ein Testament hinterläßt, könnten seine Angehörigen einige böse Überraschungen erleben. Und an der Beerdigung wird Tabitha selbstverständlich teilnehmen, also wird sie nach langer Zeit das erstemal ihre Angehörigen zu sehen bekommen. Sie sollten die Ohren offen halten, Michael. Es könnte sein, daß ein interessantes Kapitel für Ihre kleine Chronik dabei herauskommt.«

»Danke«, sagte ich. »Ich meine, danke für all Ihre Hilfe.«

Plötzlich lag ein Abschied in der Luft, und ich merkte, daß ich versuchte, eine Rede zu halten. »Sie haben viel Mühe auf sich genommen, und ich... na ja, ich hoffe nur, daß für Sie etwas dabei herausgekommen ist – irgendwas, das Sie sich gewünscht haben...«

»Erfüllung im Beruf, Michael. Mehr wünscht sich ein ernstzunehmender Detektiv gar nicht. Diese Sache beschäftigt mich jetzt schon seit über dreißig Jahren, aber mein Instinkt sagt mir, daß der Fall bald, sehr bald abgeschlossen sein wird. Es ist nur bedauerlich, daß der Arm des Gesetzes mich daran hindert, dabei eine aktive Rolle zu spielen.« Er drückte mir zart und entschlossen die Hand. »In den nächsten beiden Monaten müssen Sie meine Augen und Ohren sein, Michael. Ich verlasse mich auf Sie.«

Er lächelte tapfer, und ich tat mein Bestes, das Lächeln zu erwidern.

3

Der Morgen des Weihnachtstags war bewölkt, trocken und nichtssagend. Ich stand am Fenster, schaute hinunter auf den Park und mußte, wie jedes Jahr an diesem Tag, an die weißen Weihnachten meiner Kindheit denken: Meine Mutter hatte das Haus mit selbstgebasteltem Weihnachtsschmuck dekoriert, mein Vater verbrachte Stunden auf Händen und Knien und versuchte, die durchgebrannte Glühbirne in der Lichterkette zu finden, und ich saß den ganzen Nachmittag am Fenster und wartete auf meine Großeltern, die jedes Jahr vom Nachbarvorort zu uns gefahren kamen und bis Neujahr blieben. (Ich meine damit die Eltern meiner Mutter, denn mit denen meines Vaters hatten wir nichts zu tun; so lange ich zurückdenken kann, hatten wir nie etwas von ihnen gehört.) Für ein paar Tage ging es in unserem sonst so ruhigen, beschaulichen Haus lebhaft, ja ausgelassen zu, und vielleicht liegt es an dieser Erinnerung – und der Erinnerung an die herrliche Schicht aus weißem Schnee, die damals jedes Jahr pünktlich zu Weihnachten unseren Vorgarten bedeckte –, daß die grauen, stillen Weihnachtstage der letzten Jahre, mit denen ich mich schließlich abgefunden hatte, mir noch immer etwas unwirklich vorkamen.

Doch heute würde es anders sein. Keiner von uns beiden konnte den Gedanken an acht Stunden Weihnachtsprogramm im Fernsehen ertragen, und darum saßen wir am späten Morgen in einem gemieteten Wagen und waren unterwegs zur Südküste. Ich hatte seit Jahren nicht mehr am Steuer gesessen. Zum Glück waren die Straßen im Londoner Süden ziemlich frei, und abgesehen von einem Beinah-Zusammenstoß mit einem roten Sierra und einer unsanften Begegnung mit der Einfassung eines Kreisverkehrs kurz hinter Surbiton kamen wir ohne größere Zwischenfälle hinaus aufs Land. Fiona hatte sich angeboten zu fahren, doch davon wollte ich nichts hören. Das war vielleicht albern, denn sie fühlte sich besser (und sah auch besser aus) als seit Wochen, und ich glaube sogar, ich hatte mich mehr als sie über das absurde Durcheinander im Krankenhaus geärgert. Als sie dort erschienen war, hatte man ihr gesagt, der Termin sei verschoben worden, und eigentlich habe sie jemand anrufen sollen, und der Spezialist, der ihren Fall bearbeite, sei auf einer Protestkundgebung gegen die Entscheidung der Verwaltung, vier chirurgische Abteilungen gleich nach Weihnachten zu schließen, und ob sie nicht bitte in einer Woche, wenn man einen besseren Überblick habe, noch einmal kommen könne. Als sie mir das alles erzählt hatte, war ich nicht imstande gewesen, meinen Ärger zu beherrschen, und zweifellos hatte mein Wüten und Toben sie weit mehr mitgenommen als die nervöse Taxifahrt und die verschwendete Dreiviertelstunde in der drangvollen Enge des Wartezimmers. Wahrscheinlich hatte ich in der Bewältigung von Krisen keine Übung mehr. Jedenfalls hatte sie sich – hatten wir beide uns – davon erholt, und nun betrachteten wir mit großen Augen die kahlen Hecken, die umgebauten Bauernhäuser und die sanft gewellten erdbraunen Felder, wie zwei Ghettokinder, die noch nie in ihrem Leben aufs Land fahren durften.

Gegen zwölf Uhr kamen wir in Eastbourne an. Unser Wagen war der einzige, der an der Strandpromenade parkte, und ein paar Minuten saßen wir schweigend da und lauschten dem Wellenschlag auf dem Kies.

»Wie still es ist«, sagte Fiona. Als wir ausstiegen, schien das Öffnen und Schließen der Wagentüren die Stille zu zerstören und zugleich von ihr aufgesaugt zu werden, und das ließ mich – ich weiß auch nicht, warum – an einsame Ausrufezeichen auf einem weißen Blatt Papier denken.

Wir gingen hinunter zum Meer, und unsere Schritte knirschten auf dem Kies. Wenn man genau hinhörte, konnte man auch eine unregelmäßig an- und abschwellende, zischende Brise hören. Fiona breitete eine Decke aus, und wir setzten uns dicht am Wasser hin und lehnten uns aneinander. Es war sehr kalt.

Nach einer Weile sagte sie: »Wo sollen wir essen?«

Ich sagte: »Es gibt hier bestimmt ein Hotel oder einen Pub oder so.«

Sie sagte: »Aber es ist Weihnachten. Vielleicht sind Sie alle voll.«

Ein paar Minuten später wurde die Stille vom Klicken und Surren eines Fahrrads unterbrochen. Wir drehten uns um und sahen einen alten und sehr dicken Mann, der sein Fahrrad an die Kaimauer lehnte, die Stufen zum Strand hinunterstieg und, einen Rucksack über der Schulter, mit entschlossenem Gesicht knirschend zum Wasser ging. Etwa zehn Meter von uns entfernt stellte er den Rucksack ab und begann sich auszuziehen. Wir versuchten, nicht hinzusehen, als immer mehr seines gewaltigen, rosigen, erstaunlichen Körpers zum Vorschein kam. Anstatt einer Unterhose trug er eine Badehose, und zu unserer Erleichterung zog er die nicht auch noch aus, sondern legte seine Kleider zu einem ordentlichen Haufen zusammen, nahm ein Handtuch aus dem Rucksack und schüttelte es aus. Sodann ging er auf das Wasser zu, wobei er kurz zu uns herübersah und »Morgen!« rief. Er hatte seine Armbanduhr nicht abgelegt und blieb ein paar Schritte weiter stehen, sah darauf, drehte sich zu uns um und korrigierte sich: »Guten Tag, sollte ich wohl lieber sagen.« Er überlegte kurz und fügte hinzu: »Würde es Ihnen was ausmachen, mal eben ein Auge auf meine Sachen zu haben? Dauert nur ein paar Minuten.« Seinem Akzent nach kam er aus dem Norden, aus der Gegend von Manchester vielleicht.

»Aber gern«, sagte Fiona.

»Was meinst du, wie alt er ist?« fragte ich sie leise, als er, ohne zu zögern, in das eiskalte Wasser watete. »Siebzig? Achtzig?«

Im nächsten Augenblick war er eingetaucht, und wir sahen nur noch seine rote Glatze, die sich mit den Wellen hob und senkte. Er blieb nicht lange im Wasser – etwa fünf Minuten. Anfangs machte er ein paar langsame Brustzüge, dann kraulte er zehn- oder zwölfmal energisch auf und ab, und schließlich kehrte er, gemächlich auf dem Rücken schwimmend, zum Strand zurück. Als er die Kiesel unter sich spürte, drehte er sich um und watete an Land. Er rieb sich die Hände und schlug sich auf die schlaffen Oberarme, um den Kreislauf in Schwung zu bringen. »Ein bißchen frisch heute«, sagte er, als er an uns vorbeiging. »Aber trotzdem möchte ich's nicht missen. Kein Tag ohne Frühsport.«

»Soll das heißen, Sie machen das jeden Tag?« fragte Fiona.

»Seit dreißig Jahren«, sagte er, ging zu seinem Kleiderhaufen und begann sich abzutrocknen. »Immer als erstes jeden Morgen. Heute ist es natürlich ein bißchen anders, wegen Weihnachten und so. Wir haben das Haus voller Enkel, und heute morgen bin ich nicht weggekommen, weil erst die ganzen Geschenke ausgepackt werden mußten.« Fiona wandte den Blick ab, als er sich daran machte, die Badehose auszuziehen, ohne das Handtuch fallen zu lassen. Es war eine mühselige Prozedur. »Sind Sie hier aus der Gegend?« fragte er. »Oder sind Sie bloß für einen Tag hergekommen?«

»Wir sind aus London«, sagte Fiona.

»Ah, ja. Sie wollten mal Ruhe haben. Kann ich verstehen. Wahrscheinlich hatten Sie keine Lust auf einen ganzen Tag mit brüllenden Kindern und einer Oma, die sich an den Walnüssen um ein Haar die Zähne ausbeißt.«

»So ungefähr.«

»Finde ich völlig in Ordnung. Bei uns ging es heute morgen zu wie im Irrenhaus.« Er zog seinen stattlichen Bauch ein wenig ein und machte den Gürtel zu. »Aber am meisten tut mir eigentlich meine Frau leid. Truthahn, Füllung, Bratkartoffeln und zweierlei Gemüse für vierzehn Personen – ein bißchen viel Arbeit für einen allein, finden Sie nicht?«

Fiona fragte ihn, ob er uns ein Eßlokal empfehlen könne, und er nannte den Namen eines Pubs. »Es wird ziemlich voll sein, aber der Wirt ist ein Freund von mir. Sagen Sie ihm, daß Sie von mir kommen, dann findet er vielleicht noch ein Plätzchen für Sie. Sagen Sie ihm, Norman hat Sie geschickt. Wenn ich Sie wäre, würde ich allerdings nicht zu lange damit warten. Kommen Sie, ich erkläre Ihnen den Weg.«

Wir dankten ihm, und als er sich fertig angezogen und das Handtuch sorgfältig zusammengefaltet im Rucksack verstaut hatte, folgten wir ihm hinauf zur Promenade.

»Donnerlittchen, was für ein schönes Fahrrad!« sagte Fiona, als wir davor standen. »Ein Cannondale, nicht?«

»Gefällt es Ihnen? Das ist heute meine Jungfernfahrt. Hat mir mein Ältester geschenkt. Damit haben sie mich heute morgen überrascht. Mit Fahrrädern kenne ich mich ein bißchen aus – schließlich bin ich mein Leben lang Fahrrad gefahren –, und ich glaube, das hier ist ein echtes Prachtstück. Wiegt nur halb soviel wie mein altes Raleigh. Hier – ich kann es mit einer Hand hochheben.«

»Und wie fährt es sich?«

»Tja, komischerweise nicht so gut, wie ich gedacht hatte. Wir wohnen ein bißchen außerhalb, und die Straße hierher führt bergauf. Ich fand es ziemlich anstrengend.«

»Das ist ja seltsam.«

Fiona hockte sich hin und inspizierte das Hinterrad. Ich sah ihr ratlos zu.

»Bei sieben Gängen sollte es mit so etwas eigentlich keine Probleme geben, meinen Sie nicht auch?«

Sie beugte sich noch tiefer über das Gewirr von sehr kompliziert wirkenden Zahnrädern und Hebeln, die an der Nabe befestigt waren. »Vielleicht haben Sie bloß den falschen Zahnkranz«, sagte sie. »Wenn der nämlich für Rennen ausgelegt ist, könnte es sein, daß die Übersetzung für Sie zu groß ist. Das hat mit der Zahl der Kurbelumdrehungen zu tun. Dieser Zahnkranz braucht ungefähr neunzig Umdrehungen pro Minute, und Sie fahren mit etwa fünfundsiebzig Umdrehungen, würde ich sagen.«

Norman machte ein besorgtes Gesicht. »Muß ich da viel umbauen?«

»Eigentlich nicht. Zum Glück ist das hier ein Zahnkranz, bei dem Sie die Ritzel einzeln wechseln können. Sie brauchen nur einen Kettenöffner und einen Abzieher, dann können Sie's selbst machen.« Sie stand auf. »Na ja, das ist nur so eine Vermutung.«

»Wenn Sie wollen, können Sie ja mal eine Runde drehen«, sagte Norman. »Zur Probe.«

»Wirklich? Menschenskinder, das ist ja toll!« Sie drehte das Fahrrad herum und schwang sich in den Sattel. »Ich fahr nur bis zum Kreisverkehr und zurück, ja?«

»Wie Sie wollen.«

Wir sahen ihr nach, als sie, wackelig zunächst, dann aber

immer schneller und sicherer, davonfuhr. Sie wurde immer kleiner, bis man nur noch ihr vom Wind zerzaustes kupferrotes Haar erkennen konnte.

»Ganz schön schnell«, sagte Norman.

»Sie kennt sich aus«, sagte ich und war überrascht, wieviel Stolz dabei in meiner Stimme lag. »Vor ein paar Monaten hat sie eine Vierzig-Meilen-Fahrt gemacht, um Geld für einen guten Zweck zu sammeln.«

»Tja«, sagte er und zwinkerte mir auf eine kumpelhafte, vertrauliche Art zu, »ich kann nur sagen, Sie sind ein echter Glückspilz. Kein Wunder, daß Sie sie an einem Tag wie heute für sich allein haben wollen. Ein tolles Mädchen.«

»Das ist nicht der Grund, warum wir hierhergekommen sind.«

»Nein?«

»Nein. Wir sind mehr aus ... gesundheitlichen Gründen hier, muß man wohl sagen.« Das Bedürfnis, mich jemandem anzuvertrauen, war mit einemmal sehr stark. »Ich kann Ihnen gar nicht sagen, wieviel Sorgen ich mir mache. Wir haben alles mögliche versucht, aber aus den Ärzten ist einfach nichts herauszukriegen. Und das geht nun schon seit Monaten so: Fieber, Nachtschweiß, schreckliche Halsschmerzen. Ich dachte, ein kleiner Tapetenwechsel wäre vielleicht ganz gut – Sie wissen schon: Seeluft und so. Sie würde es sich nie anmerken lassen, aber wir tragen alle beide schwer daran. Und wenn sich herausstellen sollte, daß es tatsächlich etwas Ernstes ist, dann weiß ich wirklich nicht, wie ich damit fertigwerden soll.«

»Ach, ja.« Norman seufzte, wandte den Blick ab und trat verlegen von einem Bein auf das andere. »Ich wollte ja nichts sagen, aber jetzt, wo Sie selbst davon angefangen haben ... Sie sehen wirklich verdammt schlecht aus.« Und kurz bevor Fiona wieder in Hörweite war, fügte er hinzu: »Wollen wir hoffen, daß sie Sie nicht zu sehr anstrengt, hm?«

Wir versuchten unser Glück in dem Pub, den er uns empfohlen hatte. Im Speisesaal war es sehr warm, sehr voll und sehr stickig, doch als wir sagten, Norman habe uns dieses Lokal empfohlen, gab uns der Wirt tatsächlich einen Tisch in einer Ecke, gleich neben einer achtköpfigen Familie, die sehr ausgelassener Stimmung war, mit Ausnahme eines schlaksigen Teenagers, der eine furchtbare Erkältung hatte. Er schaffte es nie, sich sein Taschentuch rechtzeitig vor die Nase zu halten, und jedesmal, wenn er nieste, sah ich winzige Rotztröpfchen in unsere Richtung fliegen. Wir übersprangen den ersten Gang und ließen uns gleich das Truthahnfleisch bringen, das trocken und so dünn geschnitten war, daß man fast hindurchsehen konnte. Dazu gab es einen Berg verkochtes Gemüse.

»Woher kennst du dich so gut mit Fahrrädern aus?« fragte ich Fiona, als sie den ersten beherzten Vorstoß auf diese Köstlichkeiten unternahm. »Du hast dich angehört wie eine echte Expertin.«

Sie hatte den Mund voller Rosenkohl und Truthahnfleisch und konnte zunächst nicht antworten.

»Ich habe vor ein paar Wochen ein paar Artikel über neue Gangschaltungssysteme bearbeitet«, sagte sie und begann eifrig zu kauen. »Ich weiß auch nicht, warum, aber ich habe ein gutes Gedächtnis für solche Sachen.«

»Ich hätte nicht gedacht, daß so was in deinen Bereich fällt.«

»Ach, der Bereich ist sehr weit gesteckt. Wir nehmen uns nicht bloß Fachzeitschriften vor. Es geht um alle möglichen Themen. Fahrradtechnik, Kybernetik, Geschlechtskrankheiten, Raumfahrt...«

»Raumfahrt?«

Sie bemerkte mein plötzliches Interesse. »Ja, warum? Ist das noch so eine kleine Leidenschaft, von der du mir nichts erzählt hast?«

»Es war mal eine Leidenschaft. Als Kind wollte ich immer Astronaut werden. Ich weiß, daß es damals wahrscheinlich vielen Jungen so ging, aber irgendwie bewahrt man sich wohl diese kindliche Begeisterung.«

»Komisch«, sagte sie. »Ich hätte nie gedacht, daß du so ein Macho-Typ bist.«

»Macho-Typ?«

»Na ja, die Symbolik dieser Raketen ist ja wohl nicht so

schwer zu entschlüsseln. Ich bin sicher, das ist es, was den Durchschnittsmann anspricht: Man stößt vor in die unbekannten Regionen...«

»Nein, das war es bei mir nicht. Es mag seltsam klingen, aber was mich fasziniert hat, war wohl...« Ich suchte nach dem richtigen Wort, fand es aber nicht und mußte mich mit: »...die Poesie« behelfen. Fiona schien nicht überzeugt. »Juri Gagarin war mein großer Held. Hast du mal gelesen, wie er beschrieben hat, was er durch das Fenster seiner Raumkapsel gesehen hat? Es klingt fast wie ein Gedicht.«

Sie lachte ungläubig. »Und das wirst du mir jetzt vortragen, stimmt's?«

»Warte mal.« Ich schloß die Augen. Es war Jahre her, daß ich versucht hatte, mich an den genauen Wortlaut zu erinnern. »›Die Tageshälfte der Erde war deutlich zu sehen‹«, begann ich und fuhr langsam fort: »›Die Küstenlinien der Kontinente, die Inseln, die großen Flüsse, die großen Wasserflächen... Während des Fluges sah ich zum erstenmal mit eigenen Augen, daß die Erde eine Kugel ist. Wenn man den Horizont betrachtet, sieht man ihre Krümmung. Der Anblick des Horizonts ist einzigartig. Man sieht den bemerkenswerten Farbwechsel von der hellen Oberfläche der Erde zu der völligen Schwärze des Himmels, in dem die Sterne funkeln. Die Trennlinie ist sehr dünn – wie ein Film, der über der Erdkugel liegt. Dieser Film ist zartblau, und der allmähliche Übergang von diesem Blau zum Schwarz des Weltalls ist wunderschön.‹«

Fiona hatte Messer und Gabel hingelegt und hörte mir, das Kinn in die Hände gestützt, zu.

»Ich hatte mein Zimmer mit Bildern von ihm tapeziert. Ich hab sogar Geschichten über ihn geschrieben. Und in der Nacht, in der er bei einem Flugzeugabsturz ums Leben kam...« Ich lachte nervös. »Du brauchst mir das nicht zu glauben, aber in der Nacht, in der er starb, habe ich von ihm geträumt. Ich habe geträumt, daß ich er war und in einem brennenden Flugzeug auf die Erde zustürzte. Und dabei hatte ich zu diesem Zeitpunkt schon jahrelang nicht mehr an ihn gedacht.«

An der Ausdruckslosigkeit von Fionas Gesicht sah ich, daß

sie meiner Geschichte skeptisch gegenüberstand. Darum schloß ich mit einer Entschuldigung: »Na ja, damals war ich davon jedenfalls sehr beeindruckt.«

»Nein, ich glaube dir«, sagte sie. »Ich habe nur gerade versucht, mich an etwas zu erinnern.« Sie lehnte sich zurück und sah aus dem Fenster, das jetzt mit Regentropfen gesprenkelt war. »Irgendwann letztes Jahr habe ich einen Zeitungsartikel über diesen Absturz bearbeitet. Es ging um eine Theorie über das, was damals passiert sein könnte, aufgrund neuer Informationen. Du weißt schon – Glasnost und so.«

»Und was stand da drin?«

»Ich hab das meiste vergessen, aber ich glaube, das Ganze klang nicht sehr schlüssig. Irgend etwas mit einem anderen, viel größeren Flugzeug, das seinen Kurs gekreuzt und eine Menge Turbulenzen erzeugt hat, als er aus den Wolken kam. Und die haben ihn dann ins Trudeln gebracht.«

Ich schüttelte den Kopf. »Meine Theorie ist besser. Es ist übrigens dieselbe Theorie, die viele Leute haben: Die Sowjets haben ihn über die Klinge springen lassen, weil er ein bißchen zuviel vom Westen gesehen hatte. Dort hatte es ihm gefallen, und er wollte sich wahrscheinlich absetzen.«

Fiona lächelte freundlich, aber skeptisch. »Du glaubst, daß sich alles auf Politik reduzieren läßt. Das macht das Leben für dich so einfach.«

»Ich verstehe nicht, was daran so einfach sein soll.«

»Ich weiß schon, Politik kann natürlich sehr kompliziert sein. Aber ich finde, diese Betrachtungsweise hat immer etwas Trügerisches. Sie will uns weismachen, daß es irgendwo für alles eine Erklärung gibt – wir müssen nur intensiv genug danach suchen. Und das ist es, was du eigentlich willst, stimmt's? Du willst alles wegerklären.«

»Was wäre die Alternative?«

»Darum geht es nicht. Ich sage nur, es gibt noch andere Möglichkeiten, die man in Betracht ziehen muß. Weiterreichende Überlegungen.«

»Wie zum Beispiel?«

»Wie zum Beispiel ... Mal angenommen, es war wirklich ein Unfall. Angenommen, die Umstände waren für seinen

Tod verantwortlich – nicht mehr und nicht weniger. Wäre das nicht beängstigender als deine kleine Verschwörungstheorie? Oder angenommen, es war Selbstmord. Immerhin hatte er etwas gesehen, was noch niemand gesehen hatte – offenbar etwas unglaublich Schönes. Vielleicht ist er nie wirklich in die Realität zurückgekehrt, und dieser Absturz war der Kulminationspunkt von etwas Irrationalem, von irgendeinem Wahn, der sich *in ihm* festgesetzt hatte – weit jenseits von dir und irgendwelchen politischen Erwägungen. Aber ich glaube, auch das hörst du nicht sehr gern.«

»Na ja, wenn du die Sache unbedingt von der sentimentalen Seite betrachten willst...«

Sie zuckte die Schultern. »Vielleicht bin ich ein sentimentaler Mensch. Aber es ist gefährlich, zu dogmatisch zu sein. Alles immer nur schwarzweiß zu sehen.« Darauf wußte ich keine Antwort. Ich konzentrierte mich darauf, drei aufgeweichte Erbsen auf meine Gabel zu spießen. Auf Fionas nächste Frage war ich nicht vorbereitet. »Wann erzählst du mir, warum du dich mit deiner Mutter zerstritten hast, damals, in dem chinesischen Restaurant?«

Ich sah auf und sagte: »Das ist ein ziemlich abrupter Themenwechsel.«

»Das ist überhaupt kein Themenwechsel.«

»Das verstehe ich nicht«, murmelte ich und beugte mich über meinen Teller.

»Du hast es mir schon vor Monaten versprochen. Du *willst* es mir sogar erzählen, das merkt man deutlich.« Da ich schwieg, fuhr sie fort, laut nachzudenken. »Was könnte sie gesagt haben, das dich so sehr verletzt hat? So sehr, daß es dich zerrissen hat. Die eine Hälfte von dir weigert sich, ihr zu vergeben, weil diese Hälfte weiterhin darauf besteht, alles schwarzweiß zu sehen, und die andere Hälfte versuchst du seitdem zu unterdrücken.« Ich sagte nichts, sondern schob ein Stück Truthahnfleisch auf dem Teller hin und her und ertränkte es in der dicken, fettigen Sauce. »Weißt du, wo sie jetzt ist? Was sie wohl macht?«

»Ich nehme an, sie ist zu Hause.«

»Ganz allein?«

»Wahrscheinlich.« Ich gab auf und schob den Teller beiseite. »Hör zu, es gibt keinen Weg zurück. Die Verbindung zwischen uns war mein Vater. Als er gestorben ist... war es vorbei.«

»Aber ihr habt euch doch auch nach seinem Tod noch gesehen. Das kann nicht der wahre Grund gewesen sein.«

Das Seltsame ist: Ich wollte es ihr tatsächlich erzählen. Ich hatte das verzweifelte Bedürfnis, es ihr zu erzählen. Aber sie würde es Stück für Stück aus mir herausholen müssen, und sie hatte gerade erst damit angefangen. Ich wollte nicht halsstarrig sein. Ich wollte nicht absichtlich mysteriös klingen. Aber es hörte sich trotzdem so an.

Ich sagte: »Man kann mehr als einmal sterben.«

Fiona starrte mich an. Sie sagte: »Komm, wir lassen den Nachtisch und gehen.«

Es war eine Art Streit, auch wenn keiner von uns beiden genau wußte, wie es dazu gekommen war. Wir verließen schweigend den Pub und sprachen auf dem Rückweg zum Wagen nur wenige Worte. Auf dem Heimweg wollte ich die letzte halbe Stunde Tageslicht nutzen und schlug einen kurzen Spaziergang durch die South Downs vor. Wir hatten unseren Streit, worum auch immer es dabei gegangen war, begraben und gingen Arm in Arm durch eine Landschaft, die an einem sonnigen Tag sicher schön gewesen wäre, die aber jetzt, angesichts der Kälte und der näherrückenden Dunkelheit, öde und abweisend wirkte. Fiona schien sehr müde zu sein.

Es erstaunte mich eigentlich, daß sie überhaupt so lange durchgehalten hatte, und ich war nicht überrascht, daß sie einschlief, als wir die Fahrt fortsetzten. Ich betrachtete ihr entspanntes Gesicht und erinnerte mich an jene Nacht, in der ich mich in Joans Schlafzimmer geschlichen und sie für ein paar Minuten im Schlaf beobachtet hatte: Ich hatte mich privilegiert gefühlt und eine große Nähe zu ihr empfunden. Doch ließ sich das nicht wirklich vergleichen, denn wenn ich Fiona ansah, blickte ich nicht in die Vergangenheit – ganz im Gegenteil. Mit jedem flüchtigen Blick, den ich erhaschte (schließlich mußte ich ja die Straße im Auge behalten), spürte ich, daß mir eine Aussicht auf etwas Neues und Unvorstellbares gewährt wurde, auf etwas, das ich mir nun schon seit Jahren grundlos versagt hatte: die Aussicht auf eine Zukunft.

Wir hielten nur noch einmal an, und zwar an einer Tankstelle, wo ich mir eine Tüte Smarties und einen Yorkie-Riegel kaufte. Als ich wieder einstieg, schlief Fiona tief und fest.

Und doch – nur sechs Tage später...
Kann das wirklich wahr sein?
Und doch – nur sechs Tage später...

Ich weiß nicht, ob ich das wirklich zu Ende erzählen kann.

4

Am 27. Dezember kam mein Weihnachtsbücherpaket von
Peacock Press. Es war ein kurzer Brief von Mrs. Tonks dabei,
in dem sie sich dafür entschuldigte, daß sie es später als sonst
abgeschickt hatte. Ich brachte es nicht über mich, einen Blick
auf die Titel zu werfen oder sie auch nur auszupacken. Am
Nachmittag ging ich in Findlays Wohnung, um die gestohle-
nen Papiere durchzusehen. Sie verrieten mir nichts Neues.
Ich las Tabithas Brief – den konkreten Beweis, daß sie an den
Verleger geschrieben und ihn beschworen hatte, mich zu
beauftragen, obgleich ich bis dahin nicht einmal von ihrer
Existenz gewußt hatte – und war weder neugierig noch verblüfft oder gar besorgt. Eigentlich interessierte dieser Brief
mich kaum. Die Winshaws und ihr rücksichtsloses, groteskes,
machtgieriges Leben waren so entrückt wie nie zuvor. Was
den Umschlag betraf, der wahrscheinlich die pikanten Fotos
von Alice enthielt, so machte ich mir nicht einmal die Mühe,
ihn zu öffnen.

Alles, was jetzt zählte, war Fiona.

Am nächsten Tag hatte sie ihren neuen Termin im Krankenhaus, und diesmal war ich entschlossen, sie zu begleiten.
Aus irgendeinem Grund hatte sich ihr Zustand seit unserem
Ausflug ans Meer ziemlich verschlechtert. Dabei hatte ich
gedacht, es würde ihr guttun. Doch ihr Husten war zurückgekehrt und schlimmer als zuvor, und sie klagte über Kurzat-
migkeit: Als sie am vorigen Abend nach Hause gekommen
war, hatte sie auf drei der vier Treppenabsätze verschnaufen
müssen.

Der Termin war um halb zwölf. Wir warteten eine Ewigkeit auf den Bus und kamen ein paar Minuten zu spät im
Krankenhaus an, einem viktorianischen Monster aus schwarzen Backsteinen, in dem ich eher ein Gefängnis für Schwer-

verbrecher als eine Institution zur Heilung von Kranken vermutet hätte. Unsere Verspätung machte jedoch nichts: Erst lange nach zwölf Uhr wurde Fiona schließlich ins Behandlungszimmer gerufen. Ich wartete draußen und mühte mich, mir angesichts der gnadenlos deprimierenden Umgebung einen Rest von Optimismus zu bewahren. Die blaßgelbe Ausstattung des Wartezimmers war ekelerregend, der Kaffeeautomat, der uns bereits um sechzig Pence betrogen hatte, war offenbar reparaturbedürftig, und das Heizungssystem hatte unberechenbare Launen: Der eine der beiden riesigen gußeisernen Heizkörper war glühend heiß, während der andere kalt blieb, weswegen die Rohre immer wieder gurgelten, wummerten und sichtlich vibrierten und dabei den Putz von der Wand klopften. Ich hielt es nur etwa fünf Minuten lang dort aus und wollte gerade einen kleinen Spaziergang machen, als Fiona aus dem Behandlungszimmer kam. Sie sah erregt aus, und ihr Gesicht war gerötet.

»Schon fertig?« fragte ich. »Das ging aber schnell.«

»Sie können meine Unterlagen nicht finden«, sagte sie und ging an mir vorbei in Richtung Ausgang.

Ich eilte ihr nach. »Was?«

Wir standen wieder auf der Straße. Es war bitterkalt. »Was soll das heißen?«

»Das soll heißen, daß sie meine Unterlagen nicht finden können. Sie haben sie heute morgen gesucht, konnten sie aber nicht finden. Wahrscheinlich liegen sie bei irgendeiner Sekretärin herum – sie sind irgendwo in der Maschinerie verlorengegangen. Sie haben gesagt, es liegt wahrscheinlich an den Weihnachtsfeiertagen.«

»Und was bedeutet das für dich?«

»Ich hab nächste Woche einen neuen Termin.«

Eine Welle rechtschaffener Empörung stieg in mir auf. »So dürfen die mit dir nicht umspringen! Herrgott noch mal, du bist krank! Es kann doch nicht sein, daß ein Haufen Idioten an deiner Gesundheit herumpfuscht. Das werden wir uns nicht gefallen lassen!«

Doch wir wußten beide, daß das leere Worte waren.

»Sei still, Michael.« Sie lehnte sich an die Mauer neben dem Eingang. Ein Hustenanfall schüttelte sie eine halbe Minute lang. Dann richtete sie sich auf. »Komm, wir fahren nach Hause.«

Es war Silvester.

Ursprünglich hatten wir geplant, ins Mandarin zu gehen. Ich hatte gegen Mittag dort angerufen, und mit ein wenig Überredungskunst war es mir gelungen, einen Tisch für zwei zu reservieren. Am frühen Abend war jedoch offensichtlich, daß Fiona nicht würde ausgehen können, und so hatte ich versprochen, für uns beide zu kochen. In der King's Road gab es ein großes Lebensmittelgeschäft, das geöffnet hatte. In der Hoffnung, eine Meeresfrüchte-Lasagne zu improvisieren, kaufte ich Fisch, Käse, Pasta und Krabben in der Dose. Außerdem brachte ich Wein und ein paar Kerzen mit. Es sollte ein festlicher Abend werden. Um sieben Uhr schaute ich bei Fiona vorbei und sah, daß sie, etwas blaß und kurzatmig, im Bett saß. Sie hatte Fieber und war nicht sehr hungrig, aber der Gedanke an dieses Essen gefiel ihr und schien sie zu amüsieren.

»Soll ich mich dafür umziehen?« fragte sie.

»Selbstverständlich. Wenn ich es schaffe, meinen Smoking zu finden, ziehe ich ihn an.«

Sie lächelte. »Ich kann es kaum erwarten.«

»Ich komme um neun und hole dich. Einverstanden?«

Der Smoking roch schal und muffig, und der Kragen des Smokinghemdes war viel zu eng, aber ich zog es trotzdem an. Um neun Uhr köchelte die Lasagne leise vor sich hin. Der Tisch war gedeckt, der Wein gut gekühlt. Ich schloß die Tür zu Fionas Wohnung auf. Sie war nicht im Wohnzimmer, und als ich sie rief, gab sie keine Antwort. Plötzlich überfiel mich ein ungutes Gefühl. Ich ging ins Schlafzimmer.

Fiona kniete vor dem offenen Kleiderschrank. Sie trug ein langes, blaues Baumwollkleid, dessen Reißverschluß am Rücken noch nicht geschlossen war. Sie wiegte sich langsam vor und zurück und rang nach Atem. Ich kniete neben ihr nieder und fragte sie, was los sei. Sie sagte, sie habe versucht, sich umzuziehen, und sich dabei immer schwächer gefühlt, und als sie eine Strumpfhose aus der untersten Schublade habe nehmen wollen, habe sie keine Luft mehr bekommen. Ich legte meine Hand auf ihre Stirn. Sie fühlte sich heiß an und war schweißbedeckt. Ich fragte sie, ob sie jetzt wieder atmen könne, und sie sagte, ja, aber sie glaube nicht, daß sie aufstehen könne. Ich sagte, ich wolle den Arzt anrufen. Sie nickte. Ich fragte sie, wo seine Telefonnummer sei. Zwischen kurzen, keuchenden Atemzügen stieß sie das Wort »Telefon« hervor.

Das Adreßbuch lag neben dem Telefon in der Diele. Es dauerte ein oder zwei Minuten, bis mir der Name des Arztes wieder einfiel.

»Dr. Campion?« fragte ich, als sich jemand meldete, und merkte, daß ich mit einem Anrufbeantworter sprach, der mir empfahl, eine andere Nummer zu wählen. Es war der Anschluß des ärztlichen Notdienstes. Der Mann am anderen Ende der Leitung fragte mich, welchen Arzt ich erreichen wolle und ob es sich um einen Notfall handele. Nachdem ich ihm die Einzelheiten erklärt hatte, sagte er mir, der diensttuende Arzt werde mich so bald wie möglich zurückrufen.

Nach drei oder vier Minuten läutete das Telefon. Ich begann dem Arzt die Situation zu schildern und gab mir Mühe, mich knapp und genau auszudrücken, denn ich wollte zurück zu Fiona, doch so einfach war das nicht. Er kannte sie nicht, hatte sie nie untersucht, besaß keine Unterlagen über sie und war mit ihrem Fall nicht vertraut, und so mußte ich ihm alles von Anfang an berichten. Er fragte mich, ob ich glaubte, es sei ernst, und ich sagte, daß ich glaubte, es sei sehr ernst, doch ich merkte, daß er nicht überzeugt war. Anscheinend dachte er, es handle sich um eine schlimme Erkältung. Ich ließ mich nicht abwimmeln. Ich sagte ihm, er müsse kommen und sie untersuchen. Er sagte, er habe vorher noch zwei andere Patienten – er gebrauchte den Ausdruck »dringende Fälle« –, werde aber so bald wie möglich kommen.

Ich half Fiona ins Bett. Sie atmete jetzt etwas leichter. Danach ging ich in meine Wohnung, schaltete den Herd aus und löschte die Kerzen. Ich zog mich wieder um, kehrte zu Fiona zurück und setzte mich an ihr Bett.

Sie sah so schön aus, so –

Der Arzt kam gegen Viertel nach zehn. Ich wollte wütend auf ihn sein, weil er so lange gebraucht hatte, aber er war so freundlich und untersuchte sie so zügig, daß mir das schwerfiel. Dabei tat er gar nicht viel: Er horchte sie ab, fühlte ihren Puls und stellte mir ein paar Fragen. Er sah, daß sie krank war.

Er sagte: »Sie sollten sie sofort in die Notaufnahme bringen.«

Das war das letzte, was ich erwartet hatte. »Die Notaufnahme? Ich dachte, die ist nur für Unfallopfer.«

»Nein, die ist für alle dringenden Fälle«, sagte er. Er riß eine Seite aus seinem Notizbuch, kritzelte vier Worte darauf und verschloß sie in einem Umschlag, den er aus seinem Köfferchen zog. Dabei atmete er pfeifend und ziemlich laut. »Das geben Sie dem behandelnden Arzt. Haben Sie einen Wagen?«

Ich schüttelte den Kopf.

»Heute abend wird es schwer sein, ein Taxi zu bekommen. Ich bringe Sie besser selbst hin. Das Krankenhaus liegt auf meinem Heimweg.«

Wir bereiteten Fiona auf die Fahrt vor, indem wir ihr dicke Wollsocken, Stiefel und zwei schwere Pullover anzogen. Als wir fertig waren, sah sie fast lächerlich aus. Ich stützte sie und trug sie fast die Treppe hinunter, und ein paar Minuten später saßen wir in dem blitzenden blauen Renault des Arztes. Ich versuchte, ruhig zu bleiben, merkte aber, daß ich den Umschlag zu einem kleinen Ball zusammengeknüllt hatte. Als wir ankamen, tat ich mein Bestes, ihn wieder glattzustreichen.

Die Notaufnahme war zwar nicht so heruntergekommen wie die Abteilung für ambulante Behandlung, aber ebenso überfüllt wie trostlos. Es herrschte reger Betrieb. Draußen hatte es leicht gefroren, und ich sah einige Patienten mit kleineren Verletzungen, die sie sich bei Stürzen zugezogen hatten, und weil Silvester war, gab es bereits die ersten Opfer von Kneipenschlägereien: Leute mit blauen Augen und Platzwunden. Man rechnete damit, daß später noch mehr kommen würden. Gleichzeitig lag eine Atmosphäre von geradezu trotziger Leichtigkeit und Fröhlichkeit in der Luft. Die Wände waren mit dürftigen Dekorationen verziert, und ich hatte das Gefühl, daß in irgendeinem der hinteren Räume eine diskrete Personalfeier im Gange war. Einige der Schwestern, die hin und her eilten, trugen alberne bunte Hütchen, und die Frau an der Anmeldung hatte ein Radio auf dem Tisch, das Popmusik spielte. Ich gab ihr die Überweisung des Arztes und zeigte auf Fiona, die auf einer Bank saß, doch die Frau schien diesen Notfall für nicht besonders dringend zu halten. Mir wurde klar, daß der Arzt doch nicht so tüchtig gewesen war, wie ich gedacht hatte, denn er hatte vergessen, in der Notaufnahme anzurufen und uns anzukündigen. Die Frau an der Anmeldung sagte uns, wir sollten auf die Schwester warten, die gleich kommen und die Einzelheiten aufnehmen würde. Wir warteten zwanzig Minuten, ohne daß eine Schwester erschien. Fiona zitterte in meinen Armen. Keiner von uns sagte etwas. Ich ging wieder zur Anmeldung und fragte, was das zu bedeuten habe. Die Frau entschuldigte sich und sagte, wir würden nicht mehr lange warten müssen.

Zehn Minuten später kam eine Schwester und begann Fragen zu stellen. Die meisten davon beantwortete ich – Fiona war dazu nicht in der Lage. Die Schwester notierte die Antworten auf einem Formular, das sie auf einem Klemmbrett befestigt hatte. Sie schien recht bald zu einem Urteil gekommen zu sein und sagte: »Kommen Sie bitte mit.« Wir gingen durch einen Korridor, und ich äußerte eine zaghafte Kritik. »Es scheinen nicht viele Ärzte dazusein.«

Es war bereits nach elf Uhr. »Heute abend hat nur ein Arzt Bereitschaftsdienst. Er muß alle Fälle aufnehmen, die ernsten und die Bagatellfälle, also hat er eine Menge zu tun. Vorhin haben wir einen Schwerkranken gekriegt. Und das am Silvesterabend. Ein ganz schönes Pech, was?«

Ich wußte nicht, wer ihrer Meinung nach Pech gehabt hatte – der Patient oder das Personal der Notaufnahme –, also sagte ich nichts.

Sie führte uns in eine winzige, fensterlose Kammer, die mit nicht viel mehr als einer Liege ausgestattet war, und gab Fiona ein Nachthemd.

»Hier. Können Sie das anziehen?«

»Vielleicht sollte ich lieber rausgehen«, sagte ich.

»Schon gut, er kann ruhig hierbleiben«, sagte Fiona zu der Schwester.

Ich drehte mich zur Wand, während sie sich auszog und in das Nachthemd schlüpfte. Ich hatte sie noch nie nackt gesehen.

Die Schwester fühlte ihren Puls und maß Blutdruck und Temperatur. Dann verschwand sie. Nach einer Viertelstunde kam der Bereitschaftsarzt, ein gehetzt aussehender Mann, der sie äußerst flüchtig untersuchte und mit dem Stethoskop abhorchte.

»Nicht sehr dramatisch«, sagte er. Er fühlte den Puls, nahm das Krankenblatt vom Fußende der Liege und warf einen Blick darauf. »Hmmm. Wie es aussieht, haben Sie eine leichte Entzündung in der Brust. Wahrscheinlich müssen wir Sie ein paar Tage hierbehalten. Ich werde Sie an die Aufnahme überweisen, und vielleicht können wir Sie heute abend noch röntgen, vorausgesetzt, der Andrang ist nicht allzu groß.«

»Sie ist bereits geröntgt worden«, sagte ich. Er sah mich fragend an. »Nicht heute. Vor ein paar Wochen. Ihr Hausarzt – Dr. Campion – hat sie hierher überwiesen, damit sie geröntgt wird.«

»Und wer war der behandelnde Arzt?«

Ich konnte mich nicht an den Namen erinnern.

»Dr. Searle«, sagte Fiona.

»Wie war der Befund?«

»Das wissen wir nicht. Als sie zum erstenmal kam, um den Befund zu hören, war der Arzt nicht da, und beim nächstenmal, vor ein paar Tagen, waren die Unterlagen verschwunden. Es hieß, sie seien irgendwo verlorengegangen.«

»Tja, wahrscheinlich liegen sie inzwischen im Archiv. Da kommen wir heute nacht nicht heran.« Er legte das Krankenblatt wieder auf die Liege. »Ich werde bei der Anmeldung Bescheid sagen, damit Dr. Bishop nach Ihnen sieht. Das ist unser Assistenzarzt«, erklärte er. »Er wird in ein paar Minuten hier sein.«

Mit diesen Worten ging er hinaus und zog den Vorhang

hinter sich zu. Fiona und ich sahen uns an. Sie lächelte tapfer.

»Na ja«, sagte sie. »Wenigstens scheint mit meiner Brust alles in Ordnung zu sein.«

»Ich hab noch nie gefunden, daß mit deiner Brust was nicht in Ordnung ist«, sagte ich. Fragen Sie mich nicht, warum. Ich weiß, daß man in Zeiten der Krise dumme Witze machen soll, aber bestimmt nicht *so* dumme. Sie gab sich Mühe zu lachen, und vielleicht war es irgendwie eine Art Wendepunkt: das Eingeständnis der Tatsache, daß ich mich körperlich zu ihr hingezogen fühlte. Vor dieser Erkenntnis war ich in den letzten Wochen davongelaufen.

Dieser Augenblick war schnell vorbei.

Bald darauf kam Dr. Bishop. Er war jung und schlaksig und hatte dicke Tränensäcke und einen beunruhigend benommenen, abwesenden Gesichtsausdruck. Er sah aus, als hätte er seit mehr als dreißig Stunden nicht geschlafen.

»Also, ich habe mit der Oberschwester gesprochen«, sagte er, »und wir sind zu dem Ergebnis gekommen, daß es am besten wäre, so schnell wie möglich ein Bett für Sie zu finden. Heute nacht ist viel los, und wir müssen möglichst viele Plätze frei haben für die Notaufnahme – das ist besser für Sie und für uns. Die Röntgen-Abteilung platzt im Augenblick aus allen Nähten, also werden wir Sie erst morgen früh drannehmen, gleich als erste. Sobald wir Sie auf einer Station untergebracht haben, kriegen Sie Ihre erste Dosis Antibiotika.«

»Aber sie hat diesen Knoten im Hals«, sagte ich. »Vielleicht hat das etwas...«

»Das Wichtigste ist erst mal, ein Bett für sie zu finden«, sagte Dr. Bishop. »Das ist das größte Problem. Wenn wir ein freies Bett auftreiben können, sind wir im grünen Bereich.«

»Und wird das lange dauern? Wir warten jetzt schon...«

»Ein freies Bett ist hier im Augenblick wie ein Sechser im Lotto.«

Mit dieser wenig beruhigenden Feststellung ließ er uns allein. Ein paar Minuten später schob die Schwester den Vorhang beiseite und streckte den Kopf herein. »Alles in Ordnung?«

Fiona nickte.

»Oben gibt es Getränke für das Personal. Erfrischungsgetränke natürlich. Damit wir auf das neue Jahr anstoßen können. Möchten Sie auch etwas?«

Fiona dachte nach. »Ein Fruchtsaft wäre gut. Orangensaft oder so.«

»Vorhin sah es so aus, als wäre der Orangensaft ein biß-chen knapp«, sagte die Schwester zweifelnd. »Ich werde sehen, was sich tun läßt. Wäre eine Fanta auch in Ordnung?«

Wir gaben ihr zu verstehen, daß wir uns auch über eine Fanta freuen würden, und dann waren wir wieder allein, für eine lange Zeit, wie uns schien. Außer der Frage, wie sie sich fühlte, fiel mir nichts ein, was ich hätte sagen können. Sie antwortete, sie sei müde. Das war alles, worüber sie klagte: daß sie müde sei. Sie wollte sich nicht umdrehen, sie wollte sich nicht aufsetzen – sie lag nur auf der Liege und hielt meine Hand. Sie klammerte sich daran. Sie sah sehr veräng-stigt aus.

»Warum dauert das bloß so lange?« Das war der zweite überstrapazierte Satz, den ich von mir gab. Kurz vor Mitter-nacht ging ich auf den Korridor, um zu sehen, ob sich irgend etwas tat, und erblickte den Bereitschaftsarzt, der zur Anmel-dung eilte. Ich rannte ihm nach und rief: »Entschuldigung«, doch er wurde bereits von einigen Schwestern erwartet, die einen bewußtlosen Patienten auf einer Liege hereinschoben. Während der Arzt Fragen stellte, blieb ich in einiger Entfer-nung stehen. Der Patient war fast tot in einem Wagen gefun-den und offenbar gerade erst eingeliefert worden. Ich hörte das Wort »Kohlenmonoxid-Vergiftung«, und man sprach ernst und leise über seine Überlebenschancen. Ich hätte nicht weiter darauf geachtet, doch als die Liege an mir vorbeige-schoben wurde, sah ich das Gesicht des Mannes. Es kam mir entfernt bekannt vor. Einen Augenblick lang war ich mir fast sicher, daß ich ihn irgendwo schon einmal gesehen hatte. Doch das hätte überall gewesen sein können – vielleicht war ich ihm ein paarmal auf der Straße begegnet –, und ich vergaß ihn wieder, als jemand mir auf die Schulter tippte. Hinter mir stand die Schwester und strahlte mich an. »Mr. Owen? Gute Nachrichten.«

Zuerst verstand ich nicht, was sie meinen könnte, doch dann fiel mir die verzweifelte Suche nach einem Bett für

Fiona wieder ein, und unwillkürlich breitete sich ein erleichtertes Lächeln auf meinem Gesicht aus. Es erstarrte allerdings, als ich merkte, daß die Schwester mir zwei Plastikbecher in die Hand zu drücken versuchte.

»Es war doch noch Orangensaft da«, sagte sie. »Hören Sie das?« Im Radio der Frau an der Anmeldung schlug die Glocke von Big Ben Mitternacht. »Es ist zwölf Uhr. Frohes neues Jahr, Mr. Owen. Das alte ist vergangen, das neue beginnt.«

Mark

31. Dezember 1990

Als sich abzeichnete, daß ein Krieg mit dem Irak unvermeidlich war, beschloß Mark Winshaw, dieses Ereignis mit einer besonders rauschenden Silvesterparty zu feiern. Freunde hatte er eigentlich nicht, und dennoch kamen mehr als hundertfünfzig Gäste, zum Teil von der Verheißung einer illustren Gesellschaft angelockt, zum Teil von den Gerüchten über die extravaganten Vergnügungen, für die Marks Haus in Mayfair berühmt war. Unter den Gästen waren ein paar Persönlichkeiten aus Politik und Medien (darunter auch Hilary und Henry) und einige Berühmtheiten, doch die Mehrheit bestand aus Männern mittleren Alters, deren graues, nichtssagendes, schmerbäuchiges Äußeres nicht im entferntesten darauf hindeutete, daß sie zu den reichsten und mächtigsten Wirtschaftskapitänen des Landes gehörten. Mark schlenderte zwischen seinen Gästen umher, blieb gelegentlich stehen, um jemanden zu begrüßen, oder – seltener allerdings – um ein paar Worte zu wechseln. Im übrigen war er so reserviert und undurchdringlich wie immer. Seine junge, schöne deutsche Frau (er hatte kürzlich wieder geheiratet) war den ganzen Abend so damit beschäftigt, sich um die Gäste zu kümmern, daß niemand sie auch nur ein einziges Wort mit ihrem Mann wechseln sah. Die Stimmung war ausgelassen, doch Mark nahm keinen Anteil. Er trank kaum etwas, tanzte nur einmal, und als er im Untergeschoß an einer Gruppe von Fotomodellen vorbeikam, die sich abwechselnd in den Swimmingpool warfen, hielt er sich abseits und verzog keine Miene.

Niemandem erschien das ungewöhnlich – wer Mark kannte, hatte sich an seine Zurückhaltung gewöhnt. Ganz offensichtlich amüsierte er sich nicht, was er wahrscheinlich auch nie gelernt hatte, und ganz gewiß gestattete er sich nie einen Augenblick der Entspannung. Unablässige Wachsamkeit war eine der Voraussetzungen seines Reichtums. Um zehn Uhr fünfunddreißig ging er hinauf, um die Sicherheitsanlagen zu überprüfen – eine reine Routinemaßnahme. Durch eine Tür in der Wandverkleidung neben dem schmalen Bett in seinem Schlafzimmer gelangte man in einen kleinen, fensterlosen Raum, in dem zahlreiche Bildschirme und ein Bedienungspult eine ganze Wand einnahmen. Geduldig schaltete er einen Bildschirm nach dem anderen ein und überzeugte sich davon, daß alles so war, wie es sein sollte. Der Speiseraum, die Küche, der Wintergarten, der Swimmingpool, die Schlafzimmer, die Aufzüge. Das Arbeitszimmer.

Wenn Mark über das, was im Arbeitszimmer vor sich ging, erschrocken oder beunruhigt war, so verriet sein Blick auch diesmal nichts davon. Er sah genau hin, um sicher zu sein, daß er sich nicht täuschte. Doch die Szene ließ keinen Zweifel zu. Ein Mann in einem Smoking beugte sich über den Schreibtisch. Irgendwie war es ihm gelungen, das Schloß zu knacken. Er hatte eine Reihe von Papieren auf den Tisch gelegt und hielt eine kleine Videokamera in der Hand, mit der er jedes Dokument abfilmte.

Als er fertig war, legte er die Papiere in die Schublade zurück und schob die Miniaturkamera in sein Hosenbein. Er sah sich verstohlen um und blickte auf, ohne jedoch die hinter einer Wandlampe versteckte Kamera zu entdecken. Erst jetzt erkannte Mark den Mann. Es war Packard.

Mark verließ den Kontrollraum und fuhr mit dem Aufzug hinunter. Ruhig überdachte er den Vorfall. Er war wütend, aber nicht überrascht. Er hatte mit etwas Derartigem gerechnet – mit so etwas mußte man immer rechnen. Und irgendwie war es logisch, denn Mark erinnerte sich jetzt an eine kleine Einzelheit: Schon bei ihrer ersten Begegnung hatte Packard eine Videokamera dabeigehabt.

1983–1990
Als Graham das College verlassen hatte, waren seine Ideale noch intakt gewesen, doch sieben Jahre später hatte er

den Radikalismus seiner Studentenzeit allem Anschein nach endgültig hinter sich gelassen. Er bekleidete einen Posten als leitender Angestellter bei Midland Ironmasters, einer Firma außerhalb von Birmingham, die Präzisions-Werkzeugmaschinen für den internationalen Markt produzierte. Er hatte ein Haus, eine Frau und einen Firmenwagen, verbrachte einen großen Teil seiner Zeit damit, auf Firmenkosten im Ausland herumzureisen, und sprach einige von Englands einflußreichsten Geschäftsleuten und Unternehmern mit Vornamen an. Alles deutete darauf hin, daß er seine Karriere gut geplant hatte und zielstrebig verfolgte. Seine Kollegen wären entsetzt gewesen, wenn sie sein geheimes Ziel gekannt hätten.

Er war kurz nach dem Abschluß seines Studiums nach Birmingham gezogen und hatte einen Job als Programmdirektor eines kleinen Filmkunstkinos bekommen, das wenige Wochen später, mitten in einer John-Cassavetes-Reihe, pleite ging. Graham lebte einige Monate lang von der Arbeitslosenunterstützung, bis einer seiner neuen Wohngenossen heiratete und ihn fragte, ob er einen Videofilm von der Hochzeit machen könne. Das Ergebnis fiel so professionell aus, daß Graham beschloß, sich mit einem von Mrs. Thatchers Existenzgründungsdarlehen selbständig zu machen. Anfangs beschränkte er sich auf Hochzeiten, doch nach und nach übernahm er auch Aufträge für Werbefilme von örtlichen Geschäftsleuten. Damit hatte er sich zwar weit von seinem Ideal des subversiven Visionärs entfernt, doch er verdiente gut und beschwichtigte sein Gewissen, indem er kostenlos für die Labour Party und diverse Genossenschaften, Gewerkschaften und Frauengruppen arbeitete. Abends studierte er *Screen, Tribune, Sight and Sound* und den *Morning Star* und träumte von dem Dokumentarfilm, den er eines Tages drehen würde: Er würde mit den atemberaubendsten Techniken des modernen Films ein abendfüllendes Meisterwerk schaffen und die weltumspannende Verschwörung des Kapitalismus überzeugend und gnadenlos aufdecken. Insbesondere träumte er von einem Film über den internationalen Waffenhandel – ein Thema, bei dem er die politische Radikalität eines Ken Loach oder Frederick Wiseman mit der packenden Handlung und dem suggestiven Flair eines James-Bond-Films kombinieren würde.

Der Weg dorthin schien lang zu sein; doch Graham bekam seine Chance früher, als er gedacht hatte, und durch ein Angebot, mit dem er nicht gerechnet hatte. Im Frühjahr 1986 trat Midland Ironmasters an Packard Promos, wie das Einmannunternehmen sich jetzt nannte, heran. Es war der umfangreichste Auftrag, den Graham je bekommen hatte: Midland Ironmasters wollte einen halbstündigen Videofilm, der den gesamten Produktionsablauf zeigen sollte. Das Budget war vergleichsweise groß, so daß er auf hochauflösendem Filmmaterial und mit Stereoton filmen konnte. Graham hielt sich genau an die Vorgaben, und als er den Direktoren einen Rohschnitt des Films vorführte, war man allgemein begeistert.

Es folgte eine lebhafte Diskussion um die Frage, wie man das Endprodukt mit anderen Werbemaßnahmen verbinden und vertreiben könnte, und Graham stellte bald fest, daß er es mit Neulingen zu tun hatte, die von seinen Routinevorschlägen außerordentlich begeistert waren. Am nächsten Tag bat ihn Mr. Riley, der Generaldirektor, in sein Büro und bot ihm die Leitung der Marketingabteilung an. Graham hatte jedoch nicht die Absicht, in diese Branche zu wechseln, und lehnte höflich ab.

Zwei Tage später geschah etwas, das ihn umstimmte. Graham drehte für die Endversion eine Totale der Fabrikationshalle, als Mr. Riley erschien, in Begleitung eines adretten Mannes mit einem Rattengesicht, der anscheinend gerade die neuesten Maschinen vorgeführt bekam. Als die beiden Graham und seine Kamera sahen, gingen sie zu ihm, und Mr. Riley bat ihn – offenbar auf persönlichen Wunsch seines Begleiters –, die Arbeit für ein paar Minuten zu unterbrechen. Jetzt, aus der Nähe, erkannte ihn Graham, auch wenn es schon einige Jahre her war, daß er das Gesicht dieses Mannes in einem Artikel über illegale Waffengeschäfte mit Südafrika gesehen hatte.

»Kein Problem«, sagte er und klemmte die Schutzklappe auf das Objektiv. Dann streckte er dem anderen die Hand hin. »Ich bin Graham Packard von Packard Promos.«

Der Mann schüttelte ihm widerwillig die Hand. »Mark Winshaw. Vanguard Import and Export.«

»Freut mich, Sie kennenzulernen.« Graham wandte sich an Mr. Riley. »Ein neuer Auftrag in Sicht?« fragte er höflich.

Mr. Riley warf sich in die Brust und sagte mit einer Mischung aus Stolz und Unterwürfigkeit: »Ich hoffe, es ist der Beginn einer langen und fruchtbaren Geschäftsbeziehung.«

In diesem Augenblick traf Graham sehr schnell einige Entscheidungen. Wenn Ironmasters Geschäfte mit Mark Winshaw machte, konnte das nur bedeuten, daß man wissentlich oder unwissentlich Maschinen zur Munitionsherstellung liefern würde, und zwar vermutlich an den Irak, der schneller aufrüstete als alle anderen Länder im Nahen Osten. Mr. Rileys Bemerkung ließ auf einen großen, langfristigen Auftrag schließen. Wenn er den Posten bei Ironmasters annahm, würde er vielleicht das ganze Geschäft verfolgen und möglicherweise sogar eigene Kontakte aufbauen können. Mit einem Wort: Hier bot sich die Gelegenheit, Zugang zu jenem Netzwerk zu finden, das er zum Thema seines Films machen wollte und das ihm bisher so hoffnungslos verschlossen geblieben war.

Und darum bat er, bevor er an jenem Abend nach Hause ging, um einen Termin bei Mr. Riley, um ihm, zu dessen Freude und Überraschung, mitzuteilen, er habe es sich anders überlegt und wolle das Angebot nun doch annehmen. In den folgenden zwei Jahren erwies er sich als ein so tüchtiges Mitglied des Teams, daß man ihn bald beförderte und ihm zusätzliche Bereiche übertrug. Er wurde von der Marketing- zur Planungsabteilung versetzt, war anschließend zuständig für die Erschließung neuer Unternehmensbereiche und erreichte 1989 (kurz nach seiner Hochzeit) den Höhepunkt seiner Karriere, als man ihn bat, die Firma bei der ersten Internationalen Ausstellung Militärischer Produkte zu vertreten, die im April, an Saddam Husseins Geburtstag, in Bagdad stattfand.

Sobald Mr. Riley und Mark Winshaw die Fabrikationshalle verlassen hatten, eilte Graham mit seiner Kamera in das Konferenzzimmer in der obersten Etage, das einen guten Blick auf den Eingangsbereich und den Parkplatz bot. Er hatte Glück: Der Raum war leer. Graham kniete sich hin, visierte über das Fensterbrett und holte mit dem Zoom die beiden Männer heran, die neben Marks rotem BMW standen, miteinander plauderten und sich die Hände schüttelten. Es war eine gelungene Einstellung.

Die Arbeit an seinem Meisterwerk hatte begonnen.

1990

»Zur Basis bei Qualat Saleh«, sagte Graham, *»gehörten zwölf armierte unterirdische Flugzeughangars, groß genug für zwei Dutzend Flugzeuge. Für den Start auf der unterirdischen Piste wurden bei angezogenen Bremsen die Nachbrenner gezündet.*

Er hörte seine eigene Stimme über Kopfhörer und fand sie flach und nicht gerade elektrisierend. Doch dies war nur eine Rohfassung des Kommentars, die ihm helfen sollte, den Text und die Bilder zu synchronisieren. Wenn der Film fertig geschnitten war, würde er einen Schauspieler engagieren – jemanden, der für seine linke Gesinnung bekannt war und dessen Stimme den Klang von Autorität hatte. Alan Rickman vielleicht, oder Antony Sher. Das würde er sich natürlich nur leisten können, wenn es ihm gelänge, genug Geld für dieses Projekt loszueisen. Allerdings wurde er in dieser Hinsicht immer optimistischer. Erste Gespräche mit Alan Beamish, dem Leiter der Nachrichtenredaktion bei einer der größten unabhängigen Fernsehgesellschaften, waren sehr ermutigend verlaufen: Solange er diesen Posten habe, hatte Beamish gesagt, werde er alles in seiner Macht Stehende tun, um Grahams Projekt zu unterstützen.

Es wurde dunkel. Graham schaltete das Licht an und zog die Vorhänge zu. Der Schneideraum – eigentlich ein unbenutztes Gästezimmer in ihrem Haus in Edgbaston – lag direkt über der Küche, und er konnte Joan hören, die unten die letzten Vorbereitungen zum Abendessen traf.

»Die drei Kilometer lange Start- und Landebahn«, sagte seine Stimme auf dem Tonband, *»war durch aufgeschüttete Lehmhügel abgeschirmt und nur für geschulte Augen zu erkennen.«*

Während der Jeepfahrt von Qualat Saleh zum Testgelände bat der irakische General Mark um sein Urteil.

»Nicht schlecht«, sagte Mark. »Die Mannschaftsunterkünfte scheinen allerdings nicht besonders gut geschützt zu sein.«

Der General zuckte die Schultern. »Man kann nicht alles haben. Männer sind leichter zu ersetzen als Maschinen.«

»Und Sie glauben, diese Sprengschutztüren sind sicher?«

»Ja, das glauben wir.« Der General lachte und legte seinen Arm um Marks Schultern. »Ich weiß – Sie wollten, daß wir englische kaufen, weil die teurer sind.«

»Ganz und gar nicht. Ich bin Patriot, das ist alles.«

Wieder lachte der General, lauter als zuvor. Im Lauf der Jahre hatte er Marks Sinn für Humor schätzen gelernt. »Sie sind herrlich altmodisch«, sagte er neckend. »Wir leben im Zeitalter internationaler Zusammenarbeit. Sehen Sie sich nur unsere Luftwaffenbasen an: schweizerische Luftschleusen, deutsche Generatoren, italienische Türen, britische Kommkunikationssysteme, französische Hangars. Können Sie sich etwas Kosmopolitischeres vorstellen?«

Mark gab keine Antwort. Seine Augen waren hinter einer verspiegelten Sonnenbrille verborgen, deren Gläser nur Wüste reflektierten.

»Ein Patriot!« sagte der General und schmunzelte noch immer über diesen Witz.

Der Test war laut, aber zufriedenstellend. Sie standen in einem tief in den Sand eingegrabenen Beobachtungsbunker und sahen, wie die aufgebauten Ziele, die einen Konvoi iranischer Panzer darstellen sollten, unter ohrenbetäubendem Krachen von den mehr als zwanzig Kilometer entfernt in Stellung gebrachten 155-mm-Haubitzen zerfetzt wurden. Die Granaten trafen genauer, als selbst Mark für möglich gehalten hätte, und als er sah, wie die Augen des Generals leuchteten, wußte er, daß das Geschäft so gut wie perfekt war. Auf dem Rückweg nach Bagdad waren beide bester Stimmung.

Der General kam auf Marks Patriotismus zurück. »Wissen Sie, es ist ja nicht so, daß unser Führer Ihr Land nicht bewundert«, sagte er. »Aber ihr macht es ihm so schwer, euch zu trauen, und darum ist es bei ihm eine Art Haßliebe. In unserer Armee gilt noch immer die Dienstvorschrift des britischen Kriegsministeriums. Unsere Flieger werden noch immer auf britischen Fliegerhorsten ausgebildet, unsere Spezialeinheiten von der SAS. Die britischen Offiziersschulen sind die besten der Welt. Ich muß es wissen – schließlich war ich selbst in Sandhurst. Ich wollte nur, eure Aufrichtigkeit auf diplomatischem Gebiet wäre so groß wie euer militärisches Können.«

Bevor sie ins Zentrum von Bagdad zurückkehrten, machten sie einen kleinen Abstecher nach Salman Pak, wo eine als Forschungsinstitut der Universität getarnte Nervengasfabrik errichtet worden war. Mark war zum dritten oder vierten Mal hier, doch als sie am schwer bewachten Tor durchgewunken und zu einem der Labors eskortiert wurden, war er wieder einmal beeindruckt von der Größe und Leistungsfähigkeit dieser Anlage.

»Die Deutschen bauen die besten Maschinen der Welt, daran gibt es gar keinen Zweifel«, sagte der General. »Und wissen Sie auch, warum? Weil sie keine Nation von Opportunisten sind. In Deutschland gibt es Leute, die an das glauben, was wir im Irak erreichen wollen. Davon könnten die Menschen in Ihrem Land etwas lernen. Wir beide sind nicht alt genug, um uns an die Zeit vor 1958 zu erinnern, als fast unsere gesamte Ausrüstung aus Großbritannien kam, aber manchmal sehnt man sich nach diesen Zeiten zurück. Es verletzt die Würde, wenn man seine Geschäfte heimlich und hinter verschlossenen Türen abschließen muß. Sie müssen wissen: Wir wollen Verbündete. Wir wollen Beziehungen. Aber Sie sind nur an Geschäften interessiert.«

Während ihrer Besichtigung erklärte der General, warum er Mark hierhergebracht hatte. Man war besorgt wegen der höchst flüchtigen Chemikalien, die hier verarbeitet wurden, und suchte einen Lieferanten für eine neue Luftreinigungsanlage. »Es freut mich zu hören, daß Ihnen Umweltschutz so sehr am Herzen liegt«, sagte Mark.

Dieser Witz schien seinem Freund noch besser zu gefallen als Marks Bemerkung über den Patriotismus.

»Wir müssen unseren Technikern möglichst gute Arbeits-
bedingungen bieten«, sagte er. »Schließlich werden hier
wichtige tiermedizinische Forschungen betrieben.«

Wie um diesen Punkt zu unterstreichen, führte er Mark
auf dem Weg zum Wagen an den Hundezwingern vorbei.
Eine Weile wurde ihre Unterhaltung vom Heulen der
Beagles übertönt, an denen die verschiedenen Nervengase
erprobt werden würden. In einer nahegelegenen Abfall-
grube türmten sich die Kadaver ihrer Vorgänger.

Mai 1987

Mark brauchte nicht lange zu suchen, bis er eine geeignete
Luftreinigungsanlage gefunden hatte. Er setzte sich mit
einem älteren deutschen Industriellen in Verbindung, der
bereits Geräte für die Fabrik in Salman Pak geliefert und sich
als zuverlässiger, pünktlicher Partner erwiesen hatte. Mark
besuchte ihn immer gern in seiner Villa im Rheintal, wo die
schöne junge Tochter des Industriellen Tee servierte und
die Verträge in einem wuchtig möblierten Arbeitszimmer
unterzeichnet wurden, unter einem großen, goldgerahmten
Porträt von Adolf Hitler. Diesmal wurde Mark, als Ausdruck
außerordentlicher Wertschätzung, etwas ganz Besonderes
zuteil: Der Hausherr schloß einen Wandschrank auf, in dem
sich ein altmodisches Tonbandgerät befand. Der Lautsprecher war in ein Radio aus den dreißiger Jahren eingebaut.
Als er das Tonbandgerät einschaltete, ertönte eine bekannte
Stimme, und während der nächsten zehn Minuten dröhnte
eine von fanatischem Pathos erfüllte Führerrede durch die
Erkerfenster und über den sommerlichen Rasen bis hinunter zum Ufer des in der Sonne blitzenden Flusses.

»Ich weiß noch, wo ich war, als ich diese Rede zum erstenmal gehört habe«, sagte der Industrielle, als das Band zu
Ende war. »Ich saß in der Küche meiner Mutter. Die Fenster
standen offen. Lichtflecken tanzten auf dem Tisch. Es
herrschte eine Atmosphäre von Hoffnung und Tatkraft.
Eine wunderbare Zeit! Ach, warum soll ein alter Mann wie
ich sich nicht hin und wieder nach seiner Jugend sehnen?
Manche brauchen ein banales, romantisches Gedicht oder

eine Schnulze, um ihre Erinnerungen zu wecken. Bei mir ist es immer diese herrliche Stimme.« Sorgfältig verschloß er den Wandschrank. »Saddam Hussein ist ein guter Mann«, sagte er. »Er gibt mir das Gefühl, wieder jung zu sein. Es ist mir eine Ehre, ihm zu helfen. Sie werden das wahrscheinlich nicht verstehen: Sie wurden in eine Zeit geboren, in der Prinzipien nichts mehr gelten.«

»Ich glaube, unser Geschäft wäre damit abgeschlossen, Herr –.«

»Sie sind mir ein Rätsel, Mr. Winshaw. Mir und vielen anderen, die alt genug sind, um dem Reich gedient zu haben, und die Ihre Familie kannten, lange bevor Sie bei uns angeklopft haben.«

Mark erhob sich und nahm seine Aktentasche. Das Thema schien ihn nicht zu interessieren.

»Ich weiß genau, was Saddam Hussein in seinem sogenannten Forschungslabor herstellen läßt. Ich weiß auch, daß Israel sein erstes Ziel sein wird. Das ist ja auch der Grund, warum ich ihn unterstütze. Er wird eine Säuberung fortsetzen, die zu Ende zu bringen uns verwehrt geblieben ist. Verstehen Sie, was ich meine, Mr. Winshaw?«

»Ich habe es mir zur Gewohnheit gemacht«, sagte Mark, »keine Fragen…«

»Ach, nun kommen Sie schon – Sie brauchen nicht so bescheiden zu sein. Sie sind qualifiziert, ein ausgebildeter Chemotechniker. Ich weiß genau, daß Sie zum Beispiel einem unserer bedeutendsten Hersteller behilflich gewesen sind, eine größere Menge Zyklon B an den Irak zu liefern. Der Säuberungsprozeß, von dem ich gesprochen habe, erfordert den freien Handel mit solchen Substanzen, und doch verbieten uns die Gesetze unseres Landes, die unter absurdem internationalen Druck zustande gekommen sind, sie zu exportieren. Es ist schon eine Ironie des Schicksals, daß es unerschrockenen Freibeutern wie Ihnen zugefallen ist, unsere Ideale lebendig zu erhalten.« Er sah Mark forschend an, doch der zeigte keine Reaktion. »Sie wissen doch, wo Zyklon B hergestellt wird, oder?«

»Natürlich«, sagte Mark, der die fragliche Fabrik oft besucht hatte.

»Kennen Sie auch die Geschichte dieser Fabrik? Sie wäre 1942 um ein Haar durch alliierte Bomber zerstört worden. Ein britisches Flugzeug wurde in geheimer Mission ausgeschickt, um das Gebiet zu erkunden, doch die Luftwaffe war gewarnt worden, und der unglückliche Pilot und seine Besatzung wurden abgeschossen. Fällt Ihnen dazu irgend etwas ein?«

»Ich fürchte, nein. Sie vergessen, daß das schon lange her ist. Damals war ich noch nicht einmal geboren.«

Der alte Mann sah ihm einen Augenblick lang in die Augen und zog dann am Klingelzug neben der Tür.

»Ganz recht, Mr. Winshaw. Aber wie gesagt: Sie sind mir ein Rätsel.« Als Mark hinausging, fügte er hinzu: »Meine Tochter ist übrigens in der Bibliothek.«

Dezember 1961

Seiner Mutter war Mark seit langem ein Rätsel, über das zu grübeln sie längst aufgegeben hatte, und so hatte sie keine Einwände vorgebracht, als er ihr wenige Wochen nach Mortimers Geburtstagsfeier mitteilte, er habe beschlossen, sein Jurastudium aufzugeben und statt dessen Chemie zu studieren. Der Brief, in dem er dies schrieb, war der letzte, den sie von ihm bekam. Es war sinnlos geworden, so zu tun, als hätten Mutter und Sohn sich noch irgend etwas zu sagen, und ein paar Jahre später trat zu dieser Kluft aus konträrem Temperament und Gleichgültigkeit auch noch eine große räumliche Entfernung.

Die Einladung zu Mortimers fünfzigstem Geburtstag war eine der seltenen Gelegenheiten gewesen, bei denen Mildred die Winshaws in all ihrem Glanz und Reichtum vorgeführt bekam. In den langen Jahren seit Godfreys Tod schien die Familie sie vergessen zu haben, von den Schul- und Studiengebühren für Mark abgesehen, hatte Mildred so gut wie keine finanzielle Unterstützung erhalten. Nun ging sie auf die Fünfzig zu und mühte sich, mit dem bescheidenen Gehalt auszukommen, das sie als Sekretärin eines amerikanischen Weinhändlers bezog, der sich in London niedergelassen hatte. Als dieser eines Tages verkündete, er wolle das Geschäft aufgeben und wieder nach Florida ziehen, sah sie sich in Gedanken schon mit der trüben Aussicht konfrontiert, wochenlang die Arbeitsvermittlungen abzuklappern, doch er überraschte sie mit der Frage, ob sie ihn begleiten wolle, und zwar nicht als seine Sekretärin, sondern als seine Frau. Sie brauchte drei Tage, um sich von diesem Schreck zu erholen. Dann nahm sie seinen Antrag an.

Sie führten ein angenehmes Leben in einem Haus am Meer, nicht weit von Sarasota, und starben friedlich und innerhalb von zwei Monaten im Winter 1986. Nachdem Mildred England verlassen hatte, sprach sie nie mehr mit ihrem Sohn. Ihr letztes Gespräch fand bei einem Mittagessen in Oxford statt, und selbst da war es beiden schwergefallen, einen Schein von Höflichkeit zu wahren. Mildred hatte Mark vorgeworfen, sie zu verachten.

»›Verachten‹ ist ein viel zu starkes Wort«, hatte er gesagt. »Es ist eher so, daß ich in dem Leben, das du führst, einfach keinen Sinn sehen kann.«

Es war eine Bemerkung, die ihr immer wieder durch den Kopf ging – zum Beispiel, wenn sie mit ihrem Mann nach dem Abendessen auf der Veranda saß, aufs Meer hinaussah und darüber nachdachte, ob es einen Ort gab, wo sie lieber gewesen wäre.

1976
Obwohl Mark nach der Übersiedlung seiner Mutter nie mehr mit ihr sprach, sah er sie doch noch einmal. Das war zu Beginn seiner Geschäftsbeziehungen mit dem Irak. Er war einem barschen Mann namens Hussein vorgestellt worden, der Ähnlichkeit mit einem Bären hatte und ein Vertreter des »Industrieministeriums« war. Er schien es eilig zu haben, Apparaturen für die Einrichtung einer großen Pestizidfabrik zu kaufen. Mark sprach die Wunschliste mit ihm durch und erkannte sofort, daß einige der Substanzen, die in dieser Fabrik hergestellt werden sollten – unter anderem Demeton, Paraoxon und Parathion –, leicht zu Nervengas verarbeitet werden konnten. Dennoch sah er keinen Grund, warum das Projekt den potentiellen Lieferanten nicht als Teil eines Pro-

gramms zur Modernisierung der Landwirtschaft vorgestellt werden sollte, und versprach Hussein, den Kontakt zu einer amerikanischen Firma herzustellen, welche die für die Verarbeitung der Chemikalien benötigten riesigen Behälter aus rostfreiem Stahl liefern konnte.

Vertreter dieser Firma wurden nach Bagdad eingeladen. Man tischte ihnen eine überzeugende Geschichte auf über die Misere irakischer Bauern, die ihre Ernte nicht vor Wüstenheuschrecken schützen konnten. Sie kehrten nach Miami zurück und entwarfen Pläne für eine Pilotanlage, in der die einheimischen Arbeiter, gänzlich unerfahren im Umgang mit diesen gefährlichen Stoffen, für die Arbeit mit toxischen Substanzen ausgebildet werden sollten. Doch noch bevor diese Pläne fertiggestellt waren, wurde die Firma durch Mark davon in Kenntnis gesetzt, daß Hussein nicht beabsichtigte, eine solche Pilotanlage zu bauen: Er wolle sogleich mit der Großproduktion beginnen. Damit waren die sicherheitsbewußten Amerikaner nicht einverstanden, und Mark, für den es bei diesem Geschäft um etwa sechs Millionen Dollar Kommission ging, sah sich gezwungen, zu intervenieren und ein Treffen beider Seiten in einem Konferenzraum des Miami Hilton vorzuschlagen.

Das Treffen war kein Erfolg. Mark stand an einem Fenster mit Blick auf den Strand und hörte schweigend zu, wie die Verhandlungen abgebrochen wurden, weil die beiden Delegationen sich unlautere Absichten beziehungsweise übermäßige Genauigkeit vorwarfen. Als die Amerikaner ihre Aktenkoffer zuklappten und den Raum verließen, wandte er den Blick nicht von dem Streifen silbrig glitzernden Sandes. Er hörte, wie Hussein grunzte und sich beklagte: »Diese Leute sollten mal ihr Gehirn untersuchen lassen. Die haben gerade die Gelegenheit verpaßt, reich zu werden.« Mark sagte nichts. Er hatte als einziger im Raum seine Ruhe bewahrt. Das Geld wäre ihm gelegen gekommen, aber das Geschäft war noch nicht verloren. Als nächstes würde er es bei den Deutschen probieren.

Am Tag zuvor war er durch die Everglades zur Golfküste gefahren. Morgens war er in Richtung Naples aufgebrochen, entlang dem alten Tamiami-Weg der Indianer, deren wiederaufgebaute Dörfer jetzt Touristenattraktionen waren. Reklameschilder hatten Bootstouren durch die Sümpfe versprochen oder auf Cafés hingewiesen, die Froschschenkel und »Alligator-Burger« anboten. Von Naples hatte er die Schnellstraße nach Norden genommen, die über Bonita Springs und Fort Myers nach Sarasota führte, wo er am späten Nachmittag angekommen war. Die Adresse seiner Mutter kannte er auswendig, auch wenn er sie nie auf einen Brief geschrieben hatte, doch selbst jetzt hatte Mark kein Bedürfnis, mit ihr zu sprechen. Er fragte sich nicht einmal, warum er hierher gefahren war. Nachdem er das Haus gefunden hatte, fuhr er noch eine halbe Meile weiter und bog auf einen Feldweg ab, der zum Strand führte. Am Ende des Weges parkte er. Von hier aus hatte er einen guten Blick auf das Haus.

Ihr Mann war zum Einkaufen gefahren, doch Mildred war zufällig im Garten. Sie hatte sich eigentlich nur auf die Terrasse setzen und eine Zeitschrift lesen oder einen Brief an ihre Stieftochter in Vancouver schreiben wollen, doch dann hatte sie gesehen, daß der Gärtner beim Unkrautjäten wie üblich nachlässig gewesen war, und so kniete sie nun auf dem Rasen und zog diese widerspenstigen Pflanzen mit ihren Wurzeln aus dem Boden. Den Mann, der an seinem Wagen lehnte und sie beobachtete, bemerkte sie fast sofort. Sie stand auf, beschirmte die Augen mit der Hand und sah zu ihm hinüber. Sie erkannte ihn jetzt, aber sie rührte sich nicht, winkte nicht, rief nicht seinen Namen. Sie erwiderte seinen ungerührten Blick. Sie sah zwei Löcher, wo seine Augen hätten sein sollen. Von nahem hätte sie gesehen, daß er eine verspiegelte Sonnenbrille trug, deren Gläser den tiefblauen Himmel reflektierten. Doch Mildred blieb, wo sie war, und nach ein oder zwei Minuten kniete sie sich wieder hin und jätete Unkraut. Als sie wieder aufblickte, war der Mann verschwunden.

September 1988
Im Lauf seiner Nachforschungen kam Graham auf den Gedanken, es könne hilfreich sein, etwas über Marks familiä-

ren Hintergrund in Erfahrung zu bringen, und ihm fiel ein, daß es jemanden gab, der ihm vielleicht dabei helfen konnte. Michael Owens Name war aus den Feuilletons verschwunden, seine Romane waren nicht mehr lieferbar und sein Buch über die Winshaws noch nicht erschienen. Vielleicht war aus dem Projekt nichts geworden, doch ebensogut konnte es sein, dachte Graham, daß er noch daran arbeitete, und in diesem Fall hatte er möglicherweise Zugang zu wertvollen Hintergrundinformationen (mit denen er wahrscheinlich gar nichts anfangen konnte – wie groß seine politische Naivität war, hatte Graham ja schon bei ihren wenigen Gesprächen gemerkt). Zumindest war diese Möglichkeit ein paar Telefongespräche wert.

Das erste davon führte er mit Joan. Sie hatten sich seit zwei oder drei Jahren aus den Augen verloren, und er war sich nicht einmal sicher, ob sie überhaupt noch in Sheffield lebte, doch sie nahm nach dem dritten Läuten ab, und die Freude in ihrer Stimme war unverkennbar. Ja, sie hatte immer noch dieselbe Arbeit. Nein, sie vermietete keine Zimmer mehr an Studenten. Nein, sie hatte nicht geheiratet oder Kinder gekriegt oder so. Ja, natürlich würde sie ihm den Gefallen tun, Michael anzurufen, auch wenn sie seine gegenwärtige Adresse nicht hatte. Seltsamerweise hatte sie vorgehabt, Graham irgendwann in den nächsten Wochen anzurufen, denn Ende des Monats würde in Birmingham eine Konferenz stattfinden, und sie hatte sich gedacht, sie könnten sich doch vielleicht mal treffen. In Erinnerung an die alten Zeiten. Ja, sagte Graham, natürlich, warum nicht. In Erinnerung an die alten Zeiten.

Eigenartigerweise, dachten beide später, hatte es in den »alten Zeiten«, zu deren Erinnerung sie sich verabredet hatten, keinen einzigen Abend gegeben, der damit geendet hatte, daß sie sich über den Tisch gebeugt und sich geküßt hatten oder daß sie auf dem Sofa gelegen und sich umarmt und sich gegenseitig die Zunge in den Mund gesteckt hatten oder daß sie auf ein Bett gefallen waren und gevögelt hatten, als hinge ihr Leben davon ab. Und doch waren all diese Dinge passiert, als Joan nach Birmingham gekommen war. Und nachdem sie passiert waren, hatte sie festgestellt, daß sie eigenartig wenig Lust hatte, nach Hause, zu ihrer Arbeit und ihrem einsamen Leben in Sheffield zurückzukehren. Als sie dann, nach einigen Tagen unbezahlten Urlaubs (von denen sie die meisten mit Graham im Bett verbracht hatte), doch zurückkehrte, war eines der ersten Dinge, die sie erledigte, das Haus zum Verkauf anzubieten. Zugleich begann sie, sich in den Midlands Arbeit zu suchen. Das dauerte eine Weile, denn selbst für jemanden, der so erfahren und qualifiziert war wie Joan, war es nicht leicht, einen Job zu finden, doch im nächsten Jahr gelang es ihr, eine Stelle als Leiterin eines Frauenhauses in Harborne zu bekommen, und sie zog bei Graham ein, und eines Tages im Februar nahmen sie sich einen Tag frei und gingen zum Standesamt, und mit einemmal waren sie verheiratet – er, der immer geglaubt hatte, er tauge nicht für die Ehe, und sie, die schon gedacht hatte, es sei zu spät, um noch einen Mann zu finden.

Und so war Grahams Anruf keineswegs verschwendet gewesen, auch wenn es ihm nicht gelungen war, einen Kontakt zu Michael herzustellen. Der schien einen langen Urlaub zu machen; vielleicht ging er auch einfach nicht mehr ans Telefon.

1981
Die Hochzeit von Mark Winshaw und Lady Frances Carfax fand in der Kapelle des St. John's College in Oxford statt und war ein ungleich größeres gesellschaftliches Ereignis. Großbritannien mochte sich im Würgegriff einer Rezession befinden, doch diese schien wenig Auswirkungen auf die handverlesenen Gäste aus Adel und Wirtschaft zu haben, die sich zur Trauung und später auf dem Landsitz der Familie Carfax einfanden, um eine verschwenderische Party zu feiern, die (zumindest einem Zeitungsbericht zufolge) am nächsten Nachmittag um vier Uhr noch in vollem Gange war.

Die Party dauerte länger als die Ehe.

Mark und Lady Frances hatten die Feier am frühen Abend verlassen und waren nach Nizza geflogen. Dort hatte ein Taxi sie zu Marks Villa an der Riviera gebracht, wo sie die Flitterwochen verbringen wollten. Sie kamen kurz nach Mitternacht dort an und schliefen bis zur Mittagszeit des nächsten Tages. Dann stand Lady Frances auf und fuhr mit einem von Marks Wagen ins nächste Dorf, um Zigaretten zu kaufen. Nach einigen hundert Metern gab es eine gewaltige Explosion. Der Wagen ging in Flammen auf und schleuderte gegen eine Felswand neben der Straße. Lady Frances war auf der Stelle tot.

Mark war am Boden zerstört. Der Wagen war ein mitternachtsblauer Morgan Plus 8 Drop Head Coupé, Baujahr 1962, gewesen, von dem es auf der ganzen Welt nur noch drei oder vier Exemplare gab – ein absolut unersetzlicher Verlust. Mark rief seinen Cousin Henry an, der den Geheimdienst beauftragte, die Verantwortlichen aufzuspüren. Allerdings brauchte Mark das Ergebnis der Nachforschungen nicht abzuwarten. Drei Wochen nach dem Attentat bat ihn ein irakischer Diplomat um ein Treffen am Cavendish Square. Von dort fuhren sie zu einem abgelegenen Landhaus in Kent, vor dem ein im Originalzustand erhaltenes, perlweißes 38er La Salle Cabriolet stand.

»Der Wagen gehört Ihnen«, sagte der Diplomat.

Er erklärte Mark, die ganze Sache sei ein dummes Mißverständnis gewesen. Man sei sich natürlich bewußt, daß er – wie von einem tüchtigen Geschäftsmann nicht anders zu erwarten – auch die Iraner beliefere. Ein Informant habe Mark jedoch fälschlich beschuldigt, seine Vertrauensposition mißbraucht und militärische Geheimnisse verkauft zu haben. Saddam sei hierüber sehr aufgebracht gewesen und habe rasche Vergeltungsmaßnahmen angeordnet. Inzwischen habe sich herausgestellt, daß die Informationen falsch gewesen seien. Der wahre Verräter sei gefunden und auf der Stelle beseitigt worden. Man sei froh, sagte der Diplomat, daß das Schicksal eingegriffen und einen Unschuldigen, einen geschätzten Freund des irakischen Volkes, vor dem Tod bewahrt habe. Man sei sich sehr wohl bewußt, welchen Schaden man seinem Eigentum zugefügt habe, und hoffe, daß er dieses Geschenk als Symbol der ungeschmälerten Freundschaft und Wertschätzung annehmen werde.

Marks formeller Dank verbarg die Tatsache, daß er wirklich verärgert war. Er hatte sich von der Verbindung mit

Lady Frances einiges versprochen. Der sexuelle Aspekt allein war schon verlockend gewesen – obwohl sie es, um ehrlich zu sein, in Hinblick auf Einfallsreichtum und Gelenkigkeit mit den Prostituierten, die ihm bei seinen Aufenthalten in Bagdad gewöhnlich zur Verfügung gestellt wurden, nicht hatte aufnehmen können –, aber bedeutsamer war gewesen, daß ihr Vater über wichtige Kontakte zum lateinamerikanischen Markt verfügte, in dem Mark nur zu gerne Fuß gefaßt hätte. Höchstwahrscheinlich würde er diese Kontakte auch jetzt noch nutzen können, doch mit einer jungen, schönen Frau an seiner Seite wäre ihm das wesentlich leichter gefallen.

Vor allem aber fand Mark es unerträglich, daß jemand Lügen über ihn verbreitete, und er war entschlossen, sich dafür zu rächen. Nach einigen Monaten sporadischer Nachforschungen fand er heraus, daß es sich bei dem Informanten um einen führenden Atomtechniker aus Ägypten handelte, der erst kürzlich für das irakische Nuklearprogramm angeworben worden war. Er hatte sich bei seinen neuen Arbeitgebern einschmeicheln wollen und ein Gerücht weitergeleitet, das er bei einem Gespräch zwischen zwei Kollegen aufgeschnappt hatte, ohne sich die Mühe zu machen, den Wahrheitsgehalt dieser Information zu überprüfen. Die Iraker waren wütend, einem Büroklatsch aufgesessen zu sein, doch der Atomphysiker war zu wichtig, um beseitigt werden zu können, und so geschah weiter nichts. Mark sah das jedoch anders. Er wußte, daß die Israelis mit Freuden jede Gelegenheit nutzen würden, Saddams Pläne zu durchkreuzen, und so reichten einige diskrete Worte an einen Kontaktmann des Mossad aus, um das Schicksal des unglücklichen ägyptischen Physikers zu besiegeln. Es geschah in Paris. Der Ägypter befand sich auf der Rückreise vom Forschungszentrum bei Saclay, wo irakische Atomtechniker im Rahmen des Kooperationsprogramms mit Frankreich ausgebildet wurden. Der Mann hatte sich früh am Abend auf sein Hotelzimmer begeben, wo sein übel zugerichteter Leichnam am nächsten Morgen vom Zimmermädchen am Fußende des Bettes gefunden wurde. Einen Mann zu Tode zu prügeln, ist ein langes, geräuschvolles und schwieriges Geschäft, und Mark war erstaunt, daß die Israelis sich für diese

Methode entschieden hatten. Dennoch gestattete er sich ein leises Lächeln, als die Nachricht am Abend im israelischen Rundfunk bekanntgegeben wurde, und als der Sprecher hinzufügte, dadurch seien die irakischen Bestrebungen, eine Atombombe zu bauen, »um zwei Jahre zurückgeworfen« worden, lächelte er abermals. Angesichts dieser Entwicklung war kaum anzunehmen, daß seine eigenen Geschäfte leiden würden.

Oktober 1986

»Erzähl mir was über diesen Hussein«, sagte Henry. Er und Mark hatten gerade zu Abend gegessen und saßen völlig übersättigt zu beiden Seiten eines prasselnden Kaminfeuers im Salon des Heartland Club. Den Familienklatsch hatten sie bereits durchgesprochen (das dauerte bei den Winshaws nie sehr lange), und nun zündeten sie sich riesige Havannazigarren an. »Was willst du wissen?« fragte Mark.

»Ich meine, du kennst ihn doch persönlich, oder? Hast mit ihm Geschäfte gemacht und so. Wie ist er denn so?«

Mark zog nachdenklich an seiner Zigarre. »Schwer zu sagen. Er hält sich ziemlich bedeckt.«

»Ja, aber sieh mal«, sagte Henry und beugte sich vor. »Wir bewegen uns hier auf sehr dünnem Eis. Wenn ich das richtig sehe, bietet uns dieser Mann einen Blankoscheck. Kanonen, Flugzeuge, Raketen, Bomben, Munition – er kauft alles. Und wenn wir es ihm nicht verkaufen, geht er zu den Franzosen oder den Deutschen oder den Amis oder den Chinesen. Wir können uns diese Gelegenheit nicht entgehen lassen. Wir haben die Exportzahlen schon frisiert, aber sie sehen immer noch schlimm genug aus. Trotzdem wird es einige gerunzelte Stirnen geben, wenn wir zu freundlich mit einem Burschen umgehen, dessen Vorstellung von Spaß darin besteht, ein paar tausend Volt durch den einen oder anderen politischen Gefangenen zu jagen. Zumindest habe ich gehört, daß er das hin und wieder mal ganz gern macht.«

»Bösartige Gerüchte«, sagte Mark und wedelte lässig den Rauch seiner Zigarre beiseite. »Ich hab nichts dergleichen beobachtet.«

»Dann sieh dir zum Beispiel mal das hier an«, sagte Henry und zog ein zerknittertes Flugblatt aus der Westentasche. »Das hat uns...« – er warf einen Blick auf den Kopf des Blatts – »eine Organisation namens KDI geschickt. ›Komitee für Demokratie im Irak‹. Ich kann dir sagen, das liest sich ziemlich übel. Was hältst du davon?« Mark überflog den Text mit halb geschlossenen Augen. Das meiste davon war ihm bereits bekannt. Er wußte von den willkürlichen Verhaftungen, den mitternächtlichen Durchsuchungen, den aus der Luft gegriffenen Anklagen, die den Beschuldigten Regimekritik oder Subversion vorwarfen, ihnen Zugehörigkeit zu einer falschen Organisation oder Teilnahme an einer falschen Veranstaltung zur Last legten, sie der Weigerung bezichtigten, der Baath-Partei beizutreten, oder der Bereitschaft verdächtigten, sich dem falschen Flügel der Baath-Partei anzuschließen. Er wußte um die unvorstellbaren Bedingungen, die in Bagdads »Ministerium für öffentliche Sicherheit« herrschten, wo Gefangene monatelang in Einzelhaft gehalten wurden oder mit fünfzig oder sechzig anderen Häftlingen auf dem Boden ihrer Zelle liegen und sich bei Nacht Tonbandaufnahmen von Schreien der Folteropfer und bei Tag die echten Schreie anhören mußten. Und er wußte über die Folterpraktiken Bescheid: wie Männer und Frauen ausgepeitscht, versengt, zusammengeschlagen und mit Gummiknüppeln und Flaschenhälsen vergewaltigt wurden, wie man sie mit Bügeleisen verbrannte, ihnen die Augen ausstach, Ohren, Nasen und Brüste abschnitt und ihnen Elektroschocks an Fingern, Nasenlöchern und Genitalien versetzte. Er wußte, daß die Folterer Tiermasken trugen und Tonbandaufnahmen von wilden Tieren abspielten, wenn sie ihrer Tätigkeit nachgingen. Er wußte, daß Kinder vor den Augen ihrer Mütter gefoltert oder mit verbundenen Augen in Säcke mit Insekten oder ausgehungerten Katzen gesteckt wurden, daß Männer und Frauen mit den Füßen an Balken gebunden und mit Stöcken auf die Fußsohlen geschlagen wurden und daß man sie anschließend zwang, durch heißes Salzwasser zu gehen. Das alles wußte Mark bereits, und darum überflog er den Text lediglich mit halb geschlossenen Augen, bevor er ihn seinem Cousin zurückgab.

»Maßlos übertrieben, wenn du mich fragst«, sagte er. »Diese Randgruppen ziehen immer Fanatiker an – man darf das, was sie sagen, nicht für bare Münze nehmen.«

»Dann meinst du also, daß Hussein damit nichts zu tun hat?«

»Na ja, kein Zweifel, er ist streng«, sagte Mark und spitzte die Lippen. »Ich würde sagen, er ist streng, aber gerecht.«

»Eine Art ungeschliffener Diamant?«

»Genau. Ein ungeschliffener Diamant.«

»Was hat er eigentlich vor mit all diesen Waffen?« fragte Henry. »Ich meine, wenn er im Irak für Ordnung gesorgt hat.«

Mark lachte verärgert. »Henry, was spielt es für eine Rolle, was er damit vorhat? Sobald es so aussieht, als wäre er in der Lage, irgend etwas Unerwünschtes damit anzustellen, werden wir einen Grund finden, ihn anzugreifen und sein ganzes Arsenal zu vernichten. Und dann werden wir ihm neue Waffen verkaufen.«

Henry bedachte die Logik dieser Aussage und konnte keinen Fehler darin finden.

»Wenn du mir die Bemerkung gestattest: Ich finde, diese modische Zimperlichkeit sieht dir gar nicht ähnlich«, fuhr Mark fort.

»Nein, nein, das ist nicht meine persönliche Meinung«, widersprach Henry. »Was uns Kopfzerbrechen macht, ist das Außenministerium und dieser kleine Schlappschwanz Howe. Er meldet ständig Bedenken an, weil wir Hussein dieses ganze Zeug verkaufen.«

»Und wie geht es jetzt weiter?«

»Tja, nachdem, was du mir erzählt hast«, sagte Henry und ließ sich tiefer in den Sessel sinken, »würde ich sagen, daß sich das Wirtschaftsministerium fürs erste durchsetzen wird. Ich werde vorschlagen, in den nächsten Monaten jemanden nach Bagdad zu schicken und den Irakern ein hübsches, fettes Kreditangebot zu machen. Wieviel haben die Amis ihnen gegeben?«

»Ein paar Milliarden, glaube ich, aber die sind nur für den Ankauf von Getreide bestimmt. Offiziell jedenfalls.«

»Hm. Ich würde sagen, wir können ihnen sieben- oder achthundert Millionen Pfund anbieten. Wie klingt das?«

»Klingt gut. Kommt ihm sicher sehr gelegen.«

»Ich will allerdings hoffen«, sagte Henry, beugte sich vor und sah Mark eindringlich an, »daß dieser Hussein das Geld auch wieder aufbringen kann. Ich meine, ein Kredit ist ja eine schöne Sache, aber uns ist sehr daran gelegen, daß er ihn irgendwann auch mal wieder zurückzahlt.«

Mark dachte gut nach, bevor er antwortete: »Der Irak besitzt bedeutende Bodenschätze. Natürlich wird Hussein irgendwann das Geld ausgehen, wenn er es weiterhin so großzügig ausgibt. Aber vergiß nicht, daß er einen reichen Nachbarn hat. Einen reichen und schwachen Nachbarn.«

»Kuwait?«

Mark nickte.

»Du glaubst, er will dort einmarschieren?«

»Er würde keinen Augenblick zögern.« Mark lächelte, während Henry diese Information verdaute. »Aber bis dahin dauert es noch ein Weilchen«, sagte er. »Und wer ist der Glückspilz, der die frohe Botschaft nach Bagdad bringen darf?«

»Clark wahrscheinlich. Kennst du ihn?«

»Entfernt. Scheint ein netter Bursche zu sein.«

»Ein echtes Energiebündel, finde ich«, sagte Henry. »Wir werden nicht recht schlau aus ihm. Aber in dieser Sache steht er eindeutig auf unserer Seite.« Er knüllte das Flugblatt langsam zusammen. »Ins Feuer damit«, sagte er und beugte sich zum Kamin.

»Ich hab eine bessere Idee«, sagte Mark und hielt ihn zurück. »Gib es Hilary und sag ihr, sie soll eine ihrer berühmten Kolumnen darüber schreiben.«

Darüber dachte Henry einen Augenblick nach. »Guter Gedanke«, sagte er und steckte das Flugblatt wieder in die Westentasche.

20. *Januar 1988*
Es war fast sechs Uhr, und alle anderen hatten Feierabend gemacht, doch Graham saß noch in seinem grauen, karg

möblierten Büro bei Midland Ironmasters und wartete darauf, daß das Telefon läutete. Er hatte ein Mikrofon an den Hörer angeschlossen. In den vergangenen Jahren hatte er so etwa fünfzig Stunden Material angesammelt; aber er wußte, daß er nur ein paar Minuten würde verwenden können, und hatte sich noch nicht dazu aufgerafft, die Aufnahmen zu schneiden. Er würde sich bald an die Arbeit machen müssen. Ihm war auch bewußt, daß das Material für seinen Film besorgniserregend unausgewogen war: zu viele Tonbandmitschnitte, zu viele Fotos, viel zuwenig Film. Vielleicht war es an der Zeit, ein paar wirkliche Risiken einzugehen.

Er wartete auf den Anruf eines älteren Kollegen aus der Werkzeugmaschinenbranche, der heute an einer Konferenz in London teilgenommen und versprochen hatte, Graham über das Ergebnis zu berichten. Der Wirtschaftsminister hatte die Konferenz geleitet, und auf der Tagesordnung hatte die Erteilung von Ausfuhrlizenzen gestanden.

Die Hersteller von Werkzeugmaschinen, die ihre Produkte in den Irak exportieren wollten, bekamen noch immer Schwierigkeiten mit dem Außenministerium. Erst kürzlich hatte Geoffrey Howe im Kabinett weitere Beschränkungen verlangt, und das allein reichte aus, um in der Machine Tool Technologies Association Unruhe zu verbreiten. Diese Organisation war inzwischen ein wichtiger Teil der proirakischen Lobby in Großbritannien geworden: Matrix Churchill, eines ihrer einflußreichsten Mitglieder, war von den Irakern gekauft worden, die sich damit eine technologische Basis in England sichern wollten. Die MTTA hatte in einer formellen Anfrage an das Wirtschaftsministerium um Klärung gebeten und wurde nun mit dieser Konferenz belohnt. Man hatte eine eindeutige Kursbestimmung der Regierungspolitik zugesagt.

Der Anruf konnte jederzeit kommen. Graham hatte den ganzen Tag am Telefon gewartet. Inzwischen war er furchtbar hungrig, und der klare blaue Winterhimmel hatte sich verdunkelt.

Um zehn nach sechs läutete das Telefon.

Als er später nach Hause fuhr, hörte er sich das Gespräch auf dem Kassettenrecorder im Auto noch einmal an.

– *Hallo, Graham. Tut mir leid, daß ich Sie so lange habe warten lassen.*

– *Macht nichts, macht überhaupt nichts.*

– *Ein paar von uns sind nach der Konferenz noch essen gegangen, und ich fürchte, ich hab ein bißchen zuviel des Guten erwischt.*

– *Nein, nein, das ist schon in Ordnung, wirklich. Dann hatten Sie also was zu feiern?*

– *Es war eine erfolgreiche Konferenz. Sehr fruchtbar.*

– *Was, dann haben sie also . . . ?*

– *Grünes Licht. Sie haben uns grünes Licht gegeben.*

– *Sie meinen, wir können jetzt . . . ?*

– *Freie Bahn. Keine Probleme mehr. Nachdem, was die gesagt haben, kann unser Land stolz auf uns sein. Wir sind die Hauptstütze des Exports und so weiter.*

– *Und was ist mit den Ausfuhrbeschränkungen?*

– *Na ja, wir sollen bloß ein bißchen aufpassen, das ist alles.*

– *Aufpassen? Wie meinen Sie . . . ?*

– *Also, man hat uns geraten, den . . . äh . . . möglichen Einsatz der Maschinen für militärische Zwecke nicht an die große Glocke zu hängen. Wir sollen ein bißchen aufpassen, wenn wir sie deklarieren.*

– *Und als was sollen wir sie deklarieren?*

– *Als »Maschinenbauteile« zum Beispiel. Oder darauf hinweisen, daß sie für friedliche . . . äh . . .*

– *. . . Zwecke . . .*

– *. . . Zwecke bestimmt sind. Jedenfalls sollen wir auf diesen Aspekt besonders hinweisen, wenn wir Genehmigungen beantragen.*

– *Aber es ist doch ein offenes Geheimnis . . .*

– *Ja, ja, natürlich, das weiß doch jeder.*

– *Ich meine, es ist doch offensichtlich, was wir da liefern.*

– *Tja, wie gesagt: Sie werden nicht mitten in einem Krieg Autos herstellen.*

– *Wer hat das gesagt? Haben Sie denen das gesagt?*

– *Nein, das war nach der Konferenz. Irgend jemand hat's gesagt.*

– *Aber dem Ministerium ist es egal?*

– *Vollkommen egal. Es ist allen vollkommen egal.*

– *Dann können wir also . . . ?*

– *Im Grunde ist es denen scheißegal, was wir verkaufen.*

– *Dann kann ich dem Chef also Bescheid sagen. Er wird . . .*

– *Er wird ein Freudentänzchen machen, würde ich sagen.*

– Ich schätze, das werden wir alle.

– Ja, wir haben schon ein bißchen gefeiert. Und Sie werden wohl auch die eine oder andere Flasche aufmachen, was?

– Wahrscheinlich. Ich meine, warum nicht?

– Ich muß jetzt Schluß machen.

– Ja, natürlich. Danke, daß Sie . . . daß Sie mich angerufen haben. Mir fällt wirklich ein Stein vom Herzen. Jetzt kann ich endlich . . . ein paar Sachen in Angriff nehmen, die ich schon . . .

– Ich muß jetzt aufhören. Wir sprechen ein andermal.

– Ja, natürlich. Irgendwann in den nächsten Tagen.

– Genau. Bis dann also.

– Ja. Und vielen Dank, daß Sie mich gleich angerufen haben.

– Keine Ursache. Alles Gute.

– Danke. Ihnen auch. Bis dann.

Graham ließ die Kassette herausspringen. Das Radio ertönte wieder; ein alter Huey-Lewis-Song. Es war nicht gerade Grahams Lieblingsstück.

28. April 1989

»Sie machen ja ziemlich viele Fotos. Urlaubsbilder für Ihre Familie?«

Graham fuhr herum. Er erwartete, einen uniformierten Wachmann zu sehen, stellte aber fest, daß ihn ein kleiner, untersetzter dunkelhaariger Mann mit einem gummiartigen Lächeln angesprochen hatte, der ihn an einen freundlichen Kobold erinnerte. Der Mann stellte sich als Louis vor und erklärte, er sei ein belgischer Geschäftsmann. Er überreichte Graham seine Visitenkarte.

»Hier gibt's so viel zu sehen«, sagte Graham. »Ich wollte ein paar Erinnerungsfotos machen.«

»Ja, da haben Sie recht. Das ist schon eine gewaltige Veranstaltung, nicht? Saddam Husseins Geburtstag ist in Bagdad immer ein großer Tag. Die Busse sind über und über mit Blumen geschmückt, und in den Schulen singen die Kinder besondere Geburtstagslieder. Aber dieses Jahr hat er wirklich was ganz Außergewöhnliches auf die Beine gestellt.«

Die Erste Internationale Ausstellung für Militärische Produkte war ihrem bombastischen Namen tatsächlich gerecht geworden. Achtundzwanzig Länder waren vertreten, und fast einhundertfünfzig Firmen – von kleineren Unternehmen wie Midland Ironmasters und Matrix Churchill bis zu den internationalen Giganten Thomson-CSF, Construcciónes Aeronauticas und British Aerospace – hatten Zelte und Pavillons aufgebaut. Alles, was Rang und Namen hatte, war gekommen: Der geniale Konstrukteur Gerald Bull zeigte am Stand von Astra Holdings ein maßstabgetreues Modell seiner Superkanone, der französische Unternehmer Hugues de l'Estoile lag mit Alan Clarks rechter Hand David Hastie in freundlichem Wettstreit um den Zuschlag für das Fao-Projekt – ein Langzeitprogramm, das dem Irak helfen sollte, eigene Flugzeuge zu entwickeln –, während Serge Dessault, der Sohn des großen Marcel Dessault, der im Alleingang Frankreichs Flugzeugproduktion aufgebaut hatte, auf dem Weg zur Ehrentribüne von den Irakern mit Ovationen überschüttet wurde, als wäre er ein Popstar.

»Ich hatte gedacht, es würde mehr Sicherheitsbeschränkungen geben«, sagte Graham, der gefürchtet hatte, er werde wegen seines Fotoapparates Schwierigkeiten bekommen, und sich nun verfluchte, weil er die Videokamera zu Hause gelassen hatte.

Louis schien überrascht. »Aber warum denn? Diese Ausstellung ist ja schließlich keine geheime Veranstaltung. Im Gegenteil: Wir wollen stolz zeigen, was wir geleistet haben. Es sind Journalisten aus aller Welt hier. Wir haben nichts zu verbergen. Niemand tut etwas Illegales. Wir alle glauben an die Politik der Abschreckung und das Recht eines jeden Landes, sich zu verteidigen. Sie nicht auch?«

»Nun...«

»Natürlich glauben Sie daran. Warum sollte Ihre Firma Sie sonst hierherschicken, zusammen mit diesen hervorragenden Errungenschaften der modernen Technik? Hätten Sie Lust, mich ein wenig herumzuführen?«

Louis war sichtlich beeindruckt von dem, was er im Pavillon von Midland Ironmasters sah. Die dort gezeigten Maschinen hoben sich deutlich von den ziemlich primitiv wirkenden und in den sechziger Jahren entwickelten Werkzeugmaschinen der polnischen, ungarischen und rumänischen Aussteller ab. Louis bemerkte, er könne vielleicht ein Geschäft mit iranischen Kunden einfädeln, doch vorerst blieb es bei dieser vagen Andeutung. Er schien Graham in sein Herz geschlossen zu haben und übernahm in den nächsten Tagen die Rolle des inoffiziellen Führers. Er nahm ihn mit auf die VIP-Tribüne, von wo aus sie zusahen, wie irakische Piloten mit ihren MiG-29 haarsträubende Kunststücke zeigten, wobei sie manchmal so tief flogen, daß die Zuschauer sich auf den Boden werfen mußten. (Nur bei einer dieser Vorführungen gab es einen ernsthaften Zwischenfall, als ein ägyptischer Pilot irrtümlich den Präsidentenpalast überflog und sofort von der Republikanischen Garde abgeschossen wurde. Sein Alphajet zerschellte in einem Wohnviertel von Bagdad und tötete etwa zwanzig Menschen.) Louis stellte Graham Oberst Hussein Kamil Hassan al-Majid vor, der nicht nur einer der kommenden Männer der Baath-Partei, sondern auch der offizielle Gastgeber dieser Veranstaltung war und seine Gäste in einem riesigen, einem Beduinenlager nachempfundenen Pavillon begrüßte. Und er war stets bereit, Graham mit einflußreichen Leuten zusammenzubringen, so zum Beispiel mit Christopher Droguel und Paul Van Wedel, den beiden Bankiers von der BNL Atlanta, die dem Irak einen langfristigen Kredit von etwa vier Milliarden Dollar gewährt hatte.

»Haben Sie ihre Armbanduhren bemerkt?« fragte Louis.

»Ihre Armbanduhren?«

»Werfen Sie das nächste Mal einen Blick darauf. Es sind Sonderanfertigungen. Schweizer Fabrikate. Auf dem Zifferblatt ist Saddam Husseins Gesicht. Es sind persönliche Geschenke – eine sehr große Ehre, glaube ich, die nur sehr wenigen, vielleicht drei oder vier Männern, zuteil geworden ist, darunter offenbar auch Monsieur de l'Estoile. Und selbstverständlich Ihrem Mr. Winshaw.«

Graham versuchte, sein plötzliches Interesse zu verbergen. »Mark Winshaw von Vanguard?«

»Ich glaube, Sie kennen ihn. Sie haben doch schon Geschäfte mit ihm gemacht.«

»Ja, ein- oder zweimal. Ist er auch hier?«

»O ja, da können Sie sicher sein. Aber wie Sie wissen, zieht er es vor, im Hintergrund zu bleiben. Zufällig werde ich heute mit ihm zu Abend essen. Soll ich ihn von Ihnen grüßen?«

»Ja, bitte«, sagte Graham. Er zögerte, bevor er kühn fragte: »Ein Geschäftsessen, nehme ich an?«

»Gewissermaßen«, sagte Louis. »Wir gehören einer wenig bekannten Organisation an, einem ziemlich exklusiven Klub, in dem wir uns mit technischen Fragen befassen. Wir treffen uns regelmäßig, um über die Sicherheit bei der Herstellung und dem Vertrieb von Waffensystemen zu sprechen.«

Graham wußte, welche Organisation er meinte: AESOP, die Association of Europeans for Safety in Ordnance and Propellants. Allerdings war er überrascht zu erfahren, daß Mark dazugehörte. Er hätte nicht gedacht, daß er für solche Dinge Zeit hatte.

»Ich glaube aber nicht«, sagte Louis, »daß heute abend viel über Geschäfte gesprochen wird. Ich nehme an, es wird mehr eine Art geselliges Beisammensein werden. Sie sollten auch kommen, Mr. Packard. Sie werden sehr willkommen sein.«

Graham nahm die Einladung an.

Man hatte den kleinen Nebenraum eines sehr ruhigen und teuren Restaurants in der Stadtmitte von Bagdad reserviert. Es war eine kleine Runde, die nur aus Mark, Louis, Graham, einem ernsten Holländer und einem lauten Deutschen bestand. Das Essen war französisch (man war sich darüber einig, daß die nahöstliche Küche so gut wie ungenießbar sei), und der Champagner war erlesen (Roederer Cristal 1977) und floß in Strömen. Jeder Gast hatte seine eigene hübsche, kleine philippinische Kellnerin, die kichernd tat, als sei sie entzückt, wenn ihr bei dem Versuch, das Essen zu servieren, eine Hand unter den Rock geschoben oder ihr Busen unsanft betastet wurde. Grahams Kellnerin hieß Lucila. Soweit er wußte, war keine der anderen nach ihrem Namen gefragt worden. Er saß zwischen Louis und Mark, der deutlich weniger reserviert und verschlossen war als bei früheren Gelegenheiten. Er sprach ungeniert über seine Arbeit und diese Ausstellung und darüber, was sie jedem, der Augen im Kopf hatte, über Saddams militärischen Ziele verriet. Graham nahm alles mit einem kleinen Tonbandgerät auf, das er in der Innentasche seines Jackets versteckt hatte. Das bedeutete allerdings, daß er seine Armbanduhr im Auge behalten mußte, damit er rechtzeitig auf die Toilette gehen und die Kassette (er hatte zwei Neunzigerkassetten mitgenommen) umdrehen konnte, bevor das Gerät sich mit einem verräterischen Klicken abschaltete. Aus persönlichen Gründen würde er die Bänder jedoch zu Hause wieder löschen.

Louis war der erste, der sich, zwischen dem ersten und dem zweiten Gang, mit seiner Kellnerin in eines der Zimmer im ersten Stock, zurückzog. Die beiden blieben eine halbe Stunde fort, und kaum waren sie wieder zurück, da verschwand der Holländer mit seiner Bedienung. Bis dahin hatte die Runde, nach Grahams Schätzung, acht Flaschen Champagner geleert. Er spürte Lucilas Verwunderung darüber, daß er sich ihr gegenüber so zurückhaltend verhielt. Ihr fehlte die konventionelle Attraktivität ihrer Kolleginnen: Ihre Haut war großporig und hatte kleine Pockennarben, und es gelang ihr nicht so gut wie den anderen, ihre Traurigkeit hinter einer Maske aus ausgelassener Fröhlichkeit zu verbergen. Sie war nervös und verschüttete manchmal etwas. Graham wußte, daß ihr etwas Ausgelassenheit von seiner Seite geholfen hätte, doch das war schwierig, denn er gab sich große Mühe, nüchtern zu bleiben. Als der Hauptgang – eine ganze Rinderkeule – serviert wurde, beugte Mark sich zu ihm und sagte: »Ich hoffe, Sie nehmen es uns nicht übel, Mr. Packard, aber für uns ist es an der Zeit, ein paar vertrauliche Geschäftsangelegenheiten zu besprechen. Dies wäre vielleicht ein geeigneter Augenblick, sich für eine Weile zurückzuziehen.«

»Zurückzuziehen?«

Mark deutete auf Lucila und hob vielsagend die Augenbrauen. Graham nickte und verließ den Tisch.

Sie gingen nach oben in ein kleines, ungemütliches Zimmer. Das Bett war ungemacht und erst kürzlich benutzt worden. Der Raum war sauber, aber nur trübe erleuchtet und nüchtern eingerichtet. Der Teppich hatte Blutflecke, die anscheinend schon älter waren. Sobald Graham die Tür geschlossen hatte, begann Lucila sich auszuziehen. Sie war verwirrt, als Graham ihr sagte, sie solle aufhören. Er erklärte ihr, er wolle nicht mit ihr ins Bett gehen, weil er verheiratet sei und es unrecht finde, daß Frauen gezwungen würden, mit Männern zu schlafen, die sie kaum kannten. Sie nickte und setzte sich auf das Bett. Graham setzte sich neben sie. Sie lächelten sich an. Er merkte, daß sie erleichtert und zugleich gekränkt war. Er versuchte herauszubekommen, woher sie kam und was sie im Irak machte, aber ihr Englisch war schlecht, und außerdem schienen ihr diese Fragen nicht zu behagen. Sie wußten beide, daß sie einen angemessenen Zeitraum verstreichen lassen mußten, bevor sie wieder hinuntergehen konnten. Lucila hatte eine Idee: Sie öffnete eine der Schubladen des Schrankes und holte ein Kartenspiel hervor. Keiner von ihnen kannte ein richtiges Spiel, und so spielten sie ein paar Runden Siebzehn-und-vier. In einer Flasche auf dem Nachttisch war noch etwas Champagner, und binnen kurzem waren sie regelrecht beschwipst. Nach der ständigen Anspannung der letzten Tage, nach all der Verstellung und Wachsamkeit war es Graham, als wäre er von einer schweren Last befreit: Es gab nichts, was ihm mehr Vergnügen bereiten konnte, als mit einer leicht betrunkenen, schönen jungen Frau in einem fremden Zimmer zu sitzen und ein anspruchsloses Kartenspiel zu spielen, und mit einemmal wurde er überwältigt von einem Verlangen, das Lucila sofort erkannte, als sie ihm in die Augen sah. Sie wandte den Blick ab. Sie beendeten das Spiel in gedämpfterer Stimmung und gingen dann wieder hinunter ins Restaurant.

Mark und seine Freunde stritten sich lautstark, aber fröhlich und zeichneten dabei Kreise auf das Tischtuch und ihre Servietten. Jeder dieser Kreise war in vier ungleich große Segmente unterteilt, die mit den Buchstaben GB, NL, D und B gekennzeichnet waren. Mit etwas Mühe gelang es Graham, Louis zu einer halb gelallten Erklärung zu bewegen, die später durch seine eigenen Nachforschungen bestätigt werden sollte. Es stellte sich heraus, daß AESOP ganz und gar nichts mit Sicherheitsmaßnahmen bei Produktion und Vertrieb von Waffen zu tun hatte. Vielmehr handelte es sich um ein informelles Kartell europäischer Waffenhändler, das eines der größten Probleme lösen sollte, die sich bei den

Geschäftsbeziehungen mit dem Irak auftaten: Wie konnten die Munitionshersteller angesichts des riesigen Auftragsvolumens die Bestellungen erfüllen, ohne ihre Produktionsquoten so sehr zu erhöhen, daß die jeweiligen Regierungen Verdacht schöpften? Die Antwort war AESOP – ein Forum, in dem die führenden Waffenhändler eines jeden Landes zusammenkamen und die Produktionsquoten ihrer Lieferanten aushandelten.

»Wir haben uns auf diese Zahlen geeinigt«, sagte Louis, reichte Graham eine Serviette und zeigte auf die Kreisausschnitte. »Das sind unsere Kommissionen, die Kommissionen für das kommende Jahr.«

»Aber die Summe ist größer als hundert«, wandte Graham ein.

Louis lachte laut. »Das sind keine Prozentzahlen«, sagte er, und seine Augen glänzten. »Das sind Millionen Dollar!« Er lachte noch lauter, als er Grahams unverhülltes Staunen sah. Sein ganzer Körper schüttelte sich vor Lachen, als er den Arm zu einer großen Gebärde ausstreckte, die den Raum, die Kellnerinnen, seine drei Freunde und die Überreste der Rinderkeule auf der silbernen Platte einschloß. »Was für ein Schlachtfest, hm, Mr. Packard? Was für ein Schlachtfest!«

In der nächsten halben Stunde wurde die Stimmung am Tisch noch ausgelassener, und Graham fühlte sich mehr und mehr fehl am Platz.

»Sie haben einen so mißbilligend spitzen Mund«, sagte Mark irgendwann. »Ich verstehe nicht ganz, warum eigentlich. Gerade habe ich Ihrer Firma für die absehbare Zukunft den Löwenanteil am irakischen Markt gesichert.«

»Ich bin nur müde«, sagte Graham. »Es war alles ein bißchen viel.«

»Vielleicht finden Sie auch diese Feier ebenso laut und vulgär wie ich.«

»Vielleicht.«

»Und dabei waren Sie doch in Ihrer Studienzeit kein Kind von Traurigkeit, Mr. Packard, sondern, wenn ich recht informiert bin, ein regelrechter Heißsporn.«

Graham, der gerade an seinem Kaffee nippen wollte, hielt inne. »Wer hat Ihnen denn das erzählt?«

»Ach, als guter Geschäftsmann habe ich eine kleine Routineüberprüfung vornehmen lassen. Wie es aussieht, sind Sie in den letzten Jahren ein gutes Stück erwachsener geworden.«

»In welcher Hinsicht?«

»In politischer Hinsicht. Lassen Sie mich nachdenken: Waren Sie Schatzmeister beim Sozialistischen Arbeiterbund oder bei der Liga Revolutionärer Kommunisten?«

Obwohl ihm das Herz in die Hose sank, lächelte Graham tapfer. »Beim Sozialistischen Arbeiterbund.«

»Ein weiter Weg von einer Brutstätte revolutionärer Umtriebe in dieses Restaurant in Bagdad, finde ich.«

»Wie Sie schon sagten: Ich bin ein gutes Stück erwachsener geworden«, erwiderte Graham.

»Das hoffe ich, Mr. Packard. Immerhin geht es hier um einen hohen Einsatz. Ich würde mir wünschen, daß Sie ein Mann sind, dem ich vertrauen kann. Ein Mann, der zum Beispiel in schwierigen Situationen einen kühlen Kopf behält.«

»Ich glaube, das kann ich«, sagte Graham. »Und ich glaube, ich habe es auch schon bewiesen.«

Mark hielt eine der Kellnerinnen am Saum ihres Minirocks fest und zog sie zu sich. »Äpfel«, sagte er. »Wir brauchen ein paar Äpfel.«

»Sofort, Sir. Möchten Sie gebackene Äpfel, oder vielleicht glasierte?«

»Bring uns einfach fünf Äpfel.«

»Und stellt die Musik lauter!« rief Louis ihr nach. »Stellt sie laut, richtig laut!«

Als die Frau mit den Äpfeln zurückkehrte, befahl Mark ihr und ihren vier Kolleginnen, sich an der Wand aufzustellen.

»Oh, das Spiel!« sagte Louis und klatschte begeistert in die Hände. »Ich *liebe* dieses Spiel!«

Mark legte jeder Kellnerin einen Apfel auf den Kopf, griff unter sein Jackett und zog einen Revolver hervor. »Wer will zuerst?« fragte er.

Die Männer mochten betrunken sein, doch sie waren ausgezeichnete Schützen – mit Ausnahme von Louis, dessen Schuß sein Ziel um fast einen Meter verfehlte und eine

Lampe zerschmetterte. Die Frauen schrien und wimmerten, aber sie wagten keine Bewegung, auch dann nicht, als die Äpfel auf ihrem Kopf bereits getroffen waren.

Schließlich war Graham an der Reihe. Er hatte noch nie einen Revolver in der Hand gehabt, doch er wußte, daß Mark Winshaw ihn auf eine widerwärtige Probe stellte, und wenn er hier versagte und seine Nerven mit ihm durchgingen, würde seine Tarnung auffliegen, und das wiederum bedeutete, daß er binnen kurzem, in ein paar Wochen oder schon in ein paar Tagen, umgebracht würde. Er hob den Revolver und zielte auf Lucila. Tränen rannen ihr über die Wangen, und in ihren Augen sah er Entsetzen und Unverständnis – ein beschwörendes Echo des Lachens und der Nähe, die sie in dem kleinen Zimmer erlebt hatten. Seine Hand zitterte. Er mußte eine Weile so dagestanden haben, dann hörte er Mark sagen: »Lassen Sie sich nur Zeit, Mr. Packard«, und dann klatschten die anderen in die Hände und summten mit zusammengepreßten Lippen, als spielten sie Kazoo, die »Wilhelm Tell«-Ouvertüre. Und dann, gerade als Lucila den ersten Schluchzer ausstieß, tat er das, wofür er sich immer hassen würde, wenn er in der Nacht fröstelnd und schweißgebadet hochschreckte, wenn er mitten im Gespräch aufstehen und hinausgehen oder unvermittelt auf der Standspur der Schnellstraße anhalten mußte, weil die plötzliche Klarheit der Erinnerung ihn überwältigte und es ihn würgte. Er zog den Abzug durch.

Fast sofort wurde ihm schwarz vor Augen, so daß er nicht sah, daß die Kugel den Stiel des Apfels spaltete und sich in die Wand hinter Lucilla bohrte und daß sie selbst auf die Knie sank und sich auf den Parkettboden übergab. Er konnte sich dunkel an laute Musik und Stimmen erinnern, an Leute, die ihm auf die Schulter klopften und ihn noch mehr Kaffee trinken ließen, doch er kam erst wieder zu sich, als er mit heruntergelassener Hose, den Kopf in die Hände gestützt, auf der Toilette saß. Es stank nach seinem Durchfall, und der winzige, fensterlose Raum war totenstill bis auf den Klang eines einzigen roboterhaft, tonlos, mechanisch wiederholten Wortes.

Joan. Joan. Joan.

Graham hatte Mark Winshaws Achtung errungen. Die Belohnung kam nach zwanzig Monaten des Schweigens: eine Einladung zu Marks Silvesterparty in seinem Haus in Mayfair.

31. Dezember 1990

Graham fand, elf Uhr sei der früheste Zeitpunkt, zu dem er sich höflicherweise entschuldigen und die Party verlassen konnte. Er sagte Mark, er wolle noch nach Birmingham zu seiner Frau und seiner acht Monate alten Tochter fahren.

»Aber ich habe Sie ja noch gar nicht Helke vorgestellt«, protestierte Mark. »Sie müssen sie unbedingt kennenlernen, bevor Sie gehen. Haben Sie Ihren Wagen in der Nähe geparkt?«

Das hatte er. Mark ließ sich die Schlüssel geben und sagte einem seiner Fahrer, er solle Grahams Wagen vorfahren. In der Zwischenzeit sah Graham sich gezwungen, ein paar freundliche Worte mit der neuen Mrs. Winshaw zu wechseln, die er zu seiner Überraschung erschreckend attraktiv fand. Er hatte sie verabscheuen wollen – immerhin wußte er, daß sie die Tochter eines reichen Industriellen und berüchtigten Nazi-Sympathisanten war –, doch ihre blasse Schönheit und eigenartig kokette Art machten ihm das selbst bei dieser kurzen Begegnung schwer.

Als er einige Minuten später am Steuer seines Wagens saß, seufzte Graham erleichtert. Er war naßgeschwitzt. Dann bekam er einen Schlag auf den Hinterkopf und sank bewußtlos zusammen.

Er wurde zu einer Garage in Clapham gefahren. Der Fahrer ließ den Motor laufen, zog Graham aus dem Wagen und legte ihn unter dem Auspuff auf den Boden. Er trat ihn vier- oder fünfmal ins Gesicht und einmal in den Magen. Dann zog er ihm die Hose aus, nahm ihm die Videokamera ab und sprang einige Male mit voller Wucht auf seine Beine. Danach ging er hinaus und schloß die Garagentür ab.

Der Tritt in den Magen war ein Fehler gewesen, denn er hatte Graham wieder halb zu Bewußtsein gebracht. Einige Minuten lang konnte er sich nicht bewegen. Zwar kehrten seine Kräfte in dieser Zeit zum Teil zurück, doch sein Gehirn wurde mit immer weniger Sauerstoff versorgt. Schließlich schaffte er es unter Aufbietung aller Reserven, zum Fahrersitz zu kriechen. Er legte den Rückwärtsgang ein und fuhr gegen die Garagentür. Der Schwung reichte nicht aus, um sie aufzubrechen, und so versuchte er es noch einmal. Auch diesmal sprang die Tür nicht auf. Graham verlor erneut das Bewußtsein.

Doch der Lärm hatte die Aufmerksamkeit einer Gruppe angetrunkener Passanten erregt. Es gelang ihnen, die Tür aufzubrechen und den Wagen auf die Straßen zu schieben. Einer von ihnen rannte zur nächsten Telefonzelle.

Graham lag, umgeben von Fremden, auf dem Bürgersteig.

Er lag in einem Krankenwagen. Das Blaulicht blitzte, und er hatte eine Maske auf dem Gesicht.

Er war in einem Krankenhaus. Es war sehr kalt.

Die Glocke von Big Ben schlug Mitternacht.

Januar 1991

Ich nahm die Becher mit Orangensaft und trug sie in die Kammer. Fiona trank ihren langsam und dankbar aus, dann trank sie noch die Hälfte von meinem. Sie sagte, ich sähe verwirrt aus, und wollte wissen, was geschehen sei.

»Sie haben gerade einen Mann eingeliefert. Er ist bewußtlos und sieht ziemlich übel aus. Ein erschreckender Anblick.«

Fiona sagte: »Das tut mir leid. Insgesamt kein schöner Anfang für das neue Jahr.«

Ich sagte: »Sei nicht albern.«

Ich sah, daß sie immer schwächer wurde. Nachdem sie den Orangensaft getrunken hatte, ließ sie sich auf die Liege sinken und sagte nichts mehr, bis die Schwester wieder hereinkam.

»Zwischenbericht zur Aufmunterung«, sagte sie fröhlich. »Die Oberschwester versucht, ein Bett für Sie aufzutreiben. Sobald wir eins gefunden haben, können Sie auf die Station, und dann gibt Dr. Bishop Ihnen Ihr Antibiotikum. Dr. Gillam, unsere Oberärztin, hat im Augenblick sehr viel zu tun, aber sie wird morgen früh kommen und nach Ihnen sehen.«

Für mich hörte sich das nicht sehr aufmunternd an. »Aber Sie suchen jetzt schon seit über einer halben Stunde nach einem Bett. Wieso gibt es dabei so große Probleme?«

»Wir haben nicht viel Platz«, sagte sie. »Kurz vor Weihnachten sind einige chirurgische Stationen geschlossen worden, und das hat böse Folgen gehabt. Eine Menge Patienten aus der Chirurgie sind auf die Stationen für innere Medizin verlegt worden. Wir haben ein Verzeichnis der verfügbaren Betten, aber das muß immer wieder auf den neuesten Stand gebracht werden. Wir hatten schon gedacht, wir hätten ein Bett für Sie gefunden, doch die Oberschwester hat nachgesehen und festgestellt, daß es besetzt war. Aber es wird jetzt nicht mehr lange dauern.«

»Schön«, sagte ich mit grimmigem Unterton.

»Allerdings wäre da noch ein Problem.«

»Ja?«

Sie zögerte. Ich merkte, daß sie das, was jetzt kam, lieber nicht gesagt hätte.

»Tja... also... wir brauchen diese Kammer. Ich fürchte, wir werden Sie woanders unterbringen müssen.«

»Woanders? Aber ich denke, Sie können uns nirgendwo anders unterbringen.«

Doch sie konnten. Sie rollten Fionas Liege auf den Korridor, stellten einen Stuhl für mich daneben und ließen uns allein. Es dauerte weitere neunzig Minuten, bis sie ein Bett gefunden hatten. In dieser Zeit bekamen wir keinen Arzt zu Gesicht: Sowohl der Assistenzarzt als auch die bislang unsichtbare Oberärztin Dr. Gillam hatten, wie man mir sagte, alle Hände voll mit dem neu eingelieferten Mann, der mir bekannt vorgekommen war. Irgendwie hatten sie es geschafft, ihn wiederzubeleben. Es war fast zwei Uhr, als die Schwestern kamen, um Fiona zu holen, die inzwischen verängstigt und hilflos aussah. Ich drückte ihr fest die Hand und küßte sie auf den Mund. Ihre Lippen waren kalt. Ich sah ihr nach, als sie den Korridor entlanggeschoben wurde.

Man bestand darauf, daß ich nach Hause ging und mich ausruhte, doch ich konnte nur die erste Hälfte dieser Anweisung ausführen. Ich war körperlich erschöpft, nicht zuletzt, weil ich den Heimweg vom Krankenhaus zu Fuß zurückgelegt hatte und erst einige Zeit nach vier Uhr in meiner Wohnung angekommen war, doch mir war nicht nach Schlafen zumute, denn ich wußte, daß Fiona in einer dunklen Krankenhausstation drei oder vier Meilen entfernt wachlag und mit leerem Blick an die Decke starrte. Wieso hatte es so lange gedauert, sie dort unterzubringen? Nachdem ich sie vor dem Schrank kniend gefunden hatte, waren mehr als fünf Stunden vergangen, bis man sie in dieses Bett gelegt hatte – Stunden, in denen sich ihr Zustand sichtlich verschlechtert hatte. Und doch war, soweit ich hatte sehen können, niemand nachlässig gewesen: Es hatte eine Atmosphäre von hektischer, entschlossener Tüchtigkeit geherrscht. Warum dann die Verzögerungen?

Ich lag angezogen auf dem Bett. Die Vorhänge waren geschlossen. Ich hatte immer gedacht, ein Bett sei ein simples Ding. Soweit ich mich erinnern konnte, hatte ich in meinem ganzen Leben kaum mehr als ein Dutzend Nächte nicht in einem Bett verbracht. Und Krankenhäuser waren voller Betten. Das war ja der Sinn eines Krankenhauses: Es bestand aus Zimmern voller Betten. Zwar stimmte es, daß mein Vertrauen in die Medizin schon immer begrenzt war. Ich wußte, daß es Krankheiten gab, denen diese Wissenschaft machtlos gegenüberstand, aber ich hätte nie gedacht, daß ein Haufen hochqualifizierter Ärzte und Schwestern solche Schwierigkeiten haben könnte, einen Patienten einfach von einem Ort zu einem anderen – von einer Kammer in ein Bett – zu verlegen. Ich fragte mich, wer für diesen Zustand verantwortlich sein mochte (ja, Fiona, ich glaubte noch immer an Verschwörungen) und welches Interesse er daran hatte, den Leuten das Leben noch schwerer zu machen, als es ohnehin schon war.

Man hatte mir gesagt, ich könne gegen zehn Uhr morgens anrufen. Gab es irgend jemanden, den ich inzwischen benachrichtigen sollte? Ich stand auf, ging in Fionas Wohnung und blätterte in ihrem Adreßbuch. Es war voller Namen, die sie mir gegenüber nie erwähnt hatte, und ganz hinten lag ein zusammengefalteter Brief vom März 1984. Wahrscheinlich hatten die meisten Leute in diesem Verzeichnis seit sechs oder sieben Jahren nichts mehr von ihr gehört. Einer von ihnen war vermutlich ihr ehemaliger Mann, der bibeltreue Christ. Soviel ich wußte, hatten sie seit der Scheidung nicht mehr miteinander gesprochen, und daher hielt ich es für sinnlos, ihn anzurufen. Fiona sprach immer freundlich von ihren Arbeitskollegen – vielleicht sollte ich ihnen Bescheid sagen. Allerdings würde ich sie die nächsten ein, zwei Tage nicht erreichen können.

Fiona war allein, sehr allein. Genau wie ich.

Der Tisch in meinem Wohnzimmer war noch immer für

ein Festessen gedeckt. Ich räumte ihn ab und sah zu, wie der erste Tag des neuen Jahres fahl über Battersea dämmerte. Als es hell war, überlegte ich, ob ich duschen sollte, entschied mich aber statt dessen für zwei Tassen starken Kaffee. Die Aussicht, noch drei Stunden warten zu müssen, war entsetzlich. Ich dachte an meine Mutter und daran, wie sie, als mein Vater im Krankenhaus gelegen hatte, die leeren Tage gefüllt hatte. In meiner Wohnung gab es jede Menge alter Zeitungen. Ich nahm sie mir vor und begann, die Kreuzworträtsel zu lösen. In kurzer Zeit erledigte ich ein halbes Dutzend davon und geriet dann an ein riesiges, extra schweres, für das ich Nachschlagewerke und ein Synonymwörterbuch brauchte. Das lenkte mich zwar nicht sonderlich ab, aber es war besser, als einfach herumzusitzen und nichts zu tun. So beschäftigte ich mich bis zwanzig vor zehn. Dann rief ich im Krankenhaus an.

Ich wurde mit einer Schwester verbunden, die mir sagte, Fionas Zustand sei noch immer »nicht sehr gut«. Ich könne kommen und sie besuchen, wenn ich wolle. Ohne mich zu bedanken, legte ich unhöflich den Hörer auf und brach mir, als ich die Treppe hinunterrannte, fast ein Bein.

Die Station war voll, aber ruhig; die meisten Patienten wirkten eher gelangweilt als ernstlich krank. Fiona hatte ein Bett in der Nähe des Stationszimmers. Zunächst erkannte ich sie gar nicht, denn sie hatte eine Sauerstoffmaske über Nase und Mund. In ihrem Arm steckte eine Kanüle mit einem Infusionsschlauch. Sie bemerkte mich erst, als ich ihr auf die Schulter tippte.

»Hallo«, sagte ich. »Ich wußte nicht, was ich dir mitbringen sollte, also hab ich Trauben genommen. Nicht sehr originell.«

Sie nahm die Sauerstoffmaske ab und lächelte. Ihre Lippen waren bläulich verfärbt.

»Es sind kernlose«, sagte ich.

»Ich esse später ein paar.«

Ich hielt ihre eiskalte Hand und wartete, während sie die Maske aufsetzte und ein paar Atemzüge machte.

Sie sagte: »Sie wollen mich verlegen. Auf eine andere Station.«

Ich sagte: »Wieso?«

Sie sagte: »Intensivstation.«

Ich versuchte, mir meine Panik nicht anmerken zu lassen.

Sie sagte: »Sie haben heute morgen alle möglichen Untersuchungen gemacht. Es hat ungefähr eine Stunde gedauert. Es war schrecklich.«

Ich sagte: »Was für Untersuchungen?«

Sie sagte: »Zuerst kam Dr. Gillam. Die Oberärztin. Sie war sehr nett, schien aber wegen irgend etwas wütend zu sein. Sie hat ein Röntgenbild machen lassen, gleich hier. Ich mußte mich aufsetzen, und dann haben sie mir eine Platte unter den Rücken geschoben. Und dann mußte ich immer einatmen. Das war ziemlich übel. Dann wollten sie mein Blut auf Gase untersuchen und kamen mit einer Spritze und haben eine Arterie gesucht. Hier.« Sie zeigte mir ihr Handgelenk, an dem mehrere Einstiche zu sehen waren. »Es ist anscheinend ganz schön schwer, eine Arterie auf Anhieb zu erwischen.«

Ich sagte: »Wann wirst du verlegt?«

Sie sagte: »Bald, glaube ich. Ich weiß auch nicht, wieso das so lange dauert.«

Ich sagte: »Haben sie dir gesagt, was dir fehlt?«

Sie schüttelte den Kopf.

Dr. Gillam bat mich in einen Untersuchungsraum. Zunächst fragte sie mich, ob ich mit Fiona verwandt sei, und ich sagte, nein, ich sei nur ein Freund. Sie fragte mich, wie lange ich Fiona schon kenne, und ich sagte, seit ungefähr vier Monaten, und dann fragte sie mich, ob Fiona Verwandte habe, und ich sagte, nein, nicht daß ich wüßte, es sei denn, sie habe irgendwelche Onkel oder Cousins, von denen sie mir nichts erzählt habe. Dann fragte ich sie, warum Fiona plötzlich so krank sei, und sie erklärte mir alles. Sie begann mit der Lungenentzündung: Fiona habe sich irgendwie eine schwere Lungenentzündung zugezogen, und ihr Körper kämpfe nicht so energisch dagegen an, wie man es eigentlich erwarten solle. Der Grund dafür gehe aus dem Röntgenbild hervor (und natürlich auf den in irgendeinem Aktenschrank verwahrten Unterlagen des Facharztes). Es zeige eine große

Wucherung im Zentrum der Brust. Es handle sich dabei um ein Lymphom. Das Wort sagte mir gar nichts, und Dr. Gillam erklärte mir, es sei eine Art von Krebs, der in diesem Fall schon recht weit fortgeschritten sei.

»Wie weit fortgeschritten?« fragte ich. »Ich meine, es ist doch noch nicht zu spät, um etwas dagegen zu tun, oder?«

Dr. Gillam war eine große Frau mit pechschwarzem Haar, einem Pagenschnitt, einer kleinen, goldgefaßten Brille und wachen, energisch blickenden Augen. Sie dachte sorgfältig nach, bevor sie antwortete. »Wenn wir das ein bißchen früher herausgefunden hätten, wäre die Prognose vielleicht besser.« Ich hatte den Eindruck, daß sie etwas zurückhielt. Wie Fiona spürte ich in ihr eine sorgfältig zurückgehaltene Wut. »Der Sauerstoffgehalt im Blut«, fuhr sie fort, »ist auf ein sehr niedriges Niveau gesunken. Das einzige, was wir im Augenblick tun können, ist, sie auf die Intensivstation zu verlegen und unter Beobachtung zu halten.«

»Worauf warten Sie dann noch?«

»Tja, so einfach ist das leider nicht. Zunächst einmal...« Ich wußte, was jetzt kam.

»...müssen wir ein Bett für sie finden.«

Ich blieb im Krankenhaus, bis man ein Bett gefunden hatte. Diesmal dauerte es nur eine halbe Stunde, in der mehrere Telefongespräche geführt wurden. Letztlich war das Problem anscheinend nur dadurch zu lösen, daß man einen Patienten fand, der in der Bettenhierarchie ein paar Stufen weiter unten stand, und ihn aus der Station entfernte und im Tagesraum warten ließ, bis man ihn offiziell entlassen konnte. Dann wurde Fiona wieder davongerollt, und ich konnte nichts mehr tun. Ich ging nach Hause.

Ich besaß keine medizinischen Fachbücher, aber die Wörterbücher, die ich zur Lösung der Kreuzworträtsel gebraucht hatte, lagen noch auf dem Tisch. Ich schlug »Lymphom« nach: »ein Tumor mit der Struktur einer Lymphdrüse«. So ausgedrückt, klang es nicht sehr beunruhigend, und doch war dies die Ursache für monatelange Halsschmerzen und Fieber gewesen und letztlich der Grund, warum Fionas Immunsystem so gut wie zusammengebrochen war und der erstbesten Infektion nichts entgegenzusetzen gehabt hatte. Ich starrte das Wort an, starrte es so lange an, bis es nichts weiter war als eine bedeutungslose Buchstabenkombination. Wie konnte etwas so Winziges, so Willkürliches wie dieses alberne kleine Wort so viel Schaden anrichten? Wie konnte es (nein, das würde nicht geschehen) einen Menschen *zerstören?*

Es würde nicht geschehen.

Plötzlich war ich angewidert vom Anblick des halb gelösten Kreuzworträtsels – es erschien mir banal und beleidigend. Ich knüllte die Zeitung zu einem Ball zusammen und stieß dabei die Tasse mit dem kalten Kaffeerest um. Nachdem ich einen Lappen geholt und die Pfütze aufgewischt hatte, bekam ich einen Anfall von Putzwut. Ich polierte den Tisch, wischte den Staub von den Regalen und machte mich über die Fußleisten her. Ich holte mir einen Scheuerschwamm und fuhr eine ganze Batterie von Haushaltsreinigern auf. Ich räumte die Möbel aus dem Wohnzimmer in den Flur und saugte den Teppich. Ich wischte den Boden im Badezimmer mit einem Mop und brachte die Wasserhähne und den Spiegel auf streifenfreien Hochglanz. Ich putzte die Kloschüssel. Dann ging ich mit zwei schwarzen Müllsäcken durch die Wohnung und warf sämtliche alten Zeitschriften, vergilbten Zeitungen und überflüssigen Notizzettel weg. Ich hörte erst auf, als ich auf ein ungeöffnetes Päckchen stieß, das mein Weihnachtsgeschenk von Peacock Press enthielt. Eine absurde, fast hysterische Neugier überwältigte mich, und ich riß es auf und zog die drei Bücher heraus. Ich wollte etwas sehen, das mich zum Lachen bringen würde.

Die Sendung bestand aus einem dünnen Bändchen mit dem Titel *Architektonische Kleinode in Croydon*, das, wie der Klappentext versprach, mit »drei Schwarzweißillustrationen« aufwartete, und dem Buch *Plinthe! Plinthe! Plinthe!* von Reverend J. W. Pottage, dem angeblich »zugänglichsten und humorvollsten Werk aus der Feder eines Autors, der heute eine international anerkannte Autorität auf diesem Gebiet ist«. Bei dem dritten Buch schien es sich wieder einmal um eine Kriegserinnerung zu handeln. Es hatte den rätselhaften Titel *Ich war »Sellerie«.*

Bevor ich Zeit hatte, darüber nachzudenken, läutete das Telefon. Ich warf das Buch hin und nahm den Hörer ab. Es war das Krankenhaus. Man sagte mir, Fiona werde in Kürze an ein Beatmungsgerät angeschlossen, und wenn ich mit ihr sprechen wolle, solle ich sofort kommen.

»Sie hat einen Kreislaufkollaps gehabt«, erklärte mir Dr. Gillam. »Wir haben sie mit reinem Sauerstoff behandelt, aber der Sauerstoffgehalt im Blut ist noch immer sehr niedrig. Jetzt versuchen wir es also mit dem Beatmungsgerät. Sobald sie daran angeschlossen ist, kann sie nicht mehr sprechen. Ich habe mir gedacht, Sie würden sie vorher gerne sehen.«

Bereits jetzt konnte sie kaum noch sprechen.

Sie sagte: »Ich verstehe das nicht.«

Und: »Danke, daß du gekommen bist.«

Und: »Du siehst müde aus.«

Und: »Was ist aus der Lasagne geworden?«

Ich sagte: »Du wirst wieder gesund.«

Und: »Liegst du bequem?«

Und: »Die Ärzte hier sind sehr gut.«

Und: »Du wirst wieder gesund.«

Es war keine besondere Unterhaltung. Wahrscheinlich war keine unserer Unterhaltungen besonders. Fast hätte ich geschrieben: sonderlich besonders. Ich glaube, langsam zerreißt es mich.

Man sagte mir, es werde etwa eineinhalb Stunden dauern, Fiona an das Beatmungsgerät und die nötigen Infusionen anzuschließen. Danach könne ich wieder zu ihr. Ich verbrachte ein paar Minuten im Wartezimmer, einem sehr funktional ausgestatteten Raum mit einigen harten Stühlen aus schwarzem Kunststoff und einem Stoß Zeitungen und Zeitschriften, die etwas niveauvoller als gewöhnlich zu sein schienen. Dann machte ich mich auf die Suche nach einer Tasse Kaffee und fand eine Kantine, die anscheinend nicht für Besucher, sondern für das Personal bestimmt war, auch wenn niemand etwas dagegen zu haben schien, daß ich mich dort an einen Tisch setzte. Ich trank schwarzen Kaffee und war bei meinem dritten Nuts-Riegel angekommen, als jemand neben meinem Tisch stehenblieb und mich begrüßte.

Ich sah auf. Es war die Schwester, die sich heute morgen um Fiona gekümmert hatte.

»Wie geht es ihr jetzt?« fragte sie.

»Im Augenblick wird sie an das Beatmungsgerät angeschlossen«, sagte ich. »Ich nehme an, das heißt, daß es ziemlich ernst aussieht.«

Ihre Antwort war unverbindlich. »Man wird sich jedenfalls sehr gut um sie kümmern.«

Ich nickte trübselig, und sie setzte sich auf einen Stuhl mir gegenüber.

»Wie geht es *Ihnen* eigentlich?«

Darüber hatte ich noch gar nicht nachgedacht. Nach ein oder zwei Sekunden sagte ich zu meiner eigenen Überraschung: »Ich weiß nicht. Ich glaube, ich bin wütend.«

»Nicht auf Dr. Bishop, hoffe ich.«

»Nein, auf niemand bestimmten. Auf das Schicksal, würde ich sagen – nur daß ich nicht an das Schicksal glaube. Also eher auf eine bestimmte Verkettung von Zufällen, die...« Mit einemmal wurde mir bewußt, daß ich ihre Bemerkung nicht verstanden hatte. »Warum sollte ich auf Dr. Bishop wütend sein?«

»Na ja, wahrscheinlich wäre es wirklich besser gewesen, wenn sie gestern nacht schon Antibiotika bekommen hätte«, sagte sie nachdenklich. »Wenigstens hätte sie dann eine ruhigere Nacht gehabt. Auf lange Sicht macht es natürlich keinen großen Unterschied...«

»Moment mal«, sagte ich. »Ich denke, sie hat gestern nacht Antibiotika bekommen. Jedenfalls hat man mir gesagt, daß sie Antibiotika kriegen wird.«

Sie merkte, daß sie sich verplappert hatte. Wahrscheinlich hatte sie angenommen, daß ich es schon wußte.

»Ich muß jetzt wieder auf meine Station«. sagte sie.

Ich folgte ihr auf den Korridor, aber sie wollte nichts mehr sagen, und ich gab es auf, weiter zu fragen, als ich Dr. Gillam sah, die, gegen die winterliche Kälte eingepackt in Trenchcoat und Handschuhe, über den Parkplatz ging. Ich eilte zum Haupteingang, rannte ihr nach und erreichte sie, als sie in ihrer Tasche nach den Wagenschlüsseln kramte.

»Kann ich Sie mal kurz sprechen?« fragte ich.

»Natürlich.«

»Sie haben Feierabend, und ich will Sie nicht aufhalten . . .«

»Machen Sie sich darüber keine Gedanken. Wollen Sie etwas Bestimmtes wissen?«

»Ja.« Ich zögerte. Es schien keine Möglichkeit zu geben, das Thema auf taktvolle Weise anzugehen. »Stimmt es, daß Dr. Bishop gestern nacht vergessen hat, Fiona Antibiotika zu geben?«

Sie sagte: »Wer hat Ihnen das gesagt?«

Ich sagte: »Waren Sie deswegen so wütend heute morgen?«

Sie sagte: »Vielleicht sollten wir einen Kaffee trinken gehen.«

Es war ein Feiertag und mitten am Nachmittag, und darum waren alle Pubs geschlossen. Wir befanden uns in einer unbelebten Gegend im Südwesten von London. Das Beste, was wir schließlich finden konnten, war ein steriles, trostloses Restaurant, das durch seine gezielte Bemühung, bei arglosen Kunden den Eindruck zu erwecken, es gehöre zu einer bekannten Kette von Schnellrestaurants, noch geschmackloser wirkte. Es nannte sich »Nantucket Fried Chicken«.

»Ich glaube, ich habe den Kaffee erwischt«, sagte Dr. Gillam nach einem Schluck aus ihrem Pappbecher. Wir tauschten.

»Nein, ich glaube, das ist der Tee«, sagte ich und probierte vorsichtig. Wir tauschten nicht noch einmal – das schien wenig Sinn zu haben.

Sie dachte einige Sekunden nach. »Sie haben gestern nacht viel mitgemacht«, begann sie. »Um ehrlich zu sein: Was Sie mitgemacht haben, ist untragbar. Aber ich fürchte, ich kann mich dafür nicht entschuldigen, denn so etwas passiert andauernd, und es hätte überall passieren können.«

»Ich hatte so etwas eigentlich . . . nicht erwartet«, sagte ich. Mir war nicht ganz klar, worauf sie hinauswollte.

»Das ist mein letzter Monat als Ärztin«, sagte sie unvermittelt.

Ich nickte, verwirrter als zuvor.

»Ich werde ein Kind bekommen.«

»Ich gratuliere.«

»Das soll nicht heißen, daß ich schwanger bin. Aber ich finde, es ist ein guter Zeitpunkt für ein Kind, denn ich muß erst einmal nachdenken, was ich beruflich tun will. Ich komme mit meiner Arbeit nicht mehr zurecht. Sie deprimiert mich zu sehr.«

»Wenn Krankheiten Sie deprimieren«, sagte ich, »warum sind Sie denn Ärztin geworden?«

»Wir müssen nicht nur gegen Krankheiten kämpfen.«

»Sondern auch...?«

Sie dachte nach. »Ich glaube, ›Einmischung‹ ist das beste Wort.« Sie wischte diesen Gedankengang ärgerlich beiseite. »Es tut mir leid. Ich wollte keinen politischen Vortrag halten. Wir sollten über Ihre Freundin sprechen.«

»Oder über Dr. Bishop«, sagte ich. Dann fragte ich: »Es stimmt also?«

»Es hat keinen Sinn«, sagte sie und beugte sich vor, »nach einem Sündenbock zu suchen. Dr. Bishop hatte sechsundzwanzig Stunden Dienst. Und sie haben wirklich so schnell wie möglich ein Bett aufgetrieben. Als ich heute morgen davon erfuhr, war ich entsetzt, aber warum es passiert ist, weiß ich auch nicht. Wie gesagt: Es passiert andauernd.«

Ich versuchte, diese Aussage zu verarbeiten. »Dann ist... Ich meine, welche Auswirkungen hat das gehabt?«

»Schwer zu sagen. Ich glaube, die Lungenentzündung hätte sich nicht so festgesetzt. Jedenfalls nicht, wenn sie gleich auf eine Station gebracht worden wäre und gestern nacht noch Antibiotika bekommen hätte.«

»Wollen Sie damit sagen, daß ihr Leben...« – ich wollte es nicht aussprechen, denn wenn ich es aussprach, bestand die Gefahr, daß es Wirklichkeit werden würde –, »...daß ihr Leben durch die *Nachlässigkeit* eines Arztes in Gefahr ist?«

»Ich rede nicht von Nachlässigkeit. Ich rede von Menschen, die versuchen, unter Bedingungen zu arbeiten, die immer unmöglicher werden.«

»Aber für diese Bedingungen muß doch jemand verantwortlich sein.«

»Die Entscheidung, Stationen zu schließen, ist von den Direktoren getroffen worden.«

»Ja, aber auf welcher Grundlage?« Sie seufzte. »Das sind Leute, die sich dem Krankenhaus nicht persönlich verbunden fühlen. Sie werden von draußen geholt, bekommen befristete Verträge und sollen nur für einen ausgeglichenen Etat sorgen. Wenn ihnen das bis zum Ende des Finanzjahres gelungen ist, kriegen sie ihren Bonus. So einfach ist das.«

»Und wessen glorreiche Idee war das?«

»Was weiß ich, wer sich das ausgedacht hat? Irgendein Minister, irgendein Bürokrat, irgendein akademischer Schlaumeier, der in irgendeinem politischen Ausschuß sitzt ...«

Sofort schoß mir ein Name durch den Kopf: Henry.

Ich sagte: »Und das ist der einzige Gesichtspunkt – die Finanzen?«

»Nicht immer.« Dr. Gillam lächelte bitter. »Vor ein paar Tagen ist noch eine Station geschlossen worden. Und wissen Sie, warum?«

»Nur zu – sagen Sie's mir.«

»Kriegsverwundungen.«

»Aber wir führen doch gar keinen Krieg«, sagte ich und war mir nicht einmal sicher, ob ich sie richtig verstanden hatte.

»Tja, aber irgend jemand denkt anscheinend, daß wir bald einen führen werden – es sei denn, Saddam Hussein klemmt den Schwanz ein. Und unser Krankenhaus ist eins von denen, die Anweisung bekommen haben, Betten für unsere tapferen Jungs von der Front bereitzuhalten.«

Mir blieb nichts anderes übrig, als ihr zu glauben, so unglaublich das alles auch klingen mochte. Weniger gefiel mir allerdings die Tatsache, daß wir diesen Krieg als unvermeidlich betrachten sollten. Woher war sie gekommen, diese leichtherzige Annahme, er sei unausweichlich? Jedenfalls hatte das alles angeblich nichts mit mir zu tun – es war etwas, das Tausende von Meilen entfernt passierte, auf der anderen Seite der Erde, beziehungsweise noch weiter entfernt, nämlich auf der anderen Seite der Mattscheibe eines Fernsehers. Wieso war ich plötzlich bereit zu glauben, daß dieser Krieg eine der Mächte war, die sich gegen Fiona verschworen hatten, und daß er sich bereits in ihr unschuldiges Leben geschlichen hatte? Es war, als hätten sich Sprünge im Bildschirm aufgetan, durch die diese schreckliche Realität sickerte, als hätte sich die Glaswand wie durch Zauberkraft verflüssigt, als hätte ich, ohne es zu wissen, die Grenze überwunden wie ein träumender Orpheus.

Seit ich in dem Kino in Weston-super-Mare gewesen war, hatte ich versucht, auf die andere Seite des Bildschirms zu gelangen. War es mir nun endlich gelungen?

Dr. Gillam hatte mich gewarnt. Sie hatte gesagt, ich solle über das, was ich sehen würde, nicht beunruhigt sein. Eine tüchtige, munter schwatzende Schwester ging mir voraus, und wie zuvor fiel mir der Gegensatz zwischen der Intensivstation und dem Rest des Krankenhauses auf. Hier wirkte alles still, modern, klinisch. Neben jedem Bett standen teuer aussehende Apparate. Lichter pulsierten und blinkten, und es lag ein leises Summen in der Luft, das ich mehr spürte als hörte und das eine eigenartig beruhigende Wirkung hatte. Ohne rechts oder links zu sehen, ging ich an den anderen Betten vorbei. Ich hatte das Gefühl, die Privatsphäre der Patienten zu verletzen, wenn ich sie ansah.

War die Frau, an deren Bett ich stand, wirklich Fiona? Sie hatte keine Ähnlichkeit mit der Frau, die vor einer Woche mit mir nach Eastbourne gefahren war, oder mit der, die im Bett gesessen und gelächelt hatte, als ich sie an Silvester zu einem Festessen eingeladen hatte. Sie sah aus wie ein Opfer auf einem Altar. Sie sah aus, als würde sie von Schlangen angegriffen.

Ich sah:

einen Sauerstoffschlauch, der in ihrem Mund steckte und in einem T-förmigen Rohrstück endete,

einen Schlauch, der in einer Halsvene steckte,

einen Schlauch, der in einer Arterie in ihrem Handgelenk steckte, einen Schlauch, der in ihrer Blase steckte,

einen Temperaturfühler, der an einem Finger befestigt war,

einen Tropf mit Flüssigkeit,

einen Tropf mit Antibiotika,

ein Gewirr von Drähten und Schläuchen und Pumpen und Haltern und Stützen und Heftpflastern und Schnüren, die allesamt mit einem kastenförmigen Apparat verbunden waren, an dessen Vorderseite sich zahlreiche Regler und Anzeigen befanden.

Man hatte Fiona mit starken Mitteln ruhiggestellt. Sie hatte die Augen geöffnet, war aber kaum bei Bewußtsein.

Ich fragte sie, ob sie mich verstehen könne. Ihre Augen bewegten sich ganz leicht, aber das bildete ich mir vielleicht auch nur ein.

Ich sagte: »Du brauchst dir keine Sorgen zu machen, Fiona. Dr. Gillam hat mir alles erklärt. Ich weiß Bescheid. Ich hatte von Anfang an recht, und du hattest unrecht. Ich glaube nicht mehr an Zufälle. Für alles gibt es eine Erklärung, und es gibt immer jemanden, der schuld ist. Ich habe herausgefunden, warum du hier bist. Du bist hier, weil Henry Winshaw es so will. Ironisch, findest du nicht? Er will, daß du hier bist, weil er den Gedanken nicht ertragen kann, daß sein Geld oder das Geld von Leuten wie ihm dafür verwendet werden könnte, so etwas wie das hier nicht geschehen zu lassen. Es liegt wirklich auf der Hand. Kein sehr schwieriger Fall. Ein schnell gelöster Fall. Wir brauchen den Mörder nur noch zu verhaften und der Gerechtigkeit zuzuführen. Und – wo wir schon dabei sind – den ganzen Rest der Familie. An ihren Händen klebt Blut. Ihre Taten stehen ihnen im Gesicht geschrieben. Unzählige Menschen sind durch Mark und seine widerwärtigen Geschäfte gestorben. Dorothy hat meinen Vater umgebracht, indem sie ihn all dieses giftige Zeug essen ließ, und Thomas hat ihm den Rest gegeben, indem er sein Geld hat verschwinden lassen, gerade als er es am dringendsten brauchte. Roddy und Hilary haben auch ihren Teil beigetragen. Wenn die Phantasie das Herzblut eines Volkes und der Geist der Sauerstoff ist, den es zum Atmen braucht, dann ist Roddy dafür verantwortlich, daß der Kreislauf zusammenbricht, und Hilary sorgt dafür, daß wir von den Schultern aufwärts tot sind. Jetzt sitzen sie zu Hause und mästen sich an uns. Und sieh uns an: Unsere Firmen gehen bankrott, unsere Arbeitsplätze werden abgebaut, unsere Landwirtschaft steht vor dem Zusammenbruch, unsere Kliniken verfallen, unsere Häuser werden zwangsversteigert, unsere Körper vergiftet, unsere Köpfe verblödet – der ganze Geist des Landes wird kaputtgemacht und kämpft um sein Leben. Ich hasse die Winshaws, Fiona. Sieh dir an, was sie mit uns gemacht haben. Sieh dir an, was sie mit dir gemacht haben.«

Vielleicht habe ich das alles auch gar nicht gesagt. Es fällt mir so schwer, mich zu erinnern.

Ich setzte mich auf einen der schwarzen Kunststoffstühle im Wartezimmer und versuchte, eine Zeitung zu lesen, aber ich muß so müde gewesen sein, daß ich einnickte. Ich hatte einen seltsamen Traum, in dem das Krankenhaus sich in eine Filmkulisse verwandelte und ich im dunklen Zuschauerraum eines Kinos saß und mich selbst auf der Leinwand sah, wie ich Fionas Hand hielt und mit ihr sprach. Solche Szenen sind meiner Meinung nach selten besonders spannend, und so stand ich nach einer Weile auf und ging zur Bar im Foyer, wo Dr. Gillam mir einen Drink servierte, den ich in einem Zug hinunterstürzte. Danach setzte ich mich auf einen schwarzen Kunststoffstuhl in eine Ecke und döste vor mich hin. Etwas später fuhr ich hoch und sah Joan, die vor mir stand und mich überrascht anlächelte. Es dauerte einige Sekunden, bis ich merkte, daß das nicht mehr zu meinem Traum gehörte. Joan stand wirklich hier, im Warteraum, vor mir.

»Was machst du denn hier?« fragte ich.

»Ach, Michael.« Sie hockte sich hin und umarmte mich. »Ist das schön, dich wiederzusehen! Das ist ja ewig her. Jahre.«

»Was machst du denn hier?«

Sie erzählte mir, sie sei jetzt mit Graham verheiratet, und Graham sei der Patient, der in der Nacht zuvor bewußtlos eingeliefert worden sei. Dank der Bemühungen von Dr.

Bishop und Dr. Gillam sei er jetzt außer Lebensgefahr und könne wahrscheinlich schon bald entlassen werden. Vermutlich hätte ich angesichts dieser Neuigkeiten überrascht sein sollen, aber ich war zu müde, um angemessen zu reagieren. Selbst als sie mir erzählte, Graham sei fast umgebracht worden, weil er an einer Dokumentation über Mark Winshaw gearbeitet habe, löste das bei mir weder Gelächter noch Wut aus. Ich fügte es in Gedanken lediglich dem Schuldkonto dieser Familie hinzu – es war eine weitere Kerbe im ohnehin schon recht langen Kerbholz. Ich erzählte ihr von Fiona. Joan hatte Tränen in den Augen. Sie machte Anstalten, mich wieder zu umarmen und mir zu sagen, wie leid ihr das tue, aber das wollte ich nicht. Ich mußte das, was in mir war, noch eine Weile für mich behalten. Also fragte ich sie, wie es ihr ergangen sei und was sie in den vergangenen Jahren gemacht habe. Sie arbeitete noch immer im selben Beruf, war allerdings wieder nach Birmingham gezogen. Sie lebten in der Gegend, in der sie und ich aufgewachsen waren. Nichts von alledem drang wirklich zu mir durch, und wahrscheinlich war ich mit den Gedanken überhaupt nicht bei der Sache, denn als nächstes stellte ich ihr eine wirklich blöde Frage: Ich fragte sie, warum sie nie versucht habe, sich bei mir zu melden.

»Michael«, sagte sie, »das haben wir doch, aber es war, als wärst du auf Tauchstation gegangen. Erst habe ich versucht, dich zu erreichen, dann hat Graham es versucht, aber du hast keine Briefe beantwortet und bist nicht ans Telefon gegangen. Was hätten wir tun sollen? Und wenn ich mit deiner Mutter gesprochen habe, sagte sie immer nur, du seist ein bißchen seltsam geworden. Ich hatte den Eindruck, daß ihr euch nicht mehr oft seht.«

Ich sagte: »Du hast mit meiner Mutter gesprochen?«

»Ab und zu. Nicht so oft, wie ich gewollt hätte.«

»Und wie oft ist das?«

»Zu Hause sehe ich sie kaum«, sagte Joan und seufzte. »Das ist wirklich schade, wo wir doch so nah beieinander wohnen. Aber vor ein paar Tagen hab ich sie natürlich gesehen. Wir beide haben sie gesehen.«

»Ihr beide? Wieso?«

»Sie hat Weihnachten meine Eltern besucht. Tu nicht so, als ob du das nicht wüßtest, Michael. Du warst natürlich auch eingeladen, wie immer, aber du bist ja nicht gekommen.«

Ich wußte nichts von einer Einladung. »Und was für eine Begründung hat sie dafür gegeben, daß ich nicht gekommen bin?«

»Gar keine.« Joan sah mich an, und in ihrem Blick lag ein leiser Vorwurf. »Hör zu. Ich weiß, warum du den Kontakt zu mir abgebrochen hast. Es hat was mit dem zu tun, was damals in Sheffield passiert ist, stimmt's? Aber das ist eine Ewigkeit her, Michael. Wir können das einfach vergessen.«

Ich merkte, daß Joan mich nur trösten und aufrichten wollte, und es war nicht ihre Schuld, daß ihre Anwesenheit in diesem Krankenhaus das Gegenteil bewirkte: Konfrontiert mit dieser verrückten, vollkommen unerwarteten Entwicklung, war ich verwirrter als zuvor. Joan war in diesen acht Jahren überhaupt nicht älter geworden: dasselbe offene, runde, vertrauensvolle Gesicht, dieselbe leichte Rundlichkeit, die sie mit so viel Grazie trug, dieselbe verborgene, freundliche Unschuld, die sich gern in einem plötzlichen Lächeln offenbarte. Das alles hatte mir gefehlt.

»Ist zwischen euch was schiefgegangen, Michael?« fragte sie. »Du hast dich verändert. Du siehst viel älter aus. Ich hoffe, du nimmst mir das nicht übel, aber es stimmt. Ich habe dich kaum wiedererkannt. Zuerst wußte ich nicht, ob ich dich begrüßen sollte – ich war mir nicht sicher, ob du es wirklich bist. Ist zwischen euch was schiefgegangen? Das mit deinem Vater tut mir so leid. Ich weiß, wie nahe ihr euch wart. Ich wollte dir schreiben oder so. Es muß schrecklich für dich gewesen sein. Hat es was mit ihm zu tun, Michael? Ist da was schiefgegangen?«

Joan hatte recht. Es war nicht zu leugnen: Ich sah älter aus. Das war auch Patrick aufgefallen. Vielleicht hatte ich mir etwas vorgemacht in jener Nacht, als Fiona mich zum erstenmal besucht hatte und ich mein Spiegelbild im Küchenfenster betrachtet und versucht hatte, mir vorzustellen, was für einen Eindruck ich wohl auf sie machte. Vielleicht hatten die

Ereignisse der letzten vierundzwanzig Stunden aber auch einen schrecklichen Tribut gefordert. Als ich später in dieser Nacht in den Spiegel über dem Waschbecken in der Herrentoilette sah, konnte ich meinen Augen kaum glauben. Ich hatte das Gesicht vor mir, das ich vor mehr als dreißig Jahren in einem Alptraum gesehen hatte: das Gesicht eines alten Mannes, von den Jahren gezeichnet; und wie bei einer geschnitzten Maske waren Kummer- und Sorgenfalten tief hineingegraben.

Es war zwei Uhr morgens, als die Schwester in den Warteraum kam und mich weckte. Ich erwachte aus dem Tiefschlaf. Sie sagte nichts, und ich fragte sie nicht, warum sie gekommen war. Ich folgte ihr einfach den Korridor hinunter. Als wir uns der Intensivstation näherten, sagte sie etwas – ich weiß nur nicht mehr, was. Bevor sie die Tür öffnete, fragte sie: »Sie haben tief geschlafen, nicht?«

Und als ich nicht antwortete, sagte sie: »Möchten Sie eine Tasse Kaffee?«

Und als ich nicht antwortete, sagte sie: »Stark und schwarz?«

Dann stieß sie die Tür auf und ging voraus in den Zuschauerraum. Es war sehr still. Der Rest des Publikums schien zu schlafen. Ich folgte dem hüpfenden Licht ihrer Taschenlampe und setzte mich auf einen Platz in der ersten Reihe. Sie ging wieder hinaus.

Das Bild auf der Leinwand hatte sich nicht verändert. Noch immer lag diese Frau – Fiona – im Bett, umgeben von Schläuchen und Apparaten und Tropfinfusionen. Sie lag reglos da und starrte geradeaus. Und neben dem Bett saß Michael, ihr Liebhaber oder Freund oder wie immer er das nennen wollte. Er hielt ihre Hand. Lange Zeit sagte keiner von beiden etwas.

Dann sagte er: »Und jetzt wirst du mir wohl sterben wollen.«

Er sagte das sehr leise. Eigentlich bin ich gar nicht sicher, ob er es überhaupt sagte. Auf jeden Fall ist es ein seltsamer Satz.

Wieder schwiegen sie lange. Ich wurde etwas unruhig. Ich hoffte, es würde nicht allzu langweilig werden. Im Grunde mag ich diese Sterbebettszenen nicht besonders.

Dann sagte er: »Kannst du mich hören?«

Wieder Schweigen.

Dann sagte er: »Das Wichtigste, das ich dir sagen will, ist wohl: Danke. Du warst so lieb zu mir.« Dann wurde er ziemlich sentimental. Seine Stimme zitterte, und er fing an, unzusammenhängendes Zeug zu reden. Das meiste konnte ich nicht verstehen, aber dann erzählte er ihr was von irgendeinem Geheimnis, von irgendeiner Geschichte, die was mit einem chinesischen Restaurant zu tun hatte und die er ihr nie richtig erklärt hatte.

Er sagte: »Es ist doch noch nicht zu spät? Es interessiert dich doch immer noch, oder?«

Ich persönlich glaube, daß sie ihn zu diesem Zeitpunkt schon nicht mehr hören konnte. Das ist meine Theorie. Aber er sprach trotzdem weiter. Er war von der hartnäckigen Sorte.

Er sagte: »Es war an einem Freitag abend. Wir hatten für acht Uhr einen Tisch für zwei Personen reserviert. Meine Mutter war ungefähr um fünf gekommen. Ich hatte das Gefühl, daß sie aus irgendeinem Grund ein bißchen angespannt war. Sie hatte zwar eine lange Fahrt und so hinter sich, aber das war es nicht. Also fragte ich sie, ob irgendwas Bestimmtes los sei, und sie sagte, ja, sie müsse mir etwas sagen und wisse nicht, wie ich darauf reagieren würde. Ich fragte sie, was sie mir denn sagen müsse, und sie sagte, es sei wahrscheinlich das beste, erst einmal essen zu gehen. Das taten wir dann auch.

Du weißt ja, wie voll es im Mandarin ist, besonders freitags abends. Es waren ziemlich viele Gäste da. Es dauerte lange, bis das Essen kam, aber sie wollte das, was sie zu sagen hatte, nicht sagen, bevor unsere Hauptspeise serviert war. Sie wurde sehr nervös. Ich wurde auch sehr nervös. Schließlich holte sie tief Luft und sagte, es gebe etwas über meinen Vater, das ich wissen solle. Etwas, das sie mir seit seinem Tod immer habe sagen wollen, nur daß sie es nie geschafft habe, weil sie doch wisse, wie sehr ich ihn geliebt hätte. Weil ich ihm doch immer nähergestanden hätte als ihr. Natürlich stritt ich das ab, obwohl es stimmte. Als ich klein war, schrieb er mir Briefe. Erfundene Briefe voller alberner Witze. Das waren die ersten Briefe, die ich je bekommen habe. Meine Mutter hätte so etwas nie gemacht. Ja, es stimmte: Ich hatte ihm nähergestanden als ihr. Immer schon.

Und dann fing sie an zu erzählen, wie sie sich kennengelernt hatten. Daß sie im selben Badmintonverein gewesen waren und daß er sie monatelang umworben und immer wieder gefragt hatte, ob sie ihn heiraten wolle, und daß sie immer wieder abgelehnt hatte. Das meiste davon wußte ich schon. Was ich nicht wußte, war der Grund, warum sie schließlich eingewilligt hatte: Sie war schwanger geworden. Von einem anderen Mann. Sie war im dritten oder vierten Monat und fragte ihn, ob er sie heiraten und das Kind mit ihr zusammen aufziehen wolle, und er sagte ja.

Und ich sagte: ›Soll das heißen, daß der Mann, den ich Vater genannt habe, gar nicht mein Vater war? Daß er gar nichts mit mir zu tun hatte?‹

Und sie sagte: ›Ja‹.

Und ich sagte: ›Wer wußte davon? Haben es alle gewußt? Haben es seine Eltern gewußt? Wollten sie darum nichts mit uns zu tun haben?‹

Und sie sagte: ›Ja, alle haben es gewußt. Und ja, das war der Grund, warum seine Eltern nichts mit uns zu tun haben wollten.‹

Wie du dir vorstellen kannst, hatten wir beide aufgehört zu essen. Meine Mutter weinte. Ich sprach immer lauter. Ich weiß nicht, warum ich anfing, wütend zu werden – vielleicht, weil ich mit Wut leichter umgehen konnte als mit den Gefühlen, die ich hätte haben sollen. Jedenfalls fragte ich sie, ob sie wohl die Freundlichkeit hätte, mir zu sagen, wer mein wirklicher Vater sei, wenn das nicht zuviel verlangt sei. Und sie sagte, sein Name sei Jim Fenchurch, und sie habe ihn nur zweimal gesehen: das erste Mal im Haus ihrer Mutter in Northfield, das zweite Mal ungefähr zehn Jahre später. Er sei Vertreter. Sie sei allein im Haus ihrer Mutter gewesen, und er sei gekommen, um Staubsauger zu verkaufen, und nach einer Weile seien sie nach oben gegangen, und da sei es eben passiert.«

In diesem Augenblick kam die Schwester, legte Michael die Hand auf die Schulter und stellte eine Tasse Kaffee auf den Tisch neben dem Bett, doch er schien sie gar nicht zu bemerken, sondern fuhr fort mit seinem leisen, gemurmelten Monolog. Er hielt Fionas Hand jetzt fest umklammert. Die Schwester ging nicht fort, sondern trat nur ein paar Schritte zurück in den Schatten und sah zu.

»Dann fing ich an, die Beherrschung zu verlieren. Ich haute auf den Tisch, daß die Eßstäbchen durch die Luft flogen, und rief: ›Du bist mit einem *Vertreter* ins Bett gegangen? Du bist mit einem Mann ins Bett gegangen, der dir einen *Staubsauger* verkaufen wollte? Warum hast du das getan? Warum?‹ Und sie sagte, daß sie es auch nicht wisse. Daß er so nett und charmant gewesen sei. Daß er gut ausgesehen habe. Daß seine Augen wunderschön gewesen seien. ›Genau wie deine‹, sagte sie. Und ich konnte es einfach nicht ertragen, daß sie das sagte. Ich schrie: ›Das stimmt nicht! Ich hab nicht seine Augen! Ich hab die Augen meines Vaters!‹ Und sie sagte: ›Ja, genau, du hast die Augen deines Vaters!‹ Und das war der Punkt, wo ich aufsprang und hinausging, und – du weißt ja, wie dicht die Tische im Mandarin beieinanderstehen – ich war so wütend und hatte es so eilig, daß ich an den Tisch eines Pärchens stieß und ihre Teekanne umwarf, aber ich blieb nicht mal stehen oder so. Ich rannte einfach raus auf die Straße, ohne darauf zu achten, ob meine Mutter mir nachkam. Ich rannte raus auf die Straße und blieb ein paar Stunden weg. Ich ging erst einige Zeit nach Mitternacht wieder in meine Wohnung. Meine Mutter war heimgefahren. Ihr Wagen war weg, und sie hatte mir einen Zettel dagelassen, den ich nie gelesen habe, und ein paar Wochen später kam ein Brief, den ich nie gelesen habe, und seitdem hab ich nichts mehr von ihr gehört. Nach diesem Abend bin ich zwei oder vielleicht drei Jahre lang nicht mehr ausgegangen und hab mit keinem mehr gesprochen.«

Er hielt inne. Dann fuhr er mit noch leiserer Stimme fort: »Bis du gekommen bist.«

Und dann, noch leiser: »Jetzt weißt du es.«

Die Schwester trat zu ihm und legte ihm die Hand auf die Schulter. Sie flüsterte: »Sie ist von uns gegangen«, und Michael nickte und neigte den Kopf und sank in sich zusam-men. Vielleicht weinte er, aber ich glaube, er war bloß sehr, sehr müde.

So saß er etwa fünf Minuten lang da. Dann löste die Schwe-ster Fionas Hand aus seinem Griff und sagte: »Ich glaube, Sie kommen jetzt besser mit.« Er stand langsam auf und nahm ihren Arm, und gemeinsam gingen sie nach links aus dem Bild. Und das war das letzte Mal, daß ich ihn sah.

Was mich betrifft, so blieb ich auf meinem Platz. Ich war entschlossen, mich nicht vom Fleck zu rühren, bevor Fiona sich rührte. Diesmal erschien es mir sinnlos, das Kino zu verlassen.

Teil II
Eine Organisation des Todes

1

Wo ein letzter Wille ist

Nach einem kurzen Januarnachmittag senkte sich frühe Abenddämmerung herab. Geräuschlos fiel ein feiner, trübseliger Regen. Vom Fluß war feuchter, hartnäckiger Nebel aufgestiegen und legte sich langsam über die Stadt. Durch dieses graue Leichentuch drang beharrlich, aber unheimlich und gedämpft das vertraute Dröhnen des Londoner Verkehrs.

Michael wandte sich vom Fenster ab und setzte sich vor den lautlos flackernden Fernseher. Obwohl es dunkel war, machte er sich nicht die Mühe, das Licht anzuschalten. Er nahm die Fernbedienung, sprang lustlos von einem Kanal zum anderen und entschied sich schließlich für eine Nachrichtensendung, die er sich ein paar Minuten lang mit gelangweiltem Unverständnis ansah, wobei er sich halb bewußt war, daß seine Augenlider schwer wurden. Die Heizung war ganz aufgedreht und die Luft dick und stickig. Es dauerte nicht lange, und er fiel in einen leichten, unruhigen Schlaf.

In den zwei Wochen seit Fionas Tod war es ihm zur Gewohnheit geworden, die Tür zu seiner Wohnung angelehnt zu lassen. Er hatte beschlossen, engeren Kontakt mit den anderen Bewohnern des Hauses zu pflegen, und diese Geste sollte zum Ausdruck bringen, daß er ein freundlicher, zugänglicher Nachbar war. Heute jedoch hatte sie eine andere Wirkung, denn als ein älterer, von Kopf bis Fuß in Schwarz gekleideter Mann vor Michaels Tür stand und auf sein Klopfen keine Antwort erhielt, konnte er die Tür geräuschlos aufstoßen und ungesehen in den dunklen Flur treten. Der Fremde ging weiter ins Wohnzimmer, blieb neben dem Fernseher stehen und verharrte eine Weile in stummer, gleichgültiger Betrachtung der zusammengesunkenen, schlafenden Gestalt. Als er gesehen hatte, was er sehen wollte, hustete er laut, zweimal hintereinander.

Michael fuhr hoch, blinzelte verschlafen und sah in ein Gesicht, das so manchem stärkeren Mann Angst und Schrekken eingejagt hätte. Es war hager, abstoßend und kränklich und spiegelte eine gemeine Gesinnung, einen trägen Intellekt sowie – und das war vielleicht das Unheimlichste – einen absoluten Mangel an Vertrauenswürdigkeit wider. Es war ein Gesicht, aus dem Liebe, Mitgefühl und all die anderen Empfindungen, ohne die der Charakter eines Menschen nicht als abgerundet bezeichnet werden kann, restlos getilgt waren. Man glaubte, einen Hauch von Wahnsinn darin zu entdecken. Es war ein Gesicht, das einem nur eine einzige, schreckliche Botschaft vermittelte: Ihr, die ihr in dieses Gesicht blickt, laßt alle Hoffnung fahren. Gebt jeden Gedanken an Erlösung, jeden Plan zur Flucht auf. Erwartet nichts von mir.

Michael erschauerte vor Abscheu und schaltete den Fernseher aus, worauf Präsident Bush vom Bildschirm verschwand. Dann knipste er eine Tischlampe an und betrachtete seinen Besucher zum erstenmal genauer.

Er war kein bedrohlicher Mann; seine strenge Kleidung und sein starrer Blick ließen ihn eher streng als böse erscheinen. Er war, schätzte Michael, weit über sechzig, hatte einen Yorkshire-Akzent und sprach mit tiefer, kalter, ausdrucksloser Stimme.

»Sie werden mir vergeben, daß ich unangemeldet in Ihre Privatsphäre eindringe«, sagte er, »aber da Ihre Wohnungstür angelehnt war...«

»Das ist schon in Ordnung«, sagte Michael. »Was kann ich für Sie tun?«

»Sie sind Mr. Owen, nehme ich an?«

»Das stimmt.«

»Mein Name ist Sloane, Everett Sloane, von der Kanzlei Sloane, Sloane, Quigley und Sloane. Ich bin Anwalt. Hier ist meine Karte.«

Michael richtete sich mühsam auf, nahm die Visitenkarte und studierte sie blinzelnd.

»Ich habe Sie auf Weisung eines Mandanten aufgesucht«,

fuhr der Anwalt fort, »des verstorbenen Mr. Mortimer Winshaw von Winshaw Towers.«

»Verstorben?« fragte Michael. »Soll das heißen, daß er tot ist?«

»Das«, sagte Mr. Sloane, »war der Kern meiner Aussage. Mr. Winshaw ist gestern entschlafen. Sehr friedlich, wenn man den Berichten Glauben schenken kann.«

Michael nahm diese Nachricht schweigend auf. Schließlich erinnerte er sich an seine Pflichten als Gastgeber. »Wollen Sie nicht Platz nehmen?« fragte er.

»Danke, aber was ich Ihnen mitzuteilen habe, ist schnell gesagt. Ich habe Sie davon in Kenntnis zu setzen, daß Ihre Anwesenheit bei der Testamentseröffnung morgen abend in Winshaw Towers erforderlich ist.«

»Meine Anwesenheit...?« wiederholte Michael. »Aber warum? Ich habe nur ein einziges Mal mit ihm gesprochen. Er hat mir doch sicher nichts hinterlassen, oder?«

»Wie Sie sich denken können«, sagte Mr. Sloane, »steht es mir nicht frei, über den Inhalt des Dokumentes zu sprechen, bevor sich alle betroffenen Personen zur festgesetzten Zeit am festgesetzten Ort eingefunden haben.«

»Ja«, sagte Michael, »das ist mir klar.«

»Ich kann also mit Ihrem Erscheinen rechnen?«

»Das können Sie.«

»Ich danke Ihnen.« Mr. Sloane drehte sich um und war im Begriff zu gehen, als er hinzufügte: »Selbstverständlich werden Sie in Winshaw Towers übernachten. Ich rate Ihnen, ausreichend warme Kleidung mitzunehmen. Es ist ein kalter, abgelegener Ort, und das Wetter kann um diese Jahreszeit außerordentlich ungemütlich sein.«

»Danke. Ich werde daran denken.«

»Bis morgen also, Mr. Owen. Bemühen Sie sich nicht – ich finde schon hinaus.«

Am nächsten Tag lag ein eigenartiges Gefühl der Erwartung in der Luft, das jedoch nichts mit Michaels bevorstehender Fahrt nach Yorkshire zu tun hatte. Es war der 16. Januar, und um fünf Uhr morgens war das letzte Ultimatum der

Vereinten Nationen für den irakischen Truppenabzug abgelaufen. Der Befehl für den Angriff der Alliierten konnte jederzeit gegeben werden, und jedesmal, wenn Michael das Radio oder den Fernseher einschaltete, war er halb darauf gefaßt zu hören, daß der Krieg begonnen habe.

Als er am späten Nachmittag in King's Cross in den Zug stieg, sah er einige bekannte Gesichter: Henry Winshaw und sein Bruder Thomas nahmen ihre Plätze in einem Abteil erster Klasse ein, ebenso ihr junger Cousin Roderick Winshaw, der Kunsthändler, und Mr. Sloane. Michael fuhr selbstverständlich zweiter Klasse. Der Zug war jedoch nicht sehr voll, und Michael konnte Mantel und Koffer guten Gewissens auf die angrenzenden Sitze legen. Dann zog er ein Heft hervor und begann, sich Notizen über die wichtigsten Passagen eines anscheinend schon mehrmals gelesenen Buches zu machen.

Bei *Ich war »Sellerie«*, erschienen 1990 bei Peacock Press, handelte es sich um die Memoiren eines pensionierten Offiziers der Luftaufklärung, der im Zweiten Weltkrieg als Doppelagent für den britischen Geheimdienst MI5 gearbeitet hatte. Obgleich das Buch keine direkten Informationen über Godfrey Winshaws tödliche Mission enthielt, erklärte es immerhin die Bedeutung von Lawrences Anweisung: »KEKS«, »KÄSE« und »SELLERIE« waren offenbar Decknamen von Doppelagenten gewesen, die von einem »Twenty Committee« geführt und überwacht worden waren. Dieses Twenty Committee war im Januar 1941 vom Kriegsministerium, dem britischen Generalstab, dem MI5, dem MI6 und anderen Abteilungen gebildet worden. War Lawrence ein Mitglied dieses Komitees gewesen? Sehr wahrscheinlich. Hatte er in geheimem Funkkontakt mit den Deutschen gestanden und ihnen nicht nur die Namen dieser Doppelagenten, sondern auch militärische Pläne der Briten verraten, wie zum Beispiel die geplante Bombardierung von Munitionsfabriken? Fünfzig Jahre nach diesen Ereignissen würde es schwer sein, das zu beweisen, doch die Indizien deuteten darauf hin, daß Tabithas Vorwürfe, ihr Bruder sei ein Verräter, ziemlich genau der Wahrheit entsprachen.

Während der Zug durch die graue, nebelverhangene

Landschaft fuhr, fiel es Michael immer schwerer, sich auf dieses Rätsel zu konzentrieren. Er legte das Buch hin und starrte geistesabwesend aus dem Fenster. Das Wetter hatte sich in den vergangenen zwei Wochen kaum verändert. Vor etwa zehn Tagen, an einem Nachmittag wie diesem, war Fionas Leichnam in einem düsteren, tristen Beerdigungsinstitut in einem Vorort von London eingeäschert worden. Die Trauergemeinde war klein gewesen und hatte aus Michael, einer vergessenen Tante und ihrem Mann aus dem Südwesten von England sowie ein paar von Fionas Kollegen bestanden. Der gemeinsam gesungene Choral hatte schrecklich dünn geklungen, und der Vorschlag, anschließend in einen Pub zu gehen, hatte sich als Fehler erwiesen. Michael war schon nach einigen Minuten wieder gegangen. Er hatte in seiner Wohnung ein paar Sachen zusammengepackt und war dann mit dem Zug nach Birmingham gefahren.

Die Versöhnung mit seiner Mutter war auch nicht so gewesen, wie er sie sich vorgestellt hatte. In verkrampfter Stimmung hatten sie einen Abend in einem Restaurant verbracht. Michael war so naiv gewesen anzunehmen, die Freude über sein Erscheinen werde den Schmerz aufwiegen, den er seiner Mutter zugefügt hatte, indem er jeden Kontakt mit ihr abgebrochen hatte. Doch statt dessen hatte sie für sein Verhalten eine Rechtfertigung gefordert, die er ihr nur stockend und schlecht begründet hatte geben können. Eigentlich, hatte er behauptet, sei sein Vater zweimal gestorben: Den zweiten und erschütternderen Tod sei er gestorben, als Michael von seinem wirklichen Vater erfahren habe. Er glaube, daß die zwei oder drei Jahre, in denen er sich ganz von der Welt zurückgezogen habe, eine Zeit anhaltender Trauer gewesen sei – eine Theorie, die er mit Freuds Aufsatz über »Trauer und Melancholie« untermauert hatte. Seine Mutter war durch seine Berufung auf diese wissenschaftliche Autorität ganz und gar nicht überzeugt gewesen, doch im Lauf des Abends hatte sie die Aufrichtigkeit seiner Reue erkannt, und die Atmosphäre hatte sich etwas entspannt. Sie waren zu ihrer Wohnung gefahren, wo sie ihnen zwei Tassen Horlicks gemacht hatte, und dort hatte Michael den Mut gefunden, ihr ein paar Fragen über seinen unbekannten Vater zu stellen. »Und du hast ihn nie wieder gesehen? Nur das eine Mal, an dem Tag, als... es passiert ist?«

»Michael, das hab ich dir doch gesagt. Ich hab ihn einmal wiedergesehen, ungefähr zehn Jahre später. Und du auch. Das hab ich dir doch schon erzählt.«

»Wie meinst du das – ›ich auch‹? Ich hab ihn nie gesehen.«

Seine Mutter nahm einen Schluck aus ihrer Tasse und begann zu erzählen.

»Es war morgens, an einem Wochentag, und ich war zum Einkaufen in der Stadt. Ich wollte mich ein bißchen ausruhen, und darum bin ich zu Rackham's gegangen, um im Café eine Tasse Tee zu trinken. Ich weiß noch, daß es ziemlich voll war, und ich stand mit meinem Tablett da und überlegte, wo ich mich hinsetzen sollte. Ein Mann saß ganz allein an einem Tisch. Er sah ziemlich niedergeschlagen aus, und ich fragte mich, ob ich mich zu ihm setzen sollte. Und dann sah ich plötzlich, daß er es war. Er war alt geworden, schrecklich alt, aber ich war sicher, daß ich mich nicht täuschte. Ich hätte ihn jederzeit erkannt. Ich überlegte kurz, und dann ging ich zu seinem Tisch und sagte ›Jim?‹, und er sah auf, erkannte mich aber nicht. Ich sagte: ›Du bist doch Jim, oder?‹ Aber er sagte nur: ›Es tut mir leid, aber anscheinend verwechseln Sie mich.‹ Und dann sagte ich: ›Ich bin's, Helen‹, und da sah ich, daß ihm aufging, wer ich war. Ich sagte: ›Du erinnerst dich doch?‹, und er sagte, ja, er erinnere sich, und ich setzte mich zu ihm, und wir fingen an zu reden.

Er war kein sehr amüsanter Gesprächspartner – nur noch der Schatten des Mannes, der er damals gewesen war. Er schien sich nicht verzeihen zu können, daß er nie zur Ruhe gekommen war, daß er keine Frau gefunden hatte, mit der er eine Familie hätte gründen können. Und er schien zu glauben, daß es dafür nun zu spät war. Als wir dann über mich sprachen, konnte ich es ihm nicht verschweigen: Ich mußte ihm von dir erzählen. Ich dachte, das würde ihn vielleicht etwas aufrichten. Natürlich hatte er keine Ahnung. Er fiel aus allen Wolken. Er wollte alles über dich wissen: wann du geboren wurdest, wie du aussahst, wie du dich in der Schule machtest...Und schließlich fragte er mich, ob er uns besuchen und dich sehen könne. Nur ein einziges Mal. Ich dachte darüber nach, und ehrlich gesagt gefiel mir der Gedanke überhaupt nicht, aber dann sagte ich, von mir aus, aber ich müsse meinen Mann fragen. Ich dachte natürlich, er würde nein sagen, und damit wäre die Sache erledigt gewesen. Aber du weißt ja, wie Ted war – er konnte keinem etwas abschlagen. Als er abends nach Hause kam und ich ihn fragte, sagte er, ja, er habe nichts dagegen. Das sei das wenigste, was der arme Kerl verdient habe. Und so ist er später am Abend, als du schon im Bett warst, zu uns gekommen, und ich hab ihn in dein Zimmer geführt, und er hat dagestanden und dich ungefähr fünf Minuten lang angesehen. Aber dann bist du aufgewacht und hast ihn gesehen und angefangen zu schreien, daß die Wände wackelten.«

»Aber das war wegen des Traums«, sagte Michael. »Ich hatte einen Alptraum. Ich habe geträumt, daß ich in mein eigenes Gesicht gesehen habe.«

»Es war nicht dein Gesicht«, sagte seine Mutter. »Es war das Gesicht deines Vaters.«

Eine Zeitlang schwieg Michael. Er war zu verwirrt, um etwas sagen zu können. Schließlich stieß er stockend hervor: »Und ... dann?«

»Nichts und dann«, sagte seine Mutter. »Er ging, und wir haben ihn nie wieder gesehen. Oder von ihm gehört.« Sie wollte noch einen Schluck nehmen, hielt aber mitten in der Bewegung inne. »Nur ...«

»Ja?«

»Er fragte, ob er ein Foto von dir haben könne. Ich weiß noch, er sagte, du seist ›der einzige Beweis seiner Existenz‹, den er in den letzten zwanzig Jahren hinterlassen habe – und als ich das hörte, hatte ich das Gefühl, daß ich ihm seine Bitte nicht gut abschlagen konnte. Also hab ich ihm das erstbeste Foto gegeben, das ich finden konnte. Es war das, das du immer aufgehoben hattest: das mit dir und Joan, wie ihr Bücher schreibt.«

Michael sah langsam auf. »Du hast ihm das Foto gegeben? Dann habe ich es also gar nicht verloren?«

Sie nickte. »Ich wollte es dir immer sagen, aber ich hab's einfach nicht über mich gebracht. Ich wußte nicht, wie ich es dir beibringen sollte.«

Seine Fähigkeit, das alles aufzunehmen und zu verarbeiten, war fast, aber noch nicht ganz erschöpft. »Und wann war das?« fragte er. »Wann ist das passiert?«

»Tja«, sagte seine Mutter, »es war im Frühling, das weiß ich noch. Und es war vor dem Geburtstag, an dem wir mit dir nach Weston gefahren sind. Von dem Tag an warst du völlig verändert. Das muß also... 1961 gewesen sein. Ja, Frühling 1961.«

Es war bereits dunkel, als Michael in York aus dem Zug stieg. Die drei Winshaws und Mr. Sloane hatten ihn nicht bemerkt und sogleich ein Taxi genommen, das im Verkehr der Innenstadt verschwand. Michael erkundigte sich nach dem Fahrpreis und erfuhr, daß die Fahrt fast siebzig Pfund kosten würde. So beschloß er, auf dieses Transportmittel zu verzichten und lieber auf den Bus zu warten, der in einer Dreiviertelstunde kommen würde. Die Zeit bis dahin verbrachte er im Wartesaal, wo er zwei Päckchen Smarties und ein Bounty aß.

Die Busfahrt dauerte über eine Stunde, und fast die Hälfte der Zeit, die das alte, klapprige Fahrzeug brauchte, um ihn über immer dunklere, engere, schlechtere und unheimlichere Landstraßen zu tragen, war er der einzige Passagier. Als er ausstieg, war er nach seinen Berechnungen noch immer sieben bis acht Meilen von seinem Ziel entfernt. Zunächst hörte er nur das Blöken einsamer Schafe, das leise Stöhnen des aufkommenden Windes und das Rauschen des einsetzenden Regens, der sich zu einem Wolkenbruch zu entwickeln schien. Das einzige Licht kam von einigen entfernten, einsam gelegenen Häusern. Michael knöpfte seinen Mantel zu und begann zu laufen, doch schon nach wenigen Augenblicken vernahm er ein leises Motorengeräusch, und als er sich umdrehte, sah er zwei Scheinwerfer, die nicht weiter als eine Meile entfernt waren und sich näherten. Er stellte den Koffer ab, streckte, als der Wagen in Sichtweite war, den Daumen aus und winkte. Der Fahrer bremste und hielt an.

»Fahren Sie in Richtung Winshaw Towers?« fragte Michael, als das Fenster heruntergekurbelt wurde und er den dunkelhaarigen, glattrasierten Mann am Steuer erkennen konnte, der eine flache Mütze und eine grüne Regenjacke trug.

»Ich fahr bis auf eine Meile ran, und kein Stück weiter«, sagte der Mann. »Steigen Sie ein.«

Ein paar Minuten lang fuhren sie schweigend.

»Eine üble Nacht«, sagte der Fahrer schließlich, »für einen Fremden, der allein im Moor unterwegs ist.«

»Ich dachte, der Bus fährt etwas weiter«, sagte Michael. »Die öffentlichen Verkehrsmittel scheinen in dieser Gegend ein bißchen unberechenbar zu sein.«

»Sparmaßnahmen«, sagte der Fahrer. »Es ist eine Schande.« Er schnaubte. »Aber nicht, daß Sie glauben, ich würde deswegen die anderen wählen.«

Er setzte ihn an einer Kreuzung ab und fuhr weiter. Michael war wieder Wind und Regen ausgesetzt, die inzwischen an Intensität zugenommen hatten. In der Dunkelheit war nichts zu erkennen außer der holprigen Straße durch das Moor, die zu beiden Seiten von schwarzem, nacktem Torfboden, kümmerlichem Heidekraut und aufgetürmten, seltsam geformten Steinen gesäumt wurde. Erst als Michael zehn Minuten oder länger gelaufen war, merkte er, daß die Straße inzwischen an einer Art künstlichem See entlangführte, an dessen Ende zwei parallele Linien aus Lichtern zu sehen waren, die an eine Landebahn erinnerten. Er konnte sogar die Umrisse eines kleinen Wasserflugzeugs erkennen, das an einem Steg vertäut war. Kurz darauf begann neben der Straße ein dichter Wald, vor dem sich eine lange Backsteinmauer erhob. Nach einer Weile stand Michael vor einem doppelflügligen, schmiedeeisernen Tor, das quietschend aufschwang, als er dagegen stieß. Er nahm an, daß er kurz vor dem Ziel seiner Reise war.

Als er schließlich aus dem scheinbar endlosen, verschlammten und überwucherten schwarzen Tunnel trat, der die Zufahrt zum Haus bildete, wären ihm die golden leuchtenden Vierecke der Fenster von Winshaw Towers beinahe freundlich erschienen. Dieser Eindruck verschwand jedoch schon bei flüchtiger Betrachtung des finsteren, abweisenden

Gebäudes. Ein Schauer überlief Michael, als er auf das Portal zuging und das unheimliche Heulen von Hunden hörte, die sich in einem vor seinen Blicken verborgenen Zwinger über ihre Gefangenschaft beklagten. Zu seiner Überraschung stellte er fest, daß er murmelte: »Nicht gerade ein Ferienlager, was?«

Das war natürlich Sids Text, doch hier gab es keinen Sid, der ihm hätte Gesellschaft leisten können. Fürs erste würde er den Dialog allein führen müssen.

2

Beinah ein böser Unfall

Sobald Michael den gewaltigen, verrosteten Türklopfer an-
hob, schwang die Tür von allein auf. Er trat ein und sah sich
um. Er stand in einer riesigen, dämmrigen, mit Steinplatten
ausgelegten Halle, die nur von vier oder fünf hoch oben an
den getäfelten Wänden angebrachten Lampen erleuchtet
wurde. Altersdunkle Wandbehänge und Ölgemälde verstärkten die düstere Atmosphäre. An beiden Seiten der Halle
befanden sich Türen, und direkt vor ihm erhob sich eine
breite Treppe aus Eichenholz. Unter einer der Türen zu
seiner Linken war ein Lichtstreifen, und aus derselben Richtung hörte er vereinzelt Stimmen. Nach kurzem Zögern
stellte er seinen Koffer am Fuß der Treppe ab, strich sich das
nasse Haar aus der Stirn, gab sich einen Ruck und trat ein.
  Die Tür führte in einen großen, gemütlichen Raum, in
dem ein munteres Kaminfeuer brannte und groteske, tan-
zende Schatten an die Wände warf. In einem Sessel neben
dem Kamin saß eine winzige, gebeugte Frau. Sie hatte ein
Schultertuch umgelegt und sah mit kleinen, aufmerksamen
Vogelaugen auf ihre Stricknadeln, die sie mit geschickten
Fingern bewegte. Das, dachte Michael, mußte Tabitha Winshaw sein; ihre Ähnlichkeit mit Tante Emily, der verrückten
alten Jungfer, gespielt von Esma Cannon, war unverkennbar. Ihr gegenüber, auf einem Sofa, saß Thomas Winshaw,
der Handelsbankier, und starrte, ein Whiskyglas in der
Hand, phlegmatisch ins Leere, und an einem Tisch am anderen Ende des Raumes, in der Nähe des Fensters, an dem der
Regen herabströmte, arbeitete Hilary Winshaw schweigend
an einem Laptop-Computer. Sie hatte das Ende eines Absat-
zes erreicht, sah sich auf der Suche nach Inspiration im
Raum um und war die erste, die Michaels Erscheinen bemerkte.

»Hallo, wen haben wir denn da?« sagte sie. »Wenn das kein Fremder in der Nacht ist.«

»Nicht ganz fremd«, sagte Michael und wollte sich gerade vorstellen, als Thomas ihn unterbrach. »Herrgott noch mal, Mann, Sie machen ja den Teppich naß! Ruf doch mal einer den Butler, damit er den Mantel wegbringt!«

Hilary stand auf, zog an einem Klingelzug und trat dann näher, um den Ankömmling genauer zu mustern.

»Irgendwo hab ich den schon mal gesehen«, sagte sie. Und dann, direkt an Michael gewandt: »Sie fahren nicht zufällig in Aspen Ski?«

»Mein Name ist Owen. Michael Owen«, antwortete er. »Ich bin Schriftsteller. Unter meinen unvollendeten Werken ist eine Geschichte Ihrer Familie. Teile davon haben Sie vielleicht schon gelesen.«

»Oh, Mr. Owen!« rief Tabitha, legte das Strickzeug beiseite und klatschte entzückt in die Hände. »Ich habe mich schon gefragt, ob Sie noch kommen würden. Ich war so gespannt darauf, Sie kennenzulernen. Natürlich habe ich Ihr Buch gelesen – Ihr Verleger hat mir, wie Sie wissen, ein Exemplar geschickt –, und ich muß sagen, ich fand es überaus interessant. Wir müssen uns einmal zusammensetzen und uns lange darüber unterhalten. Ja, das müssen wir.«

Thomas erhob sich und zeigte anklagend auf Michael. »Ich weiß, wer Sie sind. Sie sind dieser verdammte unverschämte Schreiberling. Tauchte eines Tages in der Bank auf und stellte eine Menge impertinente Fragen. Mußte ihn rausschmeißen, wenn ich mich nicht irre.«

»Sie irren sich nicht«, sagte Michael und streckte die Hand aus, die Thomas jedoch ignorierte.

»Und was zum Teufel fällt Ihnen ein, sich hier einzuschleichen, bei einer privaten Familienfeier? Sie sind praktisch ein Einbrecher. Das könnte Ihnen großen Ärger einbringen.«

»Ich bin aus demselben Grund hier wie Sie«, sagte Michael gelassen. »Ich bin hier, um bei der Testamentseröffnung anwesend zu sein, und zwar auf Anweisung Ihres verstorbenen Onkels.«

»Was faseln Sie da für einen Unsinn, Mann! Wollen Sie uns weismachen ...«

»Sie werden feststellen, daß Mr. Owens Auskunft der Wahrheit entspricht«, sagte eine Stimme hinter ihnen.

Alle fuhren herum. Mr. Sloane stand in der Tür. Er trug noch immer den schwarzen Anzug mit Weste, in der rechten Hand hielt er mit festem Griff eine schmale Aktentasche.

»Es war Mortimer Winshaws ausdrücklicher Wunsch, Mr. Owen möge heute abend zugegen sein«, fuhr er fort. »Den Grund dafür werden wir erst kennen, wenn das Testament eröffnet ist. Wenn Mr. Owen sich nun vielleicht nach oben begeben und etwas erfrischen würde, könnte dieses frohe Ereignis bald stattfinden.«

»Gute Idee«, sagte Michael.

»Und hier ist auch schon Ihr Taxi«, sagte Hilary, als der alte Butler Pyles schwankend hereingeschlurft kam.

Er und Michael stiegen langsam die Treppe hinauf. Michael besaß nicht viel Übung im Umgang mit Personal und brauchte einen kleinen Anlauf, bis er es wagte, ein Gespräch zu beginnen.

»Ich kann nicht behaupten, daß mir das Wetter hier oben sehr gefällt«, sagte er. »Das nächste Mal werde ich einen Südwester und Gummistiefel mitbringen.«

»Das Schlimmste kommt erst noch«, sagte der Butler kurz.

Michael dachte darüber nach. »Sie meinen das Wetter?«

»Es wird heute nacht einen Sturm geben«, murmelte Pyles. »Blitz und Donner und genug Regen, um die Toten aus ihren Gräbern zu spülen.« Er hielt kurz inne, bevor er fortfuhr: »Aber um Ihre Frage zu beantworten: Nein, ich habe nicht das Wetter gemeint.«

»Nicht?«

Pyles stellte den Koffer mitten im Korridor ab und tippte Michael auf die Brust.

»Es ist fast dreißig Jahre her, daß die Familie zuletzt in diesem Haus zusammengekommen ist«, sagte er. »Damals gab es eine Tragödie und einen Mord, und heute nacht wird es wieder so sein!«

Michael wich zurück. Der Alkoholdunst des Butlers umwehte ihn, und er taumelte leicht. »Und an... äh... was hatten Sie dabei gedacht?« fragte er, nahm den Koffer auf und setzte den Weg fort.

»Ich weiß nur«, sagte der Butler und folgte ihm humpelnd, »daß heute nacht schreckliche Dinge geschehen werden. Grauenhafte Dinge werden geschehen. Wir können uns glücklich schätzen, wenn wir morgen früh gesund und munter in unseren Betten erwachen.«

Sie blieben vor einer Tür stehen.

»Dies ist Ihr Zimmer«, sagte Pyles und stieß die Tür auf. »Das Türschloß ist leider schon seit einiger Zeit kaputt.«

Wände und Decke von Michaels Zimmer waren mit dunklem Eichenholz verkleidet, und im Kamin glühte ein kleines elektrisches Feuer, allerdings noch nicht lange genug, um die feuchte Luft erwärmt zu haben. Trotz des Lichts von diesem Feuer und einigen Kerzen, die auf der Kommode standen, waren die Ecken des Raumes in düsteres Dunkel getaucht. Auch die Luft war eigenartig: Sie roch nach Schimmel und Verfall, nach kaltem, feuchtem Moder, wie man ihn in unterirdischen Gelassen findet. Das hohe, schmale Fenster klapperte unaufhörlich unter dem Ansturm des Windes, bis es schien, als würde das Glas zerbrechen. Während Michael auspackte und Kamm, Rasierapparat und Waschzeug auf die Kommode legte, überkam ihn ein wachsendes Gefühl des Unbehagens. Zwar waren die Worte des Butlers blanker Unsinn gewesen, doch sie hatten den Keim einer gestaltlosen, irrationalen Angst in ihn gepflanzt, und er dachte sehnsüchtig an den Salon im Erdgeschoß, mit seinem gemütlichen Kaminfeuer und der Verheißung menschlicher Gesellschaft (sofern ein Raum voller Winshaws diese Bezeichnung verdiente). Michael zog sich so schnell wie möglich um, schloß mit einem leisen Seufzer der Erleichterung die Tür zu seinem Zimmer und machte sich auf den Rückweg nach unten.

Das war allerdings leichter gesagt als getan. Die erste Etage des Hauses war von einem Gewirr von Korridoren durchzogen, und Michael war, wie er nun feststellte, von den Prophezeiungen des Butlers so abgelenkt gewesen, daß er sich die verschiedenen Abzweigungen ihres Weges nicht gemerkt hatte. Nachdem er einige Minuten lang durch die mit verschlissenen Teppichen ausgelegten Gänge geirrt war, verwandelte sich sein Unbehagen fast in Panik. Er hatte auch das

Gefühl – ein lächerliches Gefühl, wie er wußte –, daß er in diesem Teil des Hauses nicht allein war. Er hätte schwören können, das verstohlene Öffnen und Schließen von Türen gehört und ein- oder zweimal gesehen zu haben, wie sich in den dunkelsten Winkeln eines Ganges etwas bewegte. Dieses Gefühl wurde er auch dann nicht los, als er, gerade als er es am wenigsten erwartet hatte, die Große Treppe erreichte. Er blieb einen Augenblick zwischen zwei rostigen Rüstungen stehen, von denen eine einen Morgenstern, die andere eine Streitaxt hielt.

Und nun? War er bereit, der Familie Winshaw entgegenzutreten? Er strich sich über das Haar, rückte sein Jackett zurecht und prüfte, ob er den Hosenschlitz zugeknöpft hatte. Dann stellte er fest, daß einer seiner Schnürsenkel offen war, und kniete sich hin, um ihn zuzubinden.

Er war erst einige Sekunden in dieser Stellung, als er hinter sich eine Frau schreien hörte.

»Passen Sie auf! Um Gottes willen, passen Sie auf!«

Er fuhr herum und sah, daß die Rüstung mit der Streitaxt sich langsam in seine Richtung neigte. Mit einem Schrei des Entsetzens warf er sich nach vorn, und im nächsten Augenblick bohrte sich die Schneide der uralten Waffe genau dort, wo er eben noch gekniet hatte, mit einem dumpfen Geräusch in den Holzboden.

»Alles in Ordnung?« fragte die Frau und eilte zu ihm.

»Ich glaube schon«, sagte Michael, obgleich er sich an einer Säule des Treppengeländers den Kopf gestoßen hatte. Er versuchte vergeblich, aufzustehen. Die Frau bemerkte seine Schwierigkeiten, setzte sich auf die oberste Stufe und bettete seinen Kopf auf ihren Schoß.

»Haben Sie jemanden gesehen?« fragte Michael. »Jemand muß das Ding gestoßen haben.«

Wie auf ein Stichwort kroch in diesem Augenblick eine große schwarze Katze aus dem Alkoven, in dem die Rüstung gestanden hatte, und rannte mit einem schuldbewußten Miauen die Treppe hinunter.

»Torquil!« schimpfte die Frau. »Was hast du außerhalb der Küche zu suchen?« Sie lächelte. »Da haben Sie den Schuldigen.«

Unten wurde eine Tür geöffnet, und mehrere Familienmitglieder kamen aus dem Salon, um nach der Ursache des
Lärms zu sehen.

»Was war das für ein Geräusch?«

»Was ist hier los?«

Zwei Männer, die Michael als Roderick und Mark Winshaw erkannte, wuchteten die Rüstung wieder an Ort und
Stelle, während Tabitha sich über ihn beugte und fragte: »Er
ist doch nicht tot, oder?«

»Ich glaube nicht. Er hat nur einen Schlag auf den Kopf
bekommen.«

Michael kam langsam wieder zu sich und sah seine Retterin
an – eine sehr schöne und intelligent aussehende Frau Anfang Dreißig, mit langen blonden Haaren und einem freundlichen Lächeln –, und seine Augen weiteten sich verblüfft. Er
blinzelte drei- oder viermal. Er kannte diese Frau. Er hatte sie
schon einmal gesehen. Zuerst dachte er, sie sei Shirley Eaton.
Dann blinzelte er noch einmal, und eine entfernte, flüchti-
gere Erinnerung stieg in ihm auf. Sie hatte etwas mit Joan zu
tun... Mit Sheffield... Mit... ja! Es war die Malerin! Die
Malerin, die bei Joan gewohnt hatte. Aber das konnte doch
nicht sein! Was, um alles in der Welt, tat sie hier, in diesem
Haus?

»Sind Sie sicher, daß alles in Ordnung ist?« fragte Phoebe,
als sie sein verändertes Gesicht sah. »Sie kommen mir ein
bißchen verwirrt vor.«

»Ich glaube, ich werde verrückt«, sagte Michael.

Tabitha lachte hysterisch, als sie das hörte. »Wie schön!«
rief sie. »Dann sind wir ja schon zu zweit!«

Und mit dieser verständigen Bemerkung führte sie die
Gesellschaft wieder nach unten.

3
Kein Grund zur Panik!

»Mr. Mortimer Winshaws Testament«, sagte Everett Sloane und sah ernst in die Runde, »ist in Form eines kurzen Briefes abgefaßt, den er erst vor wenigen Tagen niedergeschrieben hat. Wenn keiner der Anwesenden Einwände hat, werde ich ihn jetzt verlesen.«

Bevor er fortfahren konnte, ertönte draußen der erste Donner, der die Fenster vibrieren und die Kerzenleuchter auf dem Kaminsims laut klirren ließ. Unmittelbar darauf folgte ein Blitz, der die angespannten, raubvogelartigen Gesichter der erwartungsvollen Familienmitglieder für einen kurzen, halluzinatorischen Augenblick gespenstisch bleich aussehen ließ.

»»Ich, Mortimer Winshaw‹«, begann der Anwalt, »»schreibe diese letzten Worte an meine Hinterbliebenen in der Gewißheit, daß sie sich vollzählig einfinden werden, um sie zu hören. Ich begrüße daher herzlich meine Neffen Thomas und Henry, meine Nichte Dorothy, meinen jüngeren Neffen Mark (den Sohn meines lieben verstorbenen Bruders Godfrey) und nicht zuletzt Hilary und Roderick, die – ich schäme mich fast, es zu sagen – die Früchte meiner eigenen Lenden sind.

Einen zögerlicheren Gruß entbiete ich den drei anderen Gästen, deren Anwesenheit ich mir nicht ganz so sicher bin. Ich hoffe und bete, daß meine liebe Schwester Tabitha wenigstens für eine Nacht aus ihrer empörenden Gefangenschaft entlassen wurde, um an dieser einmaligen und – wie ich zu sagen wage – letzten Zusammenkunft der Familie teilzunehmen. Ich hoffe auch, daß Miss Phoebe Barton, meine treue und selbstlose Pflegerin, anwesend sein wird, deren Anmut, Charme und Freundlichkeit im letzten Jahr meines Lebens ein Quell der Freude für mich gewesen sind.

Und schließlich bin ich zuversichtlich, daß Mr. Michael Owen, der unglückliche Biograph der Familie, zugegen sein wird, um einen vollständigen Bericht über einen Abend zu schreiben, der, so glaube ich, einen außerordentlich passenden Schluß für sein mit Spannung erwartetes Buch abgeben wird.

Die folgenden Sätze richten sich allerdings nicht an diese drei interessierten Beobachter, sondern vielmehr an meine bereits erwähnten sechs Verwandten, deren Anwesenheit ich voraussetze. Wie, so werdet ihr Euch fragen, kann ich diese Voraussage mit solcher Gewißheit machen? Welche Kraft könnte sechs Menschen, die sich so geschäftig und erfolgreich auf der Bühne der Welt tummeln, dazu bewegen, alles stehen- und liegenzulassen und zu diesem einsamen, gottverlassenen Ort zu reisen – einem Ort, möchte ich hinzufügen, den sie zu Lebzeiten seines Besitzers erfolgreich gemieden haben? Die Antwort liegt auf der Hand: Sie werden von derselben Kraft getrieben, die sie bei der Verfolgung ihrer Karrieren immer – und ausschließlich – getrieben hat. Damit meine ich selbstverständlich Gier – reine, nackte, primitive Gier. Es ist ohne Bedeutung, daß mit ihnen heute abend sechs der reichsten Menschen des Landes an diesem Tisch versammelt sind. Ohne Bedeutung ist auch, daß mein eigener Besitz – wie sie genau wissen – im Vergleich zu dem ihren nur verschwindend klein sein kann. Die Gier ist in diesen Menschen so tief verwurzelt, sie ist bei ihnen zu einer so unveränderlichen Geisteshaltung geworden, daß sie sich einfach auf den Weg machen mußten, und sei es nur, um die letzten Reste vom Boden des verfaulten Fasses zu kratzen, in das mein Besitz sich verwandelt hat.‹«

»Was für ein poetischer alter Knochen«, sagte Dorothy, die der Ton des Briefes keineswegs verlegen zu machen schien.

»Auch wenn er die Metaphern ganz schön durcheinander wirft«, sagte Hilary. »Den Boden eines Fasses *schlägt* man aus. Und verfault ist ein Faß doch nur dann, wenn ein verfaulter Apfel darin ist, oder?«

»Wenn ich bitte fortfahren dürfte«, sagte Mr. Sloane. »Es ist nur noch ein Absatz.«

Stille trat ein.

»›Und so bereitet es mir kein geringes Vergnügen, diesen Parasiten, diesen Blutegeln in Menschengestalt zu eröffnen, daß ihre Hoffnung sie getrogen hat. In den langen, glücklichen Jahren unserer Ehe haben Rebecca und ich nicht gut hausgehalten. Das Geld, das wir hatten, haben wir ausgegeben. Natürlich hätten wir damit beschäftigt sein sollen, es anzuhäufen, es zu investieren, es arbeiten zu lassen. Wir hätten alles daransetzen sollen, mehr davon aufzuspüren und in unseren Besitz zu bringen. Das wäre jedoch gegen unsere Überzeugungen gewesen. Wir hatten uns entschlossen, das Leben zu genießen, und die Folge davon war, daß wir Schulden machten – Schulden, die bis auf den heutigen Tag bestehen. Schulden, die so groß sind, daß selbst der Verkauf dieses verfluchten Hauses sie nicht decken könnte – vorausgesetzt, es gelänge, jemanden zu finden, der dumm genug wäre, es zu kaufen. Daher vermache ich diese Schulden meinen eingangs genannten Verwandten und verfüge, daß sie gleichmäßig unter ihnen aufgeteilt werden. Diesem Brief ist eine vollständige Aufstellung der Verbindlichkeiten beigefügt. Und damit bleibt mir nur noch der Wunsch, sie alle mögen eine angenehme, ungestörte gemeinsame Nacht unter diesem Dach verbringen.

Am elften Tag des Januars des Jahres Neunzehnhunderteinundneunzig, gezeichnet: Mortimer Winshaw.‹«

Wieder hörte man Donner. Er war näher gekommen und dauerte länger als zuvor. Als er schließlich verklungen war, sagte Mark: »Ihr wißt selbstverständlich, daß das juristisch auf sehr wackligen Beinen steht. Wir sind nicht verpflichtet, für seine Schulden geradezustehen.«

»Da hast du natürlich recht«, sagte Thomas, stand auf und steuerte auf die Whiskykaraffe zu. »Aber das ist nicht der Punkt. Der Punkt ist, nehme ich an, daß er sich einen verdammt guten Witz auf unsere Kosten machen wollte, und das ist ihm auch gelungen.«

»Na ja, es beweist wenigstens, daß der alte Knacker noch ein bißchen Mumm in den Knochen hatte«, sagte Hilary.

Henry drehte sich unvermittelt zu Phoebe um. »Wieviel hat er Ihnen gezahlt?« herrschte er sie an.

»Wie bitte?«

»Der Bursche hat behauptet, kein Geld zu haben. Wie konnte er Sie da als private Krankenschwester engagieren?«

Mr. Sloane goß verbindlich Öl auf die Wogen. »Die Mittel für Miss Bartons Dienste erhielt Ihr Onkel durch eine nicht unbedeutende Hypothek auf dieses Anwesen.« Er lächelte die wütenden Gesichter ringsum an. »Er war wirklich ein sehr armer Mann.«

»Also, ich weiß nicht, wie es euch geht«, sagte Hilary, stand auf und zog am Klingelzug, »aber ich könnte nach all dem Gedöns was zu essen vertragen. Es ist schon nach zehn, und ich hab den ganzen Abend noch nichts gegessen. Mal sehen, was Pyles auffahren kann.«

»Keine schlechte Idee«, sagte Roddy und trat an den Tisch mit den Gläsern und Getränken. »Und wenn er schon dabei ist, soll er gleich mal in den Weinkeller gehen.«

»So ein Mistwetter«, sagte Dorothy. »Normalerweise hätte ich um Mitternacht wieder auf der Farm sein können, aber bei diesem Wetter gehe ich das Risiko lieber nicht ein.«

»Ja, sieht so aus, als müßten wir fürs erste hierbleiben«, pflichtete Thomas ihr bei.

Tabitha erhob sich steif von ihrem Stuhl.

»Ich hoffe, ihr nehmt es mir nicht übel, wenn ich auf meinen alten Platz zurückkehre«, sagte sie, »aber dieser Sessel ist so bequem, und ihr könnt euch nicht vorstellen, wie schön es ist, mal wieder an einem richtigen Feuer zu sitzen. Mein Zimmer in der Anstalt ist immer so kalt, sogar im Sommer. Wollen Sie mir nicht Gesellschaft leisten, Mr. Owen? Es ist lange her, daß ich Gelegenheit hatte, mich mit einem echten Mann des Wortes zu unterhalten.«

Michael war noch nicht dazu gekommen, mit Phoebe zu sprechen, und hatte sich ihr gerade erneut vorstellen wollen, um herauszufinden, ob sie sich an ihre frühere Begegnung erinnerte, doch er sah, daß er seiner Auftraggeberin diese Bitte nicht versagen konnte, und so setzte er sich zu ihr. Als er Platz nahm, fiel sein Blick auf das Porträt über dem Kamin, und er fragte sich, ob dahinter vielleicht wachsame Augen verborgen waren. Er mußte jedoch zugeben, daß das unwahrscheinlich war: Es handelte sich um einen Picasso, und beide Augen befanden sich in derselben Gesichtshälfte.

»Sagen Sie mir«, begann Tabitha und legte ihm eine zarte Hand auf das Knie, »sind noch mehr von Ihren faszinierenden Büchern erschienen?«

»Leider nein«, antwortete er. »In letzter Zeit scheint mich meine Inspiration im Stich zu lassen.«

»Ach, wie schade. Aber das macht nichts – ich bin sicher, sie wird zurückkehren. Aber immerhin haben Sie sich doch in der Welt der Literatur einen Namen gemacht.«

»Nun ja, es ist schon ein paar Jahre her, seit ich...«

»Sie kennen doch zum Beispiel die Bloomsbury-Gruppe?« Michael runzelte die Stirn. »Die... Bloomsbury...?«

»Zu meinem Bedauern ist der briefliche Kontakt seit einigen Jahren abgerissen, aber Virginia und ich haben uns damals sehr nahegestanden. Und Winifred natürlich. Winifred Holtby. Sie kennen ihre Werke?«

»Ja, ich...«

»Wenn Sie glauben, es könnte Ihrem Fortkommen dienen, könnte ich Sie mit einigen Empfehlungsschreiben versehen. Ich habe einen gewissen Einfluß auf Mr. Eliot. Wenn Sie ein Geheimnis bewahren können: Ich habe sogar gehört« – sie senkte die Stimme zu einem Flüstern –, »daß er bis über beide Ohren in mich verliebt ist.«

»Sie meinen... T. S. Eliot?« stieß Michael hervor. »Den Autor von *Das wüste Land*?« Tabitha brach in helles, glockenreines Lachen aus. »Ach, Sie sind ein Schelm!« sagte sie. »Wissen Sie denn wirklich nicht, daß er schon lange tot ist?«

Unsicher fiel er in ihr Gelächter ein. »Ja, natürlich.«

»Ich hoffe, Sie versuchen nicht, eine alte Dame auf den Arm zu nehmen«, sagte sie und stieß ihm spielerisch eine Stricknadel in die Rippen.

»Wer, ich? Nein, natürlich nicht.«

»Ich meinte natürlich«, sagte sie, und in ihren Augen stand noch immer Lachen über diesen gelungenen Scherz, »niemand anderen als Mr. George Eliot, den Verfasser von *Middlemarch* und *Die Mühle am Floss*.«

Tabitha nahm ihr Wollknäuel und begann wieder zu stricken. Dabei lächelte sie gütig vor sich hin. Michaels verblüfftes Schweigen fand erst ein Ende, als sie abrupt das Thema wechselte. »Haben Sie schon mal einen Tornado geflogen?«

Das Abendessen in Winshaw Towers war keine fröhliche Angelegenheit und bestand nur aus kaltem Braten, Pickles, Käse und einem drittklassigen Chablis. Sie waren am Tisch nur zu acht: Henry und Mark hatten sich in einen Raum im ersten Stock zurückgezogen und sahen sich die Nachrichten an. Beide schienen zu glauben, daß ein militärischer Schlag der Amerikaner gegen Saddam Hussein unmittelbar bevorstand. Die anderen saßen an einem Ende des langen Tischs im Speiseraum, der zugig und ungemütlich war. Aus irgendeinem Grund blieben die Heizkörper kalt, und im Kronleuchter fehlten mehrere Glühbirnen. Für einige Minuten aßen sie in völligem Schweigen. Michael fand, daß er unter diesen Umständen kein privates Gespräch mit Phoebe führen konnte, und die Winshaws schienen einander reichlich wenig zu sagen zu haben. Das Heulen des Windes und das Trommeln des Regens am Fenster trugen nicht gerade dazu bei, die Stimmung zu heben.

Diese Eintönigkeit wurde endlich von einem dumpfen Pochen am Portal durchbrochen. Kurz darauf hörten sie, wie die Tür geöffnet wurde, und dann Stimmen in der Halle. Pyles kam in den Speiseraum geschlurft und verkündete den Anwesenden: »Draußen ist ein Gentleman, der sagt, er sei von der Polizei.«

Das war, fand Michael, eine überaus dramatische Ankündigung, doch bei den anderen rief sie kein sonderliches Interesse hervor. Dorothy, die der Tür am nächsten saß, stand schließlich auf und sagte: »Vielleicht sollte ich mal mit ihm reden.« Michael folgte ihr in die Halle, wo Mark, der gerade die große Treppe hinunterkam, zu ihnen stieß.

»Was ist denn los?« wollte er wissen.

Vor ihnen stand ein Mann von unbestimmbarem Alter. Er hatte einen dichten Bart und buschige Augenbrauen, und seine Polizeiuniform war tropfnaß. Er stellte sich als Sergeant Kendall vom Polizeiposten im Dorf vor.

»Himmelherrgott!« rief er, und sein starker Dialekt war für Michael kaum zu verstehen. »Das ist eine Nacht, in der wir lieber schön warm zu Hause wären, anstatt vor die Tür gescheucht zu werden.«

»Was können wir für Sie tun, Sergeant?« fragte Dorothy.

»Tja, ich möchte Sie nicht beunruhigen, Madam«, sagte der Polizist, »aber ich hielt es für das Beste, Sie zu warnen.«

»Warnen? Wovor?«

»Stimmt es, daß eine Miss Tabitha Winshaw heute abend bei Ihnen zu Gast ist?«

»Ja. Was ist daran so gefährlich?«

»Tja, Sie müssen wissen, daß in dem... Krankenhaus, in dem Miss Tabitha normalerweise lebt, ein paar höchst gefährliche Patienten – Geisteskranke, wenn Sie wissen, was ich meine – untergebracht sind, und zwar unter strengsten Sicherheitsvorkehrungen.«

»Na und?«

»Wie es scheint, ist einer dieser Patienten heute nachmittag ausgebrochen – ein Kehlenschlitzer, Madam, ein Mörder, der weder Gnade noch Reue kennt. Himmelherrgott – das Leben eines Menschen, der das Pech hat, ihm in einer Nacht wie dieser über den Weg zu laufen, ist keinen Pfifferling wert!«

»Aber diese Anstalt liegt mehr als zwanzig Meilen entfernt, Sergeant. Dieser Vorfall, so bedauerlich er auch sein mag, kann uns doch wohl kaum betreffen.«

»Ich fürchte sehr, das tut er doch. Wir nehmen nämlich an, müssen Sie wissen, daß er mit demselben Fahrzeug geflohen ist, mit dem Miss Tabitha hierhergebracht wurde. Dieser gerissene Bursche hat sich wahrscheinlich im Kofferraum versteckt. Und das heißt, daß er höchstwahrscheinlich noch irgendwo hier in der Gegend ist. Bei diesem Wetter kann er noch nicht weit gekommen sein.«

»Was soll das heißen, Sergeant?« sagte Mark. »Wollen Sie uns sagen, daß hier irgendwo ein wahnsinniger Mörder herumschleicht?«

»So ungefähr müssen Sie es sich vorstellen, Sir.«

»Und wie sollen wir dieser beklagenswerten Situation Ihrer Meinung nach begegnen?«

»Also, es gibt keinen Grund zur Panik, Sir. Das ist mein wichtigster Rat: Keine Panik, was Sie auch tun. Verschließen Sie die Türen im Haus – verriegeln Sie sie, wenn es geht –, lassen Sie ein paar Hunde los, halten Sie Feuerwaffen, wenn Sie zufällig welche im Haus haben, zur Hand und sorgen Sie dafür, daß in jedem Zimmer Licht brennt. Aber was Sie auch tun – nur keine Panik. Diese Burschen können Angst geradezu riechen, müssen Sie wissen. Sie können sie riechen.« Nachdem er sie also beruhigt hatte, drückte er seine Mütze fest auf den Kopf und ging zur Tür. »Tja, ich werde dann mal gehen, wenn Sie nichts dagegen haben. Mein Kollege wartet im Wagen auf mich, und wir müssen heute nacht noch ein paar Besuche machen.«

Mark, Dorothy und Michael begleiteten ihn zur Tür und ließen dabei einen Schwall Regen und fliegende Blätter ein. Dann kehrten sie in den Speiseraum zurück und berichteten den anderen von diesen außerordentlichen Neuigkeiten.

»Na, das setzt diesem wunderbaren Abend ja die Krone auf«, sagte Hilary. »Jetzt sollen wir die Nacht also in Gesellschaft von Norman Bates verbringen.«

»Vielleicht ist noch Zeit, diesen Ort zu verlassen«, murmelte Mr. Sloane. »Man müßte es nur versuchen.«

»Ich komme vielleicht darauf zurück«, sagte Dorothy.

»Ich kann nicht glauben, daß einer meiner Nachbarn zu so etwas fähig ist«, sagte Tabitha halb zu sich selbst. »Das sind alles so ruhige, nette Menschen.«

Einige ihrer Verwandten schnaubten.

»Sie liegen übrigens vielleicht gar nicht so falsch«, sagte Michael zu Hilary. »Ich weiß nichts über Norman Bates, aber es gibt Filme, in denen so etwas passiert.«

»Wie zum Beispiel?«

»Wie zum Beispiel *Erbschaft um Mitternacht*. Hat jemand den gesehen?«

»Ja, ich«, sagte Thomas. »Bob Hope und Paulette Goddard.«

»Genau. Alle Mitglieder einer Familie werden zu einer Testamentseröffnung in ein abgelegenes altes Haus zitiert. Draußen tobt ein schreckliches Gewitter. Und dann kommt ein Polizist und warnt sie vor einem Mörder, der sich in der Gegend herumtreibt.«

»Und was passiert mit diesen Familienmitgliedern?« fragte Phoebe und sah Michael zum erstenmal direkt an.

»Sie werden umgebracht«, sagte er ruhig. »Einer nach dem anderen.«

Der Donnerschlag, der dieser Aussage folgte, war noch lauter als die vorigen. Danach trat eine lange Stille ein. Michaels Worte schienen ihre Wirkung auf die anderen nicht verfehlt zu haben. Nur Hilary war offenbar entschlossen, sich nicht beeindrucken zu lassen.

»Also, um ehrlich zu sein, weiß ich nicht, warum wir uns Sorgen machen sollten«, sagte sie. »Immerhin sind Sie bis jetzt der einzige, der angegriffen worden ist.«

»Aber ich bitte Sie«, sagte Michael. »Wir wissen doch, daß das ein Unfall war. Sie wollen doch nicht behaupten...«

»Darf ich Sie unterbrechen?« fiel Roddy ihm abrupt ins Wort. »Ich finde, dieses Thema ist langsam fast so geschmacklos wie dieser schreckliche Käse.«

Angewidert schob er seinen Teller fort.

»Und in Geschmacksfragen sind Sie natürlich ein Kenner«, sagte Phoebe.

Diese Bemerkung wurde von einem sehr bedeutungsvollen Blick begleitet. Roddy zeigte mit dem Finger auf Phoebe und stotterte wütend: »Daß Sie überhaupt hier sind, zeigt, wie unverschämt Sie sind. Ein einziges Wochenende haben Sie hier verbracht, aber für Sie war es Zeit genug, um Ihre Krallen in meinen Vater zu schlagen. Wieviel Geld haben Sie aus ihm herausgequetscht, das würde ich gerne mal wissen? Und woran ist er eigentlich gestorben? Das ist noch gar nicht zur Sprache gekommen.«

»Ich weiß es nicht genau«, sagte Phoebe ausweichend. »Als er gestorben ist, war ich nicht da.«

»Wir verschwenden unsere Zeit«, sagte Dorothy. »Jemand muß Henry holen und ihm Bescheid sagen.«

Alle fanden, das sei ein sehr vernünftiger Gedanke.

»Wo ist er überhaupt?«

»Vor dem Fernseher, oben, in Schwester Gannets altem Zimmer.«

»Und wo zum Teufel ist das? Kennt sich jemand in diesem verdammten Haus aus?«

»Ja, ich«, sagte Phoebe. »Ich werde ihn holen.«

Michael brachte zunächst keinen Einwand vor, denn der plötzliche Ausbruch von Feindseligkeit zwischen Phoebe und Roddy hatte ihn verwirrt und neugierig gemacht, und er fragte sich, ob dahinter eine Geschichte steckte. Doch sobald ihm bewußt geworden war, daß Phoebe etwas tat, das möglicherweise gefährlich war, machte er den anderen Vorwürfe.

»Sie sollte nicht allein im Haus herumwandern«, sagte er. »Sie haben gehört, was der Sergeant gesagt hat. Hier könnte irgendwo ein Mörder sein.«

»So ein Unsinn!« schnaubte Dorothy. »Wir sind hier nicht in einem Film.«

»Das glauben *Sie*«, sagte Michael und eilte Phoebe nach.

Doch wieder hatte er Gelegenheit, die teuflisch unübersichtliche Architektur des Hauses zu verfluchen. Am Kopf der Großen Treppe stellte er fest, daß er keine Ahnung hatte, in welche Richtung er sich wenden sollte, und verschwendete mehrere atemlose Minuten damit, die verwinkelten, sich kreuzenden Korridore abzulaufen, bis er um eine Ecke bog und geradewegs in Phoebe hineinrannte.

»Was machen *Sie* denn hier?« fragte sie.

»Sie suchen, natürlich. Haben Sie ihn gefunden?«

»Henry? Nein, er ist nicht mehr da. Vielleicht ist er schon hinuntergegangen.«

»Vielleicht. Aber sehen wir lieber noch mal nach, nur zur Sicherheit.«

Phoebe führte ihn um eine Ecke, eine enge Treppe hinauf und dann drei oder vier kurze Flure entlang.

»Psst! Hören Sie?« sagte Michael und legte eine Hand auf ihren Arm. »Da sind Stimmen.«

»Keine Angst, das ist nur der Fernseher.«

Sie öffnete eine Tür. Das Zimmer dahinter war leer bis auf ein Sofa, einen Tisch und einen tragbaren Schwarzweißfernseher, in dem gerade *Newsnight* lief: Hier jedenfalls hatte Jeremy Paxman kein Publikum für sein Interview mit dem jungen, gehetzt wirkenden Verteidigungsminister.

»Sehen Sie?« sagte Phoebe. »Hier ist niemand.«

»Es wäre ein Fehler, den Ablauf des UN-Ultimatums als automatischen Auslöser zu betrachten« sagte der Minister. »Saddam weiß, daß wir jetzt das *Recht* haben, militärische Schritte zu unternehmen. Wann – und ob – wir dieses Recht *in Anspruch nehmen*, ist eine ganz andere Frage.«

»Aber seit dem Ablauf des Ultimatums sind nun schon neunzehn Stunden vergangen«, hakte Paxman nach. »Wollen Sie sagen, daß Sie noch immer nicht wissen, wann ...«

»O Gott!«

Michael hatte etwas bemerkt: Ein Blutrinnsal floß an der Armlehne des Sofas herunter und tropfte auf den Boden. Er spähte vorsichtig über die Rückenlehne und sah, daß Henry mit dem Gesicht nach unten auf dem Sofa lag. Zwischen seinen Schulterblättern steckte ein Tranchiermesser. Phoebe trat neben Michael und stieß einen leisen Schrei aus. Sprachlos starrten sie die Leiche eine Zeitlang an, bis sie merkten, daß sie nicht mehr allein waren. Jemand war eingetreten, stand zwischen ihnen und betrachtete den Toten mit vollkommener Gleichgültigkeit.

»Ein Dolchstoß in den Rücken«, sagte Hilary trocken. »Wie passend. Heißt das, daß Mrs. Thatcher irgendwo im Haus ist?«

4

Eine Partie Billard

Michael, Phoebe, Thomas, Hilary, Roddy, Mark und Dorothy standen in einem feierlichen Halbkreis und betrachteten den Leichnam. Sie hatten Henry aufgerichtet und in eine sitzende Position gebracht, und nun starrte er sie mit demselben ungläubigen, empörten Gesichtsausdruck an, den er bei seinen öffentlichen Auftritten stets zur Schau getragen hatte.

»Wann ist das wohl passiert?« fragte Roddy.

Keiner gab Antwort.

»Wir sollten lieber runtergehen«, sagte Hilary. »Ich schlage vor, wir suchen Tabitha und Mr. Sloane und sprechen das alles gründlich durch.«

»Sollen wir ihn etwa so hier sitzen lassen?« fragte Thomas, als die anderen zur Tür gingen.

»Ich ... kann ihn ein bißchen zurechtmachen, wenn Sie wollen«, bot Phoebe an. »Ich hab ein paar Sachen in meiner Tasche.«

»Ich helfe Ihnen«, sagte Dorothy. »Mit Kadavern kenne ich mich ganz gut aus.«

Die anderen gingen schweigend und im Gänsemarsch hinunter in den Speiseraum, wo Tabitha wieder friedlich strickte. Mr. Sloane saß neben ihr. Auf seinem Gesicht spiegelte sich namenloses Entsetzen.

»Tja«, sagte Hilary, als niemand Anstalten machte, das Gespräch zu beginnen, »Norman scheint sein erstes Opfer gefunden zu haben.«

»So sieht es aus.«

»Aber der Schein kann trügen«, sagte Michael.

Thomas fuhr zu ihm herum. »Was zum Teufel faseln Sie da, Mann? Wir wissen doch, daß hier ein Verrückter herumschleicht! Wollen Sie etwa behaupten, daß er für dieses Verbrechen nicht verantwortlich ist?«

»Ich wollte damit sagen, daß das nur eine von mehreren Theorien ist.«

»Ich verstehe. Vielleicht hätten Sie dann die Güte, uns etwas über die anderen Theorien zu verraten.«

»Ja, heraus damit!« sagte Mark. »Wer sonst könnte ihn umgebracht haben?«

»Na, jeder von uns natürlich.«

»Ausgemachter Blödsinn!« sagte Thomas. »Wie sollte einer von uns das getan haben, wenn wir doch alle hier unten waren und gegessen haben?«

»Seit der Vorlesung des Testaments hat ihn niemand mehr gesehen«, erklärte Michael. »Zwischen der Testamentseröffnung und dem Abendessen war jeder von uns irgendwann allein. Ich schließe keinen aus.«

»Was für ein Quatsch!« sagte Mark. »Er kann erst vor ein paar Minuten ermordet worden sein. Sie vergessen, daß ich zusammen mit ihm ferngesehen habe, während ihr hier gegessen habt.«

»Tja, das sagen *Sie*«, sagte Michael kühl.

»Wollen Sie mich einen Lügner nennen? Was sollte ich denn wohl sonst getan haben?«

»Was weiß ich? Sie hätten alles mögliche tun können. Vielleicht haben Sie mit Ihrem Freund Saddam Hussein telefoniert und eine letzte Bestellung entgegengenommen.«

»Sie unverschämter Schnösel! Nehmen Sie das zurück!«

»Ich fürchte, diese interessante Hypothese werden wir verwerfen müssen«, sagte Roddy, der in die Halle gegangen war und nun mit dem Telefonapparat zurückkehrte. Die Leitung war durchgerissen. »Wie ihr seht, ist dieser Anschluß momentan gestört. Im Gegensatz zu euch hatte ich nämlich die brillante Idee, die Polizei zu rufen.«

»Dafür ist es noch nicht zu spät«, sagte Hilary. »In meinem Zimmer ist ein Nebenanschluß. Kommt mit – wenn wir uns beeilen, sind wir vor ihm dort.«

Als die anderen hinauseilten, sah Mark ihnen überlegen lächelnd nach. »Ich finde es erstaunlich, daß die Leute noch immer auf diese primitive Methode der Kommunikation zurückgreifen«, sagte er. »Thomas, du hast doch dein Funktelefon mitgebracht, oder?«

Der Bankier zwinkerte überrascht. »Natürlich, natürlich. Hab ich immer dabei. Verstehe gar nicht, wieso ich nicht schon früher daran gedacht habe.«

»Und wo hast du es gelassen?«

»Im Billardzimmer, glaube ich. Hab ein paar Partien mit Roddy gespielt, bevor ihr kamt.«

»Dann werde ich mal gehen und es holen. Das werden wir gleich haben.«

Er schlenderte hinaus und ließ Michael und Thomas zurück, die sich stumm und finster beäugten. Mr. Sloane begann auf und ab zu gehen, und Tabitha fuhr fort zu stricken, als wäre nichts geschehen. Bald summte sie leise vor sich hin – ein Lied, das nach einigen Takten nach der Titelmelodie von *Die tollkühnen Männer in ihren fliegenden Kisten* klang.

»Hat jemand Pyles in letzter Zeit gesehen?« fragte Thomas, als er es nicht mehr aushielt.

Mr. Sloane schüttelte den Kopf.

»Dann sollten wir ihn vielleicht mal auftreiben. Er war jedenfalls nicht die ganze Zeit bei uns im Speiseraum. Was meinen Sie, Owen – wollen wir ihn suchen?«

Michael war in Gedanken versunken und schien die Frage nicht gehört zu haben.

»Na gut, dann suche ich ihn eben allein.«

»Jetzt sind wir nur noch zu dritt«, sagte Tabitha fröhlich, als Thomas gegangen war. »So ein Gerenne habe ich schon lange nicht mehr erlebt. Was für eine Aufregung! Spielen wir hier Verstecken?«

Mr. Sloane warf ihr einen vernichtenden Blick zu.

»Und was für ein langes Gesicht Sie machen, Michael!« rief sie, nachdem sie noch einige Takte gesummt hatte. »Sind Sie noch nicht in Partystimmung? Oder bekommen Sie langsam ein paar Ideen, wie Ihr Buch enden könnte?«

»Mit diesen Rüstungen am Kopf der Treppe stimmte irgendwas nicht«, sagte Michael, der nicht auf sie geachtet hatte und seinen Gedankengang weiterverfolgte. »Irgendwas hatte sich verändert, als wir eben die Treppe hinuntergegangen sind. Ich weiß nur nicht genau, was.«

Ohne ein weiteres Wort stand er auf und ging in die Halle. Er wollte gerade die Treppe hinauf, als er Pyles, der mit

Mühe ein silbernes Tablett auf dem Arm balancierte, aus der Küche kommen sah.

»Genießen Sie Ihren Aufenthalt, Mr. Owen?«

»Thomas hat Sie gesucht. Haben Sie ihn gesehen?«

»Nein, Sir.«

»Hat man Ihnen gesagt, was passiert ist?«

»Ja. Und das ist erst der Anfang. Ich habe es schon immer gewußt: Auf diesem Haus und allen, die darin sind, ruht ein Fluch.«

Michael klopfte ihm auf die Schulter. »Machen Sie weiter so.«

Als er den Kopf der Treppe erreicht hatte, untersuchte er beide Rüstungen eingehend. Sie standen in derselben Position wie zuvor, und alles schien völlig in Ordnung zu sein. Und doch hatte es irgendeine kleine Veränderung gegeben... Michael hatte das Gefühl, daß er außerordentlich schwer von Begriff war und ihm irgend etwas Wichtiges entging, das ihm eigentlich ins Auge springen müßte. Er musterte die Rüstung noch einmal genauer.

Und da sah er es. Sofort kam ihm ein schrecklicher Verdacht.

Aus der Richtung des Billardzimmers kam ein lautes Krachen. Michael rannte die Treppe hinunter und stieß in der Halle fast mit Mr. Sloane zusammen. Gemeinsam eilten sie weiter und stürzten in das Billardzimmer, wo Pyles, der das Tablett hatte fallen lassen, zusammengesunken in einem Sessel saß.

»Ich wollte die leeren Gläser holen«, sagte er, »und dann sah ich...«

Ihr Blick folgte seinem zitternden Finger. Mark Winshaw lehnte an der Wand. Zuerst dachte Michael, er habe sich hingekniet, doch dann sah er, daß der Körper schrecklich verstümmelt war. Die Streitaxt, die bei der einen Rüstung gefehlt hatte, lag mit blutverschmierter Schneide auf dem Billardtisch, und in den Löchern am Quartierende des Tisches steckten Marks abgehackte Glieder. Als Krönung des makabren Scherzes hatte der Mörder mit Blut etwas an die Wand geschrieben.

Dort stand: Waffenhändler haben kurze Beine!

511

5
Eine Dame irrt sich

»Das Wichtigste ist jetzt«, sagte Thomas, »daß wir die Ruhe bewahren und uns zivilisiert benehmen.«

Sie hatten sich wieder im Speiseraum versammelt, vor sich die Reste des Abendessens. Die meisten Gesichter waren bleich und angespannt. Nur zu Tabitha schien das neueste schreckliche Ereignis gar nicht durchgedrungen zu sein, während Pyles, der jetzt mit ihnen am Tisch saß und ein schiefes, fatalistisches Lächeln aufgesetzt hatte, bisher nur diese hilfreiche Äußerung gemacht hatte: »Bevor die Nacht um ist, wird es noch mehr Tote geben! Viel mehr Tote!« Dorothy war das einzige (lebende) Mitglied der Familie, das nicht anwesend war. Sie war im Augenblick einfach nicht zu finden. Draußen schien das Gewitter nicht nachlassen zu wollen.

»Ich schlage vor, wir bleiben bei der Annahme«, fuhr Thomas fort, »daß sich ein Wahnsinniger im Haus versteckt hat, der wahllos jeden umbringt, der ihm über den Weg läuft.«

Michael seufzte. »Sie haben's noch immer nicht begriffen, was?«

Die anderen sahen ihn fragend an.

»Diese Morde sind ganz und gar nicht wahllos«, sagte er.

»Hätten Sie auch die Freundlichkeit, uns das zu erklären?«

Er wandte sich an Hilary. »Na gut. Was waren Ihre ersten Worte, als Sie sahen, daß Henry ein Messer in den Rücken gestoßen worden war?«

»Weiß ich nicht mehr«, sagte Hilary und zuckte achtlos mit den Schultern.

»Sie haben gesagt: ›Wie passend.‹ Das kam mir, selbst in diesem Moment, ziemlich eigenartig vor. Wie haben Sie das eigentlich gemeint?«

»Na ja...« Hilary lachte schuldbewußt. »Wir wissen doch alle, daß Henrys politische Karriere nicht gerade von großer Loyalität gekennzeichnet war. Und ganz gewiß nicht zum Ende hin.«

»Ganz recht. Er war ein Fähnlein im Wind, einer, der anderen ein Messer in den Rücken stößt. Würden Sie mir darin zustimmen?«

Die folgende Stille war Zustimmung genug.

»Und was Mark betrifft, so glaube ich, wir brauchen uns keinen Illusionen über seine Geschäfte im Nahen Osten hinzugeben. Das erklärt meines Erachtens die Schrift an der Wand über seinem Leichnam.«

»Wenn ich Ihre Theorie recht verstehe«, sagte Roddy, »dann läuft sie darauf hinaus, daß jeder von uns nicht nur umgebracht werden soll, sondern daß die Methode sozusagen... zu unseren beruflichen Aktivitäten... paßt.«

»Genau.«

»Eine, mit Verlaub, lachhafte Theorie. Das klingt eher nach einem Szenario für einen drittklassigen Horrorfilm.«

»Interessant, daß Sie das sagen«, erwiderte Michael. »Vielleicht haben einige von Ihnen den Film *Theater des Grauens* von 1973 gesehen.«

Mr. Sloane schnalzte mißbilligend mit der Zunge. »Ich glaube, jetzt entfernen wir uns zu weit vom Thema.«

»Aber keineswegs. Vincent Price spielt einen alternden Schauspieler, der beschließt, Rache an seinen Kritikern zu nehmen, und jeden einzelnen von ihnen mit Methoden umbringt, zu denen er sich von den grausigsten Szenen bei Shakespeare hat inspirieren lassen.«

Roddy stand auf. »Bevor wir alle vor Langeweile einschlafen, schlage ich vor, daß wir diesen stumpfsinnigen Gedankengang aufgeben und uns praktischen Dingen zuwenden. Ich mache mir Sorgen um Dorothy. Ich finde, wir sollten uns in Gruppen aufteilen und sie suchen.«

»Einen Moment noch«, sagte Thomas. »Ich möchte unseren Filmexperten auf seinem eigenen Gebiet schlagen.« Er lehnte sich in seinem Stuhl zurück und sah Michael herausfordernd und mit funkelnden Augen an. »Es gibt doch einen Film, in dem ein Verrückter – wie sich herausstellt ein Richter – eine Reihe von Leuten in ein abgelegenes Haus einlädt und allesamt umbringt. Sie haben sich nämlich alle schuldig gemacht, und er sieht sich als ihr Henker – als eine Art Racheengel der Gerechtigkeit.«

»Die Geschichte ist von Agatha Christie: *Zehn kleine Negerlein*. Es gibt drei Verfilmungen. Welche meinen Sie?«

»Ich kenne nur die, die in den österreichischen Bergen spielt. Mit Wilfrid Hyde-White und Dennis Price.«

»Genau. Und mit Shirley Eaton, wenn ich mich recht entsinne.« Dabei warf Michael Phoebe einen Blick zu und bemerkte, als er den Kopf wandte, daß Roddy sie ebenfalls ansah.

»Ganz recht«, sagte Thomas. »Und kommt das dem, was wir heute abend hier erleben, nicht bemerkenswert nahe?«

»Das würde ich auch sagen, ja.«

»Schön. Und jetzt: Wie hieß der Kerl, der alle umgebracht hat? Der das alles organisiert hat? Sie wissen es nicht mehr? Ich werde es Ihnen sagen.«

Er beugte sich über den Tisch.

»Er nannte sich Owen, U. N. Owen.« Thomas hielt triumphierend inne. »Na? Was sagen Sie jetzt?«

Michael sah ihn entgeistert an. »Soll das heißen, Sie beschuldigen mich?«

»Genau das soll es heißen. Wir alle kennen Teile Ihres schmierigen kleinen Buches. Wir wissen genau, wie Sie über uns denken. Ich wäre nicht überrascht, wenn Sie uns hierhergelockt hätten, um irgendeinen wahnsinnigen Plan auszuführen.«

»Hierhergelockt? Wie hätte ich das wohl tun sollen? Sie beschuldigen mich doch wohl nicht auch noch, für Mortimers Tod verantwortlich zu sein, oder?«

Thomas kniff die Augen zusammen und wandte sich an Phoebe. »Das ist vielleicht der Punkt, an dem Miss Barton ins Spiel kommt.«

Phoebe lachte wütend und sagte: »Das soll wohl ein Witz sein.«

»Ich finde das ganz einleuchtend«, sagte Roddy. »Ich weiß, daß sie die Familie haßt. Und betrachtet es einmal so: Sie und Owen gehen nach oben, um Henry zu suchen – und fünf

Minuten später ist er tot. In meinen Augen macht sie das zu Hauptverdächtigen. Was meinst du, Hilary?«

»Ich bin völlig eurer Meinung. Abgesehen von allem anderen – ist euch aufgefallen, daß sie sich schon den ganzen Abend immer wieder ansehen? Da fliegen eine Menge bedeutungsvolle Blicke hin und her. Ich glaube nicht, daß sie sich hier zum erstenmal begegnet sind. Ich glaube, sie kennen sich schon länger.«

»Nun? Stimmt das?« wollte Thomas wissen. »Kennen Sie sich?«

Phoebe sah Michael hilflos an, bevor sie sagte: »Na ja... wir sind uns schon mal begegnet. Vor Jahren. Aber das heißt doch nicht...«

»Ha! Da haben wir's ja!«

»Und noch etwas«, sagte Roddy. »Owen hat sich bereits verraten. Hilary und ich waren oben, als Mark gefunden wurde. Dorothy und du, Thomas, ebenfalls – ihr habt nach Pyles gesucht. So. Owen sagt, er hätte oben an der Treppe gestanden und sich die Rüstungen angesehen. Wenn also einer von *uns* versucht hätte, das Billardzimmer zu verlassen, hätte er an ihm vorbeikommen müssen, oder? Er sagt aber, daß er niemanden gesehen hat!«

Thomas rieb sich die Hände. »Sehr schön«, sagte er zu Michael. »Ich bin gespannt, wie Sie sich da herauswinden werden!«

»Dafür gibt es eine ganz einfache Erklärung«, sagte Michael. »Der Mörder hat das Billardzimmer nicht durch die Tür betreten oder verlassen. Es gibt einen Geheimgang, der von dort in ein Schlafzimmer im ersten Stock führt.«

»Wovon zum Teufel reden Sie, Mann?« rief Thomas.

»Aber es stimmt. Fragen Sie Tabitha – sie weiß es auch. Sie weil es, weil Lawrence diesen Gang im Krieg benutzt hat.«

»Was für eine Schnapsidee!« Er drehte sich zu seiner Tante um, die den Wortwechsel mit freundlicher Anteilnahme verfolgt hatte. »Hast du das gehört?«

»Aber ja. Ja, ich habe alles gehört.«

»Und was sagst du dazu?«

»Ich glaube, es war Colonal Mustard, in der Küche, mit dem Kerzenleuchter.«

»Herrgott«, rief Hilary, »wir verschwenden kostbare Zeit. Dorothy ist seit über einer halben Stunde verschwunden. Wir müssen versuchen, sie zu finden.«

»Gut«, sagte Thomas und stand auf. »Aber diese beiden bleiben hier.«

Die Vorhänge im Speiseraum ließen sich nur mittels einer dicken Baumwollkordel öffnen und schließen. Thomas schnitt zwei Stücke davon ab und fesselte Michael und Phoebe damit an ihre Stühle. Man übertrug die Aufsicht über die Gefangenen Mr. Sloane (und Tabitha, auch wenn sie sich als Aufseherin wenig eignete), und dann machten sich Roddy, Hilary, Thomas und Pyles daran, das Haus zu durchsuchen. Sie vereinbarten, sich in zwanzig Minuten wieder im Speiseraum zu treffen.

Hilary war als erste zurück, kurz darauf gefolgt vom Butler.

»Kein Glück gehabt?« fragte sie.

Pyles schüttelte den Kopf. »Wir werden sie nicht mehr wiedersehen«, sagte er in seinem kummervollsten Ton. »Jedenfalls nicht lebend.«

Roddy brachte noch mehr schlechte Nachrichten.

»Ich bin zu den Garagen gegangen. Ich dachte, sie wäre vielleicht abgefahren, ohne uns Bescheid zu sagen.«

»Und?«

»Ihr Wagen ist noch da, aber er würde ihr ohnehin nichts nützen. Eine der großen Buchen ist umgestürzt und versperrt die Auffahrt. Jetzt sitzen wir wirklich hier fest.«

Michael lachte. »Was haben Sie denn erwartet?« sagte er. Er war noch immer an den Stuhl gefesselt, und seine Laune war nicht die beste. »Wir Psychopathen denken eben an alles.«

Roddy beachtete ihn nicht. »Aber mir ist da ein Gedanke gekommen, Schwesterchen: Was ist mit deinem Flugzeug? Könnten wir nicht damit verschwinden?«

»Also, *ich* kann das Ding nicht fliegen«, sagte Hilary. »Und mein Pilot übernachtet heute im Dorf. Er kommt erst morgen früh.«

»Meinen Sie Conrad?« fragte Phoebe boshaft. »Den würde ich gerne wiedersehen.«

Hilary warf ihr einen wütenden Blick zu, und Roddy konnte nicht widerstehen, Phoebe mit einem schiefen Lächeln zu erklären: »Conrad ist vor ein paar Monaten entlassen worden – auf Anordnung von Sir Peter. Der neue Pilot spielt nicht in derselben Liga.«

»Meinst du, er könnte vielleicht mal einen kleinen Rundflug mit mir machen, wenn er morgen kommt?« rief Tabitha, und ihre Augen leuchteten vor Vorfreude. »Ich liebe Flugzeuge. Was für eins ist es?«

»Eine Buccaneer«, sagte Hilary.

»Eine Lake LA-4-200, nehme ich an. Mit einem Vierzylinder-Avco-Lycoming-Motor.«

»Ach, halt doch den Mund, du alte Schachtel!« Hilary nahm eine Traube aus der Obstschale und warf sie nervös von einer in die andere Hand.

»Es gibt keinen Grund, so häßliche Worte zu gebrauchen, du ungezogenes Mädchen«, sagte Tabitha. »Ein nettes Wort und ein Lächeln kosten nicht viel. Man muß die Dinge von der positiven Seite sehen, sage ich immer. Es könnte leicht noch viel schlimmer sein.«

»Tantchen«, sagte Hilary langsam. »Wir sitzen in einem abgelegenen Haus fest. Draußen tobt ein Gewitter, und hier drinnen ist irgendwo ein wahnsinniger Mörder. Das Telefon funktioniert nicht, wir haben keine Möglichkeit, von hier wegzukommen, zwei von uns sind umgebracht worden, und eine dritte wird vermißt. Was könnte noch schlimmer sein?«

In diesem Augenblick erlosch das Licht, und das Haus versank in Dunkelheit.

»O Gott!« rief Roddy. »Was ist passiert?«

Die Finsternis, die sich über sie gesenkt hatte, war absolut. Die schweren Vorhänge des Speiseraums waren zugezogen, und in dieser Schwärze war es unmöglich, auch nur die Hand vor Augen zu sehen. Noch unheimlicher wurde die Situation dadurch, daß alle Anwesenden den Eindruck hatten, das Toben des Unwetters sei, seit sie nichts mehr sehen konnten, zehnmal lauter geworden.

»Wahrscheinlich ist die Hauptsicherung durchgebrannt«, sagte Pyles. »Der Sicherungskasten ist im Keller. Ich werde nachsehen.«

»Hervorragende Idee«, sagte Roddy.

Daß Pyles' Mission von Erfolg gekrönt sein würde, erschien allerdings fraglich, denn sein Weg zur Tür wurde von diversen rumpelnden, krachenden, knirschenden und klirrenden Geräuschen begleitet, als er mit Wucht gegen verschiedene, im Raum verteilte Möbelstücke stieß. Doch schließlich hatte er es geschafft: Die Tür wurde quietschend geöffnet und wieder geschlossen, und dann hörten sie seine schlurfenden Schritte auf dem Steinboden der Großen Halle, die sich entfernten und leise verklangen.

Tabithas Stricknadeln klickten weiter, und sie begann wieder, ein Lied zu summen. Diesmal war es »Rule, Britannia«.

»Du liebe Zeit, Tantchen«, sagte Roddy, »wie kannst du in dieser Dunkelheit stricken? Und würdest du bitte aufhören, diese enervierenden Lieder zu summen?«

»Ich muß schon sagen, Mr. Owen, Ihr Einfallsreichtum nötigt einem Bewunderung ab«, sagte Hilary, und ihr Bruder bemerkte eine gezwungene, spröde Munterkeit in ihrer Stimme – ein sicheres Zeichen, daß ihre Nerven zum Zerreißen gespannt waren. »Ich frage mich, welches Schicksal Sie uns anderen zugedacht hatten.«

»Um ehrlich zu sein: Darüber hatte ich noch nicht nachgedacht«, sagte Michael. »Ich habe die ganze Sache mehr oder weniger improvisiert, müssen Sie wissen.«

»Ja, aber Sie hatten doch sicher ein paar Ideen. Henrys Rücken, Marks Beine ... Was ist mit Thomas? Auf welchen Teil seines Körpers hatten Sie es abgesehen?«

»Wo ist Thomas überhaupt?« fragte Roddy. »Er sollte schon längst hier sein. Zuletzt hab ich ihn ...«

»Psst!« Hilary unterbrach ihn. Die Atmosphäre in dem Raum wurde mit einemmal sehr angespannt. »Da hat sich doch was bewegt!«

Alle lauschten angestrengt. Hatten sie da gerade einen Schritt gehört? War jemand (oder etwas) hier, in diesem Raum – eine verstohlene, wachsame Erscheinung, die durch die pechschwarze Finsternis glitt ... und jetzt ganz nah war? Hörte sich das nicht so an, als würde auf dem Tisch, an dem sie, steif vor Spannung, saßen, ganz leise und heimlich etwas bewegt?

»Wer ist da?« rief Hilary. »Na los, antworten Sie!«
Niemand wagte auch nur zu atmen.

»Wir haben uns was eingebildet«, sagte Roddy nach einer Minute.

»Ich bilde mir nichts ein«, erwiderte Hilary indigniert, doch die Spannung war verschwunden.

»Na ja, die Angst kann einem so manchen Streich spielen«, sagte ihr Bruder.

»Ich *habe* aber keine Angst!«

Er lachte verächtlich. »Angst? Du machst dir gleich in die Hose.«

»Ich weiß nicht, wie du darauf kommst.«

»Ich kenne dich lange genug – du bist für mich wie ein aufgeschlagenes Buch. Jeder merkt es dir an, wenn du angespannt bist: Dann fummelst du immer an den Trauben herum.«

»An den Trauben? Wie meinst du das?«

»Du spielst mit ihnen herum. Du schälst sie. Du ziehst ihnen die Haut ab. Das hast du schon als Kind getan.«

»Kann sein, daß ich das als Kind getan hab, aber heute abend tue ich es nicht, das kann ich dir versichern.«

»Ach, hör doch auf! Ich habe eine davon gerade in der Hand.« Roddy hielt die Traube zwischen Daumen und Zeigefinger – geschält fühlte sie sich glatt und schlüpfrig an. Er steckte sie in den Mund und biß darauf, aber statt des erwarteten frischen, fruchtigen Saftes ergoß sich ein gummiartiger Schleim über seine Zunge, und sein Mund füllte sich mit einem widerwärtigen Geschmack, wie er ihn in dieser unbeschreiblichen Intensität noch nie erlebt hatte.

»Igitt!« schrie er und spuckte aus. Er begann, heftig zu würgen.

In diesem Augenblick ging das Licht wieder an. Die plötzliche Helligkeit ließ Roddy blinzeln, und er brauchte einige Sekunden, bis er das Ding vor ihm auf dem Tisch identifizieren konnte. Es war ein halb zerbissener Augapfel. Das Gegenstück dazu lag in der Obstschale und sah ihn böse an: Es war das blutunterlaufene Auge von Thomas Winshaw, das für alle Zeit in einem letzten, unbewegten, leblosen Blick erstarrt war.

6

Die Krönung

»Er wird jetzt schlafen«, sagte Phoebe, als Roddy auf das Kissen gesunken war und sein Atem nach und nach langsamer und regelmäßiger ging. Sie nahm ihm sanft das Glas aus der Hand, stellte es auf den Nachttisch und legte das Tablettenröhrchen wieder in ihre Tasche.

Hilary musterte ihren Bruder kühl. »Er ist schon immer ein wehleidiges Bübchen gewesen«, sagte sie, »aber daß er sich so benommen hat, hab ich noch nie erlebt. Was meinen Sie: Kriegt er die Kurve?«

»Er hat wahrscheinlich nur einen Schock erlitten. Ein paar Stunden Schlaf werden ihm guttun.«

»Ein paar Stunden Schlaf könnten wir alle gebrauchen.« Hilary sah sich im Raum um und ging zum Fenster, um zu prüfen, ob es fest geschlossen war. »Hier wird er wohl sicher sein. Es hätte ja wenig Sinn, ihn hier tief und fest schlafen zu lassen, wenn unser Hausirrer sich ins Zimmer schleicht und ihn abmurkst, kaum daß wir die Tür hinter uns zugemacht haben.«

Sie fanden, es sei das beste, die Tür abzuschließen. Phoebe glaubte, daß er bis zum nächsten Morgen schlafen werde, und selbst wenn er früher erwachen sollte, wäre die vorübergehende Unannehmlichkeit, eingesperrt zu sein, angesichts der Gefahr, in der er sonst schweben würde, von untergeordneter Bedeutung.

»Den Schlüssel sollte ich wohl besser an mich nehmen«, sagte Phoebe und steckte ihn in die Tasche ihrer Jeans, als sie durch den Korridor gingen.

»Warum das?«

»Das ist doch ganz klar: Als Thomas umgebracht wurde, waren Michael und ich gefesselt. Damit stehen wir nicht mehr unter Verdacht.«

»Wahrscheinlich«, sagte Hilary kurz, nachdem sie einen Augenblick nachgedacht hatte. »Auf jeden Fall kann ich dem, der sich diese ganze Sache ausgedacht hat, nur gratulieren. Er hat wirklich nichts ausgelassen. Zum Beispiel hat er das Telefon lahmgelegt. Ich glaube, ich könnte ihm alles andere verzeihen, nur das nicht.«

»Sie meinen, daß er uns daran gehindert hat, die Polizei zu rufen?«

»Schlimmer: Ich kann mein Faxmodem nicht benutzen. Das ist das erste Mal in sechs Jahren, daß ich den Redaktionsschluß verpasse. Und dabei habe ich einen absoluten Knaller über die Friedenstäubchen von der Labour Party und wie die Iraker sie eingewickelt haben. Na ja.« Sie seufzte. »Das wird dann wohl noch warten müssen.«

Sie gingen zurück in den Salon, wo Tabitha wieder am Kamin saß. Diesmal hatte sie allerdings nicht ihr Strickzeug auf dem Schoß, sondern ein dickes Buch, das sich bei näherem Hinsehen als Band vier des *Handbuchs für Piloten* erwies. Als Hilary und Phoebe eintraten, sah sie auf und sagte: »Ah, da seid ihr ja! Ich dachte schon, ihr würdet gar nicht mehr kommen.«

»Was ist mit Michael und Mr. Sloane?« fragte Phoebe. »Sind sie immer noch draußen?«

»Ich nehme es an«, antwortete Tabitha. »Wissen Sie, meine Liebe, ich finde es schwierig, bei all diesem Hin und Her den Überblick zu behalten.«

»Und keine Spur von Dorothy?« fragte Hilary.

»Der einzige, den ich hier gesehen habe, war dein Vater«, sagte die alte Dame. »Er war vor ein paar Minuten hier. Wir haben uns sehr nett unterhalten.«

Phoebe und Hilary wechselten einen besorgten Blick. Hilary kniete sich neben Tabithas Sessel und sagte sehr langsam und deutlich: »Tantchen, Mortimer ist tot. Er ist vorgestern gestorben. Darum sind wir alle doch hier. Weißt du nicht mehr? Wir sind doch zur Testamentseröffnung gekommen.«

Tabitha runzelte die Stirn. »Nein, ich glaube, da irrst du dich. Ich bin ganz sicher, daß es Morty war. Er sah nicht sehr gut aus, das muß ich sagen – er wirkte sehr müde und war außer Atem, und wenn ich es recht bedenke, hatte er überall Blut an den Kleidern –, aber er war nicht tot. Kein bißchen. Nicht so tot wie Henry und Mark und Thomas.« Beim letzten Namen lächelte sie und schüttelte liebevoll den Kopf. »Das nenne ich tot.«

In der Halle erklangen Schritte. Michael trat ein, gefolgt von Pyles und Mr. Sloane. Hilary stand auf und nahm Michael beiseite, um ihm die neuesten Nachrichten mitzuteilen.

»Völlig übergeschnappt«, sagte sie in einem lauten Flüstern. »Jetzt ist die Alte total plemplem.«

»Wieso? Was ist passiert?«

»Sie sagt, daß sie sich mit meinem Vater unterhalten hat.«

»Ich verstehe.« Michael ging in Gedanken versunken ein paarmal auf und ab. Dann sah er auf. »Und wer sagt, daß sie nicht recht hat? Ich meine, hat jemand *gesehen*, wie Mortimer gestorben ist?«

»Ich nicht«, sagte Phoebe. »Ich war, wie gesagt, nicht hier, als es passiert ist. Ich war ein paar Tage in Leeds.«

»War das Ihre Idee?«

»Eigentlich nicht. Er hat es mir mehr oder weniger aufgedrängt. Hat mir gesagt, daß ich ein bißchen angegriffen aussehe und mir ein paar Tage freinehmen soll.«

»Und was ist mit Ihnen, Pyles? Haben Sie Mortimers Leichnam gesehen?«

»Nein«, sagte der Butler und kratzte sich am Kopf. »Dr. Quince – der junge Dr. Quince – kam an jenem Morgen nach unten und teilte mir mit, Mr. Mortimer sei gestorben. Und dann bot er sich freundlicherweise an, alles Notwendige mit dem Bestattungsunternehmer zu besprechen. Ich brauchte nichts zu tun.«

»Aber mein Vater kann doch nicht hier herumlaufen und Leute umbringen«, widersprach Hilary. »Herrgott noch mal, er war an den Rollstuhl gefesselt!«

»Das war der Eindruck, den er gerne erwecken wollte«, sagte Phoebe, »aber ich habe ihn ein- oder zweimal, als er glaubte, allein zu sein, aufstehen und gehen sehen. Er war nicht annähernd so krank, wie er wirkte.«

»Ich kann mir einfach nicht vorstellen«, wandte der alte Anwalt ein, »daß Mr. Winshaw noch am Leben ist und daß er irgendwo in diesem Haus ist und all diese schrecklichen Morde begangen hat.«

»Aber es ist die einzige Erklärung«, sagte Michael. »Und ich habe es schon die ganze Zeit gewußt.«

Hilary hob die Augenbrauen. »Das ist eine ziemlich kühne Behauptung«, sagte sie. »Und seit wann genau haben Sie es gewußt?«

»Na ja ... seit wir Henry gefunden haben«, sagte Michael. Er dachte nach. »Nein, eigentlich schon vorher: seit ich hier angekommen bin. Nein, sogar noch früher: seit Mr. Sloane mich gestern in meiner Wohnung aufgesucht hat. Oder ... ach, ich weiß es nicht. Seit Tabitha an mich herangetreten ist und ich angefangen habe, dieses verdammte Buch über Sie alle zu schreiben. Ich weiß es nicht. Ich kann's wirklich nicht sagen. Vielleicht hab ich's auch schon länger gewußt. Vielleicht geht das alles zurück bis zu meinem Geburtstag.«

»Geburtstag?« fragte Hilary. »Wovon reden Sie überhaupt?«

Michael setzte sich und stützte den Kopf in die Hände. Er sprach schleppend und ausdruckslos.

»Vor Jahren, an meinem neunten Geburtstag, durfte ich ins Kino. Der Film spielte in einem alten Haus, das viel Ähnlichkeit mit diesem hier hatte, und es ging um eine Familie, die viel Ähnlichkeit mit Ihrer Familie hatte. Ich war ein übersensibler kleiner Junge und hätte diesen Film niemals sehen dürfen, aber weil es angeblich eine Komödie war, dachten meine Eltern sich nichts dabei. Es war nicht ihre Schuld. Sie konnten nicht wissen, was für Auswirkungen er auf mich haben würde. Ich weiß, es ist schwer zu glauben, aber ... dieser Film war mit Abstand das Aufregendste, das ich bis dahin erlebt hatte. Ich hatte so etwas noch nie gesehen. Nach der Hälfte des Films – wahrscheinlich sogar schon früher – stand meine Mutter auf und sagte, wir müßten jetzt gehen. Sie sagte, wir müßten nach Hause fahren. Also gingen wir. Wir gingen, und ich habe nie erfahren, wie der Film ausging. In den nächsten Jahren fragte ich mich immer wieder, wie er wohl ausging.«

»Ich finde diese Kindheitserinnerungen zwar ganz bezaubernd«, sagte Hilary, »aber ich werde das Gefühl nicht los, daß Sie sich einen merkwürdigen Zeitpunkt ausgesucht haben.«

»Ich habe den Film seitdem natürlich gesehen«, fuhr Michael, der sie anscheinend nicht gehört hatte, fort. »Ich habe ihn auf Video. Ich weiß, wie die Geschichte weitergeht – und darum weiß ich auch, daß Mortimer nicht tot ist. Aber das ist nicht der springende Punkt. Es hat mir nie gereicht, den Film sehen zu können, wann ich will, denn damals, an meinem Geburtstag, habe ich ihn nicht bloß *gesehen*. Ich habe ihn *erlebt*. Und das ist das Gefühl, das ich wieder haben wollte und von dem ich dachte, daß es nie wiederkehren würde. Und jetzt ist es soweit. Es ist wieder da. Sie alle« – er machte eine Geste, die den Kreis aufmerksamer Gesichter einschloß – »sind Figuren in meinem Film, verstehen Sie? Das sind Sie, ob Sie es wissen oder nicht.«

»Wie Alice und der Traum des Schwarzen Königs«, warf Tabitha ein.

»Genau.«

»Darf ich Ihnen einen Vorschlag machen?« sagte Hilary in einem liebenswürdigen Ton, der jedoch gleich darauf säuerlich und scharf wurde. »Warum setzen Sie sich nicht mit Tabitha in ein ruhiges Eckchen und organisieren eine kleine, private Gruppe von Anonyme Irre, damit wir anderen uns der unwichtigen Frage widmen können, wie wir den Rest der Nacht überstehen können, ohne zu Hackfleisch gemacht zu werden?«

»Hört, hört«, sagte Mr. Sloane.

»Abgesehen von allem anderen, scheinen wir alle vergessen zu haben, daß sich nach Auskunft der Polizei ein verrückter Mörder in der Gegend herumtreibt. Verzeiht mir, wenn ich so prosaisch bin, aber ich habe den Eindruck, daß das für unsere Lage von größerer Bedeutung ist als Mr. Owens zugegebenermaßen kurzweilige Märchen.«

»Die Sache mit dem Polizisten war bloß ein Täuschungsmanöver«, sagte Michael.

»Wie? Eine neue Theorie? Der Mann ist ein Zauberer! Was ist es diesmal – Plan neun aus dem Weltall? Abbott und Costello im Kampf mit dem Werwolf?«

»Mr. Sloane und ich haben uns die Zufahrt angesehen«,

sagte Michael. »Der Boden ist aufgeweicht, so daß man Reifenspuren sehen würde. Aber Sie werden nur meine Fußabdrücke finden – sie sind die frischesten Spuren auf dem Weg. Seit meiner Ankunft ist kein Polizeiwagen hiergewesen.«

Das schien Hilary einen Augenblick lang zu ernüchtern. »Aber Sie haben den Polizisten doch gesehen, und Mark und Dorothy ebenfalls. Wollen Sie behaupten, er war ein Betrüger?«

»Ich glaube, es war Mortimer persönlich. Ich bin Ihrem Vater nur einmal begegnet und würde ihn nicht mit Sicherheit erkennen. Und die anderen hatten ihn seit Jahren nicht mehr gesehen. Aber es ist genau das, was in dem Film passiert: Der Mann, der angeblich tot ist, taucht als Polizist verkleidet auf, um seine Gäste auf eine falsche Spur zu lenken.«

»Ich weiß nicht, wie es Ihnen geht, aber mir schwirrt der Kopf von all diesen Theorien«, sagte Mr. Sloane und unterbrach das beklommene Schweigen, das nach diesem Wortwechsel eingetreten war. »Ich schlage vor, daß wir auf unsere Zimmer gehen, die Türen abschließen und dort bleiben, bis das Gewitter sich gelegt hat. Morgen ist Zeit genug, um nach Erklärungen zu suchen.«

»Was für eine ausgezeichnete Idee«, sagte Tabitha. »Ich bin sehr müde, muß ich sagen. Würde wohl jemand so gut sein, mir eine Wärmflasche zu machen, bevor wir zu Bett gehen? In diesem Haus ist es heute nacht schrecklich kühl.«

Phoebe sagte, sie werde sich darum kümmern, und Michael, Pyles und Mr. Sloane beschlossen, das Haus noch ein letztes Mal nach einer Spur von Dorothy zu durchsuchen.

»Wir haben noch immer nicht über Ihr Buch gesprochen, Michael«, erinnerte Tabitha ihn, als er gerade gehen wollte. »Ich hoffe, morgen werden Sie mich nicht enttäuschen. Ich habe mich schon lange darauf gefreut. Schon sehr, sehr lange. Es wird so sein, als würde ich mich wieder mit Ihrem Vater unterhalten.«

Michael blieb wie angewurzelt stehen. Er war sich nicht sicher, ob er richtig gehört hatte.

»Sie haben große Ähnlichkeit mit ihm, müssen Sie wissen.

Genau, wie ich erwartet hatte. Dieselben Augen. Genau dieselben Augen.«

»Kommen Sie«, sagte Mr. Sloane und zog Michael am Ärmel. Flüsternd fügte er hinzu: »Sie ist nicht mehr ganz bei sich, die arme Frau. Achten Sie nicht auf das, was sie sagt. Wir wollen sie nicht noch mehr verwirren.«

Hilary blieb allein mit ihrer Tante zurück. Sie stand eine Weile vor dem Kamin, kaute an ihren Fingernägeln und bemühte sich, Michaels verblüffende Theorie zu durchdenken.

»Tantchen«, sagte sie nach ein oder zwei Minuten, »bist du ganz sicher, daß du dich hier mit meinem Vater unterhalten hast?«

»Ganz sicher«, sagte Tabitha. Sie klappte das Buch zu und steckte es in ihren Strickbeutel. »Weißt du, es ist schon sehr verwirrend – erst heißt es, er sei tot, und dann ist er wieder nicht tot. Aber es gibt ja eine Möglichkeit, sich davon zu überzeugen.«

»Ja? Wie denn?«

»Na, du brauchst doch nur in die Krypta zu gehen und nachzusehen, ob die Leiche im Sarg liegt oder nicht.«

An Mut hatte es Hilary noch nie gefehlt, und sie fand, daß dieser Gedanke es wert war, in die Tat umgesetzt zu werden. Der Weg dahin war jedoch wenig verlockend. Sie war entschlossen, ihn so schnell wie möglich hinter sich zu bringen und zog nicht einmal den Regenmantel an, bevor sie die Tür entriegelte und sich hinaus in den tobenden Sturm stürzte, der inzwischen seit mehr als zwei Stunden wütete. Der herabstürzende Regen nahm ihr fast die Sicht, und die Sturmböen warfen sie beinah um. Sie stolperte über den Vorhof auf den massiven Umriß der Familienkapelle zu, die in einem kleinen Hain nicht weit von der hinter Bäumen und dichtem Gebüsch verborgenen Auffahrt stand. Ringsum stöhnten, quietschten und rauschten die Bäume unter dem Ansturm wilder, unberechenbarer Böen. Zu Hilarys Verwunderung war die Tür der Kapelle offen, und drinnen flackerte Licht. Auf dem Altar brannten zwei Kerzen. Sie waren erst kürzlich angezündet worden, obwohl anscheinend niemand in der Kapelle war. Heftig zitternd – zum Teil vor Kälte, zum Teil vor Anspannung – eilte sie durch den Mittelgang und stieß eine kleine, eichengefaßte Tür auf. Dahinter war eine steile, steinerne Treppe, die hinunter in die Gruft führte, in der Generationen von Winshaws ihre letzte Ruhe gefunden hatten und wo eine ausführlich beschriftete, aber leere Nische an den Kriegshelden Godfrey erinnerte, dessen sterbliche Überreste nie aus dem Feindesland hatten geborgen werden können.

Hilary stieg in völliger Dunkelheit die Treppe hinunter, doch als sie vor dem Eingang zur Gruft stand, sah sie einen schmalen Lichtstreifen unter der Tür. Zögernd, ängstlich schob sie sie ein Stück auf und sah auf einem Podest in der Mitte des Raums...

...einen leeren Sarg. Der Deckel war abgehoben, und daneben stand ihr Vater, Mortimer Winshaw. Er sah sie von der Seite an und lächelte ihr freundlich zu.

»Tritt ein, liebe Tochter«, sagte er. »Tritt ein, und ich werde dir alles erklären.«

Als Hilary die Tür ganz aufstieß, hörte sie über sich plötzlich ein leises Sirren. Mit einem Schrei des Erschreckens hob sie den Kopf und sah für einen ganz kurzen Augenblick ein großes Paket, das an einem Seil hing und auf sie herabfiel. Es bestand – auch wenn sie das nie mehr erfahren sollte – aus Zeitungsexemplaren, die ihre im Lauf der vergangenen sechs Jahre entstandenen Kolumnen enthielten. Doch bevor sie auch nur ahnte, was sie traf, war sie tot – erdrückt vom Gewicht ihrer Ansichten und Meinungen, zu Boden geschlagen und zerschmettert wie all die Leser, die sie mit dem wilden Getöse ihrer überbezahlten Worte stumpf und gefügig gemacht hatte.

7

Fünf goldene Stunden

In Winshaw Towers war Ruhe eingekehrt. Draußen ließ der Wind nach, und der Regen klopfte nur noch leise gegen die Fensterscheiben. Drinnen war lediglich das vorwurfsvolle Knarzen der Stufen zu hören, als Michael nach einer letzten Inspektion des Hauses wieder in den ersten Stock hinaufging.

Vielleicht war es schlichte Erschöpfung, vielleicht auch seine Verwirrung über die Ereignisse, die sich in den vergangenen Stunden überstürzt hatten – jedenfalls verlief Michael sich wieder einmal in den labyrinthischen Korridoren, und als er in das Zimmer trat, das er für sein Schlafzimmer hielt, war das erste, was er sah, ein großes, fremdartiges Möbelstück: ein Kleiderschrank aus Mahagoni, an dessen geöffneter Tür ein mannshoher Spiegel angebracht war. Er zeigte Phoebes Rücken: Sie beugte sich vor und war dabei, ihre Jeans auszuziehen.

»Was machen Sie denn in meinem Zimmer?« sagte Michael und blinzelte verdutzt.

Sie fuhr herum und antwortete: »Das ist nicht Ihr Zimmer.« Sie zeigte auf die Haarbürste und die Kosmetika, die auf dem Frisiertisch lagen. »Oder sind das etwa Ihre Sachen?«

»Nein, natürlich nicht«, sagte Michael. »Es tut mir leid – ich finde mich in diesem Haus einfach nicht zurecht. Ich wollte nicht stören.«

»Schon gut.« Phoebe zog ihre Hose wieder hoch und setzte sich auf das Bett. »Vielleicht sollten wir uns mal unterhalten.«

Er brauchte keine weitere Einladung, um einzutreten und die Tür hinter sich zu schließen.

»Ich wollte schon den ganzen Abend mit Ihnen ... mit dir

reden«, sagte er, »aber es hat sich nie eine Gelegenheit ergeben.«

Phoebe schien das für eine Untertreibung zu halten.

»Ich weiß«, sagte sie mit einer leichten Schärfe in der
Stimme. »Massenmorde lenken einen immer so ab.«

Ein verlegenes Schweigen trat ein. Dann platzte Michael
heraus: »Was *machst* du eigentlich hier? Wie bist du in diese
Sache hereingezogen worden?«

»Durch Roddy natürlich. Ich habe ihn vor etwas über
einem Jahr kennengelernt. Er hat mir angeboten, einige
meiner Bilder in seiner Galerie auszustellen, und ich war so
dumm, ihm zu glauben. Ich war sogar so dumm, mit ihm ins
Bett zu gehen, und sobald er hatte, was er gewollt hatte, ließ
er mich fallen wie eine heiße Kartoffel. Aber ich habe dabei
Mortimer kennengelernt. Frag mich nicht warum, aber er
mochte mich und hat mir diesen Job angeboten.«

»Und du hast ihn angenommen? Warum?«

»Was meinst du wohl? Weil ich das Geld brauchte. Sieh
mich nicht so vorwurfsvoll an. Warum hast du den Auftrag
für dieses Buch angenommen? Aus künstlerischer Freiheit?«

Da war etwas dran.

»Darf ich mich setzen?« fragte Michael und zeigte auf die
Bettkante neben ihr.

Phoebe schüttelte den Kopf. Sie sah müde aus und fuhr
sich mit den Fingern durch das Haar. »Was hast du in der
Zwischenzeit gemacht?« fragte sie. »Ich hab immer wieder
nach Büchern von dir Ausschau gehalten.«

»Ich habe nichts mehr geschrieben. Ich bin festgefahren.«

»Das ist schade.«

»Malst du noch?«

»Ab und zu. Im Augenblick sehe ich darin nicht viel Zukunft. Nicht solange die Roddy Winshaws dieser Welt die
Fäden in der Hand halten.«

»Tja, wenn es so weitergeht, wird es morgen früh einen
weniger geben.« Er wollte diesen makabren Gedanken nicht
weiterverfolgen und fügte hinzu: »Aber du darfst nicht aufgeben. Du warst gut. Das konnte jeder sehen.«

»Jeder?« wiederholte Phoebe.

Michael hatte ihre Frage nicht gehört. »Weißt du noch«,

sagte er, »als ich in dein Zimmer gegangen bin und mir das Bild angesehen habe, an dem du gerade gearbeitet hast?« Er lachte leise. »Ich dachte, es wäre ein Stilleben, und dabei war es in Wirklichkeit Orpheus in der Unterwelt oder so.«

»Ja«, sagte Phoebe schlicht. »Das weiß ich noch.«

Michael hatte eine Idee. »Könnte ich das Bild kaufen? Ich würde es gerne haben, als eine Art ... Erinnerung.«

»Ich hab's leider verbrannt. Kurz nach deinem Besuch.« Phoebe stand auf, setzte sich an den Frisiertisch und begann, ihr Haar zu bürsten.

»Aber doch nicht ... wegen dem, was ich gesagt habe, oder?«

Sie gab keine Antwort.

»Ich meine, das war doch bloß ein dummes Mißverständnis.«

»Manche Leute sind schnell verletzt, Michael.« Sie drehte sich um. Ihr Gesicht war gerötet. »Ich inzwischen nicht mehr. Aber damals war ich jung. Und nicht sehr selbstsicher. Jedenfalls ist das alles vergeben und vergessen. Es ist schon lange her.«

»Ja, aber ich hatte doch keine Ahnung. Wirklich nicht.«

»Ich hab's dir verziehen.« Sie versuchte, die Stimmung zu retten, indem sie fragte: »Habe ich mich sehr verändert?«

»Fast überhaupt nicht. Ich hätte dich überall erkannt.«

Sie wies ihn nicht darauf hin, daß er sie vor einigen Monaten, in der Narcissus Gallery, offenbar nicht erkannt hatte. »Hast du noch mal was von Joan gehört?«

»Ja, ich bin ihr begegnet. Vor kurzem erst. Sie hat Graham geheiratet.«

»Das paßt ja.« Phoebe setzte sich zu ihm auf das Bett. »Und beiden geht es gut?«

»Ja, prima. Ich meine, Graham war halb tot, als ich ihn das letztemal gesehen habe, aber inzwischen wird er wohl wieder auf dem Damm sein.«

Das verlangte nach einer Erklärung, und so erzählte Michael ihr, was er über Grahams Dokumentation und Marks fehlgeschlagenen Mordversuch wußte.

»Jetzt hat er sich also auch mit den Winshaws angelegt«,

sagte Phoebe. »Diese Leute scheinen aber auch wirklich mit allem durchzukommen.«

»Natürlich. Das ist ja das Besondere an dieser Familie.«

Sie dachte über seine Geschichte nach. Dann fragte sie: »Und was hast du in der Silvesternacht im Krankenhaus gemacht?«

»Ich hab jemanden besucht. Eine Freundin. Sie ist ganz plötzlich krank geworden.«

Phoebe bemerkte, daß sein Ton sich verändert hatte. »Deine Freundin?«

»So was in der Art, ja.«

Er verstummte, und ihr wurde plötzlich bewußt, daß ihre Fragen aufdringlich und überflüssig gewesen waren.

»Entschuldige. Ich... ich wollte nicht neugierig sein. Ich meine, das geht mich ja überhaupt nichts an.«

»Nein, nein, ist schon in Ordnung. Wirklich.«

Er zwang sich zu einem kleinen Lächeln.

»Sie ist gestorben, nicht?« sagte Phoebe.

Michael nickte.

»Das tut mir leid.« Sie legte ihm scheu eine Hand auf das Knie, zog sie aber gleich wieder zurück. »Willst du... Ich meine, würde es dir helfen, darüber zu sprechen?«

»Nein, ich glaube nicht. Nicht wirklich.« Er drückte Phoebes Hand, um zu zeigen, daß ihre Geste nicht unbemerkt geblieben war. »Es ist eigentlich idiotisch. Ich hab sie bloß ein paar Monate gekannt. Wir haben nicht mal miteinander geschlafen. Aber irgendwie hab ich ganz schön... in sie investiert.« Er rieb sich die Augen und sagte: »Das klingt, als wäre sie eine Aktiengesellschaft gewesen. Ich fange schon an zu reden wie Thomas.«

»Woran ist sie gestorben?«

»An etwas, woran letzten Endes alle sterben: an einer Verkettung von Umständen. Sie hatte ein Lymphom, das man hätte behandeln können, aber gewisse Leute haben dafür gesorgt, daß man sie nicht behandelt hat. Ich hatte vor, mit Henry ein Wörtchen darüber zu reden, aber... das geht jetzt ja wohl nicht mehr. Da kann man... einfach nichts mehr...«

Er verstummte und starrte, sehr lange, wie ihm schien, ins Leere. Schließlich sagte er nur ein Wort, ganz leise, aber mit

Nachdruck: »Scheiße.« Dann sank er nach hinten und rollte sich, den Rücken Phoebe zugekehrt, zusammen.

Nach einer Weile legte sie ihm die Hand auf die Schulter und sagte: »Michael, warum bleibst du nicht heute nacht hier? Ich möchte nicht gern allein sein. Wir könnten uns doch Gesellschaft leisten.«

Michael sagte: »Ja. Danke.« Er bewegte sich nicht.

»Du solltest dich lieber ausziehen.«

Michael zog sich bis auf die Unterhose aus, schlüpfte unter die Decke des Doppelbetts und schlief fast auf der Stelle ein. Er konnte gerade noch murmeln: »Joan hat mich mal gefragt, ob ich bei ihr schlafen möchte. Ich bin weggelaufen. Ich weiß auch nicht, warum.«

»Ich glaube, sie mochte dich sehr«, sagte Phoebe.

»Ich war so dumm.«

Phoebe zog ihr Nachthemd an, legte sich neben ihn und schaltete das Licht aus. Sie lagen Rücken an Rücken, mit einigen Zentimetern Abstand.

Michael träumte von Fiona, wie er es seit zwei Wochen jede Nacht tat. Er träumte, daß er im Krankenhaus an ihrem Bett saß, ihre Hand hielt und mit ihr sprach. Sie hörte ihm zu und lächelte ihn an. Dann träumte er, daß er aus einem Traum erwacht war und wußte, daß sie tot war, und er begann zu träumen, daß er weinte. Er träumte, daß er im Bett die Hand ausstreckte und einen warmen weiblichen Körper berührte. Er träumte, daß Phoebe sich zu ihm umdrehte, ihre Arme um ihn legte und ihm über das Haar strich. Er träumte, daß er ihren Mund küßte und daß sie seinen Kuß mit warmen, weichen, offenen Lippen erwiderte. Er träumte den warmen Geruch ihres Haars und die warme Zartheit ihrer Haut, als er mit den Fingerspitzen das Nachthemd hob und über ihren Rücken strich. Er versuchte sich zu erinnern, wann er diesen Traum zuletzt gehabt hatte: den Traum, in dem er erwachte und feststellte, daß er mit einer wunderschönen Frau in einem Bett lag, in dem er erwachte mit dem herrlichen Gefühl, daß sie ihn streichelte, daß er sie streichelte, daß sie sich umarmten und ineinander verschlungen waren wie träumende Schlangen. Den Traum, in dem es ihm schien, als würde jeder Teil seines Körpers von jedem Teil ihres Körpers berührt, als würden sie die ganze Welt von nun an nur noch durch Tasten und Berührung erfahren, so daß sie in der muffigen Wärme des Betts, in der vom Vorhang geschützten Dunkelheit des Zimmers gar nicht anders konnten, als sich leise zu winden, wobei jede Bewegung, jede noch so kleine Verschiebung neue Wellen von Lust erzeugte. Michael fürchtete den Augenblick, in dem der Traum enden würde: Er würde zum letztenmal erwachen und allein im Bett liegen, oder er würde von einem noch tieferen Schlaf übermannt werden und in einen anderen Traum von Leere und Verlust fallen. Doch es geschah nicht. Sie liebten sich lange, langsam und verträumt, und obwohl es Augenblicke gab, in denen sie nur schläfrig ineinander verschlungen dalagen, gehörten auch die Augenblicke kuscheliger Ruhe zu dieser einen andauernden, mühelosen Bewegung, und sie pendelten rhythmisch hin und her zwischen Schlaf und Wachen, zwischen Traum und Wachen und hatten kein Gefühl für die Zeit, bis Michael die Standuhr in der Halle fünf Uhr schlagen hörte, seinen Kopf wandte und sah, daß Phoebe ihn im Dunkeln anlächelte.

»Du weißt nicht, was du dir hast entgehen lassen, Kenneth«, sagte er.

»Ich heiße nicht Kenneth«, sagte Phoebe. Sie lachte, suchte in den zerwühlten Laken nach ihrem Nachthemd und zog es an. »Sag mir bloß nicht, daß du die ganze Zeit an jemanden gedacht hast, der Kenneth heißt. Obwohl das natürlich erklären würde, warum es zwischen dir und Joan nie geklappt hat.«

Sie stieg aus dem Bett und ging zur Tür. Michael setzte sich, noch immer vom Schlaf benebelt, auf und sagte gedankenverloren: »Was hast du vor?«

»Ich will ins Bad gehen, wenn du erlaubst.«

»Nein, ich meine ... überhaupt. Wenn das hier vorbei ist.«

Phoebe zuckte mit den Schultern. »Ich weiß noch nicht. Vielleicht gehe ich wieder nach Leeds. Hier werde ich jedenfalls wohl kaum bleiben können.«

»Komm zu mir nach London.«

Sie sagte zunächst nichts, und Michael konnte ihr Gesicht nicht erkennen.

»Ich meine es ernst«, sagte er.

»Ich weiß.«

»Ich meine, du mußt mich doch mögen, sonst...«

»Ich glaube, das ist jetzt nicht der richtige Augenblick. Und bestimmt nicht der richtige Ort.« Sie öffnete die Tür. Er hörte, daß sie innehielt. »Nicht so schnell, Michael«, sagte sie, nicht unfreundlich. »Im Augenblick sollte keiner von uns Pläne machen.«

Einige Minuten später kehrte sie zurück und stieg wieder ins Bett. Sie hielten sich unter der Decke an den Händen.

Michael tauchte aus seinen Gedanken auf. »Ich wußte, daß du mich fragen würdest, ob ich bei dir bleiben will«, sagte er.

»Frauen finden dich einfach unwiderstehlich, nicht?«

»Nein, aber in dem Film ist es genauso. Fast genau dieselbe Situation. An dieser Stelle mußte ich aus dem Kino. Und jetzt ist es wirklich passiert. Es ist fast... als wäre ein Bann gebrochen.«

»Das klingt ganz schön fatalistisch. Und ich hatte dabei wohl gar nichts zu entscheiden, oder?«

»Es *gibt* diesen Film«, sagte Michael. »Ich habe ihn nicht erfunden, auch wenn Hilary das gedacht hat.«

»Das glaube ich dir ja«, sagte Phoebe. »Jedenfalls habe ich schon mal von ihm gehört.«

»Ja? Wann denn?«

»Joan hat ihn mal erwähnt — erinnerst du dich nicht? In der Nacht, als wir mit ihr Cluedo spielen mußten und draußen dieses furchtbare Unwetter war.«

Mit einemmal sah Michael die Szene in allen Einzelheiten vor sich. Sie saßen zu viert um den Tisch in Joans Wohnzimmer... Graham lachte ihn wegen des Druckfehlers in seiner Rezension aus... Und dieses Gefühl, das er gehabt hatte — eine Vorahnung vielleicht —, als er gemerkt hatte, daß Professor Plum, seine Spielfigur, der Mörder war und er nicht mehr ein mäßig interessierter, unbeteiligter Beobachter sein konnte... Als ihm plötzlich bewußt geworden war, daß er sich im Zentrum der Dinge befand...

Er dachte an Tabithas letzte, rätselhafte Worte, und plötzlich verstand er alles.

»Ich habe geglaubt, ich sollte bloß diese Geschichte schreiben«, sagte er, »aber das stimmt nicht. Jedenfalls jetzt nicht mehr. Ich bin ein Teil der Geschichte.«

Phoebe starrte ihn an. »Was?«

Michael sprang auf und sagte: »Mein Gott, bin ich schwer von Begriff! Natürlich bin ich ein Teil der Geschichte – darum hat Tabitha mich ja auch ausgesucht!«

»Ich habe keine Ahnung, wovon du redest.«

»Sie hat gesagt, daß ich seine Augen habe – die Augen meines Vaters, und es gibt nur einen, den sie damit gemeint haben kann. Meine Mutter hat dasselbe gesagt. Deswegen bin ich in dem Restaurant ja so wütend geworden. Sogar Findlay ist es aufgefallen. Er sagte, sie wären... wie blauer Samt gewesen. Und ich dachte, er wollte mich bloß ins Bett kriegen.«

»Ich verstehe überhaupt nichts, Michael, kein Wort. Wer ist Findlay?«

»Ein Detektiv. Tabitha hat ihn vor Jahren mit etwas beauftragt. Hör zu.« Er zog Phoebe in eine sitzende Stellung und sagte: »Tabitha hatte einen Bruder namens Godfrey, der im Krieg umgekommen ist. Er wurde von den Deutschen abgeschossen.«

»Das weiß ich alles. Und sie hatte einen Bruder namens Lawrence, den sie gehaßt hat, und als sie verrückt wurde, hat sie ihn beschuldigt, ein Mörder zu sein.«

»Genau. Nur daß sie recht gehabt hat: Lawrence hat den Deutschen tatsächlich Informationen über die Mission seines Bruders gegeben, und darum ist Godfrey dann auch abgeschossen worden. In diesem Punkt bin ich mir fast sicher. Aber es gab noch einen Kopiloten, der *nicht* umgekommen ist. Er kam in ein Kriegsgefangenenlager und ist nach dem Krieg nach England zurückgekehrt. Da ist er dann durchs Land gezogen und ziemlich heruntergekommen. Hat unter verschiedenen Namen alle möglichen Jobs gemacht. Einer der Namen war John Farringdon, ein anderer Jim Fenchurch.«

»Und? Was ist mit ihm?«

»Ich bin sein Sohn.«

Phoebes Augen weiteten sich ungläubig.

»Sein was?«

Michael wiederholte es. Sie schnaubte verärgert. »Meinst du nicht, es wäre eine gute Idee gewesen, uns das alles ein bißchen früher zu erzählen?«

»Aber ich bin doch gerade eben erst darauf gekommen. Ich muß Tabitha sofort danach fragen.« Er stand auf, schaltete das Licht an und begann sich eilig anzuziehen.

»Michael, es ist fünf Uhr morgens. Sie wird tief schlafen.«

»Ist mir egal. Es ist wichtig.« Er schlüpfte ungeschickt in die Schuhe. »Ich glaube übrigens nicht, daß Tabitha verrückt ist. Ich glaube, sie spielt ein sehr schlaues Spiel.« Er öffnete die Tür und sagte dramatisch: »Wenn ich mich nicht irre, ist sie so normal wie ich.«

»Vielleicht sogar normaler«, sagte Phoebe, allerdings so leise, daß er es nicht hörte.

8

Ein Hinterzimmerspion

Michael brauchte sich keine Sorgen zu machen, er könnte Tabithas Schlaf stören. Unter ihrer Tür war ein Streifen Licht, die Tür selbst war nicht abgeschlossen, und Tabitha saß strickend im Bett und hörte dem Transistorradio zu, das neben ihr auf dem Nachttisch stand.

»Ah, Michael!« rief sie. »Sie kommen früher, als ich gedacht hatte. Ist es schon Zeit für unsere kleine Plauderei?«

Er kam sofort zum Thema. »John Farrington«, sagte er. »Er war mein Vater, nicht?«

»Dann haben Sie es also doch noch herausgefunden. Gut gemacht, Michael. Sehr gut gemacht! Obwohl ich, um ganz ehrlich zu sein, eigentlich erwartet hatte, daß Sie früher darauf kommen würden. Wie lange haben Sie gebraucht? Fast neun Jahre, glaube ich. Und doch hatte ich, nachdem ich Ihre Bücher gelesen hatte, den Eindruck, Sie seien ein recht intelligenter Mensch.«

Michael stellte einen Stuhl neben das Bett. »Na gut«, sagte er. »Ich weiß, daß Sie jetzt mit mir spielen. Haben Sie die ganze Zeit mit mir gespielt?«

»Mit Ihnen gespielt, Michael? Das ist ein häßlicher Vorwurf. Ich habe Ihnen geholfen. Ich wollte Ihnen immer nur helfen. Das war mein einziger Gedanke.«

»Aber ich habe keine Hilfe von Ihnen bekommen – nicht die allerkleinste. Sie haben die ganze Zeit nicht ein einziges Mal Kontakt mit mir aufgenommen.«

»Immerhin habe ich Ihnen ziemlich viel Geld zukommen lassen. Hat Ihnen das nicht geholfen?«

»Ja, natürlich.« Michael errötete. Er schämte sich, weil sie ihn daran erinnert hatte, daß er sich für ihre finanzielle Großzügigkeit noch nicht einmal bedankt hatte. »Natürlich war das eine Hilfe. Aber wie sollte ich...? Ich meine, wenn

Findlay nicht gewesen wäre, hätte ich nie auch nur annähernd die Wahrheit über diese ganze Geschichte herausgefunden.«

»Findlay? Sie meinen doch nicht Mr. Onyx? Mr. Findlay Onyx, den Detektiv? Lebt er noch?«

»Allerdings. Im Augenblick lebt er im Gefängnis.«

»Und ich kann mir auch vorstellen, warum!« sagte Tabitha und lachte fröhlich. »Ach, was für ein schlimmer Mann. Wirklich schlimm. Aber sehr tüchtig, das muß ich zugeben. Es war natürlich Mr. Onyx, der in meinem Auftrag Ihren Vater ausfindig gemacht hat. Ich nehme an, das hat er Ihnen erzählt.«

»Ja.«

»Dann wissen Sie auch, daß Lawrence Ihren Vater umgebracht hat, in diesem Haus? In der Nacht nach Mortys Geburtstagsfeier?«

Michael nickte.

»Ich war sehr enttäuscht, muß ich sagen«, fuhr Tabitha fort. »Ich hatte wirklich gedacht, daß Mr. Farringdon keine Schwierigkeiten haben würde, meinen Bruder zu erledigen. Aber offenbar muß man immer auf Überraschungen gefaßt sein. Ich war überaus niedergeschlagen, als Mr. Onyx mich am nächsten Morgen besuchte.« Sie schüttelte lächelnd den Kopf. »Er war ein so gewissenhafter Mensch. Äußerst zuverlässig. Er kam – und nahm dabei ein erhebliches Risiko auf sich, muß ich sagen –, um mir einen Umschlag zu übergeben, in dem sich ein Teil von Mr. Farringdons persönlicher Habe befand. Und darin stieß ich unter anderem...«

»...auf ein Foto?«

»Genau, Michael! Auf ein Foto. Vielleicht sind Sie doch nicht ganz so schwer von Begriff, wie ich dachte. Es war ein Foto von Ihnen. Sie sitzen an einem Tisch und schreiben. Da müssen Sie ungefähr... acht Jahre gewesen sein, nicht? Ein kleines Mädchen war auch darauf. Leider nicht gerade eine Schönheit. Sie hatte ziemlich vorstehende Zähne. Mr. Farringdon hing jedenfalls sehr an diesem Foto. Er hat mich freundlicherweise einige Male in der Anstalt besucht, und bei einem unserer langen Gespräche erzählte er mir alles darüber. Ach, ja, das waren schöne Nachmittage. Wir haben uns über alles mögliche unterhalten. Einmal, das weiß ich noch, haben wir ein langes und sehr anregendes Gespräch über die Lockheed Hudson geführt. Ich hatte mir immer Gedanken über die vielen Bauteile aus Magnesiumlegierungen gemacht, müssen Sie wissen. Ich fand, daß die Maschine dadurch zu leicht entflammbar wurde, besonders wenn die eingebauten Tanks Löcher bekamen. Mr. Farringdon hatte natürlich nie eine Lockheed Hudson geflogen, aber...« Ihre Augen starrten ins Leere. Sie wandte sich wieder Michael zu und sah ihn verwirrt an. »Entschuldigung... was wollte ich sagen?«

»Das Foto.«

»Ach ja, das Foto. Nun, ich behielt es natürlich, wie er mich gebeten hatte, obwohl es keinen Hinweis enthielt, wie ich Sie finden könnte. Ihren Namen hatte er mir nicht gesagt. Vielleicht kannte er ihn ja auch gar nicht. Und dann geschah eines Tages – das muß fast zwanzig Jahre später gewesen sein – etwas ganz und gar Außergewöhnliches. Einer der Ärzte kam in mein Zimmer und brachte mir eine Zeitschrift. War das nicht nett von ihm? Das ganze Personal wußte von meinem kleinen Hobby, müssen Sie wissen, und in dieser Zeitschrift war ein schöner, langer Artikel über die Mark I Hurricane. Ich muß allerdings sagen, daß er nicht sehr gut recherchiert war. Ich war sehr enttäuscht. Der Autor hatte mehrere wichtige Dinge ausgelassen. Stellen Sie sich vor: Er hat nicht einmal den einzigen wichtigen Punkt erwähnt, in dem die Hurricane der Spitfire überlegen ist, und das ist, wie Sie wissen, die Stärke der Fowler-Klappen. Ich habe einen empörten Leserbrief geschrieben, aber er wurde nie abgedruckt. Ich möchte wissen, warum...«

Eine gefährlich lange Pause trat ein, und Michael merkte, daß ihre Gedanken wieder abgeschweift waren.

»Was war mit dieser Zeitschrift?«

»Entschuldigung – manchmal bin ich so zerstreut. Die Zeitschrift, ja. Nun, nachdem ich den Artikel gelesen hatte, blätterte ich weiter. Stellen Sie sich meine Überraschung vor, Michael, mein Entzücken, meine Verwunderung, als ich ganz hinten auf eine reizende kleine Geschichte über ein Schloß und einen Detektiv stieß, und darüber war dasselbe

Foto abgedruckt, das Mr. Farringdon mir vor all den Jahren gegeben hatte. Ein Foto von Ihnen, Michael! Von Ihnen als kleiner Junge! Das Schicksal hatte mir Ihre Identität verraten. Und das war noch nicht alles: Es stellte sich heraus, daß Sie *Schriftsteller* geworden waren. Es war fast zu perfekt. Ich begann, einen kleinen Plan zu schmieden, wie ich Sie für das, was meine Familie Ihnen angetan hatte, finanziell entschädigen könnte – ich wußte ja, daß Sie nicht viel Geld hatten, das versteht sich von selbst: Kein Schriftsteller hat viel Geld. Zugleich würde ich dafür sorgen, daß Sie die Wahrheit über Ihren Vater und seinen Tod herausfinden mußten. Und Sie würden die Wahrheit über meine Familie herausfinden und sie in Form eines Buches der Welt enthüllen. Was für ein Buch würde das sein! Ich stellte mir ... ein gewaltiges Buch vor, ein Buch, wie es noch nie eines gegeben hatte, ein Buch, das teils aus persönlichen Erinnerungen, teils aus gesellschaftlicher Kritik bestehen würde – beides verbunden zu einer tödlichen, vernichtenden Mischung.«

»Klingt toll«, sagte Michael. »Ich hätte Sie bitten sollen, den Klappentext zu schreiben.«

»Jetzt, im nachhinein, glaube ich, daß ich Sie überschätzt habe«, sagte Tabitha. »Ich habe die Auszüge, die mir zugeschickt wurden, zwar mit Vergnügen gelesen, aber meine Erwartungen waren wohl doch zu hoch. Ich sehe jetzt, daß Sie der Aufgabe nicht ganz gewachsen waren. Es fehlt Ihnen der nötige ... Einfallsreichtum, der nötige ... Schwung ..., der nötige ... wie nennt man es nur?«

»Der nötige Esprit?«

»Vielleicht, Michael. Vielleicht war es das, was Ihnen letztlich fehlte.« Sie seufzte. »Aber andererseits: Wer hätte meiner Familie schon gerecht werden können? Sie besteht ja ausschließlich aus Lügnern, Betrügern, Schwindlern und Heuchlern. Und Lawrence war der Schlimmste von allen. Mit Abstand der Schlimmste. Sein Land für Geld zu verraten, ist schlimm genug, aber den eigenen Bruder in den sicheren Tod zu schicken ... Nur jemand aus meiner Familie ist dazu fähig. Als das geschah, wurde mir zum erstenmal bewußt, was diese Menschen in Wirklichkeit waren – was machte es da schon, daß sie mich einsperren ließen? Was aus mir wurde, war mir gleichgültig.« Sie seufzte nochmals, tiefer als zuvor. »Das hat mir den ganzen Krieg verdorben.«

»Das klingt fast so, als hätten Sie ihn genossen«, sagte Michael.

»Aber natürlich habe ich ihn genossen«, antwortete Tabitha lächelnd. »Das haben wir alle. Ich weiß, für euch junge Leute ist das schwer zu verstehen, aber nichts bringt die Menschen einander näher als ein Krieg. Für eine Weile waren die Leute so *nett* zueinander. Alles, was uns trennte, schien auf einmal so klein und nebensächlich. Das hat sich seitdem geändert. Gründlich geändert, und zwar zum Schlechten. Früher waren alle so *höflich*. Wir haben die Umgangsformen beachtet. Mortimer zum Beispiel... Früher hätte er sich nie so benommen: im Haus herumzulaufen und seine Familie mit Messern und Äxten umzubringen. So etwas wäre ihm damals nie in den Sinn gekommen.«

»Das glaube ich auch«, sagte Michael. »Aber so etwas wird es ja nicht noch einmal geben, nehme ich an.«

»Was wird es nicht noch einmal geben?«

»Einen Krieg.«

»Aber wir sind doch im Krieg«, sagte Tabitha. »Haben Sie es noch nicht gehört?«

Michael sah auf. »Wir sind im Krieg?«

»Aber ja. Die ersten Bomber sind kurz nach Mitternacht gestartet. Ich habe es im Radio gehört.«

Michael war wie vor den Kopf geschlagen. Auch nach dem Ablauf des UN-Ultimatums hatte er sich nicht vorstellen können, daß es wirklich dazu kommen würde. »Aber das ist ja schrecklich«, stammelte er. »Eine Katastrophe.«

»Aber ganz und gar nicht«, sagte Tabitha fröhlich. »Die Alliierten werden sich ohne Schwierigkeiten die Luftherrschaft sichern. Die F-117A Nighthawk ist ein hochentwickeltes Flugzeug. Das Navigationssystem verfügt über ein INAS mit nach vorne und nach unten gerichteten Infrarotsensoren, und sie kann mit einer Bombenlast von fast zwei Tonnen achthundertachtzig Kilometer pro Stunde fliegen. Die Iraker haben nichts dergleichen. Und dann haben wir noch die F-111 – Oberst Gaddafi hat ja schon gesehen, was die anrichten kann. Wenn die F-111A Raven das feindliche Radar blendet, können die F-111 mit mehr als zweitausendvierhundert Stundenkilometern durch den Angriffskorridor fliegen, mit einer Nutzlast von bis zu vierzehn Tonnen...«

Michael hörte ihr nicht zu. Es gab Wichtigeres zu bedenken. »Dann glauben Sie also, daß Mortimer dahintersteckt?« fragte er.

»Aber ja«, sagte Tabitha. »Wer denn sonst?«

»Aber all diese Morde sind offensichtlich von jemandem verübt worden, der alles über die Mitglieder Ihrer Familie weiß. Der weiß, was sie im Lauf der Jahre gemacht haben. Mortimer hat aber schon lange keinen Kontakt mehr mit ihnen gehabt. Wie sollte er das alles wissen?«

»Aber das ist doch ganz einfach«, sagte Tabitha. »Mortimer hat Ihr Buch gelesen. Immer wenn ich einen Teil Ihres Manuskriptes erhalten habe, ließ ich ihm eine Kopie zukommen. Er fand es höchst interessant. In gewisser Weise sind Sie also für das alles verantwortlich, Michael. Sie können stolz auf sich sein.«

Sie fuhr fort zu stricken, während Michael über die Rolle nachdachte, die er, wie ihm jetzt aufging, in dieser bizarren Geschichte gespielt hatte. Er war alles andere als stolz.

»Wo ist er jetzt?« fragte er.

»Mortimer? Ich fürchte, das ist sehr schwer zu sagen. Er versteckt sich irgendwo, soviel ist sicher, aber dieses Haus ist voller Geheimgänge, ein regelrechtes Labyrinth. Das habe ich in der Nacht entdeckt, als ich Lawrence in seinem Schlafzimmer eingeschlossen habe. Sie wissen ja, daß er wenige Minuten später unten im Billardzimmer war, also muß es einen geheimen Verbindungsgang geben.«

»Stimmt – Sie haben gehört, daß er in seinem Zimmer war und deutsch sprach.« Langsam wurde ihm alles klar. »Könnte es sein, daß er in ein Funkgerät gesprochen hat?«

»Das wäre gut möglich.«

Michael sprang auf. »Welches Zimmer war das?«

»Das Zimmer am Ende des Korridors. Das, in dem Roderick schläft.«

Michael eilte hinaus. Er wußte, daß Phoebe den einzigen Schlüssel zu dem fraglichen Zimmer hatte. Sie lag nicht mehr in ihrem Bett. Eine schreckliche Angst überkam ihn. Er fuhr herum und sah, daß sie mit grimmigem Gesicht hinter ihm in der Tür stand.

»Schnell«, sagte er, »wir müssen in Roddys Zimmer nachsehen.«

»Zu spät. Ich komme gerade von dort.« Ihre Stimme zitterte. »Komm und sieh selbst.«

Es war kein schöner Anblick. Roddy lag nackt und reglos auf dem Bett. Er war von Kopf bis Fuß mit Goldfarbe bemalt und bereits einige Stunden tot.

»Erstickt, nehme ich an«, sagte Phoebe. »Zu Tode gemalt. Das hätten wir uns denken können.« Sie runzelte die Stirn. »Ist das nicht auch aus einem Film?«

»Shirley Eaton in *Goldfinger*«, sagte Michael. »Mortimer hat seine Hausaufgaben gemacht.«

»Aber ich verstehe nicht, wie er hier hereingekommen ist. Der Schlüssel war die ganze Nacht in meiner Hosentasche. Vielleicht hat er einen Zweitschlüssel.«

»Das hier war Lawrences Schlafzimmer«, sagte Michael, »und das heißt, daß es irgendwo eine Geheimtür und einen Gang geben muß, der hinunter zum Erdgeschoß führt. Komm, vielleicht können wir ihn finden.«

Sie klopften die Wandtäfelung ab und lauschten auf einen hohlen Klang. Als das ergebnislos blieb, öffnete Michael den doppeltürigen Schrank, der in die Wand eingebaut war.

»Oh, was ist denn das?« rief er.

Phoebe eilte hinzu. »Hast du die Tür gefunden?«

»Nein, aber etwas anderes.«

Er griff in den Schrank und zog eine marineblaue Jacke und eine dazu passende Hose hervor. Bei näherer Betrachtung erwies sich das als die Uniform eines Sergeanten der Polizei.

»Was habe ich dir gesagt? Das war kein echter Polizist. Und hier ist auch der Rest.«

Er zeigte Phoebe eine spitze Kappe. Dahinter lag ein Fläschchen auf dem Fachboden. »Kaliumchlorid«, las er langsam vom Etikett ab. »Weißt du, was das ist?«

»Ein Gift«, sagte Phoebe. »Mortimer hatte es immer in seiner Medikamentenkiste. Als ich es das letztemal gesehen habe, war es allerdings voll.«

Sie deutete auf die Flüssigkeit in dem Fläschchen, das nur noch zu einem Viertel gefüllt war.

»Ist es tödlich?«

Phoebe nickte. »Jetzt fällt mir wieder ein: An dem Tag, an dem er mich wegschickte, hat er mich noch gefragt, wo die Spritzen sind. Damals hab ich mir nichts dabei gedacht. Aber vielleicht hat es was hiermit zu tun.«

»Könnte sein.«

»Warte – ich werde mal nachsehen, ob sie noch da sind.«

Sie lief zum Krankenzimmer ihres früheren Arbeitgebers, wo sie mit einem Blick feststellte, daß mindestens eine der Spritzen fehlte. Doch als sie zurückkehrte, um Michael diese Neuigkeit mitzuteilen, erwartete sie eine Überraschung. Roddys nackter Leichnam lag noch immer auf dem Bett, doch im übrigen war der Raum leer. Michael war verschwunden.

Es war hauptsächlich sein Instinkt gewesen, der ihn zu dem Spiegel mit dem vergoldeten, reich verzierten Rahmen geführt hatte. Ein Spiegel war, wie Michael inzwischen gelernt hatte, ein Tor zur Unterwelt, und so dauerte es nur wenige Sekunden, bis er seine Finger hinter den Rahmen geschoben und daran gezogen hatte. Der Rahmen war an Angeln aufgehängt und schwang zurück. Dahinter lag eine schwarze, rechteckige Öffnung, und sobald Michael in die Dunkelheit getreten war, schloß sich die Geheimtür lautlos hinter ihm. Michael versuchte, sie wieder zu öffnen, aber sie gab nicht nach, und so wußte er, daß ihm im Augenblick nichts anderes übrig blieb, als weiterzugehen. Er sah und hörte nichts, doch die Luft roch muffig und abgestanden, und die unverputzten Wände zu beiden Seiten waren trocken und bröckelig. Ganz vorsichtig setzte er einen Fuß vor den anderen und stellte fest, daß er am Kopf einer Treppe stand, die jedoch schon nach drei Stufen wieder zu Ende war. Er spürte, daß er sich nun in einem größeren Raum befand. Michael machte sechs Schritte nach rechts, bis er wieder vor einer Wand stand, die diesmal glatt und verputzt war. Er ging an ihr entlang weiter und stieß nach zwei Richtungswechseln gegen

etwas Schweres – einen Tisch vielleicht –, und seine tastenden Hände fanden, worum er gebetet hatte: einen Licht-
schalter. Wunderbarerweise funktionierte er.

Michael stand in einer sehr schmalen, aber hohen Kammer, die offenbar in eine Wand eingebaut war. Außer der
kleinen Treppe, die er gerade hinuntergestiegen war, gab es
links von ihm noch eine winzige Tür. An einer Wand stand
ein Tisch, der so groß war, daß er den größten Teil des
Raums einnahm, und darauf befand sich ein schweres, un-
förmiges Funkgerät. Der Tisch und das Funkgerät waren
von einer dicken Staubschicht bedeckt, und in den vier oder
fünf Jahrzehnten, die nach Michaels Schätzung seit der letzten Benutzung vergangen waren, hatten Generationen von
Spinnen das Ganze mit einem Teppich aus feinen, zarten
Spinnweben überzogen. Der Raum hatte kein Fenster, doch
ein dünner Antennendraht führte an der Wand hinauf, verschwand in einem Loch in der Decke und endete vermutlich
auf dem Dach des Hauses.

»Hier hast du es also getan, du hinterhältiger Schuft!«
murmelte Michael. »Ein richtiger kleiner Hinterzimmerspion!«

Ungeduldig wischte er Staub und Spinnweben weg. Das
Funkgerät schien batteriebetrieben zu sein, und es erstaunte
ihn nicht, daß es nicht reagierte, als er die verschiedenen
Schalter und Knöpfe betätigte. Eine rasche Durchsuchung
der Schubladen erwies sich als lohnender. Dort fand er Karten, Handbücher und Eisenbahnfahrpläne aus den vierziger
Jahren, ein deutsch-englisches Wörterbuch und eine Art
Adreßbuch, in dem er nicht nur auf die Wörter KEKS, KÄSE
und SELLERIE stieß, sondern auch auf die Decknamen anderer Doppelagenten – KAROTTE, BONBON, PFEFFERMINZ,
SCHNEE, LIBELLE –, allesamt mit Adressen und Telefonnum-
mern. Auch persönliche Daten von hochrangigen Figuren
aus der Militärführung, dem Kriegskabinett und der Koali-
tionsregierung waren aufgezeichnet. Ein ledergebundenes
Geschäftsbuch enthielt, nach Pfund und Reichsmark getrennt, Zahlenreihen, und auf der letzten Seite waren die
Nummern verschiedener Konten bei britischen und deutschen Banken vermerkt. Und dort lagen auch ein paar lose

Blätter, von denen ihm eins besonders ins Auge fiel. Es trug die Überschrift:

L 9265 – 53 Sqn.

Das waren, wie Michael wußte, die Nummern von Godfreys Maschine und seiner Staffel gewesen. Die meisten der Zahlen, die folgten, sagten ihm nichts, obwohl *30/11* offenbar ein Datum war und einige der anderen Zahlen Längen- und Breitengrade zu bezeichnen schienen. Immerhin stand fest, daß er den letzten Beweis für Lawrences Verrat, für den aus Geldgier begangenen Verrat an seinem Bruder, gefunden hatte.

Michael war hin und her gerissen zwischen zwei Impulsen: zu Phoebe zurückzukehren (sofern das möglich war) und ihr von seiner Entdeckung zu erzählen, oder sein Glück hinter der anderen Tür zu versuchen und weiterzuforschen. Und dieses eine Mal behielt die Abenteuerlust die Oberhand.

Hinter der zweiten Tür war eine Treppe, steiler und mit unregelmäßigeren Stufen als die andere. Michael ließ die Tür zu dem kleinen Raum offenstehen und hatte gerade genug Licht, um seinen Weg fortsetzen zu können. Bald glaubte er sich auf der Höhe des Erdgeschosses zu befinden. Die Stufen hörten auf. Er stand vor einem schmalen Gang, in dem es finster war.

Nach wenigen Schritten stieß er auf eine Holztür. Sie war am oberen Ende verriegelt, doch der Mechanismus war gut geölt und schien erst kürzlich betätigt worden zu sein. Michael schob den Riegel ohne Anstrengung zurück, öffnete die Tür und sah, daß er sich, wie er erwartet hatte, im Billardzimmer befand. Das Morgengrauen würde erst in ein oder zwei Stunden anbrechen, aber durch einige Ritzen in den Vorhängen drang Mondlicht, und in den Schatten konnte Michael Marks Leichnam sehen, der jetzt mit einem blutgetränkten Laken zugedeckt war. Die abgetrennten Beine ragten noch immer grotesk und wie primitive Totems aus den Löchern an den Ecken des Tischs. Michael erschauerte und wollte schon umkehren, als er am Rand des Tischs ein metallisches Glänzen bemerkte. Es war Marks Feuerzeug. Das war zu nützlich, um es hier liegen zu lassen, und so schlich er durch den Raum und steckte es ein, bevor er so schnell wie möglich wieder in den Geheimgang verschwand, dessen Tür hinter einem Queue-Ständer unsichtbar in die eichene Wandtäfelung eingelassen war.

Nach kurzer Zeit wurde der Gang niedriger und enger, was das Vorankommen erschwerte. Eine Zeitlang mußte Michael fast auf Händen und Knien kriechen. Dann spürte er, daß der Gang steil nach unten führte. Ein- oder zweimal verrieten zwei Lichtpunkte in einiger Entfernung die Anwesenheit einer wachsamen Ratte, die davonhuschte, als er sich näherte. Der Tunnel war jedoch trocken, und manchmal bröckelte Mörtel ab, wenn Michael an die Wand stieß, und darum war er überrascht, als er ein unregelmäßiges, aber lautes und deutliches Tropfen hörte.

Plip. Plip. Plip.

Ein flackernder Widerschein erschien und wurde immer stärker, und auch der Gang wurde wieder breiter. Plötzlich weitete er sich zu etwas, das fast ein Raum war. Die Decke bestand aus mit Balken abgestützten Steinplatten, und die Wände bildeten ein Quadrat von fast fünf Metern Seitenlänge.

Plip. Plip.

Der Ursprung des Geräusches sprang sogleich ins Auge. Das erste, was Michael sah, war ein ins Gigantische verzerrter Schatten an der Wand, der im Licht einer auf dem Boden stehenden Kerze arhythmisch tanzte. Es war der Schatten eines ordentlich verschnürten Leichnams, dessen Fußknöchel an einem Fleischerhaken hingen, welcher an einem der Balken befestigt war. Aus einem kleinen Schnitt am Hals floß ein beständiges Rinnsal von Blut über das Gesicht und das verfilzte, verkrustete Haar und tropfte von dort in einen schweren, inzwischen fast vollen Eimer aus rostfreiem Stahl.

Plip. Plip. Plip.

Es war der Leichnam von Dorothy Winshaw, und neben ihm saß auf einem kleinen, dreibeinigen Schemel ihr Onkel Mortimer. Er sah zu Michael auf, als dieser aus dem Gang trat, doch es war unmöglich zu sagen, wessen Augen müder und ausdrucksloser blickten: die von Mortimer oder die der reglosen, sich langsam drehenden Leiche.

Plip.

»Ist sie tot?« sagte Michael schließlich.

»Ich glaube schon«, sagte der alte Mann. »Aber es ist ziemlich schwer zu sagen. Es hat länger gedauert, als ich dachte.«

»Was für eine schreckliche Art, jemanden zu töten.«

Darüber dachte Mortimer einen Augenblick nach.

»Ja«, sagte er dann.

Plip. Plip.

»Ich hoffe doch sehr, daß Sie kein Mitleid mit meinen Angehörigen empfinden, Mr. Owen«, fuhr Mortimer fort. Das Sprechen kostete ihn große Mühe. »Das haben sie nämlich nicht verdient, und Sie sollten das besser wissen als jeder andere.«

»Ja, aber trotzdem...«

»Jedenfalls ist es dafür jetzt zu spät. Was geschehen ist, ist geschehen.«

Plip. Plip. Plip.

»Falls es Sie interessiert: Wir sind hier unter dem Salon«, sagte Mortimer. »Wenn dort oben jemand wäre, könnten wir ihn hören. Vor ein paar Stunden habe ich hier gestanden und mir angehört, was sie zu sagen hatten, als Mr. Sloane mein Testament verlesen hatte und sie wußten, daß sie keinen Penny erben würden. Eine kindische Idee, muß ich wohl sagen.« Er verzog das Gesicht. »Eitel. Dumm. Wie alles andere auch.«

Plip.

Mortimer kniff die Augen zusammen, als habe er Schmerzen. »Ich habe ein untätiges Leben geführt. Ein zum größten Teil verschwendetes Leben. Ich wurde in den Reichtum hineingeboren, und wie der Rest der Familie war ich zu egoistisch, um mit meinem Geld Gutes zu tun. Im Gegensatz zu den anderen habe ich aber wenigstens nie jemandem großen Schaden zugefügt. Trotzdem dachte ich, ich könnte vielleicht ein wenig wiedergutmachen, indem ich der Menschheit vor meinem Tod noch einen kleinen Gefallen tue und die Welt von einer Handvoll Ungeziefer befreie.«

Plip. Plip.

»Sie waren es, Mr. Owen, der mich von dieser Notwendigkeit überzeugt hat. Sie haben mir den Gedanken eingegeben und ein oder zwei… Möglichkeiten angedeutet. Jetzt, wo alles vorbei ist, muß ich allerdings gestehen, daß es mich nicht wirklich befriedigt hat.«

Während er das sagte, spielte seine rechte Hand mit einer großen Spritze, die mit einer farblosen Flüssigkeit gefüllt war. Er bemerkte, daß Michael ihn argwöhnisch beobachtete.

»Oh, keine Sorge«, sagte er. »Ich habe nicht vor, Sie zu töten. Oder Miss Barton.« Bei diesem Namen schien sein Gesichtsausdruck für einen Augenblick weicher zu werden. »Sie werden sich doch um sie kümmern, ja, Michael? Sie ist gut zu mir gewesen. Und ich spüre, daß sie Sie mag. Es würde mich glücklich machen, wenn sie…«

»Ich werde mich um sie kümmern. Und um Tabitha ebenfalls.«

»Tabitha?«

»Ich werde dafür sorgen, daß sie nicht wieder in die Anstalt gebracht wird. Ich weiß zwar noch nicht, wie, aber ich werde es nicht zulassen.«

Plip.

»Aber Sie wissen doch sicher«, sagte Mortimer, »daß sie verrückt ist?«

Michael starrte ihn an.

»O ja.« Mortimer lächelte versonnen. »Vollkommen verrückt.«

»Aber ich habe gerade mit ihr gesprochen. Sie schien völlig…«

»Es liegt in der Familie. Wir haben alle einen Sprung in der Schüssel. Wir haben nicht alle Tassen im Schrank. Wir sind allesamt reif fürs Irrenhaus. Es gibt nämlich einen Punkt« – er beugte sich vor und zeigte mit der Spritze auf Michael –, »wo Gier und Wahnsinn praktisch nicht mehr zu unterscheiden sind. Man könnte fast sagen, sie sind ein und dasselbe. Und es gibt einen anderen Punkt, wo die Bereitschaft, Gier zu tolerieren, friedlich neben ihr zu leben und sie sogar zu unterstützen, ebenfalls zu einer Art Wahnsinn wird. Und das bedeutet, daß wir alle darin gefangen sind – in einem Wahnsinn, der nie aufhören wird. Jedenfalls nicht…« – er senkte seine Stimme zu einem gespenstischen Flüstern – »solange wir leben.«

Plip. Plip.

»Nehmen Sie beispielsweise Miss Barton.« Mortimer sprach immer undeutlicher. »So ein liebes Mädchen. So vertrauensvoll. Und doch habe ich sie die ganze Zeit hinters Licht geführt. Meine Beine waren ganz in Ordnung. Ich habe hier und da ein paar Geschwüre, aber nichts, was mich daran hindern könnte herumzugehen. Ich lasse mich nur gern verwöhnen.«

Plip. Plip. Plip.

»Ich bin so müde, Michael. Das ist das eigentlich Ironische. Ich habe nur ein wirkliches Leiden, und davon habe ich Miss Barton nie auch nur ein Wort gesagt. Sie hat keine Ahnung. Erraten Sie es?«

Michael schüttelte den Kopf.

»Schlaflosigkeit. Ich kann nicht schlafen. Überhaupt nicht. Hin und wieder mal ein oder zwei Stunden, höchstens drei. Seit Rebecca gestorben ist.«

Plip.

»Was für eine Nacht! Es war alles viel zuviel. Diese Anstrengung! Um ehrlich zu sein: Ich hätte nicht gedacht, daß ich es schaffen würde.« Er sank in sich zusammen und stützte den Kopf in die Hände. »Ich möchte so gern schlafen, Michael. Sie werden mir doch helfen?«

Michael nahm die Spritze aus seiner ausgestreckten Hand und sah zu, wie Mortimer den Ärmel aufkrempelte.

»Es ist eine Schande, aber ich glaube, ich habe einfach nicht mehr genug Kraft in den Fingern. Lassen Sie mich schlafen, Michael – das ist das einzige, um das ich Sie bitte.«

Michael sah ihn unentschlossen an.

»Sie haben ein gutes Herz. Bitte.«

Michael nahm Mortimers Hand. Die Haut hing schlaff von seinen Armen. Seine Augen blickten flehend wie die eines Spaniels.

Plip. Plip.

»Hunde schläfert man doch auch ein, nicht? Wenn sie alt und krank sind?«

So ausgedrückt, klang es nicht mehr so schlimm, fand Michael.

9
Mit Gagarin zu den Sternen

»Keine Erklärungen«, sagte Michael. »Wenn du schläfst, träumst du, und du mußt deine Träume akzeptieren. Das ist die Rolle des Träumers.«

Phoebe schirmte ihre Augen gegen das Sonnenlicht ab. »Klingt plausibel. Aber was heißt das?«

»Ich habe gerade darüber nachgedacht: Es gibt drei Träume aus meiner Kindheit, an die ich mich noch deutlich erinnern kann. Und jetzt sind zwei davon wahr geworden, mehr oder weniger jedenfalls.«

»Nur zwei? Und was ist mit dem dritten?«

Michael zuckte die Schultern. »Man kann nicht alles haben.« Sie standen auf der Terrasse von Winshaw Towers. Vor ihnen lagen die Rasenflächen, der Park, der See und dahinter die malerischen Hügel und Täler des Moors. Heller Sonnenschein war auf den Sturm gefolgt, von dessen Zerstörungswut umgestürzte Bäume, vom Dach gewehte Ziegel und die zahlreichen abgerissenen Zweige und Blätter zeugten, die überall verstreut waren.

Es war fast Mittag – das Ende eines langen und anstrengenden Morgens, an dem sie, wie ihnen schien, nichts anderes getan hatten, als Zeugenaussagen zu machen. Das Haus wimmelte von Polizisten, seit Phoebe ins Dorf gegangen war und Alarm geschlagen hatte. Kurz nach zehn Uhr waren die ersten Journalisten und Pressefotografen erschienen. Bis jetzt hatte die Polizei sie auf Abstand halten können, doch sie hatten ihr Lager an der Straße aufgeschlagen und wirkten wie eine Armee, die einen Hinterhalt vorbereitet hat. Einige beobachteten das Haus durch Teleobjektive, während die anderen mißmutig in ihren Wagen warteten und hofften, es werde sich jemand in der Auffahrt blicken lassen, auf den sie sich stürzen könnten.

»Ich frage mich, ob mein Leben jemals wieder normal sein wird«, sagte Michael. Er sah Phoebe eindringlich an. »Du kommst doch bald nach London, ja?«

»Natürlich. Sobald ich kann. Morgen oder übermorgen.«

»Ich weiß nicht, was ich getan hätte, wenn du nicht gewesen wärst.« Er lächelte. »Jeder Kenneth braucht seinen Sid.«

»Wie wär's mit: ›Jeder Orpheus braucht seine Eurydike‹? Damit es keine Geschlechtsverwirrung gibt.«

Doch Michael schien dieser Vergleich zu deprimieren. »Ich glaube, ich werde mir nie verzeihen, was mit dem Bild passiert ist.«

»Hör zu, Michael, ich will dir was sagen: Mit uns wird es nichts werden, wenn wir der Vergangenheit nachhängen. Deine und meine Vergangenheit sind ein einziger Scherbenhaufen. Wir müssen sie hinter uns lassen. Einverstanden?«

»Einverstanden.«

»Dann sprich mir nach: Sieh nicht zurück.«

»Sieh nicht zurück.«

»Gut.«

Sie wollte ihn gerade mit einem Kuß belohnen, als Hilarys Pilot Tadeusz, der ebenfalls am Morgen gekommen war, auf die Terrasse trat. Er hatte tatsächlich wenig Ähnlichkeit mit Conrad, dem früheren Inhaber dieses attraktiven Postens: Tadeusz war einen Meter fünfundfünfzig groß, Mitte Sechzig und sprach, da er erst kürzlich aus seinem Heimatland Polen nach England gekommen war, kein Wort Englisch. Er nickte Michael und Phoebe knapp zu und lehnte sich in einiger Entfernung von ihnen an die Balustrade.

»Hilarys Mann hat anscheinend Maßnahmen ergriffen«, flüsterte Phoebe. »Der Pilot, den sie davor hatte, sah aus wie ein Halbgott. Sie waren einmal hier und haben sich den größten Teil des Wochenendes nackt auf dem Krocketrasen gewälzt. Irgendwie kann ich mir nicht vorstellen, daß der da genauso begeistert davon wäre.«

»Ach, na ja, solange er weiß, wie man ein Flugzeug fliegt...«, sagte Michael. »Er soll mich heute nachmittag nach London bringen.«

Gut eine Stunde später hatte Michael gepackt und war reisefertig. Phoebe, die mit Mr. Sloane den Nachmittagszug nach Leeds nehmen wollte, begleitete ihn zum See. Im Haus hatten sie Tadeusz nicht gefunden, aber als Abflugzeit war ein Uhr vereinbart, und Michael sah zu seiner Erleichterung, daß der kleinwüchsige Pilot bereits auf seinem Platz saß. Er war stilecht gekleidet und hatte sich ausstaffiert wie ein Fliegeras aus dem Ersten Weltkrieg, komplett mit Lederkappe und Fliegerbrille.

»Mein Gott, er ist der Rote Baron«, sagte Phoebe.

»Ich hoffe, der Kerl kennt sich aus.«

»Wird schon gutgehen.«

Er stellte den Koffer ab und umarmte sie. »Bis bald also.«

Phoebe nickte, stellte sich auf die Zehenspitzen und küßte ihn auf den Mund. Er hielt sie fest umklammert. Es war ein langer Kuß, der wild begann und genießerisch und zärtlich endete. Michael genoß die Kühle ihrer Wange und die Berührung ihrer Haare, die ihm ins Gesicht wehten.

Widerstrebend stieg er in die Kabine.

»Jetzt ist es also soweit. Ich rufe dich heute abend an, dann machen wir Pläne.« Er wollte schon die Tür schließen, zögerte aber noch. Etwas schien ihn noch zu beschäftigen. Er sah sie einen Augenblick lang an und sagte: »Mir ist ein Gedanke gekommen, wegen dem Bild. Ich weiß noch genau, wie es aussah, und ich dachte, wenn ich es dir beschreiben würde und du deine alten Skizzen ausgraben würdest, könntest du vielleicht... wenigstens etwas Ähnliches...«

»Was habe ich oben auf der Terrasse gesagt?« fragte Phoebe streng.

»Michael nickte. »Du hast recht. Sieh nicht zurück.«

Phoebe winkte, als das Flugzeug langsam auf die Startposition fuhr, und warf ihm einen Kuß nach, als es schneller und schneller wurde, von der Wasseroberfläche abhob und ruhig an Höhe gewann. Sie sah ihm nach, bis es nur noch ein schwarzer Fleck im Blau des Himmels war. Dann drehte sie sich um und ging zurück zum Haus.

Das Herz war ihr schwer von dunklen Vorahnungen. Sie machte sie Sorgen wegen Michael. Sie fürchtete, daß er schon jetzt zuviel von ihr erwartete, daß seine Beschäftigung mit der Vergangenheit irgendwie zwanghaft, ja pubertär war. Manchmal fiel es ihr leicht zu vergessen, daß er sieben oder acht Jahre älter war als sie. Sie fürchtete, daß die Beziehung sich zu schnell entwickeln und eine Richtung nehmen könnte, auf die sie keinen Einfluß hatte. Es machte sie besorgt, daß ihr – wenn sie ehrlich war – kein guter Grund einfiel, warum sie diese Beziehung überhaupt angefangen hatte. Es war alles so schnell gegangen, und sie hatte aus falschen Motiven gehandelt: weil er ihr leid getan hatte und weil sie selbst sich ebenfalls gefürchtet und Trost gebraucht hatte. Außerdem – wie sollten sie je die schrecklichen Umstände vergessen können, die sie zusammengeführt hatten? Wie konnte aus so einem Anfang etwas Gutes entstehen?

Sie ging in ihr Zimmer, packte den Koffer und sah sich um, ob sie etwas vergessen hatte. Ihr fiel die Erste-Hilfe-Tasche ein – die mußte noch immer in dem Zimmer sein, in dem sie Henry gefunden hatten. Es würde nur ganz kurz dauern, sie zu holen, und doch war ihr bei dem Gedanken unbehaglich. Als Phoebe den Korridor entlangging, merkte sie, daß sie eine Gänsehaut hatte, und als sie die Treppe zum zweiten Stock hinaufstieg, hatte sie plötzlich das bedrohliche Gefühl, daß sie im Begriff stand, die Ereignisse des gestrigen Abends noch einmal zu durchleben, und dieses Gefühl verstärkte sich, als sie um die letzte Ecke bog und den Fernseher hörte, in dem die Ein-Uhr-Nachrichten liefen.

Sie öffnete die Tür. Präsident Bush sprach zu einem leeren Zimmer. Es war eine Wiederholung der Ansprache an das amerikanische Volk, die er kurz nach dem ersten Bombenangriff auf Bagdad gehalten hatte.

Vor knapp zwei Stunden haben die alliierten Luftstreitkräfte mit Angriffen auf militärische Ziele im Irak und in Kuwait begonnen. Diese Angriffe werden in diesem Augenblick fortgesetzt.

Phoebe bemerkte etwas: Ein Blutrinnsal floß an der Armlehne des Sofas hinunter und tropfte auf den Boden.

Die achtundzwanzig Nationen, deren Streitkräfte in der Golfregion stationiert sind, haben alle vernünftigen diplomatischen Mittel erschöpft, um zu einer friedlichen Beilegung des Konflikts zu kommen. Es bleibt keine andere Wahl, als Saddam mit Gewalt aus Kuwait zu vertreiben. Wir werden uns nicht beugen.

Sie spähte vorsichtig über die Rücklehne und sah, daß ein Mann mit dem Gesicht nach unten auf dem Sofa lag. Zwischen seinen Schulterblättern steckte ein Tranchiermesser.

Manche mögen sich fragen: Warum jetzt? Warum nicht noch warten? Die Antwort liegt auf der Hand: Die Welt konnte nicht länger warten.

Sie drehte den Mann um und schnappte nach Luft. Es war Tadeusz.

Dies ist ein historischer Augenblick.

Es klopfte an der Tür, und ein Polizeibeamter streckte den Kopf herein. »Haben Sie zufällig Miss Tabitha gesehen?« fragte er. »Wir können sie nirgends finden.«

Unsere Operationen zielen darauf ab, das Leben der alliierten Soldaten zu schützen, indem wir Saddams gewaltiges Waffenarsenal angreifen. Wir führen keinen Krieg gegen das irakische Volk. Was die Unschuldigen in diesem Konflikt betrifft, so bete ich für ihr Leben.

Würde dieser Wahnsinn nie ein Ende haben?

Michael sitzt in der Kabine des Wasserflugzeugs, reckt den Hals und betrachtet die Landschaft von Süd-Yorkshire, die sich unter ihm ausbreitet.

Der Pilot vor ihm beginnt ein Liedchen zu summen: *Leis treibst du den Fluß hinab, so leis, du merkst es kaum . . .* Er summt ungewöhnlich hoch und melodisch.

Die Welt konnte nicht länger warten.

Das Flugzeug geht unvermittelt in Steigflug. Michael kann keinen Grund dafür entdecken und verkrampft sich. Er denkt, daß sie in ein paar Sekunden normal weiterfliegen werden, doch es geht immer steiler in den Himmel hinauf, und mit einemmal steigen sie senkrecht in die Luft, und dann steht die Maschine auf dem Kopf, und bevor Michael schreien kann, haben sie einen vollständigen Looping geflogen und sind wieder auf ihrer alten Flughöhe.

»Was zum Teufel machen Sie da?« schreit er und packt den Piloten an den Schultern. Doch der Pilot schüttelt sich vor Lachen – es ist ein hysterisches, unbezähmbares Lachen – und schreit vor Freude.

...immer munter, immer froh...

»Was zum Teufel machen Sie da, hab ich gefragt!« schreit Michael noch einmal.

Wir führen keinen Krieg gegen das irakische Volk.

»Sind Sie vollkommen verrückt geworden?«

Als Michael das sagt, wird das Lachen des Piloten noch hysterischer, und dann zieht er sich Brille und Fliegerkappe vom Kopf, und Tabitha Winshaw dreht sich um und sagt: »Wissen Sie, Michael, es ist genau, wie ich gedacht habe: Wenn man den Bogen einmal heraus hat, sind diese Dinger ganz einfach zu fliegen.«

Leis treibst du den Fluß hinab,
so leis, du merkst es kaum,
immer munter, immer froh,
das Leben ist ein Traum.

»Um Himmels willen, wo ist Tadeusz?« ruft Michael.

Unser Ziel ist nicht die Eroberung des Irak, sondern die Befreiung Kuwaits.

»Soll ich Ihnen zeigen, wie es geht?« fragt Tabitha.

Michael schüttelt sie heftig. »Mich interessiert nur eines. Wissen Sie, wie man mit diesem Ding landet?«

»Sehen Sie diese Anzeige?« sagt Tabitha und deutet auf ein Instrument. »Das ist der Fahrtmesser. Grün heißt normal, gelb heißt Vorsicht. Und sehen Sie hier, wo VNO steht? Das ist die höchste zulässige Reisegeschwindigkeit.«

Was die Unschuldigen in diesem Konflikt betrifft, so bete ich für ihr Leben.

Michael sieht, wie die Nadel des Anzeigers das grüne Feld verläßt und über das gelbe Feld wandert. Ihm wird übel von der Beschleunigung. Die Nadel ist jetzt am oberen Ende des gelben Feldes angekommen, an dem Punkt, neben dem VNE steht.

»Was heißt das?« sagt er.

»Nicht überschreiten«, ruft Tabitha. Sie hüpft fast aus ihrem Sitz vor Begeisterung.

»Um Himmels willen, Tabitha, fliegen Sie langsamer. Das ist gefährlich.«

Sie dreht sich um und sagt tadelnd: »Fliegen ist nie gefährlich, Michael.«

»Nicht?«

»Überhaupt nicht. *Abstürzen* ist gefährlich.«

Und dann schiebt sie mit schrillem, wahnsinnigem Lachen den Steuerknüppel bis zum Anschlag nach vorn, und das Flugzeug neigt sich, und sie stürzen mit unvorstellbarer Geschwindigkeit auf die Erde zu, und Michael ist hohl, sein Körper ist eine leere Hülle, sein Mund ist offen, und alles, was in ihm war, bleibt oben am Himmel zurück...

Ich stürze ab, ich stürze ab, ich stürze ab.

Heute abend schließen wir unsere Soldaten und ihre Familien in unsere Gebete ein.

Leis treibst du den Fluß hinab, so leis, du merkst es kaum...

Das Brausen ist ohrenbetäubend, ein schreckliches Heulen des Triebwerks und der Luft, und doch hört er Tabithas wahnsinniges Lachen – das unaufhörliche, grauenerregende Lachen einer hoffnungslos Verrückten...

...immer munter, immer froh...

Kein Präsident wird unsere Söhne und Töchter leichten Herzens in den Krieg schicken.

Ich stürze ab, ich stürze ab.

Möge Gott ihnen beistehen.

Ich stürze ab...

Dies ist ein historischer Augenblick.

Bis man an einen Punkt kommt...

...immer munter, immer froh...

An einen Punkt, wo Gier...

...immer munter, immer froh...

An einen Punkt, wo Gier und Wahnsinn...

Und dann ein letzter Aufschrei des Metalls, ein durchdringendes Kreischen. Risse schießen durch den Rumpf, und dann bricht das ganze Flugzeug auseinander, und die Teile fliegen in eine Million Richtungen, und er fällt, kopfüber, frei – nur noch der blaue Himmel zwischen ihm und der Erde, die er jetzt deutlich sehen kann und die ihm entgegenkommt: die Küstenlinien der Kontinente, die Inseln, die großen Flüsse, die großen Wasserflächen...

...immer munter, immer froh...

Ich habe keine Schmerzen mehr...

...das Leben ist ein Traum.

Ich habe keine Angst mehr ...

... das Leben ist ein Traum.

... denn man kommt an einen Punkt, wo Gier und Wahnsinn nicht mehr zu unterscheiden sind. Die Trennlinie ist sehr dünn – wie ein Film, der über der Erdkugel liegt. Dieser Film ist zartblau, und der allmähliche Übergang von diesem Blau zum Schwarz des Weltalls ist wunderschön.

Die Welt konnte nicht länger warten.

Michael Owen

Das Erbe der Winshaws

Eine Familienchronik

Peacock Press

Vorwort

von Hortensia Tonks, B. A., M. A. (Cantab.)

Der von literarischen Kennern hochgeschätzte italienische Schriftsteller Italo Calvino hat einmal die, wie ich finde, sehr schöne Bemerkung gemacht, es gebe nichts Quälenderes als ein unvollendetes Buch. Nach der Meinung dieses herausragenden Mannes sind solche fragmentarischen Werke wie »die Ruinen ehrgeiziger Vorhaben, in denen sich dennoch die Spuren der Großartigkeit und der akribischen Sorgfalt finden, mit denen sie begonnen wurden«.

Wie angemessen, wie rührend ironisch ist es doch, daß Signor Calvino diese feinsinnige Bemerkung in einem Essay gemacht hat, welcher zu einer Sammlung gehört, die ihrerseits wegen des Todes des Verfassers unvollendet geblieben ist! Und wie angemessen ist dieser Satz auch hier, im Fall des vorliegenden Buches, des unvollendeten Werkes eines Autors, der sozusagen in der Blüte seiner literarischen Jahre dahingerafft wurde. Mit diesem Buch hat er bewiesen, daß er auf dem Höhepunkt seiner Schaffenskraft stand, und eines Tages wird es vielleicht als sein Meisterwerk gelten.

Ich habe Michael Owen gut gekannt, und mein Gefühl diesem Buch gegenüber ist dasselbe wie das, welches eine liebevolle Mutter ihrem liebsten Kind entgegenbringen mag, denn unter meinen wohlwollenden Augen keimte es und nahm Gestalt an. Als wir bei Peacock Press die bittere Nachricht von seinem Tod erhalten hatten, setzte sich daher nach der anfänglichen Bestürzung und Trauer die Gewißheit durch, daß wir sein Andenken nicht besser ehren könnten als durch eine schnellstmögliche Drucklegung seines letzten Werkes. Dies ist (trotz der bösartigen Andeutungen, die hier und da in der Presse zu lesen waren) der einzige Grund dafür, daß wir dieses Buch so bald nach den sensationellen Vorfällen publiziert haben, die kürzlich ein lebhaftes öffentliches Interesse für die Familie Winshaw und ihre Geschäfte geweckt haben.

Man mag die Lebhaftigkeit dieses Interesses beklagen, doch es wäre töricht, es zu ignorieren. Ich habe mir daher die Freiheit genommen, Michael Owens Familienchronik eine vollständige und ausführliche Schilderung der entsetzlichen Morde voranzustellen, die in der Nacht des 16. Januars dieses Jahres in Winshaw Towers verübt wurden. Die Niederschrift dieses Kapitels – das auf den authentischen Polizeiberichten und Fotografien basiert (die, wie mir gesagt wurde, schauriger und grauenhafter sind als alles, was dem Pathologen in seiner langen Praxis untergekommen ist) – hat mir keinerlei Vergnügen bereitet, doch die Öffentlichkeit hat ein uneingeschränktes Recht, auch über die abstoßendsten Einzelheiten einer solchen Katastrophe informiert zu werden. Dies ist ein hohes demokratisches Prinzip, und in unserem Verlagshaus ist man stolz darauf, diesem Prinzip immer treu geblieben zu sein.

Gewisse Passagen von Michael Owens Manuskript sind – das fiel mir in meiner Eigenschaft als Lektorin des Buches auf – so lobenswert akademisch im Ton, so rigoros in ihrer historischen Perspektive, daß sie sich vielleicht als ein wenig zu anspruchsvoll für jene Leser erweisen werden, die in erster Linie aus einer natürlichen und gesunden Neugier für das Januar-Massaker zu diesem Buch greifen. Ich rate diesen Lesern, den Hauptteil der Geschichte zu überspringen, denn meine Absicht ist, im weiteren Verlauf dieses Vorwortes auf einigen Seiten knapp und anschaulich die Geschichte einer Familie zusammenzufassen, deren Name in diesem Land einst ein Synonym für Ansehen und Einfluß war, nun aber untrennbar mit dem Wort Tragödie verbunden ist.

Schon zweimal hatte das Schicksal die Winshaws heimgesucht, doch noch nie hatte es so hart zugeschlagen.

Danksagung

Mein Dank gilt Monty Berman, Koproduzent des Films *What a carve up!* (dt.: *Eine Leiche auf Urlaub*), für die freundliche Genehmigung, aus dem Drehbuch (von Ray Cooney und Tony Hilton) zu zitieren.

Dank auch an Louis Philippe für die Genehmigung, aus seinem Lied »Juri Gagarin« (Text und Musik von Louis Philippe, © Complete Music, 1989) zu zitieren; an Raymond Durgnat, dessen hervorragendem Essay über *Le Sang des Bêtes* (in *Franju*, Studio Vista, 1967) ich das Zitat in Dorothys Kapitel entnommen habe und der mich zu dem Titel für Teil II inspiriert hat; und an die International Music Publication Ltd. für die Erlaubnis zum Abdruck von *La Mer* von Charles Louis Augustine Trenet, © 1939, Brenton (Belgien), Editions Raou, wahrgenommen von T. B. Harms Co., Warner Chappell Music Ltd., London.

Einige Anregungen zu diesem Buch verdanke ich den Werken von Frank King, dem Autor von *The Ghoul* (1928), auf dem der Film *What a carve up!* basierte. Den ersten Abschnitt des Kapitels »Wo ein letzter Wille ist« habe ich aus *The Ghoul* übernommen (nur ein Wort ist geändert), und im ganzen Teil II finden sich hier und da kleine, von Alisdair Gray als »Implags«, eingebettete Plagiate, bezeichnete Stellen aus *The Ghoul* und dem ebenso großartigen Buch *Terror at Staups House*. Da es mir nicht gelungen ist, etwas über Mr. King in Erfahrung zu bringen, kann ich ihm nur danken, indem ich meinen Lesern empfehle, nach diesen und anderen Büchern von Frank King (*What Price Doubloons?* beispielsweise oder *This Doll is Dangerous*) zu suchen und sich nachdrücklich dafür einzusetzen, daß sie wieder aufgelegt werden.

Auch den anderen, die mir auf verschiedene Weise geholfen haben, möchte ich danken: Harri Jenkins und Monica Whittle, die mir großzügig ihre Zeit geopfert haben, um mich über den National Health Service und den Alltag in einem Krankenhaus aufzuklären; Andrew Hodgkiss und Stephanie May, die mich mit weiteren medizinischen Informationen versorgten; Jeremy Gregg, der mir bei Computerproblemen half; Michèle O'Leary, die mir ihre juristischen Kenntnisse zur Verfügung stellte; Paul Daintry für Findlays Unterschrift und allgemeine Ermutigung; Tim Radford für Juriologie; nicht zu vergessen Russell Levinson, Ralph Pite, Salli Randi, Peter Singer, Paul Hodges, Anne Grebby und Steve Hyam. Außerdem danke ich allen Mitarbeitern von Viking Penguin, die so hart an diesem Buch gearbeitet haben, und ganz besonders Tony Peake, Jon Riley und Koukla Mac-Lehose, deren Einsatz unermeßlich und unermüdlich war.

Was die Quellen betrifft, so basiert Marks Kapitel größtenteils auf Informationen aus Kenneth Timmermans *The Death Lobby* (Fourth Estate, 1992) – zweifellos das beste Buch, das je über das internationale Waffengeschäft geschrieben wurde. Ihm habe ich unter anderem die toten Beagles und die Schüsse auf Äpfel zu verdanken. Die Einzelheiten irakischer Foltermethoden habe ich Publikationen von Amnesty International und CARDRI entnommen (Campaign Against Repression and for Democratic Rights in Iraq); das KDI ist eine fiktive Organisation. Dorothys Kapitel basiert auf dem bahnbrechenden Werk *Animal Machines* (Vincent Stuart, 1964) von Ruth Harrison, ergänzt durch *Assault and Battery* (Pluto, 1983) von Mark Gold, *The Politics of Food* (Century, 1987) von Geoffrey Cannon und *Our Food, Our Land* (Rider, 1991) von Richard Body. Unter den zahlreichen Büchern, die ich für Thomas' Kapitel zu Rate gezogen habe, waren zwei Werke von Paul Ferris die bei weitem lesbarsten und informativsten: *The City* (Gollancz, 1960) und *Gentlemen of Fortune* (Weidenfeld, 1984). Die Daten über den National Health Service stammen aus *The New National Health Service: Organisation and Management* (Oxford, 1991) von Chris Ham, und die Decknamen aus dem Zweiten Weltkrieg habe ich Sir John Cecil Mastermans faszinierendem Buch *The Double-Cross System in the War of 1939 to 1945* (Yale, 1972) entnommen.

Dieses Buch verdankt seine Existenz schließlich Janine McKeown, nicht zuletzt, weil sie mich während der Arbeit finanziell unterstützt hat. Aus diesem und anderen Gründen widme ich es ihr mit Liebe und Dankbarkeit.

Barbara Pym

Die Frau des Professors
Roman. Aus dem Englischen von Karen Lauer. 164 Seiten. SP 1447

»Barbara Pyms unaufdringliche, subtile, vollendete Romane sind für mich die herausragenden Beispiele der hohen Kunst der Komödie im England der letzten fünfundsiebzig Jahre.«
Lord David Cecil

Ein Glas voll Segen
Roman. Aus dem Englischen von Dora Winkler. 288 Seiten. SP 2151

Wilmet Forsyth ist eine schöne Frau von 33 Jahren, der es an nichts mangelt. Ihr Problem: sie fühlt sich nutzlos. Um Wilmet herum finden die merkwürdigsten Paare zusammen – die altjüngferliche Mary Beamish, die es auf einen gutaussehenden Vikar abgesehen hat, ihre scharfzüngige Schwiegermutter, oder Piers, ihr Schwarm, und dessen homosexueller Freund Keith. Nur an Wilmet ziehen die Liebe und das Leben vorbei…

»Wer Barbara Pym nicht kennt, weiß nichts über den ›British Way of Life‹.«
Willi Winkler

Das Täubchen
Roman. Aus dem Englischen von Dora Winkler. 219 Seiten. SP 1940

Eine ganz und gar britische Comédie humaine: Bei einer Auktion lernt Leonora Eyre, eine wohlhabende Dame Ende Vierzig, den Antiquitätenhändler Humphrey Boyce und dessen gutaussehenden Neffen James kennen. Beide sind von der distinguierten Leonora angezogen. Sie scheint jedoch das beharrliche Werben Humphreys kaum zu bemerken, denn sie hat nur Augen für den 24jährigen Neffen. Doch als sie von der Existenz eines jungen Mädchens erfährt, mit dem James eine kurze Affäre hatte, und er von einer Studienreise dann noch mit einem homosexuellen Freund zurückkehrt, beginnt sie an ihrer Attraktivität zu zweifeln…

Vortreffliche Frauen
Roman. Aus dem Englischen von Dora Winkler. 285 Seiten. SP 1288

»Barbara Pym erzählt witzig und in perfekter englischer Mischung aus Ironie und Sanftmut.«
Die Zeit

SERIE PIPER

SERIE
PIPER

Isabella Bossi Fedrigotti

Zwei Schwestern aus gutem Hause
Roman. Aus dem Italienischen von Sigrid Vagt. 240 Seiten.
SP 2182

Liebe, Haß und Eifersucht sind die Gefühle, die die beiden Schwestern Clara und Virginia ein Leben lang verbinden. Gemeinsam in einem großbürgerlichen Südtiroler Landhaus aufgewachsen, könnten sie verschiedener nicht sein: Clara, die jüngere, dunkelhaarig, melancholisch, verschlossen; Virginia dagegen eine blonde Schönheit, lebenshungrig und rebellisch gegen die längst überholte Lebensweise ihres Elternhauses. Doch ist Clara wirklich die Edle, Tugendhafte, die von ihrer leichtlebigen Schwester um das Lebensglück gebracht wurde? Ein raffinierter Frauenroman, ausgezeichnet mit dem Premio Campiello.

»Dieses Buch vereint in sich die Erzählkraft eines Stefan Zweig und die anmutige Schreibweise von Simone de Beauvoirs ›Memoiren einer Tochter aus gutem Hause‹.«
Der Tagesspiegel

»Auffällig ist die von Isabella Bossi Fedrigotti gewählte Form, und man könnte spekulieren, ob hierdurch autobiographische Momente in die Erzählung einfließen. Denn ungewöhnlicherweise ist der erste Lebensrückblick der jüngeren Schwester Clara in der zweiten Person geschrieben, die nachfolgende Lebensgeschichte der Virginia dagegen in der ersten Person, wodurch der Eindruck einer größeren Zuneigung zu ihr vermittelt wird.

Aus dieser erzählerischen Konfrontation resultieren im wesentlichen die Spannung und der Reiz dieses Romans; für den Leser erhellen sich zudem viele Geschehen… Ein versöhnliches Ende, so ahnt man, wird es für die beiden Damen nicht geben.«
Die Welt

Liebling, erschieß Garibaldi!
Roman. Aus dem Italienischen von Ursula Lenzin. 204 Seiten.
SP 2331

Mit der romantischen Geschichte ihrer Urgroßeltern schildert Isabella Bossi Fedrigotti die Welt einer Adelsfamilie in politisch brisanter Zeit.

Edith Wharton

Der flüchtige Schimmer des Mondes

Roman. Aus dem Amerikanischen von Inge Leipold. 320 Seiten.
SP 2277

Scharfsinnig nimmt die »Grand Old Lady der Literatur« hier die amerikanische High Society in Europa aufs Korn. Susy und Nick Lansing, beide ebenso unternehmenslustig wie brillant auf gesellschaftlichem Parkett, haben leider ein großes Manko: Sie sind ohne einen Cent. Weil sie trotzdem das Leben im Luxus lieben, verlegen sie sich ungeniert aufs Schmarotzen – und machen sich damit abhängig.

»Die Menschen sind oberflächlich, je reicher desto mehr und nur ganz selten entstehen Augenblicke der wahren Empfindung. Wenn Edith Wharton diese raren Momente der Ungeschütztheit beschreibt, plötzlich inmitten der verlogenen und verschwätzten Sozialität, wird die ironische Gesellschaftskritikerin ganz ernst und melancholisch. Das sind – neben dem Vergnügen am (heute so sehr vermißten) Esprit – die großen Momente dieses heiteren Romans.«
Süddeutsche Zeitung

Zeit der Unschuld

Roman. Aus dem Amerikanischen von Richard Kraushaar und Benjamin Schwarz.
480 Seiten. SP 1264

Edith Whartons 1921 mit dem Pulitzerpreis ausgezeichnetes Meisterwerk ist heute inzwischen ein Klassiker der Weltliteratur. Der Roman erzählt die Geschichte des jungen New Yorker Anwalts Newland Archer, der aus gesellschaftlichen Gründen seine Leidenschaft für die unkonventionelle Ellen Olenska unterdrückt und damit das Glück seines Lebens verspielt.

»Ein facettenreiches und überaus präzises Bild der exklusiven Gesellschaftsschicht.«
Süddeutsche Zeitung

Sommer

Roman. Aus dem Amerikanischen von Michaela Nissen.
260 Seiten. SP 1263

Eine beklemmend schöne Liebesgeschichte von unglaublicher Dichte und Intensität.

Winter

Novelle. Aus dem Amerikanischen von Michaela Nissen.
160 Seiten. SP 1262

SERIE
PIPER

Carlo Fruttero &
Franco Lucentini

Das Geheimnis der Pineta
Roman. Aus dem Italienischen von Burkhart Kroeber. 448 Seiten. SP 2018

Eine amüsante Gesellschafts-komödie, gespickt mit hinter-sinnig-ironischen Zitaten.

»›Das Geheimnis der Pineta‹ wäre am besten zu charakteri-sieren als ein gescheites, geist-reiches Puzzle.«
Die Zeit

Der Palio der toten Reiter
Roman. Aus dem Italienischen von Burkhart Kroeber. 220 Seiten. SP 2183

»Welches Geheimnis aber soll entschleiert, welches Gesicht entlarvt werden?… Ziel der spannenden, witzigen und keine Direktheiten scheuenden Attacke ist die Demaskierung des durch Fernsehen und Wer-bung geprägten modernen Durchschnittsmenschen.«
Neue Zürcher Zeitung

Wie weit ist die Nacht
Roman. Aus dem Italienischen von Herbert Schlüter und Inez de Florio Hansen. 571 Seiten. SP 5565

»Mit ihrem Roman haben Fruttero und Lucentini eine Comédie humaine en minia-ture geschaffen, in der die Nachtseiten der menschlichen Existenz mit Witz, Ironie und einer Spur Oberflächlichkeit erfolgreich in Schach gehalten werden.«
Tagesanzeiger

Du bist so blaß
Eine Sommergeschichte. Aus dem Italienischen von Dora Winkler. 68 Seiten. SP 694

Das italienische Autorenduo hat eine meisterliche kleine Etüde geschrieben, eine witzige und bösartige Kritik an der ita-lienischen Sommerkultur.

Die Farbe des Schicksals
Eine Erzählung. Aus dem Italienischen von Burkhart Kroeber. 111 Seiten. SP 1496

Ein ironisches Kabinettstück über die Macht des Schicksals.

Kleines Ferienbrevier
Aus dem Italienischen von Burkhart Kroeber. 91 Seiten. SP 1995

Der rätselhafte Sinn des Lebens
Ein philosophischer Roman. Aus dem Italienischen von Dora Winkler. 143 Seiten. SP 2332

Elsa Morante

La Storia

Roman. Aus dem Italienischen
von Hannelise Hinderberger.
631 Seiten. SP 2416

Während und nach dem Zweiten Weltkrieg ereignet sich das Schicksal der Lehrerin Ida und ihrer beiden Söhne. Elsa Morante entwirft ein figurenreiches Fresko der Stadt Rom mit den flüchtenden Sippen aus dem Süden, dem Ghetto am Tiber, den Kleinbürgern, Partisanen und Anarchisten. Der Roman war neben Tomasi di Lampedusas »Der Leopard« und Ecos »Der Name der Rose« der größte italienische Bestseller der letzten Jahrzehnte.

La Storia das heißt: *Die Geschichte* im doppelten Sinn des Wortes. Elsa Morante breitet in diesem Roman das unvergleichliche und unverwechselbare Leben jener Unschuldigen vor uns aus, nach denen die Historie niemals fragt.

In Italien, in Rom, während des Zweiten Weltkriegs und in den Jahren danach, ereignet sich das Schicksal der Lehrerin Ida und ihrer beiden Söhne. Sie erleben den Faschismus, die Verfolgung der Juden, die Bomben. Nino, der Ältere, der sich vom halbwüchsigen Rowdy zum Partisanen und dann zum Schwarzmarktgauner entwickelt, ist ein strahlender Taugenichts. Sein Bild tritt zurück vor der leuchtenden Gestalt des kleinen Bruders Giuseppe, dem es nicht beschieden ist, in dieser Welt eine Heimat zu finden. Trotzdem ist seine kurze Laufbahn voller Glanz und Heiterkeit. In seiner seltsamen Frühreife besitzt der Junge eine größere Kraft der Erkenntnis als die vielen anderen, die blind durch die Geschichte gehen, eine Geschichte, die alle zu ihren Opfern und manchmal auch die Opfer zu Schuldigen macht.

Der Roman ist in einer dichten und spröden Sprache geschrieben, die den Fluß der Erzählung mit psychologischer und historischer Deutung aufs engste verbindet.

»Diese Geschichte ist der... nein, gewiß nicht ›schönste‹, aber der aufwühlendste, humanste und vielleicht wirklich der größte italienische Roman unserer Zeit.«

Nino Erné in der WELT

SERIE PIPER

Rick Moody

Der Eissturm

Roman. Aus dem Amerikanischen von Nikolaus Stingl. 320 Seiten. SP 2277

New Canaan / Connecticut, im November kurz nach Thanksgiving: zwei ganz normale amerikanische Familien, ein Weekend, die versammelte Nachbarschaft und ein Jahrhundertunwetter – zu einem mörderischen 70er-Jahre-Endspiel wird die Eissturm-Party, die als Farce beginnt und als Tragödie endet. Benjamin Hood, leidlich erfolgreicher Geschäftsmann und Familienvater, den Job und unterkühlte Ehefrau gleichermaßen frustrieren, sucht sich mit Alkohol und Nachbarin Janey Williams zu trösten. Doch der letzteren Interesse erlahmt, kaum daß die Affäre begonnen hat. Benjamins Tochter, frühreif und naiv zugleich, sehnt sich nach Gefühlen, einerlei ob romantisch oder vulgär. Auch die weiteren Helden macht der Autor zum beklemmenden Personal. Ein beißendes Familiendrama, in dem der amerikanische Traum zum kollektiven Alptraum mutiert.

»Ein intelligentes, manchmal hochkomisches Stück Literatur.«
Frankfurter Allgemeine Zeitung

Garden State

Roman. Aus dem Amerikanischen von Michael Hofmann. 223 Seiten. SP 1811

Das bemerkenswerte Debüt der neuen literarischen Entdeckung aus den USA. Eine atmosphärisch dichte Milieustudie der jungen Erwachsenen der neunziger Jahre in der amerikanischen Provinz.
Alice, wasserstoffblondiert, mit schwarzem Lippenstift und Minirock, und ihre Freunde leben in einem schäbigen Vorort in New Jersey. Leben ist eigentlich übertrieben, sie hängen herum, träumen von einer Karriere in einer Band, verwechseln Liebe mit Sex und nehmen Drogen. Gearbeitet wird nur sporadisch. Man wohnt bei den Eltern oder bei Freunden auf dem Sofa. Keiner hat Lust, erwachsen zu werden...

»In einer druckvoll-lakonischen Sprache porträtiert Rick Moody Gefangene einer ultracool inszenierten Sinnlosigkeit, die ihre Angst, erwachsen zu werden, obendrein mit Drogen, Sex und großen Sprüchen betäuben. Moodys erstklassiges Debüt liefert Milieubilder von atmosphärischer Stimmigkeit und Dichte; hitzig-anrührende Polaroids aus der klimatisierten Vorhölle Amerikas: direkt und unverkitscht.«
Weltwoche

Nick Cave

Und die Eselin sah den Engel

Roman. Aus dem Englischen von Werner Schmitz. 326 Seiten.
SP 1869

Der Rockmusiker Nick Cave hatte mit seinem ersten Roman die Leser sofort auf seiner Seite: Die Geschichte des Mörders und Selbstmörders Euchrid Eucrow, der, Produkt mehrerer Generationen Inzucht und Alkoholmißbrauch, in einem gottverlassenen, vom Zuckerrohr und einer bigotten Sekte beherrschten Südstaatenkaff aufwächst, wurde zu einem Kultbuch.

Euchrid Eucrow ist das Produkt von mehreren Generationen Inzucht und Fuselkonsum. Stumm und verkrüppelt, aber von ungewöhnlichem Feingefühl, das er unter einem symphathischen und nicht zu bändigenden Wagemut versteckt, lebt Euchrid in einem abgeschiedenen Tal. Den erschreckenden oder erheiternden Launen und Obsessionen einer monströsen Mutter und eines fast geisteskranken Vaters unterworfen, den Talbewohnern ein Gespött, lernt Euchrid schnell Zuflucht in dem Sumpfland zu suchen, das an die Stadt grenzt. Doch auch diese Zuflucht wird ihm verwehrt.

»Kein Rock-Star-Buch, sondern ein Versuch in einem schon fast klassischen Genre – der Südstaatenerzählung. Doch da, wo sonst, beim jungen Truman Capote etwa, eine Atmosphäre von süßer Melancholie und Apathie herrscht, sind es bei Nick Cave dramatische Impulse, die immer wieder den Stoff peitschen. Während Caves Hauptperson Euchrid Eucrow, verwachsen und zurückgeblieben, von seinen Mitbürgern gejagt, im Sumpf liegt und langsam seinem Tod entgegensinkt, erzählt er die Geschichte seines Lebens in einer kleinen, von einer obskuren Sekte beherrschten Südstaatenstadt.«
Vogue

»Caves Meisterschaft – von der fast besessenen Sprache bis zur hochpräzisen Struktur der Erzählung – ist beeindruckend. Ein herausragendes Debüt.«
Sound

»Eine wirklich grandiose Geschichte, ein modernes Epos.«
Elle

»Er hat einen Roman verfaßt, morbide und abgründig, ist hinabgestiegen in die Tiefen der Alpträume und Mysterien. Er hat einen wundersamen Bogen geschlagen von der deftigen Alltagsprosa zur biblischen Poesie.«
Neue Zeit

SERIE PIPER

Franziska Stalmann

Champagner und Kamillentee
Roman. 230 Seiten. SP 1541

Nach dreizehnjähriger Ehe wird die 39jährige Ines von ihrem Mann in Rekordzeit »ausgemustert«. Er wird anderweitig Vater und will eine schnelle Scheidung. Ines steht fassungslos allein da, ohne Beruf, ohne Ausbildung, ohne Freunde.

Wie sie sich langsam fängt und sich mit neuem Outfit und neuen Aufgaben zum Schwan mausert, schildert die Autorin mit Charme, Sprachwitz und viel Situationskomik.

Eine Emanzipations-Komödie der allerfeinsten Art. Franziska Stalmanns spritziger Roman, erzählt in wunderbar leichtem Ton, ist längst zu einem Bestseller geworden, der sich bei Frauen wie ein Lauffeuer herumgesprochen hat.

Ein »Frauen-Power-Buch, süffig wie ein Glas Champagner.«
Brigitte

»Spaß vom Allerfeinsten.«
Die Welt

Ann-Christin Kaemmerer

Drei Männer und ein richtiger
Roman. 264 Seiten. SP 2234

Corinna, »Corry« genannt, ist eine erfolgreiche Schriftstellerin Ende Dreißig. Nun möchte ihr Verlag einen autobiographischen Roman. Corrys Leben bietet auch einiges: Sie hat nicht nur einen Hund namens Einstein, sondern auch drei Männer auf einmal. Mit Georg, dem einfühlsamen Psychologen, verbindet sie eine platonische Liebe. Mit dem verheirateten Götz, Kulturredakteur und Abenteurer, bereist sie die Welt. Und Harry, einige Jahre jünger als sie, ist der anschmiegsame Lover, der sie verwöhnt. So weit, so gut, denn die Herren kennen einander und wissen ein unkonventionelles Liebesleben zu schätzen. Kritisch wird es erst, als Corry Sándor Szkárosi über den Weg läuft, ein exzentrischer, hochsensibler Dirigent von Weltformat aus Ungarn...

Gaby Hauptmann

Nur ein toter Mann ist ein guter Mann
Roman. 302 Seiten. SP 2246

Ursula, die Heldin ihres neuen Romans, ist soeben Witwe geworden. Doch sie wird Walter nicht los. Unbewußt lebt sie ganz in seinem Sinne weiter. Und immer, wenn ihr ein neuer Verehrer über den Weg läuft, räumt sie ihn für Walter, der Konkurrenz noch nie leiden konnte, aus dem Weg. Doch bald wird Ursula klar, daß es nicht die Männer sind, sondern Walters Macht über sie, von der sie sich befreien muß…
Gaby Hauptmann hat eine listige, rabenschwarze Kriminalkomödie geschrieben: einen frechen und hinterhältigen Roman über eine Witwe, die eine Ehe lang im Schatten ihres mächtigen Mannes stand. Eine Frau, die auf dem Weg zu sich selbst nicht nur ein paar Verehrer unter die Erde bringt, sondern vor allem mit ihrem verstorbenen Gatten abrechnet.

Suche impotenten Mann fürs Leben
Roman. 315 Seiten. SP 2152

Wer seinen Augen nicht traut, hat richtig gelesen: Carmen Legg meint wörtlich, was sie in ihrer Annonce schreibt. Sie sucht den Traummann zum Kuscheln und Lieben – der (nicht nur) im Bett seine Hände da läßt, wo sie hingehören. Die Anzeige entpuppt sich als Knüller, und als sie schließlich in einem ihrer Bewerber tatsächlich den Mann ihres Lebens entdeckt, wünscht sie, das mit der Impotenz wäre wie mit einem Schnupfen, der von alleine vergeht.
Gaby Hauptmann ist das Kunststück gelungen, das Thema »Frau sucht Mann« von einer gänzlich anderen Seite aufzuziehen und daraus eine fetzige und frivole Frauenkomödie zu machen, die kinoreif ist.

»Mit Charme und Sprachwitz wird der Kampf der Geschlechter in eine sinnliche Komödie verwandelt.«
Schweizer Illustrierte

SERIE PIPER